마지막 여행이 끝나면

4

마지막 여행이 끝나면 4

초판 1쇄 인쇄 2021년 9월 17일
초판 1쇄 발행 2021년 10월 29일

지은이 하늘가리기
발행인 오영배
편집 편집부
표지·내지디자인 Another
내지편집 오정인
제작 조하늬

펴낸곳 (주)삼양출판사 · 피오렛
주소 서울시 강북구 도봉로 173
대표 전화 02-980-2112 / **팩스** 02-983-0660
편집부 전화 02-987-9393 / **팩스** 02-980-2115
블로그 blog.naver.com/dan_gul
출판등록 1999년 3월 11일 제9-00046호.

ISBN 979-11-283-7100-4 (04810) / 979-11-283-7096-0 (세트)

fioret 은 (주)삼양출판사의 로맨스 판타지 문학 브랜드입니다.

하늘가리기 장편 소설

마지막 여행이 끝나면

4

When the last journey ends.

1. 집으로

　카세르는 마차 문을 연 채 유진을 바라보며 잠시 서 있었다. 그는 작은 한숨을 내쉬었다. 상제의 추적을 따돌렸다는 기쁨은 오래가지 않았다. 이 여정이 길어질수록 마음이 불편했다.

　정돈되지 않은 길 위를 달리는 작은 마차는 가벼운 무게 때문에 흔들림이 더 심했다. 시중드는 사람 하나 없는 데다가 식사와 잠자리는 변변치 않았다. 그녀는 불평 한마디 하지 않았지만, 볼 때마다 병든 닭처럼 꾸벅꾸벅 졸았다.

　"유진."

　작은 마차는 안이 비좁아서 유진이 혼자 타고 있는데도 여유 공간이 거의 없었다. 그가 마차 안쪽으로 상체를 숙여 손만 뻗어도 그녀의 얼굴에 손이 닿았다. 볼을 손끝으로 가볍게 두드리니 유진이 천천히 눈을 떴다.

"식사하고 잠시 쉬어 갈 거야."

유진은 아직 잠이 덜 깬 눈으로 고개를 끄덕이며 손을 내밀었다. 손을 붙잡아 주는 그에게 의지하며 마차에서 내려왔다. 그녀와 함께 마차 안에 타고 있던 작은 환수 두 마리가 뒤따라 내렸다.

카세르가 유진의 손을 꼭 잡은 채 자신에게 잡아끌었다.

"어디 아픈 건 아니지?"

유진은 그를 돌아보았다. 걱정이 담긴 그의 표정을 보며 피식 웃었다.

"그 질문, 나한테 하루에 몇 번을 하는지 알아요? 아픈 데 없어요. 괜찮아요."

"조금이라도 불편하면 참지 말고 말해."

"참는 거 아니라니까요. 멀미 때문이라고 그랬잖아요."

몇 번을 말해도 그는 늘 미심쩍은 표정을 지었다.

"내가 멀미가 이렇게 심한지 처음 알았어요. 아니었으면 우리는 훨씬 전에 도착했을 텐데."

원래 이렇게 오래 걸릴 예정이 아니었다. 중간중간 아부를 타고 이동하여 시간을 단축하자는 계획을 세웠다.

여정을 시작한 후 이틀 정도 되었을 때, 거대하게 변화한 아부의 등에 두 사람이 올라타고 인적 없는 숲을 따라 달렸다. 하지만 얼마 가지 못하고 유진이 멀미를 호소하는 바람에 멈추어야 했다.

그때 아부가 멈추자마자 뛰어내린 유진은 속에 든 것을 전부 토해 내고도 현기증 때문에 얼마간 누워 있었다. 완전히 심각한 표정으로 당장 의사에게 진찰받자며 도심으로 이동하자는 그를 만류하느라 애먹었다. 그 후로는 쭉 마차를 타고 움직였다.

"당신이 고생이죠. 마부 노릇 하느라 피곤하잖아요."

"내가 더 신경 써서 준비했어야 하는데……."

"또 그 소리. 기사와 시종들 데리고 이동하면 우리가 여기 있다고 다 말해 주는 꼴이라고요. 그저 멀미예요. 정말 괜찮아요."

카세르는 진실인지 거짓인지 가늠하는 것처럼 유심히 유진의 표정을 살폈다. 단순히 멀미라는데 아무래도 이상했다. 성소에 다녀올 때나 얼마 전에 성도로 가는 중에는 이번처럼 힘들어하지 않았다. 물론 그때는 훨씬 안락한 탈 것과 시중인들이 곁에 있었다.

그는 생긋 웃는 그녀를 바라보다가 품에 끌어안았다. 씩씩하게 괜찮다는 사람을 더 추궁할 수 없는 노릇이지만, 유진의 안색이 초췌해 보여서 속이 탔다.

그는 전사들과 사막을 이동하는 중에 그들의 체력을 고려해 그의 기준으로 느슨하게 일정을 잡았다. 전사보다 약한 보통 사람, 더구나 여자의 체력은 어떤지 전혀 감을 잡을 수 없었다.

"조금만 더 고생해. 내일이면 산맥에 도착할 거야. 산만 넘으면 마중 나와 있을 테니까."

"아, 신난다. 거의 다 왔군요."

카세르는 공터에 펼쳐 둔 간이 의자에 유진을 앉혔다. 멀미 때문에 냄새가 강한 음식을 먹지 못하는 유진을 위해 준비된 식사는 과일, 곡물을 말려 튀긴 것, 부드러운 빵 등이었다. 이동 중에 먹는 식사는 중간중간 마을에 들를 때마다 마련했다.

그는 고개를 숙여 유진의 볼에 살짝 입을 맞춘 후 말했다.

"먹고 있어. 잠시 주변을 돌아보고 올게."

"네."

마차를 세우고 쉬어 갈 때 카세르는 종종 주변을 살핀다며 자리를 비웠다. 유진은 자신의 곁에 환수 두 마리가 함께 있으므로 잠시 혼자 있어도 무섭지 않았다.

그의 모습이 완전히 보이지 않게 된 후 유진은 한숨을 내쉬었다. 내색하지 않으려 애쓰고는 있으나 멀미 때문에 솔직히 고통스러웠다. 지금처럼 땅에 발을 딛고 있으면 그럭저럭 괜찮다. 마차의 흔들림을 느끼면 속이 계속 울렁거렸다. 그나마 잠이 잘 와서 다행이었다. 자는 동안에는 멀미하지 않으니까.

'이상하게 멀미가 심하네.'

그래도 거의 다 왔다고 생각하니까 부쩍 기운이 샘솟았다.

'먹자, 먹어야 버티지.'

유진은 입맛이 없는데도 부지런히 입 안에 음식을 넣고 삼켰다. 그녀가 식사를 다 마칠 때까지 카세르는 돌아오지 않았다. 그녀는 좌우 곁에 앉아 있는 두 마리 환수를 번갈아 보며 말했다.

"너희도 밥 먹어야 할 텐데 주인님이 늦으시는구나."

라크는 라크를 포식한다. 환수 역시 라크이므로 라크를 포식해야 한다. 종속된 환수는 아부처럼 육류를 즐겨 먹기도 하지만, 기호 식품과 비슷했다. 아이들이 사탕을 좋아하는 것처럼 생명력 유지에는 전혀 도움이 되지 않았다.

환수의 주식은 씨앗이다. 왕은 환수에게 먹일 씨앗을 항상 준비해 두었다. 왕성에 있을 때는 기름통에 담아 두고 외유하는 중에는 주머니에 넣어 직접 갖고 다녔다. 왕이 몸에서 프라즈가 흘러나와서 그런지 직접 지니는 씨앗은 활동기에도 깨지는 일이 없었다.

유진은 아부에게 손을 내밀었다. 이름을 부르니 아부가 그녀의 손에 머리를 들이밀었다.

그녀는 예전에 두 마리 환수가 그녀를 피해 도망갔던 그 날 이후, 전보다 환수를 만질 때 조심스러웠다. 먼저 손대기보다는 불러서 다가오게 했다.

"꼬마."

그녀가 고개를 돌려 꼬마를 부르자 다람쥐가 폴짝 뛰어 그녀의 팔을 타고 올라왔다.

'너희들이 날 따르는 이유는 라미타 때문이겠지.'

그녀는 자신의 정체성을 온전히 자각한 후 라미타의 존재를 느낄 수 있게 되었다. 그런데 라미타가 정확히 어떤 능력인지 여전히 아리송했다.

'라크에게 죽음을 주는 능력……'

그 능력에 모든 라크가 같은 반응을 보이지 않았다. 상제는 죽기 위해 강대한 라미타를 지닌 아니카를 찾고 있는 반면에 성소에서 만났던 거북이 환수는 죽음을 바라지 않는다고 했다.

그녀는 아부의 머리를 쓰다듬으며 생각에 잠겼다.

'아부와 꼬마 역시 죽음을 바라지 않아. 그러니까 그때 도망쳤겠지.'

유진을 따르는 꼬마의 행동은 이례적이라고 염왕이 인정했다. 염왕의 환수도 유진에게 반응했다. 마치 달콤한 꿀을 잔뜩 품은 꽃에 끌리는 나비처럼.

'기본적으로 라크는 아니카를 절대 해치지 않아. 그러니까 라미타가 강하건 약하건 라크가 반응한다는 뜻이야. 나는 라미타가 강하니까…… 비유하자면 향이 멀리 강하게 풍기는 꽃인 거지.'

갑자기 어떤 생각이 떠오른 유진은 아부를 만지던 손을 뗐다.

'거대 쥐를 나무로 만들 때는 난 무서웠고 아부와 꼬마가 날 피해 도망칠 때는 화가 나 있었어. 두 경우 다 부정의 감정이야. 그렇다면…… 긍정의 감정일 때는 어떨까?'

유진은 아부를 가만히 바라보았다. 마주친 짐승의 붉은 눈동자를 보면서 천천히 손을 뻗었다. 아부가 사랑스럽고 이 아이에게 도움을 주고 싶다는 마음을 담아 정신을 집중했다.

갑자기 아부가 그녀의 손에 몸통을 들이댔다. 미세한 무언가가 빠져나가는 느낌이 들어서 유진은 흠칫 놀라 손을 뗐다. 그녀는 크게 뜬 눈으로 가르릉 소리를 내며 바닥에 온몸을 뒹굴뒹굴하는 아부를 응시했다. 캣닢 냄새를 맡은 고양이처럼 무척 만족스러워 보였다.

"유진."

유진은 자신의 손과 아부를 번갈아 보다가 고개를 돌렸다. 다가오는 카세르를 보면서 활짝 웃었다. 그녀는 얼른 달려가 그에게 안기며 투정을 부렸다.

"왜 이렇게 늦었어요."

"미안. 길을 살펴보느라."

그는 아까부터 마차를 따라오던 강도들을 처리한 사실은 말하지 않았다. 이런 일이 오늘이 처음은 아니었다. 여행자들이 치안이 허술한 외진 길로 다니지 않는 이유가 있다. 일행이라 봤자 겨우 두 사람뿐이고 마차가 속도도 내지 않으니 얼마나 손쉬운 먹잇감으로 보였겠는가.

"저 녀석은 왜 저래?"

카세르는 혼자 들떠 있는 아부를 보며 눈살을 찌푸렸다.

"카세르. 혹시 아부가 방금 당신을 불렀어요?"

"아니."

두 마리가 유진을 피해 도망갔을 때 카세르는 환수가 느낀 위기를 감지하고 달려왔다. 그렇다면 지금 아부는 어떤 위협도 느끼지 않았다는 뜻이었다.

"무슨 일 있었어?"

"……아뇨. 아부를 쓰다듬었는데 유난히 좋아해서요."

아직은 확실한 게 아무것도 없어서 유진은 설명을 나중으로 미루었다.

마차에 다시 오르기 전에 카세르는 허리춤의 주머니에서 씨앗을 꺼내 꼬마와 아부에게 던져 주었다. 그런데 아부의 반응이 묘했다. 평소에는 날아오는 씨앗을 공중에서 받아먹었는데 오늘은 눈앞에 떨어지는 씨앗을 멀뚱히 보기만 하다가 느릿하게 주워 먹었다.

카세르는 씨앗만 던져 주고 환수들이 어떻게 받아먹는지는 관심을 두지 않았다. 그래서 유심히 아부를 관찰하던 유진만 차이점을 알아차렸다.

'왕성으로 돌아간 후에 더 실험해 봐야겠어.'

마차가 출발했다. 유진은 흔들리는 마차를 따라 속이 다시 울렁울렁하기 시작하자 인상을 찡그렸다. 그녀는 연속해서 크게 숨을 들이켜고 내쉬었다.

'이제 거의 다 왔으니까 조금만 더 견디자. 생리를 안 해서 다행이야. 이 와중에 생리까지 했으면…….'

그녀의 표정이 점점 굳었다. 성도에서 빠져나올 때 바짝 다가온 생리 예정일을 신경 쓰고 있었다. 하필 날짜가 딱 겹쳤다. 이쪽 세상에도 일회용 생리대가 있었으면 얼마나 좋을까, 한탄했다.

예정일에서 이틀이 더 지났을 때까지만 해도 언제 생리를 시작할지 몰라서 계속 신경이 곤두서 있었다. 그런데 아부를 탔다가 잔뜩 구토한 후 계속 멀미에 시달리면서 완전히 잊었다.

'왜 안 하지?'

전쟁 같은 위기 상황에 부닥치면 저절로 생리가 끊긴다고 들었다. 하지만 지금이 그런 위기 상황인가?

그녀는 자신도 모르게 두 손으로 보호하듯 아랫배를 감쌌다. 자신이 읽은 미래의 조각에 등장했던 카세르를 닮은 소년의 얼굴이 떠올랐다.

"아……."

갑자기 온몸에 소름이 쭉 돋았다. 계속 그녀를 괴롭히던 멀미의 울렁거림도 지금은 느끼지 못했다. 심장 박동이 귀에 들릴 것처럼 뛰기 시작했다.

'정말…… 아이?'

임신의 가능성을 생각하자마자 모든 정황이 가설을 뒷받침했다. 유독 심한 멀미와 쏟아지는 잠, 입맛이 없고 갑작스러운 편식 증상까지.

그녀는 후끈거리는 두 눈을 빠르게 깜빡였다. 이루 설명할 수 없는 벅찬 감정에 휩싸였다.

'내가 엄마가 된다고? 그이와 내가 부모가 된다고?'

유진은 당장 마차 벽을 두드리려다가 도로 손을 내렸다. 흥분한 감정을 가라앉힌 후 차분해진 표정으로 고개를 흔들었다.

'아직은 말할 때가 아니야.'

확실하지 않았다. 생리가 그냥 늦어진 거고 멀미 증상은 힘들어서 그런 것일 수도 있다.

임신이라고 했을 때 카세르가 어떻게 반응할지 알 것 같았다. 그는 당장 이동을 멈추고 의사를 찾으러 방향을 바꿀 것이다. 거의 다 왔는데 여기서 발목 잡히고 싶지 않았다.

이미 열흘이나 흔들리는 마차를 타고 왔다. 아부를 타고 절벽에서 뛰어내리기도 했다. 아이가 잘못될 거면 진즉 사달이 났을 거다.

유진은 침묵을 택했다. 마차는 계획대로 잡은 길을 따라 달려갔고 오후에는 저 멀리 아노티 산맥이 보이기 시작했다.

이튿날 아침, 두 사람은 드디어 산맥으로 올라가는 길목에 이르렀다.

＊　　＊　　＊

　다나는 서류에 인장을 찍은 후 옆의 처리된 문서를 쌓아 놓은 곳에 올려 두었다. 그러자 더는 남은 서류가 없이 매끈한 책상이 드러났다. 그녀는 빈 책상을 물끄러미 보다가 인장을 천천히 내려놓았다.

　갑작스레 연회를 중단한 후 느긋하게 진행한 뒷정리가 이제야 끝났다. 그녀는 대부분 업무를 진즉 아들에게 넘겼으나 이번 일만큼은 모두 직접 처리했다.

　그녀는 고개를 들어 창밖을 바라보았다. 딱 깔끔한 시간에 일이 끝났다. 곧 노을이 하늘을 물들일 것이다.

　홀가분하면서도 서운했다. 소소하게 신경 써야 하는 잡무에 집중하는 동안 딸이 떠난 허전함을 잠시 잊을 수 있었다.

　'어느덧 열흘이구나. 지금쯤이면 하시 왕국으로 들어갔겠지.'

　다나는 유진과 카세르가 하시 왕국까지 가는 구체적인 경로는 모르고 대충 넉넉잡아 칠팔일 정도면 하시 왕국 국경을 밟을 거라고만 들었다. 계획에 차질이 생겨서 지금 두 사람이 아직 산맥조차 넘지 못했다는 사실을 그녀는 몰랐다.

　유진은 하시 왕국 국경을 넘는 즉시 급보를 보내 소식을 알려 주기로 다나와 약속했다. 다나는 그 약속을 떠올리며 편지를 기다렸다.

　"가주님."

　바깥에서 집사가 문을 두드렸다. 잠시 후 들어온 집사가 고했다.

　"기사가 방문했습니다. 가주님을 뵙기를 청합니다."

　다나는 잠시 언짢은 기색을 표정에 드러냈다. 지난 열흘 동안 다나는 상제의 부름을 받아 세 번이나 성도궁에 다녀왔다.

　"들이게."

"예, 가주님."

잠시 후 들어온 기사가 상제의 전언을 전했다.

"상제 성하께오서 가주님께 긴히 전할 말씀이 있다고 하셨습니다. 오늘 안으로 뵙자고 하십니다."

상제는 성도의 왕이 아니다. 막대한 영향력을 바탕으로 압박은 가할 수 있겠으나 아르스의 가주에게 오라 가라 할 명령권은 없었다. 해 질 녘에 사람을 보내서 오늘 안에 만나자는 건 당장 오라는 뜻이니 참 무례했다. 하지만 다나는 순순히 대답했다.

"알겠소. 곧 뵈러 가겠소."

"예, 가주님."

다나가 외출 준비를 거의 마쳤을 때 막 귀가한 패트릭이 소식을 듣고 침실 문을 두드렸다.

"어지간히도 불러대는군. 당신이 성도궁에 다녀올수록 소문에 살이 붙어요. 상제는 실종된 진을 염려하는 척하면서 죄인 찾듯이 수색하고 있지요. 그게 더 소문을 부추긴다는 사실을 모를 리가 없어요. 아니카를 아낀다면서 이런 식으로 치졸하게 굴다니."

패트릭의 표현이 제법 거칠었다. 언제부턴가 그는 상제에게 존칭을 붙이지 않았다.

다나는 말을 신중하게 고르는 남편의 성품을 아는 터라 그가 밖에서 뭔가 거슬리는 소리를 들었다고 짐작했다.

"그래도 아직은 우리가 예상한 최악은 아니잖아요. 다녀올게요."

"조심해요."

다나는 남편의 굳은 표정을 보고 미소 지었다.

"설마 상제가 날 해코지할까 봐요?"

"당신을 자꾸 부르는 건 그만큼 상제가 조급하기 때문이에요. 구석에 몰린 자는 무슨 짓을 할지 몰라요."

다나는 진지한 표정으로 남편의 조언을 귀담아들었다. 저택을 나와 성도궁에 도착한 그녀는 사제의 안내를 받아 알현실로 갔다. 지난 세 번의 방문과 다르게 이번에는 차 한 잔을 다 비우도록 상제가 나타나지 않았다. 손님을 오래 기다리게 하는 것은 여러 가지 의미가 있다. 그중 좋은 의미는 없었다.

두 번째 찻잔을 반쯤 비웠을 때 알현실 문이 열렸다. 그녀는 안으로 들어오는 상제를 보며 자리에서 일어났다. 오늘도 역시 상제의 주변에 어떤 기운도 보이지 않았다. 다나는 죽은 사람을 볼 때도 영혼의 흔적 같은 기운을 느꼈다. 그녀가 아무것도 느낄 수 없는 사람은 오직 상제뿐이었다.

예전에는 신의 대리인이라서 그러려니 했다. 하지만 이미 상제가 신력을 잃은 상태라는 진의 말을 들은 후부터 꺼림칙했다.

─내가 결례를 했습니다. 미룰 수 없는 일이 있어서요. 어찌 지내고 계십니까?

"성하께서 살펴 주시는 덕으로 평온합니다."

─그렇습니까? 평온하지 못할까 봐 우려했는데 평온하다니 다행입니다.

시선을 내리고 있는 다나의 미간이 살짝 움찔했다. 상제의 말투가 유난히 삐딱했다. 오늘 만남은 아무래도 피곤하겠다고, 그녀는 내심 각오했다.

상제는 지금 극도로 기분이 저조했다. 조금 전, 맡긴 임무에 실패했다는 보고를 잇달아 받았다.

진의 호위를 추적하라고 델러노 왕국으로 보낸 기사들은 진은 찾지 못했다고 급보를 보냈다. 슬란 왕국 쪽으로 보낸 자들도 추적에 실패했다. 디쿠스 왕국 방향으로 보낸 피데스한테서도 아직 연락이 없는 것을 봐서는 역시나 찾지 못한 듯했다.

더구나 사왕이 하시 왕국으로 들어갔는지 확인하라고 보냈던 자들한테 이상한 소식을 받았다.

「사왕과 동행한 전사들이 산맥을 넘었다는 정황은 확인했으나 사왕이 그들과 함께 있었는지는 알 수 없었습니다.」

이리저리 앞뒤를 맞춰 보니까 결론이 나왔다.

'진은 성도를 떠났고 사왕이 동행했군.'

진은 왜 도망치듯 성도를 떠난 것일까. 뭘 알고 있길래. 사왕을 이용할 목적으로 결혼한다던 진이 마음을 바꾼 이유가 무엇인가. 사왕과 무슨 작당을 하는 건가.

상제는 자신이 가진 정보가 전혀 없다는 사실이 화가 나고 두려웠다. 왕과 아니카는 서로를 경원시해야 한다. 상제가 아주 오랫동안 공을 들인 작업이었다.

— 가주께서는 여전히 아니카 진의 행방을 모르십니까? 진정으로 아니카 진이 사라지기 전에 어떤 이야기도 듣지 못했습니까?

질문보다는 추궁에 가까웠다. 다나는 잠시의 간격을 두고 차분하게 대답했다.

"아는 것이 있다면 전부 말씀드렸을 겁니다. 성하."

—아니카 진의 안위가 걱정되지 않으십니까?

"자식을 걱정하지 않는 부모가 있겠습니까. 경솔한 아이가 아니니 믿고 기다릴 뿐입니다. 때로는 그것이 부모의 역할입니다."

—딸의 행방의 알 수 없는 상황인데도 참으로 의연하시군요.

다나가 시선을 들어 상제를 똑바로 보며 말했다.

"제 겉모습으로 제 감정을 전부 판단하려 하지 마십시오, 성하. 저는 속으로 울면서 겉으로는 웃을 수 있는 사람입니다."

—……

지금은 나이가 들고 뒤로 물러난 지 꽤 되었으니 요즘 젊은이들은 잘 모를 것이다. 한창 가문의 부흥을 이끌 때의 아르스 가주는 몸속에 흐르는 피가 차가울 거라는 평을 듣던 사람이었다.

긴 세월에 걸쳐 상제가 만났던 수많은 사람 중에서 아르스 가주는 손가락으로 꼽을 수 있을 만큼 당찬 여장부였다.

아르스 가문은 섣부르게 건드릴 수 없는 상대다. 아르스가 지닌 부유함은 별것 아니었다. 재물은 부질없다. 아르스 가문의 힘은 주변의 신망이었다.

그래서 상제는 무척 성가신 과정을 겪게 되더라도 아르스 가문 출신인 아니카 진을 포기할 수 없었다.

얼마 전, 드디어 그토록 바라던 미래가 등장했다. 엘버는 성도궁 중앙에서 하늘을 뚫을 것처럼 솟아오른 거대한 나무를 봤다고 했다.

언제인지는 알 수 없으나 그리 먼 미래는 아닐 것이다. 엘버가 보는 미래는 길어 봤자 수십 년 정도였다.

진과 플로라, 두 명의 자각몽은 호수다. 고작 호수 정도로는 부족했다. 그렇다면 한 명으로는 안 된다. 그 미래의 실현을 위해서는 두 명의 아니카가 반드시 필요하다고 결론을 내렸다.

─아니카 진은 규칙을 어겼습니다. 천신제의 중요한 역할을 내팽개치고 사라졌습니다. 이번 천신제는 이 성도의 운명이 걸려 있어요. 나는 이 일은 이대로 넘어갈 생각이 없습니다. 가주께서 아니카 진의 어머니이니 마지막 기회를 드리겠습니다. 천신제까지 아니카 진을 성도궁으로 데려오세요. 끝내 아니카 진이 나타나지 않으면 나는 신의 대리인으로서 아니카 진에게 엄히 책임을 물을 겁니다.

협박에 가까운 경고를 들으며 다나의 표정이 굳었다.

*　　　*　　　*

마차에서 내린 유진이 저 멀리 산으로 오르는 길을 바라보았다.

"멀어서 그런가……. 길이 좁아 보여요. 마차로 갈 수 있겠어요?"

"못 가."

"네?"

유진이 카세르를 돌아보았다.

"길을 도중에 바꿨어. 이쪽은 지름길이야. 길이 험하긴 하지만 하루면 산을 넘을 수 있어."

"마차는 못 간다면서요. 아부를 타고 가려고요?"

"아부는 당신이 못 타잖아. 내가 당신을 안고 달리려고."

"……저를 안고 산을 타겠다고요?"

"아부를 탈 때와 다를 거야. 흔들리지 않고 갈 수 있어. 아무리 생각해도 당신 멀미 증상이 이상해."

유진은 속이 뜨끔했다.

"지금 여기서 쓸 만한 의사를 찾으러 무턱대고 헤매는 것보다는 지름길로 산을 얼른 넘고 왕국 의사에게 보이는 편이 낫겠어. 당신이 힘들면 무리해서 이동하지 않을게."

"아……. 저는 괜찮은데 당신이 걱정이죠. 날 안고 평지도 아니고 산을."

왕이 보통 사람과 비교도 안 되는 체력과 운동 신경을 지닌 것은 알지만, '정말 가능한가?'라고 의구심이 들었다.

"할 수 있으니까 하겠다고 하지."

덤덤하게 말하는 카세르의 표정에는 우쭐하는 기색도 없었다. 유진은 얼떨떨한 기분으로 고개를 끄덕였다. 새삼 눈앞의 남자가 인간 이외의 존재로 느껴졌다.

산맥까지 바로 이어진 곳까지도 마차로 갈 만한 길이 없어서 그들은 마차를 버리고 걸었다. 카세르가 갑자기 걸음을 멈추었다. 그는 먼 곳을 바라보며 눈을 가늘게 좁혔다.

"왜요?"

유진이 카세르가 바라보는 쪽으로 고개를 기웃거려도 눈에 띄는 건 없었다.

"누군가 있어. 기사인가……? 모르겠군."

유진이 화들짝 놀랐다.

"우릴 봤어요?"

"아직은."

"그럼 얼른 딴 데로 가요."

"추적해 왔으면 최소한 둘 이상이어야 해. 그런데 한 명뿐이야. 잠시 여기 있어. 보고 올게."

카세르는 유진과 두 마리 환수를 남겨 두고 살펴보러 갔다. 얼마 후 돌아온 카세르 표정이 미묘했다.

"당신에게 할 말이 있대."

"누가요?"

"피데스."

"네?"

유진의 눈이 휘둥그레졌다. 카세르와 함께 다시 산 쪽으로 걷다 보니까 조그맣게 사람의 모습이 보였다. 곧 알아볼 수 있을 정도로 가까워졌다. 그런데 피데스의 행색이 어딘가 이상했다. 기사의 상징이라고 할 만한 은색 갑주와 화려한 망토를 입지 않았다.

피데스는 자신에게 다가오는 두 사람을 응시하다가 서로의 얼굴이 뚜렷이 보일 정도로 가까워지자 꾸벅 고개를 숙였다.

"피데스 경."

유진이 아연한 표정으로 중얼거렸다. 여기서 그를 보게 되리라고는 예상하지 못했다.

"상제의 명으로 우리를 추적한 건가요?"

"명을 받았습니다만, 두 분을 뒤를 쫓은 것은 아닙니다. 전 사실 두 분을 찾을 가능성이 전혀 없는 곳을 자원해 왔는데……."

"우연이라고요?"

"저도 믿어지지 않습니다."

유진이 '저 말이 믿겨요?'라고 묻듯 카세르를 보았다. 카세르가 살짝 어깨를 으쓱했다. 아마 피데스가 갑주를 벗은 차림새만 아니었어도 웃기는 소리라고 생각했을 것이다. 기사는 절대 임무 중에 갑주를 벗지 않는다. 기사의 정체성을 드러내는 상징이기 때문이다.

그래서 조금 전 갑주를 입지 않은 피데스를 봤을 때 뭔가 그의 심경에 중대한 변화가 있었다고 짐작했다.

"우리를 쫓은 게 아니면 우리가 가는 길을 방해할 생각도, 우리를 봤다고 보고할 생각도 없다는 뜻으로 해석해도 되나요?"

피데스는 망설임 없이 대답했다.

"예, 저는 두 분을 보지 못했습니다."

유진은 이제 호기심이 들었다. 피데스는 기사의 전형 같은 사람이었다. 상제가 죽으라고 하면 죽을 것 같던 고지식한 기사가 왜 이러고 있을까.

"……내게 할 말이 있다면서요?"

"여쭐 일이 있습니다. 왜 이런 방식으로 성도를 떠나신 겁니까?"

유진은 어떻게 설명해야 할지 잠시 고민했으나 가감 없이 말했다.

"나는 도망친 거예요. 상제는 날 성도에 가두어 두려고 했거든요. 내가 가진 라미타를 노리고 있어요."

즉시 반발할 줄 알았던 피데스가 조용했다. 그는 수심이 내려앉은 무거운 표정으로 말했다.

"저는…… 아직 답을 찾지 못했습니다."

그는 작은 노트를 유진에게 내밀었다. 지금은 생사를 알 수 없는 요세프가 유언처럼 남긴 그 노트였다. 그는 그 노트를 한시도 몸에서 떼지 못하면서도 외면했다. 그 보이지 않는 무게에 짓눌리며 괴로웠다. 유진이 노트를 받자마자 피데스는 다시 손대기 두려운 사람처럼 뒤로 물러섰다.

"제 친구가 남긴 기록물입니다."

잠시의 간격을 두고 피데스는 힘겹게 말했다.

"사제…… 였습니다. 사제를 그만두겠다고 성도궁을 나간 후 지금은 거취를 모릅니다."

유진은 자신이 받은 노트에 심상치 않은 내용이 있을 거라고 짐작했다. 갑자기 달라진 피데스의 태도가 이 노트 때문인 것 같았다.

묻고 싶은 게 많고 해 주고 싶은 말도 많았다. 하지만 이곳에서 지체할 시간이 없다. 혼란스러워하는 피데스가 자신의 마음을 스스로 정리할 시간도 필요해 보였다. 유진은 그에게 꼭 해 줘야 할 말만 하기로 마음먹었다.

"피데스 경."

"예."

"상제는 신이 아니에요."

피데스의 눈빛이 흔들렸다.

"신의 대리인은 신이 아니에요. 경이 믿는 대상은 신인가요? 상제인가요?"

"……."

피데스는 한참을 아무 말이 없었다. 유진이 카세르를 돌아보며 그의 소매를 잡아당겼다. 표정과 눈짓으로 '우리는 가요.'라고 전했다.

카세르는 순간 망설였다.

'손쓰지 않고 가도 괜찮은가?'

그런데 멍청해 보일 정도로 우두커니 서 있는 피데스를 보니까 걱정이 사그라졌다.

카세르가 개인적으로 피데스를 거북하게 생각하는 것과 별개로 피데스가 신실한 기사의 표본 같은 자라는 점은 인정했다. 꺾일망정 휘어지지는 않는 자. 어쩌면 피데스는 상제의 가장 성가신 적이 될 수도 있을 것이다.

"아니카 진."

피데스를 뒤에 두고 걸음을 옮기던 유진이 그의 목소리를 듣고 그대로 돌아보았다.

"아니카 플로라가 사제가 되었습니다."

"……얼핏 듣긴 했어요."

유진은 성도를 떠나기 전날 저녁에 다나한테 들었다. 다나도 자세한 내용까지는 알지 못했고 더 알아볼 시간이 없었다.

피데스는 망설이는 표정으로 머뭇거리다가 말했다.

"조심하셔야 합니다."

뜻밖의 조언에 놀라 유진이 되물었다.

"플로라를 조심하라는 뜻이에요?"

피데스는 얼마 전에 성도궁에서 플로라와 마주쳤을 때를 떠올렸다. 그는 성소에 들어간다는 플로라가 걱정스러웠다. 성소가 위험한 비밀을 감추고 있다고는 대놓고 말할 수 없어서 더 신중히 생각해 보라고 돌려 말했다. 그러자 플로라는 날카롭게 날이 선 표정으로 쏘아붙였다.

「왜요? 나도 진처럼 특별한 힘을 얻게 될까 봐 진이 걱정하던가요?」
「……무슨 말씀인지 모르겠습니다.」
「진은 원래 라미타가 없었어요. 그 애는 자각몽도 꾸지 못했다고요. 그

런데 진이 어떻게 하루아침에 라미타를 얻었겠어요? 다 신술 덕분이라는
걸 피데스 경도 알고 있었잖아요.」

전부 처음 듣는 소리였다. 하지만 그는 플로라의 표정을 보고 아무
말도 하지 못했다. 그녀의 눈빛에는 '틀림없이 넌 알고 있었어.'라는 확
신이 가득했다. 어떤 말을 해도 플로라의 귀에는 변명으로만 들릴 것 같
았다.

「피데스 경. 난 피데스 경이 진을 마음에 뒀다는 걸 알아요. 멍청한 진
은 끝까지 모르더라고요.」
「아니카 플로라.」
「아닌 척해도 소용없어요. 나는 알아요. 가질 수 없는 보물은 아예 눈
을 돌려 외면해 버리는 심리를 나만큼 이해할 사람이 있을까요? 나도 그런
겁쟁이였으니까요.」

플로라는 입술을 끌어올려 비죽 웃으며 말했다. 그 웃음은 어딘지 기
괴해 보였다. 그리고 그녀는 피데스를 눈앞에 두고서 마치 혼잣말하듯
중얼거렸다.

「하지만 그러지 말았어야 했어요. 바라는 게 있으면 악착같이 달려들어
내 손에 쥐어야 하는 건데. 그래서 그 애는 끝내 원하는 걸 얻어 냈잖아요.
난 뭐가 잘났다고 고고한 척했는지.」

피데스는 돌아서는 플로라를 붙잡지 못했다. 멀어지는 그녀의 뒷모
습이 사라질 때까지 바라보았다. 그가 알고 지내던 플로라가 아니었다.

그동안 본심을 감추고 있었는지, 어떤 계기로 변화한 것인지는 모르겠다.

피데스는 편협한 광신도가 되지 않으려 매일 기도실에서 제 마음을 다스렸다. 보고 싶은 것만 보고 듣고 싶은 것만 듣는 플로라는 피데스가 가장 경계하던 모습 자체였다.

"아니카 플로라는 원망과 탐욕에 사로잡혀 있습니다. 그러한 마음으로 신술을 얻으면 분명히 좋지 않은 일에 이용할 겁니다."

"플로라가 신술을 배운다고 해요?"

"아니카 플로라는 선택받은 사제들만 배우는 신술을 익히게 됩니다."

"아……."

유진은 안타까운 마음이 들어 탄식했다. 자신이 투명 씨앗을 싹 틔웠던 날, 절망감을 드러낸 플로라의 표정이 떠올랐다.

플로라는 유진의 소설 속 주인공이었다. 유진은 상상 속 세계의 주인공에 자신을 대입하여 현실의 괴로움에서 잠시 벗어날 수 있었다. 신비한 능력을 지니고 악과 맞서 싸우는 그녀를 동경했다.

직접 만난 플로라는 유진이 상상한 인물과 달랐지만, 기회가 닿으면 플로라와 마음을 터놓는 자리를 마련하고 싶었다. 그런데 가짜와 플로라 사이에 파인 골이 너무 깊었다.

'어떤 식으로든…… 나와 플로라가 맞서는 결과가 정해진 걸까?'

"……난 이제 왕국으로 돌아가니까 괜찮아요. 피데스 경이야말로 조심해요. 성도로 돌아가지요?"

"예."

"경이 답을 찾게 되길 바라요."

유진과 카세르는 다시 돌아서서 걸었다. 피데스는 점점 멀어지는 두 사람을 바라보았다. 두 사람이 서로를 바라보며 다정히 말을 주고받는 모습이 보였다. 꼭 붙들고 있는 두 사람의 손은 잠시도 떨어지지 않았다.

'가질 수 없는 보물……'

그는 내내 가슴에 박혀 지워지지 않는 그 한마디를 중얼거렸다. 플로라의 말대로 악착같이 달려들어야 했을까.

그는 쓴웃음을 지으며 고개를 저었다. 기껏해야 정부나 되었겠지. 사왕이 서 있는 저 자리에 고아인 데다가 가진 것도 없는 자신은 절대 설 수 없었을 것이다.

돌아서는 피데스의 눈빛이 훨씬 또렷해졌다. 자신만 알던 비밀을 다른 사람에게 전하고 나니까 오히려 마음이 정리되었다.

*　　*　　*

유진은 눈동자를 굴려 좌우로 휙휙 지나가는 광경을 구경했다. 사람에게 안겨 있는 게 아니라 빠른 탈것을 탄 것 같았다.

산길을 어느 정도 걸어 올라간 후 카세르는 아부를 앞서 보내어 주변을 살피게 했다. 그리고 그는 유진을 안고 산길을 달리기 시작했다. 그가 장담한 대로 유진은 전혀 흔들림을 느끼지 않아서 신기했다. 단단히 고정된 의자에 앉은 채 주변 풍경만 휙휙 지나가는 입체 영상을 보는 것 같았다.

그녀의 귓가에 스치는 바람 소리와 그의 온몸에서 흘러나오는 푸른빛의 기운이 현실이라는 사실을 일깨워 주었다.

카세르는 쉬지 않고 몇 시간을 내내 달렸다. 날이 어둑해져서 저녁을 먹을 때가 되었을 때 그는 드디어 속도를 늦추고 사방이 트인 곳에서 멈추었다. 그는 유진을 내려놓으며 물었다.

"속이 울렁거리지는 않아?"

"전혀요. 당신은 안 힘들어요?"

"괜찮아. 진작 이렇게 올 것을 그랬어. 생각했던 거보다 할 만하네."

유진은 경이롭다는 표정으로 그를 바라보았다.

"왕은 다 이런 일을 할 수 있어요?"

카세르는 선뜻 대답하지 못했다. 그 역시 직접 해 보기 전에는 몰랐다. 혼자 산을 넘는 건 자신 있었지만, 사람을 안고, 더구나 흔들림을 최소화하려면 더 많은 기운을 쏟아 내야 하므로 힘들지도 모른다고 생각했다.

하지만 하루만 버티면 산맥을 넘은 후 곧 마중하러 나온 이들과 만날 테니까 과감히 시도해 보았다. 그런데 이 정도로 수월할 줄은 몰랐다.

'확실히 프라즈가 예전과 달라.'

프라즈의 변화를 느껴서 도왕에게 상담을 했을 때만 해도 긴가민가했다. 오늘 확신을 얻었다. 자신의 프라즈는 전보다 강력해졌고 그 변화의 원인에는 유진이 있다.

유진은 카세르가 대답 없이 자신을 빤히 보기만 하자 고개를 갸웃했다. 카세르가 그녀의 입술에 짧게 입을 맞추며 말했다.

"당신을 안고 있으니까 힘이 솟아나는 것 같아."

유진이 픽 웃었다. 카세르는 그녀가 농담으로 듣는다는 것을 알았지만, 더 설명하지 않고 웃기만 했다. 활동기가 오면 더 분명하게 알 수 있을 것이다. 그러면 그때 유진과 이야기를 나눠 봐야겠다고 생각했다.

식사 후 카세르는 다시 유진을 안아 들었다. 날이 완전히 어두워진 후에는 그는 그녀를 업고 산을 넘었다. 유진이 그에게 업혀 자는 동안 그는 계속 산길을 달렸다.

다음 날 아침, 유진은 자신을 부르는 그의 목소리를 듣고 잠에서 깼다. 어느새 주변이 환했고 그는 달리고 있지 않았다. 유진이 밤새 몇 번 눈을 뜨면 주변이 완전히 암흑이었다. 귀에 스치는 바람 소리에 귀를 기울이다가 다시 잠들곤 했다.

"여긴 어디예요?"

"국경을 넘었어."

"정말요?"

잠기운이 묻어나던 목소리가 단번에 생기를 되찾았다. 그의 등에 푹 기대 누워 있던 유진이 상체를 들었다. 카세르가 그녀를 바닥에 내려 주며 말했다.

"미리 약속한 길로 온 게 아니라서 아부를 보냈어. 곧 마중단이 이리로 올 거야."

오래 기다리지 않았다. 아부가 먼저 달려오고 잠시 후에 수십 대의 마차를 이끌고 마중 행렬이 도착했다.

행렬을 이끌고 오는 사람이 미리 들은 바가 없는, 예상 못 한 인물이었다. 유진이 활짝 웃으며 얼른 다가갔다.

"마리안."

"전하. 왕비님. 그간 강녕하셨습니……."

허리를 숙여 두 분 윗전께 정중히 인사를 올리려던 마리안은 유진이 그녀를 와락 끌어안는 바람에 인사를 마무리하지 못했다.

"어떻게 이 먼 길까지 왔어요. 정말 보고 싶었어요. 마리안을 보니까 진짜 집에 돌아왔다는 기분이 들어요."

마리안은 당황하여 잠시 굳어 있다가 조심스럽게 손으로 유진의 등을 살짝 감싸 안았다. 흐뭇하게 미소 짓는 마리안은 감격에 북받쳐 코끝이 찡했다.

"얼마나 고생이 많으셨습니까, 왕비님."

"고생은 저이……, 전하께서 하셨지요."

유진은 진심으로 한 말이었다. 하지만 마리안은 의례적인 인사말로 들었다.

"여인이 먼 길 여행을 하려면 이것저것 필요한 것이 얼마나 많은데요. 시종 한 명 없이 오시다니요. 제가 그 말을 듣고 어찌나 황망하던지. 어서 마차에 오르셔요."

마리안은 유진을 챙기느라 왕은 안중에도 없었다. 카세르는 묘한 기분으로 그 장면을 바라보았다. 항상 마리안이 눈으로 좇던 사람은 자신이었는데.

"남작. 의관도 데려왔지?"

"예, 전하."

"출발을 늦추겠다. 왕비 진찰을 먼저 하라고 해."

"전하. 지체하지 말고 출발하면 안 될까요? 진찰은 마차 안에서도 받을 수 있으니까요."

"왕비. 마차에 타면 또 멀미하지 않겠소? 완화하는 약이 있다면 약을 먹고 좀 쉬다 가는 편이 낫소."

"멀미는 어제부터 전혀 하지 않았어요. 그리고 이제는 마차도 많이 흔들리지 않을 테니까요. 어서 출발하고 싶어요. 네?"

유진이 그를 간절히 보며 말했다. 카세르는 어쩔 수 없다는 표정으로 다시 명을 내렸다.

"출발을 준비하라."

카세르는 중요하게 고할 말이 잔뜩 있다는 표정을 짓고 있는 관리와 눈이 마주치자 손짓으로 불렀다. 그리고 마리안에게 추가 지시를 내렸다.

"즉시 의관을 부르고 진찰하는 동안 남작이 동석하도록."

"예, 전하."

카세르가 관리의 급한 보고를 듣는 동안 유진은 마리안과 마차에 올라탔다. 귀인의 편안한 장거리 여행을 위해 준비된 특수 마차는 안에서 두 다리를 뻗고 누울 수 있을 정도로 넓었다.

"마리안. 데려온 의관은 유능한가요?"

마리안은 조심스러운 표정으로 대답했다.

"저는 그렇다고 생각합니다만…… 염려하시는 바가 있으신지요?"

"음……. 소란스럽지 않았으면 좋겠어요. 그 의관이 임신인지 아닌지 진단할 수 있을까요?"

어리둥절한 표정이던 마리안의 눈이 점점 커졌다. 마리안이 덥석 유진의 두 손을 잡았다.

"왕비님."

"아직은 확실하지 않아요."

"세상에, 왕비님."

마리안의 눈시울이 금세 붉어졌다.

"왕비님. 의관이 당도했습니다."

바깥에서 시종이 고했다.

"들이게."

마리안이 대답하자 문이 열렸다. 의관이 마차에 올라탄 후 곧 마차는 출발했다.

카세르는 급한 보고만 간단히 들으려 했으나 관리가 말을 꺼낸 첫 사안부터 금방 끝날 내용이 아니었다. 그는 고개를 돌려 마리안과 함께 걸어가는 유진을 바라보았다. 웃으며 대화를 나누는 두 사람 모습이 다정했다. 산을 넘는 동안에는 멀미하지 않아서 그런지 내내 기운이 없던 유진 표정에 생기가 돌았다.

'마리안이 있으니 괜찮겠지.'

마리안이 마중 행렬에 합류한 것은 카세르도 미리 알지 못했다. 다행히 마리안이 와 주어서 한결 안심되었다. 마리안이라면 자신이 미처 생각지도 못한 부분까지도 알아서 챙길 거라는 믿음이 있었다.

"자리를 옮겨 자세히 듣겠다."

"예, 전하."

마차에 오르는 왕의 뒤를 따라 관리들도 줄줄이 올라탔다. 국왕 부부가 모두 마차에 오른 후 마중 행렬은 곧 출발했다.

마차가 달리는 동안 카세르는 보고를 받고 왕의 최종 승인을 기다리는 보고서를 확인했다. 상당한 권한을 재상에게 위임했는데도 카세르가 처리해야 하는 일이 쌓여 있었다.

재상이 정리해서 보낸 보고서를 읽는 동안에 '이런 것쯤이 알아서 해도 되었을 텐데.'라는 것들이 종종 있었다. 카세르가 이번처럼 오랫동안 자리를 비운 적이 없었던 터라 베루스가 월권하지 않으려고 조심한 듯했다.

'몸 사리기는. 겁이 많다니까.'

카세르는 픽 웃었다. 그가 생각하는 베루스의 장점이자 단점이었다. 일은 참 잘하는데 가끔은 과감한 결단을 내리지 못했다.

역설적이지만, 그래서 카세르는 베루스를 신뢰했다. 베루스가 교활한 정치꾼으로 변하지 않기를 바랐다. 유능한 재상을 가능한 한 오래 곁에 두고 부리고 싶으니까.

베루스가 보낸 보고 내용 중에 꽤 흥미로운 사건이 있었다.

—……관련자들을 추포하여 감금 중입니다. 모두 독방에 투옥하여 개별 접촉을 철저히 차단하고 있습니다.

건기가 막 시작되었을 때 사막으로 데리고 가는 척하며 감금해 둔 호드리고의 간자, 몰리에 관련한 일이었다. 대외적으로 몰리는 실종된 것으로 처리했다.

유진이 몰리가 최면에 걸린 상태 같다고 해서 그 방면 전문가를 수소문해서 몰리와 대면시켰다. 하지만 몰리가 아예 반응도 하지 않으니 방법이 없었다. 그러다 상제의 부름으로 급히 성도로 가게 되면서 일단 몰리의 일은 뒤로 미루어 두었다.

그런데 이십여 일 전, 몰리의 태도가 변했다. 평소처럼 식사를 가져다주는 사람을 붙들고 별안간 울음을 터뜨렸다. 그래서 심문관을 들여보냈더니 묻는 말에 순순히 모두 답했다고 한다.

'최면이 저절로 풀린 건가?'

시간이 지나면 풀리는 것일지도 모른다.

몰리의 자백을 바탕으로 베루스는 마라의 교도들이 '성소'라고 부르는 은신처 몇 군데와 지하에 파 놓은 굴을 이용한 통로를 발견했다. 안 그래도 마라 교도들의 움직임을 주시하고 있었다. 기회 삼아 간부급들을 모조리 잡아들였다고 했다.

그래서 잡힌 자 중에는 호드리고도 있었다.

'사교도라는 죄목이 아니라 간첩죄로 잡아넣다니. 괜찮은 방법이군.'

베루스는 지하의 굴이 왕성 근처이기 때문에 간첩 목적의 시설이라고 규정했다. 사교도라는 죄목으로 잡아들이기 시작하면 사회 불안을 조장하고 백성 간 불신을 키운다. 음지로 숨어들어 불안 세력으로 변할 수도 있었다. 그래서 카세르는 지금껏 마라 교도를 엄히 단속하지 않고 내버려 두었다.

'호드리고……. 그자를 이용할 수 있을까.'

카세르가 집중해서 일하는 사이에 빠르게 흘러간 시간은 어느새 정오에 이르렀다. 점심 식사를 위해 적당한 공터에 마차들이 멈추어 섰다.

왕성까지 가는 경로는 가능한 한 인적이 드문 곳으로 잡았다. 지역 영주는 영지에 들르는 국왕 부부와 친분을 쌓을 기회를 놓치지 않으려 할 것이다. 그런 번거로운 접대를 피해서 가는 길이 지름길이었다.

카세르는 마차에서 내려 곧바로 왕비의 마차로 걸어갔다. 때마침 유진이 탄 마차 문이 열리고 마리안이 내렸다. 마리안은 방금 내린 마차를 물끄러미 올려다보더니 두 손에 얼굴을 묻었다. 멀리서는 그 모습이 마치 우는 것처럼 보였다.

카세르의 가슴이 덜컹 내려앉았다. 머릿속에 떠오르는 나쁜 생각들을 억지로 눌렀다. 그는 성큼성큼 빠른 걸음으로 마리안에게 다가갔다.

"마리안!"

그는 자신도 모르게 소리치듯 불렀다. 걸음을 떼던 마리안이 소스라치며 뒤를 돌아보았다. 꽤 놀랐는지 마리안이 한 손으로 제 가슴을 짚으며 카세르에게 다가왔다.

"전하. 왜 소리를 지르셔요."

"무슨 일이야?"

카세르는 마리안의 표정을 유심히 살폈다. 운 흔적은 없었다. 오히려 눈꼬리나 입매가 전부 휘어져 있었다.

"무슨 말씀이신지요?"

"유진…… 왕비는 의관한테 진찰받았어? 뭐라고 해?"

"아……."

마리안이 머뭇거렸다. 이 기쁜 소식을 당연히 왕께 당장 고하고 싶어 입이 근질거렸지만, 왕비님께서 직접 전해야 하는 소식이었다. 자신이 가로챌 수는 없었다.

마리안의 태도는 카세르의 불안을 부추겼다. 지금껏 마리안이 이런 식으로 답답하게 군 적이 없었다.

카세르는 마리안을 붙들고 실랑이하느니 유진을 직접 보자고 마음먹었다. 다급히 마차로 걸어가는 그를 마리안이 불러 세웠다.

"전하. 서두르지 마세요. 천천히요, 천천히."

막 마차 문에 손을 댄 그가 마리안을 돌아보았다.

"마차 문은 천천히, 조심스럽게 여시라고요. 왕비님께서 놀라시잖아요."

카세르는 영문을 모르는 표정으로, 하지만 시키는 대로 조용히 마차 문을 열었다. 눈이 마주친 마리안이 활짝 웃었다. 아무래도 마리안이 이상하다고 생각하면서 그는 마차로 들어갔다.

마차 안에는 시녀가 한 명 앉아 있었다. 카세르는 마차 안 침상에 누워 자는 유진을 바라보며 시녀에게 나가라고 손짓했다.

시녀가 나가면서 마차 문이 여닫히는 소리에 유진이 눈을 떴다. 그녀는 느릿하게 눈을 깜빡이면서 카세르를 보며 미소 지었다.

"마차가 멈췄나 봐요."

카세르가 자신에게 뻗은 유진의 손을 잡아 일어나 앉도록 도와주었다.

"점심때가 되어서 잠시 쉬고 있어. 멀미는 어때? 의관은 뭐래?"

유진은 배시시 웃고는 그의 허리를 끌어안았다. 작은 동물이 어리광 부리듯이 그녀는 그를 꽉 안은 채 품에 파고들었다. 그의 손이 자신의 머리카락 사이를 부드럽게 헤집으며 쓸어내리는 느낌이 좋았다.

"나쁜 일은 아닌 것 같군. 하지만 스리슬쩍 넘어가는 건 안 돼."

유진이 고개를 들었다. 눈이 마주친 그의 표정은 부드러웠지만, 단호함이 느껴졌다. 마치 '이번에는 절대 넘어가지 않아.'라고 말하는 것 같았다.

유진은 풋 웃음을 터뜨렸다.

"카세르."

유진은 그를 불러 놓고 그를 한참 바라보았다. 푸른 머리카락과 푸른 눈동자, 그의 이목구비 하나하나를 뜯어보았다. 자신이 읽은 미래에 등장한 소년의 얼굴을 그의 얼굴 위에 그렸다. 어서 빨리 그 아이를 만나고 싶었다.

"내가 엄마가 된대요."

갑자기 목이 메어서 유진은 거의 속삭이듯 말했다. 아직 상황 파악이 안 되는지 멀뚱히 자신과 눈을 맞추는 그를 보며 웃었다.

"당신이 곧 아버지가 된다고요."

그가 눈썹을 살짝 일그러뜨렸다. 유진은 그의 눈동자가 호수에 비친 달처럼 잘게 흔들리는 모습을 즐겁게 바라보았다. 그가 자세를 낮추어 유진과 눈높이를 맞추었다. 다리에 힘이 풀린 사람처럼 휘청거리는 그의 몸짓 때문에 유진은 웃음을 터뜨렸다.

카세르의 입술이 벌어졌으나 어떤 소리도 나오지 않았다. 그는 간신히 토해 내듯 말했다.

"……아이?"

유진이 고개를 끄덕였다.

"지금 당신 배 속에……?"

그녀는 더 힘껏 고개를 끄덕였다. 그의 눈동자가 더 크게 흔들렸다.

카세르는 도저히 감당할 수 없는 벅찬 감정 때문에 눈을 꽉 감았다가 떴다. 희열이 흐르고 넘쳤다. 자신은 간지럼을 탄다는 게 뭔지 모르는데 터지는 웃음을 참을 수 없는 이 감각이 그와 비슷할 것 같았다.

그에게 후계자란 왕의 의무 중 하나일 뿐이었다. 언제부터 그 생각이 변했는지는 그 자신도 알지 못했다. 어느 날 문득 의무와 상관없이 그녀와 자신 사이에서 태어날 아이가 궁금했다. 하지만 아직 먼 미래의 일이니까 더 생각하지 않으려 했다.

"유진, 유진."

그는 유진을 끌어안았다. 하고 싶은 말이 많은데 어떤 말도 떠오르지 않아서 그저 그녀의 귓가에 유진의 이름만 반복해 불렀다. 불현듯 그는 자신이 힘주어 그녀를 안고 있다는 사실에 놀라 얼른 그녀를 품에서 떼어 냈다.

"괜찮아? 너무 힘이 들어갔지? 배가 눌리지는 않았어? 당장 의관을……."

"진정해요."

유진은 키득키득 웃으며 그의 팔을 잡아당겼다.

"아직은 눌릴 만큼 배도 없어요."

카세르의 시선이 유진의 배로 내려갔다. 그녀의 배 속에 아이가 자라고 있다는 사실이 믿기지 않았다. 저 납작한 배가 동그랗게 부풀어 오르는 모습을 상상하니까 오싹했다.

곧 태어날 자신의 아이, 그리고 아이를 낳아 줄 자신의 아내.

지켜 줘야 하는 약한 존재인데 카세르는 오히려 자신이 보호를 받는 기분이 들었다. 그를 이 세상에 단단히 묶어 주는 가족이 바로 눈앞에 있었다. 그녀가 사랑스러워서 참을 수가 없었다. 그는 유진을 부드럽게 안으며 그녀의 얼굴 곳곳에 키스를 퍼부었다. 유진이 간지럽다고 피하려 하는데도 아랑곳하지 않았다.

"그래서 그렇게 속이 울렁거렸던 거였어요. 아무래도 이상하다고 생각했더니만. 의관 실력이 정말 좋던걸요. 임신 여부를 단번에 판별할 수 있는 약재가 있다는 것도 신기했고요."

카세르가 키스를 멈추고 말했다.

"임신 사실을 알고 있었어?"

"혹시나 했었는데……."

유진은 말을 하다가 입을 다물었다. 어느새 그의 표정이 아까보다 가라앉아 있었다.

"언제 알았어?"

"아……, 그게요."

"성도에서 출발할 때도 알고 있었어?"

"아뇨! 그때는 몰랐어요. 정말이에요."

유진은 경직된 그의 눈빛이 조금 풀리는 걸 보고 안도의 숨을 내쉬었다.

"그럼 언제?"

"어, 어제요. 어제 산길을 올라가던 중에 문득 생각났어요."

유진은 자신이 알아차린 시기보다는 조금 뒤로 미루어 말했다.

"그런데 확실하지도 않고 곧 마중단도 만날 거고……. 아이는 괜찮대요. 의관이 별다른 걱정의 말은 하지 않았어요."

카세르가 한숨을 내쉬더니 말했다. 그는 한 손으로 그녀의 얼굴을 감싸 쥐고는 볼을 다정하게 쓸었다.

"어제라도 그런 생각이 들었을 때 내게 말을 했어야지. 내가 당신을 안은 채 실수로 넘어지기라도 했으면 어쩔 뻔했어. 의사는커녕 사람도 없는 깊은 산중에서 손을 쓸 방법이 없다고. 아이가 문제가 아니라 당신이 큰일 나."

유진은 그가 넘어지는 모습은 도무지 상상이 가지 않았지만, 잠자코 있었다.

"만약에…… 성도를 떠나기 전에 알았으면요?"

카세르는 망설이지 않고 대답했다.

"그럼 당신은 성도에 남아 있어야지."

미리 알지 못해서 참 다행이라고, 유진은 속으로 생각했다.

"아, 참. 엄마께 연락드려야 해요. 걱정하고 계실 거예요."

"국경을 넘었다는 소식은 아까 출발할 때 보냈어."

잊지 않고 마음을 써 준 그가 고마워서 유진은 그를 와락 안고 쪽 입을 맞추었다.

"추가 소식을 보낼래요. 부모님께도 얼른 알려드리고 싶어요."

이제나저제나 초조한 마음으로 딸 소식을 기다리던 다나는 비밀리에 들어온 서신을 받고 가슴을 쓸어내렸다.

그런데 다음 날, 집사가 또다시 서신을 가져왔다. 하시 왕국의 인장까지 찍힌 공식 우편물이었다. 어제 받은 비밀 서신과 다르게 이번 서신은 이쪽 소식에 촉각의 곤두세우고 있는 상제의 귀에도 들어갈 것이다.

다나는 불안하게 뛰는 심장을 진정시키며 봉투를 열었다.

떨리는 손으로 서신을 꺼낸 다나가 읽기 시작했다. 헉 숨을 급히 들이마신 그녀가 한 손으로 자신의 입을 막고 굳어 버린 것처럼 꼼짝하지 않았다.

"무슨 일이에요? 뭐라고 해요? 이미 무사히 왕국으로 들어갔다고 했잖아요."

옆에서 패트릭이 조급하게 캐물었다. 그는 혹시 충격적인 소식일까 봐 다나가 걱정되어 옆자리를 지키고 있었다. 침착한 척하고 있으나 사실 그 역시 딸 걱정에 계속 아무 일도 손에 잡히지 않았다.

"여보."

다나가 패트릭을 보면서 눈물을 글썽였다.

"진이 아이를 가졌대요."

"뭐요?"

패트릭이 얼른 다나의 손에서 편지를 빼앗아 읽었다. 그의 입꼬리가 점점 위로 휘어져 올라갔다. 저절로 기분 좋은 웃음이 흘러나왔다.

"어린 내 딸이 벌써 엄마가 된다니."

그녀는 감격하면서도 왠지 모를 서운함을 느끼며 눈가에 맺히는 눈물을 손수건으로 찍었다. 감정을 빠르게 추스른 그녀는 아르스 가주의 냉철한 얼굴이 되어 말했다.

"됐어요, 이제. 진이 왕국으로 돌아갈 명분이 있으니 상제도 트집 잡지 못해요."

얼마 후, 다나의 예측대로 기사가 아르스 저택을 방문했다. 하시 왕국에서 보낸 편지가 도착한 사실을 알고 상제가 다나를 만나자고 했다.

— 하찮은 인간 따위가.

평소 고저가 거의 없던 상제의 음성에 노여움이 깃들었다. 부릅뜬 붉은 눈동자는 차갑게 번들거렸다. 기도실에 혼자 있을 때조차 자애로운 성자의 껍데기를 유지하는 그가 분에 겨워 씩씩댔다.

조금 전 아르스의 가주가 다녀갔다. 그녀가 가져온 소식만으로도 이미 속이 부글거려 버럭 소리를 지를 뻔했다. 아니카 진이 임신했다니, 사왕의 아이를 가졌다니!

강력한 프라즈를 지닌 왕과 강한 라미타를 지닌 아니카의 결합. 상제가 가장 바라지 않던 결과였다.

「진이 천신제에 참석하지 못해도 너그러이 이해해 주시옵소서. 지난번에 진의 불참을 엄히 추궁하겠다던 말씀도 거두어 주시옵소서.」

상제는 아르스 가주의 표정과 태도를 떠올리며 미간을 일그러뜨렸다. 당연한 권리를 주장하는 듯한 그 태도는 누군가는 당당하다고 말할지 모르겠다. 상제의 눈에는 무척 건방졌다.

고작 일백 년도 살지 못하는 인간 따위가. 아무리 잘나 봤자 수십 년 후에는 한 줌 흙으로 남을 제깟 것이.

「천신제에 성도의 운명이 걸려 있다면 왕의 후계자에는 왕국의 운명이 걸려 있습니다. 진은 왕비로서 당연히 왕국의 운명을 택해야 합니다. 성하께서 축복하신 결혼입니다.」

상제는 다나의 말에 아무런 반박을 할 수 없었다.

성도와 왕국은 우열을 가릴 수 없다. 성도를 위해 왕국이 희생해야 한다고 하면 즉시 왕들이 반발할 것이다. 성도가 왕국을 적으로 돌리면 여섯 왕은 같은 적과 싸우기 위해 뭉칠 것이다. 상제가 생각하는 최악의 상황이었다.

다나가 '이 결혼은 네가 시킨 거잖아. 그러니까 트집 잡지 마.'라는 뜻으로 마지막에 한 말도 속을 뒤집었다.

줄줄이 일이 틀어지는 와중에 자신의 앞에서 똑바로 대거리하는 여자가 몹시 거슬렸다.

'상제가 아니라 황제가 돼야 했었나.'

지금껏 신의 대리인 노릇에만 충실했던 것은 권력에 관심이 없어서가 아니었다.

권력. 얼마나 편리한 수단인가. 절대권력자로서 인간들을 지배하며 강압적으로 찍어 누르는 방식이 성자 노릇보다는 훨씬 쉽다. 하지만 그만큼 반작용도 컸다.

상제는 아주 오랫동안 인간들을 관찰했다. 그러다 권력이 절대 영원하지 않다는 속성을 알게 되었다. 자신이 원하는 것을 손에 넣기 위해서는 오랫동안 안정적으로 인간들을 지배할 수단이 필요했다.

이어서 '신앙'을 발견했다. 조금씩 형태는 바뀌어도 인간들이 신앙을 잃은 적이 없었다. 잊힌 고대 일족의 후손을 찾아내고 엘버를 만나고 주술을 얻어서 지금 여기까지 오는 과정은 순조로웠다.

오래전, 엘버와 거래한 내용을 떠올리며 상제는 비릿하게 웃었다. 지금 상제가 서 있는 지금 이 자리, 가짜 성자 노릇을 엘버에게 맡으라고 했더니 엘버는 오히려 상제에게 그 역할을 양보했다.

'딴에는 머리를 썼다고 생각했겠지.'

모두가 촘촘한 계획 안에 있었다는 사실을 엘버는 지금도 모를 것이다. 똑똑해 봤자 고작 수십 년 산 인간이 부리는 수작은 빤히 보였다. 아득한 세월에 걸쳐 인간을 관찰한 괴물이 쳐 놓은 덫에서 빠져나가지 못했다.

"성하. 부르심을 받고 왔습니다."

알현실 밖에서 사제가 말했다. 상제는 나중에 오라고 하려다가 사제를 부른 용무가 생각났다. 그는 눈을 감고 표정을 지운 후 대답했다.

— 들어오세요.

문이 열리고 기도실에 들어온 나이 지긋한 사제는 성소의 책임자 중 한 명이었다. 성소에 들어간 플로라가 궁금해서 그를 불렀다.

상제가 플로라의 근황을 묻자 사제는 상기된 표정으로 말했다.

"성하. 아니카 플로라가 신술을 습득하는 속도와 이해력은 놀라울 정도입니다. 가히 신께서 내리신 재능이라고 할 만합니다."

*   *   *

환자나 노인이 아니고서는 긴 여행길에 남자는 마차를 타지 않았다. 체면이 걸린 관습이었다. 하지만 그런 관습 따위 아랑곳하지 않고 수도까지 이동하는 여정 내내 왕은 왕비의 마차 안에서 꼼짝하지 않았다. 감히 딴지를 걸 자들은 없지만, 왕비의 마차를 흘끔거리는 시선은 종종 있었다.

"밖에서 흉보겠어요."

유진이 걱정되어 한마디 해도 카세르는 전혀 귀담아듣지 않았다. 그는 당당히 말했다.

"누가 흉을 봐? 난 지금 왕의 의무를 다하는 중이라고."

"무슨 의무요?"

"뒤를 이을 후사를 보는 것은 왕의 가장 중요한 의무야. 그러니 후계자가 무사히 태어나도록 당신의 정서적 안정을 도와야지."

유진은 지구에 사는 대부분 현대인이 그러하듯 잡다한 지식이 많았다. 태교에 관한 것이 그중 하나였다. 그녀는 카세르에게 자신이 아는 태교론을 설파했다.

아이가 배 속에서 무럭무럭 자라기 위해서는 모체의 신체 건강뿐만 아니라 정서적 안정이 중요하며 남편의 살뜰한 보살핌이 특히 큰 역할을 하고 임신 중 서운한 일은 평생 간다고 말했다.

유진은 자신이 했던 말을 핑곗거리로 삼는 그에게 살짝 눈을 흘겼다. 이렇게 온종일 붙어 있으라는 뜻이 아니었는데.

그런데 그의 주장이 아예 엉터리는 아니었다. 입덧 증상이 확연히 나아졌다.

마차라는 좁은 공간이지만, 그와 단둘이 계속 함께 있는 이 시간이 좋았다. 임신 소식을 안 후부터 들뜬 감정을 숨기지 못하는 그를 보면 덩달아 행복했다. 지금껏 이렇게 몇 날 며칠을 내내 함께 보낸 적이 없었다.

물론 다른 이유도 작용했을 것이다. 견고하게 잘 만들어진 마차는 넓고 편안한 데다가 흔들림이 훨씬 덜했다. 하시 왕국의 국경을 넘은 후부터는 안심이 되어 마음도 편했다.

유진은 커다란 쿠션에 기대 거의 반쯤 누운 자세로 카세르를 바라보았다. 카세르가 의아한 표정으로 말했다.

"당신, 요 며칠 그런 식으로 보더라. 관찰하는 것 같기도 하고…… 날 보면서 날 보지 않는 것 같기도 하고."

'예리한 남자 같으니.'

유진은 당황한 마음을 미소로 얼버무렸다. 그녀는 카세르를 보면 그를 닮은 소년이 자꾸 떠올랐다. 그에게는 자신이 읽은 미래에 관해 말하지 않았다. 아직 태어나지 않은 아이에 대해 이러쿵저러쿵 떠들다가 동티가 날까 봐 걱정됐다.

근거 없는 미신이라도 뭐든 조심하고 싶었다. 그래서 아이가 무사히 태어난 후에 환수 사냥을 떠나는 그 아이의 여행담을 말할 생각이었다. 그는 무척 흥미로워할 것이다.

"우리 아이, 당신을 많이 닮았겠지요?"

"머리카락과 눈동자 때문에 무조건 닮아 보여. 더구나 사내아이일 테니……."

그의 표정이 어딘가 섭섭해 보였다.

"당신을 닮지 않았으면 해요?"

"그렇다기보다는…… 당신을 닮은 아이가 궁금해."

카세르가 유진의 손등에 입을 맞추며 말했다.

"둘째는 당신을 닮은 공주님이었으면 좋겠어."

유진이 헛웃음을 흘렸다.

"아직 배도 부르지 않았는데 벌써 둘째 이야기가 나와요? 아이 낳은 게 얼마나 힘든 일인 줄 알아요?"

"당신이 힘들다고 하면 어쩔 수 없지만……."

아쉬운 기색이 역력하면서도 바로 물러서는 그를 보면서 유진은 쓴웃음을 지었다.

'내가 당신을 정말 많이 좋아하나 보다.'

둘이 아니라 셋이라도 그의 아이를 낳고 싶었다. 저쪽 세계에서는 결혼조차 생각해 본 적 없던 자신이 다복한 가정을 꾸려 엄마가 되고 할머니가 되는, 그런 삶을 꿈꾸게 되었다.

눈을 감고 그러한 미래를 그려 보다가 어느새 잠이 들고 말았다. 카세르는 금세 곤히 잠든 유진을 보며 미소 지었다. 그녀는 잠이 부쩍 늘었다. 하루의 반 이상은 자는 것 같았다. 대화를 나누다가 어느 순간 조용해서 보면 자고 있었다.

'속이 울렁이는 증상은 전보다 나아져서 다행이군.'

그는 대부분 임부가 겪는다는 입덧 증상에 관해 마리안한테 들었다. 그저 멀미인 줄만 알았던 자신의 무지함이 부끄러웠다.

'네 어머니 고생시키지 말고 얌전히 잘 있다가 나와라.'

그는 유진의 배를 보며 중얼거리다가 겸연쩍은 기분이 들었다. 불과 반년 전만 해도 이런 실없는 짓을 하는 자신의 모습을 상상조차 하지 않았다.

그는 잠든 유진의 얼굴을 하염없이 바라보았다. 요 며칠 기분이 이상했다. 술을 마시지 않았는데도 취한 것 같았다. 몸이 붕 뜬 기분이 들고 괜히 웃음이 나왔다.

카세르는 늘 강박적일 정도로 자신을 통제했다. 그런데 종잡을 수 없는 지금 자신의 모습이 그리 불쾌하지 않았다.

*　　*　　*

아드리트는 모래 폭풍에 발이 묶여서 사막을 건너는 시간이 예상보다 훨씬 오래 걸렸다. 그는 아마 자신의 평생에 손꼽을 만큼 지독한 모래 폭풍일 거라고 생각했다. 이러다 죽을지도 모른다고 생각했으니 아마 조금만 경험이 부족했어도 모래 속에 파묻힌 시체가 되었을 것이다.

오죽하면 주머니 속 쥐에게 말했다.

"마라. 이 모래 폭풍을 손쓸 방법은 없는 거냐?"

마라는 아드리트가 무안할 정도로 면박을 주었다.

— 멍청하기는. 내가 신이야?

"……."

— 정신 똑바로 차려! 여기서 네가 나자빠지면 난 또 딴 놈 찾아봐야 하잖아.

은근히 열 받게 하는 쥐의 목소리는 의외로 생존에 도움이 되었다. 아드리트는 이를 악물고 무사히 사막을 건너 하시 왕국에 도착했다. 건기가 한 달쯤 남았을 무렵이었다.

성문은 어찌어찌 통과했으나 왕성으로의 접근은 아예 엄두도 낼 수 없었다. 그래서 아드리트는 무작정 왕성 근위병에게 스벤의 이름을 댔다. 그런데 돌아온 대답이 당혹스러웠다.

"스벤 경은 전하와 왕비님을 모시고 성도에 가셨다."

왕비님이 왕국에 안 계시다니. 이런 경우는 생각하지 못했다. 마라가 뒤늦게 종알거렸다.

ㅡ아, 맞다. 아니카가 성도로 간댔지.

"넌 그 말을 이제 하면 어떻게 해?"

ㅡ지금이면 왔을 줄 알았다. 성도 간다는 소리를 들은 지가 언제인데 아직도 안 돌아왔지?

왕비님이 언제 돌아오실지 알 수 없다. 아드리트는 오늘 밤 잠자리부터 걱정이었다. 방랑족이라는 사실을 들켰다가는 당장 끌려갈 것이다.

마라는 자신의 수하를 만나러 가서 자세한 이야기를 듣자고 했다.

ㅡ아둔한 놈인데 나름 쓸 만은 해.

마라는 자신이 부리는 교도의 도움을 받으면 수도에서 거뜬히 버틸 수 있을 거라고 자신만만해했다.

그런데 상황은 뜻대로 흘러가지 않았다. 며칠 전, 호드리고를 비롯해 간부급 교도들이 재상의 지휘 아래 모조리 잡혀 들어간 상태였다.

— 이런 쓸모없는 놈들!

아드리트는 마라에 대한 기대를 아예 버렸다. 스스로 이 수도에서 숨어 지낼 방법을 찾아내야 했다. 사막에서의 생존 경험이 그럭저럭 도움이 되어 그는 무사히 보름을 버텼다.

"사왕 전하!"

"전하께서 오셨다!"

드디어 국왕 부부가 귀환했다. 성문이 열리고 전사들이 호위하는 마차 행렬이 입성했다. 이제 활동기 시작까지는 고작 보름이 남았다. 사왕이 이 정도로 활동기가 임박할 때까지 왕성을 떠났던 적이 없었다. 불안해하던 백성들이 환호성을 지르며 왕의 귀환을 환영했다. 거리로 쏟아져 나온 인파 속에서 로브를 푹 뒤집어쓴 아드리트가 그 광경을 바라보았다.

카세르는 수도에 들어서기 전에 마차에서 내려 아부를 타고 선두에 섰다. 먼 길을 다녀오는 왕의 모습이 보이지 않으면 이상한 소문이 날 수도 있었다.

백성들의 환대를 받으며 왕성까지 가는 동안 그의 표정은 딱딱하게 굳어 있었다. 그는 귀가 먹먹할 정도로 지르는 환호성 소리가 유진을 놀라게 할까 봐 신경이 곤두섰다. 하지만 자신을 보고 기뻐하는 백성들을 나무랄 수 없는 노릇이니 어서 빨리 왕성으로 들어가고 싶었다.

열린 성문 안으로 왕을 태운 흑마가 가장 먼저 진입했다. 왕성 안으로 들어가면서 그는 뒤를 돌아보았다. 왕비의 마차가 성문을 통과하는 순간 카세르의 입술 끝이 슬쩍 올라갔다.

이제 되었다. 아내와 아이가 자신의 둥지에 무사히 들어왔다. 가슴 밑바닥에 찌꺼기처럼 남아 있던 조바심이 사라지고 책임감이 무겁게 덧씌워졌다.

이 왕성은 세상에서 가장 안전한 요새가 되어 가족을 지킬 것이다. 어떤 삿된 힘도 범접하지 못하게 하리라, 그는 결연히 다짐했다.

국왕 부부를 마중하러 나온 관료들이 왕성의 뜰에 나열해 서서 기다리고 있었다. 허례를 싫어하는 왕의 성품을 아는 터라 거창한 환영식 같은 것은 준비하지 않았다.

엄숙한 분위기 속에서 뒷줄의 관료들은 기다림의 무료함을 견디지 못했다. 그들은 잔뜩 소리를 죽인 목소리로 대화를 주고받았다.

"왕비님도 함께 오신다니, 정말 다행입니다."

"그러게 말입니다."

왕이 성혼한 지 3년이나 지났는데 후계자 소식은 없고 국왕 부부 사이가 삭막하다는 소문만 도니 다들 은근히 걱정했다.

그래서 국왕 부부가 성도로 출발할 때 왕이 혼자 돌아오는 건 아닐까, 우려하는 자들이 적지 않았다.

"사왕 전하께서 입성하셨습니다."

시종이 한발 앞서 달려와 알렸다. 여기저기서 수군거리던 목소리가 사라지고 다들 자세를 바로잡았다.

흑마 위에 올라탄 왕의 모습이 보이자 가장 앞에 서 있던 재상이 걸음을 옮겼다. 관성처럼 따라 움직이던 관리들은 베루스가 걸음을 멈추는 바람에 덩달아 멈추었다. 의례적인 왕과 재상의 인사말이 들리지 않으니 다들 슬그머니 고개를 들었다.

왕이 마차에서 내리는 왕비를 도와주는 모습이 보였다. 왕이 왕비를 에스코트하여 관리들 쪽으로 다가오자 멀거니 보고 있던 자들이 얼른 시선을 내렸다.

"전하. 왕비님. 강건히 돌아오신 두 분을 다시 뵈어 황공할 따름입니다."

베루스가 정중히 인사를 올렸다.

"재상의 노고가 컸소. 오스카 백작은 무탈하게 귀가하였는가?"

베루스는 순간 당황했다. 샬럿이 특명을 받아 성도에서 돌아오기는 했으나 그녀가 자신의 부인이라는 사실을 모르는 사람이 없었다. 이런 자리에서 언급하기에는 사사로웠다. 평소 왕께서 하실 만한 질문 같지 않다고 생각하며 그는 대답했다.

"심려해 주신 덕분에 무탈하게 돌아왔습니다. 전하."

"다행이군. 그대가 마중단을 통해 보낸 보고서는 살펴보았소. 시급을 다투는 사안은 없는 듯하니 자세한 추가 보고는 내일 듣겠소. 긴 여행이라 몸이 곤하군."

'이게 무슨 소리야?'

베루스는 의아했다. 단 며칠이라도 왕성을 비웠다면 귀환 즉시 밤샘 회의를 열어 사람을 달달 볶던 분 아닌가. '난 오늘 쉬겠다.'라는 말을 왕한테 듣게 될 줄은 몰랐다.

"송구하옵니다, 전하. 마중단의 준비가 미흡했다면 소신이 불민한 탓입니다."

"마중단은 부족함이 없었소. 특히 의관의 실력이 아주 우수하더군."

베루스의 머릿속에서 계속 물음표가 떠올랐다. 이게 칭찬인지, 꾸지

람인지 헛갈렸다. 왕이 의관 도움을 받을 일이 뭐가 있다고.

입가의 미소를 감추지 못한 카세르가 유진을 돌아보며 말했다.

"왕비가 홑몸이 아니라서 의술 뛰어난 의관이 있으니 안심이 되었지."

베루스가 커진 눈으로 왕과 왕비를 번갈아 보았다. 이내 자신의 무례를 깨닫고 시선을 내렸다. 웃음을 꾹 참는 그의 입술이 씰룩거렸다.

드디어! 왕께서 후사를 얻었으니 이 왕국의 미래를 위한 든든한 반석을 놓은 셈이었다. 베루스는 환희에 찬 표정으로 축하 인사를 올렸다.

"감축드리옵니다."

상황을 파악한 관리들도 입을 모아 소리쳤다.

"감축드리옵니다!"

유진은 새빨갛게 물든 얼굴로 카세르를 흘겨보았다. 재상과 나누는 의례적 인사가 꽤 길다고만 생각했다. 그런데 되짚어 보니까 말을 꺼낼 기회를 만들려던 것 같았다.

관리들의 요란한 축하 인사를 받으며 카세르는 으스대는 표정으로 흐뭇하게 웃었다. 누가 보면 이 세상에서 아이 아버지는 자신 혼자만 되는 줄 알겠다. 자랑하고 싶어 하는 그의 속내가 표정에 고대로 드러나 빤히 보였다.

유진은 그의 표정만으로는 도통 무슨 생각을 하는지 모르겠다고 감탄한 적이 여러 번 있던 터라 그가 이렇게 유치해질 수 있는 사람이라는 사실이 믿기지 않았다.

'저 사람이 기뻐하니까 나도 좋아. 하지만……'

평소와 다른 모습을 보여줄 정도로 그가 임신 소식에 얼마나 기뻐하는지 진심이 느껴져서 유진도 고맙고 기뻤다.

'으……. 이런 건 부담스럽다고.'

관리들은 아예 두 팔을 들어 올려 만세 삼창을 할 기세였다. 왕비의 임신 출산이 사생활이 될 수 없다는 건 안다. 그래도 얼굴조차 모르는 누군가가 자신의 임신을 기뻐한다고 생각하면 왠지 민망했다. 얼굴의 화끈거림이 좀처럼 가라앉지 않았다.

"전하. 스벤 경이 뵙기를 청합니다."

시종장이 고했다.

"들어오라고 해."

유진이 낮잠 자는 동안 카세르는 총관의 일지를 빠르게 훑었다. '오늘은 쉴 거다.'라고 하면서 베루스를 비롯한 관리들을 모조리 돌려보냈으나 그 말 그대로 아예 손 놓고 있을 수는 없었다.

잠시 후 스벤이 들어왔다. 스벤은 상제의 추적을 분산시키기 위해 델러노 왕국을 지나 하시 왕국으로 돌아왔다. 제법 길을 멀리 돌았는데도 국왕 부부보다 며칠 일찍 수도에 들어왔다.

카세르는 일지를 내려놓으며 시선을 들었다. 이미 스벤은 아까 인사하러 와서 보고도 마쳤다.

"무슨 일이지?"

"전하. 아드리트가 찾아왔습니다."

카세르의 미간이 움찔했다. 안 그래도 유진이 마라와 접촉할 방법을 찾고 있었다. 명왕한테서 빼돌린 방랑족 여인이 과연 어느 정도 도움이 될지 알 수 없는 상황에서 아드리트의 등장은 시기적절했다.

"다급한 일이 아니면 내일 데리고 들어와라."

"전하. 아드리트가 왕성 밖에서 전하를 뵙기를 청합니다. 왕비님을 뵙기 전에 전하를 먼저 뵈어야 한다고 했습니다."

스벤이 조심스레 말했다. 그는 아드리트의 요청을 듣고 속으로는 '이놈이 미쳤나?'라고 생각했다. 감히 왕께 오라 가라 요구하다니.

카세르는 미간을 찌푸렸다. 왕성 밖이어야 한다는 것도, 자신만 따로 보자는 것도 마음에 걸렸다. 그런데 유진과 만나기 전 아드리트가 왜 갑자기 찾아왔는지 먼저 알아보는 방법은 오히려 괜찮은 듯했다.

"오늘 자정에. 안가로 데려와."

"예, 전하."

자정이 가까워질 무렵, 카세르는 조용히 침대에서 일어났다. 오늘 그녀는 오후 늦게까지 낮잠을 잤는데도 저녁부터 눈에 잠이 가득했다. 그는 깊이 잠든 유진을 한참이나 바라보고는 그녀의 입술에 닿을 듯 말 듯 스치는 키스를 했다.

응접실로 나가 환복을 하고 그는 궁인들에게 엄중히 지시했다.

"약간의 빈틈도 있어서는 안 된다. 잠시도 자리를 비우지 말라."

"예, 전하."

카세르는 침실 주변에 두 겹 세 겹의 경비를 세웠다. 그리고도 안심이 안 되어서 꼬마의 새장을 가져다 두었다. 왕성 주변은 이미 왕명을 받은 전사들이 꼼꼼하게 경비하고 있었다.

왕성 바깥에 일반 주택으로 위장한 안가가 몇 군데 있었다. 그중 한 곳에서 아드리트를 만나기로 했다. 카세르가 안가에 도착했을 때 이미 스벤이 아드리트를 데리고 와서 기다리고 있었다.

아드리트가 카세르를 보자마자 넙죽 그 자리에 엎드렸다.

"인사 올립니다. 전하."

아드리트를 바라보는 카세르의 기분이 복잡했다. 그는 아드리트와 아드리트를 통해 알게 된 방랑족의 삶을 연민했다. 평생 다시는 만나지 못할 가능성이 크다고 생각했기에 다시 만나서 반가웠다.

하지만 마냥 반가워할 수는 없었다. 이 만남이 그저 안부 인사를 나누는 정도로는 끝나지 않을 것 같았다.

마라를 만나 상제와 대적할 방법을 찾아보겠다는 유진의 당찬 계획을 돕고 싶은 마음이 반, 그녀가 무사히 아이를 낳고 건강하게 몸을 추스를 때까지 왕성 안에서 꼼짝하지 않고 아무것도 신경 쓰지 않았으면 하는 마음이 반이었다.

"무슨 일로 나를 보자고 했느냐?"

카세르는 엎드린 아드리트를 테이블 맞은편에 앉힌 후 물었다.

"전하. 저는 왕비님을 뵙게 해 달라는 부탁을 받았습니다. 하지만 제 판단으로는 그자를 왕비님께 데려가도 괜찮은지 판단할 수가 없었습니다."

카세르가 고개를 끄덕였다.

"신중히 잘 생각했구나. 그자가 누구냐? 네 일족이냐?"

"아닙니다. 그리고…… 그자와 함께 왔습니다. 지금 이 자리에 있습니다."

스벤이 놀라서 언제든지 검을 뺄 수 있도록 자세를 잡고 주변을 돌아보았다. 하지만 카세르는 아드리트한테서 눈을 떼지 않았다.

"난 이 방에서 세 사람의 기척만 느낀다."

그는 이런 지척 거리에서 자신의 눈을 속일 만한 능력자는 없다고 자신했다.

아드리트가 주머니 안에 손을 넣어 무언가를 끄집어냈다. 테이블에 두 손을 올린 후 손을 치우고 나니 작은 쥐 한 마리가 남았다. 테이블을 바라보는 카세르와 스벤의 얼굴에 황당하다는 표정이 떠올랐다.

스벤의 인내심이 한계에 달했다.

"무엄한 놈, 네 놈이 지금 무슨……."

"스벤."

카세르가 손을 들어 스벤의 말을 막았다. 그는 자신과 눈을 마주치는 쥐를 유심히 보았다. 도망치기는커녕 마치 자신을 관찰하는 것처럼 바라보는 쥐의 모습이 아무래도 범상치 않았다. 쥐의 눈에 붉은빛이 도는 것도 기이했다.

'뿔이 없는 걸 보니 환수는 아닌데…….'

─사왕.

머릿속에서 목소리가 울렸다. 카세르의 눈빛이 흔들렸다. 그는 시선을 돌려 스벤의 표정을 살폈다. 스벤은 아드리트를 괘씸하다는 눈빛으로 노려보고 있을 뿐, 동요하는 기색이 없었다. 지금 목소리는 자신만 들은 것 같았다.

─왕을 이렇게 가까이서 보는 건 처음인데……. 아드리트한테 아니카를 만나게 해 달라고 했더니 왕을 먼저 만나서 허락을 받아야 한다잖아. 내가 아니카를 해칠 이유가 없다는 데도 저 의심 많은 놈이 믿지를 않네.

아드리트는 마라의 속셈은 모르지만, 사왕이라면 속내를 간파하고 위협을 제거할 수 있을 거라고 생각했다. 마라는 라크이고 왕은 라크의 천적이니까. 그래서 마라에게 사왕을 먼저 만나라고 조건을 걸었다.

카세르는 주절주절 떠드는 목소리에 집중했다. 상제가 목소리를 전달하는 방식과 거의 흡사했다. 그런데 말투나 표현법은 상제와 다르게 전혀 고상하지 않아서 실소가 나왔다.

그는 이미 많은 것을 알고 있었다. 상제와 마라가 라크라는 사실과 상제가 성도에 자리를 틀고 무엔 가문을 이용하듯 마라는 방랑족과 관련이 있다는 사실까지. 그 모든 지식을 기반으로 이 쥐의 정체가 무엇인지 추측하기란 어렵지 않았다.

"왜 왕비를 만나려는 거지?"

쥐가 붉은 눈을 끔벅였다. 마라는 사왕의 반응이 예상과 전혀 달라 당황했다. 보통 사람처럼 기겁하고 놀라지는 않더라도 이렇게 바로 대화를 시도할 줄은 몰랐다.

─ 이걸 어떻게 설명해야 할지 모르겠지만…….

"마라."

카세르가 차갑게 웃으며 말했다.

"라크 따위가 왕 앞에 스스로 나타나다니."

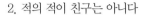
붉은 눈의 쥐가 뻣뻣하게 굳었다. 두 앞발을 든 자세로 뒷걸음질 치는 모습이 짐승답지 않았다. 슬금슬금 멀어진 마라가 아드리트의 몸 위로 폴짝 뛰더니 어깨를 타고 올라갔다.

―지금 날 어찌해 봤자 쥐 한 마리 죽을 뿐이라고.

카세르는 마라의 반응이 흥미로웠다. 잔뜩 겁먹어 꼬리를 감춘 개처럼 아드리트의 목덜미에 몸을 반쯤 숨기고 머리만 내밀었다. 아드리트가 대단한 방패라도 되는 듯이 구는 모습이 가소로웠다.

유진이 고대 일족의 후손이라는 노부인한테 들은 정보에 따르면 상제와 마라 모두 세월을 가늠할 수 없이 오래 산 무시무시한 괴물이었다. 어쩌면 자신도 그 괴물과 정면으로 충돌했을 때 처치하지 못할지도 모른다.

'왕에 대한 두려움은 라크에게 본능적으로 각인된 건가?'

뱀을 만난 개구리가 그대로 굳어 버리는 것처럼.

그렇다면 어떤 강력한 라크라도 왕의 승산이 높았다. 싸움이란 무릇 기세가 반은 먹고 들어간다. 두려워 물러서는 쪽은 당연히 자신의 힘을 제대로 끌어낼 수 없다.

카세르의 추측은 거의 들어맞았지만, 완벽히 일치하지는 않았다. 마라는 카세르가 이미 많은 정보를 갖고 있다는 사실을 전혀 몰랐다. 그러니 단번에 자신의 정체를 간파하는 왕의 능력에 두려움을 느꼈다.

그리고 마라는 왕을 가까이에서 보고 대화를 나누는 경험 자체가 처음이었다. 자신을 소멸시킬 수 있는 유일한 천적을 앞에 두고 태연할 수 없었다. 이미 닳고 닳아 노회한 상제에 비하면 마라는 순진한 애송이었다.

'역시 전하께서는 다 꿰뚫어 보시는구나.'

아드리트는 카세르를 경이롭게 바라보았다. 그런 그의 머릿속에서 시끄러운 목소리가 울려 퍼졌다.

―야, 뭐해! 나서서 어떻게 좀 해 봐. 배신하려는 건 아니겠지? 그런 식으로 살면 못 쓴다. 인간이 의리가 있어야지!

라크 주제에 인간의 의리를 논하다니. 아드리트는 가끔 이 괴물의 입담을 키운 어르신들이 원망스러웠다. 이 존재가 라크라는 사실을 알면서도 이 얄미운 괴물이 그다지 밉지가 않았다. 마라를 위해 약간의 희생도 할 생각은 없지만, '그렇게 나쁜 놈은 아니에요.'라고 한마디 역성쯤은 들어줄 수 있었다.

"전하. 감히 한 말씀 올리겠습니다. 이 쥐는 마라가 아닙니다. 수작을 부려서 조종하고 있을 뿐입니다. 당장 처리하기보다는 마라가 무엇을 원하는지 들어 보시지 않겠습니까?"

어차피 카세르는 당장 마라를 어찌할 생각은 없었다. 마라가 상제를 적대한다면 이유는 무엇인지, 상제를 해치우는 과정에 마라를 이용할 수 있을 만큼 둘 사이가 나쁜지도 궁금했다.

"좋다. 이야기를 들어 보지."

카세르는 팔짱을 끼고 의자에 더 등을 기댔다.

"다시 질문하겠다. 왜 왕비를 만나려는 거지?"

마라는 카세르가 진심인지 아닌지 가늠하듯 유심히 보더니 다시 테이블 위로 올라갔다.

— 그건 아니카를 만나서 말할 거다.

"어떤 목적을 가졌는지 모르는 자가 왕비를 만나겠다는데 내가 허락할 것 같나?"

— 이미 난 아니카를 만난 적도 있다.

카세르는 마라가 만난 사람이 누구인지 짐작했다. 자신의 눈을 속이고 그 가짜가 별짓을 다 했구나, 새삼 감탄했다.

"왕비에게 말은 전해 주겠다."

그는 자리에서 일어나며 아드리트에게 말했다.

"아드리트. 네가 그 쥐를 통제할 수 있나?"

"통제는 할 수 없습니다만, 마라가 이 쥐를 조종하기 위해서는 제가 곁에 있어야 합니다."

아드리트는 마라가 준 씨앗을 삼켰다. 그래서 그의 몸속에 마라의 기운이 남아 있는 동안에만 마라가 작은 짐승 등을 이용해 생각을 전달할 수 있었다.

"스벤. 아드리트가 지낼 곳을 마련해 줘라."

스벤은 혼란이 가득한 표정으로 숨죽여 대화를 듣고 있었다. 그는 의문을 감추고 충실히 대답했다.

"분부 받잡습니다."

아침에 눈을 떴을 때 유진은 기분이 몹시 상쾌했다. 쌓였던 피로가 단번에 풀린 것처럼 개운했다. 마차를 타고 오는 중에는 자도 자도 피곤하더니만 고작 하룻밤 왕성 침실에서 잤는데 수면의 질이 달랐다.

그녀는 기분 좋게 기지개를 켜면서 침실 풍경을 둘러보았다.

'여기가 내 집이구나.'

성도에 있는 왕가의 저택에서 지낼 때는 곧 다시 싸야 하는 짐을 푼 여행자처럼 마음을 붙이지 못했다. 그때는 자신이 아직 이 세계에 적응하지 못해서 그런 줄 알았다.

그런데 떠나 있다가 돌아와 보니까 알겠다. 이토록 마음이 편할 수가 없었다.

그녀는 한 손으로 자신의 배를 감쌌다. 이곳이 아이를 낳아 기를 '우리 집'이었다. 걸음마 하는 아이가 노는 모습을 상상하며 감상에 젖어 있던 그녀는 눈이 시큰해서 고개를 흔들었다. 임신으로 인한 호르몬 작용일까. 괜히 눈물이 날 뻔했다.

유진은 시녀를 불러 세수를 하고 옷을 갈아입었다. 시녀들 시중을 받으며 그녀는 오늘 할 일을 머릿속으로 정리했다.

어제는 온종일 비몽사몽이어서 밥 먹고 잔 기억밖에 없었다. 임신 기간 내내 이러면 어쩌나 걱정도 됐다. 그런데 지금 상태 같아서는 무리하지 않는 일상생활은 문제가 없을 것 같았다.

'총관을 불러서 일지부터 살피고 나서……'

시녀가 들어와 고했다.

"왕비님. 전하께서 잠시 후 납시겠다고 전언을 보내셨습니다. 아침을 함께 들자고 하십니다."

"전하께서 이 시간까지 아직 아침을 들지 않으셨느냐?"

"아침 일찍부터 회의를 소집하셨습니다."

'그 남자도 참 일 중독이라니까.'

어제는 관리들을 전부 돌려보내더니만 채 하루도 온전히 쉬지 못하고 회의 소집이라니. 식사도 거를 정도면 회의장 분위기는 상당히 빡빡했을 것이다. 이른 아침부터 불려 와 시달리는 관리들이 좀 안 되었다.

'근데 뭐, 왕이 벼슬아치들을 괴롭혀야 백성들이 살기 편하다고 하니까.'

"아침 식사는 여기 응접실로 차리라고 해. 전하께서 납실 터이니 차질 없이 준비하라고도 가서 전하고."

"예, 왕비님."

유진은 다른 시녀들에게 추가 지시를 내렸다.

"오스카 백작에게 내가 오늘 오후에 보잔다고 전해라."

"예, 왕비님."

"너는 지금 총관에게 가서 일지를 받아 오렴. 직접 올 필요는 없다고 해. 필요할 때 내가 따로 부를 것이니."

"예, 왕비님."

아침 식사 준비가 거의 다 되었을 때 왕이 도착했다. 유진은 미소만 짓고 안으로 들어오는 카세르를 바라보다가 뒤늦게 아차 했다. 오랫동안 단둘이 여행을 하느라 왕에게 예의를 갖추어야 하는 대외적인 입장을 잠시 잊었다.

유진이 곧바로 자세를 잡고 고개를 숙이는 도중에 금세 카세르가 그녀에게 바짝 다가왔다. 그는 아주 자연스레 한쪽 팔로 유진의 허리를 감싸 안으며 그녀의 볼에 입을 맞추었다.

"밤새 잠자리는 편안하였소?"

"예, 전하."

유진은 대답하면서 슬쩍 눈동자를 굴렸다. 사방에 고개를 숙이고 서 있는 궁인들이 보였다.

"여정의 피로가 다 풀리지 않았을 텐데 왜 이렇게 일찍 일어났소. 속은 편안하오? 아침은 드실 수 있겠소?"

"편안합니다. 전하."

유진은 '그만해요.'라고 입 모양을 만들며 팔꿈치로 그를 쿡 찔렀다. 카세르는 그녀를 놓아주고 마련된 자신의 자리로 가면서 소리 없이 웃었다. 주변 시선을 신경 쓰는 유진이 귀여워서 자꾸 건드리고 싶었다.

곧 시종들이 요리를 내왔다. 카세르는 유진의 앞에 놓이는 요리들을 유심히 보았다. 두 사람의 요리가 각각 달랐다.

유진의 아침은 채소와 과일 샐러드, 곡물빵 등이었다. 아침이라서 가벼운 식단이 아니다. 수도까지 오는 도중 그녀는 저것만 먹었다. 그의 눈에는 영 부실한 식사가 마땅치 않았다.

물조차 삼키지 못하게 입덧이 심한 사람도 있다고 하니까 그나마 다행이지 싶다가도 저런 걸 먹고 버틸 수 있나, 걱정도 됐다.

'마리안한테 방법을 찾아보라고 해야겠군. 식사를 제대로 못 하면 다른 식으로라도 영양 보충을 해야 할 텐데.'

밥 먹는 내내 카세르의 머릿속에는 그 생각만 가득했다. 오늘 새벽에 마라를 만난 사건 같은 건 그녀의 식사보다 중요하지 않았다.

식사를 마친 후 카세르는 모두 내보냈다.

"유진. 아드리트가 찾아왔어."

유진의 눈빛에 놀라움과 반가움이 교차했다. 지난번에 떠나는 아드리트에게 줄 가방을 준비하면서 어쩌면 다시는 그 애를 못 볼지도 모른다고 생각했다.

"왕성에 들어와 있어요?"

"아직은. 혼자 온 게 아니거든."

그는 사실 새벽 내내 고민했다. 마라가 찾아왔다고 하면 그녀는 분명히 만나겠다고 할 것이다.

임신 초기가 가장 위험한 시기라고 들었다. 그 몸으로 오랫동안 마차를 타고 먼 거리를 이동한 데다가 제대로 먹지도 못하고 있다. 그는 유진의 건강 상태에 등급을 매긴다면 지금이 가장 낮은 상태일 거라고 생각했다.

아무것도 모르게, 무엇도 신경 쓰지 않게 하고 싶다. 온실 속 화초처럼 그녀를 완벽히 보호하고 싶었다. '숨기자. 유진에게는 말하지 마.'라는 마음의 목소리가 그를 유혹했다.

하지만 언젠가 유진에게 했던 말이 제동을 걸었다.

「당신은 날 믿어야 해.」

그런 말을 해 놓고 거짓말로 그녀를 속이면 언젠가 그 거짓이 들통났을 때 그들 사이의 신뢰는 금이 가기 시작할 것이다. 아내의 믿음을 얻지 못했던, 부친의 전철을 밟는 건 끔찍했다.

"아드리트가 나를 먼저 보자고 했어. 그래서 새벽에 나갔다 왔지."

그는 마라를 만나 나눈 대화를 모두 그녀에게 전했다. 커진 눈으로 카세르를 바라보는 유진의 입술이 살짝 벌어졌다. 그녀는 혼란스러운 표정으로 잠시 생각에 잠겼다. 그녀의 표정이 곧 차분하게 가라앉았다.

"왕성 안에서 만날 수는 없어요. 우리 집에 그 괴물을 들이고 싶지 않다고요."

유진이 흥분하여 당장 마라를 만나겠다고 할 줄 알았던 터라 카세르는 얼떨떨했다.

"그럼 어떻게……?"

"당신이 아드리트를 만난 방식으로, 저도 바깥에서 만나는 게 좋겠어요. 그런데 당장은 말고, 내일, 아니 모레? 피데스 경이 주고 간 노트를 읽을 시간이 필요해요."

그 노트는 아직 읽지 않았다. 입덧이 나아졌다고 해도 마차 안에서 글을 읽을 수 있을 정도는 아니었다. 표지를 열어 몇 문장을 읽자마자 곧바로 속이 뒤집히는 걸 느끼고 유진은 바로 표지를 덮었다.

"그 노트에 뭔가 도움이 될 정보가 있을지도 모르니까요. 모레 아드리트와 함께 만나겠다고 전해 줘요. 물론 당신도 동석하고요."

유진은 자신을 물끄러미 바라보는 카세르와 눈이 마주쳤다. '왜요?'라고 눈짓으로 물으니 카세르가 픽 웃으며 고개를 저었다. 복잡한 감정이 드는 와중에 계속 머릿속에 맴도는 것은 그녀가 말한 '우리 집'이라는 단어였다. 그 단어는 어떤 달콤한 표현보다 그의 기분을 들뜨게 했다.

"유진. 하나만 약속해. 어떤 경우에도 당신의 안전을 우선시하겠다고."

유진은 고개를 끄덕였다.

"그리고 나 역시 당신이 위험해진다고 판단하면 주변 사정 살피지 않을 거야. 그로 인해서 성사되기 직전의 중요한 계획이 전부 망가진다고 해도, 그래서 당신이 날 원망한다고 해도 그것만은 양보 못 해."

그가 자신을 바라보는 눈빛에 야릇한 느낌이 전혀 없는데도 유진은 왠지 몸이 달아올랐다. 그녀는 시선을 떨어뜨리며 자그맣게 대답했다.

"……네. 알았어요."

*　　*　　*

날이 어둑해질 무렵 왕성에서 마차 한 대가 나왔다. 국왕 부부가 탄 이 마차는 왕가의 마차라고 특정할 만한 특징이 전혀 없었다. 호위라고는 마부석에 나란히 앉은 전사 둘뿐이었다.

하지만 사실 이 마차는 수십 명의 전사가 호위하는 것보다 안전할 것이다. 마차 안에 왕이 타고 있고 환수도 두 마리 있었다.

유진과 카세르는 서로 마주 보도록 앉은 상태에서 유진의 양쪽 옆에는 아부와 꼬마가 찰싹 붙어 있었다. 마차에 올라타자마자 습관처럼 유진의 어깨로 올라간 꼬마와 유진의 무릎에 올라탄 아부는 카세르의 경고를 듣고 곧장 내려와야 했다.

유진은 손아귀에 잡히는 아부의 작은 머리통을 쓰다듬으며 마음을 진정시켰다. 곧 마라를 만난다고 생각하니까 많은 상념 때문에 머릿속이 복잡했다. 자신이 읽은 미래에서는 세상을 어지럽히는 악의 화신이었던 마라와 어쩌면 동맹을 맺을지도 모른다.

'하지만 정말 마라가 악당이었는지는 알 수 없지. 상제가 선이 아니잖아. 사실 상제야말로 극악한 괴물이고 악마지.'

유진은 지난 이틀 동안 피데스가 준 노트를 읽으며 때로는 화가 나고 때로는 섬뜩했다. 노트 속에는 성소 안에서 신술이라는 이름 아래에서 자행하는 비인간적인 주술 실험의 현장이 기록되어 있었다.

엘버는 상제에게 눈속임에 불과한 주술만 전해 주었다고 했다. 그런데 상제는 엘버 몰래 일족의 서고에서 기록물을 몰래 빼내어 주술을 익힌 인간을 육성하고 있었다.

유진은 엘버에게 왜 일족 서고를 그렇게 소홀하게 관리했느냐고 물었을 때 엘버는 한숨을 내쉬며 말했다.

「서고의 기록물은 교습서가 아니에요. 문외한이 그 기록물만 보고서는 절대 주술을 읽힐 수 없어요. 주술은 가르침으로 전하는 지식이지요. 그래서 고대에는 사제 관계를 부모 자식 관계보다 중하게 여겼어요.」

엘버는 주술 수준에 따른 배움의 단계는 오르막길이 아니라 계단이라고 했다. 간단한 주술은 어린아이도 익힐 수 있을 정도로 쉽지만, 다음 등급으로 가려면 넘을 수 없는 벽에 부닥치게 된다. 계단 위에 먼저 올라간 스승이 이끌어 주지 않으면 뛰어넘기가 거의 불가능했다.

그러나 상제는 그 불가능한 일을 해냈다. 상제는 직접 주술을 익힐 수 없는 대신 무한한 시간이 있었다. 그리고 주변에 자신을 맹목적으로 따르는, 쓰고 버릴 실험체들이 얼마든지 있었다.

주술은 고차원의 위험한 기술이다. 그래서 주술사는 주술에 실패하면 반작용을 받는다. 주술 등급이 높을수록 반작용 위험도 커진다.

성소에서는 많은 사제가 주술 반작용으로 죽거나 불구가 되었다. 지금껏 그 사실이 외부에 전혀 알려지지 않은 것이 바로 성도궁의 비밀이었다.

그야말로 인체 실험을 통해 주술에 관한 지식을 쌓았다. 비밀 서고에 보관된 서적은 많은 사람의 피로 얼룩진 참혹한 결과물이었다.

'신실한 사람이던데 얼마나 힘들었을까.'

유진은 노트의 주인이 안쓰러웠다. 그 사람이 자신의 믿음과 괴리하는 현실 사이에서 얼마나 괴로워했는지 느껴졌다. 그런데도 심리 묘사에만 치중하지 않고 관찰자로서 객관적으로 기록했다. 비유하자면 추상화가 아니라 정물화였다.

유진은 성소 안에서 어떤 식으로 주술을 발동하는지 본 적이 없는데도 노트 내용만으로 대강 추측할 수 있었다. 노트는 성도궁의 어둠을 드러내는 훌륭한 증거물이었다.

'살아…… 있을까?'

「지금은 거취를 모릅니다.」

그 사제가 피데스의 특별한 지인이었고 생사를 알 수 없는 상황이라면 피데스가 이 노트를 읽은 후 심경이 변화한 과정이 이해되었다.

마차가 멈추는 바람에 유진은 생각에서 깨어났다. 그녀가 긴장된 눈빛으로 '다 왔어요?'라고 묻듯이 그를 바라보자 카세르가 고개를 끄덕였다. 그는 유진의 손을 잡으며 말했다.

"나와 약속한 것 기억하지? 흥분하지 말 것, 몸 상태가 조금이라도 이상하면 내게 말할 것."

"그럼요. 약속할게요."

유진은 마차에서 내리며 주변을 둘러보았다. 마차는 정원이 없는 작은 마당에 서 있었고 그 앞에 2층짜리 규모의 집이 있었다.

지난 이틀, 스벤이 마련해 준 거처에서 아드리트는 무척 안락한 휴식을 누렸다. 그를 감시하는 눈이 사방에 있으며 온종일 안가 바깥으로는 한 발자국도 나갈 수 없었지만, 전혀 불만이 없었다. 마음 편하게 잠도 못 잔 지난 보름의 고생과 비교하면 식사 때마다 밥도 가져다주는 이곳은 낙원이었다.

다만, 끊임없이 그의 머릿속에서 떠드는 마라만 없었으면 훨씬 더 행복했을 것이다.

마라는 왕과의 만남 이후 쉴 새 없이 불만을 토해 내며 아드리트를 괴롭혔다. 처음 하루는 아드리트가 사왕에게 했던 말을 트집 잡았다.

－뭐? 수작을 부려? 당장 처리하지는 말고? 그럼 나중에는 처리하라는 말이냐? 그따위로밖에 말 못 해? 너와 난 운명 공동체다. 최선을 다해서 날 두둔해야지!

아드리트는 속으로 '운명 공동체는 무슨.' 하고 생각했으나 짱알거리는 소리를 견디다 못해서 '내 표현법이 적절하지 않았다.'라고 사과하고 나서야 마라는 화제를 돌렸다.

그리고 '사왕과 친한가 봐?'라면서 사왕과의 관계를 궁금해하며 캐물었다. 아드리트가 제대로 대답해 주지 않으니 치사하다면서 내내 구시렁거렸다.

그리고 오늘은 아침부터 안절부절못했다. 날이 저물고 나서는 극도로 예민해져서 성가시게 굴었다.

－약속한 날이잖아. 왜 안 오는 거야.

"해가 진 후에 오신다고 했잖아."

─이미 해가 졌다고! 애초에 사왕은 나를 아니카와 만나게 해 줄 생각 따위 없었던 거 아니야?

"전하께서는 그런 거짓말을 하실 분이 아니다."

─인간을 어떻게 믿어? 입만 열면 거짓말하는데.

"어르신들은 인간이 아닌가? 입만 열면 거짓말하는 인간을 어떻게 믿고 그 오랜 세월을 함께 지냈지?"

─……그 늙은이들은 특별한 인간이니까.

하도 귀찮게 구는 마라에게 짜증이 나서 삐딱하게 말을 받았을 뿐인데 뜻밖의 소리를 들으니 아드리트는 흥미가 생겼다.

"어떤 점이? 주술을 유지하기 위해서? 그 주술은 네 자취를 감추기 위한 목적이지. 그렇다면 그 주술을 끊어 버릴 날이 오기를 가장 바라는 거 아니냐?"

아드리트는 마라가 당장 '당연하지! 얼른 주술을 풀고 그 지긋지긋한 늙은이들 안 봤으면 좋겠다.'라고 말할 줄 알았다. 그 동굴에서 어르신들과 마라가 서로에게 퍼붓는 악담은 저주 수준이었다. 그야말로 어쩔 수 없이 얽혀서 진저리친다는 느낌이랄까.

그런데 마라는 아무 말도 하지 않았다. 갑자기 머릿속에서 목소리가 뚝 끊기니까 아드리트는 기분이 이상했다.

문이 벌컥 열렸다. 얼결에 벌떡 일어나는 아드리트를 보며 스벤이 말했다.

"예를 갖추어라."

스벤이 옆으로 물러나 길을 만들자 안으로 유진과 카세르가 들어왔다. 아드리트가 반사적으로 그 자리에 엎드렸다.

"인사 올립니다."

"아드리트. 이렇게 건강한 모습으로 만나서 반가워. 어서 일어나. 얼굴을 보고 인사하고 싶어."

방 안에 인간은 세 사람만 남았다. 유진과 카세르가 앉은 테이블 맞은편 자리에 아드리트가 앉았다. 유진은 아드리트와 안부를 묻는 인사를 더 나눈 후에 그의 어깨에 올라탄 쥐에게 시선을 돌렸다.

"우리가 초면은 아니지? 그날은 그 모습이 아니었지만."

유진은 가짜가 마라와 만나는 기억을 잠깐 본 적이 있었다.

「당신이 마하의 대제사장인가요?」
「그렇습니다. 아니카.」

상제와 거의 흡사하게 생긴 금발의 남자.

상제의 모습이 주술을 이용한 환영이라는 사실을 안 후 가짜가 만났던 금발의 대제사장도 주술로 만든 모습일 거라고 짐작했다.

― 우리가 만났다고?

붉은 눈의 생쥐가 코끝을 씰룩거렸다. 마라는 아드리트의 팔을 타고 쪼르르 내려왔다. 그리고 유진에게 더 가까이 다가가더니 유심히 보며 말했다.

―생김새를 봐서는 같은 사람이 맞기는 한데…….

유진은 마라의 반응이 당혹스러웠다.

'설마 나와 가짜를 구별하는 거야?'

상제도 알지 못했는데 어떻게 마라가 단번에 눈치를 챌까. 그 정도로 가짜가 마라와 긴밀한 관계였던 것일까. 하지만 가짜의 기억에서 마라가 차지하는 부분은 거의 없었다.

유진이 전혀 짐작하지 못하는 이유로 마라는 유진과 가짜의 차이를 감지했다. 유진이 아드리트를 대하는 태도 때문이었다.

마라가 대제사장 모습으로 만났던 가짜는 데려온 시녀조차도 업신여겼다. 가장 천대를 받는 방랑족에게 다정하게 인사를 건네는 모습과 도무지 일치하지 않았다. 그래서 아드리트가 아니카의 도움을 받았다고 했을 때 의아하게 생각했다.

"같은 사람이 아니면? 하시 왕국에서 아니카는 나뿐이야. 나를 만나자고 한 게 아니라면 난 일어나겠어."

―아니다. 전에 만났을 때와 상황이 꽤 달라진 것 같아서 말이지. 왕과 동행할 줄이야.

"당연히 상황이 바뀌었지. 상제 정체를 알았고 네 정체도 알게 되었는데."

―……그렇군.

"목소리는 사왕 전하께도 들리게 해 줘. 할 수 있다는 거 아니까."

마라가 유진과 카세르를 번갈아 보더니 말했다.

―알았다.

마라의 음성이 동시에 유진과 카세르의 머릿속에서 울렸다.
"전하."
그때 바깥에서 스벤의 목소리가 들렸다. 유진은 닫힌 문을 흘끔 보고
는 마라에게 말했다.
"본격적으로 이야기를 나누기 전에 잠깐, 아드리트가 만날 사람이 있
어. 오래 걸리지는 않을 테니 그 정도는 괜찮지?"

―그러든지.

'상제와 느낌이 상당히 다르네.'
유진은 경계심을 풀지 않으면서도 마음 한편으로는 의아했다. 괴물이
사람 흉내를 내는 가증스러운 짓을 하는 건 상제나 마라나 마찬가지이
건만 모든 것을 장막 뒤로 감춘 상제와 다르게 마라는 자기 스스로 보여
준다는 느낌이 들어 거북함이 덜했다.
'하지만 그렇게 보이는 것 자체도 의뭉스러운 수작일 수 있지.'
카세르가 스벤에게 들어오라는 대답을 하고 잠시 후 문이 열리며 스
벤과 배가 부른 여인이 들어왔다. 유진이 명왕한테 인계받아 샬럿에게
부탁하여 왕국으로 데려온 방랑족 여인이었다.
유진이 성도에서 마지막으로 봤을 때보다 배가 더 많이 나왔고 살이
조금 올라서 깡말랐었던 그때보다는 안색이 좋았다. 그런데 무표정한
얼굴은 여전했다. 마치 견고한 벽 같았다.

엊그제 샬럿을 만나 수고에 대한 치하를 한 후 방랑족 여인에 관해 물었더니 샬럿은 면목이 없다는 듯이 말했다.

「송구합니다, 왕비님. 제가 살뜰하게 사람을 살피는 재주가 부족합니다. 겨우 이름만 들었습니다.」

유진은 오히려 놀랐다. 저 폐쇄적인 방랑족이 한 마디 말만 했어도 신기했을 텐데 이름씩이나 알려 주다니. 샬럿이 정성을 다하여 방랑족 여인을 보살폈다는 증거였다. 샬럿을 통해 들은 방랑족 여인의 이름은 '리마'라고 했다.

"리마!"

아드리트가 벌떡 일어나 소리쳤다. 만나게 해 줄 사람이 있다는 유진의 말을 듣고 도통 짐작 가는 사람이 없어서 크게 의미를 두지 않았다. 그런데 문이 열리고 들어오는 사촌누이를 보자 눈을 믿을 수 없었다.

시선을 내리고 있던 리마가 목소리에 흠칫 놀라 고개를 들어 아드리트를 발견했다. 혼란스럽게 흔들리던 눈빛이 상황을 파악한 후에 기쁨으로 바뀌었다. 그녀의 무표정이 단번에 무너졌다.

"아드리트. 네가 어떻게……."

아드리트는 당장 리마에게 달려갈 것처럼 한 걸음 내디뎠으나 감정을 억누르고 다시 자리에 앉았다. 그리고 유진과 카세르에게 고개를 숙였다.

"송구합니다. 반가운 사람을 만나서 저도 모르게 수선을 피웠습니다."

"가까운 사이인가 봐?"

"예, 왕비님. 리마는 제 사촌입니다."

"사촌이면 정말 가까운 친척이네. 오랜만에 만나는 거지?"

"예. 저희 일족은 따로 목적지가 없이 떠돌아다니지만, 세상 곳곳에 거점이 있습니다. 그곳에 들러 서로의 소식을 전해 듣곤 합니다. 몇 년 동안 리마의 소식을 듣지 못하여 걱정하고 있었습니다."

아드리트는 리마가 틀림없이 죽은 줄 알았다는 말을 순화해서 표현했다. 떠도는 일족들은 최소한 1년에 한 번은 거점 한 군데에 들러야 했다. 그래서 3년 이상 거점에 소식이 남지 않은 일족은 죽은 사람으로 치고 소박하게나마 장례도 치렀다.

"그렇다면 정말 반가운 재회로구나."

유진은 자신이 그리운 사람과 만난 것처럼 기뻤다. 명왕한테 리마를 달라고 했을 때 그녀를 이용할 목적이 아예 없었다고는 말하지 못하겠다. 그런데 그것보다는 아드리트의 일족이니까 구하고 싶은 마음이 더 컸다.

"서로 밀린 이야기가 많겠네. 길게 시간을 주기는 어렵지만, 기다릴 테니까 가서 인사를 나눠도 괜찮아."

"아닙니다. 왕비님. 무사한 모습을 보았으니 나중으로 미뤄도 됩니다. 지금은 중요한 일에 집중하겠습니다."

리마는 생경한 것을 보듯 아드리트를 응시했다. 두 사람은 6년 전, 리마가 일족의 은신처를 떠날 때 마지막으로 보았다. 고작 6년 만에 어린 사촌 동생은 성숙한 어른이 되었다.

'어릴 때도 속 깊은 아이이긴 했지만⋯⋯.'

소년에서 청년으로 자란, 단지 신체 성장의 변화에 놀라는 게 아니었다. 아드리트의 표정과 태도에서 완숙한 어른의 모습을 보았다. 일족의 은신처에서 무슨 일이 벌어졌는지 알지 못하는 리마는 그저 놀랍기만 했다.

"그래, 그럼. 오늘 일이 끝나고 나중에 만나 봐."

카세르가 보낸 신호를 받고 스벤이 리마를 데리고 나갔다. 아드리트의 시선이 계속 뒤를 돌아보는 리마를 따라갔다. 담담한 척하고 있으나 아드리트는 눈물이 날 정도로 반가웠다. 죽은 줄 알았던 가족이 생환했을 때의 심정이었다.

—야. 나가 봐.

머릿속에서 울리는 목소리를 듣고 아드리트가 자신의 어깨를 내려다보았다. 생쥐는 아드리트를 쳐다보지 않은 채 계속 말했다.

—어차피 넌 여기 있어 봤자 자리만 지킬 뿐이지 네가 할 일이 뭐가 있어.

아드리트는 웅얼거리듯 작게 말했다.
"하지만 내가 없으면……."

—멀리만 안 가면 돼.

순간 아드리트는 마음이 흔들렸다. 하지만 마라를 왕비님 앞에 데려온 장본인이 자신인데 무책임하게 이 자리를 떠날 수는 없었다. 리마와는 이따가 만나면 된다고 그가 마음을 다잡는 중에 유진이 말했다.
"아드리트. 괜찮으니까 사촌한테 가 봐."
아드리트가 흠칫 놀라 유진과 카세르를 번갈아 보았다. 두 사람 표정을 보고 마라가 다 들을 수 있도록 목소리를 전달한 사실을 뒤늦게 알아차렸다.

그는 묘한 기분이 들어 여전히 자신과 눈을 마주치지 않는 생쥐를 바라보았다. 감정 표현이 투박하여 도움을 주고서는 괜히 딴청을 부리는 사람을 보는 것 같았다.

쥐를 주머니 안에 넣고 사막을 건너면서 아드리트는 마라의 인간 흉내가 완벽에 가깝다고 감탄하는 한편, 소름이 끼쳤다. 이런 괴물이 둘이 존재하는 것만으로 세상을 농락하고 있는데 더 늘어난다면? 둘이 있는데 셋, 넷이 안 될 이유가 뭔가. 상상만으로도 끔찍했다.

하지만 괴물은 괴물이다. 그럴듯하게 따라 할 뿐이지 절대 사람은 될 수 없다. 그러니 절대 괴물이 사람을 넘어서지 못할 거라고 믿었다.

그런데 지금. 아드리트는 마라한테서 괴물이 아닌 모습을 보았다. 명확히 설명할 수 없는 순간의 위화감이 그는 당혹스러웠다.

"나가 봐라. 두 사람은 옆방에 있을 거다."

카세르까지 말을 보태자 아드리트는 거절할 수 없었다. 그리고 두 분은 마라와 무척 중요한 이야기를 나눌 텐데 어쩌면 자신이 자리를 피하는 편이 더 나을 것 같았다.

아드리트가 나간 후 테이블 위에는 달랑 생쥐 한 마리만 남았다. 쥐를 내려다보는 유진의 눈빛에 아까보다 온기가 돌았다. 불신의 벽을 무너뜨릴 정도는 아니지만, 마라와 제대로 대화를 나눠 보고 싶은 마음이 들었다.

"아드리트 없이 혼자서 괜찮겠어?"

―저 녀석이 무슨 도움이 된다고. 마음이 딴 데 가 있다가 괜히 실수나 하겠지.

"아드리트를 좋아하는구나?"

─저 녀석은 내 탈것일 뿐이야!

"그럼 아드리트가 아니어도 상관없는 거네. 아드리트가 들으면 서운해하겠다. 내가 듣기로는 전하 앞에서 네 편을 들었다고 하던데."

─……쓸 만은 해.

유진은 괜히 입가를 만지며 올라가는 입꼬리를 감추었다. 마라는 속마음과 다른 말을 툭툭 내던지는 고집 센 노인 같았다. 순박함마저 느껴지는 이 모습이 그저 인간의 흉내일 뿐이라고 생각하면 왠지 서운했다.
"아드리트가 나이에 비해 생각이 깊고 상황 판단도 빠르지. 그런 점이 너도 마음에 들지?"

─인간은 다 거기서 거기야. 그나마 방랑족은 좀 달라.

"어떤 점이?"

─약속은 지키는…….

마라는 말을 하다 말고 유진을 빤히 바라보았다.

─희한하군. 전에 만난 아니카가 정말 맞아?

카세르의 입술 끝이 미세하게 위로 휘어졌다. 라크조차도 고작 짧은 만남으로 알아차리는데 그저 기억 상실인 줄만 알았던 과거의 자신이 우스웠다. 지금이라면 절대 착각하지 않을 것이다.

유진은 특별했다. 다른 세상에서 성장기를 보내서일까. 때때로 그녀의 편견 없는 자유로운 사고방식에 놀라곤 했다. 지금도 그녀는 사교 종단의 창시자이자 라크를 상대로 거리낌 없이 사담을 나누고 있었다.

'역시 만만치 않아.'

유진은 속이 뜨끔했다. 그런데 마라가 가짜와 자신을 구별해도 크게 놀랍지는 않았다. 지금 자신은 가짜를 흉내 내지 않고 자기 모습 그대로 마라를 대하고 있다. 상제를 처음 만난 날에도 지금처럼 행동했다면 틀림없이 상제도 알아차렸을 것이다.

"사람은 잘 변하지 않지만, 계기가 있으면 변하기도 해. 네가 예전에 만났던 나는 어땠는데?"

— 조급했지. 쫓기는 사람 같았어.

유진은 내심 감탄했다. 그 당시 가짜는 유진의 영혼을 불러낼 주술을 완성하기 위해 혈안이었을 것이다. 술식을 얻으려고 마라 교도들한테 성녀라 불리는 상황도 개의치 않았다.

'가짜가 내색했을 리는 없을 텐데 마라가 가짜의 심리를 읽었다는 거잖아. 괴물이어도 나이를 헛먹은 건 아니라는 건가.'

"내가 너와 호드리고를 통해 도움받은 게 있지. 오늘 나를 만나자고 한 이유는 그 거래에 대한 대가를 요구하기 위해서야?"

— 줄 생각은 있고?

갑자기 허를 찌르는 질문을 듣고 유진은 말문이 막혔다. 마치 그럴 줄 알았다는 듯 혀를 차는 마라의 목소리가 머릿속에 울렸다.

─기대도 안 했어. 인간은 입만 열면 거짓말, 거래는 즉시 주고받지 않으면 받기만 하고 내빼지.

너무 매도하는 거 아니냐고, 유진은 말할 수 없었다. 영혼이 바뀌었다고 밝힐 수 없는 사정이니 지금 자신은 필요한 것만 받고 입을 싹 닦은 사람이 되었다. 억울하기도 하고 민망하기도 했다.

"그럼 나를 보자고 한 이유는?"

─새로운 거래를 하려 했는데…….

마라는 상제의 정체를 알려 주고 상대방의 반응에 따라 대응하려고 했다. 하지만 상황이 예측과 전혀 다르게 돌아가서 난감했다. 이미 아니카는 상제의 정체를 아는 데다가 왕을 동반하여 나타났다. 비록 본체는 아니지만, 왕이 코앞에 보이는 사실만으로도 부담스러웠다.

마라가 고민에 빠진 사이, 유진이 조심스럽게 입을 열었다.

"너와 상제 사이에 얽힌 악연이 있다고 들었어."

─악연? 귀여운 표현이군. 누가 그래?

"으음…… 마라. 어떤 거래를 하든 서로 어느 정도는 정보가 있어야 하지 않을까? 이렇게 하자. 서로 하나씩 질문하고 대답하는 거야. 하나의 질문은 하나의 질문으로."

─내 본체가 어디 있냐느니, 그런 터무니없는 질문에는 대답 안 해.

"물론이야. 거북한 질문은 침묵 인정."

─좋다.

"내가 먼저 대답할게. 어떤 어르신께 들었어. 상제에 관해 속속들이 잘 아는 분이지. 내 질문은, 대제사장 모습의 너는 왜 상제와 닮았지?"

─내가 본 최초의 인간 모습이었으니까. 인간이 아니라 그놈이었지만. 나도 묻지. 네가 말한 그 어르신은 그놈한테 주술을 걸어 준 인간인가?

"……맞아. 그분을 뵌 적 있어?"

─본 적은 없다. 존재는 알았지만. 그 인간과 만난 건가? 어떻게?

"뵈었어. 하지만 방법은 말 못 해."
카세르는 관객의 입장이 되어 두 사람이 주고받는 대화에 귀를 기울였다. 처음 이 방에 들어왔을 때보다 긴장도 풀렸다. 워낙 그녀가 잘하고 있어서 자신이 나서지 않아도 될 것 같았다.
"그럼 상제가 너와 처음 만났을 때 라크가 아닌, 인간인 척했어?"

─그건 아니다. 그런데 인간 같은 방식으로 내게 접근했지. 자신이 날 낳았다고 그랬거든. 그 인간이 나에 대해 뭘 알고 있지?

"상제가 큰 실수를 해서 너와 악연이 되었다고 하셨어. 낳아……? 상제가 네 어머니라고 그랬다고?"

─어머니, 아버지, 그런 개념은 인간의 것이야. 그놈은 제 일부를 떼어 내서 날 만들었다고 했다. 그놈 정체는 누가 알고 있지?

"지금은 나와 전하만 알아. 정말 상제가 널 만들었어?"
마라가 크게 코웃음 쳤다.

─당연히 아니지. 그놈이 내게 개구라를 쳤어!

"……."

─그놈을 만났을 때 난 막 각성한 상태였단 말이지. 인간들이 환수라고 부르는 그 상태. 그놈은 이미 강력한 환수였어. 나 같은 건 한입거리였다고. 그런데 날 잡아먹지 않고 나한테 그 기름 바른 혓바닥을 나불거렸어. 어리고 순진한 내가 뭘 알았겠냐고! 그놈 사기 행각에 홀딱 넘어갈 수밖에!

유진이 추가 질문을 던지지 않았는데도 마라는 새삼 분이 치솟는지 열변을 토했다. 심각한 와중에 유진은 마라가 선택한 표현이 웃겨서 미세하게 입술이 움찔거렸다.
"그럼 속은 사실을 알고 배신감을 느낀 거야? 그래서 상제를 적대하는 거야?"

―배신이라는 표현도 인간이나 쓰는 거야. 약하면 먹잇감이 되는 것은 우리의 질서다. 물론 그놈 방식은 라크답지 않아. 그래도 내가 관여할 일은 아니지. 교활하고 치졸한 놈이 그러고 살거나 말거나 그놈 팔자니까. 다만, 그놈과 난 공존할 수 없어. 서로에게 가장 위협적이기 때문이지.

"네가 더 약한 거지?"

생쥐가 대답 없이 고개를 획 돌렸다. 유진은 속으로 '큰일이네…….'라고 중얼거렸다. 점점 경계심이 옅어지고 눈앞의 생쥐에게 자꾸 정이 들었다.

"그렇다면 네가 불리한 상황이니까 꼭꼭 숨어 있는 방법이 제일 낫지 않아? 왜 교단을 만들고 인간을 이용해서 여기저기 들쑤시는 거야? 기다리다 보면 상제는 죽을 텐데."

쥐의 붉은 눈동자가 반짝였다.

―죽다니?

"상제는 자신을 나무로 만들어 줄 아니카를 찾고 있어. 하지만 워낙 강한 라크라서 감당할 만한 라미타를 지닌 아니카를 만나지 못했지."

마라가 웃음을 터뜨렸다.

―그놈의 교활한 혓바닥은 여전하군. 나무라고? 죽음을 기다린다고? 그놈이?

상제의 궁극적 소망은 나무가 되어 이 세계의 질서에 편입하는 것. 상제가 저지른 모든 짓이 그 목적 달성을 위한 과정인 줄 알았다. 그 점은 의심조차 하지 않았던 유진은 심장이 덜컹 내려앉았다.

'하지만 어르신께서는 분명……'

「그놈은 자신에게 죽음을 줄 수 있는 아니카를 찾고 있어요.」

그런데 문득 엘버가 했던 다른 말이 떠올랐다.

「난 그놈의 말을 믿지 않아요. 죽음을 원한다고 하면서 다른 꿍꿍이가 있을지 몰라요.」

유진은 엘버한테 들은 수많은 정보 중에서 아니카의 라미타가 라크에게 죽음이라는 안식을 준다는 내용이 가장 인상 깊었다. 그 부분을 몇 번이고 되새겼다. 상제는 죽기 위해 아니카가 필요하다.

'그렇다면 어르신은 처음부터 그놈한테 속으셨구나.'

엘버가 괴물과 손을 잡은 이유는 일족을 얽어맨 굴레에서 벗어나고 싶다는 욕심 때문이었겠지만, 괴물이 바라는 것이 과하지 않았다는 점도 중요한 이유였을 것이다. 뿌리를 찾아 태어난 세계로 돌아가고 싶다는 소망은 참으로 인간적이었다.

그 소원을 이룰 수 없게 되자 나무가 되는 죽음을 맞이하여 이 세상의 생명체가 되고 싶다는 괴물의 두 번째 소원을 듣고 엘버는 미안함과 측은함을 느꼈을지도 모른다. 다른 세계의 생명체를 강제로 이 세상에 불러낸 조상의 원죄가 있으니까.

'그런데 세월이 흐르면서 어르신은 의심하기 시작하신 거야. 하지만 모든 정보를 통제당하고 있으니 의혹을 뒷받침할 근거는 찾지 못하셨을

테고.'

유진은 추리를 그만두고 판단을 보류했다. 마라가 혼동을 일으킬 의도로 거짓 정보를 흘렸을지도 모른다.

"상제가 죽음을 바라는지, 아닌지, 네가 어떻게 알아?"

— 각성한 라크가 죽음을 바란다는 건 말이 안 되니까.

"환수는 죽음을 바라지 않는다고?"

그녀는 속으로 짧게 탄식했다. 사막의 성소에서 만났던 거북이 환수가 했던 말이 떠올랐다. 자신을 피해 도망치던 아부와 꼬마의 반응도 생각났다. 마라의 말이 사실이라면 앞뒤가 들어맞았다.

옆에서 잠자코 듣고만 있던 카세르가 말했다.

"라크와 환수는 별개의 존재라고 말하는 건가?"

— 다르고말고. 씨앗이 되었다가 깨어나기를 반복하면서 서로를 잡아 처먹을 줄밖에 모르는 미물들과 나 같은 지성체를 같다고 하는 게 말이 돼?

유진과 카세르가 잠깐 시선이 부딪쳤다. 딱히 반박할 말이 없기는 하지만, 마라의 자화자찬을 인정하기도 껄끄러운 기묘한 기분을 두 사람은 눈빛으로 공유했다.

그런데 유진은 지금 자신의 발치에서 조용히 기다리고 있는 두 마리 환수를 생각하니까 라크와 환수가 별개라는 마라의 주장을 지지하고 싶었다. 사랑스러운 두 마리 환수는 예전에 그녀가 맞닥뜨렸던 거대 쥐 라크와 조금도 비슷하지 않았다.

그래도 생쥐를 바라보며 사실을 분명히 짚고 넘어갔다.

"네 뿌리는 라크잖아."

마라가 혀를 찼다.

— 아무튼, 인간이란. 대체 왜 그런 거에 집착하는 거지? 중요한 건 과거가 아니라 지금이야.

유진은 기가 막혔다. 라크한테서 철학을 들을 줄은 몰랐다.

"……설마 라크 중 일부가 환수가 된다는 사실 자체도 부정하는 거야?"

— 그건 사실이다. 하지만 나는 각성하기 전을 기억하지 못해. 그러니 각성 전의 모습은 내가 아니지.

유진은 점점 혼란스러웠다. 처음에는 수수께끼가 풀리는가 싶더니 의문이 더 생겼다.

"네 주장대로면 라크와 환수는 별개. 라크는 죽음을 바라지만 환수는 원하지 않는다…… 하지만 이해가 안 돼. 라크나 환수나 나무가 되는 죽음은 너희한테 안식이잖아? 너처럼 의사 표현이 가능한 환수를 만난 적이 있어. 나와 전하를 죽음과 소멸이라고 불렀어. 소멸은 사라지는 것, 죽음은 이 세계의 순환에 편입되는 것이 아니야?"

— 소멸보다는 당연히 죽음이 낫지. 하지만 사는 게 더 재밌어.

"……뭐?"

뜻밖의 소리를 듣고 유진은 멍하게 되물었다.

―나무가 되고 싶다느니, 그놈의 개소리를 믿고 싶어 하는 것 같아서 설명해 주지. 이건 늙은이들한테도 이야기한 적 없는 양질의 정보인데.

마라가 혼잣말처럼 구시렁거리더니 말했다.

―라크의 죽음에는 등급이 있어. 최악은 왕한테 소멸당하는 거.

말을 하면서 생쥐를 붉은 눈이 슬쩍 카세르를 스쳤다.

―말 그대로 소멸이니까. 같은 라크한테 포식당하는 건 그보다 낫지. 비유하자면 모래성이 무너져서 다시 쌓아야 하는 거야. 그보다도 나은 건 인간한테 죽는 것.

유진이 질문했다.
"라크가 라크한테 먹히는 것보다는 인간한테 죽는 게 낫다고?"

―인간한테 죽거나 인간을 먹으면 라크는 이 세계와 인연이 생겨. 악연이 더 정확한 표현이려나. 어쨌든 그러면 각성 확률이 높아지지.

카세르가 작게 탄식했다. 왜 라크가 포식 대상도 아닌 인간을 공격하는지 그 이유를 알게 되었다.

—가장 나은 죽음은 아니카의 라미타로 나무가 되는 것. 그런데 이 죽음은 최선이 아니라 차선이야. 라크가 바라는 것은 각성이야. 하지만 각성 확률은 아주 극악해. 왕한테 소멸당하는 위험을 감수하며 낮은 확률을 바라느니 아니카한테 죽는 게 낫거든. 건기와 활동기의 무한궤도에서 벗어날 수 있으니까.

"환수가 되는 게…… 라크의 궁극적인 소원이라고?"

유진이 엘버한테 들은 정보와 달랐다. 엘버가 아는 라크에 관한 정보는 모두 상제한테 들은 것이니 마라가 지금 거짓말하는 게 아니라면 상제가 엘버를 속였다는 뜻이다.

'상제, 그놈은 모든 게 거짓말이야. 진실이 하나라도 있기는 한가?'

새삼 분노가 치밀었다. 그런데 한편으로는 속 시원하다는 생각이 들었다. 그동안 손끝의 작은 가시처럼 껄끄럽게 걸리는 게 있었다.

상제는 단지 죽고 싶었을 뿐인데 그걸 비난할 수 있을까. 이 세계로 강제로 불려 온 라크는 오히려 피해자가 아닐까. 그리고 상제를 나무로 만들면 처벌이 아니라 오히려 그 괴물이 원하는 결과인데 그놈이 세상을 기만한 대가치고는 지나치게 평온한 최후가 아닐까.

그런 갈등을 더는 할 필요가 없을 것이다.

"넌 각성하기 전의 기억이 없다고 했으면서 라크가 뭘 원하는지 어떻게 알아?"

—오랫동안 라크를 지켜보니까 알게 되었다. 네 말대로 내 뿌리가 라크라서 그런지 그것들이 무엇을 욕망하고 무엇을 두려워하는지 느껴져.

이번에는 카세르가 물었다.

"그럼 환수가 바라는 궁극적 소원은 뭐지?"

수다스럽게 떠들던 마라가 입을 다물었다. 생쥐는 깊은 생각에 잠긴 것처럼 허공을 응시하다가 코끝을 움찔거리며 말했다.

ㅡ 귀환. 본래 내가 속했던 세상으로 돌아가는 것.

유진이 엘버한테 들은, 상제가 처음 내세운 조건과 같았다. 마라는 여러 면에서 상제를 닮았다. 그러니 상제처럼 속셈을 감추려는 거짓 핑계는 아닐까 의심스러웠다. 그런데 '귀환'이라는 단어를 말할 때 왠지 모를 묵직한 여운이 느껴졌다.

"상제도 그걸 원한다는 건가?"

마라가 카세르를 보며 작은 머리를 아래위로 흔들었다.

ㅡ 각인된 본능 같은 거다. 우리는 본래 이 세계에 속하지 않았다. 그래서 배척받고 있지. 나는 환영받는 세상으로 돌아가고 싶다.

유진이 말했다.

"하지만 난 이미 라크가 이 세계의 일부가 되었다고 생각해."

진심으로 라크의 완전한 멸종을 바라는 사람이 과연 얼마나 될까. 라크의 씨앗은 인간의 중요 자원으로 자리 잡았다. 라크는 환수가 되려는 소망을 이루기 위해 인간이 필요하므로 상부상조하는 셈이었다.

ㅡ 그렇게 생각할 수도 있지. 하지만 환수는 아니야.

"왜?"

—자손을 남길 수 없으니까. 이 세계가 우리 존재를 허락하지 않는다는 뜻이다.

유진은 이유를 알 것 같았다. 인간의 지식을 흡수할 만큼 똑똑하고 강력한 신체를 가진 데다가 수명이 무한에 가까운 환수가 번식까지 한다면 인간들은 순식간에 주도권을 빼앗기고 끝내 살아남지 못할 것이다.
"그러면 너와 상제는 돌아가기 위해서 주술을 이용하려는 거야?"

—주술로는 불가능해. 내 힘으로 하는 거야.

"방법을 알아?"

—아직은. 그런데 언젠 깨닫게 될 거야. 그러기 위해서는 그때까지 살아남아야 해. 라크는 왕한테 소멸당하지만 않으면 무한하게 순환한다. 그런데 각성 후에는 어떤 식으로든 죽으면 끝이야. 그러니 나무가 되고 싶다는 그놈 말이 개소리라는 거지.

유진이 곰곰이 생각하다가 말했다.
"그렇다면 상제는 왜 아니카를 원하는 거야?"

—그건…….

마라는 머뭇거리더니 슬그머니 화제를 돌렸다. 완전히 손해 보는 짓을 했다느니, 질문을 하나씩 하자더니 대체 날려 먹은 내 질문은 몇 개인지 세지도 못하겠다느니, 이래서 인간과 거래는 매번 손해라느니 꿍얼거렸다.

"마라. 아쉬운 쪽은 우리가 아니야 너야. 네가 상제와 어떤 관계이든 우리는 상관없어. 우리 입장에서는 너나 상제나 거짓말로 세상을 혼란스럽게 하는 라크라는 건 똑같으니까. 하지만 네가 우릴 속일 의도 없이 도움을 준다면 네가 사람에게 해를 끼치지 않는 범위 안에서 우리도 널 도울 수 있어."

유진은 어느 정도 허세를 섞어 마라를 압박했다. 내심 마라가 협조해 주었으면 했다. 친구는 될 수 없을지라도 같은 목적을 위해 뭉치는 동료는 가능할 것이다.

— ……쳇. 역시 인간과 거래하면 손해만 본다니까.

고작 몇 마디 압박에 물러설 만큼 마라가 살아온 세월이 녹록지 않았다. 대제사장과 교주, 신 노릇까지 하며 인간을 현혹했다. 사교도에 빠지는 광신도가 제대로 된 사람일 리가 없으니 그야말로 제대로 인간의 밑바닥을 보았다. 마라가 인간을 불신하게 된 것도 그래서였다.

그런데 마라는 자신의 정체를 알면서도 꺼리는 기색 없이 말을 거는 눈앞의 아니카가 생각보다 마음에 들었다. 방랑족 이외의 인간 중에는 처음이었다.

분명히 예전에 만났을 때는 이런 느낌이 아니었다. 이상하지만, 어차피 오늘처럼 긴 대화를 나눠 본 적은 없으니 대수롭지 않게 생각했다. 대제사장 껍질을 썼을 때는 자신 역시 지금 모습과 전혀 다르니까.

─각성하면 본능적으로 인간을 멀리하게 돼. 그런데 그놈은 특이했지. 어디든 변종은 있는 법이니까. 그놈은 스스로 인간 세상에 숨어들었어.

그것은 아주 아득히 오래전의 이야기였다. 고대 일족이 금기의 주술을 발동하여 소환한 이계의 생명체는 공격의 본능만 지닌 사나운 괴물들이었다. 훗날 라크로 불리게 된 그것들은 동족끼리 잡아먹고 인간을 공격했다.

그런데 그중 하나가 불현듯 지능을 얻었다. 최초의 각성이었다.

─그놈이 내게 말한 게 전부 진실인지는 모르겠고 숨긴 내용도 있을 테니 나도 많은 건 몰라. 어쨌든 그놈은 아주 오랜 세월을 인간들 틈에서 살았던 것 같아. 그러다 어떤 인간의 애완동물 노릇까지 했지. 그 인간은 아니카였어.

유진의 눈빛이 흔들렸다. 엘버한테 들었던 말이 떠올랐다.

「아니카가 라미타를 모두 소진하여 죽음에 이르면 머리카락이 금발로 변해요. 그놈은 죽어 가는 아니카를 본 적이 있는 거예요.」

─그런데 그 아니카는 약간 정신에 문제가 있었던 것 같아. 그놈을 죽은 애완동물로 착각해서 애지중지했다는데 아니카가 환수를 못 알아볼 리가 없지. 그런데 그 아니카가 쓰다듬을 때마다 그놈은 제 생명력이 채워지는 기이한 현상을 겪었대.

유진은 아노티 산맥을 넘기 전, 아부를 만졌을 때 느꼈던 이상한 감각이 생각났다. 무척 흥분하던 아부의 반응도 떠올랐다.

ㅡ그놈은 그게 뭔지 궁금했지. 그래서 잔뜩 다친 모습으로 위장하여 그 아니카 앞에 나타났어. 말했듯이 그 아니카는 정신이 약간 이상했던 게 분명해. 모든 라미타를 그놈한테 쏟아 낸 거야.

"⋯⋯라미타를 모두 소진하여 죽은 건가? 머리카락은 금발이 되어서?"

ㅡ그렇지. 그리고 그놈은 알아냈어. 아니카의 라미타는 환수를 죽일 수도 있고 환수에게 생명력을 채워 줄 수도 있다는 사실을.

'그럼 그때 아부는 나한테 생명력을 받은 거구나.'
유진은 아노티 산맥에 이르기 전, 몹시 흥분했었던 아부의 반응을 떠올리며 그때 느꼈던 의문점을 물었다.
"환수는 씨앗이 주식이잖아. 아니카가 주는 생명력이 그것과 달라?"

ㅡ전혀 달라.

"어떤 점이?"
수다스럽던 목소리가 사라졌다. 마라는 유진을 빤히 보더니 말했다.

ㅡ난 지금까지 이야기한 내용만으로도 충분한 정보를 줬다고 생각한다. 이야기꾼 노릇을 하자고 이 자리를 마련한 게 아니야.

"아…… 그래. 네 말이 맞아."

유진은 순순히 인정했다. 마라가 알려 준 내용은 어디서도 구할 수 없는 고급 정보이며 전부 사실이라는 전제에서 마라는 놀라운 호의를 보여 주었다. 비유하자면 계약금을 넘치도록 받은 셈이었다.

"이제 와서 새삼스레 서로를 탐색할 필요는 없다고 생각해. 각자 바로 원하는 것을 말하자. 우리가 원하는 건……."

유진은 말을 멈추고 옆에 앉은 카세르를 돌아보았다. 오늘 이 자리에 오기 전에 카세르는 전권을 유진에게 주었다. 유진이 마라와 어떤 내용의 협상을 하든지, 관여하지 않겠다고 했다.

「상제도 마라도 당신을 원해. 당신이 사건의 중심에 있으니까 당신 의견
이 가장 중요한 변수가 되어야 해.」

그때는 자신을 믿어 주는 그가 그저 고맙기만 했는데 막상 협상 테이블에 앉게 되니까 겁이 덜컥 났다. 혼자 오롯이 책임지게 되면 차라리 낫다. 자신이 내리는 결정에 그가 휘말릴 테고 나아가서는 왕국에 예기치 못하는 영향을 끼칠지도 모른다.

눈이 마주친 카세르가 살짝 고개를 끄덕였다. 그의 표정에는 전혀 흔들림이 없었다. 유진은 그녀 스스로 자신을 믿는 것보다 그가 자신을 더 신뢰한다는 기분이 들었다. 그러자 갑자기 용기가 샘솟았다. 그녀는 다시 시선을 앞으로 돌렸다.

"마라. 우리는 상제를 처단할 거야."

이 자리에 오기 전에는 오히려 확신이 없었다. 그런데 이제는 그 괴물을 끌어내려야 한다는 확고한 결심이 섰다. 상제의 목적이 무엇인지 모호해진 상황이므로 더욱 위험했다.

"상제와 너는 서로에게 가장 위협적이라서 공존할 수 없다고 했지. 그렇다면 네 목적도 상제를 처리하는 건가? 아니면 불가침조약 같은 차선책도 염두에 두고 있어?"

ㅡ불가침조약 같은 건 없다.

만약 유진이 미래의 조각을 읽지 않았다면 마라가 과연 진실을 말하는지 머리 아프도록 고민했을 것이다. 마라가 겉으로만 협조하는 척하며 뒤로는 상제와 공모한다면 모든 계획이 실패할 테니까.

그런데 그녀가 본 미래에서 상제와 마라는 서로를 죽여 없애기 위해 충돌했다. 그 미래는 그저 가능성의 미래일 뿐이지만, 저 교활한 상제라면 협상의 여지가 조금만 있어도 그런 극단적인 충돌 상황이 오도록 두지 않을 것 같았다.

그래도 유진은 확신을 얻고 싶어서 마라에게 물었다.

"왜 너와 마라가 공존할 수 없는지 설명해 줘. 너와 상제는 동족이잖아."

ㅡ동족이라니, 그런…….

"그래. 지극히 인간의 관점이지. 그런데 인간은 인간 이외의 적이 등장한다면 미워하는 사람과도 우선 협력할 거야. 그러니 납득할 만한 이유를 듣고 싶어."

ㅡ이건 정말 내가 손해 보는 짓이야! 그놈을 처단할 거라는 한마디만 해 놓고 나한테서 탈탈 털어 가고 있잖아.

마라는 볼멘소리로 투덜거리면서도 이어서 말했다.

─귀환을 원하는 소망과 관련이 있다. 귀환하고픈 욕망은 각성하는 순간에 깨닫는 게 아니야. 각성한 후에는 생존해야 한다는 본능만 있어. 살아남으려면 강해야 하고 강해지기 위해서는 생명력을 채워야 해.

"아까 내 질문과 통하는 대답 같은데. 아니카의 라미타로 얻을 수 있는 생명력이 바로 그 생명력이야?"
마라는 한숨을 푹 내쉬더니 말했다.

─맞아. 생명력을 채우려면 방법이 두 가지야. 나이를 먹거나 각성한 라크를 포식하거나. 두 방법은 경험으로 체득해.

"라크 씨앗은?"

─죽지 않기 위한 최소한의 식사 같은 거지.

"생명력을 채운다는 뜻이 강한 환수가 되는 걸 말하는 거라면 아니카의 라미타가 환수를 강하게 만들어 준다는 사실을 상제가 발견했다는 거지?"
생쥐가 머리를 끄덕였다.

─생명력이 어느 정도 차오르면 깨닫게 돼. 나의 세계로 돌아가고 싶은 귀소 본능과 나의 생명력이 가득 차오르는 날, 돌아갈 방법을 알게 될 거라는 막연한 예감. 그런데 그걸 깨닫게 된 순간부터는 다른 각

성한 라크를 포식해서는 생명력을 채우기가 무척 어려워. 엇비슷하게 강한 환수를 포식해야 생명력을 채우는데 이미 내가 너무 강해졌기 때문이야. 간에 기별도 안 가는 조무래기들만 남아 있지.

"너와 상제는 서로가 생명력을 채울 수 있는 유일한 먹잇감이라는 거구나…… 그런데 방법이 아예 없지는 않잖아. 나이를 먹어도 강해진다며. 그럼 서로를 공격하지 않고 세월이 가기를 기다려도 될 텐데."

마라가 큭큭 웃었다.

─지극히 인간의 관점이군.

'인간보다 더 인간처럼 청산유수로 떠들고 있는 주제에.'

유진은 이죽거리는 생쥐를 흘겨보았다.

"그럼 아니카의 라미타는? 생명력을 채워 준다며."

─아니카가 나를 죽일지 생명력을 줄지는 아니카의 의지에 달렸다. 도박이라고.

아니카의 의지. 유진은 그것을 긍정의 감정이라고 해석했다.

'그래서 상제가 아니카를 그토록 싸고돈 거구나. 자신에게 호감을 품도록. 자신을 의지하도록.'

그리고 아니카 중 일부는 사제가 된다. 그들은 신을 사랑하듯 상제를 믿고 따를 것이다.

문득 엘버한테 들은 말이 생각났다.

「그놈이 생명력을 어디선가 보충하는 것 같은데…… 만약 그렇다고 해
도 난 알아낼 방법이 없으니까요.」

'아, 맙소사. 그런 거였어. 그놈은 사제가 된 아니카한테서 라미타를
갈취해 생명력을 보충한 거야.'

조금씩 수수께끼가 풀리기 시작했다. 상제는 자신에게 강력한 생명력
을 줄 강한 라미타를 지닌 아니카가 등장하기를 기다리고 있는 거다.

"그럼 너는 상제를 잡아먹으려는 건가?"

카세르가 질문했다. 그는 상제가 마라한테 잡아먹히는 결말이 오히려
상황을 더 악화시킬 거라는 결론을 내렸다.

마라가 제 입으로 말한 것처럼 두 괴물은 세상에서 가장 강한 환수인
듯했다. 그런데 한 마리가 다른 한 마리를 잡아먹어 상대의 힘을 흡수해
서 탄생한 무시무시한 괴물을 누가 대적할 수 있겠는가. 더구나 마라는
상제처럼 인간들을 현혹하며 농락하고 있으니 제2의 상제가 될 가능성
이 충분했다.

"그것이 네가 바라는 거라면 협조할 수 없다. 도둑을 물리치자고 강도
를 부를 수는 없지."

유진도 고개를 끄덕였다. 마라는 상제에 관한 정보를 많이 갖고 있다.
분명히 도움이 될 것이다. 하지만 위험 부담이 너무 컸다.

그런데 마라는 망설이는 기색 없이 선선히 대답했다.

― 그놈만 소멸한다면 상관없다.

카세르가 미간을 찌푸렸다.

"네 말은 앞뒤가 맞지 않는군. 상제를 포식할 목적이 아니라면 왜 상

제와 적대하는 거지?"

─내가 먼저 치지 않으면 언젠가 반드시 그놈이 날 칠 테니까.

"단지 그것뿐?"
마라는 잠시 침묵한 후 대답했다.

─원한이 있다.

유진은 실소가 나왔다. 원한이라니. 이보다 더 인간적일 수가 있을까. 아까부터 라크와 인간의 좁힐 수 없는 차이점을 지적하며 선을 그은 것 치고는 어울리지 않는 대답이었다.
"무슨 원한?"

─우리가 그런 사정까지 구구절절 설명할 사이는 아니지 않아?

토라진 아이처럼 쏘아붙이는 말투였다. 유진은 자신도 모르게 웃고 말았다. 상제와 마라는 모든 게 달랐다. 그녀는 자신이 조금도 긴장하지 않는다는 사실을 깨달았다. 성도궁에 들어가서 상제를 만나고 오면 항상 진이 빠지는 것 같았다. 그런데 마라와의 대화는 유쾌한 기분마저 들었다.
"그럼 다른 질문. 화제에서 좀 벗어난 것인데 지금 쥐의 모습도 사람 모습처럼 환영이야?"

─아니. 이건 동물을 매개체로 이용해서 의사를 전달하는 방법이다.

유진은 카세르를 보며 말했다.

"상제가 동물을 통해 의사를 전하는, 이런 방법을 쓴다고 들은 적 있어요?"

카세르가 고개를 저었다.

"없어."

"숨겼을까요?"

"글쎄…… 그런데 굳이 숨길 이유는 없을 텐데. 이런 능력을 보이면 신의 대리인으로서 더 추앙받았겠지."

─이건 그놈은 못 해.

마라가 우쭐해 하며 말했다.

"상제가 너보다 더 강한 환수라고 했으니 능력을 아닐 테고. 주술이야?"

─맞아.

"옛날에 네가 고대 일족의 서고에서 훔쳐 간 주술?"

생쥐는 제법 당황한 듯 두 눈만 끔벅거렸다. 유진은 마라가 놀라는 모습을 보고 즐거워서 웃으며 말했다.

"네가 예상하는 것보다 우리가 가진 정보가 많아."

생쥐가 빤히 유진을 쳐다보다가 팩 고개를 돌렸다.

카세르가 말했다.

"일단 서로가 원하는 걸 알았으니 오늘은 여기까지 하지."

─뭐 하나만 물어볼 게 있는데…….

생쥐의 시선이 카세르에게 향했다.

─내가 부리는 자들이 잡혀 들어갔다고 들었다.

"교도들 말인가? 그들은 죄인으로 잡혀 왔고 법에 따라 처벌될 거다."

─죽일 건가? 죽을 정도로 죄를 지은 자는 없을 거다. 가끔 시키지도 않는 짓을 과하게 하긴 하지만.

카세르는 의외라는 눈빛으로 마라를 응시했다. 제 편할 대로 인간을 이용하려고 가짜 신 노릇을 하는 줄 알았는데 그들을 위해 변명하는 모습은 뜻밖이었다.

생각해 보면 마라의 교도들은 사교로 낙인찍혀 핍박받을 뿐이지 큰 문제를 일으킨 적은 없었다. 그들이 골칫거리였으면 진즉에 모조리 하시 왕국 땅에서 내몰았을 것이다.

"없는 죄를 씌우지는 않을 것이다."

그 정도면 만족한다는 듯 생쥐가 고개를 끄덕였다.

유진과 카세르가 테이블에서 일어나자마자 곧바로 바깥에서 문을 두드렸다. 카세르가 대답을 채 하기도 전에 문이 열리고 아드리트가 들어왔다. 아드리트는 감정이 북받친 채로 그 자리에서 유진을 향해 바닥에 엎드렸다.

"왕비님께 받은 은혜를 헤아릴 수가 없습니다."

유진이 마라와 중요한 대화를 나누는 동안 아드리트는 사촌과 해후 인사를 나누었다. 은신처를 떠난 순간부터 방랑족의 삶은 항상 생사의 갈림길에 선다. 그들은 서로를 보지 못했던 지난 6년의 고된 삶을 이야기하며 눈물을 흘렸다.

아드리트는 유진의 도움이 아니었으면 리마가 틀림없이 비참하게 죽었을 거라고 생각했다. 혹은 일족 전체가 멸족의 위기에 빠졌을지도 모른다. 리마가 배 속 아이를 위해 일족도 버릴 생각을 했다며 울면서 고백했다. 리마가 상제에게 잡혔다면 어찌 되었을지 아찔했다.

"왕비님께서는 저와 제 사촌, 일족 전체를 구명해 주셨습니다."

유진은 바닥에 엎드려 꼼짝하지 않는 아드리트를 설득하여 간신히 일으켜 세웠다.

"나야말로 고마워. 중요한 손님을 데려와 주었잖아."

아드리트와 리마가 함께 지낼 만한 거처를 마련해 주도록 지시를 내리고 유진은 기분 좋게 마차에 올라탔다. 일족의 은인이라는 아드리트의 인사말을 받으며 과찬이라 겸양을 부렸으나 내심 뿌듯했다.

시간 가는 줄을 모르고 마라와 대화하는 동안 어느새 밤이 이슥해졌다. 마차에 올라탄 즉시 카세르는 유진을 챙겼다.

"피곤하지? 불편한 데는 없어?"

"전혀요. 제 눈을 보세요. 아주 또랑또랑하지요?"

흥분하여 맑게 깨어 있던 정신은 마차를 타고 달리는 시간이 길어질수록 점점 잠기운에 잠식당했다. 마차가 왕성에 도착하여 멈추어 섰을 때 유진은 카세르에게 기대어 곤히 잠들어 있었다.

"고생 많았어."

카세르는 유진의 귓가에 작게 속삭이며 그녀가 깨어나지 않도록 조심스럽게 안아 들었다. 내일 아침에는 그녀가 푹 늦잠을 자도록 침실이 어둡게 커튼을 치도록 지시했다.

마라와의 만남이 예상 밖의 유쾌한 분위기였다고 생각했는데 알게 모르게 꽤 긴장했었던 모양이었다. 이튿날, 유진이 열이 나는 바람에 왕성이 발칵 뒤집혔다.

온종일 의관들이 왕비의 침실에 상주하다시피 했고 왕이 보낸 시종은 수시로 찾아와 의관들을 괴롭혔다. 의관이 체감하기로는 시종에게 막 답변을 마치고 한숨 돌리려나 했더니 다시 시종이 뒤에서 어깨를 두드리며 '왕비님께서는 어떠십니까?'라고 묻는다고 느낄 정도로 빈번했다.

시종을 쉴 새 없이 보내는 것으로도 부족해서 왕의 행차도 잦았다. 어떤 의관은 자신이 평생 왕을 뵌 횟수보다 단 하루 동안 뵌 횟수가 더 많을 거라고 중얼거렸다.

그 이튿날, 유진의 체온이 다시 정상으로 돌아올 때까지 꼬박 하루 동안 왕성 분위기는 살얼음판이었다. 그러고도 이틀을 더 유진은 침대 위에서 꼼짝할 수 없었다. 마리안이 금방이라도 울음을 터뜨릴 것 같은 눈을 하고 충분한 휴식을 간곡히 청하는데 당할 재간이 없었다.

내색은 안 했지만, 유진은 주변의 반응이 과도하다고 생각했다.

'임신하면 원래 미열이 난다고 들었는데. 내가 펄펄 열이 끓은 것도 아니고 말이야.'

손만 대도 금이 가는 유리잔처럼 자신을 대하는 주변 사람들을 보고 있으면 공연히 부끄러웠다. 몸 둘 바를 모르는 심정이랄까. 그런데 어색하면서도 그리 싫지는 않았다.

드디어 사흘 만에 유진은 자유를 얻자마자 며칠 내내 눈앞에 아른거리던 장소로 향했다. 오랜만에 높은 곳에서 왕성과 수도의 정경을 내려다보면서 감상에 빠졌다. 그녀는 바로 이곳에서 엘버와 만났다. 비록 꿈이었지만, 현실과 구분하기 어려운 생생한 환상이었다.

「방문을 요청받은 자는 무의식중에 자신에게 가장 편하고 안전한 장소를 택하지요.」

유진이 이 장소를 좋아했던 이유는 단순히 아름다운 경치 때문이었다. 오직 자신만 즐길 수 있다는 유치한 우월감도 있었다. 그런데 엘버가 했던 말을 되새기며 탁 트인 풍경을 보고 있으니 모든 장면이 특별한 의미로 다가왔다. 뭉클한 감동이 올라와 눈이 시큰했다.

'이제 난 평생 이 풍경을 보고 살다가 언젠가 이 땅에 묻히겠지.'

평생 살아야 할 곳이 정해지다니 기분이 이상했다. 처음에는 낯설고 무서웠던 이 사막의 왕국이 어느새 가장 편안한 곳이 되었다.

"유진."

유진은 고개를 돌려 자신을 향해 걸어오는 카세르를 바라보았다.

'아…… 그렇구나.'

불현듯 깨달음이 왔다. 이 땅이 특별해진 이유는 특별한 사람이 여기서 살고 있기 때문이다. 저 남자가 사랑하는 이 왕국을 자신도 사랑하지 않을 수 없다. 이 땅에서 그와 가정을 이루고 아이를 낳고 기르며 함께 늙어갈 막연한 미래가 가슴이 설레도록 기대되었다. 유진은 행복한 기분이 들어 그를 보며 활짝 웃었다.

카세르의 걸음이 순간 멈칫했다가 다시 속도를 냈다. 그는 유진과 한 걸음 간격을 두고 멈추어 섰다. 유진을 향해 손을 뻗었다가 공중에서 멈추고는 한숨을 내쉬었다. 어쩔 줄 몰라 하는 그의 태도가 하도 이상해서 유진은 웃음을 터뜨렸다.

"지금 뭐 해요?"

"속도 조절."

카세르는 자기 자신을 타이르는 마음으로 대답했다. 불시의 기습이 사정없이 그를 흔들었다. 간신히 억누르고 있었던 충동이 그녀의 사랑스러운 미소를 보는 순간 일시에 터졌다.

그녀의 부드러운 피부가 온몸에 밀착하도록 꽉 끌어안고 키스를 퍼붓고 싶었다. 아니, 그것만으로는 부족했다. 그녀를 안아 들고 이 다리 위에서 뛰어내려 잠겨 있는 아무 방이나 들어가고 싶었다.

다행히 그는 사악한 유혹을 견뎌 냈다. 그래도 자괴감이 들었다. 요즘 자신의 인내심이 얼마나 얄팍한지 깨닫는 중이었다.

그녀의 배 속에는 소중한 두 사람의 아이가 자라고 있고 아이의 건강한 성장을 위해서 성욕 같은 저급한 욕망은 참는 것이 당연했다.

그런데 그 본능이 자신의 정신을 온통 지배하는 기분마저 들어서 그야말로 미칠 지경이었다. 누구에게도 말 못 할 고민이라 그는 혼자서 끙끙거렸다.

"당신을 놀라게 하면 안 되니까."

"아니, 제가 유리 심장도 아니고. 그 정도는 괜찮아요. 의관이 그래요?"

"음. 당신 걱정을 많이 해."

카세르는 은근슬쩍 주어를 빼고 말했다. 정작 의관은 갑작스러운 체온 변화가 임부한테 나타나는 흔한 증상이라고 말하는데 마리안이 어찌나 발을 동동거렸는지 모른다.

마리안은 유진이 갑자기 열이 오른 이유를 전날의 외출 때문이라고 생각했다. 그날의 외출 목적을 단순히 부부의 데이트 정도로만 알고 있었다. 그래서 여정의 피로가 풀리지 않았는데도 밤 외출을 주도한 왕을 못마땅해 했다.

아랫사람으로서 왕에게 훈계는 할 수 없으니 빙 돌려서 표현했지만, 카세르는 마리안의 손에서 컸기 때문에 점잖은 표현으로 상대를 비난하는 마리안의 화법을 잘 알고 있었다.

"다들 저를 중환자 취급하고 있어요. 임신이 병은 아니에요."

"당신이 언짢다면 내가 조치를……."

금세 표정이 진지해지는 그를 보고 유진이 화들짝 놀라 손을 내저었다.

"아니에요, 아니에요. 뭐라고 할 일은 아니고요."

유진은 그를 끌어안으며 화제를 돌렸다.

"갑자기 여기까지 어쩐 일이에요?"

"당신이 여기 있다는 소리를 들어서."

"당신도 여기서 마시는 차가 그리웠군요. 바쁘지 않으면 같이 차 한 잔 마셔요."

"아…… 그게."

카세르가 괜한 헛기침을 하더니 머뭇거리다가 말했다.

"차는 다른 곳에서 마시고…… 여기는 당분간 당신이 오지 않았으면 좋겠어."

유진이 놀라서 물었다.

"무슨 일 있어요? 여기서 더는 차를 마시면 안 되는 거예요?"

"앞으로 계속 안 된다는 뜻이 아니라."

카세르가 아직은 티가 나지 않는 유진의 아랫배를 흘끔 보더니 말했다.

"아이가 완전히 자리를 잡고 안정기에 접어들 때까지, 서너 달 정도?"

"수리 같은 거 해요? 위험한 거예요?"

유진은 곧바로 대답하지 못하는 그를 의아하게 보았다. 계속 빤히 바라보고 있으니 카세르가 슬쩍 시선을 돌리며 말했다.

"발이 땅에 닿지 않은 곳에 있으면 임부한테 안 좋다고 해."

"의사가요?"

"의사는 아니고…… 예전에 어디선가 들었어."

유진이 곰곰이 생각에 잠겼다가 놀란 표정으로 말했다.

"근거 없는 미신이라는 거네요."

"……."

유진은 겸연쩍어하는 그를 보고 웃었다. 어디서 들었는지도 모르는 이상한 미신 때문에 자신이 다리 위에 있다는 소리를 듣자마자 허겁지겁 달려왔다니. 누군가 그런 말을 하면 쓸데없는 소리라고 차갑게 일축해 버릴 것 같은 남자가.

"알았어요."

유진은 그의 팔짱을 끼면서 순순히 대답했다. 항상 모든 것을 양보해 주는 남자가 바라는 것이 겨우 그 정도라면 못 들어 줄 이유가 없었다. 애착이 있는 장소이기는 해도 영원히 못 가는 것도 아니고 그저 몇 개월 뿐이라면.

"대신 같이 차 마시는 거죠?"

카세르는 말해 놓고 나서는 자신이 억지를 부린 것 같아서 민망했다. 선뜻 그러겠다고 하는 그녀가 고맙고 예뻤다. 그는 유진의 손에 깍지를 끼고 들어 올려 손등에 입을 맞추었다.

"당신이 원하면 얼마든지."

유진은 그의 팔짱을 끼고 함께 걸으면서 혼자 슬며시 웃었다. 왕국 운영에 모든 정신을 쏟느라 일에 파묻혀 살던 남자가 때때로 바람둥이의 전형적 대사 같은 말을 할 때마다 신기했다. 타고났다는 말 외에는 설명할 수 없다고 생각했다.

오후에는 샬럿이 찾아왔다. 미리 약속을 잡지 않은 갑작스러운 방문이었다. 안 그래도 유진은 샬럿의 공을 재차 치하할 생각으로 조만간 부르려 했던 터라 반갑게 맞이했다.

리마는 새로 마련해 준다는 거처를 거절하고 지내던 곳으로 돌아갔다. 그만큼 샬럿이 진심으로 리마를 보살폈다고 짐작할 수 있었다.

샬럿은 달갑지 않은 소식을 가져왔다. 리마가 갑자기 진통을 시작했다고 전했다.

"아직 출산 예정일은 꽤 남지 않았나요?"

"예, 왕비님. 여덟 달도 꽉 채우지 못했습니다."

"저런."

리마가 아드리트와 만나서 감정의 동요를 일으키는 바람에 이른 진통이 시작된 것 같았다.

'내 잘못이야. 그런 식으로 마주치게 할 게 아니라 충격이 덜한 방법을 찾아봤어야 했는데.'

리마가 아드리트와 사촌지간일 줄은 예상하지 못했다. 같은 일족끼리 만나면 리마의 마음이 안정되어 건강한 출산에 도움이 될 줄 알았는데 정반대의 결과가 나왔다.

유진은 리마의 조산의 자신의 탓인 것만 같았다. 이곳의 의학 수준을 알 수 없으니 과연 조산한 아이가 무사히 태어나 살아남을 수 있을지 걱정스러웠다.

"무사히 출산할 수 있도록 도와줘요. 최고 실력의 산파를 부르고 필요하다면 왕성 의관을 보내겠어요. 약재도 아끼지 말고 쓰라고 해요."

"예, 왕비님. 염려하시는 일 없도록 성심을 다하겠습니다."

"고마워요. 그리고 경과가 어떤지 자주자주 소식도 보내 주고요."

"예, 왕비님. 한데 길이 꽉꽉 막힌 터라 시간 차를 두고 전언을 받으실 수도 있습니다."

"길이 막히다니. 무슨 일이 일어났나요?"

유진은 전혀 들은 바가 없었다. 혹시 자신이 임신한 상태라서 좋지 않은 소식을 듣지 못하도록 차단하는 건 아닐까, 잠시 의혹이 들었다.

"한창 축제 중이니까요. 수도에서 이만한 규모의 축제는 처음 봅니다. 모든 사람이 거리로 쏟아져 나온 것 같습니다, 왕비님."

유진이 눈살을 찌푸렸다.

"건기가 거의 끝나가는 마당에 축제라니. 지금은 모두 마음을 다잡고 활동기를 준비해야 하는 것 아닌가요? 누가 주도하는 축제이지요?"

샬럿이 순간 당황한 표정으로 슬쩍 눈치를 살피며 말했다.

"전하께서…… 대대적인 사면령을 발표하시고 국고를 열어 가난한 백성들에게 비축된 식량과 재물을 베푸셨습니다. 곧 전하의 후계자께서 태어나신다는 소식을 듣고 모두가 기뻐하고 있습니다."

이번에는 유진이 당황했다.

"아, 그렇군요. 축제…… 까지 벌어졌는지는 몰랐어요."

샬럿이 돌아간 후 유진은 화끈거리는 얼굴에 손부채질을 했다.

'이 남자가 정말. 동네방네 소문을 다 내고 그래.'

시간이 점점 지날수록 바깥의 축제 소식은 잊고 유진의 시름이 커졌다. 샬럿이 돌아간 지 두 시간이 훌쩍 지났는데 추가 소식이 없었다. 초산인 데다가 조산이니 두 시간으로는 어림도 없다는 것을 알면서도 초조했다.

'이게 무슨 소리지?'

유진은 아까부터 웅웅 울리는 소리가 신경에 거슬렸다. 지금 신경이 예민한 탓으로 돌리기에는 분명히 소음이 제법 컸다. 그래서 시녀를 불러 물었다.

"저 소리가 너도 들리니?"

"예, 왕비님."

"두통이 날 것 같구나. 가서 조용히 하라고 해라."

"예…… 왕비님."

시녀가 쭈뼛거리며 유진의 눈치를 살피다가 물러갔다. 시녀를 따로 보지 않고 생각에 잠겨 있던 유진은 눈치채지 못했다. 시간이 어느 정도 지났는데도 소음이 가라앉기는커녕 더 커지는 것 같았다. 유진은 짜증이 나서 다시 시녀를 부르려다가 일어났다.

'도대체 어디에서 나는 소리야?'

그녀는 복도로 나오자마자 인상을 찡그렸다. 문을 꽉 닫고 있던 응접실 안은 오히려 덜한 것이었다. 복도에서는 이상한 굉음이 더 크게 들렸다. 그녀는 소리를 좇아 복도를 따라 걸었다. 얼마 가지 않아서 복도 모퉁이 너머에서 마리안이 나타났다.

"송구합니다. 왕비님."

"마리안. 무슨 일이에요? 함성 소리 같은데. 아닌가요?"

"예, 그렇습니다."

"누가 왕성 안에서 이렇게 소리를 지르고 있나요?"

"왕성 안이 아니라…… 성벽 바깥입니다."

"성벽 바깥? 저 바깥에서 지르는 소리가 여기까지 들린다고요? 한두 명이 아니라는 말이군요."

유진은 난처한 표정으로 어쩔 줄 몰라 하는 마리안을 보고 있으니 날카롭게 곤두섰던 기분이 점차 가라앉았다.

'이것도 호르몬 작용인가. 내가 예민해졌나 보네.'

이 세계의 고요함에 익숙해져 그렇지, 지금 들리는 소리가 시끄럽다고 짜증이 날 만큼은 아니었다. 더구나 그녀는 불과 반년 전까지 온갖 소음에 노출되어 살았다.

"무슨 일인지 이야기해 줘요."

마리안이 당장 조치할 수 없는 문제라면 사소한 일은 아닐 것이다. 마리안이 본인 능력으로 수습할 수 없다고 판단하여 지금 자신에게 오던 중이었다고 짐작했다.

"예, 왕비님. 지금 수도에서 큰 축제가 벌어지고 있습니다."

"전하께서 사면령을 내리셨다고는 들었어요. 혹시 전하께서 축제도 주재하셨나요?"

"아닙니다, 왕비님. 시기가 시기이니만큼 자중하면서 활동기를 대비해야 하므로 전하께서는 단속을 명하셨습니다. 한데 특정인이 주도한 게 아니라 산발적으로 사람들이 모여든 것이라 단속이 어렵다는 보고를 받으시고 며칠 정도는 내버려 두라고 하셨습니다."

유진은 공감의 뜻으로 고개를 끄덕였다. 불길이 너무 클 때 가연물이 아예 다 타 버리도록 기다리는 방식과 비슷하다고 이해했다.

마리안은 수심이 드리운 낯으로 이어 말했다.

"그런데 예상치 못한 문제가 생겼습니다. 왕비님께서 며칠 거동하지 않으신 것이 와전되어 말이 옮겨진 모양입니다. 아뢰기 송구한 일이온데…… 허무맹랑한 소문이 거리로 나온 인파들 사이에 순식간에 퍼져 나간 듯합니다."

유진이 놀라서 되물었다.

"나에 대한 소문이요?"

"예, 왕비님."

"어떤 내용이에요?"

"차마…… 말씀 올리기 망극합니다. 왕비님께서 몹시 편찮으시다고……."

마리안답지 않게 말끝을 흐렸다. 유진은 마리안이 입에 올리기도 꺼리는 소문 내용이 대충 무엇인지 알 것 같았다. 아마 아이가 잘못되었다거나 그런 위험이 있다는 유언비어일 것이다.

"내가 아프다는 소문과 지금의 소란이 무슨 관련이 있지요?"

"백성들이 왕성 주변을 에워싸고…… 왕비님의 건강을 기원하는 노래를 부르고 있습니다."

어리둥절해하는 유진에게 마리안이 설명했다. 하시 왕국에는 타인의 불행을 가련히 여길 때 노래의 형식으로 표현하는 문화가 있었다. 그래서 와병 중인 환자의 회복을 바라며 일가친척이 모여 노래를 부르거나 장례식장에서 죽은 자의 영혼이 영면에 들기를 바라며 문상객들이 노래를 부르는 모습 등을 흔히 볼 수 있었다.

"나를 위해…… 노래를 부르고 있다는 건가요?"

"나쁜 뜻으로 모여든 이들이 아니니 무력으로 진압하여 쫓아낼 수도 없고, 전하께서 아니 계신 터라 어찌해야 할지 모르겠습니다."

카세르는 현재 왕성에 없었다. 아까 전사 몇을 데리고 사막으로 나갔다. 건기가 끝날 무렵에는 종종 사막으로 시찰을 나가서 다가올 활동기의 동향을 살피는 것은 왕의 중요 일정이었다.

그가 언제 돌아올지 정확한 시각은 알 수 없었다. 출발 전에 가능한 한 오늘 안에 오겠다고 유진에게 말했지만, 새벽에 돌아올 수도 있다고 했다.

"송구합니다. 입단속을 제대로 하지 못한 실책이 큽니다. 입을 가벼이 놀린 자를 색출하여 엄히 처벌하겠습니다."

유진은 궁인 중 누군가가 자신의 근황을 밖에 나가 떠들었다는 사실에는 화나지 않았다. 가십거리로 만들려던 게 아니라 걱정이 되어 어디선가 한마디 한 것이 퍼져 나갔을 가능성이 클 것이다. 나쁜 의도에서 비롯되었다면 꼼꼼한 총관이 잘 해결할 거라는 믿음도 있었다.

그녀는 이 상황 자체가 신기했다. 도대체 저 바깥에서 무슨 일이 벌어지고 있는지 궁금했다.

"내가 나가 보겠어요."

"예?"

"내가 걱정되어 모인 자들이라면 내가 건강한 모습을 보여 주면 안심하고 돌아가겠지요."

"하오나 왕비님. 돌발 상황이 발생할 수 있으니 위험하십니다."

"바깥으로 나가서 직접 접촉하겠다는 뜻이 아니에요. 적당히 거리를 유지하면서 내 모습만 보여 줄 방법이 있을 거예요."

마리안이 잠시 생각하더니 대답했다.

"그러시다면 성벽과 바로 이어지는 발코니로 나가 보시는 건 어떠신지요?"

"그런 곳이 있어요?"

"비상시에 외부 동향을 살피고자 준비된 곳입니다. 평소에는 접근을 금하고 있습니다."

유진은 마리안의 안내를 받아 목적지로 이동했다. 왕성의 깊은 안쪽에서 바깥으로 나가는 길이기 때문에 가면 갈수록 들려오는 소리도 점점 커졌다. 처음에는 거대한 북 수백 개를 내리치는 울림소리 같았으나 성벽 가까이에 다다르니 노랫소리라는 것을 확실히 알 수 있었다.

시종들이 굳게 잠겨 있던 문을 열었다. 방 안은 어두컴컴했다. 시종들이 들고 있는 등이 아니었으면 아무것도 보이지 않았을 것이다.

유진은 그들을 뒤따라 들어가며 불빛으로 드러나는 방 안을 둘러보았다. 특수 목적을 위한 공간이라 그런지 가구 한 점 없었다.

아무런 장식이 없는 돌벽 중앙에는 거대한 원 고리 손잡이만 두 개 달려 있었다. 돌벽 일부는 문처럼 개폐할 수 있는 구조였다. 이 돌문이 왕성 성벽의 일부이기 때문에 혹시 모를 외부의 침략자를 막기 위해서 몹시 무거웠다.

동행한 전사들이 둘로 나뉘어 손잡이를 하나씩 잡았다. 그들은 자기들끼리 신호를 맞추어 잡아당겼다.

돌벽 일부분이 둔탁하게 긁는 소리를 내며 천천히 움직이기 시작했다. 완벽하게 맞물려 있던 돌벽 사이에 미세한 실금이 갔다. 그 틈 사이로 햇빛이 새어 들어왔다. 전사들이 힘을 주어 당길수록 실금 간격이 점점 벌어졌다. 어느새 방은 등불이 필요하지 않을 정도로 밝아졌다.

잠시 후, 완전히 열어젖힌 돌문 너머로 하늘이 보였다. 유진은 쩌렁쩌렁하게 울리는 노랫소리를 들으며 잠시 서 있었다. 그녀는 천천히 걸음을 옮겼다. 열린 돌문 너머에 고작 한 걸음 너비로 돌출된 작은 발코니가 있었다. 발코니에 올라서서 시선을 아래로 내리는 순간, 그녀는 숨을 들이켰다.

왕성 주변을 에워싼 인파의 숫자는 상상 이상으로 많았다. 빈 땅이 보이지 않을 만큼 빽빽이 모인 군중들은 끝이 보이지 않았다. 이 세계에 와서 이 정도로 많은 사람은 처음 보았다.

그들이 입을 모아 운율을 맞추는 노랫소리는 귀로만 들을 때보다 눈으로 보면서 들을 때가 훨씬 더 압도적이었다.

'저들이 다……?'

유진은 자신을 위해 노래를 부르려고 저 많은 사람이 여기 모였다는 사실이 믿기지 않았다.

그녀를 발견한 사람들이 하나둘 노래를 멈추었다. 순식간에 노랫소리가 잦아들었다. 노래 대신 웅성거리는 소리가 점점 커지는가 싶더니 그마저도 곧 가라앉았다.

유진은 모두의 시선이 자신에게 꽂힌다고 느꼈다. 설명할 수 없는 두려움이 밀려왔다. 준비를 마치지 못하고 무대에 오른 배우처럼 그녀는 공황 상태에 빠졌다. 굳어 버린 다리가 꺾이지 않도록 힘주어 서 있는 것만이 최선이었다. 그녀는 입술을 앙다물고 간신히 한 손을 위로 살짝 들어 올렸다.

아주 짧은, 숨 막히는 정적이 찾아왔다. 그리고 함성이 폭발했다.

"와아아!"

"왕비님!"

"만수무강하소서!"

굉음의 아우성이 그녀를 덮쳤다. 유진은 자신을 바라보며 고래고래 소리를 지르는 사람들의 표정에서 눈을 떼지 못했다. 이목구비가 제대로 보이지 않을 거리이건만 그들의 얼굴에 가득한 기쁨과 호의는 선명히 보이니 이상한 일이었다.

유진은 북받치는 감정 때문에 천천히 눈을 감았다가 떴다.

'나는 저 사람들을 위해 아직 아무것도 한 일이 없는데.'

그런데 저들은 왕비라는 이유만으로 환호하고 자신의 임신을 진심으로 축하하고 있었다. 이런 순수하고 일방적인 호의는 받아 본 적이 없었다.

'사랑스럽구나.'

그녀의 마음속에 처음으로 백성이라는 존재가 와 닿았다.

그동안 그녀는 남편이 주는 사랑에 푹 빠진 채 곧 태어날 아이를 기대하며 행복했다. 그 행복은 지극히 개인적이었다. 왕국으로 올 때도 그녀가 그리워한 대상은 '우리 집'이었지 왕국 자체는 아니었다.

그런데 지금, 그녀의 마음속에서 무언가가 달라졌다. 왕비로서 살아

간다는 의미를 되새겼다. 자신 혼자가 아니라 더 많은 사람의 행복을 위해 노력하고 싶었다.

유진은 두 손으로 치맛자락을 붙잡고 군중들을 향해 정중히 허리를 굽혔다.

"와아아아!"

조금 전의 함성이 장난이었다는 듯 사람들이 내지르는 소리가 땅을 진동시키고 하늘마저 뒤흔들었다. 천천히 몸을 바로 세운 유진은 활짝 웃었다. 조금 전까지만 해도 당장 도망가고 싶었던 두려움이 사라졌다.

* * *

유진은 성벽 발코니에서 오래 머물지 않았다. 그녀가 성벽의 방에서 나온 후 따로 조치하지 않았는데도 왕성 주변에 모인 사람들은 자연스럽게 해산했다.

성벽을 울리던 소음이 사라지고 왕성은 평소의 고요함을 되찾았다. 그런데 왕성을 바라보는 유진의 시선이 달라졌다. 그녀는 이 왕국을 지키기 위한 망루의 역할을 하는 왕성의 새로운 모습을 인식했다.

그녀는 리마의 출산을 기다리며 초조하던 마음을 가라앉히고 당장 해야 할 일에 집중하기로 했다. 아까 갑자기 샬럿이 찾아오지 않았으면 몰리를 만났을 것이다. 그 일정을 기약 없이 뒤로 미루었으나 원래 일정대로 몰리를 데려오라고 지시했다.

몰리는 아직 감금되어 재판을 기다리고 있었다. 다른 자의 사주를 받고 왕성에 잠입한 짓은 중죄였다. 비록 몰리의 자백이 중요한 증언이 되었다고 해도 본인의 죄를 상쇄할 만큼은 아니었다.

그래도 정상을 참작하여 죄인치고는 비교적 좋은 대우를 받고 있었다. 그래서 유진이 몰리를 따로 불러서 만나기 위해 복잡한 절차는 필요하지 않았다.

몰리는 유진을 보자마자 바닥에 엎드렸다. 변명 한 마디조차 못 하고 벌벌 떨기만 했다. 유진을 어려워하는 기색이 전혀 없었던 예전과 태도가 퍽 달랐다.

'이 모습이 원래 성격인가.'

원래는 대화해 보려 했는데 아무래도 어려울 것 같았다. 유진은 몰리에게 최면술에 관해서만 몇 가지 묻고 돌려보냈다.

'역시 주술 같아.'

몰리는 자신이 정기적으로 세례를 받았다고 했다. 신성한 문자를 바닥에 그리고 그 위에 앉아서 기도를 올리면 바닥에서 성스러운 빛이 뿜어져 나오고 그 빛을 온몸에 받은 후에는 믿음이 더욱더 굳건해져서 신을 위해 기꺼이 목숨도 바칠 수 있을 것 같다고 했다.

'그럼 그 세례 없이는 믿음이 약해지나?'라고 물었더니 몰리는 한참을 아무 말도 하지 못했다. 그리고 자책하는 목소리로 말했다.

「제 영혼이 나약하기 때문입니다.」

어쩌면 몰리 이전에 호드리고가 보냈던 타니야들도 몰리와 비슷한 성격이었을지 모른다. 자기 자신에 대한 확신이 없는 성격일수록 신에게 매달리는 의존성이 강하고 그만큼 주술의 최면에 완전히 잠식되는 것이다.

'그 주술은 마라가 호드리고에게 알려 주었겠지.'

마라는 라크이므로 주술을 익힐 수 없다. 마라가 고대 일족의 서고에서 훔쳐 낸 책들을 해석하기 위해서는 조력자가 필요했다. 상제와 계약한 엘버, 혹은 상제의 실험 도구로 이용당하는 사제들 같은.

'마라의 조력자는 방랑족인가.'

최면의 주술은 이용자의 목적에 따라 악용될 위험이 컸다. 방랑족이 그 주술을 연구했다면 위험성을 몰랐을 리가 없다. 그런데도 그 주술 사용 방법을 라크에게 알려 주었다.

'방랑족 역시 어르신처럼 라크와 서로의 이해에 부합하는 계약을 맺었을 거야.'

그들은 일족의 안위를 위해 이기적인 결정을 했다. 그들이 그래야만 했던 이유는 어느 정도 이해했다. 고통스럽게 명맥을 이은 일족이 언젠가는 멸족해 버릴지 모른다는 공포를 이기지 못했을 것이다.

'하지만 이해한다고 해서 그들이 옳다는 건 아니야.'

유진은 아드리트와의 인연 때문에 자꾸 그들에게 유리하게 상황을 해석하고 싶은 마음의 저울을 평평하게 조절했다.

방랑족은 '선'이 아니다. 방랑족이 돕고 있다고 해서 마라를 '선'으로 판단해서는 안 된다. 마라와 공동의 적을 두고 있는 것은 사실이지만, 적의 적이 내 친구라는 법은 없다.

3. 복마전

피데스는 상제 앞에 무릎을 꿇고 용서를 구했다.

"송구합니다. 성하. 성하께서 맡기신 일을 완수하지 못했습니다."

— 일어나세요.

아니카 진의 추적 임무를 받은 기사 중 피데스가 가장 늦게 돌아왔다. 이미 상제는 추적 실패를 인정했고 새삼 피데스를 추궁할 생각이 없었다. 앞서 실패를 보고한 기사들이 어느 정도 화풀이 대상이 되었으니 늦은 피데스는 비바람을 피한 격이었다.

그런데 아마 피데스가 일찍 돌아왔어도 상제는 그를 나무라지 않았을 것이다. 상제가 피데스를 유독 편애한다는 사실은 모르는 사람이 없었다.

상제는 신의 대리인이므로 차별하지 않는다고 하지만, 누구도 그 말을 그대로 해석하지 않았다. 상제는 아니카들을 특별 대우하는 것을 숨기지 않았으며, 그들 중에서도 더 아끼는 아니카가 있고 사제나 기사 중에서도 특히 손꼽아 가까이 두는 이들이 있었다.

ㅡ혹시 무슨 일이 있었습니까?

"복장이 단정하지 못하여 송구합니다."

ㅡ탓하자는 게 아닙니다. 그대가 곤경에 처한 적이 있었다면 솔직히 말하세요.

피데스가 입고 있는 은색 갑주에는 군데군데 흙먼지가 묻어 지저분했다. 기사들은 모두 자신의 갑주를 귀물처럼 관리하여 먼지 한 톨 묻는 것도 용납하지 않았다. 사람들은 멀리에서도 번쩍이는 갑주를 입은 기사를 알아볼 수 있다고 말했다.

피데스는 유진과 카세르를 만나기 직전, 극심한 갈등으로 고뇌하다가 갑주를 벗어 땅에 묻어 버렸다. 그리고 성도로 돌아가자고 결심하면서 다시 갑주를 꺼내 대충 흙만 털고 입었다.

"아닙니다. 성하. 임무 실패를 서둘러 성하께 보고드려야 한다고 판단했습니다. 그래서 미처 저 자신을 돌보지 못했습니다."

ㅡ고생이 많았습니다. 푹 쉬도록 하세요.

"성하. 청하옵건대 소임을 완수하지 못하였으니 벌을 내려 주시옵소서."

―그대를 탓하지 않습니다. 누가 맡았어도 해내지 못했을 겁니다.

"성하. 말씀 올리기 부끄러운 일입니다만, 근래 제 마음에 번뇌가 생겼습니다. 그 번뇌를 벗을 수 있을 때까지 기도실에서 근신하도록 허락해 주시옵소서."

상제의 미간이 움찔했다. 고개를 숙이고 있는 피데스의 표정을 살피려는 것처럼 유심히 그를 보았다.

―……그리하세요.

피데스가 나간 후 상제는 혀를 차며 중얼거렸다.

―인간의 연정이란, 참 이상하단 말이야.

상제는 피데스의 번뇌가 아니카 진 때문이라고 생각했다. 그는 아니카 진과 피데스가 서로에게 품은 감정을 오래전부터 짐작하고 있었다.

처음에는 진의 일방적 감정인 줄 알았다. 사방팔방 감정을 흘리고 다니는 진의 마음은 모를 수가 없었다. 그래서 그녀의 외사랑을 이용할 심산으로 피데스를 꾸준히 아르스 저택에 보냈다. 천둥벌거숭이 같은 진의 성격을 누르려는 의도도 있었다.

하지만 피데스의 반응이 뜻밖이었다. 그의 성격상 불합리한 지시를 받으면 몇 번은 묵묵히 하더라도 언젠가는 불복의 뜻을 내비쳤을 것이다. 그런데 단 한 번도 싫은 내색 없이 심부름 다녀오는 그를 지켜보면서 상제는 눈치챘다.

그의 입장에서는 둘이 연인이 되어도 상관없었다. 끝내 거리를 좁히지 않는 피데스한테 아니카 진이 애달파하는 반응을 보는 것도 나쁘지 않았다.

짐작이나 했겠는가. 피데스를 얻을 수 있다면 기꺼이 사제가 되겠다던 진이 다른 남자와 사랑에 빠질 줄이야.

상제가 도저히 이해할 수 없는 인간의 감정이 '사랑'이었다. 그 감정 앞에서 인간은 맹목적이고 때로는 무모했고 어리석었다. 한편으로는 참으로 덧없었다.

진이 사왕과 함께 왕국으로 도망쳤으니 이번 일로 확실히 알게 되었다. 이제 피데스는 진을 끌어당길 미끼로써 용도를 다했다.

'진이 아이를 낳을 때까지는 성도로 부를 수 없다.'

이미 벌어진 일은 다시 되돌릴 방법이 없다. 앞날을 모색해야 한다. 상제는 분노를 가라앉히고 진지한 고민을 시작했다.

'젖먹이가 어느 정도 자라려면 최소한 몇 년이란 말이지……'

아득한 세월을 살아왔기에 몇 년이란 한숨 자고 일어나면 지나가는 시간 정도에 불과했다. 하지만 이번에는 껄끄럽게 걸리는 변수가 많다. 진이 왜 성도에서 도망쳤는지 정확한 이유를 모른다. 그리고 하시 왕국에서 멀지 않은 어딘가에 마라가 숨어 있다.

'그놈은 호시탐탐 진에게 접근할 기회를 노릴 테지. 그래서 하시 왕국에 보낼 아니카는 항상 신경을 썼건만, 쯧.'

왕을 제외하고 마라는 상제에게 가장 위협적인 존재였다. 정면으로 맞붙으면 승기는 당연히 상제에게 있었다. 둘 사이에 힘의 우위는 분명했다.

그러나 마라는 힘이 아닌 다른 수단을 이용할 줄 아는 라크다. 이 세상에서 가장 인간을 닮은 라크를 꼽으라면 상제와 마라일 것이다. 그리고 마라에게 그 모든 것을 가르친 당사자가 바로 상제였다.

'진즉 먹어 치웠어야 했는데.'

가장 뼈아픈 실수였다. 자신이 자초한 일이라서 두고두고 후회로 남았다.

처음 마라를 만났을 때는 잡아먹으려 했다. 먹잇감을 찾으러 다니다가 만난 녀석이었다.

대개 라크는 자신보다 훨씬 강한 상대와 마주치면 뱀 앞의 개구리가 된 것처럼 굳어 버린다. 본능에 각인된 두려움이었다.

그런데 녀석의 반응은 달랐다. 각성한 지 얼마 안 된 햇병아리인데도 이를 드러내며 덤벼들려 했다. 본능을 이겨 내는 의지를 지녔다면 평범한 녀석은 아닐 것 같았다.

색다른 녀석을 보니까 호기심이 동해서 실험을 해 보려 했다. 자기들끼리 똘똘 뭉치는 인간처럼 라크도 동족을 만들 수 있을지 궁금했다.

상제는 아주 특이한 별종이었다. 스스로 인간을 찾아갔으며 인간을 배우려 했다. 수많은 라크와 마주쳤지만, 자신과 비슷한 녀석은 만난 적이 없었다. 그래서 존재하지 않는다면 만들어 보자고 생각했다.

자신을 제 부모라고 철석같이 믿고 따르던 녀석은 귀여운 면도 있었다. 가르치는 대로 잘 받아들이고 나이를 먹을수록 영민해졌다. 녀석을 자신의 그림자 역할 같은 것으로 유용하게 쓸 수 있을 것 같았다.

그런데 어느 날, 상제는 자신이 모르는 사이에 녀석이 제 세력을 만들었다는 사실을 알게 되었다. 그때 상제는 아차 싶었다. 녀석이 딴생각을 품으면 인간보다 더 위험하다는 것을 깨달았다.

'그놈이 도망쳤을 때 세상을 전부 뒤져서라도 찾아내 죽였어야 했다.'

이 정도로 두고두고 골칫거리가 될 줄은 몰랐다.

"성하. 부르심을 받아 왔습니다."

바깥에서 사제의 목소리가 들렸다.

— 들어오세요.

상제가 대답하자마자 알현실 문이 활짝 열렸다. 안으로 들어온 사제가 고개를 숙였다.

— 이번 천신제는 취소한다고 공표하겠습니다.

"예?"

사제가 놀라며 고개를 들었다. 이번 천신제에 성도의 운명이 걸렸다는 소문이 쫙 퍼져서 이미 중앙 광장 주변에 사람들이 천막을 설치하고 진을 치고 있었다. 더구나 지금껏 천신제가 취소된 적은 한 번도 없었다.

— 이번 천신제가 아주 중요하다고 누누이 말했습니다. 내가 천신제를 주재할 사람을 구체적으로 지정한 것도 그래서입니다. 형식이 완전해야 비로소 본질도 완전해집니다. 형식이 무너져 신께 우리의 뜻이 닿을 수 없게 되었으니 어찌 천신제를 강행하겠습니까. 가서 내 뜻을 그대로 모두에게 전하세요.

"……분부대로 따르겠습니다. 성하."

사제가 어두운 표정으로 물러갔다. 혼자 남은 상제가 코웃음 쳤다. 두 명의 아니카가 천신제에 참여할 거라고 미리 발표했으니 이런 식으로 취소 발표를 하면 누구 탓으로 천신제를 망치게 되었는지 대놓고 힐난하는 격이었다.

라크의 위협에서 유일하게 안전한 지역, 축복받은 땅 성도에서 살아가는 자들은 신의 은총을 자랑스러워하는 만큼 그 은총이 사라질지 모른다는 미지의 공포에서 벗어나지 못했다.

이미 성도에 없는 진은 어쩌지 못하더라도 아르스 가문은 상당히 곤란해질 것이다. 물론 아르스 가문이 흔들릴 정도의 타격은 아니다. 그래도 어느 정도 분풀이는 될 테니까.

'아니카 진이 제 발로 오지 않겠다면.'

상제가 눈을 떴다. 붉은 눈동자에 섬뜩한 빛이 어렸다.

'끌고 와야지.'

상제의 입술 끝이 위로 휘어져 올라갔다.

*   *   *

자는 중에 몸을 뒤척이다가 유진은 뭔가에 닿았다. 움직이려는데 방해가 된다. 베개인 줄 알고 잠결에 치워 버리려 했다. 그런데 오히려 베개가 자신의 몸을 감싸며 살짝 압박해 눌렀다. 그녀는 손을 움직여 손에 닿는 것을 더듬었다. 말랑거리면서도 단단하고 굴곡이 있었다. 이건 턱, 코⋯⋯?

유진은 나직한 웃음소리를 들으며 눈을 떴다. 게슴츠레 뜬 눈으로 그녀는 어느새 돌아온 남편을 보고 미소 지었다.

"언제 왔어요?"

"조금 전에."

"시간이⋯⋯."

"아직 해는 뜨지 않았어. 더 자."

유진은 눈을 감고 웅얼거렸다.

"갔던 일은…… 잘 됐어요?"

"아직은 잘 몰라. 몇 번 더 돌아봐야지."

소르르 다시 잠이 오는 와중에 유진은 문득 낮의 일이 떠올라서 히죽 웃었다. 아직도 메아리처럼 울리던 노랫소리가 귓가에 맴돌았다.

"아까요. 엄청난 일이 있었어요."

"무슨 일?"

대충 전해 들었으면서도 카세르는 시치미를 떼며 물었다.

"내가 걱정됐대요. 그래서 노래를 부르러 왔어요……."

유진은 머릿속으로는 논리적으로 기승전결의 이야기를 만들었지만, 잠기운 때문에 입으로 나오는 말은 앞뒤가 연결되지 않았다.

카세르는 횡설수설하는 유진을 웃으며 내려다보았다. 그녀의 이마를 쓸어넘기며 드러나는 볼록한 이마를 손가락 끝으로 부드럽게 문질렀다. 사막에 나가 있었던 시간이 하루가 채 되지 않았는데 기분상 한 달은 떠나 있었던 것 같았다. 당장 방향을 돌려 왕성으로 돌아가고 싶은 마음을 참느라 애먹었다. 그리고 조금 전, 침대에서 잠든 그녀를 보는 순간 충만한 행복이 차올랐다.

"근데 백작은 왜 아직 소식이 없을까…… 아직도 진통 중인가……."

"백작이 보낸 소식이라면 아까 와 있었어."

유진이 눈을 번쩍 떴다. 갑자기 잠이 확 깼다.

"뭐래요? 아이 낳았대요?"

카세르가 고개를 끄덕였다.

"산모는요? 아이는 건강하대요? 언제 소식이 왔어요? 내가 분명히 소식이 오면 알리라고 했는데."

"나쁜 소식이 아니니까 굳이 당신을 깨우지 않을 거겠지. 산모 상태는 괜찮고 조산치고는 아이가 건강히 태어났다고 해."

유진은 기쁨의 비명을 지르며 두 팔로 그의 목을 꽉 끌어안았다.

"가서 만나 보고 싶어요. 아, 혹시 아이가 태어난 후 얼마간은 손님을 만나면 안 된다는 금지 기간 같은 게 있나요?"

"산모와 아이가 건강하다면 그런 건 없어."

"그래도 오늘 당장 가는 건 예의가 아니겠죠. 며칠 있다가 가 봐야겠어요."

카세르는 그녀가 이 정도로 기뻐할 일인가, 속으로는 생각했지만, 별 말은 하지 않았다. 다만, 그는 다른 아이의 탄생 소식을 듣고 나니까 곧 다가올 아내의 출산이 조금 더 실감 났다. 갑자기 막연한 두려움이 생겼다.

오늘 새벽에 태어난 그 방랑족 여인의 아이처럼 자신의 아내도 건강하고 무사하게 아이를 낳기를 바라며 그는 유진을 품에 꽉 끌어안았다.

*   *   *

"다 됐다."

다나는 작은 방울을 달아 마무리를 지으면서 뿌듯하게 중얼거렸다. 그녀는 막 완성된 작은 양말 한 켤레를 양쪽 손가락 끝에 걸어 들어 올렸다.

"아유, 어쩜. 이렇게 작을까."

작은 양말은 고작 손가락 두 개가 들어가는 것만으로 꽉 찼다. 앙증맞은 크기가 사랑스러워서 다나는 흐뭇하게 웃었다. 갓난아이는 하루가 다르게 무럭무럭 크니까 아마 이 양말을 신을 수 있는 기간은 얼마 되지 않을 것이다. 그 소중한 시기를 절대 놓칠 수 없다.

그녀는 이번 활동기만 끝나면 바로 하시 왕국으로 출발하려고 계획을 세웠다. 가서 진이 출산하고 몸을 추스를 때까지 보살피면서 최소한 1년 정도는 왕국에서 머물려고 생각 중이었다.

이미 많은 일을 에녹에게 넘긴 터라 장기 부재도 문제없었다. 1년 이상 가 있을 거라고 하니까 에녹이 우는소리를 했지만, 다나는 귓등으로도 듣지 않았다.

"가주님!"

집사가 다급한 목소리로 문을 두드렸다. 차분한 성품의 집사답지 않게 호들갑스러워서 다나는 닫힌 문을 의아하게 바라보았다.

"들어오게."

안으로 들어오는 집사 표정이 심각했다.

"가주님. 부회주님이 귀가하셨는데 피습을 당하셨다고 합니다."

"뭐야?"

다나가 크게 놀라며 벌떡 일어났다. 즉시 그녀는 서재를 나와 홀로 내려갔다. 홀에서 대화 중이던 에녹과 아서 형제가 계단에서 내려는 다나를 발견하고 고개를 숙였다. 다나는 일단 겉으로 보기에는 두 아들 모두 큰 탈이 없어서 안도했다.

"무슨 일이야? 피습이라니?"

에녹이 대답했다.

"마차 앞에 갑자기 뛰어든 자가 있어서 급히 멈추었는데 사방에서 갑자기 사람들이 달려들어 마차를 공격했습니다. 무기는 몽둥이 같은 것으로 아주 위협적이지는 않았습니다. 창문이 깨졌고 마차가 조금 상했습니다."

"내 평생 성도에서 그런 무뢰한들이 날뛰는 걸 본 적이 없다. 대체 누가 한 짓이야?"

에녹과 아서가 잠시 시선을 마주쳤다.

"자리를 옮겨서 말씀드리겠습니다."

다나가 굳은 표정으로 두 아들을 번갈아 보았다. 그녀의 눈이 살짝 가늘어졌다. 에녹의 대답으로 오히려 그녀는 대충 짐작이 갔다.

"그래. 들어가자."

세 모자는 다나의 집무실로 자리를 옮겼다. 소파에 마주 앉은 후 다나는 아까 한 질문을 바꾸었다.

"신도들 짓이니?"

"예, 어머니. 마차를 공격하던 자들이 아르스 가문 때문에 신의 노여움을 사게 되었으니 벌해야 한다고 소리쳤습니다."

팔걸이에 얹은 다나의 손에 꾸욱 힘이 들어갔다. 그녀의 미간에 주름이 잡히며 서서히 좁아졌다. 잠시의 침묵 후, 그녀는 하, 차갑게 웃었다. 그녀의 눈동자에 새파란 노여움이 가득 찼다. 그녀가 아서에게 시선을 돌려 물었다.

"일찍 들어왔구나. 오늘 중요한 거래 계약이 있다고 하지 않니?"

"예. 그런데 상대방이 며칠 더 검토하고 결정하고 싶다길래 계약을 미루게 되었습니다."

"벤프스 상회라고 했던가?"

"예, 어머니."

'벤프스…… 기도회에 소속된 상회로군.'

성도궁은 부유하다. 조세권은 없으나 거둬들이는 성금이 어마어마했다. 대부분은 자발적인 성금이고 상제를 알현하기 위해 뇌물 격으로 내는 자들도 적지 않았다.

성도궁에서는 올해에 들어오는 성금을 다음 해에 모두 소진하는 것을 원칙으로 삼았다. 즉, 매년 성도궁의 보수와 유지, 기사와 사제의 의식주, 종교 의식과 행사 등을 위해 천문학적인 비용을 썼다.

성도궁하고만 거래해도 상당한 돈을 벌 수 있고 실제로 그런 상회들이 있었다. 그런데 아무나 성도궁과 거래를 틀지 못했다. 성도궁에서는 '믿음이 깊은 신자에게 선택권을 주겠다'라고 말하며 거래할 상회를 선별했다. 선별 기준은 알려지지 않았으나 성도궁의 거래처로 낙점된 상회는 기도회라는 모임에 가입했다.

특권을 독점하는 동맹은 기득권이 되므로 다른 상회는 항상 기도회를 조용히 주시했다.

'상제가 뒤에 있어. 그렇지 않고서는 말이 안 되지.'

며칠 전, 천신제의 취소 발표 때문에 성도가 크게 술렁거렸다. 천신제가 취소된 사실 자체보다 취소된 이유가 더 사람들의 시선을 끌었다. 여론에 휩쓸리는 대부분 대중은 아니카 진의 무책임함을 비난했지만, 지각 있는 일부 인사들은 성도궁과 아르스 가문 사이에 감도는 심상치 않은 분위기를 읽었다.

자연히 상제의 발표는 의도가 의심됐다. 상제가 공개적으로 누군가를 탓하는 것은 전에 없던 일이었다. 그리고 지금 성도에 없는 아니카 진을 굳이 비난해 봤자 허무한 외침일 뿐이다. 그러니까 이는 아니카 진이 아니라 아르스 가문을 저격한 셈이었다.

다나는 두 아들을 번갈아 보며 말했다.

"마음 단단히 먹어라. 오늘은 그저 시작일 것 같구나. 사방에서 우리 가문을 흔들려고 할 거다."

"어머니. 무슨 명분으로 말입니까?"

"명분은 상관없어. 우리를 흔드는 것 자체가 목적이야. 그래야 우리가 곤란을 겪고 있다는 소식이 네 누이에게도 전해지겠지."

에녹이 와락 인상을 일그러뜨렸다.

"설마, 어머니. 진을 성도로 오게 하려고 이런 일을 꾸민다는 겁니까?"

"설마가 아니다. 상제가 바라는 게 그거거든."

"맙소사."

에녹과 아서가 분을 참으며 씨근덕거렸다. 가문을 위협하는 배후에 상제가 있다는 사실은 조금도 두렵지 않았다. 우리 가문을, 우리 가족을 건드리는 적에게 맹렬한 전투력이 치솟았다.

"너희 아버지가 걱정이구나. 오늘 늦을 거라고 했는데."

"제가 마중 나가겠습니다."

다나는 듬직하게 대답하는 아서를 보면서 고개를 끄덕였다.

'그런데 이상해. 상제가 왜 저렇게 조급히 굴지?'

상제가 진의 라미타를 노리고 있다는 설명을 듣기는 했어도 이해가 가지 않았다. 사냥에 성공하기 위해서는 인내심이 필수 조건 아닌가. 어려운 사냥감을 단번에 손에 쥐기 위해서는 보이지 않는 덫을 놓고 서서히 사방에서 조여들어 가야 한다. 그런데 상제는 지금 너를 노리고 있다고 노골적으로 선전포고하고 있었다.

'상제가 이미 신성력을 잃었다고 했지. 그것 때문에 그런가?'

풀리지 않는 의문은 뒤로 미루고 그녀는 당장 해야 할 일을 떠올렸다. 집안 단속을 하고 거래처 점검을 하고 자유회 회원들에게 밀서를 보내야겠다.

자유회는 기도회에 반하여 모인 상회 동맹이었다. 비밀 단체라서 그 존재를 아는 이들이 거의 없고 실제로 활동하지도 않았다.

자유회의 설립 목적은 말 그대로 상회의 자유로운 활동 보장이었다. 기도회가 상제를 등에 업거나 상제가 기도회를 앞세워 상권을 유린하는 사태를 대비하여 만들었다. 하지만 그런 비상 상황이 오지 않는 한 수면 위로 올라오지 않을 모임이었다.

자유회에 가입된 상회의 규모와 명성은 기도회 소속 상회들과 비교하면 달과 반딧불이었다. 자유회 소속 모두가 뜻을 모아 함께 움직이면 성도를 쥐락펴락할 것이다.

자유회 외에도 다나는 상제에게 반격하기 위한 몇 가지 수를 더 쥐고 있었다. 그녀가 오랫동안 칩거하고 있었다고 해서 모든 일을 손 놓았다는 뜻은 아니다. 젊어서는 가문 부흥에 모든 힘을 쏟았다면 나이가 든 후에는 가문을 철옹성으로 만들기 위해 공을 들였다.

'진에게도 편지를 보내야겠어. 무슨 말을 들어도 동요하지 말라고 해야지.'

죽으면 죽었지 미끼가 되어 자식을 덫으로 끌어들이는 일은 절대 없을 것이다.

*　　*　　*

카세르는 시종에게 되물었다.

"누가 와?"

"라바 왕국의 사절이 알현을 청하고 있습니다."

어디로 튈지 모르는 붉은 머리가 떠올라서 카세르는 미간을 찌푸렸다. 활동기가 며칠 남지 않은 이 시기에 사절이라니. 평소 양국이 활발히 교류한 것도 아니고.

양국의 선대 왕은 평생 서로 마주친 적도 없었다고 들었다. 지금의 염왕이 왕자였던 시절에 환수를 잡겠다며 하시 왕국 국경을 멋대로 침입하는 정신 나간 짓만 하지 않았어도 아마 카세르 역시 라이너와 만날 일은 없었을 것이다.

"들여라."

라이너가 사절을 보낸 이유로서 대충 짐작 가는 데가 있었다. 유진이 라이너에게 맡긴 그 기름통 때문일 것이다.

원래 계획은 라이너가 기름통을 들고 성도만 빠져나간 후 성도 밖에서 기다리고 있는 하시 왕국의 전사에게 건네주기로 했다.

그런데 약속한 시각에 라이너는 나타나지 않았고 사람을 통해 짤막한 편지 한 통만 전했다.

—뒤가 밟히는 낌새가 있어서 일단 물건은 내가 보관하겠소.

염왕의 서신은 유진과 카세르가 왕성으로 돌아온 후에야 받아 보았으니 얼마 전의 일이었다. 당연히 기름통이 왕성에 도착해 있을 줄 알았던 터라 무척 황당했다. 더구나 한 줄짜리 편지에는 물건을 언제 어디로 누가 가져다주겠다는 말도 없었다.

카세르는 라이너를 그다지 가까이하고 싶지 않은 사람 범주에 넣지만, 라이너가 그 기름통을 빼돌리는 등의 수작을 부리지는 않을 거라는 믿음이 있었다. 그래서 일단은 기다리고 있었다.

잠시 후 들어온 라바 왕국의 사절이 염왕의 친서를 전달했다. 카세르가 받아서 봉투를 열어 보니까 안에 또 봉투가 들었다. 안에 든 봉투를 꺼내 겉에 쓰인 문구를 읽자마자 그의 미간이 꿈틀했다.

—아니카 진 귀하. 그 외에는 개봉 금지.

불쑥 짜증이 치밀었다. '이 자식이 유진에게 또 무슨 수작을!'이라는 말이 목까지 치밀어 올랐으나 꾹 삼켰다. 그 기름통에 관한 일이겠거니,

애써 좋게 생각했다.

"먼 길을 오느라 노고가 많았다. 염왕께서 따로 이른 말씀은 없었는가?"

"서신만 전해 드리면 된다고 하셨습니다. 전하."

사절이 돌아간 후 카세르는 봉투를 들고 일어났다. 자리를 지키고 앉아 있어야 할 만큼 급히 처리할 일은 없었고, 무엇보다 이 편지 내용이 더 궁금했다.

유진은 겉면에 쓰인 문구를 읽고 픽 웃은 후 봉투를 개봉했다. 그녀는 제법 빽빽하게 글자가 가득한 서신을 펼쳐 읽기 시작했다. 처음에는 피식피식 웃으면서 읽다가 나중에는 점점 진지해졌다.

다 읽은 후 유진은 편지를 카세르에게 내밀면서 말했다.

"염왕이 생각보다는 머리를 쓰는 사람이네요. 항상 정면돌파만 할 것 같은데 말이에요."

카세르는 편지 가장 윗줄부터 격한 분노를 느꼈다.

　　─직접 달려가서 얼굴을 마주 보고 이야기하는 것이 마땅한 예의
　이건만 이런 글줄로 내 마음을 대신하는 무례를 부디 용서해 주시
　오.

카세르는 지그시 이를 물고 온갖 미사여구로 장식된 연서 같은 편지를 활활 타오르는 눈으로 읽어 내려갔다. 그런데 조금 전에 편지를 읽던 유진의 웃음이 사그라진 것처럼 카세르의 분노 역시 가라앉았다. 얼핏 보면 연서 같은데 이면에 담긴 의미를 생각하고 읽으면 전체를 관통하는 내용은 그 기름통이었다.

기름통을 직접적으로 언급은 전혀 하지 않고 꽃 혹은 보석 등으로 비

유했다. 해석하자면 활동기가 끝난 후에 그 기름통을 들고 직접 하시 왕국을 방문하겠다는 내용이었다.

"그 기름통이 아무래도 심상치 않은 물건이라고 눈치챘나 봐요."

"그렇군."

카세르는 떨떠름하게 대답했다. 평온해지던 마음이 서신의 마지막 문구를 보는 순간 다시 와르르 무너졌다.

─그대의 아름다움에 경의를 담아서, 친애하는 라이너 배상.

감이 왔다. 이건 진심이다. 이건 틀림없는 수작이다.

그녀에게 이 미친놈을 조심하라고 강력히 주의를 시켜야겠다고 생각하며 고개를 드는 순간, 눈이 마주치자 생긋 웃는 유진을 보니까 그의 마음은 다시 평화를 되찾았다.

'라이너, 제 놈이 어쩔 거야.'

그녀의 배 속에는 이미 내 아이가 자라고 있는데.

카세르는 속으로 유치한 대사를 중얼거리며 견고한 성을 쌓아 저 아래를 내려다보는 자의 우월한 심리를 느꼈다.

"그럼 기름통은 해결되었으니 당분간 잊고 있어도 되겠네요."

유진은 염왕이 그 기름통을 어떻게 관리할지 몰라서 신경 쓰였다. 그런데 편지 내용을 보니 걱정을 덜었다. 무거운 짐 하나를 내려놓은 듯 홀가분해졌다.

"바쁠 텐데 왜 직접 왔어요. 사람 시켜서 보내 주면 되는데요. 고마워요."

금방 일어날 줄 알았던 카세르가 왠지 미적거리는 것 같아서 유진이 물었다.

"다른 일이 더 있어요?"

"같이 산책할까? 차를 마셔도 좋고."

유진이 미안해하면서 웃었다.

"어쩌나. 약속 있어요. 상단주들과 만나기로 했어요. 여주인들이 운영하는 상단들끼리 연합을 결성하고 싶어 하는데 주축으로 나설 만한 사람이 없나 봐요. 그래서 제가 자리를 마련했어요."

카세르는 유진을 지그시 바라보더니 소파에 푹 기대고는 팔걸이에 얹은 손으로 턱을 괴었다.

"어제는 같이 점심 먹자는 것도 거절하고."

퇴짜맞은 게 오늘이 처음이 아니었다. 어제 유진은 귀부인들과 점심 약속이 있다면서 카세르가 보낸 시종을 돌려보냈다.

"아…… 그러게요. 요즘 서로 시간이 참 안 맞는다, 그렇죠?"

생글거리는 그녀의 웃음을 보면서도 불편한 그의 마음은 쉬이 풀어지지 않았다. 성도에서 머물 때는 그녀를 독차지하기 위해 왕국으로 돌아갈 날만은 손꼽았건만 어찌 된 일인지 막상 돌아오고 나서 더 함께 시간을 보내기가 힘들어졌다.

그가 오래 자리를 비웠던 터라 밀린 일이 많기는 해도 그건 문제가 아니었다. 얼마든지 미룰 수 있고 시간 배분은 하기 나름이었다. 그가 열심히 짬을 낼 때마다 번번이 안 되는 쪽은 그녀였다. 왕비께서 무엇하고 계시느냐, 알아 오라고 시종을 보내면 매번 '알현 중이십니다.'라는 답을 가져왔다.

낮에는 다른 사람 만나느라 바쁘고 밤에는 자느라 바쁘다. 며칠째 그녀의 자는 얼굴만 봤다. 유진은 임신 후로 저녁잠이 부쩍 늘어서 일과 후에 그녀와 마주 보고 대화를 나눈 지가 언제인지 모르겠다. 카세르의 마음속에 불만이 차곡차곡 쌓였다.

"지금 이 시기에 당신에게 중요한 건 편안한 마음과 충분한 휴식이야. 그런데 요즘 당신은 지나치게 바쁜 하루를 보내고 있어."

카세르는 자신의 불만을 그럴듯한 명분으로 포장해서 말했다.

"무리하고 있지는 않아요. 할 만하니까 하고 있어요."

"만나 달라는 사람들을 다 만나다가는 끝이 없어. 나도 그건 못 해."

"당연히 다는 못 만나지요. 꼭 필요한 사람만 만나는걸요."

"난 당신이 걱정돼."

유진은 오늘따라 그의 어조가 강하다고 느꼈다. 화를 내는 건가 싶어서 그를 유심히 보았다. 눈이 마주치니까 화를 삭이듯 시선을 돌리는 그의 표정이 여느 때보다 딱딱했다. 그답지 않은 감정적인 반응이 낯설었다. 그래서 유진은 자기 자신을 되돌아보았다.

'내가 요즘 온종일 바쁘기는 해.'

안 그래도 어제는 마리안이 넌지시 걱정의 말을 건넸다. 생각해 보니까 자신이 실수했다. 주변 사람의 이해를 구하는 일이 우선이었다.

"카세르. 당신이 뭘 걱정하는지 알아요. 그런데요. 제가 성벽 발코니로 나갔던 그 날, 뭔가 달라졌어요. 뭐든 내가 할 수 있는 일은 최선을 다해야겠다는 생각이 들었어요. 나중에…… 사람들이 나를 왕비로서 부족하지 않았다고 기억했으면 좋겠어요."

유진은 말을 하다가 얼굴에 손부채질했다.

"아, 이런 말을 내 입으로 하는 건 참 민망하네요."

발갛게 달아오른 얼굴의 그녀를 보면서 카세르는 작은 한숨을 내쉬었다. 훌륭한 왕비가 되고 싶다고 욕심내는 사람에게 자신이 무슨 트집을 잡을 수 있겠는가.

이 나라의 왕으로서 왕비의 새로운 마음가짐을 환영하며 기꺼이 동참할 것이다. 하지만 어떤 근심 걱정도 없이 행복하기만 바라는 그녀의 남편으로서는 홑몸도 아니면서 종종거리는 아내가 그저 안쓰러웠다.

"피곤하면 쉬면서 해. 약속을 잡아 놨어도 취소해. 당신 건강보다 중요한 일은 없어."

"무리하지 않겠다고 약속할게요. 곧 건기가 끝나니까 그때까지만이에요."

"상단주들과 만나는 자리는 늦게 끝나나?"

"오늘만으로 끝날 자리는 아니라서요. 오늘은 가볍게 인사 정도만 나눌 거예요."

"그럼 그 후에는?"

"그 후에는……."

유진은 카세르의 눈치를 살피고는 자리에서 일어나서 맞은 편에 있는 그의 곁에 바짝 붙어 앉았다. 헤헤 웃는 그녀를 보며 카세르는 예감이 좋지 않았다.

"외출하려고요. 오스카 백작을 만나고 올게요."

"외출? 어제는 그런 말……."

들은 적이 없다고 말하려다가 카세르는 입을 다물었다. 당연히 듣지 못했을밖에. 어제는 오전에만 잠깐 유진을 봤고 늦은 오후부터 시작된 회의가 늦게 끝나는 바람에 침실에 갔을 때 이미 그녀는 자고 있었다.

"방랑족 여인을 만나려고?"

"네. 활동기가 시작되면 언제 볼 수 있을지 기약이 없어서요."

유진은 샬럿을 통해 리마와 태어난 아이 소식만 듣고 아직 리마를 만나지는 않았다. 샬럿을 통해 리마가 뵙기를 청한다는 말을 전했는데도 유진이 차일피일 미루었다.

유진이 성장기를 보낸 저쪽 세계에서는 삼칠일이라는 금기가 있었다. 이 세계에는 없는 금기라고는 해도 몸을 푼 지 얼마 안 되는 산모를 만나는 게 꺼림칙했다.

그런데 이제 더는 미룰 수 없게 되었다. 모레 혹은 글피에는 건기가 끝날 것이다. 활동기에는 왕이 수시로 왕성을 비우기 때문에 왕비가 왕성을 지켜야 한다. 따라서 왕비의 사사로운 외출이 곤란하며 반대로 왕성에 출입하는 자들도 엄격히 제한했다.

"호위는?"

"스벤 경만 데리고 조용히 다녀오려고요."

"안 돼. 공식 출행으로 다녀와."

"그건 너무 번거로……."

유진은 카세르의 눈빛에서 견고한 벽을 읽었다. 그녀는 순순히 '알았어요.'라고 대답했다.

왕가의 문장이 달린 마차가 왕성에서 나왔다. 수행원을 태운 마차가 줄줄이 따르고 주변을 에워싸듯 호위한 전사들의 숫자가 스물이 넘었으며 후미에는 병사들도 따라갔다.

사왕이라면 그 유명한 환수 흑마를 타고 달릴 테니까 이 거창한 마차 행렬의 주인공으로 짐작되는 사람은 한 명밖에 없었다. 마차가 등장하면서부터 거리에 쏟아져 나온 사람들이 환호성을 질렀다.

왕실 마차가 재상의 저택으로 들어간 후에도 함성이 뒤따라왔다. 유진은 낯부끄러운 기분으로 마중 나온 샬럿에게 인사를 전했다.

"내가 너무 소란스럽게 등장한 것 같군요."

"당치 않은 말씀이십니다. 왕비님께서 친히 예까지 납셨으니 영광일 따름입니다."

유진은 샬럿이 의례적인 대답을 한 거라고 생각했다. 그런데 샬럿뿐만 아니라 그 누구도 왕비의 행렬이 과하다고 여기지 않았다. 왕의 후계자를 품고 있는 왕비의 존재란 왕국 백성에게 미래와 희망을 상징했다.

유진은 샬럿과 저택으로 함께 들어갔다가 저택의 뒷문을 통해 별채로 이동했다. 리마는 왕국의 수도에 도착한 날부터 별채에서 지냈다.

방랑족에게 편견을 지닌 사람이 많으므로 가능한 한 사람 눈에 띄지 않는 편이 나았다. 저택 내 고용인 대부분이 리마의 존재를 몰랐다. 샬럿은 별채 주변에 누구도 접근하지 못하도록 경비를 세우고 믿는 최측근에게만 리마를 보살피게 했다.

"이곳입니다. 왕비님."

샬럿이 방문 앞까지 유진을 안내했다. 그리고 방 안쪽을 향해 목소리를 높였다.

"왕비님께서 자네를 보러 오셨네. 지금 들어가겠네."

샬럿이 문을 열었다. 그녀와 함께 안으로 들어가자마자 유진은 흠칫 놀랐다. 몇 걸음 앞에 여자가 바닥에 엎드려 두 손을 모으고 고개를 묻고 있었다.

"이게 무슨."

유진이 서둘러 다가가 엎드린 여자의 두 손을 잡아 일으켜 세웠다.

"아직 몸이 완전히 회복되지 않았을 텐데 무슨 짓인가. 과한 예의는 오히려 예의가 아니라는 말이 있네."

리마의 눈동자가 흔들렸다. 그녀는 유진이 방랑족인 자신을 거리낌 없이 만져서 당황했다. 리마는 물기가 묻어나는 눈빛으로 유진을 바라보다가 고개를 숙였다.

"은인께 제가 드릴 수 있는 것은 진심을 담은 인사뿐입니다. 은인께서 저와 제 아이, 저희 일족도 살려 주셨습니다. 제 목숨 하나로는 갚지 못할 은혜를 입었습니다."

유진은 리마가 길게 말하는 모습을 오늘 처음 보았다. 잔뜩 가시를 세우던 예전 모습과 비교하면 오늘 리마는 갑옷을 벗고 완전히 무방비가 된 것 같았다. 다시 엎드려 절하려는 리마를 만류하여 소파로 데려가 앉혔다. 백작이 자리를 피하고 방에는 두 사람만 남았다.

"몸은 좀 어떤가? 회복이 빠른 편이라고 백작한테 전해 들었네."

"과분한 보살핌을 받고 있습니다."

"그날 이후로 자네 사촌은 또 만나 보았나? 원한다면 자리를 따로 마련해 주겠네."

"아닙니다. 서로 무사히 살아 있다는 사실만 확인했으면 충분합니다."

리마가 잠시의 망설임도 없이 단호히 대답했다. 유진은 멋쩍게 웃으며 화제를 돌렸다.

"아들이라지?"

"예."

리마가 유진을 간절히 바라보며 말했다.

"허락하신다면 은인께 제 아들을 보여 드리고 싶습니다."

"허락하다마다. 나야 당연히 좋지."

리마가 곧바로 벌떡 일어나 침대로 갔다. 침대 위에서 포대기로 감싼 작은 뭉치를 품에 들고 그대로 유진의 바로 곁에 다가왔다.

유진은 리마가 성큼 다가오는 바람에 깜짝 놀랐다. 그녀의 곁에 오는 사람들은 항상 일정한 간격을 유지했다. 그런 대우에 어느새 익숙해졌다.

유진이 리마가 건네는 아이를 받아 안았다. 이 아이를 지키기 위해 일족도 배신할 마음을 품었던 리마가 거리낌 없이 아이를 주니까 기분이 이상했다. 가만히 보고 있자니 곧 포대기 속 아이에게 빠져들었다. 쌔근쌔근 자는 아이가 잠꼬대하는지 입술을 씰룩거렸다.

'작아······.'

유진은 갓난아이를 가까이에서 처음 보았다. 더구나 팔삭둥이로 태어났으니 보통 아이보다 더 작을 것이다. 만지기가 두려울 정도로 작고 의외로 생각보다 묵직했다.

갑자기 리마가 넙죽 엎드리는 바람에 유진이 화들짝 놀랐다. 아이를 안고 있어서 두 손이 자유롭지 않으니 유진은 안절부절못했다.

"또 왜 이러는가?"

"아이를 은인께 바치겠습니다. 부디 그 아이가 은인과 곧 태어날 은인의 아기님을 위해 살 수 있도록 허락해 주시옵소서."

유진은 황당해서 말문이 막혔다. 머릿속에 휘몰아치는 수많은 생각이 정리되지 않았다. 방랑족에 그런 관습이 있나? 있다 쳐도 지금 리마의 행동은 이해가 가지 않았다. 이 아이를 위해 모든 것을 걸었던 모성 아니었던가?

"고마워하는 자네 마음은 내가 충분히 알았네. 자네의 목숨보다 귀한 아이를 이렇게 쉽게 포기하려 하는가? 그리고 자네가 어머니라고 자식 운명을 결정할 권리는 없네."

리마가 묘한 눈빛으로 유진을 바라보다가 말했다.

"은인께 은혜를 갚겠다는 핑계로 제 아이의 운명을 바꾸고 싶은 어리석은 모정을 부디 가엾게 여겨 주시옵소서. 제 아들이 이 저주받은 천형에서 벗어날 수만 있다면 저는 더 바랄 게 없습니다."

말을 하면서 리마의 눈에 눈물이 글썽였다. 방랑족의 삶이 얼마나 비극적인지 이미 들어 알고 있는 유진은 리마를 비난할 수 없었다. 이 아이가 일족과 연을 끊는 것보다 방랑족으로 자라는 편이 더 행복하다고 말할 수도 없었다.

"자네 뜻이 정 그렇다면 이 아이는 왕성에서 자라게 하겠네."

"감사합니다."

"단, 조건이 있네. 이 아이가 성년이 될 때까지는 자네 손으로 키우게."

"……예?"

"자네도 왕성에 들어오라는 뜻이야. 갓난아이 보살피기가 보통 일인 줄 아는가? 아이어머니보다 그 일을 더 잘할 사람이 누가 있겠나?"

리마가 얼떨떨한 표정으로 끄덕끄덕 고개를 흔들었다. 유진은 다시 아이를 들여다보며 물었다.

"아이 이름이 무엇이지?"

"요그입니다."

'요그…….'

유진은 아이 이름을 입 안으로 불러 보면서 아이 얼굴을 더 유심히 들여다보았다. 임신 중이라서 그런가, 아이의 탄생이 신비로운 기적으로 느껴졌다. 이 자그마한 아이가 언젠가 번듯한 어른이 된다니, 실감이 나지 않았다.

'요그…… 이름이 왠지 귀에 익어.'

갑자기 어떤 장면이 그녀의 눈앞에 스쳐 지나갔다.

「……요그」

「예, 왕자님.」

아이를 보던 유진의 눈동자가 흔들렸다. 오싹 소름이 돋았다.

"아이 이름은…… 태어난 후에 지은 건가?"

"임신 사실을 알았을 때부터 생각해 두었습니다. 사내아이든 여자아이든 무사히 태어나면 주려고 했던 이름입니다."

"이름에 특별한 의미라도 있나?"

리마가 잠시 간격을 두고 대답했다.

"운명을 거스르다…… 라는 뜻의 고어에서 땄습니다."

유진이 고개를 들어 리마를 바라보았다. 일족의 운명에 무력하게 순응하는 다른 방랑족들과 그녀는 달랐다. 어쩌면 그녀는 자신의 일족을 증오했을지도 모르겠다. 그리고 임신을 계기로 운명에 저항하자는 결심이 섰을 것이다.

유진이 개입하지 않아서 리마가 예정대로 상제의 손에 넘어갔다면 그녀는 단지 아이를 지키기 위한 방어 때문이 아니라 적극적으로 상제에게 협조하여 일족을 배신했을 것 같다. 그렇다면 상제는 마라를 상대로 우월한 패를 쥐게 되었을 것이다.

'내가 본 미래에서는 리마가 상제에게 협력했던 걸까. 그럼 마라는 상당히 곤란한 처지가 되었겠지.'

얼마 전, 유진이 만난 마라는 세상을 지배하려는 야욕을 꿈꾸는 악마가 아니었다. 마라의 주장대로 단지 자기 자신을 지키려는 방어를 위해 공격을 준비했다면 상제를 상대로 승리를 확신하지 않는 한 무모하게 덤비지 않을 것이다.

그런데 유진이 본 미래에서 마라는 세상의 혼란을 일으키며 상제를 공격했다가 패했다. 그럴 수밖에 없었던, 궁지에 몰린 상황은 아니었을까.

유진은 다시 아이를 보면서 미소 지었다.

'어쩌면 네가 이 세상의 운명을 바꿨을지도 몰라.'

거슬러 올라가 생각하면 이 아이를 지키기 위한 절박한 모정이 갈림길이 되었다.

유진은 외로웠던 자신의 성장기를 떠올렸다. 뒤늦게 가족들과 재회하고 자신이 사랑받은 아이였다는 사실을 알게 되었지만, 그것이 어린 시절에 받은 상처를 전부 지워 주지는 못했다.

유진이 저쪽 세계에서 살면서 가장 힘들었던 것은 외로움이었다. 위험에 처했을 때 가족이 가장 먼저 그녀를 외면하고 도망쳐 버릴 것 같다고 생각했기 때문이었다.

하지만 이 아이는 자신을 위해 모든 것을 건 어머니가 제 뒤에 버티고 있다는 사실만으로 사는 동안 어떤 좌절을 겪어도 다시 일어날 수 있을 것이다. 그런 점에서는 부러웠다.

'건강하고 행복하게 자라렴. 그리고 내 아들도 잘 부탁해.'

유진이 읽은 미래에서 제 아들과 요그와의 관계가 미묘했던 이유를 알았다. 요그는 전사가 아닌데도 혼자서 왕자를 따라 사막으로 나갔다. 시종이라고 하기에는 왕자를 어려워하는 기색이 없었다. 왕자가 돌아서 누워 있는데 모닥불 앞에서 중얼중얼 투덜거리던 요그의 태도는 확실히 아랫사람 같지 않았다.

'그 아이의 좋은 친구가 되어 줘. 가족에게도 말 못 할 고민을 공유할 수 있는 그런 친구.'

요즘 유진은 태어날 아이를 생각하면 마음이 복잡했다. 아직 태어나지도 않은 아이인데 어떻게 잘 키워야 할지 벌써 고민됐다.

보통 아이가 아니라 장차 왕이 될 아이다. 태어나자마자 모든 사람의 떠받듦을 받고 모두가 그 아이를 올려다볼 것이다.

유진은 제 아들이 위에서 아래를 내려다보며 군림하는 오만한 왕이 아니라 타인의 고통에 공감할 수 있는 사람으로 자라기를 원했다. 하지만 주변 환경이 그러한데 부모의 훈육만으로 제대로 길을 잡아 줄 수 있을지 자신이 없었다.

그런데 소중한 친구와 참된 우정을 나눈다면 사람과 사람 관계가 얼마나 귀한지 배우게 될 것이다. 그건 누가 억지로 가르칠 수도, 세상의 모든 책을 다 읽어도 배울 수 없는 것이다.

유진이 아이를 리마에게 넘겨주었다.

"나와 소중한 인연이 닿은 아이이니 나 역시 부모의 마음으로 이 아이를 지켜보겠네."

리마가 아들을 품으로 꼭 끌어안으며 고개를 숙였다.

"감히 갚지 못할 은혜를 베풀어 주시니……."

리마는 떨리는 목소리로 끝내 말을 다 하지 못했다.

요그와의 만남이 인상적이었기 때문인지 그날 밤, 유진은 꿈에서 다시 그 아이를 만났다. 갓난아이가 아니라 청년이 된 모습으로.

배경은 지난번에 봤던 장면과 같은 사막이었지만, 어째서인지 지난번에 봤을 때보다 요그의 얼굴이 더 성숙해 보였다.

요그는 한숨을 푹푹 내쉬며 말했다.

"딱 올해까지만 하고 그만둡시다. 이러다가 성년이 될 때까지 한 마리의 환수도 갖지 못한 최초의 왕자님으로 이름 남기겠습니다."

"……."

요그가 대답이 없는 옆 사람에게 고개를 휙 돌렸다.

"왕자님! 삼 년째 저놈 쫓아다니고 계신다고요!"

그 후로 삼 년이 지났구나. 유진은 요그의 시선을 따라가면서 보이는 푸른 머리카락의 청년을 보며 아쉬운 한숨을 흘렸다. 두 눈만 내어놓고 얼굴을 천으로 감싸고 있어서 제대로 생김새를 볼 수가 없었다.

"포기하자는 게 아니잖아요. 일단 아무 놈이나 하나 잡자니까요."

"싫어."

뚱한 대답이 되돌아왔다. 왠지 그 모습이 누군가를 연상시켰다.

"아오, 이 고집쟁이."

요그가 주먹으로 제 가슴을 내리쳤다.

"속이 터져서 내가 제명에 못 죽지. 올해도 실패하시면 내년에는 혼자 오세요! 대체 이게 무슨 생고생이냐고요. 저는 무슨 죄로 이 고생을 같이 하는지 모르겠다고요."

"넌 작년에도 그 소리 했다. 내년에도 또 따라올 거면서."

"제 뜻이 아니에요. 왕자님 혼자 보내면 어머니가 절 때려죽일 테니까요! 아니, 그리고 왜 당연히 내년에 또라고 하시는 거예요!"

투덜거리고 있으나 툭툭 내뱉는 목소리에 정감이 있었다. 진심으로 불만이 있는 것 같지 않았다. 둘이 정말로 친해 보여서 유진은 흐뭇하게 웃었다.

요그가 저 멀리 시선을 두고 한참 아무 말이 없다가 중얼거렸다.

"더구나 왜 하필 여기인지."

"아, 저기 보이는 저건가?"

"예. 오늘은 이상하게 바람 한 점 없네요. 이 근처는 항상 바람 때문에 모래가 많이 날려서 저렇게 선명히 보이지 않는다던데."

"바위산만 보이는데 정말 저 아래에 호수가 있어?"

"예, 어머니께 들었으니 틀림없어요."

두 청년이 동시에 바라보는 장면으로 화면이 전환되었다. 저 멀리 회색의 바위산이 보였다. 오랜 세월 바람으로 깎여서 마모된 바위산 형태는 멀리서 보니까 마치 여러 개의 첨탑이 솟은 고성 같았다.

"예전에 어머니의 가족과 친척 모두가 저곳에서 숨어 살았다고 하셨거든요. 어머니도 저기서 자라셨고요. 입구도 가르쳐 주셨어요."

화면이 부옇게 흐려지는 바람에 유진은 눈을 꾹 감았다가 떴다. 그러자 장면이 바뀌었다. 그녀는 눈에 걸리는 것 없이 사방이 탁 트인 망망대해의 한가운데에 앉아 있었다. 유진이 손을 바닥의 물속에 집어넣었다. 눈에 보이는 물의 반투명한 색감이 생생하지만, 촉감은 없었다.

"자각몽……."

유진은 허탈한 웃음을 흘렸다. 그녀가 읽을 수 있는 미래가 거기까지였나 보다. 조금 더 보여 줄 것이지.

'그 아이 얼굴도 못 봤잖아. 어떻게 자랐는지 궁금했는데.'

그녀는 조금 전 봤던 미래를 되새김하며 생각나는 장면 장면마다 웃음을 터뜨렸다. 두 아이의 투덕거림이 귀엽고 그들의 대화를 엿들어 얻은 정보가 흥미로웠다. 원하는 환수를 잡겠다며 삼 년이나 쫓고 있다니. 일단 마음먹으면 고집을 꺾지 않는 아들의 성격은 제 아버지를 닮은 것이 분명했다.

'어떤 환수인지 모르겠지만 너무하네. 내 아들 고생시키지 말고 어지간하면 좀 잡혀 주지.'

또 미래를 보게 될지 알 수 없지만, 보지 않아도 알겠다. 유진은 자신의 아들이 그 환수를 끝내 얻을 거라고 확신했다.

'응?'

유진은 무심코 내려다보고 있던 수면 아래쪽에서 뭔가가 움직이는 것을 보았다. 하지만 그럴 리가 없었다. 자각몽의 바닷속에는 물 외에 아무것도 없었다. 살아 움직이는 존재라고는 자각몽의 주인인 그녀뿐이다.

유진은 엎드린 자세로 수면 아래에 머리를 담갔다. 너무 깊어서 시커멓게 어두운 아래를 보다가 좌우로 천천히 고개를 돌리며 살펴봤더니 역시 물뿐이었다.

'잘못 봤나?'

그때 시선 끝으로 뭔가가 스쳐 지나갔다. 길고 가느다란 형태가 마치 뱀 같다고 생각하는 순간 그녀는 잠에서 깨어났다.

이른 아침의 침실은 구석구석이 훤히 보일 만큼 충분히 밝았다. 유진은 자는 카세르를 숨죽여 바라보면서 자각몽에서 방금 본 그것의 정체를 추리했다.

'뱀……'

그녀의 손이 자신의 배를 덮었다.

'프라즈? 이 아이의……?'

카세르의 몸을 칭칭 감아올리며 나타나는 거대한 뱀의 형상에 비하면 유진이 본 그 뱀은 가늘고 작았다.

'아기 프라즈인 건가?'

그녀는 키득거리면서 카세르의 품으로 파고들었다. 곧바로 그의 팔이 유진의 등을 감싸면서 안았지만, 전혀 놀랍지 않았다. 자신이 그의 얼굴을 관찰할 때부터 깨어 있었을지도 모른다.

"카세르."

대답처럼 카세르가 유진을 품으로 더 당겨 안았다.

"우리 아들은 효자예요."

"그런 평가는 너무 이른 것 같은데."

가라앉은 목소리의 대답이 돌아왔다.

"효자 맞아요. 우리에게 도움이 될 엄청난 정보를 주었거든요."

유진의 눈빛이 반짝거렸다. 자신이 얻은 정보를 카세르에게 알려 주었을 때 놀라는 그의 표정을 기대하면서 설레었다.

두 청년이 바라보던 회색의 바위산. 요그의 어머니가 성장기를 보냈고 일가친척이 숨어 살았던 곳이라면 그곳은 방랑족의 은신처이며 그 근처에 바로 마라가 있을 것이다. 마라의 본체가 그곳에 있다.

*   *   *

카세르는 유진이 말한 장소를 찾기 위해 사막 지형에 관한 모든 자료를 끌어모았다.

사막은 수시로 지형이 변하기 때문에 지도를 만들기가 어려웠다. 워낙 넓은 데다가 왕국 백성들이 다니는 길은 한정되어서 정보를 얻기도 어려웠다. 왕이 활동기가 시작되기 전에 사막을 돌아보는 게 그나마 제일 멀리까지 나가는 경우였다.

통일된 지도는 없는 대신 거점이 될 수 있는 지형의 특징을 발견하면 기록해 두었다. 카세르는 오래된 자료에서 독특한 기암절벽 바위산 기록을 찾아냈다.

—멀리서 보았을 때는 마치 성 같았다. 버려진 성터인가 해서 오래된 문명의 흔적을 찾아보려 했으나 인위적 건축물이 아닌 자연의 산물이었다.

보통 사막 지대 바위가 붉은색에 가까운데 이 바위산은 회색이며 근방에 나무나 풀이 전혀 자라지 않고 그래서 생명체도 없다.

카세르는 그 자료를 유진에게 보여 주었다.

"정확한 위치를 알 수 있어요?"

"대충은. 그런데 무척 멀어."

"얼마나 멀어요?"

"날씨 등의 변수를 계산하면 최소한 한 달은 가야 할 거야."

"……너무 머네요."

활동기가 시작되는 지금, 당장 직접 가 보기는커녕 수색대를 보내는 것도 어려울 것 같다. 그래도 마라가 대충 어디에 있는지 짐작하게 된 것은 큰 수확이었다.

지난번 마라를 만난 후, 활동기가 시작되기 전에 한 번 더 만나기로 했다. 그날이 바로 오늘 밤이었다.

밤에 조용히 왕성을 빠져나온 마차는 지난번과 다른 안가로 향했다. 안가는 대부분 평범한 주택으로 위장하고 있으므로 근방에서 전사가 자주 보이면 눈여겨보는 자들이 있을 것이다. 그래서 그동안 아드리트는 거처를 옮겨 다녔다.

자기 절제가 몸에 밴 아드리트는 돌출 행동 없이 안가에서 조용히 지냈다. 처음에는 전사들이 안가 주변을 지켰으나 카세르의 지시로 전사는 철수하고 평범한 집주인으로 위장한 자들이 드나들었다. 그들의 주된 임무도 감시가 아닌, 생필품 전달 등 편의를 살피기 위함이었다.

오기 전에 유진과 카세르는 아드리트도 그들이 나누는 대화를 듣게 하자고 의견을 나눴다. 이미 마라와 방랑족은 뗄 레야 뗄 수 없는 관계이기 때문이다. 그래서 아드리트가 '그럼 저는 일어나겠습니다.'라고 했을 때 유진이 말했다.

"아드리트. 오늘은 너도 함께 있자."

그리고 그녀는 마라에게 말했다.

"아드리트도 우리가 나누는 대화를 듣게 해 줘."

─어려울 건 없지.

"아드리트. 네가 방랑족과 우리 사이의 연락책 역할을 해 주었으면 해. 우리가 아는 방랑족이 너와 리마뿐인데 리마는 한동안 움직이기 어려우니까."

─이 녀석만큼 그 역할에 적임자는 없지. 이 녀석이 대장이거든.

유진과 카세르는 놀란 눈으로 아드리트를 보았다. 아드리트가 멋쩍어
하며 시선을 내렸다.

"어르신들께 아직 배우고 있는 중입니다."

─너한테 결정권이 있으니 대장 맞잖아.

아드리트가 제 어깨에 올라탄 생쥐 쪽으로 고개를 돌리고 이를 악문
목소리로 말했다.

"우리는 협의가 원칙이지 족장에게 일방적인 결정권은 없어."

유진이 탄성을 질렀다.

"대단하구나, 아드리트. 족장이면…… 네가 일족의 왕인 거잖아. 아,
내가 그동안 말실수를 했네."

아드리트가 화들짝 놀라며 두 손을 내저었다.

"왕이라니요. 당치 않으십니다. 과분한 말씀은 거두어 주시옵소서."

─이 녀석 정도는 되어야 내 탈것이 될 자격이 있지.

아드리트가 짜증을 참는 표정으로 흘끔 어깨에 시선을 내렸다. 감정
표현이 거의 없는 아드리트가 이 정도로 내색을 한 것만으로도 지금 얼
마나 언짢아하는지 알 수 있었다.

유진은 묘한 기분으로 마라를 응시했다. 아드리트가 족장인데 왜 마
라가 으스대는 걸까.

'마라가 아드리트를 꽤 좋아하는구나.'

그리고 마라의 성격이 제멋대로인 어린애 같다는 생각이 들었다.

본격적인 대화에 들어가기 전에 카세르는 잡혀 들어온 교도들 소식부터 전했다.

"대부분은 가벼운 처벌을 받겠지만, 호드리고를 포함한 몇 명은 중벌을 피하지 못할 거다."

그들은 간첩 혐의로 잡혀 들어왔다. 절대 가볍게 다룰 혐의가 아니었다. 왕성과 멀지 않은 곳에 지하 통로를 만들었으며 거짓 창고로 눈을 속이고 다수가 몰래 집회할 만한 장소를 만들었다. 의도를 의심하지 않을 수 없다.

강한 처벌을 주장하는 재상의 의견은 타당했다. 그래서 카세르는 혐의가 확실한 몇 명에 대한 처벌은 재상에게 일임했다. 베루스는 가차 없는 면이 있어서 아마 그들은 중벌을 피하지 못할 것이다.

─그렇군.

지난번에 살살해 달라는 식으로 읍소했던 터라 반발할 줄 알았는데 마라는 대수롭지 않다는 듯 반응했다. 유진은 마라의 태도가 의아하여 물었다.

"호드리고는 네가 아끼는 자가 아니었어? 난 네가 그자의 방면을 위해 협상할 줄 알았어."

─그럭저럭 쓸 만했지. 협상이라면 뭘 걸고?

"네가 호드리고를 위해 손해를 볼 뭐든지."

─그럴 가치는 없어.

무척 냉정한 반응이었다.
'방랑족과 아드리트는 좋아하는 것 같은데 시키는 대로 다 하는 교도
들한테는 오히려 마음이 없는 것 같네. 쓰고 버린다는 건가?'
유진은 새삼 경계심을 세웠다.
'보편적 도덕을 기준으로 마라와 상제를 판단하면 안 돼.'
"궁금한 게 있는데 물어봐도 돼?"
마라가 유진을 빤히 보더니 한숨을 내쉬었다.

─이번에는 서로 질문을 주고받자는 말도 안 하는군. 참 뻔뻔해.

아드리트가 인상을 꽉 쓰면서 무례한 생쥐를 노려보았다.
유진은 오히려 넉살 좋게 웃으면서 말했다.
"곤란한 질문은 안 할게. 그냥 너한테 궁금한 게 있어서 그래."

─흥.

마라는 코웃음만 쳤다. 유진은 대답이라고 해석하며 질문을 던졌다.
"너는 모든 것을 상제한테 배웠다고 했지. 그런데 상제를 없애고 싶어
할 정도로 싫어하면서 왜 상제한테 배운 대로 하는 거야?"

─이해 못 할 질문이다. 그게 그거와 무슨 상관이지? 난 가장 효과
적인 수단을 쓸 뿐이야. 그놈한테 정면으로 덤벼서는 승산이 없으니까.

"흐음. 그렇구나."

옳다와 그르다, 기준이 없는 것 같다. 목적 달성을 위해서는 모든 수단을 쓰고 죄책감은 없다. 인간이라는 존재 자체를 싫어하는 것 같지는 않다. 마라가 아드리트를 좋아하는 것처럼 상제도 가까이 두면서 아끼는 인간이 있었다.

재미있는 점은 호불호의 기준이 자신에게 얼마나 이익이 되느냐, 자신을 위해 얼마나 희생했느냐가 아니었다. 유진이 알아본 바로는 상제가 아끼는 사제나 기사는 품성이 바르고 진중한 자들이었다. 그 사실을 알았을 때는 '신의 대리인 노릇을 하려고 위선을 떠는 건가?'라고 생각했는데 아무래도 상제의 취향 같았다.

'순수한 악? 아니지. 선악이라는 개념은 인간이 세운 것이니까.'

유진은 저쪽 세계의 상상적 존재인 도깨비를 떠올렸다. 인간에게 악질 장난으로 해를 끼치기도 하고 의도 없이 도움을 주기도 한다. 구체적으로 상상이 가능한 인외존재로 정의 짓고 나니까 대충 감이 잡혔다.

"마라. 우리가 또 언제 만날 기회를 잡을지 알 수 없고, 오늘 이 만남에 성과가 있어야 해. 일단 너와 우리 목적은 상제를 치는 것. 그 방안을 터놓고 이야기해 보자."

─좋다.

"이번 활동기가 끝난 후 이곳으로 각 왕들이 모이게 될 거야."

움찔거리던 생쥐의 코끝이 경직되었다.

─……왕?

마라는 카세르를 흘끔 보더니 말했다.

－설마 다른 왕들까지 내 앞에 데려오겠다는 건 아니겠지?

"지금 몸은 생쥐일 뿐이라며. 상관있어?"

－상관있지! 왕이 한 명도 아니고 떼거리로 오겠다고? 그럴 작정이
면 난 다시는 이 왕국으로 안 올 거다.

카세르가 질문했다.
"건기가 되면 최소한 몇 명의 왕이 성도를 방문하지. 상제를 만나기도
하고. 네가 유독 거부감을 드러내는 건가?"

－말했잖아. 그놈은 별종이라고. 아주 지독한 놈이야. 본체가 있는
근처에 왕이 오도록 내버려 두다니. 확실히 말해 두지만, 내 근처로 왕
은 접근 금지야!

유진은 흥분한 마라를 달랬다.
"네 의견은 알아들었어. 아무튼, 우리 계획은 그래. 이 사태는 왕들이
함께 의논하여 해결할 거야. 상제를 소멸시킬 수 있는 존재는 왕뿐이니
까. 그러면 이제 네 계획을 말해 봐. 너는 어떤 방식으로 상제와 싸우려
했지?"
마라가 잠시 머뭇거리다가 대답했다.

－내 계획의 실현을 위해서는 아니카가 필요하다.

"생명력 때문에?"

—아니. 아니카만 매개가 될 수 있는 주술을 발동하려고.

"어떤 주술인데?"

—라크를 부릴 수 있게 돼.

"뭐?"
유진은 자신이 읽었던 미래에서 '아니카 진'이 마라의 화신이 되어 라크를 조정하던 장면을 떠올렸다. 그게 주술의 작용이었다니.
"그런 주술이 있다고? 아니카의 라미타를 매개로 하는 거야?"

—아니. 아니카의 혈통.

"무슨 말인지 모르겠어. 설명해 줘."

—고대 일족에 관해서 얼마나 알아?

"대부분 알아."

—그럼 따로 설명은 필요하지 않겠군. 내가 미래를 읽는 일족의 서고에서 빼돌린 주술 중에 금기의 술이 있어. 그 주술을 창조한 자들은 죽음과 부활의 일족. 지금은 사라진 고대 일족이지. 그런데 그 금기의

술은 반드시 죽음과 부활의 일족의 혈통만이 매개가 될 수 있어.

유진이 멍하게 중얼거렸다.
"······아니카는 모두······ 죽음과 부활의 일족 피를 이어받았으니까."

─그렇지.

카세르가 물었다.
"그 주술의 존재를 상제는 모르는 건가?"

─모르지. 아마 그놈은 그 서고에서 뭐가 없어졌는지도 모를걸.

"그럼 그 주술을 발동한 후에 라크를 조종해서 상제가 맞서 싸우게 할
계획이었나? 병사로 내세우기에는 그다지 쓸모가 없을 것 같은데."

─맞아, 병사로는 터무니없어. 그저 눈속임할 틈만 만들면 돼. 내가
그놈을 공격하려면 그놈 영역에 들어가야 하는데 영역을 침범하는 순간
내 존재를 알아. 급습하려면 감각을 어지럽혀야 하니까. 다수의 라크가
한꺼번에 영역 안으로 들어가면 감각의 혼란을 일으킬 수 있지.

"라크들이 영역 안에서 날뛰면 본체가 깨어나겠지. 그 순간을 노리려
한 건가?"

─그렇다.

그 짧은 찰나의 순간이 유일한 약점이라고, 마라는 굳이 말하지 않았다. 상제의 약점은 곧 자신의 약점이 되기 때문이었다.

곰곰이 생각에 잠겨 있던 유진이 말했다.

"호드리고가 내게 말한 중요한 의식, 그게 그 주술의 발동 과정이야?"

생쥐의 붉은 눈동자가 흔들렸다.

— ……아니. 그건 다른 주술이다.

마라가 이어 말하지 않자 유진이 재촉해 물었다.

"어떤 주술인데?"

— 공간 이동술.

유진은 '텔레포트?'라고 생각하며 말했다.

"설마 대상물을 먼 거리로 단번에 이동시키는 주술이야?"

— 단번에 알아듣다니, 제법인데.

"그 주술로 나를 데려가려고 한 거야? 그 금기의 술을 발동하기 위해서?"

카세르가 마라를 사납게 노려보았다. 그의 눈동자에서 푸른 안광이 흘렀다.

"수도 한복판에서 왕비를 납치할 계획을 세웠다고?"

생쥐가 아드리트의 목 뒤로 몸을 반쯤 숨긴 채 항변했다.

― 납치가 아니다. 이동 대상자가 동의해야 가능하다고.

유진은 가짜가 한 짓인데도 괜히 카세르에게 미안했다. 가짜가 한 짓들은 생각하면 할수록 한숨만 나왔다. 가짜는 왕비로서 자신의 위치와 역할을 전혀 자각하지 못하고 자기 목적에만 눈이 뒤집혀 있었다.

'내가 읽은 그 미래가 어떤 식으로 흘러간 건지 이제야 대충 알겠어.'

그 미래에서 가짜는 유진의 영혼을 불러내는 데 실패했을 것이다. 당연히 라미타를 얻지 못했으리라. 가짜는 자포자기했든, 다른 계획이 있었든 마라와 손을 잡고 상제를 공격했다.

"아드리트. 네게 부탁이 있어."

"예, 왕비님."

"마라가 아는 모든 주술은 방랑족을 통해 얻은 것들이야."

아드리트가 침울하게 고개를 숙였다. 주술을 지키던 어르신들을 만나 많은 이야기를 듣긴 했지만, 문제의 심각성을 그때는 몰랐다. 오늘 이 자리에서 대화를 듣고 나서야 자신의 일족이 이 세상에 또다시 큰 죄를 지었다는 사실을 깨달았다.

"드릴 말씀이 없습니다."

"방랑족의 선택이 옳다고는 말할 수는 없지만, 그럴 수밖에 없었던 입장을 이해해."

유진은 가지고 온 양피지 두루마리를 테이블에 올려 아드리트 쪽으로 밀었다. 그것은 유진이 아르스 가문에서 찾은 금기의 주술 술식을 옮겨 그린 것이었다.

"상제를 처치하는 것보다 상제가 사라진 후 성도가 걱정돼. 성도 사람들은 어쨌든 상제의 덕으로 라크의 위협에서 벗어난 평화를 누리고 있으니까. 아무 대책 없이 상제가 사라지면 성도는 엄청난 혼란에 휩싸이겠지. 지금으로서는 그 문제를 해결할 방법이 주술뿐이라고 생각해. 그런데 현재 주술을 아는 사람은 성도궁 사제들을 제외하면 방랑족뿐이야. 방법을 찾을 수 있도록 네가 도와줘."

— 그놈의 영역을 대신할 주술이 있다고?

마라가 흥미를 드러냈다. 유진이 아드리트에게 건네던 양피지를 다시 손으로 쥐면서 마라에게 경고했다.

"그런 주술은 아니야. 다만, 그런 주술을 찾기 위해 도움이 될지도 모르는 중요한 술식이지. 이 주술은 방랑족에게 주는 것이니 넌 넘보지 마."

유진은 이 술식 조각의 나머지를 방랑족이 갖고 있을 거라고 추측했다. 그래서 이십여 년 전, 마라의 교도들이 유진을 납치해 주술을 발동할 수 있었으리라.

이것은 가장 위험하면서도 위대한 주술일 것이다. 오래전에는 다른 세계와 통하는 문을 열었고 이십여 년 전에는 불완전한 주술이었음에도 영혼의 이동이 가능할 만큼의 차원 문을 열었다.

유진은 모든 진리는 결국은 통한다는 말을 믿었다. 방랑족에게는 이미 충분히 주술에 관한 지식이 있으니 근원의 지식을 접하면 무언가를 얻을 수 있을지도 모른다. 엘버와 자유로운 만남이 가능했다면 망설임 없이 엘버에게 주었겠지만, 어쩔 수 없었다. 방랑족은 차선책이었다.

— 치사하다.

유진은 마라가 구시렁대는 소리는 무시하고 아드리트에게 말했다.

"이 술식은 완벽하지 않아. 내가 원본에서 옮겨 적으면서 일부는 뺐어. 일종의 안전장치지. 내 부탁은 이 술식을 기본으로 하는 주술의 완성이 아니라 이것을 연구 자료로 참고해 달라는 거니까. 네 일족들에게도 그 사실을 분명히 전해 줘."

"예, 왕비님. 명심하겠습니다."

아드리트가 양피지를 소중히 받아 챙겼다. 그 모습을 보던 유진은 갑자기 반색하며 말했다.

"네가 활동기에 먼 길을 가야 할 테니까 걱정되었는데 마침 잘됐네. 그 이동 주술을 네가 이용하면 되겠어."

─그게 무슨 말도 안 되는 소리야.

마라가 즉시 반발했다.

─이동 주술을 발동하게 해서 날 추적하려고? 어림없지.

"그럴 생각 없어."

─정체를 말하지 않은 물건을 이 녀석에게 들려 보내는 것도 수상해. 추적이 가능한 주술 같은 거 아니야?

"추적할 생각 없고 그럴 필요도 없어."

유진이 여유 가득한 웃음을 지으며 말했다.

"내가 전에 말했지. 네 생각보다 우리가 가진 정보가 많다고. 난 네 본체가 어디에 있는지 알아."

생쥐의 몸이 잠시 경직되었다가 버럭 소리를 내질렀다.

— 웃기지 마! 허세를 부려 날 속이려고?

"금방 드러날 거짓말을 왜 하겠어. 여기서 꽤 멀리 떨어져 있기는 하지만, 찾아갈 수 있어. 주변 지형이 아주 독특한 곳이니까. 회색의 바위산이고 그 밑에는 호수가 숨겨져 있지."

아드리트의 눈빛이 흔들렸다. 일족의 은신처에 관한 정보가 일족이 아닌 사람의 입에서 나왔다는 사실 만으로 심장이 덜컹했다. 아드리트가 유진을 신뢰하는 것과 상관없는 본능적인 두려움이었다.

유진은 아무 말도 하지 못하고 요란하게 코끝만 움찔거리는 생쥐를 보다가 굳은 아드리트에게 말했다.

"아드리트. 네가 날 돕고 싶어도 마음 가는 대로는 할 수 없겠지. 방랑족 전체의 미래와 안전을 지켜야 하는 네 상황을 이해해. 아니카로서 그리고 이 나라 왕비로서 이름을 걸고 맹세할게. 널 이용해서 방랑족을 위험하게 만들지 않을 거야."

아드리트가 대답의 뜻으로 고개를 숙였다. 이름을 거는 맹세가 어떤 무게를 갖는지 그도 알고 있었다. 지금 그에게 선택의 여지가 없었다. 그래서 무거운 약속을 해 주는 유진에게 감사했다.

"그리고 조심해. 마라는 라크야. 네 일족이 도움을 받았다고 해도 믿어서는 안 돼."

— 당사자를 앞에 두고 할 말이야?

마라의 목소리는 화낸다기보다는 투덜거림에 가까웠다. 유진은 속으로 '역시 이런 접근이 나아.'라고 중얼거렸다. 이리저리 재는 것보다 대놓고 할 말은 다 하는 편이 마라를 상대하는 가장 좋은 방법 같았다. 그리고 도움을 구하기보다는 강한 모습을 보여 줘야 오히려 마라가 딴생각하지 않을 것이다.

"마라. 우리가 널 속일 작정이라면 이런 정보를 알고 있다는 사실을 말하지 않을 거야. 이 정보를 약점 삼아 널 공격할 거라면 이미 손을 썼겠지."

너무 몰아붙이면 역효과가 날 테니까 유진은 한걸음 물러났다.

"하지만 그래도 네가 그 이동 주술을 쓸 수 없다고 한다면 그냥 사막을 건너야겠지. 고생은 아드리트가 하는 거고."

아드리트가 흘끔 어깨 위 생쥐를 내려다보았다. 사막을 건너는 일은 이골이 났다. 그런데 얼마 전에 왕국으로 오는 동안 워낙 고생했던 데다가 난생처음 안가에서 안락한 생활을 맛본 참이었다. 쉽게 갈 방법이 있다고 하니까 귀가 솔깃했다. 먼 거리를 단번에 이동한다는 주술에 호기심도 들었다.

마라가 혀를 찼다.

― 이동 주술을 발동하려면 호드리고가 필요해. 그 녀석에게 준비를 다 해 두라고 했으니까.

카세르가 딱 잘라 말했다.

"그자를 잠시 데려오라고 하지. 하지만 이 일로 그자 신변을 놓고 거래는 안 돼."

마라는 카세르가 아니라 유진을 보면서 짜증스레 언성을 높였다.

— 그럼 내게 좋을 게 뭐야. 내 밑천만 다 털리잖아!

유진은 헛웃음을 흘렸다. 딴 데서 뺨을 맞고 애먼 곳에서 눈 흘긴다더니, 딱 그 꼴이었다. 혹은 약삭빠르게 머리를 굴리는 것일 수도 있다. 카세르의 마음을 바꾸게 할 사람은 유진뿐이라는 걸 본능적으로 눈치챘을지도. 유진은 모르는 척 아무 말도 하지 않았다.

"수도 안에서 그런 수상한 주술을 준비했으니 죄목이 더 늘어날 뿐이지. 착각하면 곤란해. 지금 네가 유리한 위치가 아니다."

카세르가 못 박아 말하자 마라는 알 수 없는 혼잣말을 꿍얼거리더니 곧 입을 다물었다.

카세르가 전사를 보내 호드리고를 특정 장소로 데려오라고 지시한 후 이동 주술의 발동을 위해 자리를 옮겼다. 두 대의 마차가 시간 간격을 두고 안가를 빠져나왔다.

교도들의 집회 장소로 이용되었던 암실 창고가 바로 그 이동 주술을 위해 호드리고가 심혈을 기울여 마련한 곳이었다.

이미 암실 창고는 압류하여 누구도 출입하지 못하도록 근방을 병사들이 지키고 있었다. 카세르의 지시에 따라 마차가 도착하기 전에 병사들이 철수하고 전사들이 자리를 채웠다.

"내가 먼저 돌아보고 올 테니까 당신은 여기 있어."

카세르는 유진을 마차에 두고 혼자 내렸다. 그는 전사에게 마차 곁에서 잠시도 떨어지지 말고 지키라고 명한 후 암실 창고의 문을 열었다. 낮에도 빛이 들지 않는 암실이니 이미 날이 저문 지금은 창고 안쪽의 한 걸음 앞도 보이지 않았다.

"내가 들어가면 문을 닫아라."

카세르가 망설임 없이 성큼 안으로 들어간 후 전사들이 바깥에서 문을 닫았다. 그야말로 암흑 그 자체였다. 그는 오른손을 위로 들어 올리면서 강하게 주먹을 움켜쥐었다. 마치 기름 묻은 횃대에 불을 붙인 것처럼 그의 손에서 푸른 불꽃이 화르르 위로 타올랐다. 불꽃이 위로 길게 올라가면서 둥글게 똬리를 틀더니 뱀의 형상을 갖추었다.

카세르가 그 뱀을 내던지듯 공중으로 손을 휘둘렀다. 푸른 불꽃을 온몸에 감은 뱀이 꼬리 끄트머리만 그의 손에 남겨 둔 채 허공을 날아갔다. 프라즈가 앞장서는 길을 따라 암실의 어둠이 물러나고 내부 모습이 훤히 드러났다.

그는 프라즈가 움직이는 대로 거닐며 창고의 내부를 주의 깊게 살펴보았다. 보고 받은 대로 창고 안에는 아무것도 없었다. 그래서 단지 이곳을 집회 장소로 이용하기 위해 만든 줄 알았다. 그런데 생각해 보니 이상했다.

'군이 여기를 계속 비워 둘 필요가 있었나?'

하룻밤 여행을 떠나도 짐이 생긴다. 사람들이 모이는 장소라면 필요한 집기 등이 많을 것이다. 매번 이 안으로 가지고 들어왔다가 치우려면 눈에도 띄고 번거롭다. 이 넓은 창고 한구석에 자질구레한 물건 몇 가지 두어도 될 텐데.

더구나 창고로 위장했다면 일부러 짐을 더 쌓아 두는 편이 사람 눈을 피하기도 좋다. 애초에 이 창고가 베루스 눈에 띈 것도 암실 창고를 지어 놓고 텅텅 비워 놓았기 때문이었다.

'술식, 매개, 그릇⋯⋯.'

그는 유진한테 전해 듣기는 했어도 주술을 온전히 이해하기가 어려웠다. 그런데 이 암실이 비워 둔 이유가 주술의 발동과 관련이 있을 것 같았다.

무심코 시선을 위로 올린 그는 시커먼 그림자가 져서 보이지 않는 천장을 물끄러미 응시했다. 프라즈는 바닥보다 높이 떠서 날아다니고 있으므로 사람 키를 넘는 높이까지 위를 밝혔다. 그런데도 천장이 보이지 않는다는 것은 이 창고의 천장이 꽤 높다는 뜻이었다.

그가 손을 위로 뻗었다. 푸른 뱀이 위로 올라갔다. 곧 어둠에 잠긴 천장이 모습을 드러냈다.

'흠…….'

그는 미간을 찌푸렸다. 천장에 기하학 문양이 잔뜩 그려져 있었다. 그것은 유진이 주술의 술식이라며 보여 준 것과 거의 비슷했다. 그는 대충 눈으로 형태를 기억해 두었다.

카세르가 창고에서 나왔을 때 뒤늦게 출발한 아드리트의 마차는 물론이고 호드리고를 태운 죄수 호송용 마차도 이미 도착하여 기다리고 있었다.

그는 유진이 기다리고 있는 마차로 들어가서 자신이 본 것을 말했다.

"천장에요? 그럼 이미 술식을 그려 놓은 창고를 만들었다는 거군요."

유진이 두 손을 모아 쥐며 들뜬 표정을 지었다.

카세르는 솔직히 유진이 창고로 들어가지 않으면 했다. 아마 만류하면 그녀는 고집부리지 않겠지만, 드디어 주술을 볼 수 있게 되었다며 이곳까지 오는 동안 잔뜩 기대하고 있었던 터라 무척 실망할 것이다.

'유진이 주술이 발동되는 과정을 보면 예기치 못한 실마리를 얻을 수도 있지.'

그는 유진이 낙담하는 모습을 보고 싶지 않다는 이유로 스스로 타협했다. 그런 제 모습을 깨닫자 쓴웃음이 나왔다.

"내 곁에서 잠시도 떨어지지 마."

"네."

그는 단단히 주의만 주고는 유진과 함께 마차에서 내렸다. 두 사람이 먼저 창고로 들어간 후 생쥐를 주머니에 넣은 아드리트가 뒤따라 들어갔다. 마지막으로 스벤이 양손을 뒤로 묶은 호드리고를 데리고 들어간 후 창고 문이 닫혔다. 창고 주변을 전사들이 일정 간격으로 흩어져서 에워싸 경비를 섰다.

스벤이 든 횃불은 모여 서 있는 사람들 주변만 밝혀 주었다.

― 호드리고.

호드리고는 감옥에서 끌려 나와 창문이 없는 호송 마차에 오르는 순간, 자신이 처형장으로 가는 줄 알고 절망했다. 감옥 안에서 수없이 기도하고 대제사장을 간절히 불렀으나 어떤 답도 듣지 못해서 자신이 버려졌다고 생각했다.

그런데 익숙한 음성이 머릿속에 울리자 내내 바닥을 향해 있던 고개가 번쩍 들렸다.

호드리고는 아드리트의 어깨에 올라가 있는 붉은 눈의 생쥐를 발견했다. 절망 속에서 구원자를 만난 그의 눈에는 다른 상황은 보이지 않았다. 그대로 무릎을 꿇고 엎드렸다. 손이 뒤로 묶여 있으니 그의 이마만 돌바닥에 부딪혔다.

"오오. 마라의 종, 호드리고가 인사 올립니다."

― 위대하신 마라의 말씀을 전하노라.

"위대하신 말씀을 감히 받듭니다."

─네가 준비한 그 의식을 실행할 때가 되었느니. 이자가 의식의 제물이 되어 위대하신 마라께서 현신할 것이니라. 신을 영접하는 너에게 찬란한 영광이 있으리라. 의식은 차질 없이 준비되어 있느냐?

호드리고가 황홀해하는 표정으로 고개를 힘차게 끄덕였다.
"예, 당장이라도 실행할 수 있습니다."
유진은 기가 찬 표정으로 마라와 호드리고를 번갈아 보았다. 이런 현장을 직접 눈으로 보니까 살짝 생겼던 마라에 대한 호감이 저만치 날아갔다. 가짜 신 노릇으로 사람들을 농락하기는 마라나 상제나 마찬가지이긴 해도 상제의 방식이 더 세련되었다. 대놓고 사이비 교주 느낌은 들지 않으니까.
호드리고는 반쯤 정신이 나간 사람 같았다. 다른 사람들을 전혀 개의치 않고 창고 안쪽으로 걸어갔다. 바로 쫓아 잡으려는 스벤에게 카세르는 오히려 묶은 손을 풀어 주라고 지시했다.
호드리고는 자유로워진 두 손을 바닥의 널따란 돌 틈에 끼워 넣어 돌판을 들어냈다. 바닥 안쪽에서 큼직한 자루를 꺼내는 모습을 보면서 카세르는 가늘게 눈을 좁혔다. 저런 곳에 비밀 공간이 있었을 줄이야. 어두운 암실 창고라서 바닥 구석구석을 수색하기 어려웠을 것이다.
호드리고가 자루 속에서 금속 상자를 꺼내 뚜껑을 열자마자 갑자기 주변이 환해졌다. 금속 상자 안에 든 원형의 물질에서 빛이 뿜어져 나왔다. 스벤이 들고 있는 횃불과는 비교할 수 없을 정도로 밝아서 암실 내부의 어둠이 상당이 흐려졌다.
"저것도 주술인가……."
유진의 혼잣말에 카세르가 대답했다.
"빛돌이야. 빛을 저장했다가 어둠 속에서 뿜어내는 성질이 있지. 귀물인데 용케 구했군."

호드리고는 주변을 어느 정도 밝힌 후 다리를 접었다가 펴는 상을 꺼내 펼쳤다. 자루에서 꺼낸 화로를 상 위에 놓은 후 좌우 양쪽에 작은 향로를 두고 향을 꽂았다. 마치 작은 제단을 차리는 것 같았다.

호드리고가 가죽 칼집에서 손칼을 빼 들자마자 스벤이 반사적으로 허리춤의 검을 쥐었다.

─주술 절차니까 방해하지 마.

"스벤. 지시 없이는 움직이지 마라."

카세르의 명을 받고 스벤은 당장 몸을 날릴 것처럼 긴장했던 자세를 풀었다.

호드리고는 벌떡 일어나더니 아드리트에게 성큼성큼 다가갔다. 한 손에 칼을 든 모습이 괴기스러웠다. 호드리고가 아드리트의 코앞까지 다가가서는 준엄한 목소리로 말했다.

"신의 그릇이 될 이 영광된 기회를 감사해야 할 것이다."

호드리고가 빈손으로 아드리트의 머리카락을 움켜쥐어 확 당기더니 손칼로 머리카락 한 줌을 잘라 냈다. 아드리트는 반항하지 않고 얌전히 있었지만, 몹시 불쾌한 표정만은 감추지 못했다.

호드리고는 작은 제단의 화로 앞에 무릎을 꿇었다. 부싯돌로 화로 안에 불을 붙인 후 방금 잘라 낸 머리카락을 불길 속에 넣었다.

모두의 시선이 호드리고에게 집중된 가운데 생쥐 눈빛의 붉은 기운이 잠시 선명해졌다. 그때 호드리고의 손이 미세하게 움찔했지만, 누구도 알아차리지 못했다.

─거의 다 되었으니 난 가 보겠다.

호드리고를 보던 유진과 카세르의 시선이 아드리트에게 향했다.

─난 주술로 지금 이 모습인 거니까 이 상태로 또 주술을 걸면 안 돼. 주술끼리 간섭이 일어나거든.

유진이 물었다.
"그러면 어떻게 돼?"

─아무 일이 없을 수도, 혹은 무슨 일이 일어날 수도. 난 주술의 원리는 모른다. 그런데 하지 말라는 건 하지 않는 게 좋다는 건 알지.

"머리카락은 왜 자른 거야? 의미 없는 형식이야?"

─이동하려는 자의 신체 일부가 매개가 되어야 해.

순간 이동의 연료가 고작 머리카락 정도라면 효율이 정말 대단하다고, 유진은 내심 생각했다. 그때 그녀는 갑자기 떠오르는 가짜의 기억을 보았다.

눈앞에 호드리고가 무릎을 꿇고 반쯤 일어난 자세로 두 손을 앞으로 내밀고 있었다. 소중한 것을 받드는 듯 황송해하는 그의 손 위에는 한 뼘 길이의 검은 머리카락이 조금 들려 있었다.

'내 머리카락?'

대화는 들리지 않았고 정지된 화면을 보는 것처럼 장면이 스쳐 지나갔을 뿐이었다. 그런데 어떤 상황인지 알 것 같았다.

그녀는 눈살을 찌푸렸다.

'가짜가 머리카락을 줬구나.'

— 주술이 발동하는 중에는 절대 술식을 건드리지 말 것.

그 말을 끝으로 생쥐의 눈에서 붉은빛이 사라졌다. 아드리트의 어깨
위에서 두 앞발을 들고 잠시 가만히 있던 생쥐는 곧 부산스럽게 고개를
이리저리 움직였다. 그리고 빠르게 아드리트의 몸을 타고 내려가더니 구
석 어디론가 도망쳐 사라졌다.

유진은 황당한 기분이 들었다. 대화의 맥을 딱 끊어 버리듯 갑자기 가
는 모습이 서두르는 것 같기도 해서 이상했다.

하지만 그녀는 다시 호드리고가 움직이기 시작하자 그에게 시선을 빼
앗겼다. 호드리고는 신속하게 화로의 불을 끄고 안에 든 재를 그릇에 덜
어 냈다. 별것 아닌 동작인데도 과연 제사장이었다. 종교 의식을 주관하
는 자 특유의 엄숙함이 배어 있었다.

호드리고는 재를 담은 그릇과 물병을 들고 어디론가 이동했다. 정사
각형 구조의 암실 정중앙쯤에 서서 바닥에 주저앉은 후 아까 자루를 꺼
냈을 때처럼 바닥의 돌판을 들어냈다. 이번에는 바닥에 비밀 공간은 없
었고 호드리고는 그저 돌판을 거꾸로 돌린 후 다시 바닥에 끼웠다. 뒤집
어 끼운 돌판에는 반원형의 홈이 파여 있었다.

'이 암실 자체가 이미 준비된 곳이었구나.'

유진은 술식을 그리는 장면부터 보기를 기대했던 터라 그 부분은 좀
실망스러웠다.

호드리고가 그릇의 재를 돌판의 홈에 부었다. 그리고 물병을 들어 물

인지, 아니면 다른 무엇인지 알 수 없는 액체를 재 위에 쏟아부었다. 잠시 후 돌판이 빛의 광선을 천장으로 쏘아 올렸다.

유진은 흠칫 놀라며 곁에 서 있는 카세르의 팔을 붙들었다. 돌판을 중심으로 바닥으로 빛의 선이 퍼져 나가기 시작했다.

'아…….'

유진은 자신의 발밑으로 지나가는 빛의 선을 보면서 탄성을 질렀다. 시선을 들어 좌우를 돌아보니 암실 바닥 전체가 선으로 그리는 기하학 모양대로 빛을 뿜어내고 있었다.

'대단히 큰 술식이구나.'

술식의 형태가 복잡하거나 크면 상급의 주술이다.

'역시 공간 이동은 높은 수준의 주술이었어. 주술에 대한 지식은 상제보다는 마라가 훨씬 뛰어나.'

방랑족은 일족의 주술 지식을 모두 포기했다지만, 자신들 몸에 새기는 주술 하나는 갖고 있었다. 선택을 할 수 있다는 건 주술의 이해도가 높았기에 가능한 것이었다. 그러니 주술에 무지한 사제들을 이용해 해석한 상제보다는 방랑족의 협조를 얻은 마라가 고차원의 주술 습득에 훨씬 유리했을 것이다.

*　　　*　　　*

'하늘을 꿰뚫을 것처럼 솟아오른 거목…….'

상제는 엘버가 봤다는 미래를 되새길 때마다 심란했다.

'나무라고?'

상제는 나무로 변하는 자신의 미래를 단 한 번도 바란 적이 없었다.

그런데도 엘버에게 그런 미래를 어서 찾으라고 주술을 강요한 까닭은 인간에게는 '원하는 대로 미래를 만드는 능력'이 있다는 사실을 알기 때문이었다.

그녀가 고대 일족의 후예라서 특별한 덕분이 아니다. 모든 인간은 말하는 대로 혹은 생각하는 대로 이루는 능력을 지니고 있다. 사소하게는 갖고 싶다고 생각하던 물건을 얻는 것, 더 나아가서는 어릴 때부터 꿈꾸던 장래 희망대로 자신의 미래를 설계하는 것 등.

인간에게 말하면 그게 무슨 특별한 능력이냐고 웃어넘기겠지만, 상제는 아득한 세월에 걸쳐 인간을 지켜보다가 알게 되었다. 인간은 의식적으로 무의식적으로 미래를 결정할 수 있다. 그 위대한 능력을 인간들은 대수롭지 않게 생각한다. 그것은 라크는 절대 할 수 없는 일이었다.

괴물은 처음 각성했을 때 지독한 혼란에 빠졌다. 나는 무엇인가, 어디서 왔는가, 어디로 가야 하는가. 심지어 이 세계는 라크에게 아무것도 허락하지 않았다. 미래를 꿈꾸는 것도, 자손을 남기는 것도.

그래서 괴물은 이 세계를 지배하는 지성체, 인간을 찾아 나섰다. 그러나 인간도 답을 주지 못했다.

짧고 강렬한 인간의 생을 근처에서 관찰하던 중 괴물은 불현듯 자신의 세계로 돌아갈 가능성을 깨닫고 전율했다. 그러는 데에 필요한 강대한 생명력을 아니카한테서 얻을 수 있다는 사실을 발견했을 때는 끝없는 암흑 동굴 속에서 드디어 빛을 발견한 기분이었다.

상제는 목표를 위한 긴 계획을 세웠다. 계획의 실현을 위해서는 '이루는 힘'을 지닌 인간의 도움이 반드시 필요했다. 그런 면에서 엘버를 만난 것은 참으로 운이 좋았다. 고대 일족은 주술을 통해 미래를 시각화하여 높을 확률로 미래를 구체화할 수 있었다.

상제가 냉소를 지으며 중얼거렸다.

'내 운이 아니라 엘버가 원했기 때문에 날 발견한 거지.'

엘버는 일족의 운명을 바꾸고 싶다고 강하게 염원하고 있었다. 엘버가 바라지 않았으면 그들의 만남은 절대 이루어질 수 없었을 것이다. 그러니 상제는 엘버가 원독에 찬 눈으로 노려보면 우스웠다. 모두 제가 자초한 일이 아닌가.

엘버가 대단한 점은 그녀의 능력보다 강인한 정신력이었다. 아마 어떤 인간도 그녀만큼 해내지 못할 것이다. 가끔은 엘버한테 널 대체할 인간은 찾아내면 그만이라고 겁박하곤 했으나 절대 진심이 아니었다.

상제가 바라는 건 강한 라미타를 지닌 아니카다. 생명력을 얻기 위해서라고 사실대로 말했다가는 절대 엘버가 협조하지 않을 것이다.

그래서 '죽음을 줄 수 있는 강한 아니카를 찾고 있다'라고 거짓 핑계를 댔더니 엘버는 그런 미래를 찾고자 주술을 발동했다.

과정은 어쨌든, 상제는 자신을 죽일 수 있을 정도로 강력한 라미타를 지닌 아니카를 얻으면 그만이었다. 자신은 그 아니카한테 생명력을 받아 낼 자신이 있었다. 아니카들의 절대적 신뢰를 얻기 위해 얼마나 공을 들였던가.

엘버는 그때부터 지금까지 결정된 미래를 보는 게 아니라 간절히 원하는 미래를 만들어 가고 있다. 그녀는 모를 것이다. 상제는 그 사실을 절대 알려 줄 생각이 없었다.

"성하. 아뢸 일이 있습니다."

성소의 사제 조엘이었다. 주술 완성 작업을 위한 핵심 인물이라서 그녀가 찾아오면 상제는 항상 모든 일을 제쳐 두고 만났다.

― 들어오세요.

조엘은 적잖이 흥분된 낯으로 인사를 올리는 둥 마는 둥 곧바로 본론을 꺼냈다.

"성하. 드디어 사물을 이동시키는 위대한 신술을 성공했습니다."

상제가 반색하며 그녀의 공을 치하했다.

―참으로 기쁜 소식입니다. 장합니다. 그대의 노고가 컸습니다.

"저 혼자만의 힘이겠습니까. 모두가 애쓴 덕분입니다. 성하."

그녀의 표정에 웃음이 가득했다. 신의 곁에 한 발자국을 가까이 갔다는 자부심으로 그녀는 어깨가 으쓱했다.

―사람의 이동도 실행해 보았습니까?

"아직 물건을 옮기는 것만 성공했습니다. 점차 거리를 넓혀 가려 합니다."

―조엘. 내가 얼마 전에 신탁을 받았습니다. 한데 그 내용이 불확실한 데다가 불길한 내용이라 차마 공표하지 못하고 있었습니다. 때마침 그대가 신술을 성공했으니 그 신술이 신탁의 일부와 닿은 듯합니다. 서둘러서 신술을 완성하세요.

조엘의 표정이 굳었다. 그녀가 오랫동안 매달렸던 이 신술은 사물을 단번에 먼 곳으로 이동시키는 기적이었다. 그러나 위험했다.

신술을 발동하면 물건이 흔적도 없이 사라져 행방을 알 수 없게 되거나 도착지에서 완전히 부서진 물건이 발견되기도 했다. 온전한 물건이 이동한 최초의 성공이 기뻐서 막 달려온 참이었다.

아직 완전하지 못한 신술인데 생명체를 이동시켰다가는 실패했을 때의 결과가 상상만 해도 끔찍했다.

"하오나 성하. 그러면……."

—위대한 신의 뜻을 위해 얼마간의 희생은 불가피합니다. 신의 말씀을 해석하기 위한 도구가 되어 조금 먼저 신의 곁에 가게 된다면 그 또한 축복이 아니겠습니까. 그대의 책임은 묻지 않겠습니다.

조엘은 망설이기는 했으나 알겠다고 대답하고 서둘러 물러갔다. 이미 그녀는 신술에 매료되어 도덕과 정의를 잊었다. 상제는 그녀 같은 자들을 꽤 많이 보았다. 신의 뜻이라는 합리화로 무장된 광기의 학자란 여러모로 쓸모가 많았다.

'드디어…….'

상제는 회심의 미소를 지었다. 저 주술이 완성되면 성도에 한정된 자신의 행동 범위를 무한히 확대할 수 있다. 왕들이 눈치채지 못하게 왕국으로 기사들을 보내 빠르게 그곳 사정을 파악할 수 있으며 그 반대도 가능하다. 그리고 때마침 그 주술을 당장 써먹을 데가 떠올랐다.

'이제 후퇴는 없다. 앞만 보고 가야 해.'

인내심을 갖고 오랫동안 기다렸다. 가끔은 계획이 어긋나기는 해도 큰 줄기를 따라 여기까지 왔다.

'누구도 나를 막지 못할 것이다. 이 세계의 질서라고 해도!'

상제가 붉은 눈을 부릅뜨며 허공을 노려보았다.

'그래서 이 창고에 물건을 두지 않았군.'

카세르는 바닥 전체에서 발동하는 술식의 빛을 보며 의문점을 해결했다. 아마 저 술식의 길을 인위적인 무언가로 가로막아 빛을 차단하면 주술 발동에 문제가 있을 것이다.

'그런데 왜 바닥이지. 내가 본 천장은?'

카세르는 시선을 위로 올렸다. 천장은 여전히 어두컴컴했다. 빛이 위에서 아래로 내려오는 게 아니라 바닥에서 뿜어져 나오고 있으므로 천장의 술식이 지금 발동하는 것 같지 않았다.

그는 왠지 천장이 신경 쓰였다. 그런데 그 순간, 천장에서 기하학 문양대로 빛이 쏟아졌다.

"유진, 저걸 봐."

그는 유진이 아무런 대답이 없어서 그녀 쪽으로 고개를 돌렸다. 유진은 똑바로 앞만 바라본 채 가만히 서 있었다. 그는 이상한 기분이 들어서 그녀의 팔을 붙들어 가볍게 흔들었다.

"유진."

반응하지 않는다. 그는 그녀의 얼굴을 쥐어 자신과 시선을 마주치게 했다. 무표정한 그녀의 눈동자에는 초점이 없었다. 마치 서서 잠든 사람 같았다.

"스벤."

"예, 전하."

곧바로 대답이 들려왔다.

"아드리트."

대답이 없었다.

'마라, 이놈이.'

그는 아득 이를 악물었다. 그녀의 이상한 반응은 주술 작용이 틀림없었다. 그는 방심한 자신의 실수를 뼈저리게 후회했다. 더 조심해야 했는데, 이 창고로 그녀가 들어오지 못하게 해야 했는데.

그는 이 사태를 해결할 방법을 찾으려 주변을 둘러보았다. 지금 그들은 주술이 발동하는 술식 위에 서 있다. 주술을 멈추어야 하는가. 술식을 망가뜨리면 멈출 수 있을지도 모른다.

하지만 마라가 술식을 건드리지 말라고 했다. 일전에 유진한테 주술이 실패할 경우 반작용이 있다는 말도 들었던 터라 그녀에게 어떤 해가 미칠지 모르니 섣부르게 건드릴 수 없었다.

마음이 조급했다. 길게 고민할 시간이 없다. 뭔가를 알고 있을 호드리고를 닦달하기엔 늦은 것 같았다.

'주술을 건드릴 수 없다면……'

카세르는 예전에 그녀를 돕기 위해 그녀 몸속으로 프라즈를 밀어 넣었을 때를 떠올렸다. 그때는 두 사람 기운이 충돌해서 내상을 입을지도 모른다는 각오를 하면서도 강행했다. 그런데 결과적으로 두 사람 모두 다치지 않았다. 이제는 라미타와 프라즈가 오히려 서로를 보완한다는 사실을 알고 있다.

그는 한쪽 팔로 그녀의 등을 감싸 안고 한 손을 펼쳐 그녀의 가슴께에 얹었다.

'유진을 데려와.'

중얼거리며 그는 정신을 집중했다. 그의 손바닥 주변으로 푸르스름한 기운이 감돌더니 그의 몸속에 자리 잡은 거대한 기운이 쑥 빠져나갔다. 한 몸이나 마찬가지인 프라즈가 사라진 상실감 따위는 아무래도 상관없었다. 카세르는 초조한 기분으로 유진의 얼굴만 바라보았다.

*　　*　　*

유진은 골목길에 서 있었다.

'내가 여기서 뭘 하고 있었지?'

그녀는 주변을 둘러보면서 고개를 갸우뚱했다. 출퇴근하면서 아침저녁으로 매일 다니는 길인데 굉장히 오랜만에 온 것 같았다. 분명히 오늘 아침에도 이 골목을 지나갔을 것이다.

'아…… 낮이라서 그런가 보다.'

어슴푸레한 아침에 집을 나서고 한밤중이 되어야 돌아오므로 한낮에 이 골목에 들어올 일이 없었다. 그런데 자신이 이 시각에 회사가 아니라 왜 여기에 서 있는지 기억나지 않았다.

'일단은 집으로 가자.'

그녀는 발걸음을 옮기며 이상한 위화감이 들었다. '집'이라는 단어에 뭔가가 생각날 듯 말 듯 했다.

오르막과 내리막이 반복되는 좁은 골목을 따라 한참 걸어 들어갔다. 그리고 저기 집 앞이 보인다고 생각한 순간, 그 앞에 서 있는 사람들을 보며 걸음을 멈추었다. 자기들끼리 웅성거리던 사람들이 한꺼번에 유진 쪽으로 고개를 홱 돌렸다.

"저기 있다!"

"잡아!"

"내 돈 어쩔 거야, 내 돈!"

유진은 그대로 뒤돌아서 뛰기 시작했다. 악다구니를 쓰며 쫓아오는 사람들 목소리가 등 뒤로 달라붙었다. 당장이라도 자신의 뒷덜미를 잡아챌 것 같아서 오금이 저렸다.

그녀는 온 힘을 다해 달렸다. 굽이굽이 미로 같은 골목길은 그녀의 도주를 도와주었다. 숨이 턱이 닿도록 달리다 보니 어느새 사나운 욕설이 더는 들리지 않았다. 하지만 잠깐의 방심으로 길을 잘못 들었는지 막다른 골목에 이르렀다.

눈앞이 깜깜해졌다. 다시 뒤돌아 나가려는데 멀리서 고함 소리가 들렸다. 그 소리는 점점 가까워지고 있었다.

"유진아!"

흠칫 놀라 고개를 돌린 유진이 놀라움과 반가움이 뒤섞인 표정으로 소리쳤다.

"선생님!"

바보가 된 그녀가 제대로 사람 노릇을 할 수 있도록 일깨워 준 은사님이 그녀에게 손짓했다. 가족도 포기했던 그녀를 살려 준 평생의 은인이었다.

"이리 와, 유진아. 나와 가면 괜찮아."

"네, 선생님."

갑자기 왜 이런 곳에 선생님이 나타났는지, 의문은 떠오르지 않았다. 선생님은 믿을 수 있는 사람이니까 저 손을 잡아야 한다고 생각했다.

"아야."

갑자기 발목이 따끔했다. 그녀는 고개를 내렸다가 눈을 크게 떴다. 손가락 굵기밖에 되지 않는 가느다랗고 작은 뱀이 입을 크게 벌리고 그녀의 발목을 물고 있었다.

비늘이 푸른 뱀을 내려다보며 유진은 '귀여워.'라고 중얼거렸다. 이 상황에 놀라서 기겁해야 하는 게 맞는데도 전혀 뱀이 징그럽거나 무섭지 않았다.

"유진아."

유진은 선생님이 다급히 부르자 고개를 돌렸다.

"유진아, 서둘러야 해. 어서 가자."

"네, 선생님."

하지만 다리가 움직이지 않았다. 무언가가 다리를 칭칭 감는 느낌이 들어 다시 고개를 뒤로 돌렸다. 작은 뱀은 어디로 가 버렸는지 이번에는 굵기가 그녀 허벅지의 두 배는 됨직한 거대한 푸른 뱀이 그녀의 다리를 감은 상태로 몸을 타고 올라왔다.

유진은 뱀이 자신의 눈높이까지 올라오면서 온몸을 얽어매는데도 가만히 있었다. 거부감이 들지 않았다. 이 뱀이 자신을 절대 해칠 리가 없다는 확신이 들었다.

'푸른 뱀…… 이 뱀을 내가 어디서 봤지.'

눈이 마주친 뱀의 홍채가 세로로 길게 좁아졌다. 충격처럼 찾아온 깨달음으로 그녀는 온몸을 부르르 떨었다.

'카세르.'

눈을 감았다가 떴을 때 유진은 푸른 눈동자의 남자와 눈이 마주쳤다.

"카세르."

그의 푸른 눈동자가 흔들리다가 그녀를 꽉 끌어안았다. 유진은 그에게 안긴 채 그의 어깨 너머로 눈동자를 굴렸다. 술식의 빛은 어느새 사라졌고 아드리트도 보이지 않았다.

깊은 잠에서 깨어나는 것 같았다. 아드리트는 멍한 기분으로 느릿하게 눈을 감았다가 떴다. 서서히 의식이 돌아오면서 비로소 주변의 풍경이 제대로 눈에 들어왔다.

"어머니?"

아드리트는 중얼거리며 빠르게 사방을 둘러보았다.

"어머니!"

소리쳐 불렀다가 곧 깨달았다. 그의 어머니는 이미 오래전에 죽었다. 자식 하나의 목숨으로 하나를 살리는 잔혹한 선택을 해야 했던 그녀는 마음의 병을 얻었고 죽은 자식을 따라가듯 일찍 세상을 떴다. 아드리트는 어머니와 형제의 목숨을 항상 무겁게 짊어지고 살았다. 절대 그들의 죽음을 잊은 적이 없었다.

그런데 아드리트는 조금 전에 어머니를 만났다. 환상이라고 믿기지 않는 생생한 장면이었다. 어머니가 그를 보며 다정히 미소 짓고 손을 내밀었다.

"갈까? 아드리트."

그 손을 거부할 수 없었다. 아드리트는 힘차게 대답하고 어머니를 서둘러 뒤따랐다. 뭔가에 홀린 것 같았다. 죽은 어머니가 어떻게 다시 살아

났는지 의심조차 하지 않았다.

그리고 눈을 떠보니 사방이 트인 공터였다. 공터 주변을 빙 둘러서 친 울타리가 보이고 길게 나뭇가지가 늘어진 고목이 보였다. 눈에 익은 장소다.

이곳은 일족의 묘지였다. 행방불명되어 시체를 수습하지 못한 일족의 죽음을 기리기 위해 저 고목에 이름패를 걸어 두고 장례를 치렀다.

아드리트는 왜 자신이 여기 있는지 이해할 수 없어서 어리둥절했다. 그런데 곧 기억이 떠올랐다. 어두운 암실 창고와 그 안에서 펼쳐진 주술.

'이동 주술……'

주술을 발동하기 직전까지 아드리트는 의심스러웠다. 하시 왕국에서 일족의 은신처까지의 거리가 얼마인데, 그 먼 거리를 순식간에 이동한다는 게 가능한가. 그런데 실제로 눈 깜짝할 사이에 은신처 근방의 묘지까지 왔으니 믿지 않을 수 없다.

하지만 자신이 본 환상은 납득할 수 없었다. 아드리트는 마라의 장난질이 분명하다고 생각하며 소리쳤다. 자신의 어머니가 이용당해서 분통이 치밀었다.

"마라! 어디야? 듣고 있지?"

─왜?

마치 기다렸다는 듯 대답이 돌아왔다. 아드리트는 근처에서 도마뱀을 발견했다. 손바닥만 한 도마뱀이 붉은 눈으로 아드리트를 보며 혀를 날름거렸다.

"나한테 무슨 짓을 한 거야?"

―뭐가?

"모르는 척 잡아떼지 마. 나한테 이상한 사술을 써서 환상을 보게 했잖아."

―사술이 아니라 주술이야.

"뭐?"

―거리 이동이 얼마나 심오한 주술인 줄 알아? 그리고 성공하기 무척 어렵다고.

아드리트가 일그러진 표정으로 버럭 소리쳤다.
"위험한 주술을 왕비님께 쓰려 했단 말이야?"
본인한테 주술을 쓴 거보다 그게 더 화나는 일인가? 자신 앞에서는 뻗대는 인간이 그 아니카 앞에는 절절매는 게 참 눈꼴시었다. 마라는 아드리트가 아니카 종교에 미친 교도 같다는 생각을 하며 말했다.

―주술 자체가 불안정하다는 뜻이 아니다. 이 주술은 반드시 대상자가 동의해야 가능해. 그런데 인간은 참 생각이 많아. 의심도 많지. 이동 주술이 성공하기 위한 완전한 동의가 거의 불가능해.

아드리트는 주술의 효능을 의심했던 자신을 되돌아보며 뜨끔했다.
"그래서?"

―잡생각을 사라지게 해 주는 환상 주술을 첨가했지. 의심 없는 신뢰와 동의를 얻으면 되니까.

"그럼 그 사실을 미리 말해 줬어야지."

―말이 많구먼. 사막에서 고생하지 않고 내 덕분에 편하게 왔으면 고마워할 것이지.

핀잔하듯 툭 내뱉는 목소리에는 미안해하는 기색이 전혀 없었다. 아드리트는 분을 꾹 눌러 참는 표정으로 도마뱀을 노려보았다. 죽음 앞에서도 초연했던 그는 신경을 살살 건드리는 저 라크와 함께 있으면 이상하게 인내심이 빠르게 바닥을 드러냈다.

―쳇, 아니카는 실패인가. 왜 실패했지?

도저히 그대로 들어 넘길 수 없는 혼잣말이었다. 아드리트가 빠르게 몸을 날려 도마뱀을 한 손으로 움켜쥐었다.

―뭐야. 왜 이래.

"방금 무슨 소리야. 왕비님께 무슨 짓을 한 거야?"

―무슨 짓을 하기는. 난 아니카를 해치지 않는다니까.

"설마 왕비님도 이동 주술로 여기 모셔 오려고 한 거야? 왕비님께서는 분명히 그럴 생각이 없다고 하셨고 대신 내가 주술을 이용하기로 한 거잖아. 무슨 수작을 부린 거지? 다 거짓말이었어? 내 머리카락을 자른 것도 눈속임인 거야?"

─거짓말은 한 적 없다. 머리카락은 주술 발동의 매개가 맞아. 근데 아니카의 머리카락을 미리 받아 둔 게 있었거든. 있으니까 쓴 거지.

"……뭐가 어째?"
아드리트는 너무 화가 나고 기가 막히면 말이 나오지 않는다는 사실을 알게 되었다.
"어떻게 그럴 수가!"

─왜 이렇게 난리야. 주술에 성공해도 여기로 올 뿐이라고. 네 몸에 지금 문제가 생겼냐? 팔다리 중 하나가 없어졌어? 멀쩡하잖아! 여기 왔다가 집에 가고 싶으면 가면 되지. 아니카와 좀 더 이야기해 보고 싶었던 것뿐이다. 왕이 옆에서 버티고 있는데 거기서 내가 뭘 할 수 있냐고.

아드리트는 뻔뻔하게 뇌까리는 도마뱀을 노려보았다. 도마뱀을 쥔 손이 부들부들 떨렸다. 이대로 죽여 버릴 수만 있다면 손에 힘을 주었을 것이다. 하지만 그래 봤자 마라한테 조종당하는 가여운 도마뱀만 희생될 것이다.
그는 모든 인내심을 끌어모아 손에 힘을 풀었다.
"왕비님은 널 믿으셨어."

─흥. 날 이용하려고 하는 거지.

그의 손아귀에서 빠져나온 도마뱀은 아드리트를 돌아보며 쏘아붙였다.

─물러 터진 인간아. 넌 멸었다. 너와 네 일족은 결국 이용당할 거야. 네 일족이 지금껏 살아남도록 도운 건 같은 인간이 아니라 나라고.

아드리트는 멀어져가는 도마뱀을 응시했다. 한참 우두커니 서 있던 그는 중얼거렸다.
'……아니. 난 그분을 믿어. 사람이 사람을 믿는 힘이 얼마나 대단한지 역시 너는 모르는구나.'
그는 유진이 했던 충고를 떠올렸다.

「마라는 라크야. 네 일족이 도움을 받았다고 해도 믿어서는 안 돼.」

아드리트는 고개를 끄덕였다. 방금 마라한테 배신감을 느꼈던 자신의 마음에 충격받았다. 애초에 믿지 않았으면 배신감을 느꼈을 리가 없다. 자신도 모르는 사이에 마라와 오랫동안 함께 지내며 정이 들었고 그래서 경계를 풀었던 모양이다. 그는 무더진 자신의 마음에 날카롭게 날을 세웠다.

* * *

펑!

신호탄이 터지는 소리를 듣고 유진이 고개를 돌렸다. 그녀가 앉아 있는 테이블에서 창 너머의 바깥 하늘이 바로 보였다. 그녀는 하늘에 퍼지는 노란 연기를 확인한 후 다시 고개를 돌렸다.

그녀는 보고서를 마저 다 읽고 내려놓았다. 그리고 같은 테이블에 앉은 보좌관들에게 말했다.

"내가 더 확인할 부분은 없는 것 같군. 다들 수고가 많았어."

긴장된 표정의 보좌관들이 안도의 웃음을 지으며 고개를 숙였다. 다시 고개를 들던 보좌관들은 유진이 미간을 찡그리며 자세를 웅크린 모습을 보자마자 사색이 되어 벌떡 일어났다.

"왕비님."

"괜찮으십니까?"

유진이 왼손으로 아랫배를 감싸며 허리를 폈다. 그녀는 어느새 곁에 달라붙은 보좌관들을 보면서 오른손을 내저었다.

"가끔 배가 조금 당겨서. 별것 아니니 걱정할 것 없네."

그러나 세 명의 보좌관 중 한 명은 이미 바깥으로 뛰어나간 후였다. 곧 보좌관이 시녀들 한 무리를 데리고 들어오더니 잠시 후에는 총관이 급히 달려왔다.

"왕비님. 의관을 불렀습니다."

"소란 피울 것 없다니까. 그저 이 시기에 종종 겪는 증상이지. 의관도 그렇게 말했었고. 그러니까 부를 일이 아니야."

"왕비님. 전하께서 엄명을 내리셨습니다. 저희가 왕비님을 제대로 보필하지 못했다고 크게 노여워하실 겁니다."

유진은 작은 한숨을 내쉬고 시녀들이 부축하는 대로 일어나서 긴 소파에 반쯤 눕듯이 기대어 앉았다. 푹신한 여러 개의 쿠션이 그녀의 등을 받쳐 주었다. 그녀가 소파 위로 두 다리를 올리자마자 시녀들이 곁에 무륜을 꿇고 앉아서 다리를 주무르기 시작했다.

잠시 후 의관이 들어왔다. 침실과 집무실 등, 왕비가 자주 거하는 근처에 따로 방을 마련해서 아예 의관들이 상주했다.

유진은 증상을 묻는 의관의 물음에 답했다.

"요즘 자주 느끼는 증상이지. 아랫배가 뻐근하게 당기는 듯한?"

"왕손께서 무탈하게 자라고 계신다는 뜻이니 크게 심려하실 일은 아니옵니다. 시간이 지날수록 그러한 통증의 빈도가 더 잦아질 것입니다. 통증을 견디기 힘드실 때는 반드시 말씀 주시옵소서."

벌써 몇 번째 듣는 말이었지만, 유진은 잠자코 고개를 끄덕였다.

"조용히 쉬고 싶으니 다들 물러가라."

유진은 의관이 나갈 때 다른 사람들도 내보냈다. 다 자신을 걱정해서 그런다는 건 알지만, 주변의 수선스러움이 버겁게 느껴질 때가 종종 있었다. 그래서 괜한 짜증을 부릴 것 같으면 혼자 있는 편을 택했다. 신경에 거슬리는 정도가 스스로 생각해도 과민해서 아무래도 임신의 영향을 받은 것 같았다.

늘 상주하는 시녀 둘을 제외하고 모두가 나갔다. 그 두 명의 존재는 개의치 않았다. 그들은 유진이 따로 부르지 않는 이상은 있는 듯 없는 듯 자리만 지켰다. 그녀가 소파에서 몸을 일으켜 앉는데도 시녀들은 유진을 부축하러 오지 않았다. 유진은 그 점이 오히려 편했다.

유진이 발코니로 걸어가 창을 열었다. 적당히 기분 좋은 바람이 그녀의 얼굴을 간질였다. 처음 겪는 게 아닌데도 건기와 활동기를 기준으로 달라지는 날씨가 신기했다.

'내가 여기 와서 두 번째 맞이하는 활동기가 어느새 끝나가는구나.'

활동기가 시작된 지 어느덧 두 달. 며칠 내로 건기가 돌아올 것이다.

온종일 안절부절못했던 지난 활동기 때의 자신을 떠올리자 웃음이 나왔다. 그때는 신호탄이 터지는 소리만 들려도 심장이 내려앉고 푸른 신호탄이 터질 때까지 모든 신경이 그쪽에 쏠려 있었다.

이제는 신호탄 색만 확인한 후 다른 일에 집중할 여유가 생겼다. 일에 집중하느라 잊고 있다가 푸른 신호탄이 터지는 소리를 들은 후 '아, 맞다. 신호탄이 터졌었지.'라고 깨닫기도 했다.

이번 활동기는 잠시의 휴지기 같았다. 적게는 하루 한 번, 때로는 하루 서너 번까지 신호탄이 터지는데도 평화로웠다. 곧 폭풍우가 다가온다는 것을 알지만, 이 고요함을 즐기고 싶다.

일단 활동기를 무사히 보내는 것만 생각하면 되니까 머릿속이 복잡하지 않았다. 날씨마저도 마음에 들어서 날짜가 지나가는 게 아쉬웠다.

'노란 신호탄이었는데……. 오늘은 오래 걸리네.'

유진은 어딘가에서 라크를 사냥하고 있을 카세르를 떠올리며 손으로 배를 어루만졌다.

임신 사 개월째에 들어서면서 이제는 눈으로도 알 수 있을 만큼 배가 나왔다. 삼 개월까지만 해도 전혀 티가 나지 않아 정말 배 속에 아이가 있는 건지 긴가민가했다. 그런 의심을 비웃듯 그 후로 한 달 만에 아이가 존재감을 드러냈다.

유진은 배를 만지다가 혼자 웃었다. 배 속 아이를 생각하면 항상 떠오르는 장면이 있었다.

작은 뱀이 입을 한계까지 벌리고 그녀의 발목을 깨물며 대롱대롱 매달려 있던 모습이 도통 잊히지 않았다. 환상에서 만난 은사님 표정은 이제 기억이 나지 않는데 그 장면만은 실제로 본 것처럼 생생했다.

'엄마를 도와주러 온 거야, 그렇지?'

안타깝게도 작은 뱀은 실질적인 도움이 되지 못했다. 뒤이어 나타난 카세르의 프라즈가 아니었으면 아마 유진은 환상에서 깨어나지 못했을 것이다.

그런데 도움이 되었는지 아닌지는 중요하지 않았다. 자신을 구하기 위해 달려온 부자를 생각하면 든든했다. 세상에서 가장 강력한 방패가 자신을 에워싼 것 같았다.

마라의 수작으로 공간 이동 주술에 휘말릴 뻔했지만, 그날 환상 속에서 두 마리 푸른 뱀과 만난 장면은 행복한 기억으로 남았다.

'그런데 아가. 그날 이후 네 아빠가 좀 예민해졌어. 음……. 솔직히 말해서 조금이 아니라 많이.'

그의 과보호가 도를 넘었다. 활동기가 아니었으면 아마 온종일 유진의 곁에 붙어서 잠시도 눈을 떼지 않았을 것 같다. 대신 그 눈의 역할을 다른 사람들에게 매우 구체적으로 위임했다. 유진이 사례로 기침 한 번이라도 하면 그 즉시 의관들이 달려왔다.

하도 번거롭게 굴길래 의관을 부르지 말라고 한 적이 있었는데 그날 궁인들이 왕께 불려 가 눈물이 쏙 빠지도록 혼났다는 말을 들었다. 그 후로는 주변에서 하자는 대로 따라 주었다.

펑!

유진은 하늘에 번지는 푸른 연기를 보며 미소 지었다. 그는 돌아오는 대로 유진이 의관을 만났다는 보고를 받을 것이다.

그녀는 소파로 자리를 옮겨 카세르를 기다렸다.

유진이 대충 올 때가 되었다고 예상할 때쯤에 시종이 바깥에서 고했다.

"왕비님. 전하께서 납시었습니다."

"모셔라."

문이 열리고 카세르가 들어왔다. 다시 문이 닫히기 전에 대기하고 있던 두 시녀가 재빠르게 나갔다. 카세르는 곧바로 소파에 앉아 있는 유진의 곁으로 왔다.

유진은 그를 향해 두 팔을 뻗었다. 카세르는 유진이 괜찮은지 눈으로 살피더니 그녀를 마주 안았다. 유진은 손가락에 닿는 그의 머리카락이 촉촉하게 젖어 있어서 픽 웃었다. 그는 라크 사냥을 하고 난 후에는 유진을 보러 오기 전에 반드시 목욕했다. 하루에 세 번 목욕한 날도 있었다.

"괜찮아?"

"의관한테 듣고 왔을 거면서 뭘 물어요. 임신하면 대부분이 겪는 증상이에요. 처음 나타난 증상도 아닌데요."

카세르가 유진의 배로 시선을 내렸다. 배가 나오면서부터 유진은 허리 부분을 넉넉하게 재단한 옷을 입기 시작했다. 품이 넉넉한 옷 덕분에 아직은 서 있을 때 보면 부른 배가 두드러지지 않았다. 그런데 앉아 있을 때는 확연히 티가 났다.

그는 조심스럽게 손바닥으로 그녀의 배를 감쌌다. 유진은 이럴 때마다 그의 표정을 보면 재미있었다. 겁을 먹은 것 같기도 하고 신기해하는 것 같기도 했다. 매번 만질 때마다 어쩔 줄 몰라 했다.

"이 녀석이 너무 당신을 애먹여."

"이 정도면 애먹이는 편 아니래요. 의관도 그렇고 마리안도 그렇고 아이가 순하다고 한걸요."

카세르가 인상을 찌푸렸다.

"식사는 제대로 못 하고 수시로 배 아프고 허리 아프고. 이보다 심하면 어떻게 견딘다는 거야?"

"그러게요. 우리 아들이 날 너무 고생시키네요."

유진은 카세르의 표정을 보면서 입술을 꾹 물어 웃음을 참았다. 그는 '우리 아들'이라는 말을 들을 때마다 은근히 좋아하는 티를 냈다. 유진이 임신 증상으로 힘들어하면 속상해하면서도 배 속 아이를 생각하면 저절로 올라가는 입꼬리를 감추지 못하는 그의 심리가 빤히 보였다.

유진은 그의 새로운 모습이 신기했다. 감정 표현이 풍부한 사람이 아니라서 이 정도로 임신 사실을 기뻐하며 내색할 줄은 몰랐다. 유진이 가짜인 척하던 초반을 제외하면 아이 이야기도 꺼낸 적이 없던 사람이었다.

"카세르."

"응?"

"아버지가 되는 게 그렇게 좋아요?"

"좋지 않으면?"

"음……. 난 당신이 의무감 때문에 후계자를 바라는 줄 알았거든요. 아, 그렇다고 해서 당신이 아버지가 될 자격이 부족하다거나, 그런 식으로 생각하지는 않았어요."

가벼운 질문이었는데 뜻밖에 카세르는 진지한 표정으로 생각에 잠겼다. 그는 아직 그녀의 배 위에 얹은 손을 부드럽게 움직여 어루만지면서 말했다.

"내 아이의 어머니가 당신이라서 좋아. 이 아이는 어머니의 사랑을 듬뿍 받으며 자라겠지. 훗날 어린 시절을 떠올리면 행복한 추억이 가득할 거야."

카세르의 말투나 표정에서 자신과 퍽 다른 어린 시절을 보낼 아들을 자신과 비교하며 부러워하는 기색은 느껴지지 않았다. 행복하게 자랄 아들을 생각하며 기쁨과 안도를 드러내는 그 모습이 유진의 마음에 저릿하게 와닿았다.

'아아. 난 이 사람이 정말 좋아.'

결핍을 겪었으나 결핍을 모르는 사람이다. 유진은 배 속 아이에게 마구마구 자랑하고 싶었다.

'이분이 네 아버지란다, 너는 네 아버지를 세상에서 가장 존경하고 사랑하게 될 거야.'

유진이 두 손으로 카세르의 얼굴을 잡고 쪽, 소리가 나도록 재빠르게 짧은 키스를 했다. 잠시 당황하는 그를 보며 유진은 웃음을 터뜨리고 또다시 키스했다. 두 번째 입맞춤을 끝내자마자 반격이 돌아왔다. 그녀의 입맞춤보다 훨씬 깊게 뒤얽히는 농밀한 키스였다.

그의 입술이 그녀의 입술을 완전히 감싸 덮으며 빨아들이고 빈틈없이 밀착되도록 고개를 기울였다. 유진의 뒷덜미를 붙들어 당기는 힘은 부드러우면서도 견고했다. 그녀의 입술을 가르고 침입하는 혀가 그녀의 입 안을 헤집으며 혀를 감아올렸다.

그의 어깨에 얹은 유진의 손가락 끝이 흠칫했다. 그녀는 종종 그가 온도 조절이 능한 사람이라는 생각을 하곤 했다. 그저 편하게 대화를 나누다가도 순식간에 뜨거운 사람이 되었다.

유진은 그와 함께 있으면 편안해서 좋았다. 남녀 사이에 긴장이 사라지는 편안함이 장점만은 아닐 것이다. 그런데 신기하게도 방금까지는 편안했던 남자한테 심장이 뛰는 설렘을 느꼈다.

임신 사실을 안 날로부터 계속, 쥐면 깨질세라 불면 날아갈세라 조심스러워하다가도 진득한 욕망을 드러낼 때가 있었다. 할 수 있는 게 키스뿐이라서 그런지 뜨겁고 탐욕스러웠다.

어느새 유진은 소파에 반쯤 누운 자세가 되었다. 그의 목에 팔을 감고 있으나 매달릴 정도로 힘이 들어가지는 않았다. 그녀의 무게는 온전히 그가 지탱했다. 카세르는 그녀를 내리누르지 않도록 간격을 유지하면서 그녀의 입술을 탐했다.

임신 이후의 미묘하게 달라진 변화를 그는 느꼈다. 그녀 몸은 체온이 높아져 더 따끈따끈했고, 체향은 전보다 짙어졌다. 정확히 표현하기 어려운 달큼한 향이 때때로 그를 미치도록 몰아갔다.

그녀의 입술과 혀를 빨고 타액을 삼키는데도 부족했다. 그는 갈급하게 그녀의 입 안을 휘저으며 정신없이 물고 핥았다. 입술을 뗄 때마다 들리는 그녀의 가쁜 호흡 소리가 그의 오감을 자극했다.

유진의 그의 입술이 귓불을 문지르며 목덜미를 핥아 올리자 몸을 움츠렸다. 키스는 점점 애무로 변하고 있었다. 그가 목덜미에 입술을 붙이고 빨아들이자 약간의 따끔한 감각과 함께 짜릿한 쾌감이 팔꿈치를 타고 올라왔다. 그녀는 다급히 그를 제지했다.

"카세르. 그만요."

곧바로 입술을 뗐으나 마주친 그의 눈동자에 가라앉히지 못한 정염이 가득했다. 유진은 얼굴이 화끈거려서 슬쩍 눈을 피했다. 임신 초반에는 무성욕자가 된 것 같더니만 요즘에는 그와 키스하다 보면 몸이 달아올라서 괜히 민망했다.

"자극이 강하면…… 아기한테……."

"그렇지. 미안."

카세르는 자신이 한심해서 한숨이 나왔다. 그러면서도 여전히 들끓는 피가 진정이 안 되었다. 이제 겨우 넉 달밖에 안 되었다는 사실을 상기하면 그저 암담했다.

* * *

피데스는 한동안 기도실에서 두문불출했다. 실제로 기도실 안에서 그는 기도를 올리는 게 아니라 아무 생각하지 않고 멍하니 앉아 있었다. 삶을 지탱하던 기둥이 무너진 후 혼자 힘으로 다시 일어나는 것이 마음먹은 대로 쉽게 되지 않았다.

하릴없이 시간을 보내다가 정신을 차려 보니 어느새 돌아온 활동기가 거의 다 끝날 무렵이었다.

그는 기도실을 나와 중앙 정원으로 나갔다. 그림자가 가장 짧은 한낮의 햇빛이 강렬했다. 이 시각에 밖으로 오랜만에 나와서 그런지 주변 풍경이 낯설었다. 예전과 다른 시선으로 성도궁을 바라보게 되어서 그럴지도 모른다는 생각이 들었다.

중정의 군데군데 관목으로 벽과 지붕을 만들고 의자를 놓아두었다. 피데스는 그중 가장 햇빛이 덜 드는 곳으로 가서 앉았다.

"요즘 피데스가 안 보이더군."

멍하게 앉아 있던 피데스는 들려오는 목소리에 흠칫했다. 바로 뒤에서 들리는 소리였다. 관목의 벽을 사이에 두고 앞뒤로 의자를 놓은 형태였다. 그래서 뒤쪽에 누군가 앉아 대화를 나누고 있었다.

"기도실에 틀어박혀 있다던데?"

"내 말은, 못 본 지가 오래되었다고. 달포는 넘은 것 같단 말이지."

"그러니까. 기도실에서 안 나온 지 한 달은 넘었을걸."

"왜?"

"난들 아나."

"요즘은 성하께서 찾지 않으시나 보지?"

"큰 잘못으로 성하의 노여움을 샀다는 말도 들리더군."

"대체 무슨 잘못이길래 성하의 귀염둥이가 그분 눈 밖에 났을까."

피데스는 쓴웃음을 지었다. 자신이 기도실에 살다시피 하는 이유를 추리하며 낄낄대는 목소리에 즐거워하는 기색이 담겼다. 대놓고 자신의 이름을 부르는 걸 보니 사제는 아니고 기사들이 분명했다.

목소리만 듣고서는 누군지 알 수 없었다. 대부분 기사는 몰려다니며 방탕한 유흥을 즐겼다. 피데스는 향락에 젖어 사는 기사의 생활을 옳지 않다고 생각해서 그들과 어울리지 않았다. 다른 기사들이 자신을 아니 꼬워한다는 것을 알고 있었지만, 직접 뒷말을 들은 건 처음이었다.

목소리로 구별하면 세 명이었다. 세 명의 잡담은 길게 이어졌다. 피데스를 화제 삼아 신나게 물어뜯더니 이내 질펀한 밤 놀음에 대한 대화가 이어졌다.

기척을 내기에는 너무 늦은 것 같아서 피데스는 잠자코 들었다. 중간 중간 눈살을 찌푸리는 내용이 많았다.

'내가 있다는 걸 몰라도 그렇지 어떻게 저런 이야기를 이런 대낮에⋯⋯.'

혀를 차며 중얼거리다가 피데스는 놀라서 고개를 뒤로 돌렸다.

'내가 있는 걸 몰라?'

생각해 보니까 자신도 저 기사들 목소리를 듣기 전까지 존재를 알아차리지 못했다. 원래 기사들은 서로의 기척을 감지한다. 미간을 찡그리며 곰곰이 생각하던 그는 탄식했다.

'성물.'

모든 기사는 정기적으로 상제한테 성물을 받아 섭취했다. 성물을 삼키면 초반에는 오감이 발달했다가 한 달쯤 지나면 힘이 약해진다. 생각해보니까 성물을 섭취하지 않은 지 두 달이 훌쩍 넘었다.

'일정 기간 섭취하지 않으면 아예 느끼지 못하게 되는 건가.'

머릿속에 '기회다.'라는 생각이 스쳐 지나갔다.

피데스는 다른 기사들과 다르게 성도궁에서 살다시피 했다. 아마 그보다 성도궁 지리를 구석구석 잘 아는 사람은 기사는 물론이고, 사제 중에서도 없을 것이다. 게다가 그는 우월감에 젖어 있는 다른 기사들처럼 사제를 아랫사람 부리듯 하지 않고 깍듯이 예를 갖추었다. 그리고 종종 사제들이 도움을 요청할 때마다 흔쾌히 나섰다. 그래서 성도궁 곳곳에 가지 않은 곳이 없었다. 덕분에 그가 엉뚱한 장소를 배회해도 사제들은 그를 의심하지 않을 것이다.

'우선은 확인을 해 봐야겠군.'

자신이 조사하러 다닌다는 사실을 상제가 알아차리면 실패다. 성물의 힘이 사라지면 상제가 기사들을 감지하는 능력도 사라지는지는 알 수 없었다. 그는 며칠 동안 성도궁 곳곳을 다니면 상제가 어떻게 반응할지 알아보자고 계획을 세웠다.

길을 찾지 못하고 방황하던 그가 드디어 첫발을 내디딜 결심이 섰다.

*   *   *

문을 두드리는 소리가 들렸다. 다나는 집사가 차를 갖고 들어오나 보다, 생각하며 읽던 서류에서 시선을 떼지 않았다.

"가주님."

"놓고 가게."

"서신이 들어왔습니다."

"이 시간에 무슨……."

고개를 들어 집사를 쳐다보았더니 집사의 표정에 은근한 기대감이 담겼다. 언뜻 감이 왔다. 다나는 벌떡 자리에서 일어났다.

"왕국에서?"

"예, 가주님."

"어서, 어서 주게."

집사는 평생을 가주님을 모시는 동안 가주께서 이 정도로 감정을 드러내는 모습을 본 적이 없었다. 동심을 간직한 소녀처럼 순수하게 기뻐하는 모습이 보기 좋았다. 그래서 매번 편지를 드리러 가기 전에 가주께서 기뻐하실 모습을 기대하면 덩달아 흥이 났다.

다나는 집사가 건네는 서신을 받으며 반색했다.

"두 통이 동시에?"

하시 왕국에서 보내는 서신은 일반 우편물 중에서도 가장 보안 등급이 낮은 형태로 들어왔다. 운송 기간이 짧은 장점 말고는 없었다. 그래서 오히려 상제의 허를 찌르는 방식이었다.

다나는 딸의 편지부터 펼쳤다. 집중하는 가주를 방해하지 않으려고 집사는 조용히 나갔다.

ㅡ엄마. 평안하시지요?

편지를 읽는 내내 다나의 얼굴에 웃음이 가득했다. 편지 내용은 별것 없었다. 자신은 편안히 잘 지내고 있다면서 부모 형제의 안부를 물었다. 중간에 누가 이 편지를 가로채도 중요한 정보는 없으므로 부담 없이 일반 우편으로 보낼 수 있었다.

다나는 오늘도 무난한 편지를 읽으며 조금은 아쉬웠다. 임신으로 인한 몸의 변화가 슬슬 나타날 시기인데 투정 부려도 좋으련만 부모가 걱정할까 봐 염려되었는지 항상 건강히 잘 지내고 있다는 말뿐이었다.

딸의 편지를 소중히 봉투 안으로 갈무리한 후 다나는 사위의 편지를 꺼냈다. 딸의 편지를 읽을 때는 기쁨이 가득하다면 사위의 편지를 읽기 전에는 설레었다. 오늘은 어떤 내용이 담겨 있을지 궁금했다.

서신을 펼치자 항상 볼 때마다 감탄하는 정갈한 글씨가 빽빽하게 편지지를 가득 채우고 있었다.

상당히 긴 내용의 편지는 마치 관찰 일지 같았다. 관찰 대상은 그의 아내, 유진이었다. 유진이 요즘은 입덧이 어떻고 식사는 뭘 하며 신체 변화는 어떻게 나타나는지, 다나가 딸의 편지를 통해서는 전혀 알 수 없는 내용이 상세히 적혀 있었다.

다나는 흐뭇한 표정으로 편지를 읽어 내려갔다. 그동안 여러 통의 편지를 받아 파악하건대 사왕인 사위는 재미있게 꾸며 쓰는 글솜씨는 없었다. 자신의 감정을 드러내는 단어 또한 쓴 적도 없었다. 하지만 그가 얼마나 자신의 아내를 생각하는지 편지 전체 내용에서 묻어나는 애정을 충분히 느낄 수 있었다.

'좋은 배우자를 만났어. 내 딸의 복이지.'

다나는 두 통의 편지를 번갈아 두 번씩 더 읽은 후에 책상 아래 서랍에서 나무함을 꺼내어 편지를 넣었다. 딸과 사위는 각각 편지를 보냈다. 두 사람 편지가 동시에 도착한 건 오늘이 처음이었다.

답장은 따로 쓰지 않았다. 아무리 일반 우편이라고 해도 서로 편지가 오고 가면 누군가 눈치챌 위험이 있었다.

'이제는 배가 부르기 시작했구나.'

편지를 쓴 날짜가 8일 전이므로 아마 지금쯤이면 진의 배가 더 나왔을 것이다.

'금방 몸이 무거워지겠지. 힘들어할 텐데.'

요즘 더 딸의 모습이 눈앞에 아른거렸다. 지난 건기가 끝날 무렵만 해도 활동기가 끝나자마자 하시 왕국으로 출발하려 했으나 이런저런 일들로 계획이 불확실해졌다.

이번 활동기에는 오랜만에 바쁘게 보냈다. 가문과 자신의 건재함을 보이느라 거의 매일 외출했다. 그녀가 만든 전설은 여전히 유효했다. 후계자인 아들보다 아직 그녀의 권위가 영향력이 있었다.

도움이 될 가문들과 결속을 다지면서 멋모르고 덤벼드는 자들에게 적당한 본보기를 보여 주었더니 요즘은 조용했다. 상제가 전면전을 하려 작정했다면 꽤 피곤했겠지만, 지금 상제는 왠지 다른 데 정신이 팔린 것 같았다.

'역시 내가 왕국으로 가야겠어.'

이번 건기에 왕국에 가지 못하면 출산 이후나 되어야 진을 볼 기회가 생길 것이다. 다나는 딸이 출산할 때 꼭 곁을 지키고 싶었다.

솔직히 알게 모르게 느끼는 딸과의 거리감이 서운했다. 어쩔 수 없다는 사실은 알고 있다. 세월의 공백이 너무 컸다. 가족 간의 애정은 핏줄만으로 생기는 게 아니니까. 모녀 사이에는 함께 만든 추억이 전혀 없었다. 그러니 이번에 그런 추억을 만들고 싶었다.

확고한 결심이 서자마자 다나는 에녹을 불렀다.

"건기가 시작되는 대로 난 출발해야겠구나."

"상제한테 알리고 가실 겁니까?"

"몰래 갔다가 또 무슨 소리를 들으려고. 아예 여기저기 소문도 낼 생각이야. 내 딸의 출산을 도우러 간다는데 누가 뭐라 하겠니."

에녹은 걱정스러운 감정을 내비쳤으나 두말은 하지 않았다. 어머니가 의논하기 위해서 말을 꺼낸 것이 아니라 결정을 통보하는 거라면 자신이 무슨 말을 해도 마음을 바꾸기 어려울 것이다.

"지난번에 말씀드린 실종 사건 말입니다."

"아, 그래. 뭔가를 알아냈니?"

아르스 가문에서는 주기적으로 빈민가 마을에 생필품을 보냈다. 그런데 최근에 빈민가에서 사람이 실종되는 일이 부쩍 늘어났다. 원래 그쪽에서는 빈번한 사건이라지만, 한 번에 열 명이 넘는 사람이 여러 번 실종되는 건 심상치 않았다.

우범 지대와 겹치는 곳이라 성도의 치안병들은 그곳에서 벌어지는 범죄에 관심이 없었다. 그래서 다나가 은밀하게 따로 알아보라고 지시했다.

"그곳 외에도 다른 마을 여러 곳에서도 비슷한 사건이 일어났습니다. 제가 확인한 바로만 실종자가 이백 명에 가깝습니다."

"뭐?"

"그리고 실종된 시각, 근처에서 기사를 봤다는 자를 만났습니다."

"기사?"

"그런데 목격자 설명으로 짐작하건대 심판관 같았습니다."

다나가 눈살을 찌푸리며 생각에 잠겼다.

'심판관⋯⋯.'

심판관이라는 거창한 이름을 붙인 기사들이 상제의 더러운 일을 맡아하는 청소부라는 사실은 공공연한 비밀이었다.

'목격자가 잘못 본 게 아니라면 상제가 납치하는 건가? 그 많은 사람을 데려가서 무슨 짓을 하려고?'

"그리고 이십 일 전쯤에 성도에서 나간 기사들 말입니다."

다나는 최근 성도궁의 움직임에 촉각을 곤두세우고 있었다. 그런데 얼마 전, 다나가 심어 놓은 눈이 성도에서 빠져나가는 기사들 무리를 봤다고 보고했다. 활동기에 기사가 여럿이 무리 지어 성도 밖으로 나가는 일은 거의 없었다.

"아니카가 동행했다고 합니다."

"아니카 누구?"

"그것까지는 알아내지 못했습니다."

'누굴까?'

기사와 동행했다면 분명히 사제가 된 아니카일 것이다. 그들의 행적은 추적하기가 불가능했다. 성도궁으로 들어가는 아니카들은 시간이 흐르면 하나같이 외부 사람들과 연락을 끊었다. 심지어 가족조차도 생사를 알지 못했다.

게다가 사제의 죽음은 공표하지 않는 전통이 있었다. 사람인 이상 당연히 주어진 수명이 있다. 그러나 성도의 거주민들은 누구도 사제의 부고를 들어 본 적이 없었다. 그래서 일부 광적인 신도 중에는 사제가 되면 신의 곁에서 영생을 누린다고 믿는 자도 있었다.

'신경이 쓰이는군.'

왕과 결혼하는 아니카가 아니고서는 성도 밖으로 나가는 경우를 보지 못했다. 하지만 아무리 생각해 봐도 아니카 한 명으로 도모할 만한 일이 없었다.

'요즘 상제의 행보가 좀 이상한 것 같기도 하고.'

뭐 하나라도 캐낼 심산으로 눈에 불을 켜고 상제의 근황을 파고든 덕분이긴 하지만, 생각보다는 수월하게 건지고 있다는 기분이었다.

'그 빈민가 실종 사건도 그래. 그렇게 한꺼번에 사람들이 실종되면 아무리 빈민들이라고 해도 눈에 띄기 마련이지. 예전이라면 상제가 훨씬 더 신중하게 일을 꾸몄을 텐데.'

상제가 어쩐지 조급해한다는 느낌은 저번부터 계속 감지하고 있었다. 한참 고심하던 그녀는 다시 결심을 굳혔다.

'그래도 난 왕국으로 가야겠어. 진이 그 먼 곳에서 혼자 아이를 낳도록 둘 수는 없지. 암, 안 되고말고.'

혼자 쓸쓸히 산통을 겪을 딸을 생각만 해도 가슴이 미어졌다.

"에녹."

"예, 어머니."

"내가 없는 동안은 네가 우리 가문을 지켜야 한다. 네 나이도 능력도 가문을 이끌어 가기에 부족함이 없구나. 주변 의견에 충분히 귀를 기울이되 마지막 판단은 너의 몫이며 책임도 너의 것이다."

에녹이 한층 무거워진 표정으로 대답했다.

"명심하겠습니다. 어머니."

"네 아버지께 지혜를 얻을 기회는 마다하지 말렴. 자식을 돕는 건 부모의 역할이지. 그렇다고 네 홀로서기에 방해가 되지는 않는단다."

"예, 어머니."

에녹이 한결 편안해진 미소를 지으며 고개를 끄덕였다.

"한데 어머니. 저를 더 믿고 맡겨 주셔도 됩니다. 그러니 기왕이면 아버지도 함께 가시지요. 모처럼 두 분이 오붓하게 장거리 여행도 하시고요."

에녹은 아버지한테 부탁받은 말을 슬쩍 꺼냈다. 어머니의 장기 외유 때문에 아버지는 부쩍 우울해하는 눈치였다. 어머니한테 '이번에는 혼자 다녀올 테니 다음에 함께 가자.'라고 거절의 답을 듣고 다시 말을 꺼내지 못해 눈치만 살피는 아버지가 안쓰러웠다.

"안 될 말이야. 이런 어수선한 분위기에 우리가 둘 다 자리를 비웠다가는 나중에 후회할 일이 생기면 어쩌려고."

곧장 딱 자르는 대답이 돌아왔다. 에녹은 쓴웃음을 지으며 속으로 '아버지. 전 최선을 다했어요.'라고 용서를 구했다.

"그리고 에녹. 혹시 말이다."

다나는 잠시 말을 멈추고 진이 성도를 떠나기 전에 했던 말을 떠올렸다.

「엄마. 혹시 이러지도 저러지도 못할, 몹시 곤란한 상황이 되었을 때요. 무엔 가문에 연락하세요. 어머니의 외가예요. 분명히 도와주실 거예요.」

외가.

그 단어에 이상하게 마음이 뭉클했다. 다나는 어머니가 돌아가셨을 때조차 연락이 없었던 무엔 가문을 원망했다. 그런데 진한테 대강 전해 듣고 나서 어쩔 수 없었다는 사정을 알게 되었다.

"에녹. 이제부터 내가 하는 말을 잘 들어라. 내 어머니이자 네 할머니 에 관한 이야기란다."

다나는 오랫동안 감추었던 비밀을 이제 아들에게 전하기로 마음먹었 다.

*　　*　　*

건기가 시작되는 첫날, 왕은 제를 올리러 사막의 성소에 다녀와야 한 다. 이번 제례는 사왕이 전사들만 데리고 빠르게 다녀오는 것으로 계획 을 잡았다.

유진은 성문까지 배웅 나가서 그가 사막 너머로 떠나는 모습을 보고 싶었지만, 카세르의 강경한 반대 의견에 부딪혔다. 결국, 왕성 안에서 그 를 배웅하게 되었다.

왕성 뜰을 중심으로 한쪽에는 왕을 배웅하고자 궁인들과 관리들이 줄 지어 서고 그 반대쪽에는 출발 준비를 마친 전사들이 각각 말의 고삐를 쥐고 서 있었다.

서로의 등 뒤로 잔뜩 사람들을 세워 두고 국왕 부부는 인사를 나누었 다.

"최대한 서둘러서 다녀올게."

"무리하지는 마요. 사고 없이, 다치지 말고. 조심히 다녀와요."

"당신도 조심히 잘 지내."

"제가 조심할 일이 뭐가 있겠어요."

"당신은 은근히 담대한 구석이 있어. 내가 돌아올 때까지 왕성 안에서 꼼짝도 하지 마. 함부로 낯선 사람을 만나지도 말고 주변에 항상 궁인이나 호위를 두고. 이건 내 부탁이야."

유진은 자신을 사고뭉치 아이 취급하는 그에게 눈을 흘겼다. 먼 길을 가는 사람 마음 불편하게 하지 않으려고 그녀는 순순히 고개를 끄덕였다. 그리고 그를 말 없이 잠시 바라보다가 속삭이듯 말했다.

"빨리 와요."

카세르가 부드럽게 미소 지으며 그녀 쪽으로 상체를 숙였다. 그가 고개를 기울이는 각도가 볼에 입을 맞추려는 것 같았다. 그런데 입술이 닿는 바람에 미처 마음의 준비를 하지 못한 유진의 눈이 휘둥그레졌다.

입술만 머금는 입맞춤이었으나 그녀의 입술을 감싼 그의 입술이 꽤 오래 머물렀다. 입술을 뗀 그가 짧게 한 번 더 키스했다.

마치 아무 일이 없었던 것처럼 그는 태연히 돌아서서 흑마 위에 올라탔다.

"가자."

왕이 출발하여 앞서 달려가는 뒤쪽으로 빠르게 말에 오른 전사들이 따라붙었다. 왕성의 뜰 반이 순식간에 텅 비었다.

'왕은 무치라는 말이 저런 뜻일까?'

유진은 때때로 주변을 의식하지 않는 그의 태도가 여전히 익숙해지지 않았다. 뻔뻔하다는 의미가 아니라 주변 사람을 돌이나 나무처럼 취급한다는 느낌이랄까.

그래도 이제는 유진 역시 제법 표정 관리를 할 수 있게 되었다. 당황한 내색 없이 잠시 그가 떠난 자리를 바라보고 서 있다가 돌아섰다.

카세르가 떠난 날은 온종일 싱숭생숭했다. 활동기 기간 내내 라크 사냥에 바쁜 그를 볼 기회가 하루 중 얼마 되지는 않았어도 언제든 달려올 수 있는 지척에 그가 있다는 안정감은 있었다. 그런데 그가 없으니까 수많은 사람이 주변에 있는데도 왕성이 텅 빈 것 같았다.

이튿날, 늦은 오후에 총관이 응접실로 와서 고했다.

"왕비님. 왕비님을 뵙기를 청하는 자가 찾아왔습니다."

알현은 신청하는 절차가 있다. 유진은 공정성을 위해 순서를 지켜서 알현했다. 그걸 누구보다 잘 아는 총관이 직접 찾아와 청탁할 줄이야. 유진은 별일이구나 싶었다.

"특별한 사정이 있는 자인가?"

"그것이 아니오라 무작정 왕성 앞 근위병을 붙들고 왕비님을 뵙고자 한다는 자가 있었습니다. 그런 자들은 대개 알아서 처리하기 마련인데 근위병이 대처 방법을 찾지 못하여 제게 알렸습니다. 찾아온 손님이 아니카 님이었습니다."

"뭐?"

소파에 편히 등을 기대고 있었던 유진이 놀라서 자세를 세우고 앉았다.

"아니카가 확실한가?"

"예, 제가 직접 확인했습니다."

"누구인데?"

"안으로 모시려 했습니다만, 어떤 질문에도 답이 없었고 왕비님께 전해 달라는 서신만 맡겼습니다."

유진은 총관이 주는 서신을 펼쳤다.

　—진. 이런 식으로 네게 연락하게 될 줄은 몰랐어.

첫 문장을 읽고 나서 유진은 내용을 빠르게 훑어 내려가다가 편지 끝부분에 쓰인 이름을 발견했다.

—플로라.

'플로라? 플로라가 여기를 왔다고?'
유진은 편지 내용을 다시 처음부터 읽었다.

—난 지금 누구를 믿어야 하는지 모르겠어. 내가 오직 믿고 의지했던 그분의 무서운 비밀을 알게 되었어. 무작정 성도를 뛰쳐나왔는데 어디로 가야 할지 모르겠더라. 그냥 성도에서 멀리 가야 한다고 생각해서 움직였더니 산맥이 보였어.
진. 난 네가 무척 부러웠고 그래서 미웠어. 그래서 절대 너한테는 아쉬운 소리는 하고 싶지 않았어. 그런데 너밖에 생각이 안 나더라.
날 만나러 와 줘. 네게 꼭 해야 할 말이 있어. 아르스 가문과도 관련이 있어.

유진은 혹시 편지 내용에 숨겨진 암호 같은 것이 있을까 봐 몇 번을 반복해서 읽었다. 그리고 아직 대기하고 있는 총관에게 물었다.
"이 편지를 준 아니카를 만나 보았다고 했지?"
"예, 왕비님. 제가 편지를 받았습니다."
"생김새가 어땠는지 말해 보게."
총관이 설명하는 아니카의 인상착의는 틀림없이 플로라였다.
"행색은?"
"고된 여행을 했는지 차림새가 남루했습니다. 표정이 어두웠고 지쳐 보였습니다."

유진은 소파에서 일어나 소파 주변을 거닐면서 생각을 정리했다. 유진이 들은 플로라에 관한 마지막 소식은 사제가 되었다는 내용이었다.

'어떻게 플로라가 상제의 눈을 피해서 성도를 빠져나왔을까.'

유진은 멈추어 서서 편지로 시선을 내렸다. 마지막 구절을 보며 그녀의 눈빛이 흔들렸다.

—너무 무서워. 도와줘, 진.

플로라에 대한 유진의 감정은 복잡 미묘했다. 플로라와 삐뚤어진 우정을 나눈 사람은 자신이 아니다. 가짜의 기억을 몇 장면 보았을 뿐이지, 플로라가 어떤 사람인지는 잘 알지 못했다. 유진이 아는 플로라는 그녀가 읽은 미래에 등장하는 영웅이었다.

플로라를 싫어하지 않는다. 플로라가 도움을 청한다면 기꺼이 도와주고 싶다.

'플로라가 뭘 알아냈는지 모르겠지만, 절망하는 심정이 이해가 가. 상제에 대한 믿음이 무너졌다면 하늘이 무너진 것 같겠지.'

"자네는 황금열쇠라는 숙박업소를 아는가?"

유진은 플로라가 자신을 만나러 오라고 명시한 장소를 총관에게 물었다.

"예, 왕비님. 수도에 있는 곳 중에서 손꼽히는 규모입니다."

"눈에 띄는 곳인가?"

"예. 광장 근처에 있어서 접근성이 좋습니다. 오 층 건물이라서 찾기 쉽습니다."

으슥한 장소는 아니라는 점이 안심되었다. 그렇게 눈에 띄는 장소이고 규모 있는 숙박업소라면 여러 사람을 동행해도 눈에 띄지 않을 것이다. 편지에는 혼자 와 달라는 말도 없었다.

'아르스 가문과 관련한 이야기도 신경 쓰여.'

성도를 떠난 후 성도에 남아 있는 가족이 내내 걱정되었다. 카세르에게 말했더니 그는 성도에서 아르스 가문이 차지하는 위상을 상세히 설명해 주었다. 대충 알고는 있었으나 생각보다 더 대단해서 유진은 그 후 불안이 한결 줄었다.

"총관."

"예, 왕비님."

"지금……."

유진은 말을 멈추고 다시 생각에 잠겼다. 그녀는 손으로 자신의 배를 쓰다듬었다.

이 아이만 아니었어도 그녀는 망설이지 않았을 것이다. 하지만 그녀는 돌다리도 두들겨 보자는 심정으로 결단을 내리지 못했다. 아이가 다칠지 모른다는 위험을 감수하느니 차라리 비겁자가 되겠다.

「내가 돌아올 때까지 왕성 안에서 꼼짝도 하지 마.」

카세르가 당부한 말도 있다.

'그래. 약속했으니까 지켜야지.'

"내가 편지를 써서 줄 테니까 그 아니카에게 전해 주게. 얼굴을 본 자네가 직접 가는 편이 좋겠어."

"예, 왕비님."

유진은 플로라를 꼭 만나서 무슨 사정이 있는지 듣고 싶었다. 다만, 그 만남의 시기를 좀 뒤로 미루고 싶을 뿐이지 플로라를 박대하려는 건 아니었다.

그런데 총관이 플로라를 불청객으로 생각할까 봐 염려되었다. 총관은 신중한 사람이니까 어련히 잘하겠지만, 플로라에게 편지를 주며 알게 모르게 경시하는 태도를 드러낼 수 있다. 항상 최고의 예우만 받았던 플로라는 예민하게 알아차릴 것이다.

그래서 총관이 이번 일을 신경 써서 처리하도록 설명을 덧붙였다.

"내가 잘 아는 사람이라네. 급한 사정으로 사전 연락을 미처 못하고 갑자기 찾아와서 날 바로 만나러 안으로 들어오기가 부담되었던 모양이야. 지금 전하께서 안 계시니 내가 왕성을 비울 수 없는 일이지. 자네가 가서 성심껏 편의를 보살펴 주게. 숙소를 옮기고 싶다거나 필요한 것이 있다고 하면 도와주고."

"예, 왕비님."

총관이 나간 후 유진은 마음이 불편했다. 성도에서 이 왕국까지 얼마나 먼 거리인가. 성도를 벗어난 적 없었던 플로라에게 무척 고난의 여행길이었을 것이다.

유진은 지금 플로라의 처지를 이 세계에 막 떨어졌을 때 자신에게 대입했다. 온종일 가슴 속에 바위를 매단 것 같은 막막함과 불안감이란 정말 고통스럽다. 이 세상에서 혼자가 된 것 같은 외로움이 뭔지 아니까 플로라와 서로 공감할 수 있는 대화가 가능할 것이다.

가짜와 플로라, 두 사람 사이가 너무 벌어져서 회복이 어려울 거라고 생각했다. 그런데 어쩌면 묵은 앙금을 다 털어 버릴 기회일지도 모른다.

'내가 너무 예민한 건가? 내가 플로라 입장이었으면 서운할 거야.'

유진은 총관이 플로라를 만나고 돌아오기만을 기다렸다. 그런데 그전에 스벤이 뜻밖의 손님이 찾아왔다는 소식을 전했다.

"아드리트가 왔습니다. 왕비님."

유진은 얼떨떨한 표정으로 되물었다.

"아드리트가? 혼자서요?"

"예, 혼자였습니다."

유진은 자신의 실수를 뒤늦게 깨달았다. 마라도 함께 왔느냐는 의미였지만, 스벤이 알아들을 리가 없었다.

그동안 스벤은 보고 들은 것이 꽤 많은데도 내막은 알지 못했다. 암실의 이동 주술 사건 이후 카세르는 지금 당장 설명할 수 없다는 이해를 구하고자 스벤을 따로 불렀다. 그러나 스벤은 오히려 흔들림 없는 태도로 말했다.

「전하. 소인은 명을 받잡아 따를 뿐입니다. 소인이 쓰임새가 있다면 영광이오니 개의치 마시옵소서.」

카세르한테 그 말을 전해 듣고 유진은 감동했다. 스벤을 믿음직한 사람이라고 생각하고 있었는데 그 믿음이 더 굳건해졌다.

'설마 그런 짓을 해 놓고 마라가 왔을까? 그런데 모르지. 종잡을 수 없는 녀석이니까.'

"지금은 아드리트를 만날 수 없어요. 전하께서 돌아오실 때까지 경이 아드리트가 지낼 곳을 마련해 줘요."

유진은 추가 당부 없이 스벤을 믿고 일임했다.

"예, 왕비님."

스벤은 곧바로 왕성을 나왔다. 성문에서 저만치 거리를 두고 로브를 뒤집어쓴 채 고개를 푹 숙이고 서 있는 아드리트가 보였다.

그는 방랑족을 혐오하지는 않으나 가혹한 취급을 받는 그들 처지를 동정한 적도 없었다. 그런데 아드리트를 알고 지내며 정이라도 든 것일까. 주변 사람 시선을 두려워하는 저 모습이 안쓰러웠다. 온순한 성품의 선량한 청년이 왜 죄인처럼 다루어져야 하는지, 스벤은 요즘 방랑족에 대해 다시 생각하게 되었다.

"아드리트."

아드리트가 고개를 살짝 들었다가 다시 숙였다.

"전하께서 성소에 제례를 올리러 가셨다. 며칠 안으로는 돌아오신다. 왕비님께서 전하께서 귀환하신 후에 널 만나겠다고 하시는구나."

스벤은 일방적인 통보에서 끝내지 않고 한마디 덧붙였다. 그 자신도 의식하지 못한 변화였다.

"당장 왕비님을 뵈어야 하는 다급한 이유가 있나?"

— 왕이 없다고? 그럼 더 좋지!

아드리트는 머릿속에서 들려오는 목소리를 무시하고 답했다.

"아닙니다. 기다리겠습니다."

"그럼 며칠 동안……."

스벤은 아차 싶었다. 아드리트를 안가로 데려가도 된다는 지시는 받지 못했다. 안가의 사용은 그의 임의로 결정할 수 없었다.

"거처를 마련해 줄 테니까 따라와라. 규모 있는 숙박업소는 관리가 잘되니까 네가 조용히만 지내면 별일은 없을 거다. 불안하다면 호위를 붙여 주겠다."

"괜찮습니다. 숙소에서 나오지 않겠습니다."

— 뭐야. 또 틀어박혀 있겠다고? 답답하단 말이다! 넌 온종일 방에만

있으면 숨 막히지도 않냐?

목소리가 제법 격앙되었으나 역시 아드리트는 신경 쓰지 않았다. 스벤을 따라 광장 쪽으로 가는 내내 그의 주머니 속 도마뱀은 끊임없이 구시렁거렸다. 이제 만성이 되어서 한 귀로 흘려버릴 수 있게 된 아드리트의 표정은 평온했다.

광장을 벗어나서 숙박업소가 모인 거리로 막 들어설 때 아드리트는 걸음을 멈추었다. 온몸에 소름이 돋는 불쾌한 감각이 엄습했다.

ㅡ그놈 기운이다. 근처에 기사가 있어.

이를 가는 마라의 목소리가 들렸다.

아드리트는 일족 은신처의 동굴에서 마라를 처음 만났을 때 삼켰던 이상한 씨앗을 그 후로 두 번 더 삼켰다. 씨앗의 효능은 시간이 지나면 사라지므로 주기적으로 먹어야 했다.

처음에는 마라한테 속마음까지 낱낱이 읽히는 줄 알고 불쾌했으나 알고 보니 그 정도는 아니었다. 마라는 그 씨앗을 먹은 자의 위치를 추적할 수 있고 죽거나 크게 다치면 알 수 있다고 했다. 동물에 깃들어 의사를 전달하는 것도 씨앗을 먹은 자 근처에 있어야 가능했다.

그리고 기사를 감지할 수 있게 된다. 제사장급 교도들이 기사를 감지하여 도망칠 수 있는 능력이 바로 이 씨앗 덕분이었다.

마라는 이 감지 능력에 관해 설명할 때 몹시 뻐기듯 말했다.

교단의 핵심 인물에게는 더 강화된 기능의 씨앗을 주었는데 이 씨앗을 섭취하면 왕과 전사의 기운까지 감지할 수 있다고 자랑했다. 다만, 이 강화된 씨앗의 부작용ㅡ눈동자가 붉어지는 현상ㅡ은 슬쩍 생략했다.

「내가 그놈 기운 감지하는 범위가 더 넓지. 그래서 기사가 널 발견하기 전에 네가 먼저 기사를 발견할 수 있다.」

「내가 그 씨앗을 안 먹으면 기사가 날 알아차릴 일도 없을 텐데?」

마라는 반박하지 못하자 몹시 언짢아했다.

"왜 그러지?"

스벤이 몇 걸음 걷다가 아드리트가 따라오지 않으니 돌아보며 물었다.

"아, 아닙니다."

다시 걸음을 옮기는 아드리트의 머릿속에서 목소리가 울렸다.

─그걸 먹어.

아드리트는 품 안에서 작은 주머니를 꺼내 그 안에 든 씨앗을 삼켰다. 은신처에서 출발할 때 마라가 주었다. 아드리트의 몸에 깃든 마라의 기운을 감추어 주는 효과가 있다고 했다. 마라는 만들기 몹시 힘드니까 절대 잃어버리지 말라고 신신당부했다.

"여기다."

스벤이 아드리트를 데려간 곳은 거대한 황금열쇠 조형물을 세워 놓은 5층 건물 앞이었다.

"이곳의 최상층은 뜨내기들은 받아 주지 않으니 조용히 지내기 괜찮지."

아드리트는 고개를 끄덕였다. 그리고 슬그머니 눈동자를 굴려 주변을 돌아보았다. 방금 그가 삼킨 씨앗의 반작용으로 아드리트는 기사의 기척을 더 강하게 느낄 수 있었다. 이 숙박업소 근처에 여러 명의 기사가 있었다.

스벤을 맞이하러 나온 직원은 스벤이 전사의 표식을 보여 주자 태도가 훨씬 깍듯해졌다. 잠시 후에는 지배인이 직접 나왔다.

"최상층 객실이 하나 필요하오. 빈방이 있소?"

"예, 있습니다. 이쪽으로 오십시오."

지배인은 객실 문 앞까지 두 사람을 안내한 후 정중히 허리 숙여 인사하고 돌아갔다.

스벤과 아드리트는 안으로 들어갔다. 호화스럽게 꾸며 놓은 객실 내부를 보며 아드리트의 눈이 커졌다. 지난번에 지냈던 안가는 이렇게 화려하지 않았다.

"전하께서 귀환하시면 데리러 오마. 그동안 가급적 외출은 하지 마라. 필요한 건 때가 되면 가져다주도록 말해 놓겠다."

"예."

스벤은 자신의 손목에 건 전사의 증표를 아드리트에게 건네며 말했다.

"혹시 누군가 널 잡으려 하면 이걸 보여라."

아드리트는 자신의 손바닥 위에 놓인 증표를 바라보다가 잠긴 목소리로 대답했다.

"……예."

아드리트는 돌아서서 나가려는 스벤을 불렀다.

"전사님. 오는 중에 이상한 일이 있었습니다."

"무슨?"

"이 숙박업소 근방에 기사들이 있었습니다. 얼핏 제가 파악한 것만으로도 거의 열 명은 되었습니다."

"뭐? 네가 그걸 어떻게 알지?"

"아……. 죄송합니다. 그건 말씀드릴 수 없지만, 거짓말은 아닙니다. 틀림없는 사실입니다."

"……그래. 알았다."

객실을 나오며 스벤은 생각에 잠겼다. 건기가 시작되었으니 상제의 인사를 전하러 기사 한두 명 정도야 도착해 있을 수 있다. 하지만 열 명이라니. 그만한 숫자의 기사가 수도에 들어와 있는데 자신은 들은 게 없었다. 아무래도 느낌이 안 좋았다. 그는 발걸음을 서둘렀다.

'왕비님께 고해야겠군.'

스벤이 나가자마자 아드리트의 주머니에서 도마뱀이 빠져나와 재빠르게 아드리트의 어깨 위로 올라갔다.

─나가 보자. 기사가 저렇게 떼거리로 몰려오다니. 무슨 일인지 알아봐야지.

"그건 전사님이 알아서 하시겠지. 기사가 저렇게 돌아다니는데 나가고 싶냐?"

─어차피 넌 그걸 먹어서 안 들켜.

"난 전하께서 돌아오실 때까지 여기서 한 발자국도 안 나갈 거야."

─나가자니까!

아드리트가 어깨의 도마뱀을 내려다보며 인상을 썼다.

"넌 그게 반성하는 태도야? 무슨 이유로 왕비님과 전하를 뵈러 왔는지 잊은 건 아니지?"

아드리트는 안 오겠다며 버티는 마라를 억지로 끌고 오다시피 했다. 그 이동 주술 사건에 관해 두 분께 사죄하지 않으면 당장 너와 일족이 맺은 계약을 파기해 버릴 거라고 협박했다.

―애늙은이 같은 놈. 야. 그 반쯤 미친 늙은이들도 너보다는 융통성 있다.

괜히 같이 왔다느니, 마라가 또 쉴새 없이 투덜거리기 시작했다. 아드리트는 쯧, 혀만 차고 아예 무시했다.

아드리트와 스벤이 황금열쇠 호텔에 도착하기 얼마 전에 유진의 명을 받은 총관이 다녀갔다. 그곳의 최상층에 묵고 있는 플로라를 만나기 위해서였다.

―플로라. 미안해. 너를 도와주고 싶은데 당장은 너를 만나러 갈 수가 없어. 지금 사왕 전하께서 자리를 비우신 터라 내가 왕성을 지켜야 해. 이제 막 건기가 시작되어서 아직 불안하거든.
내가 이 편지를 들려 보낸 사람은 내가 믿는 내 측근이야. 뭐든 필요한 도움을 줄 거야.

플로라는 총관이 건네준 유진의 편지를 읽다가 싸늘하게 코웃음 쳤다.
"안 오겠다고?"

그녀는 신경질적으로 편지를 구겨 바닥에 내던졌다.

"내가 어떤 꼴이 되었나 구경하러 당장 올 줄 알았더니, 내 생각보다 더 최악이구나, 진."

플로라는 분에 겨워서 방 안을 씩씩대며 걸어 다녔다. 진에게 보내는 그 비굴한 편지를 쓰면서 얼마나 욕지기가 났는지 모른다. 분명히 동정하는 척 우월감에 젖어 나타날 줄 알았다. 자신이 아는 진은 분명히 그런 애니까.

처음부터 계획이 엇나가자 당혹스러웠다. 여기서 계속 기다릴 수는 없다. 사실은 며칠 전에 수도에 들어와 있었지만, 사왕이 떠나기만 기다렸다. 사왕이 돌아오면 일이 크게 어긋나게 된다.

'그래. 계획대로 되는 일이 세상에 얼마나 있겠어.'

첫 번째 계획이 실패할 때를 대비한 두 번째 계획도 있었다. 결심을 굳히는 플로라는 눈빛이 선뜩하게 빛났다.

고급스럽게 꾸며 놓은 객실을 구경하느라 작은 도마뱀은 빨빨거리며 돌아다녔다. 구석구석 다 돌아보더니 곧 싫증이 났는지 마라는 소파에 앉은 아드리트를 쏘아보았다. 나가자고 아무리 말해 봤자 귓등으로도 듣지 않을 것이다.

'고얀 놈. 어른 공경이라는 걸 모르는 놈. 내가 네놈의 그 까마득한 조상 늙은이들보다 오래 살았는데!'

자신을 전혀 두려워하지 않고 괴물 취급하지도 않는 아드리트가 마음에 들면서도 괘씸했다. 욕설을 중얼거리며 도마뱀은 출입문 쪽으로 이동했다.

"어디 가?"

거의 문 앞까지 다다른 도마뱀이 잠시 멈칫했다. 흘끔 뒤를 돌아보며 말했다.

— **바깥 구경.**

아드리트가 인상을 쓰며 혀를 찼다. 한심한 아이 나무라듯 하는 그 표정이 짜증 나서 마라는 발끈했다.

— **나갈 거야!**

아드리트는 말릴 생각 없다는 듯 덤덤히 말했다.

"멀리 가지 마. 어차피 멀리 가지도 못하겠지만. 사람 눈에 띄지 않게 조심하고. 이런 고급 시설 관리인 눈에 도마뱀은 박멸해야 하는 해충이야."

마라는 코웃음 치더니 문 밑바닥의 작은 틈새로 빠져나갔다.

호기롭게 나오기는 했으나 아드리트의 충고는 틀린 게 없었다. 지금 마라는 아드리트의 주변에서 멀리 벗어날 수 없었다. 재수 없게 사람 손에 잡혀 도마뱀이 죽기라도 하면 주술이 깨질 것이다.

그래도 오기가 생겨서 마라는 바닥의 가장자리에 붙어 이동을 시작했다. 최상층은 손님을 가려 받는 구역이므로 아무나 올라오지 못하도록 통제했다. 그래서 조용한 복도에는 오가는 사람이 없었다. 객실 안과 비교해서 특별히 더 볼 것이 없는데도 마라는 계속 복도를 배회했다.

'응?'

마라는 불쾌한 감각을 감지했다. 기사의 기운이었다. 정확히는 마라가 직접 느끼는 게 아니라 아드리트가 느끼는 감각을 공유했다. 기사가 점점 이쪽으로 다가오자, 마라는 재빨리 천장으로 올라갔다.

천장의 어두운 구석에 착 붙은 채 마라는 아래로 지나가는 두 명의 사내를 내려다보았다.

'건물 바깥에 있던 기사인가?'

기사는 아드리트가 묵는 객실을 지나쳐 더 안쪽으로 들어갔다. 마라는 천장에 붙어서 그들의 뒤를 조심스레 따라갔다.

'상제 네놈이 무슨 일을 꾸미고 있구나.'

뜻밖의 덜미를 잡게 되어 마라는 기분이 들떴다. 두 사람의 기사는 어떤 객실 문 앞에 멈추어 서서 문을 두드리더니 잠시 후 열리는 문을 열고 안으로 들어갔다. 마라는 안에서 문을 열어 주는 손을 보았다.

'안에 또 누가 있네. 기사는 아닌 거 같은데.'

마라는 닫힌 문에서 눈을 떼지 않고 주시했다. 오래 기다리지 않아 아까 들어간 두 명의 기사가 다시 나왔다. 기사는 점점 멀어지더니 기척 감지 범위 내에서 완전히 사라졌다.

마라는 그대로 천장에 붙어 움직이지 않았다. 방 안에 누가 있는지 궁금했지만, 호기심을 해소하려고 섣부르게 움직이지 않았다. 그 사이에 호텔의 직원이 그 객실의 문을 두드렸고 안으로 들어갔다가 나왔다. 그리고 또 한참 후에는 어떤 여자가 찾아왔다.

아마 아드리트가 몇 시간을 꼼짝하지 않는 마라의 모습을 봤다면 뜻밖이라고 생각했을 것이다. 그가 파악한 마라는 즉흥적이고 제멋대로였다. 그런데 그 모습은 마라의 일면일 뿐이었다. 마라는 아득한 세월 동안 자신을 봉인한 채 때를 기다린 인내심의 소유자였다.

아까 총관 사라는 플로라를 만나 유진의 편지를 전해 주고 나오는 길에 호텔 측에 당부했다. 최상층 어느 객실에 묵은 손님께서 자신을 찾으면 즉시 알려 달라고 했다.

사라는 호텔에서 보낸 심부름꾼을 통해 플로라가 부른다는 말을 듣고 지체하지 않고 달려왔다. 그녀는 문을 두드리며 정중히 말했다.

"찾으신다기에 뵈러 왔습니다."

곧바로 문이 열렸다.

"들어와요."

문 안쪽이 더 잘 보이는 곳으로 자리를 옮겼던 마라는 그 틈으로 살짝 드러난 사람의 생김새를 볼 수 있었다. 플로라의 새카만 머리카락과 눈동자를.

'아니카다.'

도마뱀의 눈동자가 붉게 빛났다.

잠시 후 방에서 두 사람이 나왔다. 마라는 문을 두드리고 안으로 들어간 여자 옆에 서 있는 로브를 입은 사람이 아니카일 거라고 짐작했다. 그들이 멀어지는 모습을 바라보다가 완전히 복도에서 보이지 않게 되었을 때 도마뱀은 바닥으로 뛰어내렸다. 그리고 문 아래쪽 틈을 통해 객실 안으로 들어갔다.

마라는 조심스럽게 안에 사람이 더 있는지 살펴보았다. 빈 객실이라는 사실을 알자 마음껏 돌아다니기 시작했다. 구조는 아드리트의 객실과 같았다. 응접실을 대충 둘러보고 침실 문 아래로 기어 들어갔다.

'호오.'

저도 모르게 마라는 흥이 올랐다.

'술식을 깔아 놨잖아. 어디 보자.'

도마뱀이 벽을 타고 기어 올라갔다. 그리고 바닥을 전체적으로 내려다보면서 킬킬거렸다.

'이동 주술이네. 이놈이 어느새 이동 주술을 얻었구나.'

마라는 이 이동 주술을 타면 어디로 가게 될지 알 것 같았다. 틀림없이 그놈의 영향권 안일 것이다. 자신도 비슷한 짓을 했기 때문에 예측이 되었다.

'내가 아는 주술보다는 조악하군. 이걸로는 두 명 정도밖에 이동 못 해.'

마라가 암실에 만든 이동 주술은 훨씬 대형이며 한 번에 수십 명까지 이동할 수 있었다. 원래 그 이동 주술은 마라가 자신의 교도들을 단번에 피신시킬 경우를 대비하여 준비해 둔 것이었다. 이 방 안에 깔린 주술보다 훨씬 상급의 주술이다. 마라는 '내가 이겼다'라고 자랑하고 싶어서 입이 근질근질했다.

'뭘 꾸미고 있는지 지켜볼까?'

마라는 구석 적당한 곳에 몸을 숨겼다.

＊　　＊　　＊

유진은 플로라를 만나고 돌아온 사라한테 정황을 전해 듣고 미심쩍은 부분을 발견했다. 처음에는 플로라가 찾아왔다는 사실에 놀라 감정적으로 반응했지만, 흥분이 가라앉고 나서 차분하게 앞뒤를 짚어 보니까 이해가 안 되는 부분이 있었다.

플로라가 어떻게 상제한테 도망쳐서 여기까지 왔는가, 그런 의문은 제쳐 둔다고 해도 플로라의 행동과 말은 불일치했다. 무섭다는 말을 편지에 적을 만큼 겁을 먹었으면서 당장 도움을 청하지 않고 여유롭게 호텔에 방을 얻었다는 것부터 이상했다.

사라한테 추가로 설명을 들으니 황금열쇠라는 호텔은 최고급 시설로 손꼽히는 곳이었다. 게다가 플로라는 최상층에 묵고 있었다고 했다.

'5성급 호텔의 스위트 룸에 묵고 있는 거잖아. 누가 추적해 올지도 모르는데 그런 눈에 띄는 곳에 방을 잡아?'

그런데 그 의문점도 항상 최고급만 누려온 아니카가 아무리 도망자 신세가 되었다고 해서 습관은 버릴 수 없었다고, 이해한 셈 치자.

'아까 찾아왔을 때 행색이 남루했었다고 했지.'

유진은 성도에서 인상 깊게 관찰했던 '아니카'라는 캐릭터에 감정을 이입해 보았다. 자존심 강하고 세상의 고통을 모르는 해맑은 그녀들. 플로라 또한 그 아니카들 중 한 명이었다.

'내가 아니카라면…… 막다른 골목에 몰렸어. 그런데 도움을 청해야 하는 사람이 나와 사이가 껄끄러워. 그러면 고개를 숙여도 숙이는 모습으로 보이고 싶지 않겠지. 내가 초라해 보이지 않도록 최대한 노력할 거야.'

최고급 호텔에 묵을 돈이 있다면 번듯하게 차려입는 것부터 신경 쓸 것이다. 더 비참해지고 싶지 않으니까.

의심이 들기 시작하니 모든 게 이상했다. 아드리트를 만났던 스벤이 찾아와서 기사가 무리 지어 몰래 수도에 들어와 있다는 말을 듣고 나서부터 의심은 더 짙어졌다.

플로라는 혼자 온 게 아니다. 최소한 열 명이나 되는 기사들의 호위를 받아 여기까지 왔다는 결론이 나왔다.

'기사들 도움을 받았다면 가능하지.'

성도 밖으로 나간 적도 없는 플로라가 혼자서 여기까지 도망쳐 오는 것은 말이 안 된다. 그리고 그 기사들이 모두 상제를 배신했다는 가정보다는 어떤 의도가 있어서 왕국에 왔다고 해석하는 편이 합리적일 것이다.

'상제 그놈이 플로라를 앞세워서 무슨 수작을…… 플로라의 의도가 뭘까? 나를 그 호텔로 불러내려 한 건가? 왜?'

만약 자신을 성 밖으로 유인하려 한 거라면 그 계획에 말려들지 않았으니 플로라는 당황하고 있을 것이다. 유진은 플로라가 어떤 반응이 있을 거라고 기대하고 기다렸다.

그러자 늦은 오후가 다 되어 총관이 유진을 찾아왔다. 그 호텔에서 심부름꾼이 찾아왔으니 다녀오겠다고 보고했다.

"다녀오게. 자네 선에서 들어줄 수 있는 부탁은 다 들어줘."

"예, 왕비님."

유진은 플로라가 왜 사라를 불렀는지, 무슨 말을 할지 궁금했다. 그런데 돌아온 사라는 뜻밖의 말을 했다.

"플로…… 아니카를 데려왔다고?"

"예, 왕비님. 왕비님께서 오시지 못한 사정을 이해한다며 억지를 부려 미안하다고 하셨습니다. 그리고 이제 마음이 안정되었으니 왕비님을 뵙고 싶다고 하길래 모셔왔습니다."

사라는 유진의 반응이 이상하자 눈치를 살피며 말했다.

"제가 잘못 판단하였습니까?"

"……아니, 아니야. 잘했네."

'뭐지? 그 호텔에서 꼭 만나야 하는 건 아니었던 건가?'

유진은 자신의 예측과 상황이 다르게 돌아가자 얼떨떨했다. 수상쩍지만 만나지 않고 돌려보냈다가는 나중에 딴말하며 공격의 빌미로 삼을지도 모른다.

'무슨 이야기를 하려는지 들어 보자. 그래도 혹시 모르니까 조심은 하고.'

"손님을 안으로 모시게. 아, 그전에."

유진은 곧 날이 저물 테니까 손님과 함께할 저녁 식사를 준비하라고 이르고 추가로 몇 가지를 더 지시했다.

그리고 플로라가 들어오기 전에 응접실 구조를 일부 변경했다. 테이블을 중앙에 두고 양 끝에 의자를 두도록 지시했다.

잠시 후 플로라가 들어왔을 때 유진은 테이블 앞에 선 채 맞이했다. 플로라 곁에 다가가지 않고 맞은편 의자에 앉도록 권했다.

플로라가 의자에 앉은 후 두 사람은 서로를 마주 바라본 채 잠시 말이 없었다. 유진은 사라한테 들은 대로 플로라의 표정이 우울해 보여서 의아했다. 오랜 마음고생을 한 사람 같았다.

"오랜만이야. 플로라."

"……그래. 오랜만이야."

플로라는 유진의 얼굴을 보자마자 속이 뒤틀렸다. 그녀가 이 왕국에서 얼마나 잘 지내고 있는지 듣지 않아도 알 수 있었다. 표정은 편안했고 피부에서는 광이 났다.

'신의 뜻을 저버리고 악귀와 손을 잡은 주제에 죄책감도 없구나. 뻔뻔한 것.'

"잘 지냈니? 넌 성도에서 봤을 때보다 좋아 보이는구나."

"그래 보인다니 다행이다. 몸 상태가 시시각각 변하기는 하지만, 아직 큰 불편함은 없어."

"몸 상태가 변하다니, 왜?"

"아……. 혹시 듣지 못했니? 곧 내가 엄마가 되거든."

플로라의 눈빛이 흔들렸다.

"임신…… 했다고?"

어머니가 죄를 지었다고 해도 잉태된 아이에게 무슨 잘못이 있겠는가. 더구나 왕이 아이다.

플로라는 마음이 약해지면서도 동시에 겁도 났다. 사람들은 왕을 경외한다. 동시에 두려움도 느꼈다. 플로라 역시 마찬가지였다. 왕의 아이가 잘못되었다가는 어떤 후환이 있을지 상상하기조차 무서웠다.

'성하께서는 분명히 진의 임신 사실을 아셨을 텐데 왜 말씀하지 않으셨을까.'

의문이 들었으나 플로라는 스스로 이유를 만들었다.

'염려해 둔 바가 있으시겠지. 자애로우신 성하께서는 아이를 해롭게 하는 일은 하지 않으실 거야.'

플로라는 흔들리는 마음을 다잡았다. 그녀는 자신의 중요한 임무를 되새겼다. 진은 라미타를 얻겠다는 탐욕 때문에 사악한 이교도와 손을 잡고 악신의 힘을 빌렸다. 세상의 질서를 어지럽힌 죄인을 벌하러 자신은 상제의 밀명을 받아 여기까지 왔다.

"축하해, 진."

유진은 플로라가 편견에 사로잡힌 반응을 — 드디어 곧 성도로 돌아갈 수 있겠구나 — 드러내지 않은 것만으로도 기분 좋게 받아들였다.

"고마워."

"마침 내가 가져온 게 축하 선물이 되겠네."

플로라가 직접 건네줄 것처럼 자리에서 일어났다.

"네가 움직이지 않아도 돼. 시녀에게 건네줘."

"이게 남의 손을 타면 곤란한 물건이라서 말이야."

응접실에는 총 세 명의 시녀가 대기해 있었다. 유진의 뒤쪽으로 한 걸음 물러서서 한 명, 플로라가 앉은 자리에서 사선 방향으로 두 명, 그들 모두 플로라가 움직이는 순간부터 그녀를 예민하게 주시하기 시작했다.

"플로라. 시녀에게 건네줘."

유진은 다시 한 번 힘주어 말했다. 플로라는 어깨를 으쓱하며 주변을 넓게 돌아보았다. 그녀는 속으로 거리를 계산하고 있었다.

'조금 더 가까이 와야 할 것 같은데.'

"그래. 정 그렇다면."

플로라가 왼손 소매를 조금 걷어 올렸다. 두꺼운 은색 끈이 그녀의 손목을 꽉 죄듯 동여매고 있었다. 그녀가 그 끈의 이음매 부분을 잡아당겨 풀면서 유진에게 다가갈 것처럼 몸의 방향을 틀었다. 동시에 유진 뒤의 시녀가 유진의 곁으로 더 가까이 붙고 멀찍이 있던 두 명의 시녀도 다가왔다. 유진을 보호하려는 시녀들의 반사적인 반응으로 네 사람 사이의 간격이 갑자기 좁아졌다. 그때 플로라의 왼쪽 팔에서 번쩍 빛이 터졌다.

잠시의 침묵이 흘렀다. 플로라가 여유만만한 태도로 다시 옷소매를 정돈했다. 그리고 마치 일상의 대화를 나누는 것처럼 유진에게 말했다.

"진. 너는 지금 나와 함께 내가 머무는 황금열쇠로 가는 거야. 이유는…… 뭐, 대충 만들어도 되겠지. 내가 네게 줄 중요한 물건을 그곳에 두어서 네가 직접 가지러 가야 한다거나, 친절하게도 네가 날 그곳까지 배웅해 준다는 핑계도 괜찮고. 자, 이제 내 말대로 해."

잠시 플로라를 바라보던 유진의 입술이 벌어지는 순간, 플로라의 눈에 기괴한 빛이 반짝였다. 자신이 우위를 점했다는 만족감과 진은 이제 꼭두각시로 전락했다는 희열을 느꼈다.

그러나 그 쾌감은 아주 짧았다.

"난 네 말대로 하지 않을 거야. 플로라."

플로라의 표정이 흉하게 일그러졌다. 유진은 서늘하게 가라앉은 시선으로 플로라를 바라보며 말했다.

"내가 이 왕성 밖으로 나갈 일은 없고 너 역시 나갈 수 없어."

플로라는 자신도 모르게 뒷걸음질 쳤다. 술식을 담았던 왼쪽 팔을 만지며 주변을 돌아보았다. 방 안에 함께 있던 궁인들은 인형처럼 뻣뻣한 자세로 선 채 흐릿한 눈빛으로 아무런 반응이 없었다.

'신술이 실패한 건 아니야.'

저들에게는 분명히 효과를 발휘하고 있다.

"왜, 왜……."

하지만 자신을 바라보는 진의 눈빛은 또렷하게 살아 있었다. 이 신술을 성공시키기 위해 얼마나 많은 희생이 있었던가. 성별, 신분, 나이 등 다양한 사람을 대상으로 실험했고 심지어 사제 아니카 여러 명에게 신술을 발동하여 라미타가 방어하지 못한다는 사실도 확인했다.

"왜 너는!"

이 계획이 실패할 가능성은 전혀 염두에 두지 않았다. 그래서 더 좌절감이 컸다.

"내가 최면술에 걸리지 않아서 억울하니?"

유진도 사실은 이유를 모른다. 플로라의 팔에서 빛이 뿜어져 나올 때 아차 싶었고 지금은 내심 가슴을 쓸어내리고 있었다. 하지만 다 아는 척 허세를 부렸다.

"최면술이 아니야!"

플로라는 사납게 유진을 쏘아보았다. 신술에 관한 확고한 믿음을 지닌 그녀의 눈빛은 견고했다.

"난 네가 이 방에 들어오기 전에 지금 이 상황을 예상했어. 처음 보는 수법이 아니거든."

"궤변으로 날 기만하려 하지 마."

"스벤!"

유진이 바깥을 향해 목소리를 높이자 즉시 문이 벌컥 열렸다. 흠칫 놀라 고개를 돌린 플로라는 문밖에 버티고 서 있는 여러 명의 전사를 보고 입술을 깨물었다. 스벤이 유진을 향해 고개를 숙였다.

"분부 받잡아 대령해 있사옵니다. 왕비님."

유진은 플로라가 왕성 내에서 무모한 짓은 못 할 거라고 짐작했다. 왕성 안에는 유진을 도울 사람이 많았고 플로라 혼자 힘으로는 당해 낼 리가 없었다.

그렇다면 플로라는 우선 유진의 곁에서 사람을 떨어뜨리려고 시도할 것이다. 다만, 최면술은 미처 예상하지 못했다. 플로라가 편지에서 아르스 가문을 언급했으니 부모님을 걸고 협박할 가능성을 점쳤다.

유진은 가족의 안위가 걸린 상황에서 흔들리지 않을 자신이 없었다. 함정인 줄 알면서도 스스로 걸어 들어갈지도 모른다.

그래서 그런 상황을 가정하고 지시를 내렸다. 자신의 신병을 구속하는 일이 있더라도 왕명을 내세워서 자신이 절대 왕성 밖으로 나가지 못하도록 막으라고 했다.

그 특명은 스벤에게 단단히 일러두었다. 그동안 기이한 일들을 보고 들은 그라면 반드시 지시대로 따를 거라고 믿었다.

"왕국에는 몰래 활동하는 이교도들이 많아. 얼마 전에는 나라 질서를 어지럽히는 죄목으로 여럿이 잡혀 들어왔지. 이교도는 최면술로 사람을 현혹하여 교세를 확장했어. 바로 네가 쓴 그것과 같은."

플로라의 눈빛이 흔들렸다.

"그건 사악한 최면술이야. 네가 그걸 신술로 알고 익혔다면 넌 속은 거야. 사람의 정신력을 조종하는 기술을 어떻게 신의 뜻이라고 생각할 수 있어?"

"……아니야."

고개를 흔드는 플로라의 표정에 아까와 같은 확신이 없었다.

"사악한 건 너잖아. 악신의 힘을 얻어서 라미타를 얻는 사람은 너라고!"

플로라는 이 자리의 모든 사람이 들으라는 듯이 목소리를 높였다. 유진은 플로라가 어떤 정의를 세우고 여기까지 왔는지 알 것 같았다. 생각보다 얄팍한 수작이라서 헛웃음이 나왔다. 고작 그런 몇 마디 말이 전사들 마음을 흔들 수 있을 거라고 생각한 걸까.

'어쩌면 플로라처럼 성도에서 나고 자란 사람은 왕국 백성들에게 왕이 어떤 의미인지 모를지도…….'

아마 왕이 자신을 이교도라고 선포하더라도 백성 대부분은 등 돌리지 않을 것이다. 왕국의 백성들에게는 왕이 곧 신이니까.

"플로라. 너 역시 아니카면서 라미타를 삿된 힘으로 얻을 수 있다고 생각하니? 네가 그 말을 누구한테 들었는지 대충 짐작은 간다만, 네가 그 정도로 어리석었다는 게 믿기지 않네. 아니면 네가 그 말을 믿고 싶었던 게 아닐까?"

유진은 이번 일로 플로라에게 완전히 실망했다. 가짜가 플로라에게 패악을 부리는 장면을 봤던 터라 플로라의 어두운 감정을 이해하려고 했다. 그런데 플로라의 악의는 이해의 범주를 넘었다.

사람을 싫어하는 감정과 그 사람을 해치려고 행동하는 것은 전혀 다르다. 유진은 플로라의 음모에 휘말려 배 속 아이가 다쳤을 가능성을 생각하면 그녀를 용서할 수 없었다.

"스벤 경. 왕성 안에서 나를 해치려고 계획하고 실행한 죄인이에요. 포박하여 감금하세요. 처결은 전하께서 오시면 하겠어요."

"예, 왕비님."

눈동자에 핏발이 서도록 유진을 노려보던 플로라가 히스테릭한 웃음을 터뜨렸다.

"진. 내 실수를 인정할게. 널 너무 만만히 봤어. 악신의 힘을 얻는 넌, 나 혼자 상대하기엔 너무 벅찬 상대였어. 좋은 공부한 셈 쳐야겠네."

플로라가 히죽 웃더니 자신의 목덜미에서 목걸이를 힘주어 잡아채 끊어 냈다. 옷깃 안쪽에 감추어져 보이지 않았던 목걸이에는 가느다란 은 줄 끝에 작은 펜던트가 매달려 있었다. 그녀는 펜던트 중앙에 볼록 튀어 나온 반투명한 보석을 손가락으로 눌러 빼낸 후 곧바로 입 안에 털어 넣 었다.

"스벤 경."

유진이 그를 부르며 멈추라는 신호를 보냈다. 플로라를 잡으려고 움 직이던 전사들이 동시에 정지했다.

플로라의 온몸에서 옷을 투과하여 빛이 흘러나오기 시작했다.

"다들 뒤로 물러나요!"

유진은 플로라의 몸에서 일어나는 변화에서 눈을 떼지 않았다. 아까 최면의 주술은 마음의 준비를 못 한 상황에서 갑작스럽게 벌어진 일이라 어떤 방식이었는지 짐작이 가지 않았다. 술식, 매개, 그릇. 그 어떤 것도 눈에 보이지 않았다.

플로라의 몸에서 흘러나오는 빛은 이제 선과 도형을 그리고 있었다. 옷에 가려져 일부만 알아보았으나 틀림없는 술식의 형태였다. 유진은 방랑족의 온몸에 그려진 술식이 떠올랐다.

'몸에 술식을 그렸어?'

빛이 점점 강해지면서 플로라를 거의 집어삼켰다. 번쩍, 눈이 부시는 섬광이 터진 후 순식간에 모든 빛이 사라진 그 자리에는 플로라도 없었 다.

'이동 주술?'

설마 플로라는 이대로 성도로 도망친 걸까.

'공간 이동은 상급의 주술이야. 그 먼 거리를……'

유진은 아, 탄성을 지르며 곧바로 전사들에게 지시했다.

"그대들은 지금 당장 황금열쇠 숙박소의 플로라의 객실로 가서 플로라가 그곳에 있는지 확인하세요. 비어 있다면 그 안의 어떤 물건에도 손대서는 안 됩니다. 그리고 단 한 명의 기사도 빠져나가지 못하도록 수도를 봉쇄하세요."

곧장 입을 모아 대답한 전사들이 재빠르게 움직였다. 응접실 입구를 꽉 채웠던 전사들이 순식간에 사라지고 잠시 후 시녀들이 어리둥절한 표정으로 주변을 둘러보았다. 플로라가 사라지면서 최면술도 깨진 모양이었다. 지금까지 무슨 일이 있었는지 전혀 모르는 눈치였다.

'왜 나는 최면술에 걸리지 않았을까.'

그것은 플로라의 비장의 한 수였을 것이다.

'성공의 확신이 있으니 혼자서 왕궁으로 들어왔겠지.'

호드리고의 최면술보다는 강력할 것이다. 호드리고를 불러서 물어볼 수 있으면 좋으련만 그 암실 사건 후 호드리고는 반쯤 정신을 놓아 버렸다. 감옥 안에서 울부짖는 내용을 들어 보면 자신이 마라한테 버림받았다고 생각한 듯했다.

객실 바닥의 술식이 빛나기 시작하자 도마뱀의 붉은 눈이 반짝였다. 밤을 꼬박 새울 각오도 했건만 생각보다 빨랐다. 마라는 술식의 빛이 사라지면서 나타난 플로라를 보며 중얼거렸다.

'술식 형태가 이상하더니만. 두 개가 섞인 거였군.'

이동 주술은 출발지와 도착지에 각각 술식이 완성되어 있어야 한다. 그런데 두 가지는 형태가 비슷하면서도 달랐다. 비유하자면 하나의 물체를 서로 반대 방향의 거울에서 비추는 모습과 같았다.

'술식이 서로에게 간섭하지 않고 저런 식으로도 섞을 수 있다니.'

이건 마라가 알지 못한 새로운 형태였다. 그놈에게 졌다는 생각이 들어 왠지 분했다.

'근데 왜 저러고 있지? 부작용이라도 겪는 건가?'

플로라는 바닥에 반쯤 엎드린 자세로 고개를 푹 숙인 채 꼼짝하지 않았다. 그녀는 지금 온갖 감정이 뒤섞여 진정되지 않았다. 화가 나면서 약이 오르기도 하고 오랜 시간과 노력을 들인 일이 실패하여 자괴감도 들었다. 게다가 진이 던진 한마디가 자꾸 머릿속에 맴돌았다.

　　『네가 그 말을 믿고 싶었던 게 아닐까?』

그리고 진의 목소리 위에 상제의 음성이 덧입혀져서 머릿속에 울렸다.

　　『아니카 플로라. 아니카 진은 사악한 힘으로 라미타를 얻었어요. 그러나 수단이 어긋났을 뿐 본래 라미타는 신성한 힘입니다. 그대가 모든 것을 바로잡으면 그 힘은 그대의 것이 될 거예요.』

플로라의 주먹 쥔 손이 부르르 떨렸다.
'성하께서 내게 거짓말을 하실 리 없잖아.'

진의 라미타가 자신의 것이 되면 자신은 가장 강력한 라미타를 지닌 아니카로 이름을 남기게 될 것이다. 신과 가장 가까운, 신의 사랑을 받는 아니카. 모든 사람이 자신을 우러러볼 것이다.

　　『그대가 잘해 주리라고 믿습니다. 아니카 플로라.』

자애로운 상제의 음성을 떠올리자 플로라는 자신이 잠시라도 흔들린 사실이 죄스러웠다. 신의 대리인인 상제와 일개 아니카, 두 사람을 비교한다는 자체가 말이 안 된다.

'진. 너는 너 자신을 구원할 오늘 기회를 놓친 것을 반드시 후회하게 될 거야.'

사악한 힘을 얻었으니 반드시 대가를 치르게 될 것이다. 점점 어둠에 잠식되어 자기 자신을 잃어버리게 될 거라고 들었다. 플로라는 내심 그 꼴을 보는 것도 나쁘지는 않겠다고 중얼거렸다.

'하지만 성하께서는 실망하시겠지. 날 믿고 큰 소임을 맡겨 주셨는데.'

「뒷일은 걱정하지 않아도 됩니다. 어떤 방식으로든 아니카 진을 데려오기만 하세요. 할 수 있겠습니까?」

플로라는 자신 있게 나섰다. 진의 성격과 행동 방식을 누구보다 잘 아는 자신 외에 적임자는 없다고 생각했다. 모든 계획을 다 자신이 짠 것이라서 실패가 더 뼈아팠다. 그녀는 미간을 찡그리며 아까 진의 반응을 다시 떠올렸다.

'이상해…… 낯선 사람 같았어.'

플로라는 한숨을 쉬며 일어났다. 넋 놓고 자책할 때가 아니다. 실패했으니 성도로 돌아가야 한다.

그녀는 성도를 떠날 때 세 가지 신술을 준비했다. 그중 두 가지는 몸에 술식을 그렸고 성도로 귀환하는 이동 신술은 꼼꼼한 작업이 필요하므로 왕국 수도에 도착한 후 준비하느라 며칠 걸렸다.

비록 계획은 어그러졌지만, 신술의 위대한 힘을 두 눈으로 보고 나서 신에 대한 그녀의 경외심은 더욱더 두터워졌다. 특히 먼 거리를 단번에 이동하는 신술은 그야말로 기적이었다.

'누가 오기 전에 어서 가자. 내가 여기서 묵는 걸 아니까 와 볼지도 몰라.'

한 편으론 걱정하면서도 플로라는 픽 웃었다. 아마 자신이 사라진 후 놀라서 우왕좌왕하고 있을 것이다. 공간 이동이라고는 상상도 못 할 테니까 왕성 안만 샅샅이 뒤지고 있을지도 모른다. 이 신술은 최근 얻은 것이라서 진이 신술을 배울 당시에는 없었다고 했다.

그녀는 신술을 발동할 준비를 마치고 두고 가면 안 될 짐도 챙겼다. 어깨에 멘 가방을 열어 작은 물약병을 꺼내 손에 쥐고 술식의 중앙으로 걸어갔다.

약병 안에는 환각제가 들었다. 이동의 신술을 쓸 때는 반드시 복용해야 했다. 머릿속이 몽롱해지고 이상한 환상을 봐서 기분이 나쁘지만, 어쩔 수 없었다. 술식에서 빛이 흘러나오자마자 신속하게 약을 마셔야 한다.

'어? 왜 이러지?'

모든 준비를 마쳤는데 술식에서는 아무런 변화가 없었다.

마라는 당황하는 플로라를 즐겁게 지켜보았다.

'내가 살짝 술식을 건드렸지. 주술을 잘 알지 못하면 알아채기 어려울 걸.'

허둥지둥하는 모습을 보니 저 아니카는 주술 습득 수준이 그다지 높은 것 같지 않았다.

마라는 이 방에 숨어서 기다리는 동안 곰곰이 생각했다. 기사들을 줄줄이 끌고 온 아니카는 그놈의 추종자일 것이다. 대부분 아니카가 그러했다. 상제를 치겠다고 말하는 저 왕성 안의 아니카가 아주 특이한 경우다.

그놈의 계획을 망치고 아니카도 손에 넣고. 돌 하나로 두 마리 개구리를 잡을 좋은 생각이 떠올랐다.

─내 목소리가 들립니까?

플로라가 화들짝 놀라 사방을 둘러보았다.
"성하?"

─그분의 뜻에 따라 그대를 도우러 왔습니다.

"성하…… 가 아니시라고요? 누구시지요?"

─나는 그분이 부리는 일개 심부름꾼에 지나지 않습니다. 그분께서
는 그대의 곤란함을 예측하시고 나를 보내셨습니다.

"아아, 성하."
플로라가 두 손을 모으고 경건하게 고개를 숙였다.
"어찌 된 일인지 신술이 발동하지 않습니다. 악신이 개입한 것인가
요?"
'악신? 그놈은 아직도 그런 사기를 치고 다니는군. 제 놈이야말로 사
기꾼 주제에.'
마라는 코웃음 치면서 더욱더 목소리를 온화하고 경건하게 꾸몄다.

─이곳은 위험합니다. 그대는 지금 저 문밖에 있는 기사들의 도움을
받아 어서 이곳을 떠나세요.

아까 플로라가 사라와 함께 객실을 나가고 얼마 후 마라는 객실로 점점 가까이 다가오는 기사의 기척을 느꼈다. 혹시 안으로 들어오는가 싶어 숨죽이고 있었더니 그들은 문 앞만 지키고 서서 꼼짝하지 않았다.

"어디로 가라는 말씀인가요? 왕국 수도를 빠져나가라는 건가요?"

플로라는 정체 모를 심부름꾼이 기사의 존재도 알고 있자 일말의 의심조차 사라졌다. 기사들은 플로라가 왕국까지 오는 동안에는 길잡이와 호위를 맡았다. 지금은 그녀가 성도로 돌아가는 이동 신술을 무사히 마칠 때까지 누구도 방해하지 못하도록 주변을 지키는 임무를 수행 중이었다. 일부는 객실 문 바깥에, 일부는 호텔 근처에, 일부는 왕성 근처에서 근황을 살피고 있을 것이다.

─아니지요. 그대가 무사히 도망치기는 어려울 겁니다. 이곳에서 멀지 않은 곳에 신술이 준비되어 있습니다.

"역시. 성하께서는 남다른 혜안을 지니셨습니다."

─그대를 끝까지 돕고 싶지만, 여기서 오래 머물 수가 없군요. 그러니 나머지는 그대 힘으로 해야 합니다. 지금부터 내가 하는 말을 잘 들으세요.

"예."

플로라는 결연한 눈빛으로 힘차게 고개를 끄덕였다.

"어디 갔다 온 거야?"

아드리트는 한참 만에 모습을 드러낸 도마뱀에게 말했다. 걱정된다거나, 찾으러 가 볼까 같은 생각은 하지 않았지만, 번잡스럽게 굴던 수다쟁이가 사라지니까 은근히 궁금했다.

　—바깥 구경.

"바깥에 볼 게 뭐가 있다고."

　—야. 난 그냥 갈란다.

"뭐?"

　—며칠씩이나 여기서 죽치고 있기 지겨워. 늙은이들하고 떠드는 게 더 재밌다.

"여기 놀러 왔냐? 왕비님과 전하께 정중히 사과하기로 했잖아. 그게 싫어서 지금 괜한 핑계 대는 거지?"

　—말 나온 김에. 내가 왜 고개를 숙여야 해? 피차 그쪽하고는 서로 이용 가치가 있으니까 손잡자고 한 거지.

"마라. 이런 식으로 나오면 널 어떻게 믿어."

　—아, 그럼 다음에 하든가. 아무튼, 난 간다.

"마라!"

도마뱀의 눈에서 붉은빛이 좀 더 강해지다가 곧 사라졌다. 그저 한 마리의 평범한 도마뱀은 눈을 끔벅이며 고개를 이리저리 획획 돌렸다. 아드리트는 한숨을 내쉬며 도마뱀이 완전히 제정신을 차리기 전에 얼른 잡았다. 그리고 발코니 창을 열고 바깥으로 내보냈다.

"이상하네……."

기사들이 잔뜩 있다며 흥분하던 녀석이 갑자기 간다고 하는 게 석연치 않았다. 마라가 무슨 일을 꾸미는 건가 의심스러웠으나 짐작 가는 데가 없었다.

*　　*　　*

유진의 지시를 받은 전사들이 플로라가 묵던 객실로 들이닥쳤을 때 이미 방은 비어 있었다. 스벤은 방 안의 어느 물건도 건드리지 말라고 한 뒤 누구도 접근하지 못하도록 전사를 세워 두고 왕성으로 갔다.

유진은 수도 봉쇄령 때문에 대장군 레스터를 알현하고 있었다.

"수도 봉쇄는 전하께서 귀환하실 때까지 유지하세요."

"예, 왕비님."

레스터가 물러가고 들어온 스벤이 보고했다.

"아무도 없었다는 거군요."

"예, 왕비님. 그리고 혹시 아드리트가 본 게 있을까 해서 들렀다 왔습니다."

"아, 그렇지요. 아드리트의 숙소를 그곳으로 잡았다고 했지요."

유진은 아까 스벤한테 그 보고를 받았을 때 우연의 일치가 재미있다고 생각했다. 덕분에 기사들의 수상한 움직임을 알게 되었고 플로라는 만나기 전에 단단히 대비할 수 있었다. 아드리트가 기사의 기척을 알아차린다는 사실이 생각나자 그녀는 표정에 화색을 띠며 물었다.

"아드리트가 뭐라고 해요?"

"기사들이 몇 번 왔다 갔다 하더니 한참 동안 근처에 있었다고 합니다. 그런데 저희가 도착하기 얼마 전에 자리를 떴는데 몹시 다급하게 움직였다고 했습니다."

'기사들만 떠난 걸까, 플로라도 함께였을까. 그 객실을 직접 가서 봐야 주술의 흔적이 있는지 알 수 있을 텐데. 내가 지금 갈 수는 없고…… 아무래도 플로라를 잡기는 어려울 것 같아.'

유진은 발코니 창 너머로 어둑해진 하늘을 보며 말했다. 해가 지면 도망자에게 유리하고 추적은 어렵다.

"기사들이 수도를 빠져나가기 전에 잡을 수 있을까요?"

"왕비님께서 수도 봉쇄를 명하신 즉시 전서매를 날렸습니다. 저희가 도착하기 얼마 전까지 기사들이 그곳에 있었다면 아직 수도를 벗어나지 못했을 겁니다. 추적대를 여럿 구성하여 뒤를 쫓고 있습니다."

유진은 고개를 끄덕이다가 문득 기사들을 추적할 방법이 떠올랐다.

"스벤 경. 아드리트는 기사를 감지하는 능력이 있어요. 그러니 아드리트한테 도움받으면 숨어 있는 기사도 찾을 수 있을 거예요."

"예, 왕비님. 분부대로 하겠습니다."

스벤이 물러가고 날이 완전히 어두워진 후 기사를 찾았다는 보고가 들어왔다. 한두 명이 아니라 무려 열한 명의 기사들이었다.

그들 외에 따로 움직이는 기사가 더 있는지는 모르지만, 왠지 수도에 숨어든 기사가 그들 전부일 것 같았다. 추적에 혼선을 일으키기 위해서는 뿔뿔이 흩어지는 것이 원칙일 텐데 모여 있는 것이 이상하고 그들이 발견된 장소도 뜻밖이었다.

"암실 창고 앞에서?"

"예, 왕비님."

추적대가 찾아낸 것도 아니었다. 황금열쇠 호텔에서 그 암실 창고로 가려면 수도의 안쪽으로 더 들어가게 된다. 따라서 수도를 벗어가려는 도망자가 길을 잡을 방향이 절대 아니었다. 그러니 추적대는 아예 그쪽으로는 관심을 두지 않았다.

이동 주술 사건 후 문제의 그 암실 창고는 건드리지 않고 그대로 두었다. 아무도 접근하지 못하도록 경비만 겹겹이 세워 두었다.

그 창고는 왕명에 따라 특별히 관리하는 곳이었다. 그래서 창고를 지키던 병사들이 괴한들의 공격을 받자 곧바로 왕성에 보고했다. 전사가 정황을 살피러 갔다가 창고 주변을 서성이는 괴한의 정체가 기사라는 사실을 알게 되었다.

"그들은 창고를 점령하고 누가 접근하면 공격합니다. 일단은 도망치지 못하도록 주변을 넓게 포위하고 있습니다."

'점령? 혹시 그 안에 플로라가? 플로라가 거길 어떻게 알고…… 마라!'

아드리트가 마라와 함께 온 게 틀림없다. 마라는 이미 유진을 납치하려 한 전적이 있었다. 아니카를 욕심내고 있으니 플로라를 데려가려 할 것이다.

"창고를 열어야 해요. 진압하는 과정에서 기사들이 다쳐도 어쩔 수 없으니 강력히 대응하세요."

새로운 지시를 받은 전사들이 창고에 도착했을 때 이미 기사들은 창고를 포기한 채 도주를 시작한 후였다. 창고를 열었더니 안에는 아무것도 없었다.

보고를 받은 유진은 심란한 표정으로 물었다.

"어떻게 기사들이 포위망을 뚫고 도망갔는가? 기사의 숫자보다 포위한 전사의 숫자가 더 많다고 하지 않았나?"

스벤이 지금 전사들을 지휘하여 기사들을 쫓는 중이었고 다른 전사가 보고하러 왔다. 전사는 당혹스러운 표정으로 질문에 곧바로 대답하지 못했다.

"송구합니다. 왕비님."

"방심하였나?"

"아닙니다. 기사의 무력이 전사를 압도했습니다."

"기사가?"

기사는 독특한 능력을 지녔을 뿐이지, 개개인의 무력은 전사와 비교할 수 없었다. 기사 열한 명 정도는 그 반도 안 되는 숫자의 전사들로도 잡을 수 있어야 한다.

유진은 상제가 실력 좋은 자들을 선별해서 보냈나 보다 생각했다. 그래 봤자 곧 전사들에게 잡힐 것이다. 그런데 그녀의 예상과 다르게 이틀이 더 지나가도록 단 한 명의 기사도 사로잡지 못했다. 오히려 기사들은 수도의 봉쇄령을 뚫고 수도를 벗어나 본격적으로 도주를 시작했다.

"왕비님."

유진은 표정이 밝은 시녀를 보고 기대하며 물었다.

"소식이 왔나?"

추적대가 수도에서 멀어지면서 스벤이 보고서를 보내는 간격도 멀어졌다.

"전하께서 귀환하셨습니다."

가장 반가운 소식이었다. 유진이 활짝 웃으며 일어났다.

카세르의 얼굴을 보자마자 유진은 코끝이 시큰했다. 수십의 전사들이 에워싼 왕성의 깊은 곳에 있으면서도 왠지 모르게 불안했던 마음이 순식간에 안정을 찾았다.

카세르는 마중 나온 유진을 보고 괜한 헛기침을 하더니 말했다.

"다녀왔소, 왕비."

그는 자신을 맞이하러 나온 유진을 보는 순간 기분이 이상했다. 거대한 왕성이 포근하게 느껴져서 갑자기 감상에 빠진 자신이 당혹스러웠다. 심지어 평생을 산 곳이 아닌가. 새삼스러운 감상이었다.

"다녀오셨어요."

웃으며 인사말을 건네는 그녀를 보니까 만지고 싶어서 손가락이 근질거렸다. 그런데 그가 고민할 필요가 없었다. 유진이 품에 와락 안기는 바람에 그는 냉큼 그녀를 끌어안았다.

유진은 '이상하게 굴면 이 사람이 걱정할 텐데.'라고 생각하면서도 저절로 움직이는 몸을 막을 수 없었다. 익숙한 그의 품 안에서 이제 자신이 완벽하게 안전하다고 느꼈다. 그녀는 이유 없이 심술이 난 아이처럼 억지투정을 부렸다.

"왜 이렇게 늦었어요."

"고생했어."

자신의 등을 부드럽게 쓸어내리며 말하는 그의 목소리를 들으니 눈물이 날 것 같았다. 유진은 그의 품에 파고들며 더 깊이 고개를 묻었다. 국왕 부부가 재회의 기쁨을 길게 나누는 동안 주변의 다른 사람들은 머쓱한 표정으로 멀리 시선을 던졌다.

유진이 카세르에게 며칠 사이에 일어난 일에 관해 설명하고 나서 씁쓸하게 말했다.

"플로라를 왕성으로 들이는 게 아니었어요. 이번에는 다행히 별일이 없었지만, 플로라가 더 위험한 주술을 알고 있었다면 사람들이 다쳤을 거예요."

카세르가 유진의 손을 잡고 손등을 가볍게 두드리며 말했다.

"사람을 믿는 게 잘못은 아니야. 그리고 당신은 충분히 잘 대처했어."

유진은 지난 며칠 동안 자책하다가도 이만하면 잘하지 않았나, 두 마음 사이에서 왔다 갔다 했다. 그래서 그의 한마디가 큰 위로가 되었다. 자신이 이렇게 변덕스러웠나 싶을 정도로 우울감이 싹 사라졌다.

"제례는 어땠어요?"

"늘 같지. 사막이고 호수가 있고. 시간이 없어서 우리가 만났던 그 환수가 정말 호수에 없는지는 확인하지 못했어."

"아마 없었을 거예요. 사람을 피하는 것 같았어요."

두 사람이 도란도란 대화를 나누는 중에 스벤이 보낸 보고서가 도착했다.

―도망자 열한 명, 전원 사망.

급히 보낸 짧은 보고서로는 앞뒤 정황을 알 수 없었다.

'전부 자살이라도 한 건가?'

유진은 전사들이 그들을 모두 죽였을 리는 없다고 생각했다. 애초에 죽일 목적이었으면 이렇게 시간을 들여 쫓을 필요가 없다. 훨씬 빨리 마무리 지었을 것이다. 그리고 기사들이 처음부터 자살할 생각이었다면 며칠 전 창고 앞에서 결행하는 게 낫다. 그 많은 기사가 왕국의 수도 안에서 죽었으니 상제가 트집을 잡기도 좋다.

"이해할 수 없는 일투성이에요."

"스벤이 돌아오면 자세한 설명을 들을 수 있겠지. 그런데 기사들이 전사들과 비등한 실력이었다는 건 이해가 가지 않아."

"실력 좋은 기사들만 상제가 뽑아 보낸 게 아닐까요?"

"기사의 무력은 일반인 중에서 우수한 정도이지 전사를 상대할 수 있는 건 전사뿐이야."

유진은 '그렇지.'라고 중얼거리며 고개를 끄덕였다. 그녀도 저쪽 세계에서 살 때 읽은 미래를 통해 알고 있던 사실이었다. 왕에 비할 정도는 아니어도 전사 역시 타고난 초능력자다.

카세르는 시종을 불러서 암실 창고 앞에서 기사들과 대치하던 순간부터 그들이 도주하기 시작할 때까지 모든 정황을, 아무리 사소한 거라도 조사해서 가져오라고 지시했다.

"아드리트는 만나지 않은 거지?"

"네. 스벤 경이 마련해 준 그 숙소에 아직 있어요."

유진은 마라가 함께 있는지 아닌지 확실히 알 수 없는 상황에서 아드리트를 왕성으로 부를 수 없고 그렇다고 그 호텔로 갈 수도 없어서 물어보고 싶은 게 많은데도 아직 만나지 못하고 있었다.

"내가 다녀올게."

얼마 후 카세르는 아드리트를 데리고 돌아왔다. 함께 온 마라가 갑자기 가 버렸다는 말을 듣고 더 자세한 이야기는 유진과 함께 들어야겠다고 판단했다.

아드리트는 객실에 들어간 후 찾아온 스벤을 한 번 만났을 뿐, 객실 안에서 꼼짝하지 않았다. 식사나 필수품을 가져오는 직원이 문을 두드리면 아드리트는 침실로 피해 있다가 직원이 돌아간 후 나와 보는 식이었다.

아드리트가 아는 것은 기사들의 기척을 느꼈던 경험과 마라와 있었던 일뿐이었다. 그런데 유진은 그것만 듣고도 대강 어떤 상황인지 알아차렸다.

"마라……."

유진은 기가 막혀서 헛웃음이 나왔다.

"아드리트. 그 암실 창고의 주술을 통해서 어디로 가게 되니?"

"일족의 묘지입니다. 은신처 근처입니다."

"아무래도 날 만나러 온 아니카를 마라가 거기로 데려간 것 같구나."

유진한테 대강의 상황을 전해 듣고 아드리트의 표정은 사색이 되었다.

"제 잘못입니다. 제가 마라를 데려와서……."

"좋은 뜻으로 데려왔으니 네 잘못은 아니지. 플로라가 올 거라고 마라가 미리 알았던 것도 아니고."

유진은 언제든지 뒤통수를 때릴 준비가 되어 있는 마라를 더욱더 조심해야겠다고 경계심을 되새겼다. 그렇다고 당장 마라를 적대할 수는 없었다. 방랑족 은신처 문제도 있고 상제만큼 강력한 라크를 적으로 추가하면 골치 아프다.

카세르가 말했다.

"그 짧은 시간에 아니카 플로라가 마라한테 설득되었을 것 같지는 않군."

"제 생각도 그래요. 아마도…… 플로라는 마라한테 속았을 거예요."

유진이 아드리트에게 물었다.

"플로라가 그곳에 간 지 며칠이 되었는데 은신처에서 빠져나왔을 가능성이 있을까?"

"그 묘지에서 나오면 반드시 일족의 마을을 지나쳐야 합니다. 일족 중 누군가가 발견했다면 일족들은 낯선 침입자를 붙잡아 가뒀을 겁니다."

"마라가 풀어 준다면?"

"동물에 깃든 마라는 그럴 만한 능력이 없습니다."

유진은 '어떻게 하는 게 좋을까요?'라는 눈빛으로 카세르를 바라보았다. 카세르는 잠시 생각하더니 말했다.

"당분간 그대로 두지."

"그래도 될까요?"

"그곳까지 전사를 보내서 사막을 건너야 하는데 아니카를 다치지 않게 데려오려면 인력과 물자가 상당히 들어가. 그리고 데려와서 처분도 골칫거리야. 아무리 죄인이라도 아니카는 왕국에서 처벌할 수 없어. 경우에 따라서는 성도로 되돌려보내야 할지도 몰라. 아드리트. 너와 일족들이 감시해다오."

"예, 전하. 마라와 접촉하지 못하도록 철저히 막겠습니다."

아드리트 입장에서는 데리고 있으면서 감시하는 편이 훨씬 나았다. 일족의 은신처를 그 아니카가 보았으니 풀어 줬다가는 상제한테 누설할 것이 분명했다.

"그런데 마라와 접촉하지 못하도록 막을 수 있을까 모르겠네요. 작은 동물이 언제 어떻게 숨어들지 누가 알아차리겠어요. 플로라가 마라의 꾐에 넘어가면 어쩌지요?"

"아니카 플로라는 상제한테 세뇌되다시피 했어. 그러니 이런 짓을 했겠지. 그만한 신념이 쉽게 변하지는 않을 거야."

꽤 낙관적인 소리였지만, 유진은 허탈하게 웃으며 수긍했다. 그리고 플로라가 마라한테 넘어가서 상제를 적대하게 된다는 결론도 나쁘지는 않았다. 다만, 그 후에 마라가 상제 버금가는 골칫거리가 될 수도 있다. 그런데 불확실한 나중 일은 지금 걱정해 봤자다.

'한동안 플로라 생활이 꽤 고달프겠네.'

도망자들의 은신처 마을의 삶이 얼마나 척박하겠는가. 평생 호사스러운 생활을 누려 온 플로라의 눈에 찰 리가 없었다. 차라리 왕국에서 잡혔다면 자유 외에는 부족함 없는 대우를 받았을 것이다.

'설마 그런 점까지 생각해서 고생 좀 해 봐라, 이런 의도는 아니겠지?'

유진은 슬쩍 카세르를 곁눈질했다. 그의 표정만으로는 도통 알 수가 없었다.

"아드리트. 그 창고의 주술을 통해 네가 빨리 은신처도 돌아가는 게 낫겠어. 그런데 네가 주술 발동을 할 수 있겠니? 지금 호드리고 상태가 안 좋거든."

아드리트가 고개를 끄덕이며 말했다.

"두 분께 보고할 일과 허락을 구할 일이 있어서 왔습니다. 오는 김에 마라를 데려온 것뿐입니다."

아드리트는 유진이 준 고대의 술식을 일족의 어르신들에게 드렸으며 그분들의 요청으로 일족의 주요 회의가 열렸다고 말했다. 일족의 새로운 미래를 그려 보자는 계획의 첫 시도를 일족 모두 주술을 익히는 것으로 하자는 결론이 나왔다.

"저희가 주술을 배워도 된다고 허락하신다면 시작하려 합니다. 왕비님."

유진이 놀라서 되물었다.

"내 허락? 왜 내가 허락을……."

아드리트가 두 손을 모으고 그녀를 향해 고개를 깊이 숙였다. 유진은 어쩔 줄 몰라 하다가 도와 달라는 뜻으로 카세르를 보았다. 그는 '당연히 당신이 결정할 문제지.'라고 말하는 표정으로 뿌듯하게 고개만 끄덕였다. 그녀는 전혀 도움이 안 되는 그를 흘겨보았다.

유진은 크게 숨을 몰아쉬었다. 자신에게 한 일족의 운명이 달린 일은 정할 자격이 있을까.

"아드리트."

"예, 왕비님."

"주술은 너와 일족을 지킬 강력한 무기가 될 수 있을 거야. 다만, 그 무기를 너희를 지키기 위해서만 쓰고 누군가를 해하지는 않도록 노력해 줘."

"명심하겠습니다."

"너희 일족의 미래에 영광이 가득하기를 바라."

"감사합니다. 왕비님께 입은 은혜는 일족의 영혼에 새겨 잊지 않겠습니다."

대답하는 아드리트의 목소리가 약간 잠겼다.

"창고의 주술은 제가 발동할 수 있습니다. 방법을 알아 왔습니다. 그래서 이후에도 돌아갈 때 그 주술을 제가 이용해도 좋다고 허락하신다면 그리하고 싶습니다."

"그건 전하께 허락을 받아야지."

유진은 이 문제는 카세르에게 넘겼다.

"이용해도 좋다. 하지만 네가 아닌 다른 사람은 반드시 허락받아야 한다."

"예, 전하."

카세르는 아드리트가 은신처에서 왕국으로 이동하는 주술을 추가로 설치하고 싶다는 요구를 하지 않은 점을 기특하게 생각했다. 현재 주술은 은신처로 이동하는 것뿐이라서 아드리트는 왕국으로 오려면 매번 사막을 건너야 한다.

당연하게도 안으로 들어오는 주술의 설치는 허락할 수 없었다. 아드리트가 그것을 요청했다면 곤란했을 것이다.

"아드리트. 그럼 주술에 대해 좀 배운 거니?"

"부족하지만, 기본은 익혔습니다."

"그럼 궁금한 게 있어. 혹시 네가 알 수 있을까?"

유진은 플로라의 최면술에 왜 자신이 걸리지 않았는지 물어보았다. 한참을 고민하던 아드리트가 문득 뭔가가 떠오른 표정으로 말했다.

"아래는 위를 침범하지 못한다는 주술의 원칙이 있습니다. 주술이 비슷한 유형일 때 적용됩니다. 가령 한 사람이 두 명의 주술사한테 목소리를 전달받는 주술을 받았다고 할 때, 그 두 주술의 수준이 다르다면 높은 수준인 주술사의 주술만 효과가 나타납니다."

"그래서?"

"왕비님께서는 높은 수준의 최면술에 걸렸다가 깨뜨린 적이 있으신 겁니다."

"내가?"

유진은 암실 창고에서 봤던 환상을 떠올리며 '아.' 하고 탄식했다.

'그때 마라가 한 짓 덕분에 결국 플로라의 주술에 말려들지 않았다는 건가?'

유진은 쓴웃음을 지었다. 마라에 대한 감정은 '얄밉다'라는 표현이 가장 적당했다. 몇 번이고 어이없는 일을 당했는데도 마라한테 증오심이 생기지 않았다. '걔가 또 그랬어?'라는 마음이라고나 할까.

카세르는 수도로 들어올 수 있으며, 왕성 문지기에게 보여 주면 왕에게 직접 보고가 들어오는 통행증을 아드리트에게 내주었다. 아드리트가 창고의 이동 주술을 통해 돌아간 그날 밤 늦게, 스벤이 돌아왔다.

무려 이틀에 걸친 추격전은 허무하게 끝났다. 스벤은 자신이 쫓던 기사가 갑자기 제 가슴을 움켜쥐고 괴로워하더니 피를 토하며 쓰러지자 처음에는 무슨 수작을 부리는 것일까 봐 가까이 접근하지 않았다. 빈틈을 찌르면 단번에 전사를 죽일 만큼의 무위를 지닌 기사의 실력을 며칠 동안 실감한 터라 조심성이 늘었다.

하지만 한동안 쓰러진 채 미동조차 하지 않는 기사가 아무래도 이상하여 확인했다. 그런데 이미 숨이 끊어져 있었다. 조금 전까지 펄펄 날아다니던 기사의 갑작스러운 죽음이 아무래도 심상치 않았다. 혹시 다른 기사들은 어떨까 해서 흩어진 추적대에 연락을 취했더니 다른 곳의 상황도 다 마찬가지였다. 생존자는 전혀 없고 열한 구의 시체만 남았다.

"시체를 잘 수습해 운송하려 하였습니다만, 그마저도 여의치 않았습니다. 시체가 기이할 정도로 빠르게 부패를 시작했습니다."

보고를 듣던 카세르가 미간을 찡그렸다. 왕국 날씨는 고온 건조하여 부패 속도가 느렸다. 수도에서 멀어질수록 사막 기후의 특징이 사라지

긴 하지만, 기사들이 수도에서 아주 멀리까지 도망친 것도 아니었다.

"어느 정도로 빠른 부패이길래?"

"부패하는 모습이 눈으로 보일 정도였습니다. 마치 시체가 녹아 버리는 것 같았습니다. 가능한 방부 처리를 최대한 해서 시체를 운송하라고 했습니다. 그런데 수도에 도착할 무렵에는 이미 다 부패했을지도 모르겠습니다."

"정상적이지 않군."

곁에서 듣던 유진은 저쪽 세계의 지식을 떠올렸다. 부패 속도를 높이는 박테리아 작용이라든가, 바이러스를 이용해서 벌이는 전쟁이라든가. 그런데 이쪽 세상에서는 그런 게 가능할 것 같지 않았다.

"전사와 대등하게 싸웠다는 기사의 무위는 어떠했나? 전사와 차이점은?"

카세르는 혹시 상제가 전사를 상대할 무인을 만들어 내는 방법을 알아냈을까 봐 염려되었다. 그럼 배후에 라크를 두고 인간끼리 싸우는 촌극이 벌어질 것이다. 라크를 잡으려다가 애꿎은 희생자만 늘어날 수 있었다.

"어딘가 이상했습니다. 실력이 출중하기보다는…… 본인의 힘에 본인이 도취된 것 같았습니다. 반사 반응이 기이할 정도로 재빨랐는데 마치 등에도 눈이 달린 것처럼 움직였습니다."

기억을 더듬으며 기사와 맞섰던 경험을 되새기던 스벤이 문득 생각난다는 듯 말했다.

"신께서 나를 지켜 주신다, 같은 말을 여러 번 했습니다. 그리고 제 착각인지도 모르겠습니다만, 눈동자가 순간순간 붉어진 것 같기도 했습니다."

유진과 카세르의 표정이 동시에 미묘해졌다.

두 사람은 상제와 마라, 두 라크가 이상한 힘을 지닌 씨앗을 만들어 내다는 사실을 알고 있었다. 워낙 오래 살아서 터득한 힘인지, 주술의 힘을 빌렸는지는 모르겠다.

"그들이 죽을 때 나타난 증상은 어땠지?"

"다른 전사들이 목격한 모습도 다 비슷했습니다. 고통스러워하다가 피를 토했다고 합니다."

스벤이 보고를 마치고 돌아간 후 시종이 왕의 명에 따라 창고 앞에서 기사들과 대치했을 때 주변 모든 사람의 증언을 취합해서 가져왔다. 카세르가 보고서 내용 중 눈에 띄는 부분을 발견했다.

—기사가 도주하기 전에 음식을 섭취함.

그 장면을 누구도 주의 깊게 보지 않았다. 본격적인 도주를 시작하면 제대로 먹지 못할 테니까 비상식량 같은 것을 먹었다고 생각했다. 수도의 병사 대부분이 그런 경험이 있기 때문이었다. 활동기에 라크와 대치가 며칠에 걸쳐 이어질 때는 따로 식사 시간이 없이 중간중간 먹으면서 체력을 비축했다.

카세르가 알려 주는 보고서 내용을 듣고 유진은 확신에 찬 표정으로 말했다.

"틀림없어요. 상제가 기사들에게 뭔가를 준 거예요."

"그걸 먹으면 아마 잠재력이 순간적으로 폭발하는 모양이야."

"하지만 효과는 일시적인 거군요. 부작용도 심각하고요."

"억지로 끌어내는 힘을 신체가 견딜 수 있을 리가 없지. 전사와 대등할 정도면 한계 이상의 능력을 끌어냈다는 거야."

유진은 잠시 말이 없다가 아연한 표정으로 중얼거렸다.

"그 부작용을…… 기사들이 알았을까요?"

카세르는 고개를 내저었다. 스벤의 증언에 따르면 그 기사들은 전사의 공격을 받아칠 때마다 회열에 찬 표정을 지었다고 했다. 스스로 자신의 강력한 힘이 믿을 수 없어 하면서도 즐거워했다. 곧 죽음을 앞둔 자가 그런 감정을 드러내지는 않을 것이다.

"상제는 그들을 처음부터 다 죽일 생각이었던 거야. 복용한 지 고작 이틀 만에 폭사해서 죽었지. 이틀로는 절대 왕국에서 빠져나갈 수 없어."

"증인은 남겨 두지 않겠다는 거군요. 하지만 수많은 목격자는요. 기사가 상제를 위해서만 움직인다는 사실을 모르는 사람이 있나요?"

"아마…… 그들은 성도를 떠날 무렵에 이미 기사 자격을 박탈당했을 거야. 훗날 문제 삼으면 상제는 그들은 이미 기사가 아니었다고 반박했겠지."

그러나 카세르는 곧바로 맹점을 발견했다.

"그래 봤자 눈 가리고 아웅이지. 굉장히 어리석은 작전이야. 뒤를 돌아보지 않고 오직 목적만 달성하겠다는 거니까. 즉, 상제 목적은 그저 당신만 데려가면 되는 거였어."

자칫했다가 상제한테 끌려갈 뻔했던 유진은 목덜미가 서늘했다. 한편으로는 상제가 무모한 작전을 쓰면서까지 서두르는 게 의아했다.

몇 개월 전만 해도 유진이 가짜 흉내를 내면서 사제가 되는 걸 미루고 싶다고 생떼를 부릴 때, 상제는 놀고 싶은 만큼 실컷 놀아도 좋다고 느긋한 관대함을 보였다. 상제의 생각이 바뀌었다면 분명히 앞으로도 여러 변화가 있을 것이다. 문득 성도에 계실 부모님 생각이 났다.

"부모님은 괜찮으실까요? 플로라가 아르스 가문에 관해 할 말이 있다고 했던 게 신경 쓰여요. 절 끌어들이려고 그런 거겠지만."

유진은 눈이 마주친 그의 표정이 이상해서 예감이 좋지 않았다.

"뭐예요? 무슨 일 있어요?"

"아…… 무슨 일이라기보다는…… 가주님께서 왕국으로 오신다고 하셨어."

"엄마가요? 언제요?"

"건기가 시작하는 대로 출발하겠다고 하셨으니 지금쯤이면 떠나지 않으셨을까?"

"왜 제게 이야기해 주지 않은 거예요?"

유진의 눈꼬리가 치켜 올라가자 카세르는 진땀이 났다.

"당신에게 말하지 말라고 하셨거든. 당신이 알면 분명히 오지 말라고 한다면서……."

유진이 출산할 때까지 곁에서 보살피고 싶다는 다나의 간절한 마음을 카세르는 말릴 수가 없었다. 안 그래도 그는 가족과 제대로 재회한 지 얼마 되지도 않아 다시 왕국으로 돌아온 유진이 외롭지 않을까 마음이 쓰였다. 그녀의 어머니가 출산까지 그녀 곁에 있어 주면 한결 안심될 것 같았다.

갑자기 나타나서 유진이 놀라고 기뻐하는 모습을 보고 싶다는 다나의 은밀한 계획을 카세르도 은근히 동조했다.

"당연히 말려야지요. 상제가 무슨 짓을 할지도 모르는 이 마당에 장거리 여행이라니요. 엄마가 말하지 말랬다고 얘기를 안 해요?"

카세르는 시선을 피해 눈동자를 굴리더니 슬그머니 유진의 허리에 팔을 두르고 그녀를 당겨 안았다. 갑자기 그의 품에 끌려간 유진이 두 팔로 그를 밀어냈다.

"왜 이래요? 나 지금 정말로 화났어요."

유진이 거부하는데도 그는 개의치 않고 팔에 더 힘을 주어 그녀를 꼭 안았다. 힘으로는 그를 뿌리칠 수 없으니 유진은 언짢아져서 쌀쌀맞게 말했다.

"이런 식으로 문제를 해결하려고 하지 마요."

"당신한테 배운 건데?"

"뭐라고요?"

카세르는 쏘아보는 그녀에게 재빠르게 키스했다.

"걱정 마. 안전하게 무사히 오실 테니까. 전사들을 보내 놨어."

유진이 놀라서 커진 눈으로 물었다.

"언제요?"

"아마 지금쯤이면 가주님을 뵈었을지도 모르겠군."

건기가 시작된 지 고작 며칠이 지났다. 그런데 지금 전사들이 성도 근처까지 가 있으려면 한창 활동기인, 최소한 보름 전에는 출발해야 했을 것이다. 활동기에 최고의 고급 인력인 전사들을 따로 빼려면 부담스러웠을 텐데 유진은 감격했다.

그녀는 방금까지 그에게 화를 냈던 것을 잊고 그의 목을 끌어안고 솔직한 마음을 전했다.

"고마워요. 솔직히 엄마가 오신다니까 생각지도 못한 선물을 받은 것 같아요."

유진 때문에 짧은 순간에 겨울과 여름을 오간 카세르는 안도의 숨을 내쉬었다.

'이번 사건을 보니까 상제가 틀림없이 가주님께도 손을 뻗치려 하겠군.'

혹시 몰라서 미리 준비를 단단히 해 두기를 잘했다. 왕국의 전사만 보낸 것이 아니라 슬란의 왕에게도 지원을 요청했다. 두 왕국을 합쳐 최소 수십 명의 전사가 다나를 호위하러 갈 것이다. 상제가 라크의 몸으로 직접 나서지 않는 한 수십 전사들을 당해 벨 세력은 없다.

'감히 내 왕국까지 침입해서 유진을 납치하려 하다니. 네놈의 핵은 반드시 내가 깨뜨려 주겠다.'

나무가 되는 죽음도 그놈에게는 사치다. 이제 건기가 되었으니 본격적으로 움직일 때가 되었다.

*　　*　　*

'일이 뭔가 잘못되었다.'

상제가 형형한 붉은 눈으로 허공을 응시하며 이를 부득 갈았다.

분명히 얼마 전까지는 모든 일이 제 뜻대로 움직였다. 한날에 두 명의 아니카가 태어났을 때만 해도 드디어 그토록 바라던 '그때'가 곧 오리라고 기대했다.

오랜 세월에 걸쳐 방해꾼이 되는 왕은 모두 저 멀리 보내 버렸고 성도라는 작은 자신의 성을 구축하여 그 안에 아니카를 모조리 가두었다. 신의 대리인 노릇은 무척 성공적이었다. 아니카들은 스스로 성도궁에 들어와 생명력을 제공해 주었다.

두 명의 아니카 중 한 명에게 라미타가 전혀 없다는 사실을 알았을 때 뭔가가 어긋난다고 느꼈다. 그때는 그 예감을 무시했다. 아니카 진이 라미타를 되찾는다고 나서길래 탐욕스러운 그녀가 끝내 바라는 걸 얻어 낼 줄 알았다.

그런데 진이 성도에서 도망쳤을 때부터 문제의 심각성을 느꼈다. 예측이 안 되는 상황은 난생처음이었다.

더 이상 느긋하게 있으면 안 되겠다는 생각이 들었다. 그 아득한 세월에 걸쳐서 엘버가 처음으로 그 미래를 보았다. 이번 기회를 놓치면 또 얼마나 기다려야 할지 알 수 없다. 그리고 상제는 예감했다. 세상에 영원한 것은 없듯이 무한한 줄 알았던 라크의 수명도 결코 무한은 아닐 것이다. 언젠가 반드시 끝은 온다.

상제는 자연적으로 수명이 다하는 라크의 끝을 상상해 본 적도 없다. 그런 미래가 자신에게 닥칠지도 모른다고 생각하니 공포가 밀려왔다.

이제 뒤는 없다. 무조건 앞만 보고 가야 한다. 상제 노릇에 빠져 있을 때가 아니다.

때마침 공간 이동의 주술이 성공했다. 이 주술을 제대로 쓸 수 있으면 사용처가 무궁무진했다. 공간의 제약 없이 세상을 지배할 수 있게 된다.

풍부한 실험체와 플로라라는 강력한 재능의 소유자 등장으로 주술 연구는 속도가 붙었다. 플로라가 주술을 이해하고 습득하는 속도는 지금껏 상제가 보지 못한 수준이었다. 그러자 문득 떠오르는 생각이 있었다.

플로라가 엘버를 대체할 수 있지 않을까.

엘버는 유능한 주술사이지만, 항상 해야 하는 그녀와의 신경전이 때로는 지긋지긋했다.

주술사와 예언자, 둘이 꼭 하나일 필요는 없다. 플로라는 주술사가 되고 미래를 보는 능력자는 무엔 가문에서 데려오면 된다.

엘버의 능력에 버금갈 정도까지는 바라지 않는다. 그동안 쌓은 주술 지식이 상당하여 이제 엘버의 손을 빌리지 않아도 할 수 있는 일이 많았다.

상제는 플로라를 제대로 키워 보자고 마음먹었다. 기대만큼 플로라의 성장은 눈부셨다. 성소에 들어가서 본격적으로 주술을 배운 지 얼마 되지 않았는데도 낮은 수준 주술을 혼자 발동할 수 있었다.

그리고 플로라는 엘버에게는 없는 가장 중요한 것을 갖고 있었다. 욕망, 탐욕, 그리고 질시.

그것들을 충족시켜 주면 플로라는 누구보다 충실한 인형이 되어 줄 것이다.

원래는 진을 눈여겨보았었는데 플로라야말로 감추어진 보석이었다.

그래서 상제는 본격적으로 플로라를 자신의 권속으로 만들려는 계획에 돌입했다. 그 첫 관문이 아니카 진을 데려오는 일이었다.

때마침 공간 이동 주술이 실전에서 쓸 만큼 완성되었고 몸에 술식을 새기는 방식은 방랑족한테 실마리를 얻었다. 그리고 플로라에게 세계의 운명이 달린 임무로 포장한 아니카 진 납치를 맡겼다.

반드시 성공할 거라고 믿었다. 공간 이동 주술은 주술에 익숙한 사제들마저도 신의 기적이라며 벌벌 떠는 놀라운 술법이었다. 플로라가 진과 단둘이 있는 상황을 만들어 주술로 이동하면 왕국의 남은 자들은 어떤 방식인지 상상조차 못 할 것이다.

상제는 도착의 술식을 엘버를 가두어 둔 감옥의 뒤뜰에 그렸다. 그곳은 누구도 모르게 사람을 가두어 두기에는 아주 제격이었다.

건기가 시작된 날부터 그는 하루 한두 번 성도궁에 다녀오는 외에는 온종일 술식 앞을 지켰다. 진이 도착하는 즉시 제압할 수 있도록 술식 주변에 사람 몇 명도 배치했다.

건기가 시작되면 사왕이 제례를 지내며 사막으로 간다는 사실을 알고 있었고 임신한 진은 함께 가지 않을 거라고 짐작했다. 그러니 건기 시작 후 이삼일 내에는 모든 일이 끝날 것이다.

기다리던 중 드디어 그는 플로라와 함께 보낸 기사들에게 주었던 특수 씨앗을 그들이 먹은 순간을 감지했다.

「특별한 성물입니다. 아니카 플로라가 일을 완수한 후 그대들이 왕국에서 빠져나올 때 강한 힘을 줄 거예요. 능히 전사를 상대할 정도입니다.」

상제는 거짓말하지는 않았다. 하지만 진실을 말하지도 않았다.

그 씨앗을 기사들이 먹었으니 곧 플로라와 진이 돌아올 것이다. 그러나 술식은 아무런 반응이 없었다.

약 이틀 후 기사들의 목숨이 끊어지는 순간을 감지했을 때 상제는 깨달았다.

'실패했구나.'

플로라만이라도 돌아왔어야 한다. 상제는 잠잠한 술식을 보면서 미치도록 화가 치민다는 감정을 무척 오랜만에 느꼈다. 도망친 마라를 잡는 것을 끝내 실패하고 고대 일족의 서고마저 털렸다는 사실을 알았을 때의 감정이 꼭 이와 같았다.

'설마 플로라가 잡혔나?'

그럴 리가 없다. 공간 이동 주술이 모두 실패했다고 가정해야 하는데 그 주술은 완전했다.

당장은 사정을 알아볼 방법이 없었다. 그러니 상제는 또 다른 작전에 희망을 걸었다.

'아르스 가주만은 반드시 데려와야 한다.'

다나의 출발은 예정보다 늦어졌다. 딸과 곧 태어날 손자를 위해 빠짐없이 챙겼다고 생각했다가 돌아서면 가져가야 할 것이 또 생각났다. 온갖 선물을 바리바리 싸다 보니까 출발할 때 여행 짐보다 선물 짐이 두 배가 넘었다. 지나가던 사람이 마차 행렬을 보고 아르스 가주님께서 직접 상행에 나서시냐고 물어볼 정도였다.

좀 늦게 출발한 외에는 모든 것이 순조로워서 다나는 기분이 좋았다. 혹시 상제가 딴지를 걸까 봐 우려했는데 성도를 나설 때까지도 아무런 방해가 없었다. 오랜만에 집을 나서서 혼자 떠나는 장거리 여행이 즐겁고 자신이 나타나면 놀랄 딸의 표정을 상상하면 웃음이 나왔다.

짐마차에 귀물들을 많이 실었기 때문에 호위를 넉넉한 숫자로 동행했다. 수행원들과 호위까지 백 명에 가까웠으니 산짐승이나 도적의 위협도 걱정 없었다. 다만 날씨가 예상치 못한 복병으로 등장했다.

성도를 떠나고 반나절 만에 폭우가 쏟아지기 시작했다. 빗물로 질척해지는 땅을 피해 멀리 돌아가는 길을 잡아 이동했다. 하지만 일행 중 누구도 불평하지 않았다. 장거리 여행에 이 정도 변수는 예측 범위 안이었다. 그러나 일행의 먼 뒤쪽에서 은밀하게 그들을 쫓는 움직임은 누구도 알아차리지 못했다.

슬슬 날이 저물어 갔다. 폭우는 그쳤으나 부슬거리는 비는 아무래도 밤새 내릴 것 같았다. 때마침 얕은 구릉지가 눈에 띄었다. 좀 이른 시간이기는 해도 다나는 자리를 잡고 밤을 보낼 준비를 지시했다.

다수의 사람이 분주하게 돌아다니는 모습을 멀찍이 다섯 명의 사내들이 지켜보고 있었다.

"지금쯤이면 딱 좋군."

"조금만 더 어두워지면 시작할까?"

사내들이 서로를 마주 보면서 고개를 끄덕였다.

사내 중 한 명이 품 안에서 유리병을 꺼냈다. 약 한 뼘 크기의 유리병 안에는 투명하고 점도가 있는 액체가 반쯤 담겨 있고 밑바닥에 녹색의 씨앗이 가라앉아 있었다.

활동기에는 씨앗을 봉인하기 위해 더 강력한 조치를 해야 하지만, 건기에는 어지간하면 씨앗이 깨지는 일이 없으므로 소량의 기름만으로 보관이 가능했다.

사내가 유리병을 가볍게 흔들며 말했다.

"녹색 씨앗의 라크 세 마리면 저 정도 숫자는 순식간에 초토화지."

"너무 위협적이어도 곤란해. 아르스 가주는 다치지 않게 빼내야 한다고. 우선 두 마리만 풀면 어때?"

"나도 그편이 낫다고 생각한다."

다섯 명의 사내들은 기사, 정확히는 심판관이라고 불리는 자들이었다. 그들은 라크를 풀어 사람을 해치는 계획을 짜면서도 가벼운 태도로 시시덕거렸다.

심판관이 세간에 알려진 사실보다 훨씬 더 악질이라는 사실을 오히려 성도 사람들은 잘 알지 못했다. 성도 안에서는 심판관을 볼 일이 거의 없기 때문이다.

상제한테 임무를 받은 심판관들은 다나가 성도를 떠날 때부터 뒤를 밟았다.

「아르스 가주를 데려오세요. 하지만 누구도 그 사실을 알아서는 안 됩니다.」

상제는 아니카 진이 악신의 세력과 결탁한 증거를 발견했고 발각될 위험에 처하자 도망쳤으며 아니카 진을 뒤에서 후원한 사람이 아르스 가주라고 했다.

그 말의 진위는 중요하지 않았다. 명분이 없었어도 심판관들은 개의치 않았을 것이다. 그들은 상제의 명령에 무조건 복종했다.

심판관들은 어떤 짓을 해도 신의 뜻으로 정당화할 수 있는 자신들의 힘에 도취했다. 그리고 무력은 일을 해결하기 위한 가장 빠르고 쉬운 방법이다.

상제는 아르스 가주를 데려오라고만 했을 뿐 구체적인 방법까지 지시하지는 않았다. 그런데 심판관들은 누구도 몰라야 한다는 지시를 목격자의 말살이라고 해석했다. 지금껏 언제나 그런 식으로 임무를 해결해왔고 문제가 된 적은 한 번도 없었다.

"그럼 두 마리만 우선 풀지. 그리고 라크가 움직이기 시작하면 자네와 자네는……."

그들은 모여 앉아 간단하게 전략을 짰다.

라크를 풀어 상대를 치겠다니, 어떤 잔혹한 범죄자라도 이런 짓은 하지 않았다. 양심이 있어서가 아니라 본인도 위험하기 때문이다. 그야말로 너 죽고 나 죽자는 작전이었다.

그런데 기사들은 라크의 공격을 받지 않았다. 그래서 활동기 중에도 성도 바깥으로 나가 돌아다닐 수 있었다. 상제의 뒷배와 신의 은총까지, 자신들을 무적이라고 생각하는 심판관들은 왕이라도 두렵지 않았다.

날이 더 어두워지자 사내가 유리병에서 초록 씨앗 두 개를 꺼내 바닥에 던졌다. 그리고 근방에서 사냥해 잡은 족제비를 죽여 피를 내어 물에 섞은 후 그 물을 씨앗 위에 뿌리고 재빠르게 멀리 물러났다.

그들은 초록 씨앗에 닿은 핏물이 부글부글 끓어오르는 모습을 숨죽이고 지켜보았다.

평화로운 저녁이었다. 계속 내릴 줄 알았던 비가 노을이 질 무렵에 멈추었다. 다나는 붉게 물든 하늘을 바라보며 설렘과 조급함을 동시에 느꼈다.

폭우만 아니었어도 지금쯤이면 완충 지역을 지나 슬란의 국경을 통과했을 것이다. 왕국의 변경 지역보다는 오히려 완충 지역이 더 안전하다고 하지만, 다나는 어서 성도의 영향력 범위에서 벗어나고 싶었다.

"아악!"

처절한 비명을 듣고 다나는 화들짝 놀라 고개를 돌렸다. 그녀가 서 있는 장소가 식사 및 잠자리를 준비하는 공터보다 약간 지대가 낮았다. 그래서 위쪽에서 무슨 일이 일어났는지 보이지 않았다.

다나가 곧바로 움직이려 하자 곁에 있던 수행원이 만류했다.

"가주님. 제가 다녀오겠습니다."

수행원이 채 몇 걸음도 떼기 전에 호위들이 뛰어 내려왔다.

"피하십시오!"

"라크가 나타났습니다!"

다나가 눈살을 찌푸렸다. 건기에 라크라니. 건기에도 가끔은 씨앗이 깨지는 사고가 발생한다. 하지만 무척 드문 확률이어서 하필 이곳에 나타났다는 게 공교로웠다.

이어서 추가로 말을 끌고 호위들이 더 내려왔다. 다나는 상황이 심각하다고 직감했다.

"가주님. 우선은 이곳에서 멀리 피하셔야 합니다."

"내가 피해야 할 정도인가?"

"강력한 라크가 두 마리나 됩니다. 전사가 아니면 잡지 못할 겁니다."

"뭐라고……?"

다나의 목소리가 가늘게 떨렸다. 백 명에 가까운 사람들이 전멸할 거라는 말과 다르지 않았다.

그녀는 젊은 시절 상행을 다니다가 활동기에 왕국에서 발이 묶인 적이 있었고 우연히 라크를 사냥하는 전사들의 활약을 목격했다. 그때의 충격이 잊히지 않았다. 막연히 듣기만 했던 라크는 실제로 보니까 훨씬 더 무시무시한 괴물이었다. 전사들의 놀라운 무위로 겨우 사냥하는 라크를 일반 사람들은 절대 잡을 수 없을 거라고 생각했다.

"어찌 나 혼자 살겠다고 도망가란 말인가."

"가주님. 가셔야 합니다. 가주님께서 잘못되시면 저희가 여기서 다 죽어도 무슨 의미가 있겠습니까?"

"누구냐!"

그때 호위들이 갑자기 나타난 낯선 자들을 향해 무기를 빼 들었다. 다섯 명의 사내 중 한 명이 유들유들한 태도로 말했다.

"아, 그렇게 날 세울 것 없습니다. 이 위기에 지금은 가주님의 안전이 우선 아니겠습니까? 저희가 가주님을 모시겠습니다."

"아무리 급박한 상황이라 해도 낯선 자들에게 내 안전을 맡기란 말인가. 정체부터 말하라."

사내가 히죽 웃더니 과장된 태도로 상체를 숙였다.

"저희는 기사입니다. 상제 성하의 명으로 가주님을 안전하게 보호하기 위해 왔습니다. 신의 은총을 받아 감히 라크가 침범하지 못하는 저희 힘을 알고 계실 겁니다. 저희를 믿고 곁을 지킬 수 있도록 맡겨 주시지요."

다나는 주먹을 꼭 쥐었다. 이 사태에 상제가 배후에 있다는 직감이 왔다.

'신의 대리인이 아니라 인면수심의 괴물이었구나. 나를 잡으려고 생목숨을 해하다니.'

슬쩍 눈을 돌리니 안도하는 수행원들 표정이 눈에 들어왔다. 저들은 상제를 믿고 기사를 믿고 있다. 지금은 진실을 밝힐 시간 여유가 없었다.

'날 미끼로 진을 끌어들이려는 거구나.'

다나는 무겁게 눈을 감았다가 떴다. 차라리 죽을지언정 자식을 위험에 빠뜨릴 수는 없다.

"난 가지 않겠다. 내 사람들을 버리고 갈 수는 없다."

"가주님!"

애타게 부르는 주변 목소리를 무시하고 다나는 흔들리지 않는 표정으로 기사들을 노려보았다.

"가서 성하께 감사하다는 말씀만 전해 주게."

잠시 당황하던 사내들이 서로 시선을 교환하더니 더 가까이 다가갔다.

"그렇게는 안 되겠습니다. 아르스 가주님의 목숨을 가주님만의 것이 아니지요. 얼마나 중요한 분이신데요. 저희는 성하의 명에 따라 반드시 가주님을 모셔 가야 합니다."

"누가 나를 강제하겠다는 건가!"

다나가 호통치며 뒤로 물러서자 그 앞으로 호위들이 나서며 막아섰다. 그들에게는 상제보다 가주의 명이 더 우선이었다.

기사는 칫, 짜증스러운 소리를 내더니 한 개 남은 씨앗을 꺼냈다. 돌아가는 상황을 짐작하던 다나는 그것의 정체를 재빠르게 알아보았다. 그녀는 경악하여 소리쳤다.

"조심하게! 라크 씨앗이야! 네 이놈! 이런 짓을 하다니, 하늘이 무섭지도 않으냐!"

"그 하늘이 우리 편이랍니다. 가주님."

기사가 비열한 웃음을 지으며 씨앗을 바닥에 던졌다. 그런데 그때 비명이 그치면서 함성이 퍼졌다. 갑자기 분위기가 반전되는 느낌의 희망찬 목소리였다.

"가주님!"

"저기 계신다!"

낯선 사내들이 아래로 뛰어 내려왔다. 그저 달릴 뿐인데 마치 땅 위를 스치듯 날아 움직이는 것 같았다. 일반인과 전혀 다른 그 몸놀림은 누가 봐도 알 수 있었다.

잠시 굳어 있던 기사가 얼른 씨앗을 깨뜨렸다. 거대한 멧돼지로 변화하는 라크에게 전사가 던진 표창이 박혔다. 라크는 곧바로 자신을 공격한 대상을 표적으로 삼아 달려갔다.

잠시의 혼란한 틈에 기사는 다나를 사로잡으려 했다. 기사 몇 명이 합심하여 호위를 공격하고 그사이를 비집고 다나에게 손을 뻗었다.

그러나 그들의 움직임은 전사들의 눈에 간파되었다. 애초에 전사들의 임무는 라크 사냥이 아니라 다나의 보호이므로 모든 신경을 그녀에게 곤두세우고 있었다. 그러니 반응이 빠를 수밖에 없었다. 전사가 던진 검이 다나를 잡을 뻔한 기사의 팔을 자르고 지나갔다.

"으아악!"

기사가 잘린 팔을 붙들고 비명을 지르는 사이에 전사들이 도착했다. 일부는 다나를 호위하고 일부는 기사들을 제압했다. 전사들은 마치 라크 사냥을 하듯이 기사들을 때려잡았다. 전혀 힘을 아끼지 않는 전사 앞에서 기사는 무력했다. 기사 다섯 명은 순식간에 사로잡혔다.

라크 사냥을 하는 도중 혼란스러운 틈에 도망갈 수 없도록 전사는 아예 기사들의 발목 인대를 잘라 버렸다. 거침없고 잔혹한 손속이었지만 다나는 속이 다 후련했다.

세 마리 라크를 모두 사냥하기까지는 시간이 걸렸다. 초록 등급의 라크는 아무리 전사라도 손쉽게 해치울 대상이 아니었다. 그래도 서른 명에 가까운 전사들이 온 덕에 추가 피해는 없이 사냥을 마무리 지었다.

어느 정도 상황이 안정된 후 전사가 다나에게 제대로 인사를 올렸다.

"인사가 늦었습니다. 가주님을 왕국까지 오시는 동안 보위하라는 사왕 전하 명을 받았습니다. 저희가 늦는 바람에 고초를 겪으셨으니 송구할 따름입니다."

"아니에요. 우리가 길을 다른 곳으로 돌아가는 바람에 서로 어긋난 듯한데. 사위가…… 사왕께서 그대들을 보냈다고요?"

"예, 가주님. 전하께서 가주님의 안위를 걱정하시며 슬란의 왕께 도움을 청하셨습니다. 도왕 전하께서 기꺼이 전사들을 보내 주셨습니다."

다나는 흐뭇하게 고개를 끄덕였다. 역시 내 사위라는 뿌듯한 자긍심이 들었다.

그녀는 현장 수습 후 피해 상황을 전해 듣고 몹시 낙담했다. 무려 십여 명에 가까운 사람이 죽거나 목숨이 위험할 정도로 다쳤다. 라크가 나타나고 그렇게 오랜 시간이 지나지 않았는데도 초록 등급 라크가 날뛴 결과는 참혹했다.

"시신을 수습하고 부상자는 응급조치하여 마차에 태우게. 서둘러라. 우리는 어서 빨리 출발하여 슬란의 국경을 넘어야 한다."

"예, 가주님."

가주의 지시에 따라 사람들이 움직이기 시작했다.

"저들은 어찌하시겠습니까?"

전사가 다나에게 물었다. 다나는 전사들이 포위하고 있는 사내들을 차갑게 가라앉은 눈으로 내려다보았다. 그들은 꽁꽁 묶인 채 발목에서는 피를 흘리며 바닥에 널브러져 신음과 비명을 내지르고 있었다.

"기사가 죽으면 상제가 알아차린다지요."

"예, 그렇습니다."

"심지어 어디서 죽었는지도 안다고 들었습니다."

"예."

"그렇다면 슬란의 국경을 넘기 전에 처리해야겠군요. 전사까지 보내 주신 도왕 전하께 폐를 끼칠 수는 없지요. 내 사람들의 목숨값으로는 턱없이 부족하지만, 저들의 목으로 죽은 이들을 위로하겠어요."

기사들은 사로잡힌 상태에서도 눈빛만은 살아 있었다. 자신들을 건드릴 수 없을 거라고 생각했다. 그래서 다나가 죽이겠다고 선언하자 그들이 악에 받쳐 소리쳤다.

"상제 성하께서 그냥 넘기시지 않을 거요!"

다나가 픽 웃으며 말했다.

"어리석구나. 상제를 믿느냐? 상제는 너희의 죽음을 이대로 묻을 것이다."

"그럴 리 없소!"

기사들은 다가오는 칼 앞에서 상제를 목놓아 외쳤으나 응답은 없었다. 다섯의 심판관 시체는 들판에 버려 짐승의 먹이가 되게 하였다. 뼛조각조차 온전히 수습하지 못할 것이다.

처형을 마치고 다나와 일행들은 출발했다. 비록 끔찍한 일을 겪은 데다가 이미 주변이 어두컴컴했지만, 사람들 표정에 두려움은 거의 없었다. 주변을 호위하는 수십 명의 전사를 보며 마음의 안정을 찾았다. 일부 사람은 아까 전사들이 라크를 사냥하던 모습을 화제 삼아 떠들었다.

그날 자정이 되기 전, 다나는 슬란의 국경을 넘었다.

*　　*　　*

암왕 페레드는 언제나 건기가 시작된 후 며칠 안으로 성도에 왔다. 혹자는 그런 암왕을 보고 도박과 유흥에 미친 왕이라며 혀를 찼다.

하지만 페레드는 진심으로 도박을 즐겨 본 적이 없고 취할 때까지 술을 마셔 본 적도 없었다. 성년 무렵일 때의 그는 염왕처럼 활동적으로 산과 들을 자유롭게 쏘다니는 것을 즐기던 사람이었다.

세상 모든 사람이, 자신의 백성들조차 그를 손가락질해도 페레드는 개의치 않았다. 그는 백성과 신하가 자신을 원망해도 감수해야 한다고 생각했다. 어쨌든 그는 지금 자신의 왕국을 내버려 두고 있는 건 사실이었다. 왕으로서의 소임을 내팽개치고 사사로운 감정에 사로잡혀 있으니까.

복수.

그의 인생 반을 지배한 개념이었다.

그러나 적은 너무 강했다. 신의 대리인을 상대로 그가 어떤 주장을 해 봤자 누구도 귀 기울이지 않을 것이다.

그래서 그는 은밀한 정보를 모으기 시작했다. 진실과 거짓을 판별하기조차 어려운 뜬소문들, 사기꾼과 협잡꾼들이 주고받는 저열한 뒷소문들……

페레드는 빛이 있으면 반드시 그림자도 있다고 생각했다. 신의 대리인이 신은 아니다. 그렇다면 완벽할 수가 없다. 파고들면 어디선가 걸리는 게 있을 것이다.

그는 활동기가 되어 성도에 없는 동안에도 성도에 심어 둔 수하를 통해 소식을 받았다. 최근에는 흥미로운 정보를 받았다. 빈민가 실종 사건이 아무래도 이상했다. 어서 그 일을 더 조사해 보고 싶어서 서둘러 성도에 왔다.

하지만 굳게 닫힌 성문은 열리지 않았다. 성벽 위에서 기사가 소리쳤다.

"암왕 전하. 성하의 명으로 현재 성도는 봉쇄되었습니다."

"봉쇄라니? 나는 그런 소식을 받지 못했다."

"성하께서 어젯밤 급히 내린 명이십니다."

"대체 무슨 일이냐?"

"저는 그저 명받은 대로 시행할 뿐이라 자세한 사정은 알지 못합니다.”

“큰일이 생겼다면 마땅히 내가 성하를 뵈어야 하지 않겠나. 도움이 될 수 있을 터인데.”

“송구합니다. 성도의 모든 출입을 통제하고 있습니다.”

페레드는 미간이 꿈틀했다. 기사는 ‘성하께 여쭈어보겠다’라는 말을 하지 않고 주저 없이 대답했다. 즉, 상제가 봉쇄령을 내리면서 왕이라고 해도 통과시키지 말라고 지시한 것이 분명했다.

‘봉쇄령이라는 핑계로 성도에 왕이 들어오지 못하게 하려는 것 아닐까. 내 지나친 생각인가?’

지금껏 성도가 문을 닫은 적이 없었다. 성도 내부에서 큰일이 생겼다면 이미 소문이 났을 것이다. 성도의 문제가 아니라 상제에게 변고가 생겼을 가능성이 크다.

페레드는 잠시 고민했다. 일단 물러났다가 성도에 몰래 숨어드는 방법이 있다. 하지만 자칫 잘못했다가는 그동안 자신의 노력이 허사가 될지 모른다.

‘사왕은 뭔가를 알고 있을지도.’

지난 건기 끝 무렵에 아니카 진이 사라진 사건은 워낙 유명했다. 알고 보니 그녀는 하시 왕국으로 갔다고 하지만, 왜 그녀가 그런 식으로 성도에서 도망치듯 떠났는지에 관해 말이 많았다.

“성하의 뜻이 그러시다면 어쩔 수 없지. 혹시 성하께서 부르시면 언제든 와서 뵙겠다고 전하라.”

“예, 전하. 성하께 말씀 올리겠습니다.”

페레드는 고삐를 당겨 말머리를 돌렸다. 그는 동행한 전사들에게 말했다.

“하시 왕국으로 간다.”

뒤에 선 전사들의 눈이 휘둥그레졌다. 그들은 이미 저만치 달려가는 왕의 뒷모습을 바라보다가 얼른 뒤따라갔다.

카세르는 슬란에서 온 소식을 받자마자 하던 일을 다 미뤄 두고 서신부터 펼쳤다. 이미 이틀 전에는 전사한테 다나를 만나 호위 임무를 수행 중이라고 짧은 보고서를 받았다. 하지만 급히 온 소식이라 자세한 내용은 알 수 없었다.

이번에는 전사의 보고서와 함께 도왕이 직접 쓴 서신도 함께 왔다.

　—아르스 가주님을 모시고 나도 동행하려 합니다. 먼 거리에서 서신을 주고받는 것만으로는 부족함을 느끼는군요.

도왕이 다나와 함께 오겠다는 내용이 주된 용건이었다.

카세르는 이어서 전사를 보고서를 읽으며 표정이 점점 심각하게 굳었다.

'이놈이 이제 거리낌 없이 본성을 드러내는구나.'

교활하게 음지에서 일을 꾸미는 것보다 이렇게 대놓고 속내는 드러낸다는 게 결코 좋은 징조는 아니었다. 뒷일은 생각하지 않겠다는 뜻이기 때문이다.

'이놈이 원하는 게 뭘까. 마라의 말대로 원래의 세상으로 돌아가는 거라면 갑자기 서두르는 이유가 있나?'

그는 보고서를 내려놓으며 가슴을 쓸어내렸다. 전사들이 한발만 늦었어도 돌이킬 수 없을 뻔했다. 상제는 다나를 붙잡고 유진을 협박했을 것이다. 그녀는 어떤 선택을 하든 평생 마음에 맺힌 고통으로 괴로워했을 것이다.

다행히 다나는 무사히 슬란의 수도에 도착했고 도왕이 함께 있으니 더는 걱정이 없다. 다나가 하시 왕국까지 오는 것은 시간문제였다.

그는 이 기쁜 소식을 갖고 서둘러 유진에게 갔다. 그녀는 요즘 서재에서 플로라가 남기고 간 이동 주술의 술식을 열심히 연구 중이었다.

시종이 안에 고했으나 답이 없었다. 다시 문을 두드리려는 시종을 제지하고 카세르는 조용히 문을 열고 들어갔다. 그는 소리 없이 웃음을 터뜨렸다. 유진이 소파에 등을 기대고 자고 있었다. 잠들지 않으려고 했는지 평소와 달리 손에는 문서를 쥐고 있고 소파에 제대로 앉은 채 기대어 고개만 옆으로 돌린 모습이었다.

보기에 퍽 불편한 자세라 그는 제대로 눕혀 주려고 다가갔다. 옆에 앉아 그녀의 등 뒤로 팔을 넣는데 유진이 눈을 떴다. 그녀는 눈을 부릅뜨며 말했다.

"나 안 잤어요."

카세르가 웃었다.

"정말이에요. 눈만 감고 있었다고요."

"알았어."

유진이 헤실헤실 웃으면서 그에게 입을 맞췄다. 그녀는 방금 본 자각몽에서 본 장면 때문에 기분이 아주 좋았다. 드디어 바닷물 속에서 헤엄치는 작은 뱀의 모습을 제대로 보았다. 수줍음이 많은 아이인지 그녀의 시선을 느끼고 새침하게 도망가 버렸지만, 물속을 헤엄쳐 가는 그 모습이 사랑스러웠다.

그리고 카세르가 전해 주는 소식을 듣고 그녀는 더 흥분하여 그의 목에 팔을 감아 꽉 끌어안았다.

"곧 엄마가 오신다는 거군요. 고마워요. 당신이 보낸 전사들이 아니었으면 큰일 날 뻔했어요."

유진은 온몸을 간지럽히는 듯한 몽글몽글한 감정에 취해서 그의 눈코 입 가리지 않고 여기저기에 마구 입을 맞추었다. 처음에는 웃으면서 잠자코 있던 카세르가 유진의 키스 세례가 계속되자 슬쩍 얼굴을 돌려 피했다.

'피해?'

유진은 의아하기도 하고 은근히 기분도 상해서 오기가 났다. 아예 두 손으로 그의 얼굴을 꽉 잡아 움직이지 못하게 했다. 눈을 마주친 카세르가 뚱한 어조로 말했다.

"그만해."

"왜요?"

"곤란하다고."

"뭐가 곤란해요?"

"오늘 봐야 할 보고서가 많아. 집중을 못 한단 말이야."

유진은 잠시 그를 쳐다봤다가 미묘한 표정으로 고개를 갸웃하더니 한쪽 손을 그의 복부 아래쪽으로 슬그머니 내렸다. 단단해진 그의 바지 앞섶이 손끝에 닿자마자 유진은 흠칫 놀라 손을 뗐다.

시선이 마주친 그의 눈이 가느다랗게 좁혀지는 모습을 보고 유진이 멋쩍게 웃었다. 그녀는 조금 억울했다. 방금 그에게 했던 키스에 어떤 에로틱한 느낌도 없었다. 동시에 닿기만 하면 반응하는 촉수 생물 같은 그가 웃기면서도 안쓰러웠다.

임신 사실을 안 후에 키스나 포옹 외에 그는 어떤 성적인 접촉도 시도하지 않았지만, 유진은 그가 그저 참고 있다는 사실을 알고 있었다. 때때로 자신을 바라보는 그의 눈빛에서 갈망을 느꼈다. 그런데 모른 척했다. 모른 척할 수밖에 없었다. 쏟아지는 잠과 입덧 증상 등 자신 몸에서 벌어지는 변화를 감당하는 것만으로도 힘겨웠다.

이제 임신 넉 달 반이 지나가면서 낯선 변화에 어느 정도 적응되었다. 배가 점점 불러 가는 느낌이 때로는 버겁기는 해도 무럭무럭 자라는 아이를 생각하면 그 버거움이 오히려 벅찬 감동으로 느껴질 때가 있었다. 다행히 입덧 증상이 거의 사라지고 이제는 식욕이 돌아왔다. 그러자 며칠 전부터는 한동안 잊었던 욕구를 느끼기 시작했다.

임신 전에는 카세르가 불가피하게 그녀의 곁에 없을 때만 제외하면 거의 매일 동침했다. 그와의 정사는 언제나 뜨겁고 격렬했다. 말초 신경에 찌릿찌릿 전기가 오르는 것 같은 쾌감은 강렬한 중독성이 있었다. 그런데도 임신 초반에는 놀라울 정도로 성욕이 싹 사라져서 무성 인간이 된 기분마저 들더니 요즘은 그 쾌감이 자꾸 생각났다.

"카세르."

유진은 의미심장한 미소를 지으며 말했다.

"이제는 아이가 완전히 자리를 잡은 것 같아요."

"의관이 무슨 말을 했어?"

카세르는 의관한테 그런 내용을 전해 들은 기억이 없었다.

"제 느낌이에요. 어떤 유능한 의사보다도 엄마의 감이 가장 정확할 때가 있지요."

유진은 바닷물 속에서 유유히 헤엄치던 작은 뱀을 떠올리며 말했다.

"다행이군. 당신이 그렇게 느낀다니 그런 거겠지."

"그리고 의관 말로는 안정기가 되면…… 해도 된대요. 물론 조심해야겠지만."

"뭘?"

유진은 단번에 알아듣지 못하는 그를 흘겨보면서 시선을 그의 복부 아래쪽으로 내렸다가 다시 그와 눈을 마주쳤다. 순간 그의 눈빛이 흔들리면서 목울대가 꿀꺽 넘어가자 유진은 웃음을 터뜨렸다.

"의관이 왜 그런 말을 해?"

유진은 곧바로 대답하지 못하고 민망해하는 기색으로 작게 대답했다.

"물어봤거든요."

아무리 의사라지만 그런 질문을 할 수 있으리라고는 불과 반년 전 자신이라면 상상도 못 했을 것이다. 이래서 사람이 나이가 들고 경험이 많아지면 뻔뻔해지나 보다.

"당신이…… 물어봤다고?"

카세르의 눈빛에 기이한 빛이 감돌았다.

"그럼 오늘이라도?"

유진은 갑자기 바짝 다가오는 그의 어깨를 밀어냈다.

"오 개월이면 확실히 안정기니까 괜찮을 거랬어요."

"오 개월……."

그의 눈빛에서 시시각각 변화하는 희열과 좌절의 감정이 빤히 읽혔다. 그럼 앞으로 보름? 보름만 기다리면? 보름씩이나? 유진은 그동안 카세르가 그다지 내색을 하지 않아서 이 정도로 그가 간절히 원하는 줄 몰랐던 터라 그의 조급해하는 반응이 놀라웠다.

"그리고 주의 사항이 몇 가지 있는데……."

"뭔데?"

집중력이 최고조로 치솟은 듯한 그의 표정을 보니 유진은 슬쩍 장난기가 돌았다.

"여기서 말하긴 좀 그렇고…… 오늘 밤에 말해 줄게요."

"여기서 말하면 안 되는 이유가 뭐야? 우리밖에 없잖아."

"채신없이 굴지 마요, 사왕 전하."

"채신이고 뭐고……."

바깥에서 문을 두드리며 시종이 '전하.'라고 카세르를 불렀다. 작은 한숨을 내쉬는 그의 얼굴에 귀찮아하는 기색이 역력했다. 유진이 웃음을 참으며 말했다.

"당신 부르잖아요."

카세르는 못마땅해하는 표정으로 그녀를 온몸으로 누를 것처럼 바짝 밀착한 상체를 세웠다. 유진도 반쯤 눕듯이 흐트러진 자세를 바로잡고 나서 카세르가 바깥을 향해 대답했다. 곧 시종이 들어오더니 고했다.

"전하. 라바 왕국의 염왕 전하께서 오셨습니다. 사전에 이미 약속이 되어 있다고 하셨는데 저희가 들은 바가 없어서 우선 바깥 응접실로 모셨습니다."

카세르는 미간을 찌푸리며 대답했다.

"……그래. 내가 미처 말해 두는 것을 잊었구나. 중요한 이야기가 오갈 것이니 안쪽으로 모시고 접근하는 자가 없도록 경비를 단단히 하라."

"분부 받잡습니다. 전하."

시종이 나간 후 유진이 반색하며 말했다.

"드디어 그 씨앗이 우리에게 왔네요."

유진이 성도에서 상제의 씨앗을 빼돌릴 때만 해도 단순한 호기심이었다. 그런데 돌아가는 상황을 보자니 라크가 만들어 내는 그 씨앗은 아무래도 심상치 않은 물건 같았다.

"그런데 염왕께서 서둘러 와 주셨군요. 건기가 시작되고 나서 금방 출발하신 것 같은데요."

유진은 도통 일어날 생각이 없는 듯 말없이 앉아 있는 카세르에게 말했다.

"손님이 기다려요, 카세르. 같이 갈까요?"

"당신은 여기 있어. 내가 먼저 만날 테니까. 염왕이 돌발행동으로 당신을 놀라게 하지 않도록 주의를 시켜야지."

말로는 '주의'라는 표현으로 순환했으나 그의 머릿속에서는 '경고'라는 단어가 맴돌았다.

＊　　　＊　　　＊

　　"다녀오겠습니다, 어머니."

　　"조심해요, 명왕."

　　니콜라스는 이제 병색이 거의 사라진 모친을 바라보다가 미소 지으며 말했다.

　　"제 걱정은 하지 않으셔도 됩니다. 입단속을 단단히 해 두었으니 제가 왕국에 없다는 사실이 바깥으로 새어 나가지 않을 겁니다."

　　니콜라스는 어머니를 두고 먼 길을 떠나면서도 걱정이 없다는 사실이 기적으로 느껴졌다. 그리고 이 기적을 가져다준 은인들에게 반드시 은혜를 갚을 것이다.

　　"내가 어릴 때는 어머니의 잔소리를 이해하지 못했지요. 나는 이미 다 컸고 혼자서 알아서 할 수 있는데 날 믿지 못해서 그러나 싶고."

　　리자는 아련한 표정으로 옛 기억을 떠올렸다. 그녀는 홀어머니 밑에서 자랐다. 배우지 못하고 가난한 어머니를 아니카인 자신에게 어울리지 않는다고 생각해서 부끄러워했다. 철없고 이기적이었다.

　　그런데 중년이 된 이후부터 어머니를 떠올리면 비록 배우지 못했으나 그분은 지혜롭고 심지가 굳은 분이었다고 새삼 깨닫곤 했다.

　　"지금껏 말한 적이 없지만, 내가 성도로 갔다가 다시 여기로 돌아온 이유는 내 어머니 때문이었어요. 어머니의 유언이었지요. 자식을 제대로 키우는 것은 부모의 일이라며 나는 네가 내 평생의 기쁨이었으니 너도 마땅히 네 아들을 위해 그래야 한다고. 내가 어머니께 잘못한 일이 많아서…… 그분의 유언을 저버릴 수가 없었어요."

리자가 니콜라스의 손을 잡으며 말했다.

"좋은 마음으로 왕국으로 돌아온 게 아니라서 그대에게 따뜻한 어미 노릇을 제대로 하지 못했어요."

리자는 어머니에 대한 죄책감으로 왕국에 돌아왔다. 상제가 여러 번 기사를 보내 돌아오기를 종용했으나 응답하지 않았다. 아들을 사랑해서가 아니라 왕국에 남는 것이 자신을 벌하는 거라고 생각했기 때문이었다.

세간에는 그녀가 아니카답지 않게 왕의 자식을 위한다고 알려져 있다. 그런데 사실 그녀는 한결같이 지극 정성인 아들에게 냉담했다. 그녀의 마음이 녹기 시작한 것은 병들어 죽어 가는 자신을 위해 애달파하며 백방으로 뛰어다니는 아들의 진심을 느낀 이후였다.

"명왕. 내가 그대의 마음을 아프게 했다면 염치없지만 용서해요. 나는 살면서 수많은 과오를 저질렀으나 내가 태어나서 가장 잘한 일이 그대를 낳은 거랍니다."

"어머니. 그런 말씀 마세요. 저는 어머니를 원망한 적이 없습니다."

다정히 끌어안는 모자를 보면서 주변 사람들 눈시울이 붉어졌다.

"하시 왕국까지는 먼 길이지요. 내 노파심일 수도 있지만…… 길을 다소 멀리 돌아가더라도 성도 쪽이 아니라 델러노 왕국을 지나서 가세요."

니콜라스는 안 그래도 어떤 길로 갈지 고민 중이었다.

"그런 생각을 하시는 이유가 있습니까?"

"……그저 이 나이가 되니까 내가 어릴 때 알던 모든 것들이 진실이 아니었음을 알게 되네요. 내가 왕국에서 이토록 오래 살지 않으면 몰랐을 거예요."

리자는 직접적으로 말하기가 조심스러웠다. 혹시나 신의 대리인에 대해 삿된 말을 했다가 벌을 받을까 두려웠다.

"어머니 말씀대로 하겠습니다. 무사히 잘 다녀올 테니까 염려 마세요, 어머니."

"그래요. 어련히 잘 알아서 하겠지요. 이제 그대가 결혼하고 손자를 안아 보면 더 바랄 게 없어요."

니콜라스는 쓴웃음을 지었다. 성도를 다녀온 이후 결혼에 대한 어머니의 잔소리가 부쩍 늘었다. 아무래도 돌아온 후에도 계속 시달릴 것 같았다.

*　　*　　*

카세르가 먼저 염왕을 만나겠다며 서재를 나간 후 유진은 꽤 오래 기다렸다. 족히 한 시간은 지난 후에야 시종이 서재 문을 두드렸다.

유진이 왕의 집무실과 이어지는 응접실 안으로 들어가자 소파에 앉아 있던 두 남자가 일어났다. 순간적으로 유진은 두 사람 표정에서 기묘한 분위기를 읽었다. 승자와 패자가 나뉜 것 같은 느낌? 승자는 카세르, 패자는 라이너 같았다.

"오랜만에 인사드립니다. 염왕 전하."

"다시 인사 나누게 되어 영광이오, 아니카 진."

그리고 그는 몹시 안타까운 듯 혹은 유감스럽다는 듯 말했다.

"곧 어머니가 되신다니, 축하드리오."

표정과 말하는 내용이 어울리지 않았다. 비탄의 감정을 노골적으로 드러내는 라이너를 보고 있자니 유진은 어이가 없었다. 자신의 임신으로 라이너가 낙담했다는 뜻이고 자신이 사왕과 이미 결혼한 사실을 전혀 개의치 않았다는 뜻이기도 했다.

'아예 기회를 놓친 사람 같은 반응이네. 하긴, 아니카는 평생 왕의 아이를 단 한 명만 낳을 수 있다고 알려져 있으니까.'

그런데 그 말이 진실은 아니지만, 프라즈를 지닌 왕의 아이는 한 명만 낳을 수 있다는 건 맞을 것이다. 왕의 숫자가 여섯으로 고정된 것이 언제부터인지는 정확히 알려지지 않았으나 그 이상으로 늘어난 적은 없었다.

테이블 위에는 유진의 눈에 익은 물건이 있었다. 그녀는 기름통을 보면서 라이너에게 감사 인사를 전했다.

"직접 기름통을 갖고 이 먼 길을 오는 수고를 해 주시다니요. 정말 감사합니다."

"뭐, 약속은 지켜야 하니까. 물어보고 싶은 게 참 많은데 말이오."

라이너는 신중한 표정으로 고민하더니 말했다.

"환수를 부릴 수 있는 그대의 능력에 대해 이제는 말해 줄 거요?"

유진은 실소가 나왔다. 가장 먼저 하는 질문이 그거라니. 왕국까지 오는 동안 자신이 들고 있는 기름통이 뭔지 궁금하지 않았던 걸까. 상제가 눈에 불을 켜고 그 물건을 찾고 있다는 사실을 알았을 텐데.

라크를 향한 염왕의 집착은 편집증에 가까운 듯했다. 상제의 정체를 알게 되면 어떤 반응을 보일지 궁금했다.

잠시의 기다림도 견딜 수 없는지 라이너가 조급하게 재촉했다.

"지금 와서 딴소리할 셈은 아니길 바라오."

"그럼요. 저 역시 약속은 지킵니다."

유진은 꼬마를 데려올까 하다가 마침 좋은 생각이 났다.

"염왕 전하의 환수는 어디에 있나요? 데려오셨겠지요?"

"당연한 것 아니겠소. 환수란 주인 곁에서 떨어지면 안 되는…… 예외도 있는 것 같긴 하지만. 내 환수가 필요하오?"

"제 설명을 이해하시는 데 도움이 될 거예요."

카세르가 시종을 불러 지시했다. 잠시 후 염왕의 전사가 가림막으로 덮은 커다란 새장을 갖고 들어왔다. 전사는 염왕이 시키는 대로 새장만 내려놓고 나갔다. 처음에는 조용했던 새장 안에서 요란하게 날갯짓하는 푸드덕거리는 소리가 흘러나왔다.

라이너가 새장으로 다가가면서 중얼거렸다.

"이놈이 왜 이렇게 난리야."

그가 암막 덮개를 벗겨 내자 새장 창살에 매달려 있는 독수리가 모습을 드러냈다. 유진은 새삼 감탄했다. 지난번에 잠깐 봤을 때도 느꼈지만, 하늘의 제왕 독수리라는 이미지에 딱 들어맞는 생김새였다. 동물도 확실히 외모가 있다. 아주 잘생긴 독수리였다.

'그런데 날지는 못하지.'

날 수 없는 환수를 날짐승 모습으로 만들다니, 라이너 취향이 참 고약하다는 생각이 들었다.

라이너가 새장 문을 열고 안쪽으로 팔뚝을 들이댔다. 아마 평소라면 독수리는 냉큼 주인의 팔에 올라탔을 것이다. 그런데 무신경한 라이너가 알아차리지 못했을 뿐, 독수리의 붉은 눈동자는 계속 자신에게 향해 있다는 사실을 유진은 알고 있었다.

독수리는 주인을 모른 척하고 곧바로 새장을 나왔다. 환수의 돌발행동에 라이너가 잠시 당황한 사이 독수리가 두 다리로 부지런히 달려갔다.

"야, 크라크!"

라이너가 기겁하며 재빠르게 몸을 날려 독수리 몸통을 두 손으로 붙들었다. 그래서 유진의 곁으로 다가가는 데 실패한 크라크는 애처로운 눈빛으로 유진을 보며 날개를 푸드덕거렸다. 덩치만 다를 뿐이지 그 모습은 유진이 꼬마를 처음 만났을 때 반응과 비슷했다.

'아부가 확실히 보통 녀석이 아니구나.'

아부는 유진을 처음 봤을 때 아주 신중하게 반응했다. '다가가도 될까?'라고 묻는 것처럼 거리를 두고 유진의 눈치를 살폈다. 모든 환수가 그러한 영민함을 타고나지는 않을 것이다.

'아부가 왕의 환수가 되어서 다행이야. 만약 인간에게 반감을 품은 상태로 더 나이가 들었으면 그 두 마리 괴물 라크처럼 되었을지도 몰라.'

"염왕 전하. 괜찮으니까 놓아주세요. 그래야 제 능력을 보여 드릴 수 있으니까요."

라이너는 여전히 불안한 표정으로 환수를 꽉 잡고 있다가 미동 없이 태연하게 앉아 있는 카세르를 본 후에 손에 힘을 풀었다. 위험한 상황이었다면 사왕이 저러고 있지는 않았을 것이다.

자유의 몸이 된 독수리가 유진의 앞으로 쪼르르 달려가더니 두 날개를 활짝 펼치고 끼익끼익 소리를 냈다. 바로 앞까지 다가온 독수리의 덩치가 그녀의 생각보다 컸다. 유진이 조심스레 손을 뻗어 독수리의 부리를 톡톡 두드렸다.

"반가워, 크라크."

크라크는 유진의 반응에 용기를 얻었는지 더 바짝 다가가 그녀의 무릎 위에 턱을 얹었다. 유진이 웃으며 독수리의 머리를 쓰다듬었다.

황당해하는 라이너의 입이 떡 벌어졌다. 도무지 못 볼 꼴을 봤다는 표정으로 크라크를 향해 손가락질하며 말도 나오지 않는지 몸짓으로만 자신의 기분을 표현했다.

카세르는 라이너의 반응을 보고 있자니 아부가 유진에게 애교를 부리는 모습을 처음 봤을 때가 떠올랐다. 그때 자신의 감정도 지금의 라이너와 비슷했을 것이다.

"대체 무슨 수로…… 설마 모든 환수가 다 이러는 건 아니겠지?"

유진이 말없이 웃기만 하자 라이너가 언성을 높였다.

"모두 다 이런단 말이오?"

"지금껏 만난 환수는 다 저를 따랐어요."

"크라크."

라이너가 부르는데도 크라크는 유진만 바라보았다.

"야, 크라크!"

크라크는 마지못해 고개를 뒤로 돌렸다. 라이너는 환수의 붉은 눈동자가 반항적으로 느껴져 충격받았다. 평소의 크라크는 아주 단순한 녀석이고 순종적이었다.

"혹시 그대가 환수를 종속시키는 거요?"

"그렇지는 않아요. 주인의 명령을 당연히 우선시할 거예요. 그저 환수가 절 좋아할 뿐이에요. 그리고 저도 정확한 이유는 모르지만, 짐작 가는 데는 있어요. 제 라미타가 남다른 편이거든요."

유진의 이어지는 설명을 듣고 잔뜩 흥분했던 라이너의 표정이 점차 심드렁해졌다. 그리고 김이 빠졌다는 듯 말했다.

"그렇다면 그대만의 능력이군. 누가 배울 수도 없고 그대 외에 누가 또 가능한 능력도 아니고."

"네, 그렇지요."

"내가 배울 수 없다면 어떤 능력인지 알아봤자……."

유진은 미적지근한 라이너의 반응이 뜻밖이었다. 유진이 비록 자각몽 꿈에 관해 말하지는 않았지만, 자신의 라미타가 아마 역대 아니카 중에서는 최고일 거라고 넌지시 말했는데도 그는 크게 흥미를 보이지 않았다. 확실히 보통 사람과 관심사가 다른 듯했다.

라이너는 여전히 유진 앞을 떠나지 않는 환수를 응시하다가 중얼거렸다.

"그런데 내가 저 녀석을 단속하지 않아도 되는 건 편하군. 다들 환수를 워낙 무서워하니까."

그가 아예 커다란 새장을 들고 다니는 이유가 그래서였다.

라이너는 '저놈은 무슨 복으로.'라는 심정으로 카세르를 바라보았다. 아니카 진은 왕을 껄끄러워하지 않고 환수에게도 호의적이니 이런 아니카가 둘은 없을 것 같았다.

라이너가 후계자를 바라는 신하들의 호소를 모른 척하는 이유는 자신을 두려워하는 여자의 마음을 사려고 전전긍긍하기가 싫기 때문이었다. 후계자를 얻어야 하니까 언젠가 결혼을 하긴 해야 하지만, 되도록 미루고 싶었다.

시선을 느낀 카세르가 라이너를 보더니 삐딱하게 고개를 기울였다. 라이너는 왠지 모를 심술이 불쑥 치솟았다.

"사왕. 여기서 사막으로 나가려면 금방이지?"

"그렇다."

"나가서 붙자. 사막이야 다 뒤집어 놔도 사막이잖아."

"……갑자기 무슨 헛소리야?"

"내가 이걸 들고 여기까지 왔는데 그 정도 보상은 있어야지."

카세르가 한숨을 내쉬었다.

"화제 전환하지 마라. 지금 중요한 이야기 중이다."

"이야기는 나중에 이어서 하면 되지. 나가자고."

"싫다. 난 할 일 많아."

라이너는 테이블 위의 기름통을 들고 냉큼 발코니로 달려갔다. 그리고 발코니 창을 열면서 응접실 안쪽을 돌아보며 말했다.

"이걸 받으려면 와야 할걸."

카세르가 얼른 쫓아갔을 때 이미 라이너는 발코니를 뛰어넘었다. 카세르는 저만치 달려가는 라이너의 뒷모습을 보며 황당한 표정으로 중얼거렸다.

"저 미친놈이……."

그는 곧바로 발코니 난간을 타고 오르며 비장한 태도로 말했다.

"저거 되찾아 올게."

유진이 미처 말을 꺼내기도 전에 그의 모습이 발코니 너머로 사라졌다. 느닷없이 혼자 남게 된 그녀는 중얼거렸다.

"굳이 쫓아갈 필요까지는 없을 텐데……."

설마 라이너가 그 기름통을 들고 어디론가 사라지지는 않을 것이다. 더구나 라이너한테 그 기름통보다 훨씬 중요한 크라크가 유진의 곁에 있었다. 그런데 저런 도발에 발끈하여 함께 유치해지는 카세르의 모습이 재미있어서 웃음이 나왔다. 그녀는 주인이 사라지거나 말거나 옆에 찰싹 붙어 있는 크라크의 머리를 쓰다듬었다.

"염왕 라이너. 확실히 특이한 사람이야."

라이너에게 상제의 정체를 말하는 건 시간을 두고 더 신중히 생각해 봐야겠다. 진실을 아는 순간 라이너는 당장 상제를 때려잡으러 가겠다고 나설 것이 분명했다.

'도왕께서 곧 오신다고 했으니까. 최소한 염왕의 돌출 행동을 막을 왕이 두 명 이상은 되어야겠지.'

* * *

―이봐, 아니카.

플로라가 고개를 들었다. 그녀는 몸을 둥글게 굽히고 무릎 사이로 고개를 파묻은 자세로 구석에 앉아 있었다. 그녀는 눈이 붉은 생쥐를 사납게 노려보았다.

"꺼져, 이 악신의 종자."

— 악신이라니. 내 말을 들어야 그 오해를 풀지.

"무슨 사악한 꿍꿍이로 날 또 속이려고. 날 이런 마굴로 끌어들였으면서!"

— 평범하게 사람 사는 마을이야.

"꺼지라고. 이 괴물아!"

마라는 혀를 찼다. 귀를 틀어막고 거부하기만 하니 답답했다. 그놈의 추종자이니 쉽지는 않을 거라고 예상은 했으나 이 아니카와 비교하면 왕국에 있는 그 아니카가 얼마나 말이 잘 통하는지 새삼 알겠다.

마라는 누가 오는 기척을 느끼고 얼른 벽 틈새로 빠져나갔다. 잠시 후 문이 열렸다. 플로라가 되는 대로 손에 잡히는 것을 그쪽으로 던졌다.

"꺼지라고 했지!"

아드리트가 재빠르게 머리를 기울여 날아오는 것을 피했다. 플로라가 아드리트를 보고 흠칫 놀라며 더 구석으로 물러났다.

그는 들고 온 쟁반을 플로라와 약간의 거리를 둔 곳에 내려놓았다. 몇 번 음식을 뒤집어썼더니 조심하게 되었다. 쟁반 위에는 식사가 담겨 있었다.

"점심입니다."

"날 어쩔 셈이야?"

"아무 짓도 안 합니다. 그냥 여기 계시면 됩니다."

"왜 날 잡아 두는 거야!"

"말씀드렸지만, 이곳은 우리 일족의 은신처입니다. 외부인이 알아서는 안 됩니다."

"웃기지 마. 너희들은 다 죄인이지? 그러니까 이런 데 숨어 사는 거잖아. 너희는 다 악신의 주구들이야."

아드리트는 묵묵히 오늘 아침에 가져다 둔 쟁반을 챙겼다. 음식이 거의 그대로 남아 있는 것을 보고 한숨을 내쉬었다.

"먹지 않으면 몸이 상합니다."

"진이 시켜서 이런 짓을 하는 거지? 진이 악신의 힘으로 이 세상을 멸망으로 몰아갈 거라고. 그걸 도와준 너희도 다 신벌을 받게 될 거야."

"그분에 대해서 함부로 말하지 마세요."

아드리트가 사나운 기세로 대꾸하자 플로라가 흠칫 놀라 방어적인 자세를 취했다. 그녀는 아드리트를 노려보며 입술을 깨물었다. 자신이 내던진 수프를 뒤집어쓰면서도 무덤덤하던 자가 오직 진의 이야기를 할 때만 반응하는 게 약이 올랐다.

아드리트는 아침 식사 쟁반을 들고 일어났다. 돌아서는 그에게 플로라가 소리쳤다.

"나, 날 이런 끔찍한 곳에 가두고 쓰레기 같은 음식만 주면서 날 말려 죽일 셈이잖아!"

그는 돌아서서 플로라를 물끄러미 바라보았다.

"비어 있은 지 좀 되었지만, 꾸준히 관리하던 집입니다. 마을에 이보다 더 낡은 집이 훨씬 많습니다. 그리고 이런 식사를 하루 세 번 꼬박 받는 사람은 아니카 님뿐입니다."

플로라는 '웃기지 마.'라는 말이 턱 밑까지 올라왔으나 말은 하지 못했다. 아드리트의 표정은 진지했다. 거짓말하는 것 같다거나 플로라를 조롱하는 기색도 없었다.

아드리트가 나간 후 플로라는 다시 무릎에 고개를 파묻고 구석에 앉아 있었다. 그런데 음식 냄새가 코로 들어오자 허기가 더 심해졌다. 단한 번도 배고픔을 느껴 본 적 없었던 플로라는 이 감각이 너무나 고통스러웠다.

그녀는 슬금슬금 쟁반 곁으로 다가가 음식을 내려다보았다. 구운 빵과 수프와 과일 몇 개가 있고 정체 모를 고기 조각도 있었다. 그녀는 숟가락을 들고 인상을 썼다. 나무 숟가락 군데군데가 얼룩덜룩했다. 보기만 해도 구역질이 났다.

그녀는 최대한의 용기를 끌어모아 수프를 떠서 입에 넣었다. 잔뜩 찡그렸던 미간이 점점 펴졌다. 숟가락질하는 손놀림이 점점 빨라졌다.

아드리트는 통나무집을 나와 어느 정도 거리까지 멀어진 후 사방을 돌아보며 소리쳤다.

"마라!"

대답이 들려오지 않았지만, 아드리트는 다시 외쳤다.

"마라! 듣고 있는 거 알아."

그는 아까 플로라의 반응으로 마라가 그녀에게 접근한 사실을 눈치챘다.

왕국에서 마라와 플로라의 접촉을 막겠다고 두 분께 약속했을 때는 방법이 있을 거라고 생각했다. 그런데 막상 돌아와 보니까 자신이 경솔하게 장담했다고 후회했다.

마을의 집은 벽에 틈이 많아서 작은 동물의 몸을 빌리는 마라를 막기란 불가능했다. 차선책으로 마라와 협상이라도 해야 할 텐데 돌아온 날부터 마라는 코빼기도 보이지 않았다.

그나마 다행스럽게도 아니카가 일족과 마라, 어느 쪽도 가리지 않고 혐오하는 배타적 태도로 일관해서 마라의 접근을 스스로 막고 있었다.

하지만 언제까지 요행에 기댈 수만은 없었다. 답답한 마음에 주술을 지키는 어르신들을 찾아가서 하소연했더니 그들은 껄껄 웃으며 말했다.

「얘야. 그놈과의 관계는 둘 중 하나뿐이란다. 이 주술을 유지하며 공생하든가, 주술을 깨든가. 그것 이외를 바라지 말아라.」

아드리트는 속마음 밑바닥에 있었던 자만심을 버리고 반성했다. 자신이 원하는 방향으로 마라를 어찌해 볼 수 있지 않을까, 그런 생각을 아예 지웠다.

"마라. 나오라니까. 널 비난하려는 게 아니고 진지하게 이야기 좀 하자."

ㅡ무슨 이야기?

아드리트는 그 자리에 주저앉았다. 잠시 후 어디선가 나타난 생쥐가 그의 발치에 모습을 드러냈다.

"저 아니카를 데려온 이유는 전에 네가 말한 주술을 쓰고 싶어서야?"

ㅡ당장 시행할 생각은 없다. 그런데 아니카는 마지막 한 수 같은 거다. 그놈은 수십을 데리고 있는데 나는 하나도 안 되냐?

아니카를 도구로 취급하는 마라 네놈의 인식 자체가 틀렸다고 말하고 싶었지만, 아드리트는 영원한 평행선 같은 생각 차이를 좁힐 수 없을 거라고 짐작했다.

"일단은 저 아니카가 우리 마을 밖으로 벗어나서는 안 돼. 그 점은 너도 동의하지?"

─ 그렇지.

"그러니까 내가 없는 동안에 아니카 감시에 협조해 줘. 돌아온 후에 네 계획이 뭔지 제대로 이야기해 보자고."

─ 어디 가는데?

"왕국에."

─ 또? 돌아온 지 얼마 안 되었잖아.

"두 분께서 여기 상황이 많이 궁금하실 테니까. 아니카를 무사히 보호하고 있다고 말씀드려야지."

─ 정성이 뻗쳤구나.

마라가 비아냥대는데도 아드리트는 신경 쓰지 않았다. 두 분께 받은 은혜에 비하면 자신이 하는 수고는 별것 아니라고 생각했다.

"내 말을 이해했지? 말로만 알았다고 했다가 또 딴짓하지 마. 이번에도 그러면 너한테 실망할 거야. 난 믿을 수 없는 상대와 앞으로의 일을 의논할 수 없어. 진심으로 하는 말이야."

— ……알았다. 근데 저 아니카, 성격이 아주 나빠.

너도 만만치 않다고, 아드리트는 속으로만 생각했다.
"궁금한 게 있는데, 네가 주는 그 씨앗. 왜 상제는 저 아니카에게 그 씨앗을 먹이지 않았을까? 그럼 네가 아니카를 여기로 데려오지 못했을 텐데."

— 위험 부담이 있어서 그렇다. 씨앗을 먹은 자의 기운이 나와 동조하거든. 그래서 어디 있는지, 죽거나 다쳤는지도 아는 거고. 근데 아니카가 먹으면 라미타를 느끼게 되어서 본체가 깨어날 확률이 높아.

"왜?"

— 배고파서 죽을 것 같은 자의 코앞에 고기를 흔드는 것과 같으니까. 그래서 나도 끝내 하지는 못했지.

아드리트가 인상을 쓰며 다그쳤다.
"왕비님께 씨앗을 먹이려고 했었어?"

— 생각만 했었다니까.

"그럼 왕은? 왕한테 먹이면 왕의 위치를 알게 되어 오히려 좋은 거 아닌가?"

─큰일 날 소리. 그걸 왕이 먹으면…… 야. 너 그딴 짓 하려는 거 아니지?

"안 해."

─**내가 주는 씨앗은 앞으로 내가 보는 앞에서 처먹어!**

"안 한다니까. 내가 너처럼 한 입으로 두말하는 줄 알아?"
아드리트는 마라가 심상치 않은 반응을 보였다고 기억해 두었다. 씨앗에 관해 궁금한 게 더 많았지만, 경계심을 살 것 같아서 그만두었다.
그는 복잡한 기분으로 생쥐를 바라보았다. 교활한 거 같으면서도 단순하고, 속이 빤히 보이는 듯하면서도 무슨 짓을 할지 예상이 안 된다.
예전의 그는 언젠가 라크가 사라지는 세상을 이상향으로 꿈꾸었다. 하지만 최근 여러 경험을 통해 가치관이 흔들렸다. 라크를 단순한 괴물로 정의할 수 없었다. 놈들도 나름대로 생각을 하면서 열심히 이 세상을 살아가고 있다.
'인간은 저들과 평화롭게 공존하는 방법을 찾아봐야 하는지도 몰라.'
아드리트는 이튿날 새벽, 은신처를 떠났다. 플로라를 감시하되 험하게 대우하면 안 된다고 일족들에게 일러두고 사막을 건너는 머나먼 여정을 시작했다.

* * *

상제가 성도 밖에 있는 모든 기사에게 귀환하라고 명했다. 성물을 삼킨 기사들은 원거리에서도 짧고 강렬한 상제의 메시지를 느낄 수 있었다. 상제와 대화를 나눈다거나 구체적인 목소리를 듣는 것은 아니었다. 기사들은 그 느낌을 '계시를 받았다'라고 표현했다.

델러노 왕국 한복판까지 들어와 있던 심판관들도 그 계시를 들었다. 그들은 부지런히 성도로 돌아가는 중이었다. 그런데 혹을 달고 있어서 좀처럼 속도가 붙지 않았다.

심판관이 뒤를 돌아보며 투덜거렸다.

"이래서야 저놈 데리고 언제 도착할지 모르겠네."

말 위에 올라탄 심판관은 고삐 외에 줄을 쥐고 있었고 그 줄의 끝에 양손이 묶인 사내가 뒤따르고 있었다. 심판관이 모는 말의 속도는 사람이 걷는 속도보다는 빨라서 묶인 사내는 거의 뛰는 속도로 따라가느라 계속 숨을 헐떡였다.

중년의 사내는 꾀죄죄한 차림새에 얼굴이나 손에는 피딱지가 굳은 생채기가 가득했다. 그리고 팔뚝까지 걷어 올라간 소매 안쪽으로 팔에 그려진 무늬가 보였다.

"그냥 죽이고 갈까?"

다른 심판관이 대꾸했다.

"성하께서 방랑족을 잡으면 반드시 생포하라고 하셨다. 우리가 이교도 수십을 잡는 것보다 방랑족 하나를 잡아가는 걸 더 기뻐하실걸."

"그야 그렇지만."

방랑족을 말에 태우고 가면 해결될 문제인데 두 명의 심판관 모두 그럴 생각이 전혀 없었다. 그들은 방랑족이 지쳐 쓰러지지 않을 속도로만 말을 몰며 끌고 가고 있었다.

"잠깐."

심판관이 말을 세우고 뛰어내렸다. 그는 나무 아래 수풀을 뒤지더니 히죽 웃었다.

"여기 토끼 덫이 있군. 근처에 마을이 있나 봐."

다른 심판관이 킬킬거리며 말을 받았다.

"잘 되었네. 이틀 동안 노숙했더니 등이 배기던 참인데."

그들이 곧 발견한 것은 마을이 아니라 작은 산장이었다. 한 명은 말과 방랑족을 지키고 한 명이 산장을 살펴보러 접근했다가 돌아왔을 때 그의 표정은 상기되어 있었다.

"지금 여자가 혼자 있어."

둘은 서로 마주 보며 입맛을 다셨다. 굳이 더 말을 나누지 않아도 그들은 눈짓만으로 서로 뜻이 통했다. 튼튼한 나무를 골라 방랑족을 단단히 묶고 근처에 말도 잘 묶어 둔 후 그들은 신이 나서 산장으로 접근했다.

"조용한데?"

"저기 봐. 저 빨래를 좀 전에 여자가 널더라고."

빨랫줄에 덜 마른 옷가지들이 매달려 있었다. 들어가서 낮잠이라도 자나 보다, 속닥이며 그들은 조용히 문을 열었다. 문을 열자마자 보이는 것은 짧은 복도였다. 그리고 복도 끝 우측으로 주방 혹은 거실이 이어지는 것 같았다.

발소리를 죽여 살금살금 복도 끝에 다다랐을 때 안쪽에서 불쑥 튀어나온 날카로운 검이 정확히 기사의 목을 겨눴다. 칼날은 울대에 아슬아슬하게 닿지 않는 상태로 멈추었다.

"움직이면 목을 날려 버리겠다."

그대로 굳은 채 서 있는 심판관 뒤를 바짝 따라가던 또 다른 심판관이 급히 몸을 돌렸다. 그러나 뒤쪽에서 문이 열리며 들어서는 전사를 보고 주춤했다.

"끌고 와라."

안쪽에서 전사들에게 지시하는 목소리가 들렸다. 전사들은 곧장 두 기사의 팔을 뒤로 꺾고 데려갔다. 기사들은 탁자 앞에 앉아 있는 녹색 머리카락의 사내를 보고 눈빛이 흔들렸다.

편왕 아킬이 그들을 싸늘하게 노려보며 말했다.

"드디어 꼬리를 잡았구나. 상제의 사냥개들. 사흘 전, 네놈들이 마을 주민들을 살해했지. 그리고 며칠도 안 되어 죄 없는 내 백성을 또 해하려 하다니, 인간 말종 같으니라고."

두 기사는 긴장된 눈빛으로 그러나 전혀 주눅이 들지 않은 태도로 대꾸했다.

"편왕 전하. 무슨 말씀을 하시는지 모르겠습니다. 오해가 있으신 듯합니다."

"오해? 네놈들은 도둑처럼 침입했다가 현장에서 잡힌 주제에 입만 살았구나."

"저희는 그저 물 한 잔 얻어 마실 수 있을까 하여……."

편왕은 더 들을 가치가 없다는 듯 자리에서 일어났다. 그리고 기사들을 내려다보며 차갑게 웃었다.

"내가 오늘은 작정하고 왔다. 상제의 개가 한 마리라도 내 눈에 띄면 배를 갈라 버리리라. 내 백성의 집 안을 악취 나는 네놈들 피로 더럽힐 수는 없지."

아킬이 전사들에게 턱짓하자 전사들이 꾸벅 고개를 숙이고 기사들을 끌어냈다. 이제 기사들 표정에서 여유가 완전히 사라졌다. 기껏해야 상제 앞으로 직접 데려가 항의하겠지, 배짱부리다가 뭔가 일이 잘못되었다고 느꼈다.

"전하! 편왕 전하! 우리는 신의 뜻을 받드는 자들입니다!"

"상제 성하께서 그냥 넘어가지 않으실 겁니다!"

기사들은 끌려가면서도 협박하듯 말했다.

"전하, 살려 주십시오!"

"며칠 전에는 방랑족을 잡은 과정에서 약간의 사고가 있었을 뿐입니다!"

곧 애원으로 바뀌었으나 아킬은 눈도 깜짝하지 않았다.

기사들의 목소리가 더는 들리지 않고 조용해졌다. 아킬은 갑작스러운 상황에 놀라서 겁은 먹은 산장의 주인을 직접 위로한 후 밖으로 나왔다. 쫓아 나온 여자가 바닥에 엎드려 왕을 배웅했다.

기사들을 처형하러 자리를 뜬 전사들이 잠시 후에 합류했다. 그리고 왕의 지시에 따라 주변을 살피러 갔던 전사들이 돌아와 보고했다.

"말과 나무에 묶인 자를 발견했습니다."

곧 왕의 일행은 현장에 도착했다. 전사가 줄을 풀어 주니 방랑족은 그대로 바닥에 주저앉았다. 눈에 쓴 안대와 입에 물린 재갈을 스스로 벗길 힘도 없는지 그저 숨만 헐떡였다.

아킬은 방랑족을 내려다보다가 중얼거렸다.

"이자를 어찌해야 할지 모르겠구나."

아킬이 방랑족을 특히 혐오하는 건 아니었지만, 불길한 자들이라는 세간의 인식을 무시할 수 없어서 껄끄러웠다. 그런데 상제와 심판관에 대한 반감 때문에 방랑족을 성도에 보내기도 싫었다.

고심하던 아킬이 인상을 쓰면서 뒤를 돌아보았다. 그리고 잠시 후 전사들도 기척을 느끼며 경계 자세를 취했다. 곧 모습을 드러낸 자를 보면서 아킬의 눈이 커졌다.

가장 앞쪽에 서 있는 사내는 낯이 익었다. 만난 적이 없었다고 해도 사내의 은발을 보면 정체를 모를 수가 없다.

"명왕······."

니콜라스가 묵례로 인사했다.

아킬이 언짢은 표정으로 말했다.

"명왕께서 내 왕국의 국경을 넘었다는 소식을 받은 적 없소만."

"사과드립니다. 급히 움직이느라 미처 전령을 보내지 못했습니다."

"이 자리에 갑자기 등장한 것도 우연이라 말할 셈입니까?"

"사실은 멀찍이 편왕께서 전사들과 이동하는 모습을 보았으나 방해가 될까 염려되어 거리를 유지했습니다. 결코 다른 뜻은 없었습니다."

명왕이 차분하게 예의를 차리자 아킬의 표정이 누그러졌다.

"내가 지금은 손님 맞을 여유가 없으니 가던 길 가시오. 이번만은 문제 삼지 않겠습니다."

"편왕. 심판관을 죽였으니 반드시 문제가 될 겁니다. 나는 하시 왕국으로 가는 길입니다. 함께 가지 않으시겠습니까?"

"뜬금없는 제안이군요."

"이유는 이동하면서 말씀드리겠습니다."

니콜라스가 방랑족에게 시선을 주면서 이어 말했다.

"저자의 처분도 하시 왕국으로 가서 결정하시지요."

*   *   *

유진은 다나가 수도로 들어왔다는 소식을 받고 환하게 웃으며 급히 마중 나갈 준비를 지시했다. 이틀 전부터 수시로 다나가 어디까지 왔는지 들으면서 시간이 빨리 지나기만을 손꼽아 기다리고 있었다.

다나의 도착이 가까워질수록 유진은 시간이 무척 더디게 흐른다고 느꼈다. 다나의 마차가 수도로 들어섰다는 말을 들은 후 '지금은 어디까지 오셨다니?라고 시녀에게 수시로 물었다.

드디어 마차 행렬이 왕성 안으로 들어왔다. 멈추어 선 마차에서 다나가 내리는 모습을 보는 순간, 유진은 눈물이 핑 돌았다. 유진과 눈이 마주친 다나가 환하게 웃었다가 울음을 참는 딸의 표정을 보고 곧바로 눈시울이 붉어졌다.

다나가 딸과의 거리가 가까워지기도 전에 양팔을 벌렸다. 하지만 마음만은 달려가고 있는데도 나이가 든 몸은 뜻대로 빠르게 움직여 주지 않았다. 드디어 딸을 품에 안고 나서 다나는 귓가에서 울리는 '엄마.'라는 호칭을 들으며 미소 지었다.

모녀는 잠시 끌어안고 있다가 서로의 얼굴을 다시 확인했다. 서로에게 늘어놓고 싶은 이야기가 끝없이 머릿속을 맴돌았지만, 잠시 미루었다.

다나가 카세르와 인사를 나누는 동안 유진은 도왕에게 인사했다.

"오랜만에 인사드립니다. 도왕 전하. 그간 평안하셨습니까? 제 어머니가 전하께 크게 신세를 졌습니다."

"별말씀을요. 아르스 가주님께서 워낙 해박한 분이라 오는 내내 뜻깊은 대화를 나누었습니다. 오히려 좋은 말동무를 잃어서 서운하군요. 곧 어머니가 되신다고 들었습니다. 축하합니다."

"감사합니다. 부디 지내시는 동안 편안하셨으면 합니다."

도왕이 카세르에게 긴히 전할 말이 있다고 하여 두 사람만 왕의 서재로 들어갔다. 그 사이에 유진은 다나와 해후의 기쁨을 나눌 수 있었다. 다나는 리차드에 대한 칭찬부터 늘어놓았다.

"도왕 전하의 덕으로 편히 왔어. 참 점잖고 사려 깊은 분이시더구나."

"네. 좋은 분이에요."

"내가 나이를 헛먹었나 보다. 사람 보는 눈만큼은 자신 있다고 생각했는데 내 오만이었어."

다나가 씁쓸하게 중얼거렸다. 그녀는 왕에 대한 편견이 있었다. 예전에는 왕과 친분이 없었으니 세간의 평으로 그들을 판단하거나 사람의 기운을 보는 자신의 능력으로 어림짐작했다. 종잡을 수 없는 왕의 기운을 보면서 왕의 성품을 단정했다.

그런데 사왕과 도왕, 두 명의 왕을 가까이에서 보니까 단점조차 찾기 힘든 인격자들이었다. 그녀는 자신이 세상을 좁게 보고 있었다고 반성했다.

유진이 애매한 표정으로 웃었다. 다나가 사왕과 도왕이 아니라 염왕을 처음 만났다면 '역시 왕은 해괴한 자들이야.'라고 생각했을 것이다.

"상제 그자에 관해서도 내가 오판을 했구나. 신의 대리인이라는 자가 그런 짓을 할 줄이야."

다나는 상제를 경계하면서도 마음속에 그어 놓은 한계선이 있었다. 상제가 어떤 지독한 짓을 해도 '설마 그 선을 넘겠어?'라는 마음이랄까. 그래서 완충지대에서 심판관들한테 습격당했을 때 그녀는 크게 충격받았다. 그리고 자신의 안일함을 자책했다.

다행히 무사하게 여기까지 왔지만, 그날 죽거나 다친 사람들은 평생 마음의 짐이 될 것이다. 그리고 자칫 잘못했으면 딸의 얼굴을 보기는커녕 딸의 마음에 큰 상처를 줄 뻔했다. 진이 자신을 보러 오던 어머니가 사고를 당했다는 소식을 들었다면 얼마나 고통스러워했겠는가.

유진은 시름이 담긴 다나의 표정을 보면서 마음이 아팠다. 처음에 다나가 온다는 소식을 들었을 때는 '성도에 계시지, 왜.'라고 은근히 다나를 탓하는 마음이 있었다.

그런데 시간이 지날수록 다나를 만날 날을 기다리며 설레었다. 임신한 딸을 보살피겠다며 먼 길 가리지 않고 오는 모정을 생각하니까 감동이 밀려왔다. 저쪽 세상에 살았을 때는 늘 갈구했던 어머니의 사랑을 지금은 듬뿍 받고 있다고, 새삼 실감이 났다.

그리고 유진은 자신이 아직 저쪽 세상의 시선을 버리지 못했다고 깨달았다.

'엄마가 절대 느슨한 분이 아닌데. 엄마가 상제를 믿을 정도면 다른 이들은 어떨까.'

이 세상 사람들 인식에 뿌리 깊게 자리 잡은 '신의 대리인'이라는 존재감을 간과했다. 이 문제는 카세르와 진지하게 의논해 봐야 할 것 같다.

"그래도 엄마, 엄마 얼굴을 이렇게 봐서 얼마나 좋은지 몰라요. 제가 철이 없지요?"

유진이 어리광을 부리자 다나가 웃었다.

"임신으로 힘들어서 얼굴이 상했을까 봐 걱정했는데 좋아 보여서 다행이다."

"한창 힘든 건 다 지났거든요."

"아이는 잘 크고? 태동은?"

"아직이요."

"슬슬 느낄 때가 된 것 같은데."

"때가 되면 하겠지요."

"태평하구나. 보통 첫 임신 때는 이런저런 걱정이 많은데."

유진은 자각몽 바닷속에서 헤엄치던 작은 뱀을 생각하며 웃기만 했다. 이곳 세상은 저쪽 세상의 의료 혜택을 기대할 수 없었다. 초음파는 물론이고 아이의 상태를 알 수 있는 검사도 불가능하다. 그런데도 걱정되지 않았다.

"슬란의 왕자비는 얼마 전에 출산했다더라."

"아, 맞다. 벌써 그렇게 되었군요. 후계자를 보셨어요?"

"도왕께서 자랑하고 싶어 하시는 눈치더라고. 그래도 사양하는 게 마땅히 예의라고 생각했어. 후계자는 왕국의 가장 귀한 보물이고 난 외부인이니까. 그런데 아니카 왕자비도 흔쾌히 권하길래 보러 갔지."

"아니카 젬마가요?"

"아들을 무척 어여뻐하더라. 다른 아니카들과 다른 모습이 보기 좋았어. 내 정신도 참, 너한테 전해 달라고 편지를 줬는데."

유진은 다나가 주는 편지를 얼떨떨한 표정으로 받았다. 전혀 예상치 못한 선물을 받은 기분이었다. 그녀는 두근거리는 마음으로 편지를 펼쳤다.

　　―아니카 진. 오랜만에 편지로 인사를 전하게 되네요.

　　임신했다는 소식은 들었어요. 축하해요.

　　난 얼마 전에 아이를 낳았어요. 예전에는 아이를 낳는 버거운 임무에서 해방되어 성도로 돌아갈 날만 손꼽아 기다렸거든요. 그런데 이제는 자는 아이의 얼굴을 보고 있으면 이 아이가 없는 인생을 상상할수가 없어요.

　　아니카 진 덕분이에요. 아니카 진이 여기 다녀간 후 모든 게 변한것 같아요. 하루아침에 달라진 건 아니었지만, 어느 날부터 왕국에서 지내는 게 더는 불편하지 않았고 배 속에서 자라는 아이에게도 정이 생겼어요. 산다는 게 다 마음먹기에 달렸더라고요.

　　그리고 좀 기이한 일도 있었어요. 이건 남편과 논의하기 어려운 문제라서요. 자각몽에 관한 것이거든요.

　　거의 출산 막바지에 자각몽을 꾸었는데 물속에 뭔가가 있었어요. 한 번도 그런 걸 본 적이 없었는데 말이에요. 자각몽 물이 오직 물뿐이라는 걸 알지요? 정확히 뭔지 제대로 보지 못하고 잠에서 깼더니 색깔만 기억났어요. 남편의 눈동자와 같은 색이었지요.

아니카 진도 혹시 자각몽에서 이상한 걸 봐도 놀라지 말아요. 내가 엄마가 되는 건 아니카 진보다 선배이니까 말해 주는 거예요.

무사하고 건강하게 아이를 낳기를 바랄게요. 기회가 되면 만나고 싶군요.

편지를 읽는 내내 유진의 입가에서 미소가 사라지지 않았다. 젬마가 더는 불행하지 않아서 다행이고 행복한 어머니 밑에서 행복하게 자랄 미래의 도왕을 생각하니까 마음이 따뜻해졌다.

'모든 아니카가 자각몽에서 아이의 프라즈를 볼까? 아니면 젬마의 마음가짐이 바뀌어서 보게 된 걸까? 어쩌면 아니카와 왕의 아이는 누구보다도 강력한 유대감을 갖는 모자지간일지도 몰라.'

라미타와 프라즈가 서로를 보완한다면 그 관계가 어머니와 아들 관계에도 적용될 것이다. 그런데 라미타와 프라즈가 서로를 거부할 때는 강하게 충돌한다.

라미타의 양면성은 라크를 죽일 수도 살릴 수도 있다는 점에서도 드러났다.

유진은 왕에 대한 거부감을 지닌 아니카들이 왕을 곁에 다가가면 공포를 느끼는 것이 그런 형태라고 생각했다. 그런 의미에서 보면 왕의 아이를 낳은 아니카가 몸이 망가진다는 풍문도 설명할 수 있다.

'프라즈를 거부하면서 프라즈를 지닌 아이를 열 달 내내 품고 있으니 몸이 더 상하는 것 아닐까?'

새삼 상제의 교활함에 치가 떨렸다. 분명히 상제는 왕과 아니카를 오랫동안 관찰하면서 프라즈와 라미타의 성질을 간파했을 것이다.

"봉쇄령? 성도를 지금 봉쇄 중이라는 말입니까?"

"내가 출발한 그 날 오후에 받은 정보입니다."

카세르의 표정이 딱딱하게 굳었다. 그에 비해서 리차드의 태도는 심각하지 않았다.

"상제가 무슨 생각을 하는지 모르겠군요. 이제 막 건기가 시작되었는데 성도를 봉쇄해서 뭘 어쩌겠다는 건지. 성도에 터 잡은 거상들의 손해가 막심할 테니 언제까지 문을 닫고 있을 수는 없을 겁니다."

"……아닙니다. 상제는 그런 문제를 전혀 상관하지 않습니다. 최악의 상황에는 상제가 성도의 거주민 전체를 인질로 이용할 겁니다."

"인질이라고요?"

황당한 소리라는 듯 리차드가 되물었다. 그런데 카세르의 표정이 진지하니 덩달아 리차드 표정도 굳었다.

"대체 무슨 일입니까?"

"내가 지금부터 하는 말은 어떤 과장도 없는 진실입니다."

카세르의 긴 이야기가 시작되었다. 듣는 동안 리차드의 표정이 수시로 변했다. 무슨 허무맹랑한 소리를 하느냐는 눈빛을 하는 순간이 있었지만, 점점 그의 얼굴에 고통과 후회, 슬픔과 분노가 수시로 떠올랐다가 가라앉았다.

카세르가 말을 마친 후 한참의 침묵이 흘렀다. 두 손으로 이마를 감싸 쥐고 고개를 숙이고 있던 리차드가 상체를 들었다. 이제 그의 눈빛에는 고통이 아닌, 꽉 억누른 분노가 흘러넘쳤다.

"누가 또 알고 있습니까?"

"도왕께 처음 말하는 겁니다."

"이제부터 어떻게 할 생각입니까?"

"너무나 무거운 진실입니다. 그놈에게 대항하려면 최소한 모든 왕이 뜻을 모아야 합니다."

리차드가 고개를 끄덕였다. 왕 한두 명이 상제를 적대하면 오히려 고립될 것이다. 그러나 여섯 왕이 한목소리를 내면 무게추는 완전히 기울어진다.

"이런 이야기를 편지나 사람을 통해 전하기 어려우니 직접 만나야 할 텐데 보통 일이 아니군요. 그사이에 봉쇄된 성도 상황이 어찌 될지 걱정입니다."

"염왕은 이미 도착해 있습니다. 명왕도 이번 건기에 방문하겠다고 했습니다."

리차드가 눈을 크게 떴다.

"염왕과 명왕까지요? 염왕은 이미 와 있다면서 왜 이 이야기를 내가 처음 듣는 겁니까?"

카세르가 한숨을 내쉬었다. 라이너를 떠올리면 저절로 한숨이 나왔다. 기름통을 들고 도주한 라이너와 사막에서 드잡이 한판을 하고 난 후, 라이너는 세상에서 가장 강한 라크가 어디에 있냐고 물었다. 가르쳐주면 뒷일 생각 안 하고 성도로 달려갈 것이 뻔해서 대답을 미루었더니 왜 약속을 안 지키냐고 매일 카세르를 닦달 중이었다.

"염왕에게는 가장 늦게 이야기할 생각입니다."

리차드가 알 만하다는 듯 웃었다.

"염왕 성정이 좀 급하지요."

그때 바깥에서 시종장이 조심스레 카세르를 불렀다. 왕의 허락을 받고 들어온 시종장이 급히 도착한 소식을 전했다.

카세르는 시종장한테 두 통의 급보를 받았다. 하나를 펼쳐본 그의 표정이 묘했다.

"암왕이 국경을 넘었다고 합니다."

두 번째를 읽으며 카세르의 눈빛이 흔들렸다.

"명왕이…… 편왕과 함께 오는 중이라고 하는군요."

리차드가 껄껄 웃었다.

"여섯의 왕이 이곳, 하시 왕국의 왕성에 모두 모이겠군요. 내 평생 이런 장관을 보게 될 줄은 몰랐습니다."

카세르는 처음으로 신의 뜻을 느꼈다. 새로운 흐름이 시작되려 한다.

6. 봉쇄와 침투

산책하는 유진의 뒤로 독수리가 종종걸음으로 따라갔다. 유진이 걷는 속도를 늦추면 크라크도 느리게 걸어 보조를 맞추고 유진이 빨리 걷기 시작하면 크라크 역시 날개를 펄럭이며 속도를 높였다. 유진은 걸음을 멈추고 뒤를 돌아보았다. 크라크 역시 딱 멈추어 서서 머리를 좌우로 갸웃갸웃 기울였다.

유진은 큰 덩치와 어울리지 않는 순한 표정의 독수리가 귀여우면서도 쓴웃음이 나왔다. 지금 크라크의 주인은 아예 환수를 방치 중이었다.

원래 크라크는 주인에 대한 집착이 강해서 잠시도 곁에서 떨어지려 하지 않았다고 한다. 그리고 라이너 곁에 다가오는 사람이 있으면 바짝 다가가서 관찰과 경계하는 태도를 보여 사람들이 무서워하므로 새장에 넣을 수밖에 없었다고 했다.

크라크가 유진 곁에 붙어서 얌전히 있으니 라이너는 환수를 단속하지 않아도 되어서 편하다며 내버려 두었다. 그런데 그 방치 상태를 주인과 환수, 둘 다 신경 쓰지 않았다.

유진은 시선을 들었다. 저 멀리 뒤쪽에 시녀들이 서 있었다. 꽤 떨어져 있는데도 겁을 먹은 표정이었다. 워낙 무서워하는 저들이 안쓰러워서 따라올 필요 없다고 말하고 싶지만, 임신 중이다 보니 그녀의 곁에 반드시 누군가가 있어야 했다.

"크아아앙!"

갑자기 풀숲에서 튀어나온 흑표범이 독수리를 덮쳤다. 흑표범은 독수리 크기의 반 정도밖에 되지 않는 덩치인데도 독수리는 무력하게 바닥에 나동그라졌다. 이번에도 기습에 성공한 아부는 기쁨의 울음소리를 냈다.

"아부. 살살해야지. 다치면 어쩌려고 그래."

유진은 말하면서도 쓸데없는 잔소리라고 생각했다. 저 정도로 환수가 다칠 리가 없는데.

크라크가 몸을 일으켜 세우며 머리를 흔들었다. 그리고 날개를 크게 펼쳐 흔들며 아부에게 불만을 표현했다. 몇 번을 당하면서도 크라크의 반응은 늘 비슷했다. 그 모습을 보면 유진은 환수에게도 타고난 성격이 있다는 걸 새삼 느꼈다.

아부는 크라크를 처음 봤을 때 무척 경계했다. 공격성을 사납게 드러내지는 않았으나 못마땅해하며 으르렁댔다. 유진이 알기로 왕의 환수끼리는 서로에게 무관심하다. 그러니 아부는 크라크 자체를 싫어한다기보다는 크라크가 유진의 곁에 있다는 사실을 싫어하는 것 같았다.

아부가 적대시하는데도 크라크는 관심을 보이지 않았다. 크라크가 바라보는 상대는 오직 유진뿐이었다. 아부가 아무리 먼저 시비를 걸어도 크라크는 언짢아하기만 할 뿐 맞서 싸우지 않았다.

크라크의 무던한 반응이 아부는 꽤 마음에 든 모양이었다. 이제 아부는 크라크를 건드리는 데 재미가 들렸다.

아부가 또다시 공격 자세를 잡고 달려든 순간 크라크가 몸을 옆으로 돌려 피했다.

"오."

유진이 발전된 크라크의 반응을 보고 추임새를 넣었다. 의기양양한 크라크에게 아부가 다시 덤볐다. 유진은 엎치락뒤치락하며 귀엽게 노는 두 마리 환수를 흐뭇하게 바라보았다. 저 멀리 서 있는 시녀들한테는 공포의 장면이었다.

걷다 보니 어느새 왕의 집무실 아래까지 왔다. 고개를 들면 집무실로 연결된 발코니 창이 보였다. 갑자기 카세르가 뭘 하고 있는지 궁금했다.

"너희는 여기서 기다려. 딴 데 가지 마."

유진은 두 마리 환수에게 일러두고 회랑을 걸었다. 안으로 들어가기 전 뒤를 돌아보니 두 마리 환수가 얌전히 앉아 있었다. 그녀는 픽 웃으며 문을 열었다.

갑자기 찾아간 거라서 유진은 시종을 먼저 불러 물었다.

"전하께서는 공무에 바쁘신가?"

"조금 전에 염왕 전하께서 납시었습니다."

"아……."

유진은 뒷걸음질 치면서 말했다.

"급한 용무가 있었던 건 아니니 전하께 아뢸 필요는 없다. 다음에 내가 뵈러 오지."

"예, 왕비님."

그녀는 얼른 돌아섰다. 왕의 집무실 근처를 어서 빨리 벗어나고 싶은 마음에 절로 속도가 붙었다. 요즘 라이너가 카세르를 수시로 찾아와 가장 강한 라크가 어디 있느냐고 캐물으며 성가시게 군다고 들었다.

'미안해요, 카세르.'

라이너와 그 정보를 미끼로 거래한 사람은 그녀인데 엉뚱하게 카세르가 괴롭힘을 당하고 있었다. 아마 유진이 임산부만 아니었어도 라이너가 집요하게 구는 대상은 그녀였을 것이다.

유진이 두 마리 환수가 기다리고 있던 곳으로 돌아와 보니 뜻밖의 손님이 와 있었다. 리차드는 나란히 앉아 있는 두 마리 환수를 신기한 눈으로 구경하고 있다가 유진이 나타나니까 그 두 마리가 그녀 곁으로 달려가는 모습을 흥미롭게 관찰했다.

"신기한 능력이 있군요, 아니카 진. 어떻게 환수를 길들였습니까?"

"길들인 게 아닙니다. 전하."

리차드는 덧붙이는 유진의 설명을 더 듣고 나서 물었다.

"어떤 환수라도 아니카 진을 따른다면 내 환수를 불러 봐도 되겠습니까?"

"아, 네. 괜찮습니다."

리차드가 허공을 응시하며 잠시 가만히 서 있었다. 얼마 후 도왕의 부름에 응답한 환수가 모습을 드러냈다. 머리부터 탐스러운 꼬리 끝까지 털이 붉은 여우였다. 그림책에서 튀어나온 것처럼 예쁜 여우를 보며 유진이 감탄했다.

여우는 유진을 바라보며 굳은 듯이 서 있다가 마치 홀린 것처럼 그녀에게 다가갔다.

"푸푸."

주인이 부르는 데도 돌아보지 않았다. 리차드는 환수가 어떤 과정으로 유진에게 친근함을 표시하는지 관찰할 셈으로 더 부르지 않고 지켜보았다. 그런데 여우는 유진에게 다가가기도 전에 흑표범과 독수리한테 앞이 가로막혔다. 아예 다른 환수들 존재를 신경도 쓰지 않고 있던 여우가 뜻밖의 방해를 받자 당황했다. 아부가 여우를 향해 포효했고 크라크는 동조하듯 날개를 크게 펼쳤다. 아웅다웅하던 두 마리가 공동의 경쟁자를 맞이하여 갑자기 죽이 맞았다.

그 모습을 보며 유진은 왠지 느낌이 좋지 않았다.

'다른 세 명의 왕도 곧 도착한다던데…….'

여섯 왕의 환수들의 보모 노릇을 할 것 같은 예감이 들었다.

안 그래도 요즘 환수들한테 둘러싸여 혼자 있을 시간이 없었다. 크라크가 곁에 있으니 아부가 샘을 내며 떨어지려 하지 않았다. 꼬마까지 슬쩍 합세하여 주변을 알짱거렸다. 그러니 플로라가 남기고 간 이동 술식 연구에 집중할 시간이 부족했다.

'근데 시간이 많아도 혼자서는 못할 거야. 누가 좀 가르쳐 줬으면 좋겠다.'

아드리트가 있으면 이것저것 물어볼 텐데.

'아드리트는 또 언제 올까? 금방은 못 오겠지. 그 은신처에서 여기까지는 너무 멀어.'

아드리트는 사막 여행을 시작한 지 며칠 만에 갑작스러운 모래 폭풍에 휘말렸다. 그리고 방향을 잃어버리는 터무니없는 실수를 했다. 그래서 평소라면 절대 발도 들이지 않을 위험 지역으로 들어가고 말았다.

그곳은 모래에 덮여 잘 보이지 않는 깊은 틈새가 여러 군데 있었다. 잘못 발을 디뎠다가는 그대로 미끄러져 끝없는 구멍 아래에 파묻혀 버리고 위에서는 계속 모래가 쏟아져 내리므로 그대로 질식해 죽었다.

아드리트는 한쪽 다리가 깊이 빠져드는 순간 아차 했다. 그러나 이미 늦었다. 마치 개미지옥에 빠진 개미처럼 그의 몸이 순식간에 아래로 빨려 들어갔다.

아래로 쏟아져 들어가는 모래와 함께 쭉 미끄러지던 온몸에 차가운 감각이 엄습했다. 그의 몸은 물속으로 가라앉고 있었다.

'수맥인가.'

상황이 절망적이었다. 땅속에 흐르는 물줄기이니 수면 위의 두꺼운 모래층을 뚫고 나가기는 불가능할 것이다. 그래도 그는 있는 힘껏 팔다리를 버둥거렸다. 그러나 금세 숨이 막혀 왔다.

'죽고 싶지 않아.'

늘 죽음을 가까이에 두었던 방랑족 아드리트는 언제부턴가 살겠다는 의지가 굳건해졌다.

의식이 거의 끊어질 때쯤 아드리트는 강렬한 힘이 자신을 잡아챘다고 느꼈다. 그게 외부의 힘인지, 그저 물살인지 알 수 없었다. 그리고 얼마나 시간이 흘렀는지 모르겠지만, 그는 온몸을 때리는 듯한 충격을 받고 정신이 들었다. 구토하듯 기침하는 코와 입으로 물이 쏟아져 나왔다.

한참 만에 겨우 기침이 멎었다. 흐릿한 눈을 꽉 감았다가 뜨며 초점을 모으자 자신을 빤히 내려다보고 있는 붉은 눈과 마주쳤다.

─또 너냐?

아드리트는 흠칫 놀라며 상체를 일으켰다. 머리 크기가 거의 아드리트의 몸통만 한 대형 거북이는 낯이 익었다.

─넌 왜 거기까지 기어들어 와서 내 휴식을 방해하는 거야. 엉?

"넌…… 아부?"

거북이 환수가 눈을 크게 뜨더니 단번에 아드리트를 삼킬 것처럼 입을 크게 쩍 벌렸다.

─뭐야. 그 이름을 누구한테 들었냐!

"네가 말했잖아."

─내가?

"아니면 내가 어떻게 알겠어."

거북이가 입을 다물며 쩝, 입맛을 다셨다. 그리고 아드리트의 모습을 아래위로 훑어보며 중얼거렸다.

─특이한 놈이로구나. 이 정도면 다들 기절할 텐데. 넌 내가 안 무서워?

"내 목숨을 두 번이나 구해 준 은인인데 무서울 리가 있겠어?"

은인이 아니더라도 아드리트는 이제 라크한테 환멸을 느끼지 않았다. 쥐의 모습으로 영악스레 떠드는 마라와 지냈더니 그 존재들이 두렵지도 않았다.

─흥. 너처럼 반지르르하게 말하는 인간은 질색이다. 내 영역에서 얼른 꺼져.

아드리트는 일어나서 거북이에게 꾸벅 고개를 숙였다.

"고마워. 서둘러서 나갈게."

그는 사방을 둘러보며 방향을 가늠하다가 점점 표정이 어두워졌다. 위험한 지역 한가운데에 있었다. 발을 디딜 때마다 신경을 곤두세워야 할 테고 속도를 낼 수 없으니 이 근방을 벗어나는 데에만 닷새 이상은 걸릴 것이다.

아드리트를 묘한 눈빛으로 바라보던 거북이가 툭 내뱉었다.

— 어디 가는 중이야?

"하시 왕국."

— 나 참, 어느 세월에?

거북이가 투덜거리다가 온몸을 부르르 떨었다. 거북이의 거대한 몸집이 줄어들기 시작했다. 환수가 변태하는 모습을 처음 보는 터라 아드리트는 넋을 잃고 구경했다. 잠시 후 둔탁한 느낌의 거북의 모습은 오간 데 없고 긴 꼬리가 달린 늘씬한 도마뱀이 모습을 드러냈다.

— 근처에서 얼쩡거리다가 또 빠지지 말고 타라.

아드리트는 사양하지 않고 얼른 도마뱀의 몸통으로 올라갔다. 그러자 환수가 '역시 특이한 놈이야.'라고 혼잣말을 했다.

올라탄 것까지는 좋았는데 도마뱀의 몸통은 미끈한 비늘로 덮여 있어서 잡을 곳이 마땅치 않았다. 손을 어디에 둘지 몰라 여기저기 더듬자 목덜미에서 마치 짐승에게서나 날 것 같은 갈기 털이 솟아 나왔다. 그는 그 털을 양손으로 움켜쥐었다.

─ 오래간만에 사람 태우는 기분도 나쁘지 않군.

거대 도마뱀이 모래 위를 평지처럼 달리기 시작했다.

＊ ＊ ＊

"모두가 연합하여 성도궁에 탄원서를 올리기로 했습니다."

에녹의 말을 들으며 패트릭이 수심 가득한 표정으로 고개를 끄덕였다.

"아버지. 어머니는 괜찮으실 겁니다. 지금쯤이면 왕국에 도착하셨을 거예요."

"그래야지. 그래야 하고말고."

패트릭은 성도가 봉쇄된 후 아내가 걱정되어 거의 잠을 이루지 못했다. 수많은 나쁜 상상이 그를 괴롭혔으나 혹시 말이 씨가 될까 봐 걱정하는 말조차 제대로 할 수 없었다.

"회주님."

바깥에서 문을 두드렸다. 잠시 후 들어온 보좌관이 막 받은 소식을 전했다.

"성도궁에서 모든 아니카한테 입궁하라는 명이 내려왔다고 합니다. 그런데 그 방식이 다소 강압적입니다. 기사를 보내어 아니카를 데려가는데 가지 않겠다는 아니카를 억지로 끌고 가는 모습을 봤다는 말이 있습니다."

방금 들은 내용이 워낙 괴상해서 에녹과 패트릭이 서로를 마주 보았다. 상제가 아니카들을 편애한다는 사실은 논쟁거리조차 되지 못했다. 아니카의 숫자가 겨우 수십에 불과하고 아니카의 탄생이 무작위이니 그들의 특권이 대물림하는 게 아니라는 등의 이유만 아니었어도 진즉 분란이 일어났을 것이다.

그런데 기사가 아니카를 강압적으로 끌고 가다니. 보좌관이 불확실한 풍문을 주워들어 보고할 리가 없을 텐데도 도무지 믿기지 않았다.

에녹이 물었다.

"성도궁에서 아니카한테 입궁하라는 이유를 뭐라고 했다던가?"

"명을 받은 기사가 아니카를 독대하여 전했다고 하니 이유는 아는 자가 없습니다."

"진이 성도에 없어서 다행입니다. 아버지."

패트릭은 심각한 표정으로 생각에 잠겼다.

"아무래도 심상치가 않다."

"예? 그럼 또 무슨 일이 있을 거라는 말씀입니까?"

"……그건 나도 모르겠다. 대체 상제가 뭘 원하는지 예측이 안 되는구나."

"성도를 기반에 둔 상회 대부분이 탄원서에 이름을 올렸습니다. 성도궁은 모두의 일치된 의견을 절대 무시할 수 없을 겁니다. 탄원서로 안 되면 더 강하게 나갈 절차도 생각해 두었습니다."

에녹은 나름대로 자신이 있었다. 성도궁이 써대는 어마어마한 재물 중 상회들의 기부금이 상당 비율을 차지했다. 당장 성도궁에 들어가는 물품만 막아도 성도궁에서 생활하는 그 많은 사람의 의식주 해결부터 막막할 것이다.

하지만 패트릭의 불길한 예감이 들어맞았다. 성도 봉쇄는 시작에 불과했다.

실제로 상제는 사제가 들고 온 탄원서를 보고 코웃음 쳤다. 이대로는 성도의 상회들이 파산할 터이니 교류를 재개할 수 있도록 성도의 문을 열어 달라는 간절한 청원과 성도궁의 재정에도 타격이 있을 거라는 약간의 협박이 섞였다. 이 탄원서를 무시하면 협박이 추가될 거라고 짐작할 수 있었다.

그러나 상제는 그저 우습기만 했다.

'지금 인간들은 너무 부유해. 수백 년 전 인간들은 이보다 훨씬 헐벗고 굶주렸어도 버티고 살았다.'

상제는 인간들이 얼마나 환경에 잘 적응하는지 알고 있었다. 있으면 있는 대로 없으면 없는 대로 살 사람은 살기 마련이다. 성도에 터 잡은 상회가 모조리 파산해서 오늘 고기를 먹던 인간이 말린 빵조각을 먹는 신세가 된다고 해도 죽지는 않는다. 오히려 고난이 더 악착같이 버티는 힘이 되어 줄 것이다.

그리고 성도 거주민의 삶이 바닥 수준으로 추락하거나 말거나 상제는 전혀 상관없었다. 자신의 발등에 불이 떨어졌는데 그게 문제인가.

지금 상제는 공든 탑이 무너지기 직전 상태에 몰려 완전히 독이 올랐다. 자신의 위대한 소망을 이루어 줄 두 아니카 모두 손아귀에서 빠져나갔다. 그렇다고 이번의 실패를 인정하고 다음 기회를 기다릴 시간이 없다. 자신에게 남은 시간이 무한하지 않다는 사실을 불현듯 깨달았기 때문이었다.

저 사막 어딘가에서 웅크리고 있는 놈도 불안 요소였다. 상제는 주술을 유지하느라, 기사들에게 먹일 씨앗을 만드느라 끊임없이 자신의 생명력을 소진했다. 아무리 아니카를 통해 생명력을 보충해도 턱없이 부족했다. 그러는 사이 시간이 흐르면 흐를수록 마라는 더 강대해질 것이다.

인간과 비교하면 상제는 이제 내리막길만 남았고 마라는 아직 더 올라갈 수 있다. 언젠가 힘의 우위가 역전될 것이다.

상제는 이제 마지막 수를 쓰기로 마음먹었다. 절대 바라지 않았건만 최악의 사태에 대비하여 준비한 계획을 쓸 때가 오고 말았다.

상제의 손에는 아직 중요한 패가 남아 있었다. 성도와 성도에 사는 인간들, 특히 아니카들.

상제는 철저한 관리를 통해 사라진 고대 일족의 핏줄이 성도 밖으로 나가지 못하도록 완전 차단했다. 대부분은 좋게 회유했지만, 끝내 말을 안 듣고 성도를 떠나는 자들은 사고사로 처리했다.

그래서 고대 일족의 피를 이은 인간들은 현재 성도 안에서만 살고 있다. 즉, 아니카는 오직 성도에서만 태어나며 아니카가 없으면 왕의 핏줄도 더는 태어나지 않는다.

'왕들은 절대 이 성도를 포기하지 못한다. 내가 이 성도를 틀어쥐고 있는 한 건드릴 수 없지.'

상제가 두려워하는 대상은 이 세상에서 오직 왕뿐이었다. 그는 실제로 왕과 맞붙어 본 적이 없는데도 본능에 새겨진 공포는 아무리 나이를 먹고 강해져도 사라지지 않았다.

그러나 단지 성도를 인질로 잡는 것만으로는 부족했다. 왕이 얼마간의 희생을 감수하며 쳐들어오면 더 물러설 곳이 없다. 그런데 상제에게는 그 문제를 해결할 방법이 있었다.

상제는 자신의 답변을 기다리며 서 있는 사제에게 말했다.

─혼란을 최소화하기 위해 나는 잠시 진실을 밝히는 것을 미루었습니다. 그런데 이토록 인내심이 부족하니 참으로 안타까운 일입니다. 위대한 그분께서 내리신 신탁을 공표하겠습니다.

사제가 화들짝 놀라며 그 자리에 무릎을 꿇었다.

"감히 신의 말씀을 경청하나이다."

─세상에 암흑이 도래하니, 나의 뜻을 받드는 가련한 나의 아이들아. 다가올 어둠에 대비하여 성채를 쌓고 식량을 비축하라. 바야흐로 성전이 시작되리라.

사제가 모아쥔 두 손을 덜덜 떨면서 고개를 들었다.
"서, 성전이라고 하시었습니까?"

─세상을 덮치는 악과 싸우는 거룩한 전쟁이 곧 벌어집니다. 이 무섭고도 위대한 전쟁에 모두 한마음으로 임해야 할 것입니다. 이것이 신의 뜻이며 곧 우리 모두를 지키는 방법입니다.

"아아……… 신이시여."

─성도는 축복받은 땅. 신의 요새입니다. 이 땅을 지키는 것이 우리의 주된 사명입니다. 자, 가서 신탁을 공표하고 신도들을 불러 모으세요. 지금까지는 모두가 동등했으나 전쟁을 치르기 위해서는 체계가 있어야 합니다. 그 선봉장에 그대 같은 사제들이 가장 큰 역할을 맡게 될 것입니다. 사제 중 한결같은 마음으로 신께 헌신한 자들에게 주교의 지위를 내리겠습니다.

성전이라는 말에 잔뜩 긴장해 있던 사제의 눈빛에 순간의 욕망이 스쳐 지나갔다. 사제는 늘 기사한테 밀리는 처지인 데다가 따로 계급이 없으니 그저 사제라고만 불렸다. 내색하지 않았어도 속으로는 자신들의 빈한한 처지를 한탄하곤 했다.

　─이 시간 이후로 성전이 끝날 때까지 누구도 성도 밖으로 나갈 수 없으며 누구도 들어오지 못합니다. 신께서 허락하신 거대한 방어막이 이 성도를 보호할 것입니다.

　성도 전체를 감쌀 수 있을 만큼 거대한 넓이의 결계.
　결계 주술을 발동하면 누구도 그 결계를 침범할 수 없다. 그 존재가 왕일지라도.
　그 주술은 상제가 고대 일족의 서고에서 우연히 발견했다. 그 발견이 주술에 관해 알아야겠다고 마음먹은 계기가 되었다. 지금껏 상제가 다양한 수준의 주술을 연구하며 시간과 재물을 쏟아부은 이유도 궁극적으로는 그 주술을 발동하기 위한 단계였다.
　그 주술은 불과 얼마 전에 완성되었다. 진과 아니카가 태어난 무렵이니 그때만 해도 두 명의 아니카를 통해 모든 일이 순조롭게 진행될 거라고 생각해서 그 주술은 봉인해 두었다.
　결계 주술은 복잡하지 않은 대신 매우 강력한 매개와 그릇이 필요했다. 주술의 재료는 사람의 목숨으로 대체할 수 있다. 최소한 수백 명을 제물로 삼아야 할 것이다. 꼭 필요하지 않은 주술을 써 보겠다며 단번에 그 많은 목숨을 희생하면 시끄러운 잡음이 날 터이니 시도하지 않았다.
　그런데 이제 상제는 수백 명이 아니라 성도 거주민의 반을 바쳐서라도 성도와 아니카를 사수할 생각이었다.
　성도를 틀어막고 기다리면 될 뿐이다. 시간은 자신의 편이었다. 인간은 고작해야 수십 년을 살고 그보다 짧은 시간에 잊을 것이다.

*　　　*　　　*

암왕 페레드가 도착했다. 사전에 지시를 받았던 병사는 페레드가 정체를 드러내자마자 두말없이 성문을 열었다.

'아무리 내가 올 것을 알았다고 해도 어떤 이유로 갑자기 찾아왔는지는 모를 텐데 왕성의 경비가 너무 허술한 것 아닌가?'

사왕이 국정 운영을 아주 열심히 한다는 소문을 들었던 터라 페레드는 의아하게 생각했다. 그는 시종이 안내하는 대로 왕성의 뜰을 걸어가다가 자신의 눈을 의심하며 멈추어 섰다.

뜰의 거대한 나무 그늘에 티 테이블을 펼쳐 놓고 잿빛 머리카락의 중년인이 앉아서 느긋하게 차를 마시고 있었다. 도왕이 자신을 빤히 보는 페레드를 발견하자 빙긋 웃으며 쥐고 있던 찻잔을 들어 올렸다. 페레드는 얼결에 묵례로 인사했다.

'도왕이 왜?'

그럴 리는 없겠지만, 페레드는 혹시 자신이 슬란의 왕성에 온 건가 생각했다. 왕성 안으로 들어가 계단을 오르던 그는 흠칫하며 걸음을 멈추었다. 계단 위에서 붉은 머리의 사내가 내려오다가 페레드를 보고는 그다지 감흥 없는 표정으로 아는 척만 하고는 지나쳐 갔다.

페레드는 이번에는 시종에게 묻지 않을 수 없었다.

"방금…… 염왕인가?"

"예, 암왕 전하."

"염왕이 왜……."

"이맘때 꼭 사왕 전하의 집무실에 들르십니다."

페레드가 던진 질문과 뭔가가 어긋나는 대답이었지만, 그는 잠자코 다시 걷기 시작했다.

페레드가 도착하기 얼마 전, 카세르는 들고 있던 펜을 거의 던지듯이 내려놓았다. 물건에 화풀이하는 습관이 없는 그가 보기 드물게 언짢은 기분을 드러내는 순간이었다. 구석에 서 있던 시종이 슬쩍 눈을 들어 윗전의 눈치를 살폈다.

'저 성가신 녀석을 어떡하지?'

카세르도 이제는 눈치챘다. 라이너는 카세르를 괴롭히는 걸 즐기고 있었다. 물론 가장 강한 라크가 어디 있는지 알아내려는 목적은 진심이겠지만, 카세르는 곧 다른 왕들이 도착하면 모두가 모인 자리에서 밝히겠다고 분명히 말했다.

그런데도 라이너는 매일 같이 찾아와 실없는 소리를 늘어놓았다. 마음 같아서는 그대로 쫓아 버리고 싶지만, 보는 눈이 많은데 무려 왕의 신분을 지닌 손님을 홀대할 수 없었다.

카세르는 항상 왕으로서 인내하고 타의 모범이 되어야 한다고 배웠고 그러려고 노력했다. 그래서 즉흥적이고 제 기분 따라 충동적으로 행동하는 라이너를 이해할 수 없었다. 그리고 라이너와 함께 있으면 묘하게 휘말리는 것 같아서 기분 나빴다. 저 정신 나간 놈이 진심으로 싫지 않은 건 더 기분 나빴다.

"전하. 암왕 전하를 모셨습니다."

카세르는 작은 한숨을 내쉬며 표정을 관리하고 대답했다.

"안으로 모셔라."

곧 문이 열리며 페레드가 성큼 안으로 걸어 들어왔다. 손님을 맞으러 일어난 카세르가 짧은 인사말을 건네며 소파에 앉기를 권했다. 그리고 모두 내보냈다. 왕끼리는 독대는 민감한 상황인데도 근래 워낙 빈번히 벌어지는 일이라 그런지 시종들은 주저하는 기색 없이 물러갔다.

"무슨 일이 벌어지고 있군요."

"그렇습니다. 며칠 안으로 명왕과 편왕도 도착할 예정입니다."

페레드의 눈빛이 순간 흔들렸다.

"성도가 봉쇄되었습니다."

"예, 들었습니다."

"왕이 모두 모이는 이유가 그 문제와 관련이 있습니까?"

"예."

"상제입니까?"

"예."

페레드의 미간이 일그러지면서 입술이 씰룩이더니 이내 웃음을 터뜨렸다. 그러나 눈에서는 형형한 빛을 뿜어내는 차가운 광소였다.

카세르는 페레드의 격앙된 감정 표현을 보면서도 놀라지 않았다. 예전에 성도에서 페레드를 만났을 때 그토록 오래 도박에 중독된 사람치고는 찌든 눈빛이 아니라고 생각했다. 유진과 함께 암왕의 왕국을 지나가면서 느꼈던 기묘한 위화감과 느닷없이 하시 왕국의 국경을 넘은 암왕의 행보까지. 이유는 알 수 없으나 이해는 간다.

따로 떼어 놓으면 의미를 부여하기 어렵지만, 모아 놓으니 암왕에게 남모를 사정이 있다고 짐작하게 되었다.

"명왕과 편왕은 언제 옵니까?"

"사나흘 안입니다."

"그럼 자세한 이야기는 다들 모인 자리에서 듣게 되겠군요."

카세르는 감탄했다. 매일 라이너와 신경전을 하느라 피곤한 참에 알아서 깔끔하게 정리하는 페레드한테 살짝 감동까지 했다. 그래서 원래는 방금 페레드가 말한 것처럼 '다들 모이면 말하겠습니다.'라고 말하려던 마음을 바꾸어 친절을 베풀었다.

"당장 급히 처리할 일은 없으니 시간을 내겠습니다. 좀 긴 이야기가 될 겁니다."

페레드는 순간 멈칫했다가 고개를 흔들었다.

"아닙니다. 지금 들었다가는 내가 참을 수 있을 것 같지가 않군요."

미련을 잘라 버리듯 페레드가 자리에서 일어났다. 그는 돌아섰다가 다시 고개를 돌리며 말했다.

"사왕. 나는 아주 오래전부터 상제, 그 터무니없는 껍데기를 뒤집어쓰고 성도궁을 차지하고 있는 그놈의 위선을 알았습니다."

처음에는 절제된 표정이었으나 점점 말을 하면서 페레드의 눈빛에는 격한 증오가 떠올랐다.

"그러나 그놈한테 풍기는 지독한 악취를 오직 나만 맡을 수 있었지요."

페레드는 끈질긴 조사를 통해 심판관이 얼마나 쓰레기들인지, 상제가 그들을 방조하는 정도가 아니라 독려하고 있다는 것, 심지어 심판관을 이용해 제 뜻에 어긋나는 자들도 은밀히 처리해 왔다는 사실을 알아냈다.

무슨 이유에서인지 성도궁에서는 종종 사제가 죽어 나왔으며 두둑한 보수로 고아 혹은 가난한 노동자들을 성도궁으로 조용히 데리고 들어가더니 그들이 시체가 되어 나오는 일도 빈번했다.

그러나 상제를 끌어내릴 명분으로는 턱없이 부족했다. 증거와 증인을 확보하기도 쉽지 않거니와 세상의 의견은 둘로 갈릴 것이 분명했다. 일부는 틀림없이 상제를 옹호할 것이다. 그런 자들도 모두 입을 닥치게 할 만큼의 결정적인 뭔가가 필요했다.

"나는 많은 것을 알고 있습니다. 그런데도 나서지 못했습니다. 며칠 후 내가 듣게 될 이야기는 며칠을 기다릴 만큼 충분히 가치가 있습니까?"

카세르가 고개를 끄덕였다.

"누구도 상상하지 못했을 진실입니다. 암왕께서 인내한 만큼 보답을 받을 겁니다."

페레드는 만감이 교차하는 표정으로 살짝 묵례하고 돌아섰다. 시종이 그를 얼마간 머물 방으로 안내했다. 시종이 물러간 잠시 후에는 페레드와 함께 온 전사들이 왕을 찾아왔다.

"너희는 어디서 지내나?"

"하시 왕국의 전사들이 숙박하는 별관이 따로 있습니다. 저희도 그쪽으로 안내받았으나 전하께서 머무시는 곳과 거리가 있으니 저희가 번을 정하여 호위를 서겠습니다."

"되었다."

"하오나……"

"이곳에서 날 위협할 상대는 왕뿐이다. 나 이외에 왕 셋이 머물고 있지. 너희가 모두 덤벼도 왕을 한 명이라도 감당할 수 있을 것 같나? 왕 넷이 합심하여 막지 못하는 외부의 공격이 있다면 너희가 막을 수도 없다. 난 개의치 말고 쉬어라."

"……예, 전하."

혼자 남은 페레드는 허리춤에 묶은 주머니를 풀었다. 주머니 안에서 작은 머리가 쏙 빠져나오더니 이내 재빠르게 뛰어나왔다. 처음 보는 사람이면 눈으로 따라가기조차 어려운 날랜 몸놀림 때문에 털이 수북하고 꼬리가 길다는 특징 외에는 알아보기가 쉽지 않았다.

페레드의 몸을 타고 오르더니 그의 손가락 끝에 긴 꼬리를 감아서 거꾸로 대롱대롱 매달리는 생명체는 어린아이 주먹 크기도 되지 않을 작은 원숭이였다.

"디타."

환수가 몸을 빙글 돌려서 페레드의 손등 위에 앉았다.

"우리가 코린의 목숨 빚을 받아 낼 날이 드디어 올지도 모르겠구나."

디타가 대답처럼 끽끽 울었다. 페레드가 미소 지으며 원숭이의 머리를 조심스럽고 다정한 손길로 쓰다듬었다. 오랫동안 페레드 곁을 보위한 측근조차도 눈을 의심할 장면이었다. 자신의 환수에게 다정히 말을 건네는 암왕이라니.

암왕은 과묵한 데다가 매사에 무심한 성품이었다. 자신의 환수에게도 무관심해서 신경 쓰기 귀찮으니 주머니에 담아 넣어 다닌다고 주변에서는 알고 있었다.

혹자는 암왕이 환수를 주변에 내보이기 창피해서 그러는 거라고 말하기도 했다. 보통 왕자가 첫 환수를 잡을 때는 자신의 능력 범위에서 가장 강한 녀석을 고르기 마련이었다. 그런데 암왕의 환수는 약하고 작았다.

페레드가 허공을 응시했다. 아무런 감정도 담기지 않은 무표정 어딘가에 헛헛함이 묻어났다. 며칠은 꼼짝없이 기다려야 할 테니 갑자기 할 일이 사라진 기분이었다.

문을 두드리는 소리를 듣고 페레드는 고개를 돌렸다. 바깥에서 다시 문을 두드렸다. 그런데 이번에는 특유의 기운이 느껴져서 문 너머에 누가 있는지 알 수 있었다.

"무슨 일이오? 염왕."

문을 열고 라이너가 들어왔다. 그는 머쓱해 하며 말했다.

"주변을 봐도 아무도 없길래……."

"전사들은 다 물러가 쉬라고 했소."

"지루해서 몸이 근질거려 그러는데 뭐 가져온 거 없소?"

"뭘?"

"카드라던가, 그런 거."

"없소."

페레드는 무뚝뚝하게 대답했다. 그에 개의치 않고 라이너는 계속 말을 붙였다.

"바쁘오?"

"글쎄, 딱히."

페레드는 대답하면서도 왜 자신이 라이너와 이런 대화를 나누고 있는지 의문이 들었다. 염왕과 나눈 친분은 성도에서 열린 아르스 가문 연회에서 게임 한 번 한 것이 전부였다. 남의 연회에서 무례한 짓이었지만, '도박에 미쳤다'라는 자신의 모습을 주변에 보이려고 일부러 그랬다.

"다른 할 일이 없으면 한 판 붙지 않겠소?"

페레드가 인상을 찌푸렸다.

"프라즈건 무기를 들건 다 상관없긴 한데 그래도 역시 체술로 겨루는 게 최고지."

라이너의 의도를 뒤늦게 이해한 페레드가 헛웃음을 흘렸다.

"순수한 체술로 겨루면 전사하고 붙어 볼 만한데도 내 전사는 아무도 나서지 않아서 말이오. 다들 죽여 주시옵소서, 소리만 입에 달고. 쯧. 누가 죽으랬나, 그냥 주먹질 좀 하자는데."

그런 하극상을 누가 하려고 하겠나. 페레드는 라이너를 기이한 생물 보듯 바라보면서 한편으로는 이해했다. 이놈은 원래 이상하구나.

페레드의 눈빛을 거절로 해석한 라이너가 뚱하게 말했다.

"싫으면 그만둡시다. 생각해 보니까 나이 든 사람은 공경해야지."

페레드의 나이가 라이너보다 많기는 하지만, 이제 삼십 대 중반이었다. 아직 사내 나이로는 한창이니 공경 소리를 들을 때가 아니다. 페레드가 눈을 가늘게 좁혀 라이너를 응시했다. 이보다 훨씬 저열한 도발도 웃으며 넘겼던 자신인데 은근히 약이 올랐다. 그는 일어나며 말했다.

"오랜만에 몸을 쓰는 것도 나쁘지 않겠군."

"정말 할 거요?"

라이너가 반색했다. 요 며칠 그는 심심해서 돌아 버릴 것 같았다. 매일 카세르를 찾아가서 속을 긁는데도 그 재미없는 놈은 언성조차 높이지 않았다.

"말해 두지만, 난 상대방 체면은 생각 안 해."

페레드의 말에 라이너가 삐뚜름하게 입술 끝을 올렸다.

"거참 반가운 말이군. 그 눈가에 시퍼런 멍이 들어도 내 탓 마시오."

얼마 후 두 명의 왕이 사막에서 난투극을 벌이고 있다는 소리를 전해 듣고 카세르는 뒷 목을 잡았다.

*　　*　　*

아드리트는 며칠째 도마뱀에 올라탄 채 사막을 건너고 있었다. 처음에는 위험 지역에서만 벗어나게 해 주겠거니, 생각했다. 한참을 달리다가 환수가 처음에 내리라고 했을 때는 이제 가려나 보다 했다. 그런데 아드리트가 간단히 식사하고 볼일도 마치고 나자 환수는 또 타라면서 등을 내밀었다.

'혹시 왕국 앞까지 데려다주려는 건가?'

아드리트는 질문을 꾹 참았다. 환수의 성격이 어디로 튈지 모르는 데가 있어서 그런 질문을 했다가는 '미쳤냐?'라고 할 것 같았다. 그러니 괜히 긁어 부스럼 만들지 말고 환수 마음이 바뀔 때까지 가만히 있자고 생각했다.

도마뱀 위에 매달려 온종일 타고 가는 여정이 쉽지는 않았다. 그리고 환수는 아드리트가 딱 간신히 견딜 수 있을 만큼만 사정을 봐주었다. 식사나 휴식, 잠잘 시간은 최소한만 주었다.

그래도 아드리트는 힘들다는 내색조차 하지 않았다. 뙤약볕 아래에서 발이 푹푹 빠져드는 사막을 걷는 것보다 훨씬 나았다. 더구나 매우 빨랐다.

해가 완전히 지고 나서 도마뱀이 멈추어 섰다. 아드리트는 등에서 내려오며 한숨을 내쉬었다. 몸이 저절로 후들거렸다. 며칠 내내 조용하던 환수가 말했다.

— 잘 버티는군. 제법이야. 왕도 아니면서.

아드리트가 멋쩍게 웃었다.
"넌 왕을 태우고 사막을 많이 건너 봤겠지?"

— 말해 뭐해.

아드리트는 모닥불을 피웠다. 불 곁에 앉아 저녁을 먹으며 슬쩍 고개를 돌리니 거대한 도마뱀이 바닥에 턱을 붙이고 엎드려 있는 모습이 보였다. 새삼 비현실적인 장면으로 느껴졌다.
"저기, 뭐 하나 물어봐도 돼?"
아드리트는 환수의 이름 대신 적당한 호칭만 썼다. 오는 동안 한 번 더 '아부'라고 불렀더니 환수가 정색하면서 말했다.

「그 이름으로 날 부를 수 있는 사람은 이 세상에 없다.」

그래서 아드리트는 그 후부터 말조심했다.

―뭔데?

"혹시 너처럼 말을 할 정도로 나이가 들면 씨앗 같은 걸 만들 수 있어?"

환수의 붉은 눈이 아드리트를 물끄러미 응시했다.

"내가 너 말고 너처럼 말하는 환수를 만났는데 그런 능력이 있길래. 그 환수만의 독특한 능력인가 해서."

―씨앗이 아니야. 기운을 응집한 결정체지. 일종의 여벌 목숨이라고나 할까. 나보다 강한 놈을 만나서 먹힐 위험에 처했을 때 그 결정체를 만들어 나인 척 유인하고 도망가는 거지.

"아…… 그럼 마구 만들어 낼 수 없는 거구나."

―내 목숨을 깎아 내서 만드는 건데 그런 짓을 왜 해.

"혹시…… 그 결정체를 인간이 먹으면 어떻게 돼?"

―흠?

환수가 커다란 눈을 여러 번 끔벅거리더니 말했다.

―재밌겠군. 인간이 먹는다…… 안 해 봐서 모르겠다. 그런데 그런 쓸데없는 짓을 왜 하지?

아드리트는 자신에게 씨앗을 주면서 으스대던 마라가 방금 이 말을 들었을 때의 반응이 궁금했다.

"그러면 만약에 말이야. 그걸 왕이 먹으면?"

환수가 이를 드러냈다. 몹시 불쾌하다는 표정 같았다. 아드리트는 자신도 모르게 흠칫 몸을 떨었다. 환수가 자신을 해칠 거라고 생각하지 않는데도 위협적이었다. 새삼 라크 앞에서 인간은 무력하다고 느꼈다.

도마뱀은 곧 짐승 특유의 무표정으로 돌아갔다.

아드리트는 환수가 대답하지 않으면 더 묻지 않을 생각이었다. 심기를 건드렸다가 무슨 변덕을 부릴지 모른다. 그런데 환수가 말했다.

─숨겨 둔 약점을 들키겠지.

그 뒤로 더 말은 없었다. 그대로 대화는 끊어졌고 아드리트는 내일을 버티기 위해 잠자리에 들었다.

* * *

"이게 아니라니까!"

중년의 아니카가 사제의 얼굴에 수건을 내던졌다.

"이런 거친 수건을 대체 어떻게 쓰라는 건가?"

사제는 꾹 눌러 참는 표정으로 애써 웃으며 주섬주섬 흩어진 수건을 주워 바구니에 담았다.

"송구합니다. 다시 준비해 오겠습니다."

사제가 나가는 등 뒤로 여기저기에서 불평이 터졌다.

"여기서 얼마나 더 이러고 있어야 해요?"

"그러니까요. 성하께서는 불러 모아 놓고 별말씀도 없으시고. 차라리 우리 별채로 가 있으라고 하시지, 성도궁 안에는 제대로 된 것이 없다고요."

"침대는 어찌나 딱딱한지. 등이 배긴다고요."

나이대가 다양한 검은 머리 여인들이 옹기종기 모여 있는 장소는 단체 기도 장소로 이용하는 강당이었다.

소란스러운 가운데, 아니카 케이티는 누구와도 어울리지 않고 구석에 혼자 앉아 저번에 유진을 만났을 때 들었던 말을 떠올렸다.

「상제를 조심하셔야 해요.」

케이티는 두셋씩 짝지어 떠들고 있는 아니카들을 바라보았다. 그들의 대화 내용을 들을 수 없는 거리인데도 무슨 대화가 오가는지 짐작이 갔다. 일부는 불평을 터뜨리고 일부는 평소와 다름없이 웃고 떠들었다. 누구도 지금 상황을 심각하게 생각하지 않는 것 같았다.

그런데 케이티는 저들과 달랐다. 그녀는 생활 전선에 뛰어들어 사람들과 부대껴 살고 있다. 다른 아니카들과 보고 듣는 정보 유형이 달랐다. 얼마 전 성도 봉쇄 소식을 들었고 상인들이 큰일 났다며 상제에게 탄원서를 올린다는 소리도 들었다. 돌아가는 사정이 심상치 않다고 생각하던 차에 기사가 방문했다.

'상제가 좋은 의도로 아니카들을 모은 게 아닐 텐데.'

그러나 자신의 우려를 저들 중 누구도 공감하지 않을 것이다. 아니카들은 이 성도궁을 세상에서 가장 안전한 장소라고 생각할 테니까.

그녀는 죽은 자신의 친구를 떠올리자 오싹 소름이 돋았다. 상제의 간섭으로 세상이 모르는 억울한 죽음을 맞은 이가 어쩌면 더 있을지도 모른다.

한숨을 쉬며 시선을 돌리다가 그녀는 혼자 울고 있는 아니카를 발견했다. 성도궁에 들어올 때 사제한테 붙들린 채 몸부림치며 울고 있던 저 아니카를 보았다. 주변의 누군가가 '오지 않겠다고 고집부렸다고 하네요. 가족 누가 아프다나.'라고 말하는 얘기를 얼핏 들었다.

아까는 위로해 주는 아니카들이 주변에 몇 명 있었는데 지금은 혼자였다. 여전히 울고 있는 그녀를 이젠 다들 모른 척하고 있었다.

'울음을 그치지 않으니 위로해 주다가 인내심의 한계가 온 건가.'

케이티는 쓴웃음을 지었다. 상대를 진심으로 위로하는 일조차 못 하는 저 아니카들의 모습이 과거의 자신이라고 생각하니까 부끄러움이 밀려왔다.

서럽게 우는 아니카를 보고 있으니 안쓰러웠다. 가족을 걱정하는 마음을 알 것 같았다. 자신도 자식이 아픈 상태인데 이곳에 왔으면 속이 타들어 갔을 것이다. 그녀는 슬그머니 일어나서 우는 아니카 곁으로 다가갔다.

"진정해요. 아니카 앤. 이렇게 계속 울다가는 탈진할 거예요."

케이티가 손을 잡아 주니 앤이 낯설어하는 시선으로 케이티를 바라보았다. 그들은 전에 형식적인 인사도 제대로 나누어 본 적 없는 사이였다.

"가족이 아프다면서요. 걱정이 많겠어요."

케이티의 눈빛에서 진심을 느꼈는지 앤이 케이티의 손을 꼭 붙들었다.

"어머니가…… 무척 편찮으세요. 의식이 없으신데 며칠 안으로 깨어나지 못하면 돌아가실지도 모른다고 해서……."

"사제에게 말해 봤어요?"

"성하의 명으로 성도궁에서 대기해야 해서 나갈 수가 없대요. 기사를 불러 달라고 했는데 아무도…….”

앤은 말을 하다가 울먹였다. 어머니를 걱정하는 마음도 마음이지만, 난생처음으로 소홀한 대우를 받은 충격이 더해져서 자괴감이 들었다. 자신이 돈과 권력이 있는 집안에서 태어났다면 이러지 않았을 것이다. 상제는 모든 아니카가 평등하다고 말해도 다들 속으로는 그렇지 않은 현실을 알고 있었다. 다만 인정하고 싶지 않았을 뿐이다.

케이티는 앤이 느끼는 충격을 이해했다. 케이티 역시 자격지심으로 불행한 젊은 시절을 보냈다.

‘내가 뭔가를 해 보자.’

문득 더는 외부의 힘에 휘둘리고 싶지 않다는 생각이 들었다. 지금까지 항상 도망만 쳤다. 단 한 번도 스스로 움직이려 하지 않았다.

“내가 방법을 찾아볼게요.”

“……어떻게요?”

마침 안으로 들어오는 사제가 케이티의 눈에 띄었다. 아까 수건 때문에 아니카한테 한 소리 들었던 그 사제였다. 사제가 건네는 수건을 받아 든 아니카가 그럭저럭 만족했는지 샐쭉한 표정으로 고개를 끄덕이는 모습이 보였다.

돌아서서 나가는 사제의 뒤를 케이티가 쫓아갔다.

“사제님.”

“예, 아니카 님.”

돌아서는 사제의 표정은 웃고 있었으나 호의적이지 않았다. 케이티는 순간 말문이 막혔다. 자신의 처지가 아니카 앤보다 나을 게 없었다. 아니카 앤의 어머니 일을 부탁해 봤자 사제는 대답만 하고 알아보려 하지 않을 것이다. 그때 좋은 생각이 떠올랐다.

“아르스 가문에 내 말 좀 전해 줄 수 있을까요?”

"아르스 가문이요?"

사제의 눈이 순간 커졌다. 그리고 의아해했다. 마치 '네가 아르스 가문과 어떻게 알아?'라고 묻는 눈빛이었다. 케이티가 다소 거만한 표정으로 말했다.

"내가 사왕의 어머니예요."

"아……."

"아르스 가문의 아니카가 사왕과 결혼한 사실을 알지요? 그러니 아르스 가문은 나와 사돈 사이지요. 아니카 앤의 어머니가 와병 중이라 차도가 있는지 알아보고 싶은데 아르스 가문에 부탁하려고요."

사제가 미묘한 표정을 지었다. 케이티가 일으킨 추문은 수십 년 전의 일이어도 워낙 유명해서 모르는 사람이 없었다. 선대 사왕이 이혼을 선언하면서 하시 왕국과 케이티의 인연은 끊어졌으니 인제 와서 인척 관계를 거론하는 것은 무척 뻔뻔한 짓이었다.

케이티는 잠시 머뭇거리다가 말했다.

"일전에 내게 언제든 어려운 일이 있으면 말하라고 하셨거든요. 내가 갑자기 성도궁에 오는 바람에 아르스 가문에게 부탁할 일이 종종 있을 것 같아서요. 사제님을 통해 연락해도 될까요?"

"어려움이 있으시다면 마땅히 제가 도와드려야지요."

사제는 헛걸음일지도 모르지만, 잠시의 수고로 아르스 가문과 연이 닿을 수 있다면 남는 장사라고 생각하며 돌아섰다.

멀어지는 사제의 뒷모습을 바라보며 케이티는 작게 한숨을 내쉬었다. 사제에게 한 말은 전부 거짓말이었다. 그녀는 아르스 가문과 전혀 연락한 적이 없다.

하지만 아르스 가문은 거대 상회를 보유하고 있으니 성도 봉쇄로 큰 곤란을 겪고 있을 테고 성도궁 내부 소식을 받을 이 통로를 놓치지 않을 것이다.

케이티는 저 사제가 누구에게도 알리지 않고 은밀한 심부름꾼이 될 거라고 확신했다. 불확실한 상황에서는 누구나 비상 통로를 확보하려 한다. 지금 성도에서는 무슨 일이 벌어지고 있다. 그리고 저 사제는 아니카의 잔심부름이나 맡은 힘 없는 처지다. 따라서 아르스 가문과의 인연을 자신의 비상 통로로 삼으려 할 것이다.

*   *   *

피데스는 온종일 기도실에 틀어박힌 척하며 사람의 눈을 피해 성도궁 이곳저곳을 탐색했다. 그는 뜻밖에 성도궁 내부에 빈틈이 많다는 사실을 알게 되었다.

성도궁에 거하는 자들은 기사와 사제, 둘로 나뉜다. 그런데 기사는 상제가 불러서 따로 임무를 맡기지 않는 이상은 거취가 자유로웠다. 피데스처럼 성도궁 안에서 지내며 규칙적으로 생활하는 기사는 거의 없었다. 대부분은 번갈아 성도궁을 경비할 때만 성도궁 숙소에서 밤을 보냈다.

상제는 중요한 일은 거의 기사에게 맡겼다. 기사는 서로를 감지할 수 있으므로 자연스레 성도궁 내부 활동을 서로가 감시할 수 있었다.

그리고 온종일 성도궁에서 생활하는 사제는 잔심부름꾼으로, 그들은 계급조차 없었다. 외부와 단절된 사제는 세상 소식에 어둡고 주어진 잡일만 하느라 성도궁 내부의 일도 잘 몰랐다. 성도궁 경비는 기사의 일이라고 생각하므로 피데스가 여기저기 돌아다니는 모습을 봐도 신경 쓰는 사제는 없었다.

피데스는 성도궁에서 의혹이 드는 장소를 두 군데로 좁혔다. 하나는 성소, 또 하나는 지하의 기도실이었다.

성소는 현재 상제가 가장 신경 쓰는 장소가 틀림없었다. 주변의 경비가 아주 삼엄했다. 근처에 기웃거렸다가는 누군가가 상제에게 곧장 고할 것이다. 그래서 그는 지하의 기도실을 조사해 보기로 했다.

그곳은 피데스가 가 본 적이 있었다. 일전에 그는 사제의 부탁으로 내려갔다가 금발이 되어 죽어 있는 아니카 사제를 발견했다.

지하의 기도실은 사제조차 들어갈 수 없었다. 오직 한 사람의 무게만 견디는 나무통에 아니카를 태우고 위에서 사제들이 도르래를 작동했다. 피데스는 미리 튼튼한 줄과 고정 나사 몇 개를 준비해서 혼자 내려가는 데에 성공했다. 기사의 소임이라고 생각하여 꾸준히 단련한 체력이 이럴 때 도움이 되었다.

그는 기도실을 꼼꼼하게 뒤졌다. 하지만 지난번에 왔을 때보다 특별히 눈에 띄는 것은 없었다. 기도실의 구조는 단순했다. 귀한 아니카가 홀로 거하는 기도실치고는 지나치게 투박했다.

벽과 바닥은 파낸 흔적이 그대로 남아 있고 전혀 다듬지 않았다. 눅눅한 공기에서는 동굴 특유의 쿰쿰한 냄새가 났다. 기도를 올리는 아니카 사제를 위해 두툼한 양탄자를 깔아 두었으나 그마저도 바닥 일부에만 깔았다.

그는 작은 등으로 사방을 비추어 보다가 멈칫하더니 벽으로 다가갔다. 그는 등을 벽에 더 가까이 댔다.

'이게 뭘까.'

지난번에 왔을 때도 봤던 기이한 문양이었다. 인위적인 조각이라면 왜 작업을 하다가 말았는지, 그리고 이 문양을 바라보는 방향으로 양탄자가 깔린 것도 그저 우연이 아닌 것 같았다.

'아무리 봐도 비늘 형태 같은데.'

다음에 올 때는 도구를 가져와서 벽을 파 봐야겠다고 생각했다.

별 수확이 없어서 아쉬운 마음으로 그만 나가기 위해 줄에 몸을 묶었다. 거의 출구에 다다를 정도로 올라갔을 때 목소리가 들렸다. 피데스는 놀라서 움직임을 멈추고 벽에 몸을 바짝 붙였다.

"도르래를 점검해 볼 때가 되지 않았습니까?"

"아직 문제가 생긴 적은 없지만, 미리 대비해 두면 좋겠지요."

"내일 환할 때 작업해야겠습니다. 사흘 뒤에 쓸 거니까요."

목소리가 들리지 않고도 한참 동안 피데스는 숨을 죽이고 있었다.

'사흘 뒤에 쓴다고?'

사흘 뒤에 아니카 사제가 내려온다는 뜻이다. 아니카가 기도실에서 뭘 하는지 볼 수 있는 이 좋은 기회를 놓칠 수 없었다.

*　　*　　*

"이 아이 통해서 이야기 많이 들었습니다. 곁에서 살뜰히 살펴 준다는 남작이 있어서 성도에서 헤어질 때도 크게 걱정이 안 되었어요. 고맙고도 또 고맙습니다."

다나가 감사의 마음을 전하자 마리안이 찻잔을 내려놓고 손사래 쳤다.

"별말씀을 다 하십니다. 왕비님을 보위하는 일은 그저 제 소임인 것을요. 왕비님께서 깊은 배려심으로 먼저 주변을 챙겨 주시니 아랫사람들이 승복하여 따르고 있습니다. 귀한 따님을 왕국으로 보내 주셔서 얼마나 감사한지 모릅니다."

유진은 어머니와 마리안, 두 사람을 서로에게 정식으로 소개하고 싶었다. 그래서 세 사람이 함께 차를 마시는 자리를 마련했다.

예상대로 분위기는 화기애애했지만, 공치사를 주거니 받거니 하는 대화를 곁에서 듣고 있자니 기분이 오글오글하고 귓가가 화끈거렸다. 상견례 자리의 몸 둘 바 모르는 어색함이 바로 이런 게 아닐까. 유진은 잠자코 찻물만 들이켰다.

"명성만 듣던 아르스의 가주님을 이렇게 뵈어 참으로 영광입니다. 가주님을 한번 뵙고 싶어서 지금 왕성 밖에서 다들 발을 동동거립니다. 초대장도 많이 받으셨을 텐데, 지금 왕국은 가주님께서 어디에 가장 먼저 방문하실지 초미의 관심사랍니다."

다나가 왕성에 도착했다는 소식이 왕국 사교계에 쫙 퍼졌다. 아르스의 가주는 먼 성도를 오갈 수 있는 여력 있는 귀족들도 연줄이 닿아야 만날 수 있는 귀인이었다.

유진이 임신한 후 부쩍 늘어난 알현 신청이 며칠 사이에 폭증했다. 왕비의 손님 자격으로 왕성에 머무는 다나를 공식적으로 만날 창구가 없으니 근처라도 기웃거리고 싶은 심리가 보였다.

"왕비의 어머니라고 체면을 세워 주는 것뿐이에요. 왕국 사교계에서 가장 높은 귀인이 왕비 아닙니까."

"어머니. 관심 가는 자리가 있으면 다녀오세요."

"같이?"

"아니요. 전 왕궁에 찾아오는 사람을 만나는 것만도 시간이 부족해요."

"그럼 됐다. 너 없이 나 혼자 나설 자리가 아니지."

유진은 뭘 모르는 예전이라면 어머니가 진심으로 내키지 않아서 거절한다고 생각했을 것이다. 그런데 그동안 귀부인들을 만나며 이 세상 상류 계층 사람들의 심리를 어느 정도 읽을 수 있게 되었다.

유진이 성도에서 지내는 동안 사람들 앞에 나서는 것을 꺼리지 않는 어머니의 모습을 보았다. 다나처럼 정점에 있는 상류층은 사람들을 많이 만나서 영향력을 넓히는 것을 자신의 특권이라 생각한다. 이곳은 왕국이며 신분 제도가 존재하는 사회이니 혹시 왕비인 유진의 미묘한 자존심을 건드릴까 봐 조심하려는 다나의 마음을 알 것 같았다.

유진이 웃으며 말했다.

"정말 저는 개의치 마세요. 요즘은 사람 많은 데 가고 싶지가 않아요. 그래도 알현만으로는 만날 수 있는 사람 수가 한정되어서 가끔은 나가야 할 텐데 어머니가 와 주셔서 마침 잘 되었어요. 내 어머니라는 걸 모르는 사람도 없으니 누가 뭐라 하겠어요. 안 그래요, 마리안?"

"예, 왕비님. 왕비님께서 회임 중이시고 가주님께서는 왕국에 기반이 없으시니 왕비님 역할을 일부 대신하셔도 누구도 흠잡지 못할 겁니다."

"……그래요?"

다나가 솔깃한 표정으로 대답했다. 왕국에 와서 딸의 얼굴을 보며 반가웠던 것도 며칠뿐이고 온종일 하는 일 없이 왕성 안에 있으니 지루했다. 오랫동안 저택에서 칩거하는 동안에도 빈둥거린 적은 없었다.

"우리 엄마가 사교계 최고 인기인으로 급부상하겠네요. 인사 한번 나누려고 줄을 서겠어요. 순서표를 만들어서 나눠 줘야 하려나요?"

"얘는. 그 정도는 아니다."

다나는 호들갑 떠는 딸을 곱게 흘겨보며 웃었다.

유진은 다나의 안색을 살피며 내심 감탄했다. 엊그제 성도가 봉쇄되었다는 소식을 전할 때는 크게 상심하여 몸져누우실까 봐 걱정했다. 그런데 지금 다나의 표정에 근심이라고는 전혀 없었다.

'얼마나 속이 답답하시겠어. 그런데도 내색을 안 하시는구나. 엄마가 나서서 해결할 수 없는 상황이라는 걸 아니까 방법을 찾을 때까지 기다리시는 거겠지.'

누군가는 다나를 차갑다고 말할 것이다. 그런데 사람들을 이끌어야 하는 리더라면 감정보다는 차가운 이성에 따라야 한다. 요즘 유진은 왕비의 올바른 마음가짐이란 무엇인가에 관해 고민이 많았다.

'엄마를 닮고 싶어.'

본받고 싶은 어머니가 자랑스러워서 뿌듯하고 마음이 든든했다.

다나가 응접실 한구석을 바라보며 중얼거렸다.

"아무리 봐도 신기하단 말이야."

덩달아 다른 두 사람도 시선을 돌렸다. 세 사람의 시선이 모인 그곳에는 네 마리의 환수가 제각기 자리를 잡고 있었다.

아부는 엎드린 채 긴 꼬리로 좌우 바닥을 탁탁 치다가 늘어지게 하품했다. 크라크는 부리로 열심히 날개털 구석구석을 단장 중이었다. 붉은 털의 여우는 제 앞다리 사이를 뛰어다니는 꼬마를 발로 눌렀다가 놓았다가 하면서 놀고 있었다.

"왕의 환수를 이렇게 가까이에서 보는 건 처음이야. 정말 짐승과 똑같이 생겼구나."

'다만, 눈이 붉어서 섬뜩한 느낌이 든다'라고 다나는 속으로만 생각했다. 말귀를 알아듣는 환수의 영특함을 알고 나서는 말을 조심하게 되었다.

"죄송해요. 어수선하지요?"

"아니야. 괜찮아. 저리 얌전히 있는데 뭐가 문제겠니. 그런데 저 환수들이 너를 따르는 게 신기해. 아니카에게 이런 능력이 있다고 들어 본 적이 없는데. 남작은 본 적이 있나요?"

"저도 처음입니다. 왕비님께서 진귀한 능력을 지니고 계십니다."

"만져 보실래요?"

"아, 아니."

다나는 화들짝 놀라며 강하게 거부했다. 유진이 키득거리자 겸연쩍어하며 헛기침했다.

조용히 문이 열리고 들어온 시녀가 대기해 있는 시녀에게 다가가 귀엣말을 건넸다. 전달받은 시녀가 유진에게 다가가 고했다.

"왕비님. 명왕과 편왕, 두 분 왕께서 도착하셨다는 소식입니다. 곧바로 사왕 전하의 집무실로 모셨다고 합니다."

"그래, 알았다."

시녀가 물러선 후 다나가 중얼거렸다.

"여섯의 왕이라니. 내가 그분들이 한자리 모인 모습을 뵐 날이 올 줄은 몰랐구나."

"귀빈들이 오셨으니 인사를 하러 가야겠어요."

자리에서 막 일어나던 유진이 미간을 찡그리며 배를 감싸 안았다.

"왕비님!"

"진, 왜 그래?"

놀란 두 사람이 양쪽에서 유진을 붙들었다. 고개를 든 유진이 웃는 듯 마는 듯 미묘한 표정으로 말했다.

"움직였어요."

"뭐가? 아, 태동이니?"

"네."

걱정이 가득하던 다나와 마리안 얼굴에 미소가 번졌다.

"아…… 지금 또. 으…… 이상해요."

"내내 얌전하더니 갑자기 뛰기 시작하는구나. 원 녀석도. 벌써 엄마 배 속이 갑갑한가 보다."

유진은 배 속에서 아이가 꿈틀거리는 생소한 감각이 낯선데도 자꾸 웃음이 나왔다. 어서 빨리 이 소식을 카세르에게 말해 주고 싶었다.

피데스는 사흘 뒤, 경비가 가장 허술한 해뜨기 직전에 다시 지하 기도
실로 내려갔다. 내려갈 때 그는 작은 삽과 특수한 천막을 가져갔다.

그는 아니카가 내려오기 전에 부지런히 작업했다. 구석 바닥에 한 사
람이 누웠을 때 반쯤 몸이 잠길 정도 깊이의 구덩이를 팠다. 그곳에 누운
뒤 천막을 덮어 몸을 숨길 생각이었다. 위장용으로 제작된 천막이라서
주름진 형태와 색깔이 얼핏 보면 바위 같았다.

물론 사전에 누군가가 기도실을 조사하면 단번에 들킬 만한 어설픈
위장이었다. 하지만 아니카가 혼자 기도실에 내려와서 어두컴컴한 내부
를 구석구석 살필 리가 없었다. 틀림없이 양탄자 주변을 벗어나지 않을
것이다.

작업하는 동안 그는 심란했다.

'아니카들은 전부 성도궁에 들어와 있고 성도는 봉쇄 중이라니. 도대
체 무슨 일이 벌어지고 있는 걸까.'

성도궁 내부 조사에 집중하느라 바깥소식을 뒤늦게 들었다. 상제가
선한 의도로 모든 일을 주도했을 것 같지 않았다.

피데스는 맹목적으로 상제를 믿었던 과거의 자신이 이제는 어리석게
느껴졌다. 친구가 남긴 그 노트가 그의 안대를 벗겨 버렸다.

작업을 다 마치고 기다리고 있으니 도르래가 움직이는 소리가 들렸
다. 그는 얼른 바닥에 눕고 천막으로 몸을 가렸다.

느릿하게 내려오는 나무통이 바닥에 닿을 때까지 제법 오래 걸렸다.
피데스는 바닥을 밟는 발걸음 소리를 들으며 숨소리를 더욱 죽였다.

"세상의 질서를 지배하시는 위대하신 마하. 전능한 당신께 기도하나
이다."

피데스는 바깥을 엿볼 수 있도록 조심스럽게 천막의 틈새를 벌렸다. 그가 누워 있는 장소는 양탄자 위에 무릎을 꿇고 있는 아니카의 대각선 방향 뒤쪽이었다. 만약 그녀가 뒤돌아본다고 해도 구석의 어둠에 몸을 숨긴 피데스를 알아보기 어려울 것이다.

경건한 기도문으로 신의 위대함을 찬양하던 아니카가 조용해졌다. 그리고 잠시 후 그녀는 다시 기도를 시작했는데 그 내용이 가족의 건강이나 행복 등을 비는 사사로운 소원으로 바뀌었다. 기도하다가 감정에 북받치는지 흐느끼는 소리도 들렸다. 돌아가신 부모님이 무척 그립고 동생이 보고 싶다는 말도 했다.

'아니카 사제가 성도궁에 들어오면 외부와 인연을 끊는 게 자의가 아니었던 걸까?'

생각해 보니까 피데스는 성도궁에서 지내는 동안 아니카 사제와 마주친 적이 없었다. 먼발치에서 지나가는 모습을 몇 번 봤을 뿐이었다. 그리고 항상 사제 여러 명과 함께 있었다. 아니카 사제는 특별 대우를 받는 줄 알았는데 허울만 좋은 감시였을지도 모른다는 생각이 들었다.

넋두리 같은 기도를 마친 아니카가 일어났다.

"신이시여. 당신께서 내게 주신 신성한 힘을 당신을 상징하는 성물에 바치옵니다."

아니카가 문양이 새겨진 벽으로 다가가는 모습을 보며 피데스는 천막의 틈새를 더욱 벌렸다. 아니카는 벽의 문양에 두 손을 갖다 대고 눈을 감았다.

집중해서 보고 있던 피데스가 눈살을 찌푸렸다. 아니카의 손이 닿은 부분부터 불그스름한 빛이 벽으로 번졌다. 잠시 후 손을 뗀 아니카가 힘겨운지 크게 숨을 내쉬었다.

그녀는 바닥에 내려놓았던 숄을 어깨에 걸치고 가져온 등을 들었다.

나무통에 올라앉은 후 위쪽 통로로 이어지는 줄을 당겼다. 그녀를 태운 나무통이 천천히 올라가기 시작했다. 도르래가 작동하는 소리가 완전히 멈춘 후 피데스는 천막을 걷고 일어났다.

그는 부싯돌로 등에 불을 붙였다. 아까 아니카가 손을 댄 문양으로 다가갔다.

'신의 상징?'

피데스는 그런 걸 들어 본 적이 없었다. 아마 그만큼 교리를 열심히 공부한 기사는 없을 것이다. 그는 성도궁의 지하에 성물이 묻혀 있다는 사실도 전혀 몰랐다. 그런 것이 존재한다면 신앙심을 북돋울 수 있을 텐데 왜 숨겼을까.

그는 문양을 유심히 보면서 천천히 뒤로 물러났다. 멀리서 보니까 오히려 형태가 더 뚜렷해 보였다.

'비늘…… 저것이 어떤 생명체의 일부분이라면…….'

피데스는 부르르 몸을 떨었다. 저건 괴물이다. 절대 성물일 수가 없었다.

*   *   *

지난 며칠 동안 궁인들은 대회의장에서 집기를 꺼내 창고로 옮기느라 분주했다. 수백 개의 테이블을 모조리 빼고 안으로 들인 것은 원탁 테이블 한 개뿐이었다.

현재 대회의장 앞은 전사들이 삼엄하게 지키고 섰다. 잡심부름을 하러 안으로 들어가는 궁인 자격은 엄격히 제한했다. 차를 갖고 들어갔다가 나온 시녀는 대회의장 근처를 벗어나자마자 궁인들한테 둘러싸였다.

"뵈었니?"

"정말 여섯 분의 왕이 다 모여 계신 거지?"

"그분들을 한 번에 보니까 느낌이 어때?"

"입조심해야 해. 함부로 떠들고 다녔다가는 경을 칠 거야."

뻐기듯 말하며 지나쳐 가는 시녀의 뒤에서 다른 궁인들이 입 모양으로 투덜거렸다.

왕성으로 왕이 하나둘 모여들기 시작하면서 궁인들이 술렁거렸다. 여섯의 왕이 모두 모이다니 분명히 심상치 않은 일이 벌어지고 있다는 심각한 이야기를 나누는 자들도 일부 있었다. 그런데 대부분은 얼떨떨해하며 신기해했다.

텅 빈 대회의장 중앙에 원탁 주변으로 여섯의 왕이 앉아 있었다. 카세르는 주변을 경비하기가 쉽고 방음이 잘 되며 한쪽 벽이 전부 발코니 창문이라서 만약의 경우 비상구 확보가 쉬운 이 대회의장을 모임 장소로 택했다.

카세르가 말문을 열었다.

"의도하지는 않았으나 이렇게 왕이 모두 모이게 되었습니다. 우연이라기엔 참으로 공교롭군요. 보이지 않는 힘이 우리를 불러 모았다는 생각마저 듭니다. 긴 이야기이며 듣다가 터무니없다는 생각이 들 수도 있습니다. 그래도 끝까지 들어 주시기 바랍니다."

니콜라스가 한쪽 손을 들었다. 그는 여섯의 왕이 처음으로 모여서 인사를 나눌 때부터 표정이 심각했다.

"그전에 질문이 있습니다."

"예, 명왕."

"암왕과 염왕의 부상이 그 이야기와 관련이 있습니까?"

왕들의 시선이 일제히 페레드와 라이너에게 향했다. 페레드의 한쪽 입가의 아랫입술이 붉게 부어 있고 라이너의 한쪽 눈에는 시퍼런 멍 자국이 있었다. 왕을 다치게 할 정도라니. 니콜라스는 사태의 심각성을 느꼈다.

라이너가 슬쩍 허공으로 시선을 돌렸다. 페레드는 멋쩍어하며 한 손으로 입술을 만졌다. 리차드가 웃으며 찻잔을 들고 카세르는 복잡한 눈빛으로 한숨을 내쉬었다.

"두 분 왕께서는…… 넘어진 겁니다."

집중하여 귀를 기울이던 명왕과 편왕은 생각지 못한 카세르의 대답을 듣고 표정이 무너졌다. 황당해하는 명왕의 시선을 받으며 페레드와 라이너는 계속 시선을 딴 데로 돌렸다.

"지금부터 내가 하려는 이야기와 전혀 관련이 없습니다. 그럼 이제 본론으로 들어가겠습니다."

카세르가 본격적으로 분위기를 잡으니 다른 다섯 명의 왕도 표정에서 감정을 지우고 일제히 카세르를 바라보았다.

"우선은 역사 이야기부터 해야겠습니다. 이 세상에 라크가 처음 등장하게 된 그 날의 사건부터."

아득한 오래전 이 세상을 지배했던 고대 일족과 그들의 부흥과 멸망, 그리고 라크를 이 세계에 불러낸 주술이라는 미지의 힘. 마치 한 편의 환상 소설 같은 이야기들은 지금 성도에서 벌어지는 일과 전혀 관련이 없는 것 같았다.

하지만 왕들은 누구도 이의를 제기하지 않았다. 오히려 아주 흥미로워했다. 심지어 이미 한 번 들어서 알고 있는 도왕까지도 처음 듣는 사람처럼 집중해서 들었다. 카세르가 하는 이야기가 왕의 정체성과 관련이 있기 때문이었다.

'나는 누구인가.'라는 고민은 카세르만 했던 것이 아니었다. 왕이라면 누구나 자신의 정체성 때문에 혼란스러워했다. 어디를 둘러봐도 평범한 인간들 틈에서 프라즈라는 미지의 힘을 지닌 존재는 자신, 그리고 자신의 아버지뿐. 그리고 아버지는 아들의 의문을 풀어 주지 못했다. 그들도 모르기 때문이다.

카세르의 역사 이야기는 왕이 라크 같은 괴물이 아니라 특별한 힘을 부여받은 인간이라고 명확하게 규정해 주었다. 그것은 왕들의 마음속 깊은 곳에 자리 잡은 막연한 공포 — 언젠가 라크처럼 괴물로 변해 버릴 지도 모른다 — 혹은 상처 — 자신이 괴물이라서 모친한테 버림받았다 — 같은 트라우마를 없앴다.

카세르는 잠시 말을 멈추고 찻잔을 들어 목을 축였다. 이제부터 할 이야기가 진짜였다.

아드리트는 왕국으로 들어가는 돌문 앞에서 병사들이 들어오는 자들을 모두 확인하자 당황했다. 건기에는 원래 해 진 후가 아니면 출입을 통제하지 않았다.

'무슨 일이 있나?'

아드리트는 자신의 차례가 되자 병사에게 통행증을 건넸다. 통행증을 확인한 병사가 흘끔 자신을 쳐다볼 때 그는 심장이 두근거렸다.

"통과. 다음."

그리고 병사는 아드리트 뒤에 있는 사내에게는 후드를 벗으라고 요구했다.

아드리트는 거의 얼굴이 보이지 않을 정도로 후드를 깊이 쓰고 있는데도 경비병은 그를 경계는커녕 그런 말조차 하지 않았다. 왠지 모를 든든함을 느끼며 그는 통행증을 쥔 손에 힘을 주었다.

아드리트의 방문 소식은 바로 유진한테 전해졌다. 현재 여섯의 왕이 모인 회의장은 철통 경비 중이었다. 긴급하고 심각한 일이 아니면 방해하지 말라는 사전 지시를 받은 터라 근위병은 왕께 고할 수도, 그렇다고 등급이 높은 통행증을 지닌 자를 무시할 수도 없었다.

"아드리트? 틀림없이 그 이름을 말했는가?"

"예, 왕비님. 그리고 혼자 왔다는 말씀을 전해 달라고 했습니다."

근위병은 아드리트가 그 말을 강조한 이유를 이해할 수 없었다. 그자가 혼자라는 사실은 눈으로만 봐도 알았다. 하지만 유진은 알아듣고 미소 지었다.

"지금 만날 것이니 데리고 오게."

"예, 왕비님."

유진은 듣지 못하는 시녀 둘만 대기하게 하고 모두 내보냈다. 왕비의 호위가 불안한 상황이지만, 그녀의 주변에 여러 마리의 환수가 진을 치고 있으니 궁인들은 우려하지 않고 지시에 따랐다.

잠시 후 들어온 아드리트는 안쪽 소파에 앉아 있는 유진을 향해 넙죽 엎드렸다.

"인사 올립니다. 왕비님. 그간 평안하셨습니까."

"어서 와, 아드리트. 이리 와서 앉아."

그는 소파로 다가가 고개를 들었다가 흠칫했다. 소파에 앉은 유진의 양쪽 옆에 다양한 짐승들이 앉아 있었다. 눈이 붉고 뿔이 나 있으니 한눈에 환수라는 사실을 알아보았다. 다만, 흑표범을 제외한 독수리나 여우는 처음 봐서 신기했다. 그는 '사왕 전하께서 환수를 저렇게 많이 거느리시는구나.'라고 오해했다.

"어떻게 이렇게 빨리 왔니? 아마 전하께 해명해야 할 거야."

유진은 아드리트를 믿지만, 그가 혹시 왕국 근처에 이동 주술을 설치했다는 오해를 받을까 봐 걱정됐다.

"성소의 호수 안에서 살던 그 환수를 우연히 만나서 도움을 받았습니다. 저를 이 근처까지 태워 주었습니다."

"정말? 그 환수가 너와 인연이 있나 보다. 이 근처까지 왔다가 그냥 갔어? 나도 만나 보고 싶은데."

아드리트는 환수와 마지막으로 나눴던 대화를 떠올렸다.

「전에 너와 만났던 아니카 님을 기억하지? 그분이 널 궁금해하셨어. 여기까지 왔으니 뵙지 않을래?」

「싫다.」

환수의 대답은 단호했다. 아드리트는 환수가 아니카를 거부하는 게 의아해서 물었다.

「왜? 그분이 네게 뭘 잘못했어?」

「난 인간한테 관여하지 않고 살기로 마음먹었다. 그런데 그 아니카는 너무 냄새가 좋아서 위험해. 아마 덜 여문 환수들은 줄줄이 홀릴걸.」

아드리트는 환수의 저속한 표현을 순화해서 유진한테 전달했다. 유진이 놀란 표정으로 제 옆의 환수들을 돌아보더니 생각에 잠겼다.

"그 환수를 만난 곳이 어디야?"

유진은 나중에라도 꼭 그 환수를 다시 만나고 싶었다. 묻고 싶은 게 많았다. 왕의 환수로 지냈던 시절의 옛이야기도 궁금하고 인간에게 적대적이지 않으면서 대화가 가능한 그런 환수를 또 만날 기회는 없을 것 같았다.

아드리트는 곤란한 표정으로 대답했다.

"송구합니다. 왕비님. 제가 환수와 마주쳤던 곳으로 가도 만나지 못하실 겁니다."

환수는 아드리트와 헤어지면서 말했다.

「다음번에 또 그 지역에 와도 난 없다. 딴 데로 갈 거야. 혹시나 이번처럼 요행을 바라고 오지 마. 빠져 죽어도 난 모른다.」

아드리트의 말을 듣고 유진이 몹시 아쉬워했다.

"그렇게 말했다면 정말 떠났겠네. 어쩔 수 없지."

인연이 있다면 이번에 아드리트가 우연히 만나 목숨의 구원을 받은 것처럼 언젠가 만나게 될 것이다. 그리고 유진은 왠지 다시 보게 될 것 같은 예감이 들었다.

"은신처로 돌아가자마자 다시 출발한 것 같은데 무슨 일이 생긴 건 아니지?"

"마라가 데려간 아니카를 무사히 보호하고 있다고 말씀드리러 왔습니다. 어떤 상황인지 궁금하실 거라고 생각했습니다."

"그 일 때문에 온 거야? 궁금했지만, 네가 알아서 잘하겠거니 했지. 고마워, 아드리트. 그 먼 길을 오가는 게 보통 수고가 아닌데. 더구나 이번에 큰일 날 뻔했지."

"저는 괜찮습니다."

"아니야. 좀 더 효율적인 방법을 고민해 봐야겠다. 플로라는…… 잘 지내고 있어?"

"저희는 그 아니카가 만족할 만한 의식주를 제공할 상황이 아닙니다. 최선은 다하고 있습니다만……."

유진이 쓴웃음을 지었다. 역시나, 그곳에서 플로라는 고달픈 나날을 보내는 듯했다.

"네가 알아서 해. 그 문제는 내가 관여할 수 없으니까."

플로라를 도와줄 수 있어도 하고 싶지 않다고, 유진은 속으로 생각했다.

"마라의 접근을 아예 막지는 못했습니다. 송구합니다. 왕비님."

"그렇겠지. 플로라의 반응은 어때?"

"현재까지는 마라에게 아주 적대적입니다."

유진은 고개를 끄덕였다. 플로라는 자신이 정의를 실현한다고 굳게 믿고 있으므로 쉽게 마라의 꾐에 빠지지는 않을 것이다.

"전하께서 지금 중요한 회의 중이셔. 끝나면 뵈러 가자. 그리고 네게 주술에 관해 물어볼 게 많아. 아, 그전에 좀 쉬어야지."

"전 괜찮습니다. 제가 도와드릴 일이 있다면……."

"아니야. 나중에 하자. 사촌과 조카도 만나러 가. 지난번에 왔을 때는 인사도 제대로 못 했잖니."

"……예, 왕비님. 아, 그리고 환수와 나눈 대화 중에 특이한 내용이 있습니다."

아드리트가 씨앗에 관해 말하는 내용을 듣고 유진이 두 손으로 입을 감싸며 몹시 놀라워하는 반응을 드러냈다.

"세상에, 아드리트. 정말 대단한 정보야. 너한테 결정적인 도움을 몇 번이나 받는지 모르겠다."

유진은 방금 들은 내용을 요약해 적은 후 시종을 불러 카세르한테 곧바로 전달하도록 지시했다.

"고대 일족은 아예 사라지지는 않았습니다. 그들은 세상에 자신들을 드러내지 않고 숨어 살면서 명맥을 유지해 왔습니다. 그리고 주술을 보존하던 고대 일족 중 하나가 라크와 조우하게 됩니다. 그 라크는 사람과 대화할 수 있을 만큼 나이가 든 환수였습니다."

"환수가 말을 한다고요?"

니콜라스가 의문을 참지 못하고 질문했다. 라이너도 가당치 않다는 표정으로 카세르를 보면서 한마디 보탰다.

"내가 얼마나 많은 라크와 환수를 잡았는데. 그런 건 본 적이 없는데 말이지."

"난 봤다."

"뭐?"

라이너가 의자에 기댔던 등을 바짝 세우고 몸을 기울여 카세르 쪽으로 고개를 뺐다.

"사왕. 정말 그런 환수를 만났나?"

"만났고 대화도 했다."

라이너는 몹시 분하다는 표정으로 버럭 언성을 높였다.

"그럼 크라크, 내 환수는 왜 말을 못 하는 거야?"

"말을 할 정도의 환수는 인간 나이로 치면 중년 이상이야. 왕자였을 때 고작 불안정한 프라즈로 복종시킬 수 있을 상대가 아니지. 아마 이 세상에 몇 마리 되지도 않을 거다."

니콜라스가 눈살을 찌푸렸다.

"몇 마리씩이나 된다는 겁니까?"

카세르는 고개만 끄덕였다. 존재를 아는 환수만 이미 세 마리다. 그보다 더 수가 많을 가능성이 충분히 있었다.

"그래서 그 말하는 환수를 만나서 뭘 했지? 그놈을 어떻게 했어? 잡았나?"

"사람처럼 말을 합니까?"

라이너와 니콜라스가 거의 동시에 질문했다. 카세르는 니콜라스의 질문에만 대답했다.

"사람이 말하는 방식과 다릅니다. 목소리를 직접 내는 것이 아니라 듣는 사람의 머릿속에 소리가 울립니다. 성별이 모호한 맑은소리입니다. 환수는 그런 방식으로 동시에 여러 사람에게 전달할 수 있고 때론 원하는 사람에게만 전달할 수도 있습니다."

"신기하군요. 그건 마치……."

중얼거리던 니콜라스가 흠칫했다. 잠자코 듣고 있던 편왕과 암왕의 미간이 움찔했다. 스산함이 느껴질 정도로 갑자기 분위기가 내려앉았다.

"이제 질문은 모든 이야기가 끝난 후에 받겠습니다."

카세르는 계속 이야기를 이어 나갔다. 엘버와 교활한 괴물의 만남, 그리고 그들의 계약 그 이후에 벌어진 일들을 시간의 흐름에 따라 진행하는 동안 누구도 질문하지 않았다. 오히려 대회의장은 숨소리조차 들리지 않는 적막에 휩싸였다.

어느새 왕들 모두가 테이블 위에 올린 손에 힘을 주어 주먹을 쥐었다. 그들의 눈동자에서는 억누르지 못한 프라즈가 은은한 안광처럼 흘러나왔다. 손대면 터질 것 같은 팽팽한 긴장이 감돌았다.

"괴물 환수의 영역이 된 넓은 지역은 다른 라크가 침범하지 못했고 그곳을 축복받은 땅으로 불리며 사람들이 모여들게 됩니다."

카세르가 잠시 이야기를 멈추었을 때 리차드가 말했다.

"사왕. 지금 다들 짐작하고는 있으나 믿기 어려운 그 사실을 내가 확실히 말해도 되겠습니까?"

카세르는 발언권을 양보하겠다는 뜻으로 고개를 끄덕이며 의자를 고쳐 앉았다. 리차드가 자리에서 일어나 소리가 나도록 두 손을 테이블에 내려놓았다. 천천히 왕들을 돌아보는 그의 눈동자에서 잿빛의 프라즈가 소용돌이쳤다.

"우리뿐만이 아니라 우리의 아버지, 그 위의 아버지, 아주 오랜 세월 동안 계속해서! 우리는 라크 따위를 신의 사자로 믿고 지금껏 농락당했습니다."

험악하게 일그러진 리차드의 표정은 그가 지금 얼마나 극도의 분노에 사로잡혀 있는지 보여 주었다. 처음 진실을 알았을 때 그가 느꼈던 주된 감정은 고통과 후회였다. 이후 불면의 밤을 보내며 그의 마음속에 분노가 차곡차곡 쌓였다.

지금 최대한 절제하고 있는데도 그의 온몸에서 아지랑이처럼 프라즈가 흘러나왔다. 여섯의 왕이 둘러앉은, 장정 여럿이 낑낑대고 옮긴 거대한 원탁은 마치 지진이 난 것처럼 흔들렸다.

다른 때였다면 도왕의 지금 행동은 심각한 도발이었다. 다른 왕들도 맞서서 프라즈를 드러내거나 노여워하며 비난하는 것이 일반적인 반응일 것이다. 하지만 다들 미간만 살짝 찌푸릴 뿐이었다. 도왕의 분노 속에 고통이 담겨 있다는 사실을 모두가 느꼈다.

그 와중에 카세르는 리차드가 과장된 반응을 보이는 이유를 어렴풋이 알아차렸다. 도왕이 먼저 나서서 격한 감정을 터뜨리지 않으면 지금 이 자리는 순식간에 아수라장이 되었을 것이다. 도왕이 과하지도 모자라지도 않게 긴장을 터뜨리는 바람에 다른 왕들이 상대적으로 이성을 유지할 수 있었다.

잠시의 적막을 깨고 라이너가 웃음을 터뜨렸다.

"그게 라크였다고?"

중얼거리더니 또다시 웃었다. 하지만 호탕한 웃음소리와 어울리지 않게 그의 붉은 눈동자는 사납게 번뜩였다.

"내가 좀 특이한 재주가 있단 말이오. 이 코."

라이너가 손으로 제 코를 툭툭 두드렸다.

"내가 기가 막히게 라크 냄새를 맡거든."

라이너가 나름 비밀로 간직했던 자신의 고유 능력을 아무렇지 않게 털어놓았다. 유진한테 이미 들어서 알고 있는 카세르는 하마터면 고개를 끄덕일 뻔했다.

"근데 내가 성도만 가면 기분이 참…… 뭐라고 표현할지 모르겠군. 답답한? 쿰쿰한 냄새가 나는 것 같은데 아닌 것 같기도 해서 내 코가 고장 난 기분? 아무튼, 이제야 이유를 알겠소."

라이너가 두 손으로 원탁을 내리치며 벌떡 일어났다.

"여기서 이럴 거 뭐 있소? 갑시다, 그놈 때려잡으러."

역시나. 예상에서 전혀 벗어나지 않게 반응하는 라이너를 보며 카세르가 혀를 찼다.

"그게 그렇게 간단하지가 않습니다. 염왕."

라이너가 리차드를 향해 고개를 홱 돌렸다.

"왜요?"

"그놈이 성도를 틀어쥐고 있습니다. 내가 알기로는 그놈은 아직 우리가 여기 모였다는 정보를 입수하지 못했습니다. 그런데도 성도를 봉쇄했어요."

"복잡할 거 뭐 있습니까? 제 놈이 아무리 날고 기어 봤자 결국은 라크. 여섯이나 되는 왕을 당해 낼 리가 없습니다. 사왕도 그런 얘기를 하지 않았습니까? 그놈이 우리를 떨어뜨리기 위해 여섯의 왕국을 세우게 했다고."

"그놈을 잡는 게 어렵다는 뜻이 아니에요. 우리는 그놈이 사라진 이후를 생각해야 합니다. 완전하지는 않아도 최소한의 방안은 논의해야지요. 아니면 성도민들은 오히려 그 괴물을 그리워하며 우리를 원망할 겁니다."

같은 이야기를 카세르가 했다면 아마 언쟁이 길어졌을 것이다. 그런데 아버지뻘 나이의 리차드가 예의를 지키며 차분한 태도로 이야기하자 라이너는 반박하지 않고 다시 자리에 앉았다. 결과적으로는 라이너가 성급하게 나선 것이 분위기를 전환하는 효과를 주었다.

편왕 아킬이 말했다.

"한 가지만은 확실합니다. 이번 싸움을 속도전입니다. 우리는 그놈에게 많은 시간을 주어서는 안 됩니다."

카세르가 동의했다.

"내 생각도 그렇습니다. 우리가 움직이기 시작하면 그놈도 곧 알아차리겠지요. 그럼 그놈이 또 무슨 짓을 할지 모릅니다. 그 전까지가 우리에게는 기회입니다."

명왕 니콜라스 역시 고개를 끄덕이며 말했다.

"이번 건기가 끝나기 전에 모든 것을 마무리 짓는 것이 최선이겠군요. 활동기가 시작되어 라크가 날뛰는 상황까지 겹치면 더 골치 아프니까요."

"나는……."

소란한 와중에도 조용했던 암왕 페레드가 입을 열었다. 그러나 페레드가 말을 꺼낸 후 침묵하자 시선이 하나둘씩 암왕에게 모였다.

페레드는 눈을 감았다가 뜨더니 가벼운 웃음을 터뜨렸다. 그는 마치 오랜 염원을 이룬 사람처럼 기분이 좋아 보였다.

"내 손으로 그놈의 최후를 마무리할 수만 있다면 다른 건 아무래도 좋소."

"그건 안 될 말이지. 그놈은 내가 잡을 거요."

라이너가 끼어들었다. 페레드가 쳐다보자 라이너가 눈을 부릅떴다. 그러자 페레드도 눈에 힘을 주었다. 두 사람의 눈싸움이 길어졌다. 마치 먼저 눈을 돌리는 쪽이 지는 거라는 암묵적 규칙에 동의하는 것처럼 둘 중 어느 쪽도 눈에서 힘을 풀지 않았다.

둘이 그러거나 말거나 카세르는 다른 세 명의 왕을 보면서 말했다.

"이 자리의 모두 의견이 합치했다고 이해했습니다. 우리는 세상을 농락하는 괴물을 처치하기 위해 힘을 모을 겁니다. 그 힘은, 왕 개인의 무력은 물론이고 필요하다면 왕국의 군사력도 포함합니다. 여러 왕께서는 동의합니까?"

"동의합니다."

마치 기다렸다는 듯이 리차드가 말했다.

"그 괴물의 처단을 위해 내가 가진 모든 것을 동원할 생각입니다."

그리고 그는 여전히 눈싸움 중인 두 명의 왕을 보며 말했다.

"그러니 그놈의 최후는 나도 양보할 수 없군요."

페레드와 라이너가 움찔하며 시선을 돌렸다. 두 사람은 새로운 경쟁자를 경계하는 눈빛으로 바라보았다. 하지만 경쟁자는 도왕만이 아니었다. 니콜라스의 시선이 두 명의 왕을 스쳐 카세르를 향했다. 그는 의미심장한 미소를 지으며 말했다.

"나의 전사들은 함정을 간파하는 능력이 아주 뛰어납니다. 그놈이 무슨 수작을 부렸건 파훼할 자신이 있지요. 어쩌면 그놈의 최후의 내 몫이 될지도 모르겠군요."

"선착순 아닙니까?"

성도에서 가장 가까운 델러노 왕국의 주인, 아킬이 나섰다.

"내 왕국의 전사들은 반나절이면 성도의 담벼락을 타 넘을 수 있습니다."

다들 그 괴물을 두고 제 몫이라고 주장하는 가운데 카세르 역시 양보할 생각은 전혀 없었다. 진즉에 그놈 핵은 자신이 깨뜨리겠다고 마음먹었다.

어쨌든, 여섯 왕국의 결맹은 어떤 잡음도 없이 아주 신속하게 이루어졌다. 최종 목표는 상제의 껍질을 쓴 괴물의 처단과 성도의 사수. 그 목표를 최단기간 안으로 달성하기 위해 각 왕국은 모든 역량을 동원하기로 동의했다.

왕의 이름을 걸고 약속한 것만으로도 이미 충분한 무게를 지녔으나 문서가 지니는 증거 능력은 만약의 경우에 위력을 발휘한다. 그래서 여섯 왕국의 결맹을 서약하는 문서 아래에 여섯 왕 모두가 특수 기름을 사용하여 서명했다.

라크의 씨앗을 이용해 제작하는 이 기름에 서명자의 혈액과 섞어 쓰면 훗날 서명자가 그 서명에 자신의 혈액을 떨어뜨렸을 때 반응하므로 거짓 서명이라고 주장할 수 없었다. 그리고 왕은 혈액이 아니라 자신의 프라즈를 담아 서명하여 국새를 대신할 수도 있었다.

"당장 왕국으로 급보를 보내야겠습니다. 내가 가장 멀리 떨어져 있으니 서둘러야겠군요."

니콜라스의 말에 다른 왕들도 각자 머릿속으로 해야 할 일을 떠올렸다.

골똘히 생각에 잠겨 있던 아킬이 카세르를 보며 말했다.

"사왕. 이 모든 내용은 그 고대 일족의 후손이라는 사람한테 들은 것 같은데 그 사람을 우리가 만날 방법은 없습니까?"

아까 카세르의 이야기를 듣는 동안 니콜라스는 자신의 어머니 병환을 치료하는 방법을 알려 준 은인이 엘버라고 어렴풋이 짐작했다. 그래서 아킬의 질문에 카세르가 어떤 대답을 할지 집중했다.

"현재로서는 방법이 없습니다."

"이해가 가지 않는 점이 있어서 말입니다. 사왕께서 한 이야기에 거짓이나 과장이 있다고는 생각지 않으나 그 고대 일족의 후예는 괴물의 약점이나 다름없습니다. 틀림없이 꼭꼭 숨겨 두고 철저히 감시할 테지요. 대체 그 후예와 어떻게 만난 겁니까?"

아킬뿐만이 아니라 다른 왕들도 대답을 바라는 눈빛으로 카세르를 응시했다.

카세르는 왕들에게 아직 모든 것들을 털어놓지 않았다. 그 빈틈을 누군가는 틀림없이 지적할 거라고 예상했다. 그는 당황하지 않고 왕들을 둘러보며 빙긋 웃으며 말했다.

"나는 내 이야기가 끝났다고 말한 적이 없습니다."

여기저기서 실소가 터졌다. 평소 말이 없던 사왕은 고지식하다는 고정관념이 있었던 터라 생각지도 못한 모습을 접하고 다들 어이가 없다는 표정을 지었다.

"다른 의도가 있었다고 오해는 마십시오. 서로의 생각을 교환하는 자리에서 모든 진실을 공유하기는 어렵습니다. 그러나 이제 여섯 왕국이 하나로 묶였으니 어떤 비밀도 있어서는 안 되겠지요."

카세르는 사전에 그녀와 논의해서 공개하기로 한 사실을 왕들에게 말했다. 엘버를 만난 사람은 자신이 아니라 유진이며 그녀도 고대 일족의 피를 이어받았다는 것, 아니카는 모두가 고대 일족의 후손이라는 것, 고대 일족의 후손임을 인지하고 살아가는 무엔 가문의 존재까지.

그는 자신이 아는 대부분 이야기를 털어놓았다. 정보력에서 우위를 차지할 욕심 때문에 비밀을 만들면 연맹에 균열이 갈 것이다. 다만, 유진의 영혼이 바뀐 사고는 말하지 않았다. 그것만큼은 영원한 비밀로 간직할 셈이었다.

카세르가 방랑족과 마라의 이야기를 하자 라이너가 흥분했다.

"괴물이 또 한 마리 있다고?!"

소리치는 라이너는 즐거워 보였다.

"염왕. 지금은 마라를 건드리면 안 돼. 성도의 그놈을 처리하는 데 도움이 될지도 모른다."

"도움은 무슨! 괴물 따위를 처리하기 위해 괴물의 도움을 받다니, 무슨 수치스러운 소리냐. 설마 성도 괴물만 처리하고 그놈은 그냥 둘 생각은 아니겠지?"

"그럴 생각은 없어."

카세르는 망설이지 않고 대답했다. 감히 유진을 납치하려 한 마라한테 쌓인 원한은 잠시 미루었을 뿐이지 잊은 게 아니다. 더구나 상제가 사라지면 어떤 위험한 변수로 변할지 모를 괴물을 왕국 근처에 둘 수는 없었다.

아킬이 묘한 표정으로 니콜라스를 흘끔 보았다. 기사가 잡아가던 방랑족을 하시 왕국으로 데려가자는 니콜라스와 언쟁이 있었다. 그자를 달고 먼 거리를 이동하는 것이 무척 번거로워서 아킬은 방랑족을 왕국 감옥에 가두어 두려 했다. 하지만 니콜라스가 워낙 강하게 주장하여 결국은 동행했다.

"델러노 왕국에서 기사한테 잡혀가던 방랑족을 구했습니다. 그놈이 방랑족을 잡아들이며 세상의 어둠을 핑계를 댔던 게 지금 생각하니 어이가 없군요."

아킬이 나머지는 네가 말하라는 듯 니콜라스를 쳐다보자 니콜라스가 이어서 말했다.

"그 방랑족을 데려왔습니다. 우리가 먼저 서둘러 오느라 전사한테 맡겼으니 이삼일 안으로는 도착할 겁니다."

카세르가 반색했다.

"잘하셨습니다. 성도의 괴물은 주술이라는 미지의 힘을 쓰고 있으니 우리도 그 힘에 관해 알아야 합니다. 그리고 지금 주술을 제대로 아는 이는 방랑족뿐입니다."

그때 바깥에서 문을 두드렸다. 잠시 후 조용히 문이 열리고 시종장이 들어왔다. 카세르는 표정 없이 시종장이 자신의 곁으로 다가오는 모습을 바라보았다. 절대 방해하지 말라는 사전 경고를 허술히 여길 시종장이 아니었다.

시종장이 왕 앞에서 꾸벅 고개를 숙이고 가져온 서신을 올렸다. 카세르는 서신을 펼쳐 읽다가 놀란 감정을 드러냈다.

"수고했다. 물러가라."

조용히 돌아서서 나가는 시종장은 문 앞에 다다라 숨을 내쉬었다. 고작 몇십 걸음을 왔다 갔다 한 것만으로도 등이 식은땀으로 흠뻑 젖었다. 여섯 왕의 시선을 받는 것만으로도 부담감이 엄청났다.

시종장이 나가고 문이 닫힌 후, 카세르는 자신의 의자 아래쪽에 두었던 기름통을 테이블 위로 올렸다. 이 기름통의 씨앗에 관해서도 이야기하려던 참이었는데 유진이 보낸 서신 덕분에 무척 중요한 정보가 추가되었다.

"이 안에 든 것은 괴물이 만들어 낸 기운의 결정체입니다."

카세르는 상제가 이 씨앗을 기사에게 먹여서 기사들이 특이한 능력을 지니게 된다고 설명했다.

"그리고 이 씨앗을 왕이 먹게 될 경우 그놈의 약점을 알게 된다고 합니다."

그 말을 끝내기가 무섭게 라이너가 테이블 위로 몸을 던져 기름통으로 덤벼들었다.

"그렇다면 내가!"

라이너의 두 손은 허무하게 허공을 움켜쥐었다. 재빠르게 기름통을 들어 올려 지켜낸 카세르는 이미 전과가 있는 도둑을 차갑게 내려다보았다.

"경망스럽습니다. 염왕."

비난의 말은 카세르가 하기 전에 다른 곳에서 먼저 튀어나왔다. 도왕이 정색하며 말했다.

"그런 식으로 막무가내로 가져갈 물건이 아니지 않습니까."

"맞습니다."

"염왕. 라크를 사냥하겠다는 열정은 이해합니다만, 이건 아니지요."

다른 왕들도 한마디씩 말을 보탰다. 왕들이 한목소리로 자신을 나무라니 라이너는 불퉁한 표정으로 제 자리에 앉았다.

카세르는 떨떠름한 기분이 들었다. 라이너를 단번에 입 다물게 만들어 준 왕들의 합동 공격에서 순수하지 않은 의도를 느꼈다. 그가 손에 들고 있는 기름통을 향한 다른 왕들의 뜨거운 시선이 적나라했다. 먹잇감을 눈앞에 둔 배고픈 맹수의 탐욕스러운 눈빛이었다.

카세르는 슬그머니 기름통을 다시 의자 아래로 내리며 화제를 돌렸다.

"지금은 이것의 처분을 논의할 때가 아닙니다. 더 급한 문제들이 있으니까요."

이튿날 새벽, 왕과 함께 하시 왕국을 방문했던 다섯 왕국의 전사 중 일부가 각자 왕명을 받아 본국으로 떠났다. 그들이 왕국에 도착하는 대로 모든 왕국은 전시 체제로 돌입할 것이다.

왕들은 회의를 계속했다. 다만, 회의가 기약 없이 늘어지는 현상을 방지하기 위해 폐회 시기를 정해 두었다. 편왕과 명왕의 전사들과 동행하여 한창 오고 있는 방랑족이 왕성에 도착하면 끝내기로 했다.

남은 시간은 이삼일. 절대 넉넉한 시간이 아니었다. 왕들은 회의장을 떠나지 않았다. 회의하면서 식사하고 날밤을 새웠다.

주된 쟁점은 여러 가지가 있었다. 누가 선봉에 설 것인가, 성도를 탈환하기 위한 작전 형태, 감수하는 피해의 최대 선을 어디까지로 잡을 것인가, 성도궁 어딘가에 숨어 있을 괴물을 어떻게 잡아내고 끌어낼 것인가 등. 그 와중에 성도의 소식이 도착했다.

"성전이라고? 하!"

"괴물 새끼가 신을 사칭하는 것도 정도가 있지."

"이놈은 우리에게 전쟁을 선포한 겁니다!"

상제가 성전을 공표했다는 소식을 듣고 왕들의 반응이 격앙되었다. 성도가 성전을 위한 요새가 되면 성도를 공격하는 자는 신의 뜻을 배반하는 '악'이 된다.

이 급보를 받은 후 왕들의 마음이 조급해졌다. 바로 회의의 쟁점이 좁혀졌다. 명분을 거머쥐기 위한 여론전에서 승기를 잡아야 한다는 것과 똬리를 튼 괴물을 배후에 두고 인간끼리의 전쟁이라는 비극이 일어나기 전에 최대 속도를 내어 괴물을 처리해야 한다는 것.

성도의 성문을 부숴서라도 강제로 열어야 한다는 의견에 다소 유보하는 태도를 보였던 왕들은 더 과격한 주장을 하는 염왕의 말에 침묵했다.

왕들의 회의가 벌어지는 동안 유진은 아드리트와 함께 주술에 관해 논의했다. 그녀는 이 전쟁에서 주술이 가장 중요한 변수로 작용할 거라고 짐작했다. 스스로 제 몸을 봉인한 성도의 괴물이 왕과 맞서기 위한 힘은 주술밖에 없었다.

그녀는 플로라가 남기고 간 술식을 연구하다가 막힌 부분을 따로 기록해 두었다. 유진은 아드리트가 온 김에 그것들을 전부 물어보았다. 하지만 아드리트는 그중 반 정도밖에 대답하지 못했다.

"송구합니다. 왕비님. 아직 제 배움이 부족하여⋯⋯."

"아니야. 넌 배운 지 오래되지 않았는데 대단한 거야. 난 기어가고 있는데 넌 달리는 것 같아."

"훌륭한 스승님들께 배우는 덕분입니다."

"일족의 그 어르신들이라면 내 질문에 다 대답해 주시겠지?"

"예. 그분들은 왕비님께서 주셨던 그 봉인된 술식을 보시더니 완전하지 않은 것이라고 말씀드리기 전에 이미 알아차리셨습니다."

"네가 내 질문을 대신 받아서 대답을 전달해 주면 되겠지만, 너무 오래 걸려서⋯⋯."

유진은 마음 같아서는 방랑족의 은신처로 가서 그 어르신들을 만나고 싶었다. 그럼 주술이라는 지식에 대한 이 목마름을 해소할 수 있을 것 같았다. 엘버한테 들었던 이야기와는 완전히 다른 새로운 정보를 얻거나 어쩌면 엘버를 구할 방법을 들을 수 있을지도 모른다. 라크를 봉인한 채 가짜 인간 모습을 구현하는 주술이 어떤 작동 원리인지도 궁금했다.

그러나 현실 가능성이 거의 없었다. 임신한 몸으로는 돌아오는 먼 길이 암담했다. 오가는 길 모두 주술로 가능하다고 해도 마라가 그곳에 있으니 혼자서는 갈 수 없다. 카세르와 동행한다고 했다가는 마라가 펄쩍 뛸 것이다.

"아드리트. 난 이 이동 주술을 꼭 알아내고 싶어. 이제 곧 전하께서 성도로 떠나실 거야. 그런데 이곳에서 성도까지는 너무 멀어. 소식만 오고 가는 데에 열흘 이상은 걸리니까. 하지만 나 혼자서는 주술을 완성할 수가 없어."

임신하지 않았다면 유진은 카세르와 함께 갔을 것이다. 미래를 읽은 자로서 이 전쟁에서 반드시 자신의 역할이 있을 것 같은 예감이 들었다. 그래서 그가 완강히 반대하더라도 그를 설득했을 거다.

'하지만······.'

유진은 한 손으로 자신의 배를 감쌌다. 아까부터 계속 아이는 발장난을 치듯 배 속에서 움직였다. 태동이 시작된 후 아이는 수시로 배 속에서 놀았다. 갑자기 아이가 움직이면 흠칫 놀랐다가도 자신의 존재를 열심히 드러내는 아이가 귀여워서 웃음이 나왔다.

이 아이를 안전하게 보호하기 위해 유진은 아주 튼튼한 돌다리도 온종일 두드릴 수 있었다. 사실 그녀에겐 이 세계의 운명이 걸린 역사적인 전쟁보다 아이가 더 소중했다.

"그래서 내가 생각을 해 봤는데. 암실 창고에 있는 주술을 개량할 수 있을까? 은신처에서 그 창고로 작은 물건 정도만 보낼 수 있도록. 그럼 너와 서신을 주고받을 수 있으니까 네가 그 먼 거리를 오가지 않아도 되겠지."

아드리트는 잠시 생각하더니 곤란한 표정으로 말했다.

"왕비님. 암실 창고의 그 주술은 워낙 상급이라서 추가로 주술을 설치하기는 어렵습니다. 어르신들께서 직접 와서 보시면 모를까 제 실력으로는 무리입니다."

"아······ 그렇구나."

유진이 시무룩하게 중얼거렸다. 그녀는 암실 창고에서 처음으로 주술을 발동할 때 마라가 했던 말이 떠올랐다. 마라는 주술끼리 간섭이 일어나면 안 된다고 했다.

'주술을 겹치는 건 무척 수준이 높은 기술인가 보네. 마라도 조심할 정도라면.'

낙담하는 유진을 어쩔 줄 모르는 표정으로 보던 아드리트가 조심스럽게 말했다.

"왕비님의 고견에는 미치지 못하지만, 제가 준비해서 가져온 주술이 있습니다.”

그는 발치에 내려 둔 가방을 뒤져 작은 노트 두 권을 꺼냈다. 크기는 성인 남자의 손바닥 정도이며 표지는 낡은 가죽이었다.

“왕비님께서 말씀하신 대로 주술에 관해서 의견을 교환하려면 지금까지처럼 제가 직접 왔다 갔다 하는 방법으로는 한계가 있다고 생각했습니다. 은신처에서 아니카를 감시하다가, 혹은 마라에 관해서 급히 말씀드릴 일이 생길 수도 있습니다. 그래서 그런 고민을 어르신들께 여쭈었더니 주술 하나를 알려 주셨습니다. 설명보다는 직접 보여 드리겠습니다.”

아드리트가 두 권의 노트를 나란히 두고 펼쳤다. 그리고 왼쪽의 노트에 글씨를 적었다. 그랬더니 오른쪽의 노트에 그 글씨가 그대로 나타났다. 이번에는 오른쪽의 노트에 적었더니 왼쪽의 노트에도 나타났다.

두 노트를 번갈아 보던 유진의 눈이 커졌다.

“혹시…… 두 사람이 노트를 나눠 가지면 필담을 나눌 수 있는 거니? 먼 거리에서도?”

“역시 단번에 이해하시는군요.”

유진은 속으로 환호성을 질렀다.

‘메신저 프로그램이잖아!’

“혹시 여러 권을 연결할 수 있어? 두 명이 아니라 세 명, 그보다 더 많은 사람이 동시에 필담을 나눌 수 있도록?”

“예. 가능합니다.”

‘단체 채팅방이다!’

유진은 두 권의 노트를 자신 쪽으로 끌어당겨 양쪽에 번갈아 글씨를 써 보았다. 왼쪽에 쓰면 오른쪽에, 오른쪽에 쓰면 왼쪽에, 글씨가 저절로 나타나는 걸 보면서 그녀는 ‘어머, 어머.’ 하며 탄성을 내질렀다.

"아드리트. 그럼 이 노트를 너와 내가 나눠 가지면 네가 은신처로 돌아간 후에도 은신처에서 이 왕국까지 필담이 오고 갈 수 있다는 거지? 어떤 제한도 없이?"

"예."

"이 노트에 내용이 꽉 차면?"

"마지막 장까지 다 쓰면 다시 맨 앞으로 돌아갑니다. 그리고 그 장에 쓰여 있던 내용은 사라집니다."

"훌륭해. 완벽해. 정말 대단해, 아드리트."

유진이 눈빛을 반짝거리며 찬사를 연발하자 아드리트는 수줍게 웃으며 머리를 긁적였다.

"그런데 인제 보니 종이가 아니구나."

유진은 뒤늦게 노트의 생김새가 눈에 들어왔다. 표지만 가죽이 아니라 안쪽 페이지 역시 가죽을 얇게 무두질한 것이었다.

"예. 종이로 만들면 주술을 버티지 못해서요. 재료가 부족해서 볼품이 없습니다."

"아니야. 이걸 만드느라 고생했겠네. 아까 주술을 가져왔다고 말했지? 추가로 더 만들 수 있다는 뜻이야? 여섯 분의 왕께 이걸 만들어서 드리면 그분들끼리 아주 요긴하게 쓰실 거야."

"주술은 알고 있습니다만…… 문제가 있습니다. 이 주술은 복잡하지는 않으나 비효율적이어서 고대에 거의 쓰이지 않았다고 합니다. 주술을 발동하는 매개가 사용자의 기력입니다. 서로의 거리가 멀어질수록 필담을 나누는 동안 상당한 기력이 소모됩니다. 몇 마디만 나눴는데도 기력이 쇠해 탈진해 버릴 수도 있습니다."

"그건 전혀 문제가 안 돼."

유진은 사흘째 밤잠 없이 종일 회의를 진행하고 있는 여섯 명의 왕들을 생각하며 말했다. 유진은 카세르의 경이로운 체력을 곁에서 보면서 '과연 왕이 피곤이라는 단어의 뜻을 실감하는 날이 올까?'라고 생각하곤 했다.

"아…… 그렇다면 이 노트는? 은신처와 왕국까지는 꽤 멀지 않아? 사용에 제한이 없다면서."

유진이 가죽 노트 두 권을 가리키며 의아해했다.

"그건 어르신들이 주술에 약간 변형을 가해서 만들어 주신 거라서…… 그 노트는 사용할 때 따로 매개가 필요하지 않습니다."

"매개가 필요 없는 주술도 있니?"

대답하지 못하고 우물쭈물하는 아드리트를 보다가 유진은 언뜻 어떤 생각이 떠올랐다.

"혹시…… 매개를 마라의 기력으로……?"

"이 노트를 사용하는 정도의 기력 소모는 마라가 모를 거라고 하셨습니다."

유진이 웃음을 터뜨렸다. 괴물 라크의 기운을 몰래 훔쳐 쓰는 의뭉스러움이라니.

'아, 정말 어떤 분들인지 궁금하네.'

유진이 추가 노트 제작을 위한 재료를 준비하는 사이에 편왕과 명왕의 전사들이 방랑족을 데리고 도착했다. 그리고 길었던 왕들의 회의가 끝났다.

그날 밤, 카세르는 늦게 침실로 들어왔다. 유진은 기다리고 있다가 그에게 달려가 안으며 며칠 만에 보는 남편을 반갑게 맞이했다.

"지척에 있는데 얼굴도 못 보고. 이거야말로 생이별이라고요."

유진은 괜한 투정을 부렸다. 카세르가 나직이 웃으며 그녀를 꼭 끌어안았다가 그녀의 얼굴 이곳저곳에 가벼운 키스를 퍼부었다. 그리고 또

다시 유진을 꼭 안고 잠시 그대로 있었다. 유진은 왠지 그가 지친 것 같아서 그의 등을 부드럽게 쓸었다.

"고생 많았어요. 회의는 잘 끝났어요?"

"여기서 회의만 계속해 봤자 해결되는 건 없으니까. 내일 중으로 왕들은 본국으로 떠날 거야."

"역시 빠르군요."

두 사람은 소파로 자리를 옮겨 이야기를 계속했다.

"아까 도착한 방랑족은 아드리트가 만났어요. 두 사람만 만나게 해서 어떤 대화를 나눴는지는 몰라요. 그런데 아드리트가 말하기를, 자신이 태어나기 전에 은신처를 떠난 후 연락이 끊긴 일족이래요. 아마 은신처에서는 장례도 치렀을 거라고 하네요."

"일족한테는 죽은 척했다는 건가?"

"그런 것 같아요. 눈치를 보니까 그런 이들이 있나 봐요. 방랑족 운명의 무게를 견디지 못하고 도망치는 거죠."

"그렇군."

"이해는 해요. 나라도 견디기 힘들 것 같아요. 내 아이에게 그런 참혹한 운명을 물려주고 싶지 않아요."

카세르도 그녀의 말에 동감하여 고개를 끄덕였다. 아직 자식 대신 기꺼이 죽을 수 있는 애타는 부정이 무엇인지는 잘 모르겠지만, 곧 태어날 아들이 어떤 부족함도 없이 행복하게 자라기를 바랐다. 조상의 원죄 때문에 아이에게 어두운 미래를 물려주게 된다면 무척 비참한 마음이 들 것 같았다.

"몸은 좀 어때? 특별한 변화는 없고?"

"아주 좋아요."

유진은 카세르를 보며 씩 웃더니 그의 손을 잡아 자신의 배에 얹었다.

태동이 시작된 후 그에게 말할 틈이 없었다. 그에게 꼭 직접 알려 주고 싶어서 따로 말을 전하지 않았다.

"며칠 사이에 더 큰 것 같기도 하고……."

태동을 느껴 보라는 의도는 짐작하지 못한 채 카세르는 고개를 갸웃거리며 중얼거렸다.

'아버지한테 인사해. 얼른.'

유진은 두근두근한 마음으로 아이를 재촉했다. 지난 며칠 지켜보니까 저녁때쯤부터 아이가 조용해지는데 오늘따라 늦게까지 계속 활발하게 놀았다. 카세르가 침실 문을 열고 들어오기 직전까지도 그녀는 아이의 움직임을 느꼈다. 오늘 아버지와 첫인사를 나누는 날이라고 아이도 아는 것 같았다.

그런데 막상 결정적인 순간이 되자 배 속의 아이는 조용했다. 그녀는 괜히 초조하여 그에게 물었다.

"느껴져요?"

카세르는 그녀의 질문을 이해하지 못하여 의아한 표정을 짓다가 흠칫 놀랐다. 손바닥으로 감싼 그녀의 배 안쪽에서 작은 진동이 그의 손을 쳤다.

"방금……."

그의 말이 채 이어지기도 전에 연달아서 배 속에서 아이가 발을 굴렀다. 유진이 자신의 배를 멍한 표정으로 내려다보는 그를 보며 웃었다.

"태동이에요."

"태동? 아이가…… 움직인 거라고?"

"태동에 관해서 듣지 못했어요? 아이가 배 속에서 노는 거예요. 이제 제법 컸다 이거죠."

"들었지만…… 이렇게 확연한 움직임인 줄은 몰랐어."

카세르는 갑자기 아이의 존재가 확 와닿았다. 그녀의 배가 점점 부르는 모습을 보면서 아이가 크고 있구나, 막연히 생각만 하다가 처음으로 '생명'을 느꼈다. 뭉클하면서도 소름이 돋았다.

다소 당혹스러워하던 그의 얼굴에 점점 미소가 번졌다. 그는 큰소리로 웃음을 터뜨리더니 자세를 바꾸어 유진을 안아 들었다. 그녀를 침대 위에 내려놓고는 곁에 누워 그녀의 배에 귀를 바짝 가져다 댔다.

"뭐해요?"

"나한테 뭐라고 말을 할지도 몰라."

유진은 헛웃음을 흘렸다.

"왕의 아이는 배 속에서도 말한대요?"

"우리 아이는 또 모르지. 아, 지금 움직였어."

유진의 배에 귀를 대고 숨죽여 집중하는 그는 무척 즐거워 보였다. 유진은 어처구니가 없으면서도 행복했다. 수십 년 후에도 이 장면을 종종 떠올릴 것 같았다.

발장구를 치던 아이는 점점 잠잠해지더니 꽤 시간이 지났는데도 더는 움직이지 않았다. 그래도 카세르는 끈질기게 귀를 바짝 붙이고 있었다. 그래서 유진이 그의 머리카락을 만지면서 말했다.

"이제는 자나 봐요."

"잠도 자?"

"그럼요. 배 속 아기도 아침과 밤을 안다고요. 낮에는 놀고 밤에는 자요."

카세르가 드디어 고개를 들고 유진과 시선이 맞는 위치까지 움직여 올라갔다.

"나중에 예정일이 가까워질 때 아기가 발로 차면 배에 작은 발 모양이 툭 튀어나오기도 한대요."

카세르의 눈빛이 순간 반짝했다가 이내 흐려졌다.

"내가 왕성에 없어서 그 장면을 못 보면 어떡하지?"

유진은 순간 가슴이 철렁했다. 카세르가 곧 성도로 떠날 거라고 알고 있었지만, 막상 현실로 다가온 기분은 또 달랐다.

"⋯⋯언제 가요?"

"며칠 안으로는 출발해야지. 가능한 한 빨리 완충 지역에서 모이기로 했어."

"같이 갈까요?"

농담으로 흘려듣던 카세르가 순간 표정이 굳었다.

"설마 진심은 아니지?"

유진은 속이 뜨끔했다. 물론 진심은 아니지만, 임신하지 않았다면 진심이었을 것이다. 이상한 데에서 예민한 남자라고, 속으로 투덜거리며 유진은 태연히 말했다.

"가능하다면 그러고 싶다는 말이었어요. 당연히 난 여기서 우리 아이랑 왕성을 지키고 있어야지요. 며칠 동안 쉬지 않고 한 회의에서 성과는 있었어요?"

유진이 자연스레 화제를 돌리자 카세르도 그냥 넘어갔다.

"며칠이 그다지 넉넉한 시간은 아니었어. 거기다 다들 서로 선봉에 서겠다고 해서 그건 끝내 합의를 못 했지."

"그래서 어쩌기로 했어요?"

"일단 성도에 가서 상황에 따라 대처해야지. 그놈이 뭘 원해서 성도를 봉쇄했는지 뚜렷한 이유를 모르니까. 성도 거주민들의 피해를 최소화하는 방법부터 찾아보려고. 그건 직접 현장에 가야 방안을 세울 수 있을 거야."

카세르는 회의 중 논의한 내용을 담담하게 이야기하다가 점점 회의를 주재하는 동안 느낀 고충을 털어놓으며 감정을 드러냈다. 유진은 그저 적절히 맞장구치고 호응하며 듣기만 했다.

듣다 보니까 여섯 왕의 제각기 강한 개성의 형태가 대충 그려졌다. 카세르는 다들 자기주장만 한다고 투덜거렸지만, 유진은 그의 이야기 속에서 모순을 발견했다. 그녀는 '당신 역시 조금도 양보하지 않고 있어요.'라고 생각했다.

그런데 아까 침실로 들어온 그가 지쳐 보인 이유는 알 것 같았다. 평생 자신의 위에 아무도 없이 살아온 오만한 왕들을 한군데 모아 놓고 조율하는 일은 상당한 정신력을 소모하는 중노동일 것이다.

'아…… 다르구나.'

유진은 불현듯 깨달았다. 그녀가 읽은 미래와 완전히 달라졌다.

그녀가 본 미래에서 왕들을 중재하는 지금 카세르의 역할을 도왕 리차드가 담당했다. 그 미래에서 카세르는 누구와도 섞이지 않는 독불장군이었다. 그런데 지금 자신의 눈앞에 있는 카세르는 감정까지 솔직하게 털어놓고 있다.

원정대 동료였던 왕들과 무엇도 공유하지 않았던 미래의 카세르. 아무도 믿지 못하고 고독했던 그 남자는 이 세계에 존재하지 않는다. 유진은 왠지 감격스러워서 지금이 현실이라는 것을 느끼고 싶은 마음에 그의 얼굴을 손끝으로 만졌다.

카세르가 겸연쩍어하며 말했다.

"며칠 만에 보는 당신 붙들고 하소연만 했네. 재미없지?"

"아니에요. 난 당신이 이런 이야기해 주는 거 좋아요. 앞으로도 해 줘요. 당신이 무슨 생각하는지, 어떤 감정인지."

카세르는 웃으며 유진의 손을 잡아 입을 맞추었다.

"내일 떠나기 전에 왕들이 당신을 만나고 싶대. 환수와 친해지는 당신 능력이 궁금하다고 해. 염왕이 요란스럽게 자랑하는 바람에…… 도대체 당신 능력을 왜 염왕이 자랑스러워하는 거야?"

그는 부아가 나는 표정으로 언성을 높이다가 스스로 놀라 헛기침하며 감정을 가라앉혔다.

"어쨌든, 내일 괜찮겠어? 당신이 부담스러우면 내가 알아서 할게."

"괜찮아요. 아직 만나 보지 못한 왕의 환수들이 궁금했어요. 그리고 나도 당신에게 알려 줄 일이 있어요. 아주 획기적인 물건을 준비했거든요."

유진은 그 노트를 받으면 틀림없이 모든 왕이 깜짝 놀랄 거라고 자신했다.

*　　*　　*

"야, 크라크."

독수리는 주인의 부름에도 들은 척하지 않았다.

"크라크!"

크라크는 못 이긴 척 라이너를 흘끔 보더니 다시 유진에게 고개를 돌렸다. 오매불망 유진한테서 눈을 떼지 않는 자신의 환수를 보며 라이너는 탄식했다.

"저놈이 이제 주인은 안중에도 없구나."

도왕이 찻잔을 들며 웃었다. 리차드의 환수, 붉은 여우도 주인이 아니라 유진의 곁에 찰싹 붙어 앉아 있었다. 그런데 리차드는 그다지 개의치 않아 했다.

그는 환수를 애완동물 정도로만 생각했다. 그래서 왕자였을 때 사전 조사를 통해 적당한 환수를 골랐고 사냥에 많은 시간과 노력을 들이지 않았다. 아마 환수 사냥이 왕자의 통과 의례만 아니었어도 그는 굳이 환수를 잡지 않았을 것이다.

"그런데 사상. 그 유명한 환수가 어째 듣던 것과 다르다?"

라이너가 유진의 무릎에서 골골대고 있는 흑표범을 턱짓으로 가리키며 말했다. 크기가 작은 새카만 짐승은 얼핏 보면 고양이 같았다.

카세르는 못마땅한 헛기침으로만 대답을 대신했다. 작아진 모습은 오직 유진 앞에서만 보이고 철저히 자존심을 챙겼던 아부였다. 하지만 경쟁자들이 나타나자 자존심이고 뭐고 유진의 무릎 자리를 사수하기 위해 수단 방법 가리지 않았다.

응접실 문이 열리며 명왕 니콜라스가 들어왔다. 그는 들어오자마자 눈앞에 보이는 장면 때문에 눈빛이 흔들렸다. 혹시 사고가 생길까 봐 일단 혼자 들어온 그는 자신이 과한 걱정을 했다는 사실을 깨달았다.

명왕은 뒤따라 들어오는 전사에게 손짓으로 신호했다. 전사가 곧 새장을 갖고 들어왔다.

새장 안에는 두 마리의 짐승이 들어 있었다. 긴 꼬리만큼 긴 몸통이 특징인 새하얀 털의 족제비는 플레크 왕국의 일부 지역에서만 자생하는 고유종이었다.

앉아 있던 왕들이 흥미롭게 바라보았다. 명왕의 환수는 나름대로 유명했다. 니콜라스가 영역을 공유하던 두 마리를 잡았기 때문이다. 환수는 본래 단독 생활을 하며 철저한 약육강식이므로 아주 특이한 경우였다.

니콜라스는 새장 안에서 요란하게 움직이는 자신의 환수들을 불안한 눈으로 보며 말했다.

"정말 열어도 되겠습니까?"

유진이 대답했다.

"네, 괜찮습니다."

니콜라스가 새장 문을 열자마자 두 마리 족제비가 튀어나왔다. 쏜살같이 유진한테 달려가던 두 마리가 멈칫했다. 이미 유진의 주변 자리를 선점하고 있는 다른 환수들이 새로운 녀석들을 경계했다. 아부와 푸푸는 으르렁거리고 크라크는 날개를 펼쳐 유진 앞을 가로막았다. 유진 어깨 위의 꼬마는 그녀한테 더욱 찰싹 붙으려는 것처럼 납작 엎드렸다.

라이너가 혀를 차며 중얼거렸다.

"얼씨구. 가지가지 하네."

"얘들아, 그러지 마. 이리 온."

유진이 두 마리 족제비를 향해 손짓하자 다른 환수들이 물러났다. 길이 열리자 족제비 두 마리가 사이좋게 그녀의 앞으로 바짝 다가갔다. 유진은 두 마리의 머리를 쓰다듬으며 웃었다.

"예쁘기도 해라."

니콜라스는 반쯤 혼이 나간 표정으로 유진한테 애교를 부리는 자신의 환수를 바라보았다.

"명왕 전하. 이 아이들 이름이 뭔가요?"

유진은 이미 이름을 알고 있었지만, 혹시 자신이 이름을 잘못 부르는 실수를 할까 봐 물었다. 니콜라스는 당혹스러워하며 곧바로 대답하지 못했다. 계속 니콜라스가 주저하고 있으니 왕들의 시선이 그에게 모였다.

"그…… 한 녀석 이름은 귀염…… 한 녀석 이름은 둥이……입니다."

"귀염둥이?"

곧바로 라이너가 확인했다. 리차드가 쿡 소리를 내며 웃음을 삼켰다. 니콜라스가 무안해하면서 준비된 자신의 자리로 가서 앉았다. 그가 앉자마자 문이 열리는 소리가 들렸다. 편왕 아킬이 들어오며 '호오…….' 하는 탄성을 질렀다. 그의 손에 쥔 튼튼한 가죽줄에는 은색과 흑색의 털이 멋스럽게 뒤섞인 늑대가 묶여 있었다.

*　　*　　*

"암왕 전하께 인사 올립니다."

아드리트는 안으로 들어가자마자 바닥에 엎드렸다. 사왕과 마주 앉아 긴 대화를 나눈 경험이 있는데도 여전히 왕을 배알하는 것은 무척 긴장되었다.

"일어나서 이리 와 앉아라."

"예, 전하."

암왕 페레드는 카세르에게 특별히 부탁하여 방랑족의 족장이라는 청년을 만나게 해 달라고 해서 자리를 마련했다. 꼭 묻고 싶은 게 있었다.

페레드는 길게 이야기를 끌지 않고 아드리트가 앉은 즉시 본론을 꺼냈다.

"너는 족장이니 일족 모두를 파악하고 있겠지?"

"제가 족장이라고 해도 일족의 근황을 모두 파악하기는 어렵습니다."

"근황까지 바라는 게 아니다. 이름을 들으면 누군지 알 수 있나?"

"예."

"혹시 코린이라는 이름을 들은 적 있나?"

페레드는 곧바로 고개를 내저으며 중얼거렸다.

"아니, 아니지. 그 이름은 모르겠군. 타온이라는 이름을 아는가?"

아드리트는 신중한 표정으로 되물었다.

"이름 외에 아시는 것은 없습니까? 저희 일족은 선조의 이름을 따서 짓는 일이 많아서 동명이인이 여럿 있습니다."

"남자이고 나이는…… 이미 고인이지만, 살아 있다면 육십 대 초반?"

아드리트는 열심히 기억을 더듬었으나 떠오르는 사람이 없었다. 그의 나이가 어리다 보니까 아무래도 가장 부족한 것은 세월의 기억이었다. 자신보다 한참 나이가 많고 더구나 살아 있지도 않은 일족을 전부 알지는 못했다. 은신처로 돌아가서 연세 지긋한 어른들께 수소문해 봐야 할 것이다.

"젊어서 고향을 떠났다고 했고 동생이 한 명 있다고 들었지. 동생의 이름은 무르라고 했다."

아드리트는 차마 페레드에게 '모르겠습니다.'라고 대답은 못 하고 억지로 기억을 쥐어짜며 끙끙대고 있었다. 그런데 페레드의 입에서 나온 이름을 듣자마자 흠칫 놀랐다.

'무르?'

아드리트한테는 친아버지와 다름없는 분이자 전대 족장의 이름과 같았다. 무르의 나이가 오십 대 중반이니 얼추 나이도 맞았다. 그리고 무르에게는 일찍이 세상을 떠난 형님이 한 분 있었다. 아드리트는 무르가 형님을 그리워하며 꺼내는 옛이야기를 가끔 들었다.

「아드리트. 널 보면 내 형님이 생각난다. 참 닮았거든. 생김새를 말하는 게 아니라 성격 말이다. 형님도 너처럼 어릴 때부터 애어른이었지.」

무르가 유난히 아드리트를 아끼며 후계자로 낙점했던 데에는 그런 이유도 있었을 것이다.

「형님이 살았으면 족장이 되셨겠지. 촉망받은 인재였어. 그리고 개혁가였는데도 주변 사람과 충돌하지 않았다. 그건 형님의 특별한 재능이었어. 타온 형님이 족장이 되셨으면 우리 일족에게 변화가 일어났을지도 몰라.」

아드리트는 언젠가 무르가 잔뜩 취해서 주정하던 말을 떠올리다가 얼핏 들었던 이름이 기억났다.

"말씀하신 분이…… 누군지 알 것 같습니다. 그분의 동생이 현재 일족의 큰 어른입니다."

"그래? 그럼 너한테 맡길 수 있겠구나. 대신 전해다오."

페레드는 항상 허리에 차고 다니는, 환수 주머니를 열었다. 입구가 열리자 작은 원숭이가 그의 손을 타고 어깨로 올라갔다. 그는 주머니 안쪽에 손을 넣어 작은 병을 꺼냈다. 마치 약병처럼 생긴 그것을 손에 쥔 채 그는 가만히 내려다보다가 아드리트의 앞쪽에 놓았다.

"타온의 유골이다."

"아……."

"그는 항상 고향을 버린 것에 죄책감을 느꼈지. 무덤은 따로 있고 내가 일부만 수습했다. 고향에서 마지막으로 잠들면 그의 영혼이 안식을 얻을 것 같구나."

아드리트는 먹먹한 기분으로 작은 유골함을 바라보았다. 한 번도 뵌 적 없는 분이지만, 이분을 무르가 얼마나 그리워했는지 알고 있다. 이 유골함을 전했을 때 무르의 반응이 벌써 눈에 선했다. 아마 어린아이처럼 엉엉 울음을 터뜨릴 것이다.

"마지막으로 이분을 언제 보셨습니까?"

"십칠 년 정도 되었군."

무르의 형님은 이십 대 청년일 때 실종되었으니 그때 장례를 치렀을 것이다. 그런데 페레드 말대로라면 타온은 마흔 살이 넘도록 살아 있었다는 뜻이 된다.

"그분에 대해 더 아시는 것이 있다면 말씀해 주실 수 있습니까?"

"아내와 딸이 있었지. 그런데 아내는 방랑족이 아니었다."

일족이 아닌 아내를 얻다니. 타온은 계율을 어겼다. 타온이 일족에게 돌아오려면 오직 자식만 데려올 수 있다.

아드리트는 타온이 돌아오지 않은 이유를 알 것 같았다. 그는 아내를 버릴 수도, 자식에게 방랑족의 운명을 물려주고 싶지도 않았을 것이다. 그래서 타온의 가족 안부는 묻지 않고 유골함만 챙겼다.

"이 유골함은 제가 그분의 동생에게 전해 드리겠습니다. 전하께 감사 드립니다. 한 가지만 더 여쭙겠습니다. 그분의 마지막은 평온했습니까?"

페레드는 대답이 없었다. 아드리트는 시선을 들었다가 페레드의 보라색 눈동자에서 안광이 흘러나오는 모습을 보고 흠칫 놀랐다.

"그의 목숨 빚은 내가 받아 낼 거다."

음산하게 가라앉은 목소리에 어린 기운이 서늘했다. 아드리트는 말없이 꾸벅 고개만 숙였다.

*　　*　　*

유진과 왕들의 환수와의 만남 후 다시 여섯의 왕이 한자리에 모였다. 유진과 아드리트가 준비한 여섯 권의 주술 노트를 나누는 자리였다.

여섯 권의 노트는 아직 미완성이었다. 주술의 마지막 단계는 사용자의 등록이므로 그 작업을 위해 아드리트도 참석했다.

'와. 신기하다, 신기해.'

유진은 안 보는 척 살짝살짝 눈동자를 굴리며 여섯 명의 개성 강한 왕들을 구경했다. 환수들을 만나는 자리에 암왕은 나타나지 않아서 여섯 명이 모두 모인 모습은 처음 보았다.

각기 다른 선명한 머리카락과 눈동자를 지닌 왕들의 생김새는 다들 완벽하게 조화롭되 겹치는 이미지는 없었다. 그야말로 취향에 따라 고르는 여섯 명의 미남을 보는 느낌이랄까. 가장 나이가 많은 리차드는 중후한 멋이 근사해서 젊은 왕들과 비교해도 매력이 떨어지지 않았다.

아드리트는 잔뜩 긴장했다. 그는 이 자리가 일족의 미래를 결정하게 될 거라고 직감했다. 주술을 선보이면 틀림없이 왕들은 주술의 가치를 알아차릴 것이다. 그리고 주술을 가진 방랑족에 관해 다시 생각하게 될 것이다.

그러나 방랑족에게 반드시 유리하다는 보장은 없었다. 지킬 힘도 없이 손에 넣은 보물은 화를 부를 뿐이니까.

'어쩌면 우리 일족의 진정한 생사 갈림길은 이제부터일지도 몰라.'

그리고 그는 유진과 카세르에게 마음으로 감사 인사를 올렸다. 사용자 등록은 간단한 과정이라서 굳이 자신이 없어도 되었다. 그런데 이 자리에 자신을 참석하게 하여 왕들에게 인상을 남길 기회를 주었다. 더구나 소개인이 사왕과 아니카 왕비이니 왕들은 아무리 아드리트가 방랑족이라고 해도 함부로 대하지 않을 것이다.

유진의 지시에 따라 시종이 여섯의 왕 앞에 가죽 노트를 담은 은쟁반을 내려놓았다. 노트를 앞에 두고 왕들의 반응은 제각각이었다. 무심히 보는 왕, 관심 있게 이리저리 살펴보는 왕, 슬쩍 표지만 열어 보는 왕, 손에 들고 휘리릭 페이지를 넘기는 왕…….

"주술이라는 고대의 신묘한 힘에 관해 들으셨을 겁니다."

유진이 입을 열자 모두 그녀의 말에 집중했다.

"하지만 설명만으로는 주술이 어떤 힘인지 알기 어렵지요. 그래서 주술이 무엇인지 보여 드리기 위해 준비했습니다. 또한, 매우 쓸모 있는 물건이 될 거라고 자신합니다. 주술의 완성을 위해 남은 과정을 방랑족의 족장이 설명해 드릴 겁니다."

유진이 아드리트에게 시선을 돌렸다. 아드리트가 자리에서 일어났다.

"그 노트는 사용자를 등록해야 합니다. 등록 과정은 간단합니다. 표지를 열어 주십시오."

왕들이 일제히 가죽 표지를 열었다.

"첫 장을 넘기면 원과 선으로 이루어진 문양이 그려져 있습니다. 그것이 술식입니다. 이 주술은 사용자의 기력을 사용하여 발동합니다. 그래서 원래는 사용자의 혈액을 묻힙니다만, 왕께서는 프라즈로 대신할 수 있습니다. 술식에 손바닥이 전부 닿도록 손을 내려놓으시고 프라즈를 주입하시면 됩니다."

왕들은 긴가민가한 표정으로 노트를 바라보기만 했다. 워낙 생소하기 때문이었다.

카세르가 가장 먼저 시작했다. 그는 왕의 프라즈로 주술이 작동하는지 미리 시험해 보았고 이상 없이 주술 노트가 완성된 사실을 확인했기에 주저하지 않았다.

그는 술식에 손을 대고 집중했다. 그의 손바닥과 맞닿은 부분에서 희미한 푸른 빛이 새어 나왔다가 곧 사라졌다. 곧 다른 왕들도 각인 과정을 시작했다.

왕들의 등록이 모두 끝나고 유진이 말했다.

"아무 분이라도 괜찮습니다. 노트에 글을 쓰면 다른 분의 노트에도 글이 나타납니다. 이 노트를 이용하면 멀리 떨어진 사람끼리도 대화를 나눌 수 있습니다."

이번에도 카세르가 가장 먼저 펜을 들었다. 그가 노트에 한 줄 적었다.

—서술자를 헷갈리지 않도록 문장을 마무리할 때는 자신을 이름을 써 주십시오. 카세르.

노트에 나타나는 글자를 보고 다들 눈이 휘둥그레졌다. 라이너를 시작으로 왕들이 연달아 펜을 들었다.

　　―이런 게 주술인가? 뭔가 생각했던 거와 다르군.
　　―신기합니다. 놀랍습니다. 니콜라스.
　　―주술이란 이용하기에 따라서는 굉장히 유용할 듯합니다. 하지만 위험한 힘일 수도 있겠군요. 아킬.
　　―여섯의 의견을 모두 취합하는 것만도 큰일인데 참으로 도움이 되겠습니다. 리차드.
　　―염왕. 끝에 이름을 적으라고 했습니다. 카셰르.
　　―라이너.

실제로 주술을 직접 본 후 왕들의 관심이 전과 달라졌다. 전에는 뜬구름 잡는 소리 혹은 사교의 수상한 의식 등으로 막연히 생각했다. 그런데 주술이 현실과 밀접한 기술이라는 사실을 알게 되자 장차 어떻게 이용할 수 있을까 고민을 시작했다.

하지만 지금은 주술을 배울 때가 아니었다. 왕들은 나중을 기약하며 아쉬운 마음으로 주술 노트만 소중히 잘 챙겼다. 그리고 하시 왕국에서 가장 멀고 가는 길이 겹치는 편왕과 명왕이 먼저 출발했다.

그 후, 도왕이 출발할 때는 다나도 배웅을 나갔다.

"손자를 보셨다는 소식을 뒤늦게 들었습니다. 축하드립니다, 전하."

유진이 건네는 인사말을 듣고 리차드가 미소 지었다.

"인사는 내가 해야지요."

"예?"

"아들 부부가 아주 잘 지내고 있습니다. 아니카 진 덕분입니다. 은혜는 잊지 않겠습니다."

"별말씀을 다 하십니다."

그날 늦은 오후에는 라이너를 배웅했다. 크라크는 마지막까지도 미련이 뚝뚝 떨어지는 눈빛으로 유진을 바라보며 새장으로 들어갔다. 라이너가 '발걸음이 안 떨어져서 어떡하나, 응?'하고 환수에게 비아냥대자 유진은 터지는 웃음을 겨우 참았다. 종종 크라크가 생각날 것 같았다. 영악한 아부와 전혀 딴판인 크라크는 볼수록 매력 있었다.

"아니카 진."

라이너는 유진을 불러 놓고 한참 말이 없더니 깊은 한숨을 내쉬었다. 그리고 카세르를 쳐다보더니 또 한숨을 내쉬었다. 그 과정을 한 번 더 반복하자 카세르의 표정이 싸늘하게 식었다.

"평안하시오."

의미심장한 표정으로 짧은 인사를 남기고 드디어 라이너가 떠났다. 카세르는 십 년 묵은 체증이 내려간 듯 홀가분한 표정을 지었다. 유진은 이 전쟁이 다 끝난 후 왠지 라이너를 자주 볼 것 같은 예감이 들었지만, 전쟁을 앞둔 남편에게 시름을 안겨 주지 않기 위해 속으로만 생각했다.

배웅을 마치고 들어가는 두 사람 앞에 이제 왕 중에서 혼자 남은 암왕이 다가왔다.

'암왕도 지금 가려는 건가?'

그런데 페레드는 유진의 짐작과 다른 말을 했다.

"두 분에게 할 말이 있습니다."

그들은 조용한 곳으로 자리를 옮겼다. 자리 잡고 앉은 후 페레드는 어떻게 말을 꺼내야 할지 고민하는 표정으로 한참이나 말이 없었다. 유진은 페레드를 몇 번 보지 못했지만, 늘 볼 때마다 삭막한 표정을 짓고 있어서 견고한 벽을 느꼈다. 그런데 지금의 페레드는 훨씬 인간적인 느낌이 났다.

"개인적인 일입니다. 하지만 사왕께서 해 준 이야기와 어느 정도 관련이 있으니 그저 내 속에만 묻어 두면 안 될 것 같습니다. 다른 왕들과 공유할 만한 건 아니고………."

카세르가 말했다.

"개인적인 일이라고 하셨으니 듣기만 하겠습니다."

페레드는 살짝 고개를 끄덕이고 더 가벼워진 표정으로 말했다.

"왕자였을 때 방랑족 가족을 만났습니다. 가족이 숨어 살고 있었는데 내가 환수를 잡기 위해 산속을 뒤지다가 마주쳤지요. 처음에는 방랑족인지 몰랐습니다. 내가 처음 만난 쪽은 방랑족의 딸이었고…… 그 딸에게는 방랑족의 온몸에 있는 문신이 없었습니다. 그리고 나중에 알았는데 코린, 그 사람 이름입니다. 코린의 아버지는 방랑족이었지만, 어머니는 방랑족이 아니었습니다."

'방랑족은 모두 족내혼을 한다고 들었는데.'

더구나 자식의 몸에 술식을 새기지 않았다는 건 방랑족으로 키우지 않았다는 의미다. 유진은 편왕과 명왕이 구해서 데려온 방랑족이 떠올랐다. 그 방랑족처럼 오래전에 페레드가 만났던 방랑족 역시 일족한테 자신의 생존 사실을 숨겼을 것이다.

'일족한테는 죽은 척하고 세상 곳곳에서 숨어 사는 방랑족이 꽤 있겠구나.'

페레드의 이야기는 계속 이어졌다.

"코린에게는 신기한 능력이 있었습니다. 원숭이 한 마리를 키우고 있었는데 환수였습니다."

세간에 알려진 상식으로는 있을 수 없는 일이었다. 그 장면을 직접 보지 않으면 누구도 믿지 못할 것이다.

놀란 표정의 사왕 부부를 보며 페레드가 픽 웃었다. 점잖은 반응을 드러내는 두 사람에 비하면 과거의 자신은 참 얼간이처럼 굴었다.

"난 환수를 잡아야 했고 코린은 절대 원숭이가 잡혀가도록 두고 보지 않을 거라고 하고. 억지로 빼앗고 싶지는 않아서 그녀를 설득할 겸 환수를 길들인 능력도 궁금해서 난 자주 산에 올라갔습니다."

지금 생각해 보면 환수는 그저 핑계였다. 약하고 작은 원숭이 환수는 그다지 매력적인 사냥감이 아니었다. 그저 환수를 사이에 두고 그녀와 벌이는 신경전이 사냥보다 재미있었다.

환수를 잡으러 간다는 핑계로 왕성을 나와 산으로 갈 때마다 얼마나 신이 났는지 모른다. 자신을 또래의 보통 사람으로 대해 주는 그녀와 있으면 즐거웠다. 페레드는 자신의 인생을 통틀어서 그때가 가장 생기 있게 빛나던 시절이었다고 회고했다.

"그러다 보니 자연스럽게 코린의 부모와도 만나게 되었고 그들 가족의 사정도 알게 되었습니다. 세 가족은 산속 깊은 곳에서 누구와도 교류하지 않고 살아가고 있었습니다. 전에는 계속 거처를 옮기느라 한 곳에서 일 년 이상 머문 적이 없다고 했는데 그 산에서는 오 년이 넘도록 살고 있다고 했습니다."

"환수의 영역 덕분에……."

유진이 말하자 페레드가 고개를 끄덕였다.

"그래서 그때 알았습니다. 환수의 영역이 사람을 라크한테서 보호할 수도 있다는 사실을."

환수에게는 영역이 있다는 점은 널리 알려진 사실이지만, 영역의 넓이로 환수가 얼마나 강한 개체인지 가늠하는 기준으로만 쓰였다. 그 안으로 사람이 들어갈 때는 환수를 사냥할 때뿐이었다.

"라크의 위협만 아니면 그 산은 사람이 살기 괜찮은 곳이었습니다."

옛 생각에 잠기는지 페레드는 잠시 말이 없었다. 유진의 그의 눈빛이 즐거우면서도 슬퍼 보인다고 생각했다.

"코린의 아버지인 타온은 내가 만난 최초의 방랑족이었습니다. 기사들이 방랑족을 잡으러 다닌다는 말을 듣긴 했으나 나와는 관계없는 일이라고 생각했습니다. 막연한 편견 정도는 갖고 있었지만, 방랑족을 적대할 만큼은 아니었지요. 덕분에 나는 타온이라는 친구를 얻을 기회를 얻었습니다. 그는 나이가 많다고 어른인 척하지 않았고 신분 때문에 비굴하지도 않았습니다. 지혜롭고 통찰력이 있었으며 감정이 풍부했습니다. 학자 같다가도 모험가 같고, 때로는 예술가 같았지요. 나는 이후에 타온보다 인간적인 매력을 지닌 사람을 만나지 못했습니다."

페레드는 말을 멈추고 쓴웃음을 지었다.

"이야기가 자꾸 핵심에서 벗어나는군요. 내가 이 이야기를 꺼낸 이유는 사왕께서 말한 아니카에 대한 내용 때문입니다. 상제…… 성도의 그놈이 오랜 세월 아주 교묘한 수작으로 아니카가 성도에서만 태어나도록 손을 썼을 거라고 했지요."

눈이 마주친 카세르가 고개를 끄덕였다.

"코린을 처음 만났을 때 그녀의 머리카락은 백발이었습니다. 어릴 때 심한 열병을 앓아 머리카락이 다 세어 버렸다고 하더군요."

갑자기 바뀐 화제가 의아했지만, 유진과 카세르는 잠자코 귀를 기울였다.

페레드가 유진을 물끄러미 보다가 말했다.

"그런데 코린의 눈동자는 검은색이었습니다."

유진의 눈빛이 흔들렸다.

"코린은 아니카였습니다."

유진이 '맙소사.'라고 중얼거렸다.

"그 당시에 내 생모에 대한 기억도 없는 나는 아니카를 한 번도 본 적이 없었습니다. 누구나 다 아는 외모의 특징을 갖추지 않은 코린이 아니카일 거라고는 짐작도 못 했습니다. 더구나 코린도 자신이 누군지 몰랐습니다. 아니카라는 단어 자체도 몰랐을 겁니다."

"⋯⋯성도 밖에서 태어난 아니카로군요."

페레드가 고개를 끄덕였다.

"나는 그 가족이 숨어 산 이유가 방랑족 타온 때문인 줄 알았습니다. 그런데 사실은 코린의 어머니, 셀리스가 도망자였습니다. 코린의 외가, 즉 셀리스의 부모님이 성도에서 살다가 떠났는데 가는 길에 사고로 죽었습니다. 당시 어렸던 셀리스는 사고로 위장하여 부모님을 해친 자가 기사라는 사실을 목격했습니다."

숲을 헤매다가 탈진한 소녀를 어떤 부부가 구해서 길렀다. 셀리스는 충격으로 기억을 잃었고 덕분에 비교적 평온한 성장기를 보냈다. 그녀가 기억을 되찾았을 때 비극이 시작되었다. 기억을 더듬어 친부모의 사고 장소를 찾아갔다가 흔적을 남기고 말았다.

기사의 추적이 다시 시작되었다. 도망 다니던 셀리스는 위기의 순간에 타온의 도움을 받았다. 두 사람의 첫 만남이었다.

페레드는 세상으로부터 숨을 수밖에 없는 두 사람이 서로를 이해하고 동정하며 부부가 되었던 과정을 이야기했다. 그리고 두 사람 사이에서 검은 머리카락과 검은 눈동자를 지닌 여자아이가 태어났다. 그 후 세 가족은 아예 누구와도 마주치지 않는 오지를 찾아다니며 숨어 살았다.

"코린이 아니카라는 사실은 우연히 알았습니다. 코린의 백발은 병 때문이 아니라 수시로 독한 약을 이용해 탈색한 결과였습니다. 검은 머리카락과 검은 눈동자를 지녔으며 라크인 환수가 공격하지 않고 오히려 길들이는 특별한 능력을 지닌 그녀가 누군지 그제야 앞뒤가 맞아떨어지더군요."

코린은 독한 약 때문에 두통이 심했다. 그녀가 힘들어하는 모습을 보다 못해서 페레드는 타온에게 따져 물었다. 아니카로 태어났으니 성도로 가면 가족 모두가 편안하게 살 수 있는데 왜 고생을 자처하느냐고, 방랑족이기 때문에 그런 거라면 예외로 인정받을 수 있도록 자신이 힘을 써 보겠다고.

말하면서 페레드는 자조했다.

"지금 생각하면 얼마나 멍청한 소릴 지껄였는지. 괴물의 아가리로 스스로 걸어 들어가라는 말이지 않습니까."

타온은 그날, 자신의 가족사를 페레드에게 이야기해 주었다. 여전히 기사가 아내 셀리스를 쫓고 있다는 말도 했다.

하지만 페레드는 당시 타온이 무엇을 두려워하는지 온전하게 이해하지 못했다. 셀리스의 부모가 큰 죄를 지은 도망자였을 거라고 멋대로 짐작했다. 그래서 아무리 큰 죄를 지었어도 아니카를 낳았으니 다 용서받을 거라고도 생각했다.

"타온이 성도로 가기를 두려워하니까 그럼 내가 세 가족을 보호해 주겠다고 했습니다. 그러기 위해서 일단 코린의 환수를 내가 종속시켜야 했습니다. 아직 환수조차 없는 왕자가 할 수 있는 일은 아무것도 없으니까요."

무슨 뜻인지 아는 카세르가 고개를 끄덕였다. 첫 환수를 얻은 후 왕자는 비로소 반독립 자격을 얻는다. 그때부터 따로 독립된 예산이 배정되고 왕명을 받아 왕자를 모시는 자를 부리는 게 아니라 오직 왕자에게 충성하는 수하를 밑에 둘 수 있었다.

"내가 환수를 데리고 왕성으로 돌아간 사이에······."

페레드는 말을 잇지 못하고 숨을 몰아쉬었다. 그는 시선을 아래로 떨어뜨려 테이블 어딘가를 응시하며 혼잣말처럼 말했다.

"심판관의 추적은 아주 집요하고 끈질겼습니다. 끝내 셀리스를 찾아냈습니다."

잡혀가는 아내를 그저 무력하게 지켜만 보고 있을 타온이 아니었다. 타온은 있는 힘껏 맞서 싸워 아내를 구하려 했으나 기사를 상대로는 역부족이었을 것이다. 더구나 페레드가 아는 코린은 부모에게 위험이 닥쳤는데 혼자 살겠다고 숨어 있을 성격이 아니었다.

그 세 가족은 누구보다 끈끈하게 묶여 있었다. 무모하고 어리석은 판단일지라도 혼자 살아남느니 차라리 가족들과 함께 죽음을 맞을 것이다.

페레드가 없었던 단 이틀 사이에 그 모든 일이 벌어졌다. 환수가 그들 가족 곁에 있었다면 상황이 달라졌을지도 모르지만, 세 가족에게 보호막이 전혀 없었다.

타온은 방랑족이라는 사실마저 들키면서 심판관들한테 참혹하게 죽었고 셀리스는 남편이 죽자 자결했다. 나중에 두 사람의 시신 상태를 보고 페레드가 짐작했다.

멀지 않은 곳에서는 추락사한 코린의 시신을 찾았다. 심판관한테 쫓기다가 절벽에서 떨어진 것 같았다. 혹은 스스로 뛰어내렸을지도 모른다. 심판관은 코린이 아니카라는 사실을 알아차리지 못했는지 시신에는 손대지 않았다.

페레드는 여전히 지금도 꿈에 나오는 그 장면들을 떠올렸다. 시간을 되돌릴 수만 있다면 영혼도 팔았을 것이다. 그 후 거의 반쯤 미쳐 지냈던 반년 이상의 기억은 거의 없었다.

그는 그들의 죽음에 관해 어떤 묘사도 없이 한마디로 표현했다.

"내가 할 수 있는 일은 세 가족을 함께 묻어 주는 것뿐이었습니다."

아까부터 벌겋게 물든 유진의 눈에 그렁그렁 차오른 눈물이 볼을 타고 흘러내렸다. 그녀는 얼른 손으로 눈물을 닦아 냈다. 페레드는 시종일관 담담한 태도로 이야기하고 있었다. 그렇게 감정을 조절할 수 있게 되기까지 그가 겪은 고통을 짐작도 할 수 없었다. 그의 앞에서 유진은 자신의 눈물이 사치로 느껴졌다.

페레드가 허리의 주머니를 풀었다. 안에서 나온 원숭이가 페레드의 팔을 타고 어깨로 올라갔다. 디타는 자신을 보는 유진과 눈이 마주치자 움찔했다. 지금껏 유진이 만난 환수들과 반응이 달랐다. 붉은 눈동자로 그녀를 빤히 보기만 했다.

유진이 조심스럽게 페레드의 눈치를 살폈다. 페레드가 괜찮다는 뜻으로 고개를 끄덕이며 말했다.

"디타입니다."

유진이 손을 앞으로 뻗으며 환수에게 인사를 건넸다.

"안녕, 디타."

디타가 느릿하게 페레드의 몸을 타고 내려왔다. 테이블 위로 내려온 디타가 유진의 손으로 다가갔다. 디타는 유진의 손가락 끝에 코를 대고 킁킁거리더니 고개를 홱 돌리고 다시 페레드의 어깨로 올라갔다.

유진은 디타의 반응이 '아니야. 네가 아니야.'라고 말하는 것처럼 느껴졌다.

'디타. 너에겐 이미 마음은 준 아니카가 있구나. 그렇지?'

유진은 입술을 꼭 깨물며 다시 쏟아질 것 같은 눈물을 참았다.

"두 분 덕분에 난 모든 의문을 풀었습니다. 고맙습니다."

페레드가 사왕 부부를 번갈아 보며 인사를 전했다. 그리고 회한이 가득한 한숨을 내쉬었다. 그는 쓸쓸한 미소를 지으며 말했다.

"이상하군요. 이제 조금은 과거를 놓을 수 있을 것 같습니다."

페레드가 일어나자 다른 두 사람도 일어났다.

"이대로 나는 출발하겠습니다. 배웅은 되었습니다. 내 전사들이 왕성 밖에서 기다리고 있을 겁니다."

카세르는 돌아서는 페레드를 불렀다. 듣는 것만으로도 배 속에 용암을 품은 것처럼 울분이 끓어오르는데 암왕의 마음속에 담은 과거의 무게를 가늠할 수조차 없었다. 어설픈 위로는 전할 생각이 없었다. 그저 한 가지만 묻고 싶었다.

"그 심판관들은 찾았습니까?"

페레드는 대답 없이 한쪽 입술 끝만 끌어올려 비릿한 웃음을 지었다. 이미 그 심판관들은 이 세상 사람이 아니라고 짐작할 수 있었다. 아마 차라리 죽여 달라는 애원을 할 정도로 고통스러운 죽음을 맞이했을 것이다.

페레드가 마침 생각났다는 듯 말했다.

"방랑족의 족장에게 대신 말을 전해 주었으면…… 아니, 괜찮다면 긴 이야기는 아니니 잠깐 봐도 되겠습니까?"

페레드를 아드리트에게 안내하기 위해 카세르가 함께 응접실을 나갔다. 유진은 그 후 혼자 남아 자리를 뜨지 못하고 멍하게 앉아 있었다.

그동안 암왕에게 그다지 감정이 좋지 않았다. 일전에 다나와 함께 고급 클럽에 갔다가 화장실에서 마주쳤던 아니카가 나중에 알고 보니 디쿠스 왕국의 왕비였다. 그때 있었던 일은 누구에게도 말하지 않았지만, 유진의 기억 속에 그 여자는 최악의 아니카로 인상이 남았다.

한편으론 내심 그 아니카를 그 지경까지 몰아간 사람은 그녀의 남편일 거라고 생각했다. 혹시 암왕한테 학대를 당하고 있지는 않은가, 살짝 의심도 했다. 아니카를 때리지는 못하겠지만, 정신적인 폭행도 학대니까.

그 후에 암왕이 도박에 미친 왕으로 유명하다는 소리를 듣고 역시 최악이라고 조소했다. 끼리끼리 만난다더니 부부가 다 비호감이라고 비난했다.

유진은 깊은 한숨을 내쉬며 두 손으로 얼굴을 감쌌다. 멋대로 잣대를 세우고 남을 판단한 자신의 어리석음을 자책했다.

페레드가 다정다감한 남편은 아니었을지도 모른다. 하지만 아내에게 폭력을 가할 사람 같지는 않았다. 부부 사이의 일은 당사자가 아니면 누구도 모르는 거다.

어쩌면 암왕은 과거의 그런 일을 아니었으면 현재와는 다른 모습일수 있다. 유진이 읽은 미래에서 등장한 카세르가 현재의 카세르와 다른 사람인 것처럼.

참고 참았던 울음이 결국은 터졌다. 눈물이 나오기 시작하니까 멈출수가 없었다. 유진은 자신의 북받치는 감정이 정확하게 무엇으로부터 비롯되었는지는 알 수 없었다. 슬퍼서인지, 화가 나서인지, 보이지 않는 운명이라는 힘이 야속해서인지.

눈앞으로 수건이 쓱 다가왔다. 유진이 물수건을 잡으며 고개를 드니까 카세르가 난처해하는 표정을 짓고 있었다.

"당신이 계속 이곳에서 안 나오고 있다길래 와 봤지."

유진이 수건으로 얼굴을 닦으며 말했다.

"그분…… 암왕은 가셨어요?"

그녀의 목소리 중간중간 훌쩍거리는 소리가 섞였다. 카세르가 곁에 앉아 한쪽 팔로 유진의 어깨를 감싸 안았다.

"암왕이 아드리트한테 통행증을 줬어. 언제 왕국으로 한 번 오라더군. 무덤의 위치를 가르쳐 주겠다고. 그 타온이라는 방랑족이 아드리트와 아는 사이였던 모양이야."

그래서 암왕이 아드리트를 만났구나. 유진이 고개를 끄덕였다. 그리고 가만히 생각에 잠겼다가 분에 겨운 표정으로 그를 불렀다.

"카세르. 성도의 그놈을 반드시 처치해요. 절대 편안한 죽음을 주지 말아요."

그런데 단호하게 빛나던 유진의 눈동자가 하염없이 흔들렸다.

"그렇지만…… 위험한 데에 당신이 앞장서지는 마요. 당신이 다치면……."

유진은 말을 다 끝내지 못하고 어린아이처럼 와앙 울음을 터뜨렸다. 카세르는 순간 당혹스러워했다가 그녀의 손에서 수건을 빼내어 다시 눈물범벅이 된 얼굴을 닦아 주었다.

"알았어. 조심하고 또 조심할게. 그만 울어."

가까스로 울음을 멈추었지만, 그녀의 어깨가 계속 들썩였다. 유진은 새어 나오는 웃음소리가 들리자 시선을 들었다. 잔뜩 웃음을 참고 있는 그를 있는 힘껏 노려보았다. 지금 자신은 얼마나, 얼마나 심각한데 장난처럼 받아들이다니!

시선이 마주친 카세르의 얼굴에서 웃음기가 점차 잦아들었다. 그런데 이번에는 그의 눈빛이 뜨거워지는 바람에 유진은 당황해서 눈을 깜빡거렸다. 카세르가 씨익 웃더니 말했다.

"못 참겠다."

그의 손이 유진의 턱을 틀어쥐고 그대로 입을 맞췄다. 단번에 깊이 들어온 혀가 그녀의 안쪽을 훑으며 그녀의 혀를 빨아들였다. 그를 밀어내려고 버둥거리던 유진의 팔이 그의 목을 감을 때까지는 그리 오래 걸리지 않았다.

카세르가 떠나는 전날 밤, 두 사람은 소파에 나란히 붙어 앉아서 주술 노트를 펼쳤다. 여섯 명의 왕이 나눈 노트 외에 유진과 카세르 두 사람만의 노트도 한 권 만들었다.

주술을 사용하는 매개로 카세르가 프라즈를 사용한 것처럼 유진은 라미타를 사용했다. 프라즈가 되는데 라미타가 안 될 리가 없다는 생각으로 시도했더니 주술이 성공했다. 멀리 떨어져 있어도 언제든 연락이 닿을 수 있다고 생각하니까 유진은 마음이 한결 든든했다.

"꼭 필요하지 않으면 쓰지 말아요. 무소식이 희소식이라고 생각할게요."

"당신도 마찬가지야. 꼭 필요할 때만 써."

두 사람은 이 주술 노트는 비상시에만 이용하기로 약속했다. 그렇지 않았다가는 온종일 두 사람이 노트를 붙들고 필담을 나눌지도 모른다. 가장 큰 문제는 이 주술 노트를 사용하면서 소모되는 기력이 어느 정도인지 알 수 없다는 점이었다.

유진은 카세르가 왕들과 필담을 나누며 프라즈를 소모할 텐데 자신과 안부 소식이나 주고받다가 프라즈를 이중으로 소모하여 그에게 무리가 갈까 봐 걱정했다. 카세르도 유진이 임신 중이니 두 생명을 지탱하는 그녀의 몸에 영향이 갈까 봐 걱정했다.

"새벽에 나갈 때 날 깨워요. 가는 모습 보고 싶어요, 응?"

"그냥 푹 자. 사람들 앞에서 울지 말고."

유진이 그를 어깨를 내리치며 흘겨보았다.

"안 울거든요."

"당신 의지대로 안 될지도 모르지. 근래 당신은…… 뭐랄까. 감정이 풍부해졌어."

유진이 시무룩하게 고개를 끄덕였다. 임신의 영향 때문인지 감정의 편차가 전보다 크다고 느끼고 있었다. 더구나 말이 끝나기가 무섭게 갑자기 눈시울이 후끈해져서 유진은 당황하며 눈을 비볐다.

"아, 정말 왜 이런담. 울고불고해서 당신 찜찜하게 하느니 안 나가는 게 낫겠네요."

금세 눈가가 붉어진 유진을 보며 카세르는 가슴 안쪽이 찌릿했다. 왜 이 여자는 안 예쁜 구석이 없을까. 그녀를 볼 때마다 온몸의 감각이 근질근질했다. 볼록 나온 배를 안고 아내가 자신을 보며 배시시 웃으면 머릿속이 핑 도는 것 같았다.

"유진."

카세르는 눈을 마주치는 그녀에게 입을 맞추었다.

"사랑해."

유진은 휘둥그레진 눈으로 그를 쳐다보았다. 그녀의 입술이 벌어지더니 '아…….' 하는 소리만 흘러나왔다.

"가벼운 말이라고 생각했어. 사람의 감정은 말 한 마디로 담을 수 있는 게 아니잖아. 그런데 결국은 이 말밖에 없더라고. 아낄 필요도 없는 말인데 괜히 아꼈다가 나중에……."

카세르는 말을 하다 말고 웃음을 터뜨렸다.

"왜 또 울어."

유진이 와락 그를 끌어안았다. 그의 목을 꽉 안고 울음 섞인 목소리로 말했다.

"알아요. 알고…… 있었어요."

정확히 언제부터인지는 모른다. 그런데 어느 날 문득 깨달은 순간부터 그의 사랑을 의심한 적이 없었다. 그의 입을 통한 직접 고백은 오늘 처음 들었는데도 유진은 그동안 수없이 들은 것 같았다.

"당신도 알지요? 알고 있어요? 사랑해요."

카세르의 손이 그녀의 등을 가볍게 눌렀다.

"응. 알아."

품에 안긴 그녀가 사무치게 사랑스러웠다. 카세르는 그녀를 볼 수 없고 웃음소리를 들을 수 없고 이렇게 안을 수도 없는 내일부터가 암담했다. 하루가 일 년 같을 것이다. 하지만 그것 외에는 이상하게도 마음이 가벼웠다.

"다 잘 될 거야."

그는 유진의 등을 부드럽게 쓸면서 말했다.

"내가 당신처럼 미래를 읽는 능력은 없지만, 모든 일이 다 잘 될 거라는 예감이 들어. 그러니까 당신은 마음 푹 놓고 우리 아이와 함께 건강하게 지내고 있어."

유진이 그를 안은 채 열심히 고개를 끄덕였다. 사실 그녀의 마음속에 약간의 아쉬움이 있었다. 그런데 그를 기다리는 역할도 무척 중요하다는 생각이 들었다. 기다리던 가족과 재회하며 행복한 웃음으로 마무리하는 상투적인 해피 엔딩을 위해서.

이튿날 아침, 해가 훤히 뜬 시간에 잠에서 깬 유진은 텅 빈 옆자리를 바라보았다.

"정말 그냥 갔네……."

그리고 혼잣말로 자신을 나무랐다.

"넌 참 이런 날도 푹 잘도 잔다."

잠시 풀 죽어 있었지만, 그녀는 곧 두 손을 꼭 쥐며 자기 자신에게 기운을 불어넣었다. 이곳에 남은 자신에게도 할 일이 있었다. 아드리트를 통해 방랑족의 어르신들과 연락을 주고받을 수 있게 되었으니 주술 연구에 속도가 붙을 것이다.

그때 배 속에서 아이가 툭 가볍게 발로 찼다. 마치 '저도 여기 있어요. 기운 내요, 엄마.'라고 말하는 것 같아서 유진은 웃음을 터뜨렸다.

성전.

성도궁의 발표는 성도를 발칵 뒤집어 놓았다. 스스로 신의 뜻을 받들어 싸우는 병사가 되겠다며 신도들은 성도궁 앞에 모여들었다.

술렁거리는 분위기에 사제들의 행동이 더욱 혼란을 조장했다. 그들은 병사로 자원한 신도 이름을 기록하고 군수물자 비축을 위한 기부를 종용했다. 앞줄에 이름을 올린 자는 성기사가 될 자격을 얻을 수 있고 기부금 액수가 높을수록 성전이 끝난 후 축복을 받을 거라고 하니 서로 앞다투어 나서느라 난리가 났다.

지금껏 성도궁의 행사에 사제들이 이렇게 앞장서서 나선 적이 없었다. 사람들은 그들 뒤에는 당연히 상제가 있다고 생각했다.

그 와중에 조심스럽게 사태를 지켜보는 자들도 있었다. 성도에서 이른바 명문가로 불리는 가문들은 대부분 그랬다. 그들은 아직 실체가 뚜렷하게 드러나지 않은 악과 맞서 싸워야 한다며 바람을 불어 넣는 성도궁을 수상하게 바라보았다. 더구나 사전에 이미 아르스 가문에서 성도궁이 아무래도 이상하니 조심하라는 말을 들은 터라 다들 섣부르게 나서지 않았다.

피데스는 고민 끝에 상제를 찾아갔다. 상제의 눈을 피해 할 수 있는 데까지는 다 했다. 성전이 벌어진다는 소식을 듣고 나서는 더 깊이 파고들기 위해서 상제의 신임이 필요하다고 판단했다.

"인사 올립니다. 성하. 기사의 소임을 게을리한 저를 벌하여 주시옵소서."

— 오랜만입니다. 기도를 통해 마음은 다스렸습니까?

오랜만에 듣는 머릿속 음성은 여전히 맑았다. 피데스는 저 음성이 더는 신성하게 들리지 않는 자신의 마음이 씁쓸했다.

"예, 성하. 제가 어리석은 감정에 매몰되어 있는 사이에 거룩한 전쟁이 시작되었다고 들었습니다. 성하. 부디 제게 선봉장에 설 수 있는 영광을 주시옵소서."

―성전에 임하는 그대의 마음가짐을 들어 보겠습니다.

피데스는 이 자리에 오기 전에 어떻게 하면 상제의 눈에 들어 중임을 맡을 수 있을지 고민했다. 그는 사제가 되겠다던 플로라와 나눈 대화, 이번 성전을 위해 사제에게 계급이 있는 지위를 부여하겠다는 상제의 조치 등으로 상제가 인간의 욕망을 이용한다고 결론을 내렸다. 그렇다면 이용 가치가 있는 야욕을 품은 자로 자신을 꾸며 보자고 생각했다.

"신의 뜻을 받들어 이 한 몸을 바치는 데 주저하지 않겠습니다."

피데스는 신앙심이 넘치는 전형적인 기사의 대사를 줄줄이 읊었다. 그리고 긴 말의 끝에 '하옵고⋯⋯.'라고 말한 후 주저했다.

―계속하세요.

피데스는 그리고도 더 망설였다. 몹시 어려운 이야기인 것처럼 그는 힘겹게 말했다.

"성전 이후에 믿음의 크기만큼 신의 축복이 있을 거라고⋯⋯ 들었습니다."

아름다운 단어로 포장했으나 '기여한 만큼 보상을 받을 수 있나.'라는 말과 같았다.

상제의 입술 끝이 휘어 올라갔다. 상제는 피데스처럼 올곧은 자를 좋아했다. 수많은 인간을 겪어 보니 입 안의 혀처럼 구는 자보다 굽실거리는 재주는 없어도 자기 신념이 있는 자가 그나마 낫다는 사실을 알게 되었다. 그런데 상제가 가장 좋아하는 것은 올곧은 자가 욕망에 눈을 뜨는 순간이었다.

— 우리의 신께서는 자애로우십니다. 그리고 공정하시지요. 또한, 희생한 만큼 보상을 주십니다.

시선을 아래로 내린 채 침묵하는 피데스를 보면서 상제의 미소가 더 짙어졌다.

— 그러나 신의 말씀은 참으로 모호합니다. 어리석은 자들은 그분의 말씀을 제대로 해석할 수 없어요. 그래서 내가 존재하는 겁니다. 피데스.

"⋯⋯예, 성하."

— 그대가 공을 세우면 이 성전이 끝난 후, 바라던 모든 것을 얻을 수 있습니다. 다만, 나는 신의 뜻을 받들 뿐이므로 전능하지 않습니다. 그대의 마음을 읽는 재주는 없습니다. 그대가 바라는 것을 정확히 내게 말해 주어야 내가 그대를 도울 수 있습니다.

"저는⋯⋯."
피데스는 한참을 말을 잇지 못했다. 상제의 말을 듣고 있자니, 눈앞으로 아니카 진의 얼굴이 스쳐 지나갔다.

상제는 재촉하지 않고 피데스의 대답을 기다렸다.

"누군가 제게…… 겁쟁이라고 했습니다. 가질 수 없는 보물은 아예 외면해 버리는 겁쟁이."

─아니카 진이 가질 수 없는 보물이었습니까?

"……더는 겁쟁이가 되고 싶지 않습니다."

피데스의 귀가 새빨갛게 물들었다. 그는 이 자리에 오기 전에 자신의 욕망을 무엇으로 할까 고민했다. 아니카 진에 대한 자신의 마음을 플로라도 눈치챘는데 상제가 모를 것 같지 않았다. 그러니 오히려 그 점을 역이용하면 될 것 같았다.

피데스는 자신의 마음이 깨끗하게 정리된 줄 알았다. 그런데 거짓으로 자신의 욕망을 꾸미는 상황이 되니까 오히려 그 욕망이 완전한 거짓은 아니라는 사실을 깨달았다.

상제의 꾐에 넘어가 그 욕망을 현실화할 의도는 전혀 없었다. 다만, 순간이라도 흔들린 제 마음이 부끄러워서 온몸에 열이 올랐다.

그런 피데스의 반응이 오히려 상제를 흡족하게 했다. 만약 피데스가 그런 말을 입에 담으며 태연하게 굴었다면 상제는 곧장 의심했을 것이다.

─피데스. 나의 기사여.

피데스는 공중에 둥둥 떠서 자신의 눈앞으로 다가오는 씨앗을 바라보았다.

─그대는 바라는 모든 것을 얻게 될 겁니다.

저 씨앗을 삼키는 순간, 더는 상제의 눈을 속여 움직일 수 없을 것이다. 어차피 각오한 바였으므로 피데스는 망설임 없이 씨앗을 입에 넣고 삼켰다.

＊　　＊　　＊

플로라는 눈앞에 펼쳐진 정경을 둘러보았다. 그녀가 서 있는 지대가 약간 높아서 작은 마을의 풍경 일부가 한눈에 들어왔다. 통나무로 벽을 세운 집들과 집 주변의 작은 텃밭, 공동경작지로 보이는 밭과 그곳에서 일하는 사람들, 마을을 둘러싼 우거진 숲…….

성도를 벗어난 적 없는 플로라에게는 퍽 낯선 광경이었다. 예전에 길을 잘못 들어서 봤던 빈민가 뒷골목 같은 음습함은 없지만, 이 마을이 무척 가난하다는 사실은 알 수 있었다. 플로라가 갇혀 지내는 그 집이 그나마 괜찮은 곳이라는 말은 거짓이 아니었다. 저런 데에서 어떻게 사람이 사는지 의심스러운 집들이 즐비했다.

공기는 뜨겁고, 건조했다. 농사짓기에 적절한 날씨가 아니었다. 밭에서 듬성듬성 자라는 농작물들 상태는 그다지 좋아 보이지 않았다.

플로라가 마을 이곳저곳을 돌아다니기 시작한 지 며칠 되었다. 어느 날부터 늘 찾아오던 청년 대신 중년 여자가 식사를 가져왔다. 답답하니까 잠깐 산책이라도 하게 해 달라고 했더니, 기대하지 않았는데 순순히 나가게 해 주었다.

아드리트가 마을을 떠나기 전에 만약 플로라가 집 밖으로 나오려 하면 막지 말고 감시만 하라고 말해 두었다. 그 사실을 모르는 플로라는 처음에는 함정일지 모른다고 의심했다가 아무 일 없이 며칠이 지나서야 경계를 풀었다.

플로라가 집에서 나오면 그녀를 감시하는 보초가 멀찍이 간격을 두고 따라왔다. 어떤 날은 중년 남자, 어떤 날은 젊은 여자, 사람은 계속 바뀌었다. 감시가 허술해서 도망가면 잡지 못할 것 같았다. 도망치고 싶은 유혹이 들었지만, 플로라는 주변 지역을 탐색하다가 이내 포기했다. 이곳이 어디인지 전혀 알 수가 없었다.

"저기……."

플로라가 고개를 돌렸다. 어느새 바로 곁에 다가온 어린 소녀가 들꽃을 한 줌 손에 쥐고 수줍어하면서 플로라에게 내밀었다.

"나 주는 거니?"

소녀가 열심히 고개를 끄덕였다. 며칠 전부터 플로라의 주변을 아이들이 호기심 가득한 눈빛으로 알짱거렸다. 플로라는 자신에게 말을 걸고 싶어 하는 아이들을 무시했다. 자신과 대화하면 어른한테 혼쭐이 날 테니까.

플로라는 저 멀리 서 있는 오늘의 감시자 눈치를 살폈다. 당장 화난 표정으로 달려올 줄 알았던 중년 남자는 잠깐 플로라와 눈이 마주친 후 시선을 딴 데로 돌렸다.

'분명히 봤을 텐데. 아이들이 나한테 와도 상관없나?'

플로라는 손에 쥔 들꽃을 눈높이로 들어 올렸다. 군데군데 시들었고 벌레 먹은 이파리도 있었다. 화원에서 공들여 관리한 꽃과 비교할 수조차 없었다.

그녀는 소녀에게 시선을 돌렸다. 소녀는 잔뜩 긴장한 표정으로 플로라의 반응을 살폈다.

'아이가 무슨 죄가 있겠어.'

플로라는 작은 한숨을 내쉬었다. 이 아이는 저 사교도 중 누군가의 자식이겠지만, 아이 특유의 맑은 눈동자는 순수했다. 누더기 같은 옷을 기워 입은 아이의 해맑은 표정이 오히려 묘하게 감정을 건드렸다.

"고마워. 예쁘네."

"언니가 더 예뻐요!"

소녀가 소리치더니 부끄러워하며 얼른 돌아서서 달려갔다. 멀어지는 소녀의 뒷모습을 보며 플로라가 웃었다. 그녀가 이 마을에 온 후 처음 짓는 웃음이었다.

플로라는 왠지 기분이 좋아져서 볼품없는 들꽃 더미를 손에 꼭 쥐고 통나무집으로 돌아왔다. 자유롭게 들락날락했더니 이제는 전처럼 감옥 같지 않았다.

―이봐, 아니카.

플로라가 인상을 팍 쓰면서 고개를 돌렸다. 오늘은 도마뱀이었다. 플로라는 대충 손에 잡히는 것을 붉은 눈의 도마뱀에게 집어 던졌다.

"꺼져!"

마라는 오늘도 별 소득 없이 물러 나오면서 투덜거렸다.

'성질 정말 더럽네. 아니카들은 왜 하나같이 저 모양이야. 그놈은 대체 저런 아니카들을 어떻게 구워삶았길래……'

작의 도마뱀의 머리가 갸웃했다.

'하나같이? 내가 만난 아니카는 두 명뿐인데? 저 아니카 말고 성도의 아니카는……'

마라는 기묘한 위화감을 느꼈다. 예전에 성도의 아니카를 만나고 돌아오면서 속으로 욕을 퍼부었던 기억이 났다. 그런데 지금 성도에 있는 아니카를 떠올리면 '대화가 통한다'라는 생각만 났다. 둘이 동일인인데 참 이상했다.

도마뱀의 몸이 순간 경직하더니 눈에서 붉은 기운이 사라졌다. 자신의 몸을 되찾은 도마뱀이 느릿하게 눈을 끔벅이다가 재빠르게 발을 놀려 바위틈으로 들어갔다.

지하 동굴의 술식 위로 반투명한 사람 형체가 나타났다. 점점 짙어져서 곧 사람과 다름없는 뚜렷한 모습이 되었다. 갑자기 등장한 마라를 노인이 흘끔 쳐다보며 말했다.

"오늘은 성공했냐?"

다른 노인이 맞장구쳤다.

"성공은 무슨. 딱 보니 쫓겨난 꼴인걸."

"오늘도 퇴짜구나."

노인들이 자기들이 말을 주거니 받거니 하며 껄껄 웃었다. 금발 청년의 붉은 눈동자가 노인들을 노려보았다. 마라가 분에 겨워 소리쳤다.

— 말했잖아. 아주 성질 고약한 아니카라니까!

"예끼, 이놈아. 멋대로 귀한 아가씨를 납치해 놓고서 그런 마음으로는 될 일도 안 되겠다."

"세상일이 그렇게 만만하지 않단다."

마라는 씩씩대면서 노인들 앞에 앉았다.

— 대체 내가 뭘 어떻게 해야 하는데?

"그걸 왜 우리한테 묻냐."

"아무렴. 우리가 네 꿍꿍이에 협조할 이유가 없지."

─같은 배에 탄 처지면서 무슨 소리야? 이 주술 붙들고 있는 게 지긋지긋하다며. 그럼 얼른 이 주술을 끊을 수 있도록 도와야지.

바닥에 늘어져 누워 있던 노인이 몸을 일으키며 말했다.

"말 나온 김에 묻자. 그 아니카로 뭘 어쩌려고. 라크를 조종하는 주술로 뭘 어떻게 할 건데."

─성도의 그놈을 기습해야지.

"사왕이 그놈을 잡을 거라고 했다면서. 그놈 정체가 드러났으니 알아서 하겠지. 정 원하면 그냥 지금 주술을 풀던가. 네 봉인을 풀어서 그놈이 네 위치를 알아차려도 당장 여기로 달려오지는 못할 거다."

마라가 대답하지 못했다. 다른 노인이 말했다.

"나도 묻자. 성도의 그놈을 처리하고 나면 넌 뭘 하고 싶은 거야? 성도의 그놈 자리를 대신 차지하고 싶냐? 그랬다가는 왕들이 널 사냥하겠다고 달려들 거다."

─누가 그런 걸 원한대. 그리고 어차피 성도 그놈이 죽으면 왕들이 난 그냥 둘 것 같아? 다음 사냥감은 나일 텐데.

노인들이 탄성을 질렀다.

"그래도 현실 파악은 잘하는구나."

"하긴, 한두 해 살았나. 그 정도 머리는 돌아가야지."

— 지긋지긋한 늙은이들! 당장 저세상 구경시켜 줘?

"오냐, 해 봐라."
"큰소리만 치는 놈치고 무서운 놈 없더라."
"이놈은 툭하면 죽인다고 협박이야. 아서라. 그런 말 해 봤자 우리 중 누구도 무서워 안 한다. 아이고, 고맙습니다, 하지."
마라는 이죽거리는 노인들을 보며 이를 갈았다. 저 입만 산 늙은이들은 자신의 마음도 모르고…….

— 흥. 왕이 날 죽이러 오면 너희를 방패로 삼을 거다. 방랑족은 이용 가치가 있으니 너희를 못 건드릴걸. 내 생명력이 다 끝날 때까지 너희도 못 죽어. 내가 끈질기게 붙들고 있을 테니까.

"우리 뒤에 숨어 목숨 보전을 하겠다?"
"이야. 참으로 이상하게 머리를 굴리는구나."
노인들과 투덕거리던 마라가 고개를 들었다.

— 그 녀석 왔다. 아드리트.

"벌써 왔다고?"
"아직 올 때가 아닐 텐데. 가던 길에 돌아왔나?"

— 그러고 보니 아드리트가 떠나기 전에 여기 와서 같이 뭘 작당을 한

거냐? 한참을 뭘 하는 것 같더니만.

"뭘 하긴. 늘 하던 주술 공부지."

"궁금하면 너도 옆에 앉아서 듣던가."

마라가 미심쩍어하는 시선으로 노인들을 훑더니 그대로 사라졌다. 마라의 기척이 완전히 사라진 후 노인들이 목소리를 낮추어 숙덕거렸다.

"하여간, 눈치는 귀신이라니까."

"모르겠지?"

"몰라, 몰라. 저놈 은근히 둔하잖아."

"하여간 재밌는 놈이야. 어떨 때 보면 약삭빠른데 어떨 때 보면 좀 아둔해."

노인들이 마라의 뒷말을 나누며 낄낄거렸다.

아드리트가 돌아온 후 열흘이 지났다. 아드리트가 가져온 유골함 때문에 마을 분위기가 잔뜩 가라앉아 있었다. 덩달아 얌전히 있던 마라가 다시 슬그머니 플로라에게 접근했다.

근래 플로라가 방랑족의 아이들과 곧잘 어울렸다. 혹시 심경의 변화가 있을까 싶어서 새끼 너구리의 몸으로 통나무집 주변을 기웃거렸다. 아까 점심 식사가 들어갔으니 슬슬 산책 나올 때가 되었는데도 조용했다.

마라는 벽 틈 사이를 비집고 집 안으로 들어가서 재빠르게 분위기를 살폈다. 손도 대지 않은 식사 쟁반, 구석에 앉아 무릎 사이에 고개를 푹 파묻고 있는 플로라. 아무래도 느낌이 좋지 않았다. 오늘도 글렀나, 내심 투덜거리며 슬쩍 플로라를 불러 보았다.

— 아니카.

역시나 반응이 없었다. 다시 나가려는데 플로라가 고개를 들었다.
"너."

플로라가 붉은 눈의 너구리를 응시했다. 그녀는 정체 모를 사교도의 괴물을 불러 놓고 입술을 꾹 깨물었다. 오전에 아이들과 함께 있다가 겪은 일 때문에 몹시 혼란스러웠다.

플로라는 나뭇가지로 바닥에 낙서하다가 무심코 기억하던 술식을 일부 그렸다. 그러자 아이가 그걸 보더니 '이런 거 알아요. 나도 배웠어요.'라고 말했다. 다른 아이는 '나도 알아. 이거지?' 그러면서 옆에 어설프게나마 그렸다.

신성한 신의 문자를 어찌 사교도의 아이들이 알고 있단 말인가. 그녀는 자신을 지탱하던 견고한 믿음이 무너질 것 같은 불안에 휩싸였다.
"내게 무슨 말을 하고 싶은 거야."

목소리의 떨림을 감출 수가 없었다.
"들을 테니까 말해. 넌 뭐야? 여긴 어디야?"

너구리의 붉은 눈동자가 가늘게 휘어졌다.

7. 미래를 결정하는 힘

'이상해……'

엘버는 심상치 않은 변화를 느꼈다. 허구한 날 찾아와 자신을 괴롭히던 괴물이 발길을 끊었다. 시기를 계산해 보면 엘버가 미래를 보는 주술을 발동한 후부터다. 괴물이 그토록 바라던 미래를 드디어 보았으니 이제 더는 엘버를 닦달할 필요가 없을 것이다. 그런데 엘버의 직감은 그 이유가 전부는 아니라고 말했다.

'생각해 보면 그때 그놈 반응도 이상했지.'

성도의 한복판에서 하늘을 뚫을 정도로 높이 솟은 나무. 엘버는 지금도 그 장면이 눈에 보이는 것처럼 생생했다.

그 미래를 봤을 때 몹시 마음이 복잡했다. 드디어 끝났다는 생각에 후련하면서도 저놈이 원하던 것을 손에 넣는구나 싶어서 원통했다.

그런데 괴물은 고대하던 것을 얻은 것치고는 그다지 기뻐하지 않았다. 예전에 두 명의 아니카가 태어났을 때 오히려 훨씬 더 흥분한 반응을 보였다.

'이놈. 무슨 꿍꿍이냐.'

엘버는 바닥에 깔린 술식에 손을 대고 정신을 집중했다. 희미하게 흘러나오던 술식의 빛이 강렬한 광선이 되어 뿜어져 나왔다.

―뭐 하는 거냐.

머릿속에서 울리는 음성을 듣고 엘버가 눈을 떴다. 반투명한 사람의 형체가 흐릿하게 보였다. 거의 퇴화한 시력 때문에 제대로 볼 수 없게 된 지 꽤 되었다. 엘버는 오히려 저 끔찍한 가짜 면상을 볼 수 없어서 다행이라고 생각했다.

"내 귀는 아직 먹지 않았다."

엘버가 정색하자 상제는 그녀를 짜증스레 노려보다가 말했다.

"뭐 하고 있었냐고."

거칠게 긁히는 목소리를 듣고 나서야 엘버가 미간의 주름을 풀었다. 그녀는 머릿속으로 소리를 전달하는 환수의 의사소통 방식을 거부했다. 그 맑은 음성으로 사람들을 현혹한다고 생각하면 소름이 끼쳤다. 환수가 사람처럼 목소리를 내려면 공기의 파장을 이용하여 억지로 만들어야 하므로 사람 귀에는 몹시 거슬리는 소리가 되었다. 하지만 엘버는 차라리 그 소리가 나았다.

"널 부른 거다."

아무 대답이 들려오지 않았다. 상제가 적잖이 당황한 것 같았다. 하긴, 엘버가 먼저 상제를 부른 적이 없었다. 그녀는 항상 괴물이 언제 찾아올지 몰라 불안해했다.

"……왜?"

"난 네가 원하는 미래를 봤다. 그럼 이제 어떻게 상황이 돌아가고 있는지 내게 말해 줘야 하는 것 아닌가?"

상제가 코웃음 쳤다.

"얼토당토않은 소리를 하는군. 네가 보는 미래는 당장 내일 벌어지는 일이 아니야. 네가 그 미래를 본 지 얼마나 되었다고 재촉이냐."

"난 아득한 세월을 이 주술을 지키며 이곳에 갇혀 있었다. 이제 드디어 끝이 보이는데 내 마음이 조급하다고 탓하면 안 되지."

"진행되는 게 있으면 어련히 말할까. 성가시게 굴지 마라."

상제는 퉁명스레 내뱉고 사라졌다. 상제가 완전히 사라졌다고 느낀 후 엘버의 미간이 움찔했다.

'요것 봐라. 이놈이 뭔가 있구나.'

그녀가 살아온 세월만큼 감각도 발달했다. 그녀도 이 정도로 오랫동안 살지 않았으면 몰랐을 것이다. 가끔은 자신이 사람이 아닌 초월적인 무언가가 되었다고 느낄 때가 있었다.

전에는 그 모든 능력을 오직 주술에만 쏟아부었는데 이제 모든 게 다 끝났다고 생각하니까 마음에 여유가 생기고 주변을 보는 자신의 감각이 무한대로 확장되는 기분이 들었다.

'무슨 수작을 부리는지 모르겠지만, 그냥 두고 볼 수는 없지.'

엘버의 입술이 위로 말려 올라갔다.

엘버는 이튿날에도 상제를 불렀다. 상제를 부르는 방식은 간단했다. 주술이 그녀와 괴물을 연결하고 있으므로 그녀가 주술을 자극하면 상제가 느낄 수 있다. 그럼 상제는 엘버가 무슨 짓을 하나 싶어서 확인하러 오는 것이다.

"또 뭐냐."

"아무래도 네놈 하는 짓이 수상해. 내게 뭔가를 숨기는 것 같단 말이야."

"네가 이제는 슬슬 정신도 이상해지는구나. 또 한 번 쓸데없이 부르면 가만두지 않겠다."

상제는 짜증을 잔뜩 내면서 돌아갔다. 엘버는 오히려 상제의 그런 반응이 기꺼웠다. 놈의 속을 긁는 재미가 제법 있었다. 그녀는 이튿날에도 상제를 불렀다. 상제는 등장하자마자 버럭 소리를 질렀다.

"엘버!"

"흥. 네놈이 날 무시하면 내가 가만있을 줄 알았나? 이젠 할 일도 없겠다, 널 귀찮게 하는 일 정도는 내게는 소소한 재미일 뿐이지."

상제는 분노가 치밀어 엘버를 노려보았다. 지금 엘버의 장난질에 맞대응할 정신이 아니었다. 성전을 발표한 후 기사와 사제들을 단속하느라, 성도에 칠 방어막 주술 준비가 막바지에 이르러 꼼꼼하게 확인하느라 상제는 그 오랜 세월 살아온 중에서 요즘이 가장 바빴다.

그렇다고 지금 당장 엘버를 어찌할 수는 없었다. 아직 엘버를 대체할 인물을 키우지 못했다. 정 엘버를 치워 버리려면 최소한 방어막 주술이 성공한 후, 주술의 안정적 운용을 충분히 확인한 다음이어야 한다.

상제는 엘버가 수상한 짓을 하지 않았는지만 확인하고 돌아갔다. 이후에도 엘버는 계속 상제를 불렀다. 하루 한 번에서 아침과 저녁 두 번으로 늘렸다. 상제는 그때마다 나타나서 주술 상태만 확인하고 돌아갔다.

며칠이 지났다. 엘버는 상제를 아침저녁으로 부르는 일이 일과가 되었다. 그녀는 상제가 모습을 드러낼 때마다 점점 감정적으로 대응했다. 자신을 지탱하던 끈이 끊어진 사람처럼 굴었다.

그러던 어느 날 아침, 엘버는 이상한 기운을 느꼈다. 정확히 설명할 수 없지만, 자신의 온몸을 옥죄는 느낌이었다.

'주술이다. 근처에서 상급의 주술이 발동되었구나.'

그녀가 아무것도 모르는 상태였다면 기분 탓으로 넘겼을 것이다. 그런데 유진을 만나서 상제가 주술을 몰래 빼돌려 지식화하고 있다는 사실을 안 덕분에 알아차릴 수 있었다.

다른 주술의 발동 여부를 알아차리는 것은 고대 일족도 이루지 못한 불가능의 영역이었다. 하지만 엘버는 특별했다. 그녀는 아주 오랜 세월을 주술에만 매달려 살았다. 그래서 주술과 관련된 직감이 비약적으로 발달했다.

엘버는 상제를 불렀다. 한참을 기다려도 상제는 나타나지 않았다. 그녀는 또다시 불렀다. 한 번 더, 한 번 더. 그날이 지나고 새벽이 올 때까지 반복했고 끝내 상제는 나타나지 않았다. 완전히 지친 그녀의 이마가 땀으로 젖었다. 엘버는 숨을 몰아쉬며 짙은 미소를 지었다.

그녀는 이튿날에도 또 상제를 불렀다. 그 날에는 늦은 밤에 딱 한 번 상제가 나타났다가 엘버를 노려보기만 하고 돌아갔다.

그 이튿날, 엘버는 오늘이 기회라고 생각했다. 그녀가 다른 주술을 발동해도 상제는 '또 시작이구나.'라고 생각하며 모른 척할 것이다. 그녀는 그날 밤, 무엔의 가주, 라한의 꿈속으로 들어갔다.

*　　*　　*

자정이 다 되어 가는 시각, 플레크 왕국의 병사들이 말을 타고 달려갔다. 그들은 주군의 급보를 받고 성도로 향하는 길이었다. 명왕이 성도에 다다르기 전, 그들은 미리 성도로 숨어 들어가서 내부 상황을 탐색하라는 명을 받았다.

가장 앞에서 말을 달리던 자가 고삐를 당기며 속도를 늦추자 줄줄이 다른 이들도 속도를 줄였다.

"곧 성도다. 말은 여기 두고 간다."

대장의 지시에 모두가 따랐다. 묶어 두었다가는 야생 짐승의 먹잇감만 될 테니까 아예 안장과 고삐를 다 제거하고 말들을 풀어 주었다.

그들은 빠른 걸음으로 다시 이동을 시작했다. 비록 전사는 아니지만, 혹독한 훈련으로 단련된 특수병들이었다.

플레크 왕국에서는 특수 지형을 이용하여 숨어 있는 라크를 찾아내기 위해 체격이 작고 몸이 날랜 자들을 뽑아 탐지병을 육성했다. 전사의 능력에는 미치지 못하지만, 전사의 숫자는 한계가 있으므로 특수병은 충분히 제 몫을 했다.

니콜라스는 일부러 전사가 아니라 병사를 성도로 보내라고 지시했다. 마라의 교도가 전사를 감지하는 능력이 있다는 사왕의 말을 듣고 조심하기 위해서였다. 상제의 기사에게도 그런 능력이 있다고는 알려지지 않았으나 능력을 감추고 비밀로 했을지도 모르는 일이었다.

"다 왔다."

저 멀리 어둠에 휩싸인 성벽이 보였다. 그들은 더욱 발소리를 죽이고 살금살금 다가갔다.

"어둡군요."

누군가의 말에 다들 고개를 끄덕였다. 원래 성도는 해가 진 후에 성벽을 따라 등을 밝혀두어 어두운 밤에는 멀리서도 불빛이 보였다. 병사들은 불빛 한 점 없는 풍경을 보고 심상치 않은 느낌을 받았다.

"조심해라."

어둠 속에서 그들의 눈동자에 결연한 빛이 감돌았다. 모두 자신이 어디 소속되었는지 알아차릴 수 없도록 변장했다. 그리고 만약 잡히면 즉시 자결하려고 독약을 지녔다. 왕국의 병사들이 성도를 침입했다가 발각되면 성도와 왕국 간에 심각한 분쟁 거리가 될 것이다.

그들은 계속 성도를 향해 나아갔다. 그렇게 한참을 가던 이들은 곧 이상하다고 깨달았다. 이미 도착해서 성벽을 타 넘어야 했는데도 좀처럼 성벽이 가까워지지 않았다.

그들은 걷고 또 걸었다. 그러나 해가 뜰 무렵이 되어서도 성벽이 닿지 못했다. 먼 거리도 아니었다. 대략 백여 걸음의 거리를 두고 보이지 않는 벽에 가로막힌 것처럼 계속 제자리만 맴돌았다. 어느새 모두가 걸음을 멈추었다. 그들은 아침 햇살에 모습을 드러내는 성벽을 망연하게 바라보았다.

*　　*　　*

—무슨 말인지 이해했어. 그럼 이 문양과 이 문양의 연결도 길의 역할인가?

유진이 주술 노트에 질문을 적고 잠시 기다렸다. 곧 노트에 글씨가 나타났다.

—그 부분은 저도 헷갈립니다. 확인하고 말씀드리겠습니다.
—그래. 고마워.

유진은 아드리트와 필담을 나누는 주술 노트를 아주 유용하게 사용 중이었다. 아무리 써도 마라의 기력만 소모된다고 하니까 부담이 없었다. 일어나려던 그녀는 나타나기 시작한 글씨를 보고 다시 자리에 앉았다.

　―왕비님. 아니카에 관해 드릴 말씀이 있습니다.

유진은 한숨을 내쉬었다. 그녀는 속으로 '플로라, 플로라. 너를 어쩌
면 좋을까.'라고 생각하며 펜을 들었다.

　―또 무슨 일이 있었니?

마라가 플로라에게 상제의 정체와 속셈을 폭로했다는 소식을 며칠 전
에 들었다. 그리고 며칠 동안 플로라는 식사도 거부하고 통나무집에 틀
어박혀 때로는 소리를 질렀다고 했다. 가끔 큰 울음소리가 들리기도 한
다고 아드리트가 근황을 전했다. 믿을 수 없는 현실에 부닥친 사람의 전
형적 반응, 부정과 분노 단계 같았다.

　―오늘 아침부터는 식사를 시작했습니다. 그리고 일족의 책임자
　와 이야기하고 싶다고 합니다. 제가 그 아니카와 제대로 대화를 나
　눠도 될지, 어디까지 말해도 괜찮을지 모르겠습니다.

'흐음?'
유진은 뜻밖이라고 생각했다.
'한참은 틀어박혀 있을 줄 알았는데 벌써?'
부정과 분노 단계를 벗어난 것인지, 다른 속셈이 있는 것인지 알 수
없었다. 하지만 수상쩍다고 방치만 해 두었다가는 마라가 중간에서 무
슨 짓을 할지 불안했다. 막다른 곳에 몰렸다고 느낀 플로라가 마라의 속

살거림에 넘어가지 않으리라는 보장이 없었다.

유진은 고민 끝에 펜을 들었다.

　　—네가 아는 진실, 그냥 그대로를 플로라에게 가감 없이 이야기 해 줘. 그런데 플로라는 네가 일족의 책임자라는 걸 믿지 않을지도 몰라. 충분히 이해시켜야 할 거야.
　　—예, 왕비님.

유진은 더는 글자가 나타나지 않는 노트를 내려다보며 생각에 잠겼다. 플로라가 지금 느끼고 있을 혼란을 과연 어떻게 극복할지 궁금했다. 자신이 믿었던 정의가 악이었다는 사실을 깨닫게 되면 둘 중 하나를 택할 수밖에 없을 것이다. 과오를 인정하든가, 악당이 되든가.

'어쨌든, 플로라가 이번 전쟁에서 변수가 되지만 않았으면 좋겠네.'

노트를 덮고 그녀는 집무실에서 연결된 응접실로 나왔다. 응접실은 구석으로 밀어 놓은 소파 외에는 텅 비어 있었다. 현재 이곳을 보조 연구실로 이용 중이었다.

술식은 주술의 목적에 따라 크기가 다양했다. 주술 노트를 만들 때 썼던 술식은 손바닥만 한 노트 안에 전부 담길 정도로 작지만, 호텔 객실에 남아 있는 이동 주술의 술식은 여러 사람이 완전히 올라타고도 남을 만큼 컸다.

대형 술식을 노트 한 장에 들어갈 수 있도록 축소하여 베껴 그리면 한눈에 볼 수 있다는 점은 편해도 주술을 온전히 파악하기는 어려웠다. 그렇다고 원본을 보러 호텔에 왔다 갔다 하기는 번거로웠다.

그래서 유진은 수월한 연구를 위해 방안을 생각해냈다. 응접실 바닥에 흰색 대리석 돌판을 깔고 검은색 물감으로 플로라가 남긴 이동 주술의 술식을 똑같은 크기와 형태로 그려 놓았다.

이 주술이 만에 하나라도 발동될 가능성은 전혀 없었다. 술식을 그릴 때 물감에 숯가루를 섞었기 때문이다. 그러면 이른바 '죽은 주술'이 된다. 고대 일족이 주술을 공부할 때 부담 없이 술식을 그리기 위해 쓰던 방식이었다고 아드리트가 알려 주었다.

검은 선으로 그려진 술식 위에는 붉은 선이 덧그려 있거나 군데군데 써 둔 붉은 글씨가 빼곡했다. 유진이 주술을 공부한 흔적이었다.

유진은 술식의 주변을 천천히 걸어 다니며 자신이 써 둔 것들을 눈으로 훑었다. 주술은 공부할수록 신기한 학문이었다. 분명히 전부 이해했다고 생각했는데 시간이 흐른 후에 다시 보면 다른 의미로 해석되기도 하고 아리송한 의문이 생기기도 했다.

'여기 이 부분은 연결 고리구나. 이쪽은 길이고 이쪽은 막힌 곳.'

유진이 붉은 분필을 들고 바닥에 쪼그려 앉았다. 그리고 술식 위에 방금 이해한 내용을 표기했다. 쓰다 보니까 계속 떠오르는 심상이 있어서 그녀는 아예 바닥에 주저앉아 필기를 계속했다.

'그리고 여기는…….'

분필을 막 그리려다가 유진은 갑작스러운 태동에 미간을 찡그렸다.

'알았다, 알았어. 그만할게.'

그녀는 배 속 아이를 달래며 피식 웃고는 분필을 내려놓았다. 태동이 활발해지면서 아이의 움직임이 항상 같지 않다는 사실을 알게 되었다. 아이가 그저 노는 것인지, 의사 표현을 위해 몸트림을 하는 것인지 구별할 수 있었다.

유진이 오랫동안 배를 압박하는 자세로 있으면 배 속에서 아이가 힘들다고 신호를 보냈다. 지난번에는 그 신호를 무시했더니 안에서 제법 강하게 발을 굴러서 저절로 헉 소리가 나왔다.

아이가 배 속에서 성질을 부리면 유진은 '어쭈?' 하면서 픽 웃음이 나왔다. 벌써 이러는 걸 보면 곧 태어날 아들 성격이 보통이 아닐 것 같았다. 제 마음에 드는 환수를 잡으려고 집요하게 매달리는 미래를 봤으니 쇠심줄 고집은 이미 확정인 것 같고.

'하긴. 아들이 제 아버지를 닮지, 누굴 닮겠어.'

자신한테는 워낙 말랑말랑한 남편이라서 가끔 잊는다. 카세르가 결코 편한 사람은 아니었다. 그를 대하는 주변 사람의 태도를 보면서 새삼 깨닫곤 했다. 카세르를 직접 키우다시피 한 마리안조차 그를 어려워한다고 느꼈다.

유진이 배를 감싸 안으며 일어나려는 자세를 하자마자 시녀들이 얼른 달려와서 그녀를 부축했다. 시녀들 도움을 받아 소파에 앉으며 유진은 배를 완전히 드러내도록 소파에 등을 기댔다. 이제 만족한다는 듯 배 속에서 아이가 부드럽게 움직였다.

'요 녀석. 너 자꾸 엄마를 게으름뱅이로 만들래?'

손으로 배를 쓰다듬으며 타박했더니 반항처럼 안에서 발로 찼다.

'엄마 힘들게 하지 말라는 아버지 말씀 안 들을 거야?'

이번에는 배 속이 조용했다. 우연의 일치겠지만, 마치 아이와 대화하는 기분이 들어서 웃음이 나왔다.

유진은 허리에 항상 매달고 다니는 주머니를 열어 주술 노트를 꺼냈다. 노트 덕분인지 그의 빈자리가 생각만큼 크지 않았다. 언제든 그와 대화할 수 있다는 점이 안정감을 주었다.

펼친 노트에서 새로운 문장을 발견한 유진이 표정에 화색을 띠었다. 그녀는 자세를 고쳐 앉으며 카세르가 보낸 소식을 읽었다.

　　—밤새 산맥을 넘었고 슬란을 지나가는 중이야. 이 속도로 계속

간다면 이틀 안으로는 성도가 보이는 곳까지는 이를 것 같아. 당신
은 별일 없이 잘 지내고 있지? 답장은 하지 마.

'답장하지 말라는 소리가 마무리네.'

유진이 서운한 마음으로 중얼거렸다. 카세르는 하루에 한 번은 자신
의 이동 근황에 관해 노트에 적어 알려 주었는데 항상 문장을 끝내는 내
용이 같았다.

주술 노트를 가능한 한 쓰지 말라는 그의 마음 씀씀이가 고마우면서
도 일방적으로 받기만 하고 있으니 마음 한편이 쓸쓸했다. 그래서 오늘
은 펜을 들었다.

— 우리 둘 다 잘 지내고 있어요. 곧 성도라고 하니까 마음이 이
상하네요. 조심해요. 당신을 위해서 매일 기도하고 있어요.

유진이 주술 노트에 글을 적을 때 카세르는 한창 이동 중이었다. 그래
서 몇 시간 지난 후, 뒤늦게 발견했다. 그는 미소를 지으며 몇 줄의 문장
을 되풀이해서 읽었다. 모든 일이 끝난 뒤 자신을 기다리고 있는 아내와
아이 곁으로 돌아갈 생각만으로도 그는 이 세상에서 가장 강력한 갑옷
을 걸친 것처럼 든든했다.

카세르는 유진과 대화하는 노트를 가죽 주머니에 넣어 잘 챙기고 왕
들의 노트를 꺼냈다. 지금까지는 노트에 별다른 내용이 올라오지 않았
다. 다들 본인의 왕성에 들른 후 완충지대로 올 계획이라 카세르가 가장
늦게 출발했는데도 다른 왕들보다 특히 늦을 것 같지 않았다.

그런데 오늘은 올라온 문장이 있었다. 더구나 내용도 심상치 않았다.

―성도 근방에 도착했습니다. 이상한 소식을 받아서 왕국으로 가던 길을 돌려서 곧바로 왔습니다. 기이한 현상이 발생하고 있습니다. 누구도 성도로 접근할 수 없습니다. 말로는 설명하기 어렵군요. 니콜라스.

카세르가 그 밑에 적었다.

―서둘러 가겠습니다. 이틀 안으로는 도착할 예정입니다. 카세르.

그 밑으로 줄줄이 왕들의 답변이 달렸다.

―내일 오후에는 도착할 듯싶습니다. 리차드.
―지체될 것 같습니다. 가능한 한 서두르겠습니다. 페레드.
―오늘 안으로는 갈 수 있도록 달려 보지요. 아킬.
―성도 그놈이 근방에 라크를 깔아 놨다는 의미는 아니겠지요?
―라이너.

니콜라스는 가장 마지막으로 떠오른 문장을 확인한 후 노트를 접었다. 그는 시선을 들어 저 앞에 보이는 성도를 바라보았다.

그가 서 있는 곳에서 성도의 성문까지의 거리는 고작해야 이백 걸음 정도. 약 백 걸음 정도는 더 가까이 다가갈 수 있다. 하지만 그 이상은 접근할 수 없었다. 여러 번 전사를 보내고 직접 가 보기도 하면서 확인했다.

니콜라스의 관심은 성도의 괴물 처치라는 목적에서 약간 비켜 있었다. 괴물은 그가 나서지 않아도 다른 왕들이 알아서 처리할 테니까 그는 저 성도에 갇혀 있는 은인을 구하는 데에 모든 힘을 다할 작정이었다.

사실 유진이 니콜라스에게 알려 준 치료법은 엘버한테 들은 것이 아니라 그녀가 읽은 미래의 기억에서 얻은 정보였다. 하지만 유진은 굳이 니콜라스의 오해를 바로잡지 않았다. 엘버가 주술을 발동한 덕분에 유진이 미래를 엿본 것이니까 그녀가 알려 준 치료법이라는 말이 억지는 아니라고 생각했다.

니콜라스는 어머니의 치료법을 알려 준 은인을 만나 꼭 인사를 올리고 싶었다. 그분은 어머니뿐만 아니라 자신도 구해 주었다.

왕 중에서 유일하게 어머니를 곁에 모시고 살면서도 항상 애정에 목말라했던 그의 사정을 누구도 모를 것이다. 오히려 다른 왕들처럼 마음을 접고 포기하지 못하니 그의 속은 바짝바짝 타들어 갔다. 끝내 그대로 어머니가 세상을 떠났다면 그의 마음에는 평생 응어리가 생겼을 것이다.

어머니가 회복되고 어머니의 진심 어린 사과를 듣고 난 후 비로소 그가 받은 마음의 상처는 깨끗이 나았다. 그는 세상이 더 아름다워 보이는 기적을 경험했다.

그는 하시 왕국을 떠나올 때부터 머릿속으로 계획을 세웠다. 지난번에 사왕의 부탁을 받아 전사를 빌려준 덕분에 은인이 갇혀 있는 감옥의 위치와 구조는 이미 알고 있었다. 그가 성도로 병사를 보내 근황을 살펴보라고 지시한 이유도 빠른 속도로 은인을 구해낼 길을 확보하기 위해서였다.

'이것도 주술의 힘인가.'

니콜라스는 심란한 표정으로 성도를 바라보았다. 그가 세운 계획은 착수조차 못 했다. 성도 안으로 들어가지 못하니 무엇도 할 수가 없다. 평소라면 저 성문 위 성벽에 근위병들이 지키고 서 있어야 하겠지만, 지금은 어디에도 사람이 보이지 않았다.

그는 정보의 힘이 얼마나 중요한지 새삼 깨달았다. 만약 주술에 관해 전혀 모르는 상태로 이 상황에 부닥쳤다면 신의 힘이 작용하는 줄 알고 두려움을 느꼈을 것이다. 그러나 괴물의 수작이라는 사실을 알고 있으니 그저 분노만 치솟았다.

니콜라스가 전사를 불러 지시했다.

"이 근방에서 밤을 보낼 것이니 준비하라."

"예, 전하."

원래 왕들이 모이기로 약속한 장소는 이곳보다 훨씬 뒤로 물러선 곳이었다. 하지만 니콜라스는 굳이 그럴 필요는 없겠다고 생각했다. 왕들이 모이는 모습을 상제가 늦게 파악하도록 눈속임하는 것은 지금 중요한 문제가 아니었다.

그날 어둑해질 무렵에 편왕 아킬이 도착했고 이튿날에는 도왕 리차드가, 그 이튿날에는 암왕을 제외한 모든 왕이 성도 앞에 모였다.

천막 안 테이블 주변으로 다섯 명의 왕이 모여 앉았다. 그들은 성도로 접근할 수 없는 이 사태를 어떻게 해결할지 논의했으나 누구도 뚜렷한 방안을 제시하지 못했다. 성전이라는 거창한 명분을 내세운 상제가 이런 이상한 방식으로 숨어 버릴 거라고는 예상하지 못했던 터라 그저 황당하기만 했다.

"일단 뭐든 해 봅시다. 내가 직접 가 보겠소."

라이너가 벌떡 일어나 천막에서 나왔다. 라이너는 두 팔을 뒤로 붕붕 돌리며 거창하게 준비 자세를 잡은 후 성도를 향해 달리기 시작했다.

달리는 속도에 순식간에 가속이 붙었다. 조금씩 아른거리던 붉은 기운이 그의 온몸을 감쌌다. 마치 거대한 불꽃이 땅 위에 아슬아슬하게 떠올라 날아가는 것만 같았다.

다른 왕들을 그 모습을 뒤쪽에서 유심히 바라보았다. 라이너가 성도의 성문에 가까워질수록 왕들은 긴장한 표정이 되었다.

정확히 약 백 걸음 정도의 거리를 두고 같은 현상이 발생했다. 라이너는 성문을 향해 똑바로 달리지 못하고 방향을 옆으로 돌려 성벽을 따라 달려갔다. 전사들을 성도로 보낸 후 뒤에서 관찰한 결과와 똑같았다.

아마 라이너는 있는 힘껏 달리는데도 보이지 않는 벽에 가로막힌 것처럼 성벽이 가까워지지 않는다고 느낄 것이다. 그런데 멀리 있는 다른 사람들 눈에는 라이너가 갑자기 방향을 바꾸어 성벽을 따라 빙 돌아 달리기 시작하는 모습으로 보였다.

라이너의 몸 주변에서 너울거리던 붉은 기운이 사라졌다. 달리기를 멈춘 그는 성도를 바라보며 서 있다가 휙 돌아섰다. 조금 전, 그는 성문을 정면으로 바라보며 달리기 시작했으나 지금 위치는 출발한 장소에서 한참을 옆으로 돌아간 곳이었다.

"흐음. 염왕께서 달리는 속도가 전사들보다 빠르니 어떤 구조인지 더 잘 보입니다. 마치 성도 주변에 미끄러운 벽을 세워 놓은 것 같군요."

리처드가 말하자 아킬이 말을 받았다.

"힘으로 돌파하기는 어렵겠습니다. 왕의 프라즈로도 접근할 수 없으니까요."

니콜라스가 말했다.

"저 정체불명의 벽이 성도를 완전히 감싼 상태일까요? 공중은 어떨까요? 하늘을 통해서라면?"

공중으로 시선을 올린 카세르가 답했다.

"허술한 벽은 아닐 겁니다. 그래도 혹시 모르니 확인해 봐야겠습니다."

카세르가 주변을 둘러보다가 눈이 마주친 전사에게 손짓했다. 그는 전사한테 긴 창을 가져오라고 해서 받아 쥐고 성도를 향해 걸어갔다. 그는 왕들이 있는 쪽으로 돌아오고 있는 라이너와 스쳐 지나갔다.

카세르가 원래 서 있던 자리를 차지한 라이너가 잔뜩 언짢은 표정으로 구시렁거렸다.

"정말 기분 더럽소. 보이지 않는 뭔가가 나를 밀어내는 느낌이랄까. 괴물 따위가 이런 꼼수를 부리다니. 괴물이면 괴물답게 당당히 모습을 드러내야지!"

라이너의 이상한 논리에는 누구도 동조하지 않았다. 때마침 카세르가 한계 거리에 이르러 멈추어 서자 모두의 시선이 그쪽으로 향했다.

카세르가 한 손으로 창을 고쳐 잡았다. 그는 성도와의 거리를 대충 가늠한 후 창을 들고 겨누었다. 그의 손에서 흘러나오는 푸른 기운이 뱀의 형태가 되어 긴 창을 감아 올라갔다.

"사왕의 뱀."

지켜보던 왕 중 누군가가 중얼거렸다. 사왕의 프라즈는 생생한 뱀의 형태를 지닌 것으로 유명했다. 다른 왕들의 프라즈가 불꽃, 바람, 안개 등으로 형상화되는 것과는 뚜렷한 차이점이었다.

염왕 라이너를 제외하고 사왕의 프라즈를 실제로 보는 것은 다들 처음이었다. 왕끼리는 평생 서로 마주치지 않는 경우도 허다하니 다른 왕이 프라즈를 쓰는 모습을 볼 일은 더더욱 없었다.

"예전에 하시 왕국에서 내려오는 전설을 얼핏 들은 기억이 납니다."

아킬이 말했다.

"아득한 옛날, 거대한 뱀 라크가 나타나 하시 왕국에 위기가 닥친 적이 있다고 합니다. 당대의 사왕이 가까스로 라크를 해치웠으나 왕 역시 모든 기력을 다하여 숨졌습니다. 그 이후 대대로 사왕의 프라즈가 뱀의 형태가 되었다고 하더군요."

왕들이 아킬의 이야기를 흥미롭게 경청하는 사이에 카세르가 던진 창이 하늘을 꿰뚫을 것처럼 위로 쭉 뻗어 올라갔다. 푸른 기운을 품고 무서운 기세로 날아가던 창은 포물선을 그리며 낙하를 시작했다.

왕들은 숨소리조차 죽이며 창끝이 향하는 방향을 주시했다. 저대로 창이 뚫고 들어갈 수 있기를.

하지만 보이지 않는 힘에 밀리는 것처럼 창의 낙하 속도가 느려졌다. 그리고 곧 창이 공중으로 튕겨 날아갔다. 마치 팽팽한 고무막을 긴 막대로 찔렀다가 반발력을 이기지 못하고 튕겨 나가는 모습과 유사했다.

긴 창이 하늘에서 빙글빙글 돌며 카세르의 머리 위를 지나 왕들이 서 있는 장소마저도 지나쳤다. 자연스레 모든 사람의 시선이 창의 궤적을 좇았다. 그리고 때마침 저 멀리서 다가오는 사람 무리를 발견했다.

아무래도 창이 떨어지는 장소에 저들이 있을 것 같았다. 하지만 누구도 그들에게 위험을 경고하지 않았다. 무리 속에서 한 사람이 말에서 뛰어내려 달려 나오더니 바닥으로 내리꽂히는 창대를 공중에서 낚아챘다.

잠시 후 창을 쥔 자의 얼굴을 뚜렷이 알아볼 수 있을 만큼 가까워지자 리차드가 말했다.

"이제 모두 모였군요."

마지막으로 암왕 페레드가 도착했다. 페레드가 왕들과 눈을 마주치며 묵례했다.

"주술이겠지요."

"주술 외에는 설명할 수가 없습니다. 저 괴물은 라크일 뿐이지 신의 대리인이 아닙니다."

"주술로 이런 일까지 가능하다니."

왕들은 아직 주술이 어떤 힘인지 온전하게 파악하지 못했다. 워낙 생소한 개념인 데다가 마음 한구석에 경시하는 마음도 있었다. 괴물이 주술이라는 기이한 힘을 이용해 성가시게 굴겠구나, 정도로만 생각했고 이런 식으로 첫걸음조차 떼지 못하고 가로막힐 줄은 몰랐다.

"현재 주술을 아는 자들은 방랑족뿐이라고 하니까 그쪽에 알아봐야 할 텐데, 이거 참."

아킬이 혀를 찼다. 이곳에서 하시 왕국까지는 무척 멀다. 아무리 서둘러도 소식 한 번만 주고받는 데에 보름 이상 걸릴 것이다. 그러면 기약 없는 장기전이 된다.

하지만 왕들이 언제까지 이곳에 발이 묶여 있을 수는 없었다. 그들에게 주어진 최대 시간은 다음 활동기가 오기 전까지였다.

"방법이 있기는 합니다."

카세르에게 왕들의 시선이 모였다.

"여러 왕께서 지니신 주술 노트를 왕성에도 한 권 두고 왔습니다. 그것을 통하면 왕비와 필담을 나눌 수 있습니다. 방랑족에게 연락하여 저 주술의 정체를 파악해 보라고 하겠습니다."

그는 유진과 공유하는 주술 노트를 사사로운 용도로 가져왔다. 이런 어쩔 수 없는 상황만 아니면 공개하지 않았을 것이라서 왠지 아쉬웠다.

"그럼 사왕께서는 주술 노트를 두 권 지니고 있습니까?"

리차드의 물음에 카세르가 답했다.

"그렇습니다."

"만일의 경우를 대비한 것이로군요. 혜안이 대단합니다."

리차드가 감탄했다. 그러자 라이너가 짓궂은 심술을 부리며 툭 한마디 내던졌다.

"아니카 진과 연서를 나눌 목적으로 가져온 게 아니라?"

갑작스레 허를 찔린 카세르의 표정이 흔들렸다. 다들 카세르를 바라보던 중이라 찰나의 동요를 모두가 읽었다.

카세르는 괜한 헛기침하면서 시선을 돌려 이미 늦은 표정 관리를 했다. 흐뭇하게 미소 짓는 도왕을 제외하고 왕들이 사왕을 묘한 눈으로 바라보았다.

내색은 하지 않았지만, 왕들은 하시 왕국을 방문했을 때 사왕 부부를 보며 깊은 인상을 받았다. 일반적인 왕과 아니카 부부 같지 않다는 묘사로는 부족했다. 사왕은 아니카 진을 끈질기게 눈으로 좇는 자신의 상태도 자각하지 못하는 것 같았다. 아내에게 완전히 푹 빠져서 헤어나지 못하는 사람처럼 보였다.

"그럼 도움이 될 정보가 들어올 때까지 각자 저 주술을 파악해 봅시다."

리차드가 분위기를 환기하듯 화제를 돌리자 모두 고개를 끄덕였다.

*   *   *

피데스가 받은 첫 임무는 성도를 지키는 신의 방패를 설치하는 작업이었다. 위대한 신술을 발동하기 위해 세 부류의 사람이 동원된다고 들었다. 신께 닿을 간절한 기도를 올리는 사제, 인간과 신을 연결하는 순수한 영혼들, 삿된 기운이 범접하지 못하도록 막는 성기사들.

하지만 직접 보고 느낀 피데스의 감상은 막연히 상상했던 장면과 달랐다. 세 부류의 사람들은 전혀 조화롭지 않고 겉돌았다.

성소의 사제들은 살아 있는 인형처럼 부자연스러웠다. 똑같은 미소를 짓고 있는 모습이 어딘지 모르게 섬뜩했다.

순수한 영혼들이라는 사람들은 두려움과 기대가 뒤섞인 표정을 짓고 있었다. 백의를 입고 깔끔하게 단장한 모습이 묘하게 어색했다. 아무리 봐도 신도 같지 않았다. 어디서 왔냐고 묻고 싶었지만, 도무지 그들에게 가까이 갈 기회가 없었다.

성기사로 불리게 된 기사들은 명예로운 호칭에 잔뜩 도취해 있었다. 하지만 오늘 맡은 역할은 그저 예기치 못한 사고를 방지하기 위한 감시역에 불과한 것 같았다.

피데스는 신술을 발동하는 모습을 처음 보았다. 바닥에 어지럽게 그려 놓은 독특한 문양은 그림 같기도 하고 문자 같기도 했다.

사제들이 데려온 사람들의 손과 다리를 꽁꽁 묶어 그 문양 위에 군데군데 세워 두었다. 왜 묶는 거냐고 슬쩍 물었더니 사제가 온화한 미소를 지은 채 대답했다.

"신의 음성을 듣고 영혼들이 놀라서 움직이지 못하도록 하는 겁니다. 자리가 흐트러지면 신께 우리의 기도가 닿지 않을지도 모릅니다."

모든 준비가 끝나고 나이 지긋한 사제가 시작을 선언했다. 그러자 사제들이 일정한 간격으로 문양을 빙 둘러싸고 섰다. 그들은 두 손을 맞잡고 눈을 감은 채 알 수 없는 말을 쉴 새 없이 중얼거렸다.

잠시 후 바닥의 문양에서 빛이 뿜어져 나왔다. 처음에는 잔잔하던 빛은 점점 강한 빛줄기가 되었다. 대낮인데도 선명히 보이는 빛이 하늘로 뻗어 올라갔다.

피데스는 친구가 남긴 노트를 읽은 후 신술을 막연하게 위험한 눈속임 같은 거라고 생각했다. 그래서 냉소적인 마음으로 경계를 늦추지 않았는데도 신비로운 광경에 저절로 시선을 빼앗겼다. 절대 요사한 속임수 같지 않았다.

하늘로 곧게 뻗어 올라가는 빛의 기둥은 그 끝이 저 높은 하늘 위에 존재할 신께 닿을 것만 같았다. 피데스뿐만 아니라 기사들 전부가 고개를 위로 꺾어 하늘을 응시했다.

빛이 샛노란 색을 띤다고 느꼈을 때 하늘에서 소리 없는 폭발이 일어났다. 섬광이 번쩍이더니 빛은 셀 수 없이 많은 갈래로 갈라져 사방으로 퍼졌다. 마치 빛의 지붕을 만들어 하늘을 덮는 것 같았다.

피데스는 완전히 빛이 사라지고 난 후에도 계속 하늘을 멍하게 보고 있었다. 그리고 시선을 내렸을 때 흠칫 놀랐다. 문양 위에 세워 둔 사람들이 전부 쓰러져 있었다.

신술의 시작을 알렸던 사제가 기사들에게 말했다.

"위대한 기도가 무사히 완성되었습니다. 성기사님들께서 참으로 막대한 역할을 해 주셨습니다. 성하께서 성기사님들을 치하하실 겁니다."

기사들은 한 일이 없다. 주변을 지키며 서 있었을 뿐이다. 피데스는 여기서 벌어진 일에는 관심 없고 그저 추켜세워 주니까 좋아서 우쭐하는 기사들이 한심했다.

"고생이 많으셨습니다. 뒷정리는 저희가 하겠습니다. 성하께 보고를 부탁드립니다."

기사들은 상제께 제일 먼저 보고드리는 이가 되고 싶은 욕심에 서둘러 나갔다. 피데스는 이미 저만치 앞서가는 기사들의 등을 바라보았다. 마지못해 걸음을 옮기다가 뒤를 돌아보았다. 쓰러진 사람들은 여전히 미동조차 없었다.

그는 이 자리에 오기 전에 신술을 절대 침범하지 말 것이며 신성한 문자를 밟으면 안 된다는 경고를 들었다. 사람들이 모두 문양 위에 쓰러져 있으니 상태를 살피러 접근할 수가 없었다.

머뭇거리는 그에게 사제가 다가왔다.

"성기사님. 도와드릴 일이 있습니까?"

"저 사람…… 들은 어찌 되는 겁니까?"

사제는 가면 같은 미소를 유지하며 답했다.

"염려하지 않으셔도 됩니다. 저들은 그저 아주 깊은 잠에 빠져들었을 뿐입니다. 누구보다도 신의 곁에 가까이 다가간 축복받은 상태이지요."

그저 자고 있을 뿐이라니, 피데스는 안도한 표정으로 돌아섰다. 어느 정도 걸어가다가 그는 이상한 예감이 들어서 뒤를 돌아보았다. 쓰러진 사람에게 사제 두세 명씩 붙어서 하늘을 바라보도록 반듯하게 눕히고 있었다. 그리고 사제가 누운 사람의 얼굴에 검은 천을 덮는 모습을 보았다.

다시 돌아서는 피데스의 표정이 딱딱하게 굳었다. 오싹한 깨달음이 그를 덮쳤다.

'신의 곁에 가까이 가는…… 깊은 잠이라고?'

그 의미는 마치.

'……죽었구나. 저 사람들은 다…… 저들은 제물이었어.'

심장이 고통스럽게 뛰기 시작했다. 통증이 느껴져서 그는 이를 악물었다. 그는 뒤돌아보지 않기 위해 안간힘을 썼다. 돌아봤다가는 당장 달려가서 난동을 부릴 것만 같았다. 그러면 상제를 속이고 신임을 얻겠다는 계획이 전부 수포가 될 것이다.

'신의 방패? 무고한 목숨을 희생하는 것이 신의 뜻일 리가 없다. 저건 신술이 아니야!'

이튿날, 피데스는 기사들이 나누는 대화를 우연히 들었다.

"이제 성도는 누구도 침범하지 못하는 신의 요새가 되었다지."

"놀라운 기적이야. 역시 성하께서는……."

상제에 대한 찬양이 이어지자 피데스는 그들 곁에서 멀어졌다. 그리고 방금 들은 이야기에 관해 다른 경로를 통해 더 알아보았다.

그는 성도 주변으로 강력한 신의 방패가 발동되었다는 이야기를 친분 있는 사제한테 들었다. 누구도 성도 안으로 들어오지 못한다는데 구체적으로 어떤 방식인지는 알 수 없었다. 게다가 현재 성도를 에워싼 성벽 근처를 병사들이 지키고 있어서 가까이 다가갈 수 없다고 했다.

피데스는 정보가 두리뭉실해서 직접 조사해 보고 싶었다. 하지만 지금은 성도궁 밖으로 나가기가 조심스러웠다. 상제가 딱히 그의 행동반경을 제한한 적 없으나 지금은 몸을 사릴 때였다.

그는 상제에게 충성을 맹세한 후 곧바로 성기사라는 칭호를 받았고 신술을 발동하는 현장에 참여하는 기회를 얻었다. 아흔아홉 명의 기사 중에서 성기사 칭호를 받은 자는 스무 명 정도에 불과했다.

상제의 눈 밖에 난 줄 알았던 피데스가 갑자기 등장하여 다시 승승장구하자 기사들의 눈초리가 곱지 않았다. 눈에 띄게 움직였다가는 그를 시기하는 기사가 상제에게 바로 고변할 것이다.

그리고 피데스는 상제가 자신을 믿고 있다고 생각하지 않았다. 아마 지금 조용히 지켜보는 중일 것이다.

'누구도 들어오지 못한다니. 정말일까?'

사실이라면 성도는 완벽하게 고립되었다. 피데스는 탄식했다.

'그래서…… 성전을 공표한 거구나.'

성도 봉쇄를 성도 거주민들이 언제까지 참을 리가 없다. 하지만 성도를 위험으로부터 보호하기 위해 문을 닫았다고 하면 사람들은 성도 밖에서 무슨 일이 일어났는지, 맞서 싸워야 하는 악의 실체가 무엇인지도 모르고 자신들은 안전한 성도에서 보호받는다고 믿으며 상제를 숭배할 것이다.

'왕도 들어올 수 없나?'

피데스는 상제를 막을 수 있는 사람은 왕뿐이라고 생각했다. 이 성도에는 상제의 절대적인 권위에 맞설 수 있는 자가 없다. 상제의 진의를 의심하는 자가 분명히 있겠지만, 그들의 의견은 다수의 지지를 받지 못한다. 인간이 어찌 신의 뜻을 거스르겠는가.

그런데 왕은 다르다. 사람들은 왕을 인간 이외의 존재라고 생각했다. 그러니 왕이 상제에게 맞서면 누구도 '감히'라고는 말하지 않을 것이다.

'왕이라면 어제 내가 봤던 신술에 관한 정보만으로도 뭔가 방법을 찾을지도 몰라.'

피데스는 왕들이 연합하여 성도로 오고 있다는 사실을 몰랐다. 그래서 그가 떠올린 대상은 사왕이었다.

사왕과 아니카 진이 왜 도망치듯 성도를 떠났는지 이유는 모른다. 지금의 사태를 예감했을 거라고 짐작할 뿐이었다. 그러니 사왕이라면 자신이 어떤 말을 해도 허무맹랑한 소리 취급하지 않을 것 같았다. 그런데 도저히 상제의 눈을 피해 하시 왕국까지 소식을 전할 방법이 없었다.

'아르스 가문은 아니카 진과 연락할 수 있을까.'

그는 기도실에서 한참을 고민했으나 아르스 가문에 연락할 방법조차도 생각해내지 못했다. 그가 아르스 저택으로 직접 가는 건 좋은 방법이 아니었다.

시간 가는 줄 모르고 고뇌하다가 이슥한 시각이 되어 기도실에서 나왔다. 그 누구도 마주치고 싶지 않아 그는 사제들만 아는 지름길을 택해 숙소로 향했다. 가던 중 누군가가 오는 기척을 느끼고 그는 얼른 기둥 뒤로 숨었다. 지금은 지나가는 사제와 의례적인 인사도 나눌 마음의 여유가 없었다.

"여기 필요한 목록이에요. 이번에도 잘 부탁해요."

"아무 염려 마시고 맡겨 주십시오, 아니카 님."

예상치 못한 대화 내용이 들려왔다.

"그리고 이건 내 아이들에게 보내는 편지예요. 이것도 하던 대로 아르스 가문에 맡기면 알아서 전달해 주실 거예요."

피데스는 귀가 번쩍 뜨이는 것 같았다.

"매번 고마워요. 고맙다는 마음의 표시를 해야 할 텐데 내가 여기서는 사제님에게 따로 드릴 것도 없고. 하지만 내가 은혜를 잊는 사람은 아니에요."

"어이구, 별말씀을 다 하십니다."

그들이 나누는 대화를 통해 피데스는 두 사람 관계를 짐작했다. 성도궁에 들어온 아니카들이 사제들에게 뒷돈을 찔러 주어 바깥에서 의류나 화장품 등을 들여온다는 말을 들은 기억이 났다. 그에게 호의적인 사제가 많은 덕분에 다른 기사들은 모르는 성도궁 소식을 듣곤 했다.

사제의 사근사근한 말투와 굽실대는 태도를 보아하니 저 사제는 뒷돈을 꽤 챙긴 모양이었다. 아르스 가문으로 심부름을 간다면 그럴 만했다. 아마 통 크게 수고비를 찔러 줄 것이다.

'대체 누구지?'

피데스는 저 아니카가 누구인지 궁금했다. 그는 조용히 기다리고 있다가 사제가 자리를 뜬 후 아니카에게 다가갔다.

"아니카 님."

케이티는 소스라치게 놀랐다. 그녀는 얼른 아무렇지 않은 척 쌀쌀맞게 말했다.

"사람을 이렇게 놀라게 하다니, 무례하군요."

"송구합니다."

절실했던 피데스는 더 무례한 짓을 했다. 중년 아니카의 얼굴을 유심히 관찰했다. 케이티가 당혹스러워했다가 짜증을 드러내는 순간, 피데스는 그녀가 누구인지 기억해 냈다. 그는 탄성처럼 중얼거렸다.

"아니카 케이티."

"요즘 기사들이 변했어요. 예전에는 이렇게 무례한 적이 없었는데."

케이티가 차갑게 쏘아붙이며 휙 돌아섰다.

"아니카 케이티."

피데스가 다급하게 그녀의 팔을 잡았다. 케이티가 사납게 팔을 뿌리치며 버럭 화를 냈다.

"지금 뭐 하는 거예요?"

"송구합니다. 정말 송구합니다. 아니카 케이티. 도움이 필요합니다. 제발 부탁드립니다."

피데스가 간절하게 매달리자 케이티의 표정이 누그러졌다. 그녀는 피데스를 훑어보더니 미간을 찡그렸다.

"기억에 있는 얼굴 같더니만. 기사 피데스. 내게 무슨 볼일인가요? 아, 성기사님이라고 불러야 하나요?"

피데스는 묘한 눈으로 케이티를 바라보았다. 그가 성기사 칭호를 받은 지 얼마 안 되었다. 아직 널리 퍼진 정보가 아니었다. 성기사라는 지위가 생겼다는 사실 자체를 모르는 사람이 훨씬 많을 것이다. 케이티가 성도궁 소식에 상당히 밝다는 뜻이었다.

피데스가 알기로는 아니카 케이티는 백조 무리 속의 오리와 비슷했다. 아니카들과 교류하지 않고 평소 존재감도 없었다. 그런데 그녀가 사제를 심부름꾼으로 부리며 아르스 가문과 연락을 주고받다니.

피데스는 이 만남이 신이 주신 기회라고 직감했다. 그는 어두운 주변을 둘러보며 사람이 없는 것을 재차 확인한 후 말했다.

"아니카 케이티. 이곳에서 드릴 수 있는 말씀이 아닙니다. 내일 새벽에 기도실로 오시겠습니까?"

"내가 왜요?"

"아니카 케이티의 도움이 꼭 필요합니다. 사왕 전하와 아니카 진과도 관련이 있습니다."

케이티의 눈빛이 흔들렸다. 그녀는 미심쩍은 눈으로 피데스를 노려보다가 고개를 끄덕였다. 무슨 소리를 하려는지 일단은 들어 보자는 심정이었다.

다른 사람도 아니고 기사 피데스라면 더더욱 경계 대상이었다. 피데스는 예전부터 상제의 총애를 받는 기사로 유명했고 그 총애가 여전하다는 증거로 지금은 성기사가 되었다.

'날 이용할 의도라면 생각대로 되지 않을 거야.'

케이티는 화려한 아니카의 삶에서 벗어나 조용히 살아오면서 상제를 불신하는 자신의 마음을 어디서도 드러낸 적이 없었다. 겁이 나서 그랬지만, 지금 와서 생각하면 잘한 일이었다.

그녀는 예전의 케이티가 아니었다. 성도궁에 들어온 후 그녀의 인생에서 가장 주도적인 삶을 살고 있었다. 아르스 가문을 통해 아니카들이 부탁하는 소소한 일들을 처리해 주거나 물품을 들여오자 다들 케이티의 눈치를 살폈다.

권력의 맛은 제법 달콤했다. 하지만 케이티가 원하는 건 그게 아니었다. 그녀는 자식들에게 보내는 편지 핑계로 성도궁에서 얻은 정보를 조금씩 아르스 가문에 보냈다.

'내가 오히려 이용해 주지.'

방어의 주술이 성공한 후 상제는 혼자서 웃음을 터뜨릴 정도로 잔뜩 기분이 고양되었다. 워낙 상급의 주술인 데다가 준비 과정이 만만치 않았던 터라 처음 시도한 주술의 성공과 실패 가능성을 반반으로 잡았다.

상제는 두 다리를 뻗고 잠들 수 있다는 심정이 무엇인지 실감했다. 이제 성도는 완벽하게 안전했다. 그를 위협할 어떤 힘도 이곳을 침범할 수 없었다. 엘버가 무척 신경 거슬리는 짓을 하는 것 외에는 모든 것이 다 순조로웠다.

'정말 미치기라도 한 건가.'

처음에는 의심스러웠는데 이제는 슬슬 짜증이 났다. 엘버가 자꾸 주술을 건드리니 반동이 그대로 그에게 전해졌다. 무시하려고 해도 찜찜해서 아예 모른 척할 수 없었다.

'인간치고는 오래 버티긴 했지.'

상제는 다른 무엇보다도 엘버의 강인한 정신력만큼은 진심으로 감탄하곤 했다. 그가 가장 경례하는 대상은 엘버가 지닌 지식이나 능력보다는 그녀의 의지력이었다.

'당분간은 지켜보다가 이대로 주술이 안정적이라고 판단되면 정리해야겠어. 엘버. 너무 오래 살았구나. 이제 슬슬 네가 그토록 바라는 신의 곁으로 가라.'

방어 주술의 범위 안에 있는 성도로 이제 누구도 들어올 수 없다. 하지만 안에서 바깥으로 나가는 것은 가능하므로 상제는 성도를 둘러싼 성벽에서 모든 병사를 철수하도록 지시했다. 그리고 성벽 주변에 몇 걸음 간격으로 병사를 세워 두고 누구의 접근도 허락하지 않았다.

상제는 성전의 병사가 되기를 자원한 독실한 신도 중에서 특히 믿을 만한 자를 골라 특별한 임무를 맡겼다. 그들은 조를 짜서 하루에 몇 번만 성벽 위로 올라가 성도 밖을 정찰했다.

방어 주술이 성공한 며칠 후, 상제는 정찰병으로부터 뜻밖의 소식을 들었다.

―왕과 전사들이 모여 있다고 했습니까? 더구나 여섯의 왕이 전부?

"예, 성하. 여섯 왕국의 깃발이 모두 꽂혀 있었습니다. 어찌하올까요?"

─왕들은 성전에 참전하기 위해 모인 것입니다.

"오, 신이시여."
병사가 벅차오르는 표정으로 두 손을 모으고 중얼거렸다. 그는 자신이 이 거룩한 현장에 참여하여 모든 것을 보고 들을 수 있다는 사실이 감격스러웠다.

─그러나 아직은 때가 아닙니다. 왕들이 모였으니 신탁이 내려올 겁니다. 그때까지는 누구도 성도를 벗어나서는 안 됩니다. 목소리조차도 성벽을 넘어서는 안 될 것입니다.

"명심하여 따르겠습니다. 성하."
정찰병이 물러간 후 상제가 눈을 떴다. 생각에 잠긴 붉은 눈동자가 이리저리 굴러갔다.
'벌써 왕들이 모여?'
성전을 발표했으니 그 소식을 들은 왕들이 어떤 식으로든 반응할 거라고 예측했다. 하지만 왕들의 움직임이 지나치게 신속했다. 더구나 마치 서로 의기투합한 것처럼 여섯 명이 모였다. 그렇다면 이미 만나서 의견을 나누었다는 뜻인데 성전을 발표한 시기와 맞지 않았다.
'마라…… 네놈이냐.'
왕들이 뭔가를 알고 있다면 그러한 정보를 흘릴 만한 범인은 마라뿐이었다.
'그때 내가 주술을 깨서라도 네놈부터 찾아 없앴어야 했는데.'
이 정도로 걸림돌이 될 줄이야.
비록 예측이 어긋나긴 했으나 상제는 여유로웠다. 그는 자신을 보호해 주는 이 주술의 위대한 힘을 믿었다.

'왕들이 모여 있다니, 계획보다 이르기는 해도 문제 될 건 없지. 이 위대한 성전을 완성하기 위해 왕들의 도움을 받아 볼까?'

상제는 사제를 불렀다. 잠시 후 사제가 들어와 깊이 고개를 숙였다.

―신탁이 내려왔습니다.

사제는 곧바로 바닥에 무릎을 꿇었다.

"위대한 신의 말씀을 받잡습니다."

*　　*　　*

카세르는 성도의 성벽과 한계 거리를 유지한 채 주변을 따라 걸었다. 그의 한 걸음 뒤에서 흑표범이 어슬렁거리며 따라갔다.

'어떤 것도 막아 내는 벽인가.'

성도로 접근하기 위해 여러 가지 시도를 했다. 걸어서, 달려서, 뛰어올라서. 왕이 직접, 전사가, 병사가. 무게와 크기, 재질이 다른 다양한 물건을 던져 봐도 결과는 같았다. 말을 놀라게 하여 달려가 보게도 하고 환수가 시도해도 마찬가지였다.

무심코 바닥을 내려다본 그가 걸음을 멈추었다. 그는 허리를 굽혀 돌 틈에 끼어 있는 붉은 것을 집어 들었다. 라크 씨앗이었다.

'이 근방에도 씨앗이 있기는 하군.'

라크의 씨앗은 활동기에 죽은 라크로부터 만들어지므로 라크가 나타나지 않은 지 오래된 성도 근처에서는 씨앗을 보기가 어려웠다. 어쩌다 이 근처까지 날아왔는지 모르겠지만, 저 성도 안에 괴물이 웅크리고 있는 한 이 씨앗이 깨질 일은 없을 것이다.

그는 씨앗을 가볍게 던졌다가 받았다. 몇 번 의미 없는 행동을 반복하다가 성도 쪽을 향해 던졌다. 무심히 씨앗이 날아가는 모습을 보던 그의 눈이 점점 커졌다. 씨앗이 한계 거리 안쪽까지 들어가 떨어졌다.

지금 그는 성도로부터 백 걸음 정도 떨어진 곳에 서 있었다. 혹시나 해서 씨앗을 주우러 다가갔으나 접근할 수 없었다. 딱 지금의 간격을 좁힐 수 없는 현상은 변함없었다.

바닥에서 씨앗만큼의 작은 돌을 주워 안쪽으로 던졌더니 역시 튕겨 나왔다. 그래서 카세르는 환수의 먹이용으로 들고 다니는 씨앗 주머니를 풀었다. 안에서 씨앗 하나를 꺼내 성도 쪽으로 던졌다. 그건 아까 던진 씨앗 근처로 떨어졌다.

'왜 라크 씨앗은 벽을 통과하지?'

한 번 더 해 볼 생각으로 씨앗을 꺼내다가 그는 탁탁 치는 소리를 듣고 고개를 돌렸다. 아부가 그를 불만스럽게 쳐다보며 꼬리로 바닥을 내리치고 있었다.

아부는 카세르가 씨앗 주머니를 풀 때 잔뜩 기대했다. 하지만 주인은 소중한 먹이를 딴 데로 멀리 던져 버렸다. 더구나 달려가서 받아먹을 수 없는 곳이었다.

'라크 씨앗은 통과하는데 환수는 왜?'

카세르는 씨앗을 손에 쥐고 아부에게 지시했다.

"아부. 저 안쪽으로 들어가. 성공하면 이걸 줄 테니까."

아부는 이미 여러 번 실패한 경험으로 '소용없는 짓'이라고 생각했기 때문에 주인의 명령을 이해할 수 없었다. 마지못해 자세를 잡고 성도를 향해 달려갔으나 역시 이번에도 성도 주변만 헛돌았다. 아부는 카세르의 곁으로 되돌아와 아까보다 더 강하게 꼬리로 바닥을 치며 항의했다.

카세르는 건방진 환수를 보며 쯧, 혀를 찼다. 예전에는 그러려니 했는데 다른 왕들의 환수를 보고 나서 알게 되었다. 이 녀석만큼 주인과 기싸움 하려는 환수는 없었다.

「아부는 성격이 고무공 같아요. 때릴수록 튀어 오르는 거죠. 더구나 영리해요. 아부 같은 성격은 어르고 달래는 방식이 가장 효과적일 수 있어요.」

그는 유진이 했던 말을 떠올리며 관대한 마음으로 아부에게 씨앗을 던져 주었다.

펑!

그가 흠칫 놀라 시선을 들었다. 저 멀리 하늘에서 불꽃이 터지고 있었다. 현재 왕들은 뿔뿔이 흩어져 각자의 방식으로 성도로 들어갈 방법을 조사 중이었다. 모두 자리를 비울 수는 없으므로 리차드만 남았다. 그는 성문이 보이는 근처에서 주시하고 있다가 변화가 나타나면 신호탄을 터뜨리기로 했다.

"아부!"

카세르는 아부의 등에 올라타 성문을 향해 달려갔다.

리차드는 성문이 열린다는 전사를 보고를 받고 바로 확인하러 갔다. 전사의 말대로 이미 성문이 열렸고 그 안에서 두 사람이 나오고 있었다. 그래서 그 즉시 신호탄을 터트리라고 지시했다.

성도의 성문으로부터 왕들의 회의실 천막을 설치한 곳까지는 멀지 않았다. 다른 왕들이 도착하기 전에 상제의 사절로 추측되는 자들은 리차드의 앞에 이르렀다.

흰색 천에 금사로 수놓은 옷을 입은 두 명의 사절이 머리를 조아리며 입을 모아 인사했다.

"위대한 성전에 임하시는 왕께 마하의 축복이 영원하실 것입니다."

성도에서 어떤 식으로든 반응했다는 건 좋은 신호였다. 그동안 참 답답했다. 대체 괴물이 뭘 원하는지 알아야 그에 따른 작전을 수립할 수 있을 텐데 이상한 주술로 성도를 봉쇄한 괴물의 진의를 도통 알 수가 없었다.

그런데 리차드는 심란한 표정으로 사절들을 응시했다. 두 사람의 얼굴을 알아볼 수 있을 만큼 가까워졌을 때부터 당혹스러웠다. 사절로 온 자들은 아직 성년도 되지 않은 소년과 소녀였다.

아이들을 보낸 괴물의 의도가 짐작이 갔다. 아이들이 어떤 말로 왕의 화를 돋워도 차마 왕들은 어린 사절들을 해치지 못할 것이다. 만에 하나 이들이 해를 입으면 상제는 그걸 빌미로 성도에서 여론을 주도할 것이다.

'참으로 교활하구나. 그리고 위험해. 저 괴물은 인간의 다양한 일면 중에서 가장 악한 부분을 흡수했다.'

곧 한 명씩 도착한 다른 왕들 역시 사절들을 보고 리차드와 비슷한 표정을 지었다. 가장 멀리까지 나가 있었던 라이너가 마지막에 도착했다. 그는 대강의 사정을 전해 듣고 삐딱한 표정으로 사절들에게 말했다.

"신탁인지 뭔지, 읊어 봐."

여섯 왕의 시선을 받으며 소년과 소녀는 창백하게 질렸다. 애써 침착하려 해도 온몸이 떨렸다. 소년이 쥐고 있던 큼직한 봉투에서 덜덜 떨리는 손으로 내용물을 꺼내 읽기 시작했다.

"위, 위대한 성전에 임하기 위해 머, 먼 길을 마다하지 않고…… 성스러운 시, 신의 전사……."

"속 터져 못 듣겠네. 이리 내!"

라이너가 소년의 손에서 휙 종이를 낚아챘다.

"위대한 성전, 아, 개소리는 됐고. 먼 길을 마다하지 않고 성스러운 신의 전사들이 신의 요새 앞으로 모였으니, 누구 맘대로 신의 전사래?"

잡소리가 자꾸 끼어들자 카세르가 말했다.

"염왕. 사설은 빼. 아니면 내가 읽을까?"

라이너가 쩝, 입맛을 다시고는 다음 문장부터는 쭉 읽어 내려갔다.

"지금 이 세상에는 위기가 닥쳐오고 있습니다. 신께서는 우리가 한마음으로 뭉치면 그 위기를 거뜬히 넘길 수 있다고 하셨습니다."

읽는 라이너는 물론이고 듣고 있는 왕들의 표정도 냉소적이었다. '어디 이 개소리가 어디까지 가나 들어 보자'라는 모두 같은 마음이었다.

세상의 위기, 다가오는 전쟁, 맞서 싸워야 하는 악. 등등 현란한 수식어로 꾸며낸 모호한 문장을 읽으며 라이너의 표정에 점점 짜증이 올라왔다. 갑자기 라이너가 읽기를 멈추더니 흘끔 카세르의 눈치를 살피고 계속 읽었다.

"……이 전쟁을 승리로 이끌기 위해 신께서는 이 땅에 두 명의 성녀를 내려 주셨습니다. 두 명의 성녀가 성스러운 요새 안으로 들어와 신탁을 받으면 세상은 평화를 되찾을 방법을 얻게 될 것입니다. 신의 전사들이여. 신의 뜻을 받아 거룩한 임무를 부여합니다. 아니카 진과 아니카 플로라. 두 성녀가 무사히 요새에 이를 수 있도록 길을 열어 주십시오."

잠시 주변이 조용해졌다.

"하."

카세르가 헛웃음을 터뜨렸다. 괴물이 성도를 틀어쥐고 요구 조건을 말했다. 두 명의 아니카, 그들을 넘기라고 이런 짓을 벌인 것이었다.

카세르는 화르륵 타오르는 분노로 온몸의 피가 끓어올랐다. 괴물 따위가 감히, 유진을, 아내를 탐낸다고 생각하니까 그놈을 조각조각 도륙

내어도 분이 풀리지 않을 것 같았다.

그는 이를 악물고 음산하게 가라앉은 목소리로 라이너에게 말했다.

"끝인가?"

라이너가 짧게 고개를 흔들더니 남은 문장을 읽었다.

"성녀가 요새에 도착할 때까지 요새를 감싼 성스러운 방패는 영원할 것입니다."

＊　　＊　　＊

무엔의 가주 라한은 마른기침하며 눈을 떴다. 그는 얼른 시선을 창가로 돌렸다. 깜빡 낮잠이 든 시간이 길지는 않았는지 아직 한낮이었다. 그는 안도의 숨을 내쉬었다. 잠들 때마다 이대로 눈을 뜨지 못할까 봐 두려웠다.

그는 이제 슬슬 자신의 수명이 다 되어 간다고 느꼈다. 의지만으로 붙들고 있는 목숨이 바람 앞의 촛불처럼 위태로웠다.

깡마른 그의 몸에는 가죽밖에 남지 않았다. 두 볼은 홀쭉하게 들어가고 광대는 두드러져서 그가 눈을 감으면 송장과 분간할 수 없을 지경이었다. 하지만 그의 눈빛만은 형형했다.

'신이시여. 제발 저에게 조금만 더 시간을 주십시오. 제가 마지막 역할을 무사히 마칠 수 있도록.'

그는 예전에 사망 선고나 마찬가지인 진단을 받았으나 의사가 감탄할 정도로 오래 버티고 있었다. 왜 그토록 살고자 애썼는지 그 자신도 이해하지 못했다.

스스로 그다지 생에 미련이 있다고 생각하지 않았고 이미 장성한 아들에게 가르칠 만한 건 전부 가르쳤다. 어서 이 고통에서 벗어나 편안해지고 싶은데 도저히 눈을 감을 수가 없었다.

얼마 전, 라한은 꿈을 통해 엘버를 만났다. 그는 아침에 눈을 뜨면서 직감했다. 이날을 위해 지금껏 자신이 버텨 온 것이라고.

그는 어릴 때 딱 한 번 만났던 백발의 노부인을 잊을 수 없었다. 그분이 누구인지, 어디를 가야 뵐 수 있는지 아버지께 아무리 여쭈어도 침묵만 돌아왔다. 그런데 누님이 가문을 떠나고 그가 가주의 지위를 물려받은 후 비로소 그 노부인의 정체를 알게 되었다.

그때부터 라한은 엘버를 구해낼 방법에 매달리기 시작했다. 하지만 갈수록 높아지는 현실의 벽에 부딪히며 낙담했다. 그래도 명왕의 전사들이 찾아왔을 때 잠시나마 괴물의 눈을 속일 방법을 알려 줄 수 있었으니 헛된 노력은 아니었다.

그분이 아니카 진에게 남긴 마지막 말씀을 나중에 전해 듣고 아들이 걱정할 정도로 한참을 울었다. 비록 그분을 구하지는 못했으나 자신이 할 수 있는 거기까지였다고 인정하고 마음이 한결 편안해졌다.

'다 죽어 가는 이 늙은 몸뚱이가 아직 할 일이 있었다니.'

꿈에서 엘버를 만나 긴 대화를 나누었다. 이튿날은 온종일 마음이 들떠서 몸도 가벼웠다. 라한은 엘버가 부탁한 일을 반드시 해내고 싶었다.

조용히 문이 열리며 타스가 들어왔다. 라한이 아들을 발견하자마자 다급하게 손짓했다.

"어찌 되었니?"

타스가 아버지의 칭찬을 바라는 어린 소년 같은 표정으로 말했다.

"아르스 가문을 통해 대단히 중요한 정보를 받았습니다. 아버지. 그 주술 발동을 직접 봤다는 기사의 목격담입니다."

라한이 얼굴 가죽이 쪼글쪼글 접히도록 활짝 웃었다.

"됐구나, 되었어."

엘버는 라한에게 성도 안에서 상급의 주술이 발동되었으며 상제가 무슨 일을 꾸미고 있으니 어떤 주술인지 알아봐 달라고 부탁했다. 가문의 정보력을 믿는 라한은 자신 있었다. 그러나 막상 알아보려 하자 사방이 꽉 막힌 상태였다.

상제는 성전을 발표하며 성문을 걸어 잠근 것뿐만이 아니라 성도 내부까지 통제했다. 성도의 거주민 전부가 집 안에 갇혔다. 식료품 구매나 병의 치료 등의 특별한 사유에만 가족 중 한 명만 나올 수 있었으며 그마저도 허가증을 받아야 했다. 성전에 참전하겠다고 자원한 광신도들은 '정의군'이라는 이름을 받고 성도 거주민들을 감시하는 역할에 앞장서고 있었다.

뒤숭숭한 분위기 속에서 주술 발동에 관한 정보는커녕 지금 어떤 상황인지 파악하기조차 어려웠다. 무엔 가문에 대한 감시의 눈길도 더 촘촘해져서 손과 발이 꽁꽁 묶인 신세였다.

라한에게는 시간이 없었다. 그래서 고민 끝에 절대 누님의 혈육들과 아는 척하지 않겠다는 맹세를 깨고 아르스 가문에 연락을 시도했다. 더 나은 선택지가 없다는 핑계로 자신을 설득했지만, 사실은 핏줄이 당겼던 것일지도 모른다.

그의 선택은 틀리지 않았다. 아르스 가문과 연락을 주고받는 통로를 만드는 데 성공했으며 성도궁 내부 정보도 조금씩 받았다. 그리고 오늘, 그토록 바랐던 결정적인 정보도 받았다.

기쁜 마음으로 잠이 든 그날 밤, 라한은 다시 꿈으로 찾아온 엘버를 만났다. 아주 오래전, 지하 감옥에서 엘버를 만났던 그 어린 소년의 모습으로.

엘버는 눈을 감고 생각에 잠겼다. 라한이 아르스 가문을 통해 받은 정보는 구멍이 많았다. 주술을 발동할 때 직접 본 자의 목격담이라고 해도 주술에 문외한이다 보니 정보를 선별할 줄 몰랐다. 단 한 번도 실제로 낙타를 본 적 없는 자가 눈을 감고 손으로만 더듬은 후 묘사하는 것과 같았다.

소년 모습의 라한이 숨을 죽이고 고심하는 엘버를 바라보았다. 꿈속에서는 라한이 소년인 것처럼 엘버도 젊은 여인의 모습이었다.

라한은 수십 년 전 만났던 노부인 모습을 겹쳐 보며 기분이 먹먹했다. 이분에게도 싱그럽게 아름다운 시절이 있었을 텐데 그 어두운 감옥에서 시들어 갔을 것이다.

엘버가 눈을 떴다. 그녀의 눈동자에 총기가 반짝였다.

"알겠구나."

라한이 환하게 웃었다.

"어떤 주술인지 아셨습니까?"

"그래. 봉인된 고대 주술 중 하나로구나. 그놈이 이걸 훔쳐 내어 발동할 때까지 모르다니. 내가 정말 헛똑똑이였다."

"술식을 파괴하면 주술을 파훼할 수 있지 않습니까?"

"너도 알다시피 성공한 주술은 자체 방어의 힘이 있다. 주술을 알아야 푸는 방법도 알지. 너라면 할 수 있겠지만…… 그놈이 술식을 허술히 관리할 리도 없고."

술식을 파괴하는 방법은 두 가지다. 매듭을 풀거나, 매듭을 자르거나. 매듭을 풀기 위해서는 주술을 알아야 하며 시간이 걸린다. 자르는 방법은 주술을 몰라도 상관없지만, 더 까다로웠다.

상급 주술은 발동되는 상태에서는 강력한 힘을 지니고 있다. 그 힘을 뛰어넘는 강력한 외부 충격이 필요한데 사실상 인간의 힘으로는 불가능했다.

'왕이라면…… 가능하지.'

하지만 성도 안에 있을 술식을 부수려면 일단 성도에 들어와야 한다. 그러니 현재로서는 술식을 파괴하여 주술을 부수는 방법은 쓸 수가 없다.

"내가 어떻게 해서든 방법을 찾아보마. 주술의 술식이 어디에 있는지 알아봐다오. 틀림없이 철저하게 지키고 있을 거다."

"예, 어르신."

망설임 없이 대답하는 소년 라한은 믿음직스러웠다. 엘버는 잠시 라한을 바라보다가 소년의 손을 잡았다.

"라한. 나로 인해 너희들이 자유를 잃고 괴물의 감시 속에서 고통받는구나. 정말 미안하다."

"어르신. 그런 말씀은 마십시오. 무엔은 어르신 덕분에 풍요를 누리고 살았습니다."

라한이 그 자리에서 바닥에 엎드렸다.

"무엔의 시조 어르신을 뵙고 인사드릴 수 있어서 영광입니다. 꼭 말씀드리고 싶었습니다. 감사합니다. 저희는 누구도 어르신을 원망한 적 없습니다."

라한을 내려다보는 엘버의 눈가에 눈물이 맺혔다.

*　　*　　*

요즘 유진은 두 권의 주술 노트를 온종일 끼고 살았다. 카세르한테 성도를 에워싼 보이지 않는 벽에 관해 전해 들은 이후부터였다. 그 즉시 아드리트한테 주술의 정체에 관한 질문을 보냈고 답변이 오기를 기다렸다. 그리고 시간이 날 때마다 두 권의 노트를 수시로 펼쳤다.

카세르는 아침저녁으로 유진의 안부를 묻는 외에 성도 근황에 대한 추가 정보는 보내지 않았다. 성도에 접근할 수 없는 그 상태로 상황을 바꿀 만한 정보를 기다리고 있을 것이다.

유진은 왕들이 무력하게 성도만 바라보며 분을 삭이는 장면을 상상했다. 그래서 며칠째 아드리트의 노트에 아무런 답변이 올라오지 않자 초조해졌다.

— 왕비님.

노트의 빈 페이지를 멍하게 바라보고 있던 유진이 흠칫 놀랐다. 그녀가 펜을 들기 전에 다음 문장이 올라왔다.

— 송구합니다. 어르신들께서는 그런 주술을 전혀 알지 못한다고 하셨습니다.

"아, 어떡해."

유진은 몹시 낙담하여 자신도 모르게 중얼거렸다. 온몸의 기운이 쭉 빠져나가는 것 같았다. 노트에 문장을 적는 동안 펜 끝이 떨렸다.

— 일족의 어르신들이 뭐라고 하셨어?
— 처음에 여쭈었을 때는 당혹스러워하셨습니다. 그리고 알고 있는데 잊었을 수도 있으니 기억을 되살려 보겠다고 하셨습니다. 며칠 만에 부르셔서 갔더니 모르겠다고 하셨습니다. 어르신들이 아는 주술의 모든 것은 마라가 가져온 고서에서 익힌 것입니다. 그 고서에 없는 주술이라도 변형하여 추측할 수 있지만, 왕비님께서 말씀하신

주술은 완전히 생소한 것이라고 하셨습니다. 도움이 되지 못해서 죄
송합니다.

—열심히 애썼는데 안 된 것이 네 잘못은 아니지. 고생했어.

유진은 격려의 말을 적고 노트를 덮으며 한숨을 내쉬었다. 마음이 무
거웠다. 그녀는 다른 주술 노트를 펼쳐서 펜을 들고 한참을 망설였다.
뭐라고 써야 할지 머릿속이 깜깜했다.

—카세르. 방어벽 주술에 관해 알아내지 못했어요. 방랑족은 모
르는 주술이라고 해요.

카세르도 계속 노트를 들여다보고 있었는지 유진이 문장을 적은 후
곧 그의 필체가 나타났다.

—그렇군. 이곳에서 방법을 찾아볼 수밖에. 당신은 너무 걱정하지
마.

문장에서 그의 담담한 말투가 들리는 것 같았다. 하지만 유진은 이 상
황이 결코 낙관적이지 않다고 생각했다. 성도를 에워싼 보이지 않는 벽
을 깰 방법이 과연 있을까? 이 시대의 인간들에게 주술은 잊힌 기술이다.
배우고 익혀 방법을 찾아내기까지는 아득한 시간이 걸릴 것이다.

'아무도 들어가지 못하는 주술이라고? 이상하잖아. 지금 성도에는 나
도, 플로라도 없는데.'

괴물이 궁극적으로 바라는 게 무엇인지는 몰라도 그 목적 달성을 위
해서는 두 사람의 아니카가 필요하다는 건 확실했다. 아득한 세월 동안

동시대에 호수 이상의 자각몽을 본 아니카가 두 명이 태어난 것은 처음이라고 들었다.

'나와 플로라를 그 괴물이 포기할 리가 없어.'

유진은 자신의 두 손을 펼쳐서 내려다보았다. 그 괴물은 모르는 강력한 패가 자신에게 있었다.

'바다의 라미타……'

자신이라면 그 괴물을 나무로 만들 수 있을지도 모른다. 유진은 생각에 잠겼다가 고개를 흔들었다. 가능성이 있을 뿐이지, 백 퍼센트의 확률은 아니었다.

실패할지도 모르고 만약 성공한 후 머리가 금발이 되어 죽으면? 이제겨우 만난 부모님과 두 오빠, 남편과 아이 곁을 떠나는 어떤 모험도 할수 없었다. 그리고 그 괴물에게 나무가 되는 최후는 과분했다. 무엇보다도 그 계획을 카세르가 절대 동의할 리가 없었다.

유진은 다시 펜을 들어 노트에 적었다.

—그 주술이 발동한 상태로 성도 안에서는 아무런 반응이 없나요? 괴물이 요구하는 건 없었어요?

—아직은 조용해.

—분명히 요구 조건이 있을 거예요. 변화가 있으면 알려 줘요.

—그럴게. 당신은 이쪽 걱정하지 말고 마음 편하게 있어.

카세르는 한숨을 내쉬며 노트를 덮었다. 그녀에게 거짓말을 했다. 며칠 전, 신탁을 빌미로 상제가 보낸 사절들이 성녀를 데려오라고 요구했다. 뚜렷한 해결책이 없는 지금은 그녀가 알아봤자 걱정만 안겨 줄 뿐이었다. 임신 후 가뜩이나 예민해진 터에 건강만 해칠 것이다.

사절 임무를 맡아 성도에서 나온 소년과 소녀 역시 성도의 방어벽 주술을 넘지 못했다. 혹시 그들에게 돌아갈 방법이 있을까 기대했으나 그들은 성도에서 나올 때 순교를 각오했다고 말했다.

> 「성하께서는 신이 보호하시는 요새 바깥에 이미 구석구석 악의 세력이 암약하고 있다고 하셨습니다. 신의 전사들께도 침투해 있으니 무척 위험한 임무라고 하셨지만, 저희는 기꺼이 신의 곁으로 갈 준비가 되었습니다.」

왕 앞에서 신탁을 전할 때는 벌벌 떨던 아이들이 제 죽음을 이야기할 때는 마치 꿈을 꾸는 듯한 표정을 지었다. 그 꼴을 보면서 왕들은 분노하고 경멸했다.

아이들은 틀림없이 구원과 신도의 자식일 것이다. 성도궁을 맹신하는 광신도 중 가장 문제가 되는 이들이었다. 그들은 언젠가 세상에 위기가 닥치고 신이 강림하여 자신들을 구원한다고 믿었다.

그들은 가족 몰래 기부금을 바치며 가산을 탕진해서 한 집안이 풍비박산되거나 부부가 모두 광신도라면 자식에게 부모의 사상을 주입했다. 철모르는 아이들이 부모한테 세뇌당하는 셈이었다.

사교에 가까운 모임인데도 성도궁에서는 그동안 제재한 적이 없었다. 워낙 숨어 있는 모임이라서 단속이 어렵다는 핑계를 댔다. 이제 보니까 단속은커녕 뒤로 은밀하게 독려한 듯했다.

'방랑족이 모른다면…… 저 주술을 깰 방법을 과연 찾을 수 있을까?'

왕들은 상제의 요구 조건을 듣고 난 후 누구도 카세르에게 눈치를 주지 않았다. 유진은 그의 아내이니 언급하지 않는다 쳐도 아니카 플로라를 데려오자는 말조차 없었다. 아마 지금 왕들은 상제의 요구 조건에 따르는 것을 굴욕이라고 생각할 것이다.

하지만 성도의 봉쇄가 저대로 계속된다면? 성도에는 아직 성도를 빠져나오지 못한 각국의 백성들이 있다. 왕으로서 그들을 포기할 수 없다.

그리고 아니카가 없이 왕가는 존속할 수 없다.

봉쇄가 몇 년간 계속되고 저 주술을 깰 방법을 찾지 못하면 왕들 사이에서 분열이 발생할 것이다.

'그게 저놈이 노리는 거겠지.'

힘이 들어간 그의 손이 주먹을 쥐었다. 괴물의 손아귀에 잡혀 있는 기분이 무척 더러웠다.

*   *   *

유진은 당황하여 주변을 둘러보았다.

'내가 왜 여기 있지?'

그녀가 종종 차를 마시러 가던 다리 위, 테이블 앞에 앉아 있었다. 하지만 그녀는 이곳에 오지 않은 지 꽤 되었다.

임신 초기에는 높은 장소가 좋지 않다는 카세르의 말을 듣고 그가 불안해하니까 양보하자는 마음으로 가지 않았다. 그런데 안정기가 된 이후에도 가지 않았다. 미신이라고 해도 아이에게 좋지 않다는데 조심하고 싶어서 갈 생각이 들지 않았다.

'혹시…… 꿈인가?'

꿈이라는 생각이 들자마자 떠오르는 사람이 있었다. 유진은 주변을 둘러보며 소리쳤다.

"어르신? 어르신이에요? 초대할게요, 엘버."

고개를 왼쪽으로 돌렸다가 오른쪽으로 돌렸더니 분명히 조금 전까지는 텅 비어 있었던 자리에 엘버가 미소를 지으며 서 있었다.

"어르신!"

유진이 벌떡 일어나 엘버에게 달려가 그녀의 손을 덥석 붙잡았다.

"진. 날 불러 주어서 금방 올 수 있었어요."

"어르신. 건강하시지요? 어디 계신지 알면서 나도 참. 이렇게 다시 뵐수 있을 줄 몰랐어요. 정말 어르신 맞지요? 제가 그냥 꿈을 꾸는 건 아니지요?"

유진의 눈에 눈물이 글썽거렸다. 엘버가 부드럽게 웃으며 다정하게 유진의 볼을 쓰다듬었다.

"곧 어머니가 되는군요. 축하해요."

"아……."

유진은 불룩 나온 자신의 배를 내려다보았다.

"건강한 아이가 태어날 거예요. 그런데 고집은 좀 세겠네요."

유진이 놀라서 물었다.

"보이시는 거예요?"

"그냥 알 수 있어요. 진. 지난번처럼 오래 있을 수는 없어요. 그놈이 지금 성도에 주술을 쳐 놨어요."

"알아요. 성도 주변을 방어벽이 에워싸고 있어요."

유진은 현재 여섯의 왕이 상제의 정체를 알고 있고 그래서 괴물을 처치하기 위해 연합했으며 지금 성도로 접근하지 못해 곤란한 상황이라고 빠르게 설명했다. 엘버가 흐뭇하게 웃으며 고개를 끄덕였다.

"내가 모르는 사이에 이미 세상의 흐름이 바뀌었네요. 고마워요. 그대가 힘썼군요."

유진이 고개를 흔들었다.

"어르신 덕분에 진실을 알게 된 덕분이지요. 저는 제가 아는 사실을 다른 사람들에게 알린 것뿐이에요."

겸양이 아니라 진심이었다. 엘버를 만난 덕분에 상제의 정체와 속셈을 빠르게 파악했고 한발 빠르게 도망칠 수 있었다. 성도의 봉쇄 소식을 들었을 때 이미 자신은 안전한 장소에 있으니 다행이라고 가슴을 쓸어내렸다. 한편으로는 그런 마음이 드는 자신이 부끄럽고 죄책감이 들기도 했다.

"모든 사람이 그대와 같은 선택을 하지는 않아요. 세상에 진실을 알리는 것도 큰 용기가 필요한 일이랍니다. 혹은 자신의 욕심을 채우려고 이용할 수도 있어요. 그런데 그대는 옳다고 생각하는 대로 행동했지요. 진. 난 수없이 잘못된 선택을 했지만, 그대는 만난 것은 정말 잘한 결정이었어요."

유진이 붉게 달아오른 얼굴로 시선을 떨어뜨렸다. 지금껏 들어 본 칭찬 중에서도 가장 기뻤다. 엘버는 이 세계의 역사와 같은 인물이니까 마치 자신이 이 세상으로부터 인정을 받은 것 같았다.

"그 주술은."

유진은 얼른 고개를 들고 귀를 기울였다.

"아주 오래된 주술이에요. 고대 일족들끼리도 옛것이라고 불렀을 정도로 오래되었지요."

엘버는 그 주술에 관해 중요한 부분만 간추려 설명했다.

크게 셋으로 나뉘어 있었던 고대 일족은 주술에 관한 격한 논쟁을 자주 벌였는데 그 논쟁은 그저 뚜렷한 승자도 패자도 존재하지 않는 학문적 토론에 불과했다. 라크를 불러내기 전까지는 사실상 고대 일족은 서로를 엄격하게 경계를 지어 구별하지도 않았다.

하지만 그보다 더 오래전에 고대 일족끼리 혈연과 지연 중심으로 무리를 짓고 반목하던 야만의 시절이 있었다. 그때는 서로를 죽이고 약탈하는 전쟁이 빈번하게 발생했으며 방어벽 주술은 그 시대에 등장했다.

방어벽 주술은 막다른 구석에 몰린 쥐의 마지막 발악과 비슷했다. 이 주술을 발동하면 범위 밖의 그 무엇도 안으로 들어오지 못했다. 약탈자에게 가진 것을 모두 빼앗기고 노예가 되느니 차라리 스스로 고립되어서 전부 끌어안고 죽기를 택하는 것이다.

"방어벽 주술 안쪽에서 고립된 사람들끼리 살아가면 안 되는 건가요? 섬처럼요."

유진의 질문에 엘버가 고개를 저었다.

"이 주술은 강력해요. 강력한 주술을 발동하려면 강력한 매개가 필요하지요. 이 주술을 발동하고 유지하기 위해서는 사람의 목숨이 필요했어요."

"아……."

그렇다면 성도의 저 주술을 위해서도 무고한 생명이 희생되었을 것이다. 유진은 끔찍한 기분이 들어 몸서리쳤다.

바깥에는 적이 있고 방어벽 안쪽에 갇힌 사람들은 자신이 죽을 차례를 기다린다. 시간이 흐를수록 사람들의 정신은 피폐해지고 미쳐 갔다.

이런 참혹한 상황이 반복되자 고대 일족은 전쟁에 관한 규칙을 만들었다. 승자와 패자가 결정되면 승자는 오직 재물만 얻을 수 있었다. 사람은 어떤 경우에도 전리품이 될 수 없었다. 그리고 방어벽 주술은 봉인했다.

세월이 더 지나면서 전쟁이 백해무익하다는 협의가 도출되었다. 세상은 전쟁이 없는 평화의 시대에 접어들었다. 그 시대에 주술의 발전은 최고조에 이르렀다. 하지만 오만해진 고대 일족은 라크를 불러내 자신들의 멸망을 초래했다.

"이 주술이 성공하면 일정 범위를 보이지 않는 막으로 감싸는데, 이 세상에 존재하는 어떤 것도 그 막을 통과할 수 없어요."

엘버는 이 주술의 강력함에 관해 추가로 설명했다. 주술로 발생한 방어막은 탄성이 있어서 외부에서 가하는 충격을 어느 정도 흡수했다. 강풍을 버티는 것은 뿌리 깊은 고목이 아니라 휘어지는 갈대라는 원리와 상통했다.

주술을 파훼하려면 오로지 술식을 부수어야 한다. 그런데 술식은 방어벽 안쪽에 있으므로 안쪽에서 스스로 부수지 않는 한 바깥에서는 손쓸 방법이 없었다.

돌파구가 전혀 보이지 않는 상황에서도 유진은 희망을 놓지 않았다.

"하지만 방법이 있지요? 그걸 알려 주려고 오신 거잖아요. 그렇죠?"

엘버가 미소 띤 얼굴로 고개를 끄덕이자 유진이 환하게 웃었다.

"이 방어벽은 이 세상에 존재하는 어떤 것도 막아 내요. 그런데 이 세상에는 이 세상의 것이 아닌 게 있지요."

유진이 탄식하며 중얼거렸다.

"라크."

그리고 카세르가 노트가 적어 알려 준 내용이 머릿속을 스쳤다. 그는 라크 씨앗을 던졌더니 방어벽 안쪽으로 들어가더라고 했다. 그게 무엇을 뜻하는지 알아내지 못했는데 드디어 답을 얻었다.

"그런데 카세르, 그 사람이 말하기를 환수도 접근하지 못한다고……. 아, 환수는 왕에게 종속되어서 그렇군요. 라크의 질서에서 제외되어 다른 환수의 영역에 영향을 받지 않는 것처럼."

엘버가 기특하다는 표정으로 고개를 끄덕였다.

"그 주술은 아주 오래전에 봉인했어요. 존재가 거의 잊혔지요. 그런데 라크를 불러낸 이후 고대 일족은 라크에 대항할 방법을 찾기 위해 모든 자료를 뒤지다가 이 주술을 발견했어요."

고대 일족은 방어막 주술을 펼쳐서 라크를 막을 수 있을까 기대했으나 기대는 실망으로 변했다. 라크는 그 주술에 영향을 받지 않았다. 심지어 라크가 방어막을 통과해 들어가자 주술이 불안정해졌다. '안으로 들어오는 것을 막는다'라는 주술의 기능이 실패하자 자기모순에 빠진 것이다.

"그 주술은 다시 봉인되었고 특별 관리 대상이었어요. 사람 목숨을 매개로 쓰는 아주 위험한 주술이기 때문이에요. 아마 그놈은 일족 서고에 보관하는 주술 중에서 상급 주술에 특히 관심을 쏟았을 테고 그러다가 발견했을 거예요."

주술의 성공을 위해 얼마나 오랫동안 준비했던 것일까. 엘버는 자신이 그 괴물한테 처음부터 속았던 것 같다는 의혹이 이제는 확신으로 변했다. 그놈이 진짜 원하는 것이 무엇이었든, 반대급부로 일족의 부흥을 도와주겠다는 약속을 절대 지키지 않았을 것이다.

"진. 내가 일전에 괴물을 잡기 위해 괴물을 이용해 보라고 했었지요."

"네. 마라와 만났어요. 마라는 성도의 괴물에게 원한이 있대요. 그래서 성도의 그놈을 우리가 처치하는데 협조하겠다고 했어요. 그런데 믿지는 못하겠어요. 마라 역시 무슨 꿍꿍이를 품고 있는지 잘 모르겠어요."

엘버가 감탄했다.

"그리 오랜 시간이 지난 것도 아닌데 정말 많은 일이 있었군요."

엘버는 정지해 있던 시간이 갑자기 흐르는 기분이 들었다. 아득한 세월을 감옥에 갇혀 주술에만 매달렸던 자신이 무척 어리석게 느껴졌다. 고작 꿈을 통해 진을 만난 것만으로 변화가 시작되었다.

'아니. 고작이 아니야.'

아무것도 하지 않았으니 아무 일도 일어나지 않을 수밖에. 그런데 최근에 그녀는 결과를 전혀 알 수 없는 모험을 했다. 진을 만나자고 결심했고 위험을 무릅쓰고 만났다.

그녀 인생에 가장 큰 모험은 괴물과 손잡은 일이었다. 그 모험이 처절한 실패로 되돌아온 이후 그녀는 다시는 모험을 하지 않았다. 미래는 결정되어 있으니 그 미래를 보겠다는 생각으로 주술만 의존했다.

'어쩌면 난, 잘못 생각하고 있었던 게 아닐까.'

"어르신. 마라를 이용해 보라는 말씀인가요?"

진의 질문에 엘버는 깊이 빠져들던 생각에서 벗어났다.

"성도는 그놈의 영역이고 어지간한 라크는 본능적으로 접근하지 않아요. 하지만 마라라면 아마 들어갈 수 있을 거예요."

"방어벽을 라크가 통과하면 주술이 흔들려서 왕이 성도로 들어갈 수 있는 틈이 생긴다는 거군요……."

"방어벽 안쪽에서 라크가 오래 머물수록 틈이 생길 가능성이 커요."

"그럼 더 많은 숫자의 라크가 성도로 들어가면 확률이 더 높아지겠네요?"

"그렇겠지요."

"라크를 조종할 수 있는 주술을 쓰는 건 어떨까요?"

"라크를 조종해요? 무슨 소리예요?"

엘버가 오히려 되묻자 유진은 당황했다.

"마라가 일족의 서고에서 훔친 주술 중에 그런 게 있다고 했어요."

엘버의 눈이 점점 커졌다.

"아아. 그래요. 그런 주술이 있지요. 맞아요."

그녀는 여전히 놀라움이 가라앉지 않은 표정으로 말했다.

"그 주술이 마라에게 있다고요? 그것 역시 봉인된 주술 중 하나예요. 나는 완전히 잊고 있었네요. 그 주술을 쓰려면 조건이 필요해요."

"사라진 고대 일족의 후손만이 주술을 사용할 수 있다면서요. 그러니 아니카는 쓸 수 있어요. 마라는 그 주술을 성도의 괴물을 공격하는 비장의 한 수로 갖고 있었어요."

엘버가 쓴웃음을 지었다.

"그놈들을 불러낸 조상의 원죄를 다시 떠올리게 되는군요. 괴물이 사람의 머리 위에서 놀고 있어요. 앞으로도 걱정이에요."

"어르신. 저는 그렇게 생각하지 않아요. 정말 최악은 그 두 괴물이 손을 잡는 거겠지요. 그런데 상황이 절묘하게 유리한 방향으로 흘러가고 있잖아요. 이 위기를 넘기고 나면 이 경험을 교훈 삼아서 두 번 다시 같은 일은 벌어지지 않을 거예요."

엘버는 유진을 물끄러미 바라보다가 고개를 끄덕였다. 불현듯 커다란 깨달음이 밀려왔다. 더 나은 미래가 올 거라는 희망. 그것이 인간을 움직이는 힘이고 그 힘이 또한 미래를 움직인다.

* * *

여섯의 왕이 성도의 성문에서 가까운 성벽 근처에 모였다.

"어디, 내가 한번 해 볼까."

라이너가 자신의 씨앗 주머니 속에서 씨앗을 꺼내 성벽으로 던졌다. 씨앗이 보이지 않는 경계선을 넘어 안쪽에 떨어지자 왕들이 탄성을 질렀다.

카세르가 방랑족도 이 주술을 알지 못한다는 정보를 왕들에게 전한 후 얼마간 분위기가 무겁게 가라앉았다. 곧 다시 기운을 내어 왕들은 주술을 깨기 위한 방법을 찾기 시작했다. 라크 씨앗이 벽 너머로 들어간다는 사실이 현재로서는 유일하고 강력한 단서였다.

"나도 해 보겠습니다."

니콜라스가 씨앗을 던졌다. 이번에도 역시 안쪽으로 들어가 떨어졌다.

"더 힘을 실어 던져 보면 어떨까요? 저 성벽에 박힐 정도로 말입니다."

아킬이 말하며 씨앗을 주머니에서 꺼냈다. 그는 씨앗을 던지는 자세를 취한 채 프라즈를 일으켰다. 그의 손에서 초록색 기운이 불꽃처럼 화르르 올라왔으나 그는 곧 '이런'하고 중얼거리며 손바닥을 펼쳤다. 씨앗은 가루가 되어 바닥으로 떨어졌다. 씨앗이 프라즈를 견디지 못한 것이다.

"씨앗은 통과하는데 환수는 들어가지 못한다……. 그렇다면 라크는 어떨까요?"

리차드가 말하자 다들 비슷한 생각을 했는지 고개를 끄덕였다. 카세르는 이 단서를 발견한 사람으로서 더 오래 생각했기 때문에 문제점 또한 발견했다. 그래서 자신의 의견을 말했다.

"라크를 어떻게 저 안으로 들여보낼 수 있을지 고민해 봐야 합니다. 완충지대 안에서는 씨앗이 깨지지 않습니다."

"완충지대 바깥에서 씨앗을 깨뜨려 라크를 이곳까지 끌고 와야 한다는 거로군요."

아킬이 말을 받았다.

"그냥 끌고 오면 되는 거 아니요? 내가 당장 하나 끌고 올까요?"

라이너가 말했다. 그러자 리차드가 고개를 저었다.

"간단한 일이 아닙니다. 완충지대 바깥에서 이곳까지는 거리가 꽤 되지요. 그동안 날뛰는 라크를 그저 제압만 하기란 어려운 일입니다. 그리고 여러 왕께서는 그동안 라크를 사냥만 했지, 잡아 가둔 적은 없을 겁니다."

라이너가 전혀 대수롭지 않다는 듯 어깨를 으쓱하며 말했다.

"일단 움직여서 뭐든 해 봐야지요. 가만히 있다고 저놈이 문을 열어 줄 리는 없으니."

리차드가 웃음을 터뜨렸다. 한동안 함께 지내며 머리를 맞대고 여러 번 의견을 나누다 보니 대충 왕들의 성격을 파악할 수 있었다. 염왕 라이너는 계획을 세우기보다는 행동으로 나서는 방법을 선호했다. 극단적인 돌격대장 타입이라 복잡한 상황을 예측하는 의논 상대로 적합하지 않았다.

하지만 지금 라이너의 의견만큼은 반박의 여지가 없었다.

"옳은 말씀입니다. 뭐든 해 봅시다."

"각자가 시도하지 말고 여럿이 합동 작전으로 움직이는 편이 좋겠습니다. 시행착오가 있을 테니까요."

카세르의 말에 왕들이 고개를 끄덕였다. 그래서 리차드와 니콜라스는 남고 네 명의 왕이 해가 진 후에 완충지대 바깥으로 이동했다. 지금은 건기이니 낮보다는 밤에 씨앗이 깨질 확률이 더 높았다.

어느 정도 성도에서 멀어진 후 라이너가 말했다.

"여기면 씨앗이 깨질 거요."

성도에서 다른 왕국의 국경 사이에 놓인 완충 지역, 그곳의 약 반 정도까지 왔다.

"조금 더 나가야 하지 않을까?"

카세르가 말했다. 라이너가 고개를 내저었다.

"여기면 확실히 깨져."

"어떻게 알지?"

"내가 실험해 봤으니까."

세 명의 왕이 라이너를 물끄러미 바라보았다. 이 사태가 벌어지기 전에 이미 라이너는 성도 부근의 어디까지가 씨앗이 깨지지 않는 경계선인지 알아봤다는 뜻이었다. 즉, 씨앗을 들고 일정 거리마다 씨앗 깨기를 시도했다는 건데 아무리 완충 지역이라지만 성도 근처에서 그런 미친 짓을 하는 자가 둘은 없을 것이다.

*　　*　　*

금기의 주술로 라크를 불러낸 후 고대 일족은 완전히 셋으로 나뉘게 되었다. 일족 간 교류가 단절되고 족내혼 풍습은 지켜야만 하는 계율이 되었다.

라크를 조종하는 주술은 일족 간 교류가 없는 상태에서 죽음과 부활의 일족이 만들었다. 그런데 그 주술을 만들었을 때 주술사가 자신의 피를 매개로 했다. 그래서 그 주술사의 혈통을 이어받은 일족만이 주술을 쓸 수 있었다.

하지만 죽음과 부활의 일족이 사라지면서 사실상 그 주술은 사장되었다.

"드물지만 주술사의 자격 자체를 제한하는 주술이 더러 있어요. 오래전에 서고에서 그 주술을 발견했을 때 무척 궁금했는데도 난 자격이 안되어서 주술을 발동해 볼 수 없었지요."

엘버는 말하다가 기가 차서 헛웃음을 흘렸다.

"아니카는 자격이 된다……. 맞는 말이에요. 그 부분은 기록에 없으니 마라가 추론해 냈다는 뜻이로군요."

"제 생각에는 방랑족이 알려 준 것 같아요."

유진은 마라의 이미지를 떠올리며 말했다. 마라는 영악한 구석은 있으나 영명하다는 느낌은 없었다.

"어르신. 방랑족이 마라를 돕고 있어요. 직접 만나 보지는 않았지만,

전해 들은 이야기로 추측하면 상당히 자발적인 협조 관계인 듯했어요."

유진은 엘버와 비슷한 존재가 마라를 돕고 있다고 설명했다. 그럴 수밖에 없었던 방랑족의 사정도 말했다. 왠지 그녀는 방랑족을 대신하여 변명하고 싶었다.

엘버는 눈살을 찌푸리며 잠자코 듣다가 나중에는 체념처럼 한숨을 내쉬었다. 제 앞가림도 못하는 주제에 방랑족의 선택에 관해 자신이 참견할 처지가 아니라는 생각이 들었다.

유진은 조심스레 엘버의 눈치를 살피며 말했다.

"그리고 제가 방랑족에게 술식을 하나 주었는데……. 그게 금기의 주술의 한 조각 같아요. 고대 일족이 셋으로 나누어 가져갔다는 그것이요."

"뭐라고요?"

엘버의 눈매가 날카롭게 변했다. 유진은 자신도 모르게 마른침을 삼켰다. 엘버의 얼굴에서 자애로운 미소가 사라지는 것만으로도 등골이 서늘해지는 압박감을 느꼈다. 더구나 그녀는 꿈속의 허상일 뿐인데도.

'아마 이분을 직접 대면하면 어지간한 사람은 서 있지도 못할 것 같아.'

그 오랜 세월을 괴물에 맞서 버틴 분이었다. 풍겨 나오는 카리스마가 어마어마할 것이다.

"완전한 술식은 주지 않았어요. 제가 일부를 누락했거든요."

유진은 그 술식을 발견한 과정을 설명했다.

"그 술식이 아르스 가문 대대로 전해지는 골동품 안에 들어 있었으니 아르스 가문의 시조는 고대 일족과 밀접한 관계였겠지요?"

엘버가 고개를 끄덕였다.

"죽음과 부활의 일족은 다른 두 일족과 다르게 신녀가 일족을 이끌었어요. 그 신녀에게는 남다른 능력이 있었다고 해요. 그 능력이 무엇인지는 알려지지 않았지만요. 금기의 주술을 물려주었으면 신녀의 후손일 가능성이 커요."

유진은 사람의 기운을 눈으로 볼 수 있다는 다나의 능력이 떠올랐다.

"아쉽군요. 그 술식을 볼 기회가 있으면 좋았을 텐데."

"제가 기억하고 있어요."

엘버가 놀라서 유진을 바라보았다.

"언제 어르신을 뵐지 몰라서, 뵙게 되면 꼭 알려드리고 싶었어요. 그래서 열심히 외웠는데, 어찌나 복잡하던지 정말 외우기 어려웠어요."

유진이 '어떻게 적어야 하지.'라고 중얼거리며 두리번거렸다. 그 모습을 보며 엘버는 흐뭇한 기분으로 미소 지었다. 야무지고 똑똑한 자신의 후손이 기특하여 그저 마음이 뿌듯했다.

"그대의 꿈이에요. 원하는 대로 생각하면 돼요."

유진은 엘버의 충고대로 '필기구가 있었으면 좋겠다'라고 생각했다. 테이블 위에 종이와 펜이 나타나자 그녀는 탄성을 질렀다.

곧바로 펜을 들고 흰 백지에 술식을 그렸다. 공교롭게도 요즘 아이가 배 속에서 투정을 부리면 소파에 앉아 쉬는 동안 이 술식을 되새겨 외웠다. 덕분에 망설임 없이 종이를 채워 나갔다.

"다 되었어요."

엘버가 유진이 건네는 종이를 받아 눈으로 훑었다. 그리고 눈을 감고 고개를 끄덕이더니 다시 눈을 떴다.

"나중에 천천히 생각해 봐야겠어요. 고마워요, 진. 정말 큰 보물이에요."

"혹시…… 다 외우신 거예요?"

엘버가 입을 떡 벌리는 유진을 보며 웃었다.

"내가 주술을 다룬 시간이 얼마인데요. 그 마라의 주술에 관한 이야기로 돌아갈까요. 그 주술을 발동하려면 자격 있는 주술사가 있어야 하는데 그대는 쓸 수 없어요."

"어째서요?"

엘버는 대답처럼 유진의 배 쪽으로 시선을 내렸다.

"제가 아이를 가져서요? 임신한 상태로는 쓸 수 없나요?"

"그대가 왕의 아이를 가졌기 때문이에요."

"아……."

"주술의 원칙 중 하나예요. 주술은 모순이 있으면 안 돼요. 이 주술은 일종의 유혹술이에요. 라크를 유혹하는 거지요. 그런 의미에서 아니카는 최적의 주술사예요. 하지만 왕의 프라즈는 라크와 상극이에요. 상식적으로 자신을 죽일 수 있는 존재에게 마음이 끌리지는 않잖아요."

"그렇다면 아예 왕은 이 주술을 쓸 수 없군요."

유진은 실망하여 중얼거렸다. 그녀는 아니카에게 이 주술을 쓸 자격이 있으니 아니카의 혈통인 왕도 자격이 있지 않을까 생각했다. 그렇다면 완벽했다. 초월적인 힘을 가진 왕에게 그 역할을 맡기면 아무 걱정이 없을 테니까. 그러나 애초에 가능하지 않은 일이었다.

"그럼 제가 아닌 다른 아니카가 나설 수 있다면 이 주술을 써서 성도의 방어막을 공격한다는 계획이 괜찮다고 생각하세요?"

"지금으로서는 그보다 나은 방법은 없겠군요. 그런데……."

엘버는 말하다 말고 신중한 표정으로 생각에 잠겼다. 중요한 내용이 생각날 듯 말 듯 했다. 그것은 봉인된 금기의 주술 중 하나였다. 라크를 조종한다는 매력적인 주술을 봉인한 이유가 틀림없이 있을 것이다.

죽음과 부활의 일족이 사라져서 더는 쓸 수 없는 주술이라 봉인된 것일 수도 있지만, 단지 그 이유만은 아닌 것 같았다. 그런데 워낙 오래전에 봤던 터라 기억이 가물가물했다. 자신이 아예 손대지 못하는 주술이라서 그 당시에 크게 관심을 두지 않았다.

갑자기 엘버가 흠칫 놀라며 시선을 허공으로 돌렸다. 그리고 그녀의 몸이 흐릿해지기 시작했다. 그녀는 순식간에 반투명한 상태로 변했다. 자신을 붙들려는 것처럼 손을 뻗으며 소리치는 유진과 눈이 마주친 것이 마지막 기억이었다.

엘버는 눈을 뜨자마자 헛구역질을 했다. 배 속에서 뜨거운 것이 왈칵 치밀어 기침하며 토해 냈다. 비릿한 피 냄새가 역하게 올라왔다. 주술이 강제로 깨진 부작용이었다.

"무슨 짓을 한 거지?"

오늘따라 더욱 귀에 거슬리는 목소리가 들렸다. 엘버가 입가에 흐르는 피를 닦으며 시선을 들었다. 흐릿한 형체가 보였다.

"뭘 하고 있었던 거냐, 엘버!"

하필 지금. 엘버는 혀를 차면서 자신의 안일함을 자책했다. 라한의 꿈에 들어가고 진의 꿈에 들어가기까지의 간격이 너무 짧았다. 하지만 저 의심 많은 놈의 눈을 언제까지 피할 수 없다는 것을 알면서도 더 기다릴 수가 없었다.

엘버는 상제를 노려보며 소리쳤다.

"네놈이 날 속이고 있으니 내가 직접 확인할밖에!"

만약의 경우 대비책은 이미 생각해 두었다.

"뭘 속여?"

"네놈이 날 피하는 이유가 달리 있겠나. 무엔의 아이들에게 무슨 일이 생긴 게지!"

뜻밖의 말을 들은 상제가 미간을 찌푸렸다.

"무슨 헛소리야?"

"그래서 내가 직접 확인한 거다. 아이들이 무사한지."

"어떻게?"

엘버가 입을 다물고 자신을 노려보기만 하자 상제가 사납게 그르렁댔다.

"분명히 주술을 썼어. 내가 모르는 주술이야. 뭐야, 뭘 숨기고 있었던 거냐?"

"……내 혈육의 안위를 확인하는 주술이다."

"그런 주술이 있었어? 그동안 감쪽같이 날 속였다 이거지? 그래서 확인했나? 다 멀쩡히 살아 있다는 건 확인했느냐고."

"……그래."

"그럼 네가 괜한 망상으로 날 성가시게 했다는 건 이제 알았겠군."

엘버는 말없이 고개만 돌렸다.

"내가 지금은 여기에 오래 있을 수가 없어서 가 보겠지만, 나중에 여유가 생길 때 그 주술이 뭔지 내게 알려 줘야 할 거다. 그리고 또 한 번만 더 주술을 건드리면 한 번 건드릴 때마다 무엔가에서 하나씩 잡아다 목을 매달아 버리겠다."

"이놈!"

상제는 핏발이 선 눈으로 고함을 지르는 엘버를 보며 코웃음 쳤다.

"얌전히 있으라고. 네 핏줄이 모조리 죽는 꼴 보고 싶지 않으면."

상제가 사라진 후 잔뜩 독기 오른 얼굴로 부들부들 떨던 엘버의 표정이 차분하게 가라앉았다.

'네놈이 방어벽 주술을 꽤 믿고 있구나.'

이런 식으로 대놓고 무엔의 후손들 목숨으로 겁박한 건 처음이었다. 전에는 엘버를 교묘하게 압박하면서도 살살 달래는 방식을 썼다. 은근히 엘버의 눈치를 살피며 어떤 선은 넘지 않으려 했다. 그런데 이제는 아쉬울 게 없다는 태도였다.

'그래. 방심해라. 믿던 것에 배신당해야 더 아프지.'

엘버의 입술 끝이 살짝 올라갔다. 그녀는 아직 울렁거리는 속을 진정시키기 위해 밭은 숨을 내쉬었다. 진과 인사를 제대로 나누지 못하고 돌아온 것만이 아쉬울 뿐, 뒷일은 걱정되지 않았다.

'진이, 그 아이가 다 알아서 할 거야.'

마음이 편했다. 이처럼 홀가분한 기분을 느끼는 것이 얼마 만인지 모르겠다. 그녀는 눈을 감고 유진이 알려 준 술식을 떠올렸다. 그녀는 무척 오랜만에 새로운 지식을 접하며 설레었다. 한동안은 지루할 틈이 없을 것이다. 그녀의 입술이 부드러운 호선을 그렸다.

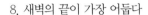

8. 새벽의 끝이 가장 어둡다

엘버와 꿈에서 만난 다음 날, 유진은 온종일 심란했다.

'어르신께 무슨 일이 있는 건 아니겠지?'

엘버가 그런 식으로 사라져 버린 이유는 아마 주술이 무언가에 방해받았기 때문일 것이다. 범인은 상제밖에 없었다. 그놈이 엘버에게 무슨 해코지는 하지 않을까 걱정됐다.

점심을 준비하겠다는 시녀를 말을 듣고 유진은 흠칫 놀랐다. 오전 내내 엘버 생각으로 머릿속이 꽉 차 있어서 시간이 가는 줄도 몰랐다.

'그만. 그분 일은 더 생각하지 말자.'

혼자 안달복달해 봤자 엘버를 도울 수도, 엘버의 소식을 들을 수도 없으니까.

'지금은 내가 할 수 있는 일을 해야 해. 그게 그분을 돕는 방법일 거야.'

유진은 다시 고민에 빠졌다. 성도의 방어벽 주술을 깰 방법을 알았지만, 호쾌한 결론은 아니었다. 마라가 직접 성도로 가서 방어벽을 넘든가, 플로라가 주술을 이용하여 라크를 몰고 가든가, 둘 중 하나인데 둘 중 어느 쪽도 믿을 수 없어서 선뜻 마음이 가지 않았다.

'마라냐, 플로라냐……. 하아. 어렵다.'

그녀는 좀처럼 마음의 결정을 내리지 못했다. 아드리트의 주술 노트를 펼치고 펜을 들었다가 다시 내려놓기를 반복했다.

'내 정신 봐. 오늘은 아직 안 봤잖아.'

유진은 다른 주술 노트를 펼쳤다. 역시 노트에 카세르가 적은 새로운 문장이 올라와 있었다. 오늘따라 평소보다 내용이 많아서 한 페이지가 거의 꽉 찼다. 내용을 읽어 내려가던 유진이 놀란 숨을 들이켰다.

'라크 씨앗처럼 라크도 방어벽을 통과하는지 시도해 보려 했다고? 와. 어떻게 그런 생각을 했을까?'

—밤새 여러 번 씨앗을 깨뜨려가며 라크를 잡으려 했지만, 성공하지 못했어. 실패 과정을 모두 적자면 내용이 너무 길어질 것 같아. 결론만 이야기하자면 도왕께서 우려한 대로 사냥은 쉽지만 사로잡기는 어렵더군. 오늘 해가 지면 다시 시도해 보려고 해.

유진은 마라와 플로라, 어느 쪽을 택해야 할지 카세르에게 묻고 싶은 충동이 들었다. 그녀는 펜을 들어 종이에 갖다 댔으나 아무것도 적지 못하고 다시 펜을 내려놓았다.

'비겁해. 조언이 아니라 책임을 회피하고 싶은 거잖아.'

엘버를 만나서 대화를 나눈 사람도, 꾸준히 아드리트와 필담으로 주술을 공부하는 사람도, 현재 방랑족과 연결점을 가진 사람도 자신이었다.

그러니 이 문제는 자신이 할 수 있는 모든 노력을 다한 후에 그래도 해결되지 않으면 다른 사람의 의견을 구하는 방법이 옳다.

'미적거릴 때가 아니야. 결정을 내리자.'

유진은 노트를 펼치고 아드리트에게 전하는 내용을 적었다.

　　—아드리트. 현재 성도에 주술로 인한 방어벽이 쳐 있어.

유진은 성도의 근황을 간략하게 적은 후 그 주술을 부수기 위해서는 마라의 도움이 필요하다고 썼다.

　　—마라가 성도로 들어가면 그 뒤를 왕들이 엄호할 거야. 이번 일을 도와준다면 이용하고 나서 배신할 일은 없을 거라고 내가 약속할게. 아드리트 네가 마라의 속내가 어떤지 알아봐 줘.

유진은 마라를 택했다. 일단 마라가 상제와 양립할 수 없는 적대 관계라는 사실은 확실했다. 하지만 플로라는 아직 그 속내를 알 수가 없었다.

일전에 플로라가 방랑족의 수장과 대화하기를 원한다고 해서 아드리트가 자신이 아는 것을 전부 플로라에게 말해 주었다고 했다. 그 후 플로라는 다시 침묵 상태였다.

　　—예, 왕비님.

유진은 망설이다가 적었다.

—플로라는 어떻게 지내고 있어?

—눈에 띄는 변화는 없습니다. 식사는 거르지 않으나 집 안에서 꼼짝하지 않습니다. 엊그제 마라에게 물어봤더니 마라가 말을 걸어도 아예 대꾸하지 않는다고 합니다.

유진은 작은 한숨을 내쉬었다.

'혼란스럽겠지.'

—그래. 변화가 있으면 알려 줘.

—예. 말씀하신 내용은 마라와 이야기해 보고 말씀드리겠습니다.

아드리트는 노트를 덮으며 생각에 잠겼다.

'마라의 도움이 필요하실 정도라니. 상당히 급한 상황인가 보구나.'

아드리트가 주변을 둘러보며 마라를 불렀다. 주변에 있으면 금방 작은 짐승이 어디선가 모습을 드러냈을 텐데 조용했다. 그렇다면 아마 지하 동굴에 어르신들과 함께 있을 것이다.

나가려고 문을 열고서 그는 흠칫했다. 생각지 못한 사람이 집 앞에 서 있었다.

플로라는 아드리트의 집 앞에 조금 전에 도착해서 문을 두드릴까, 나올 때까지 기다릴까 망설이고 있었다. 갑자기 문이 열리고 아드리트가 나오자 놀라서 고개를 들었다. 두 사람은 말없이 서로를 보며 잠시 서 있었다.

"무슨 일이십니까?"

플로라는 자신보다 어린 청년이 이곳 사람들을 이끄는 수장이라는 사실이 여전히 믿기지 않았다. 의심한다기 본다는 이해가 안 된다고나 할까. 그런데 확실히 보통 사람 같지는 않았다. 저 나이대에 저런 어른의 눈빛과 표정을 가진 사람은 본 적이 없었다.

"그…… 주술을 지키고 있다는 분들 말이야. 만나 보고 싶어."

"그분들을 뵈어도 제가 일전에 드린 말씀과 다른 말은 하지 않으실 겁니다. 전 거짓말한 적이 없습니다."

"거짓말했다고 생각해서가 아니라……. 내 평생의 믿음이 무너졌어. 내가 당연하게 생각했던 것들이 다 틀렸다고 하잖아. 그러니까 난……."

플로라가 말을 하다가 멈추었다. 자신의 복잡한 마음을 뭐라고 설명해야 할지 모르겠다. 그녀는 아직도 혼란스러웠다. '설마 아닐 거야.'라고 고개를 저었다가 '어떻게 그럴 수가'라고 분노했다. 세상 전부가 공모하여 자신을 속이는 것만 같았다.

"알겠습니다. 그런데 제가 일방적으로 결정할 수 있는 일이 아니라 어르신들 의향은 어떠신지 여쭈어야 합니다. 아니카 님을 만나 보겠다고 하시면 안내해 드리겠습니다."

플로라는 얼떨떨한 표정으로 고개를 끄덕였다. 거절당하면 몇 번이고 찾아와서 귀찮게 하겠다고 마음먹었던 터라 순순한 허락이 뜻밖이었다. 아드리트가 꾸벅 고개를 숙이자 플로라도 얼결에 묵례했다. 그녀는 자신을 지나쳐 멀어지는 그의 뒷모습을 바라보았다.

플로라의 눈동자가 흔들렸다. 사실 그녀는 믿음의 저울이 한쪽으로 기울어지는 것을 느끼고 있었다. 아드리트와 긴 이야기를 나눈 이후로 꽤 자주 상제한테 속고 있었을지도 모른다는 생각이 들었다. 그래서 더 비참했다. 신의 뜻으로 너를 벌하러 왔다고 했을 때 진은 무슨 생각을 했을까. 그녀는 두 손으로 얼굴을 감싸며 한숨을 내쉬었다. 정말 딱 죽고 싶을 만큼 수치스러웠다.

아드리트가 유진의 제안을 전달한 후 마라는 생각해 본다는 말로 아드리트를 내보냈다. 마라는 어두운 동굴 여기저기에 앉아 있거나, 누워 있거나, 편할 때로 널브러져 있는 노인들을 흘끔 보았다. 아드리트가 하는 말을 함께 들었으면서도 모르는 척 의뭉스럽게 구는 저들이 얄미웠다.

─이봐.

한참 있다가 누군가가 대답했다.
"불러 놓고 말을 안 하누."

─내 봉인을 풀면 여기 주술이 깨지나?

"새삼스레."

─인간은 백 년도 못 살면서 학문이든 기술이든 최고 경지에 이르기도 한다던데. 너희는 백 년이 뭐야. 그렇게 오래 주술 붙들고 있었으면 슬슬 통달할 때도 되지 않았어?

누워 있던 노인이 발끈하면서 몸을 일으켰다.
"이놈이. 우리보고 지금 멍청하다고 하는 거냐?"

─그 소리가 아니, 말은 좀 끝까지 들어! 그런 태도로 젊은 애들 대하면 돌아서서 욕해.

"허어. 저, 저놈이⋯⋯."

후손들한테 홀대받는다는 소리는 싫은지, 노인은 끙 소리만 내고 입을 다물었다.

—여기 주술이 깨지면 너희는 죽잖아.

"바로 죽지는 않지."

"음, 그래도 하루는 버티지 않을까?"

"하루씩이나?"

마치 남 이야기하듯 수군거리는 노인들을 보며 마라는 부아가 치밀었다.

—내 말은, 내가 잠시만 자리를 비우는 동안 주술을 유지할 방법은 모르냐는 거야.

"왜 그래야 하는데?"

"그런 방법은 모르거니와 알아도 안 한다. 애초에 우리 약속이 그랬으니까."

"암. 네가 기적을 숨기는 것을 우리는 도와주고 넌 우리 후손이 살아갈 은신처를 확보해 주고. 서로의 목적이 다하면 계약은 끝나는 거지."

—거참 이상한 인간들이네! 저 바깥 놈들은 남들보다 하루라도 더 살고 싶어서 별짓을 다 해. 영생을 준다고 하면 제 영혼은 물론이고 아내 자식도 다 팔아먹을걸.

지금까지 아무 말 없이 잠자코 있던 노부인이 껄껄 웃음을 터뜨렸다. 그녀는 이들 중에서 가장 연장자였다. 지금 와서 새삼 나이 몇 살 아래위가 무슨 의미가 있겠는가마는 그녀는 이 무리의 실질적인 장이었다.

어두운 지하에서 기약 없는 시간을 보내며 고충이 많았다. 후손이고 뭐고 당장 내가 편해지고 싶다는 생각을 누군들 하지 않았겠는가. 그녀는 노인들을 때로는 다독이고 때로는 질책하면서 지금까지 버텨 왔다.

"이놈아. 너는 아직 철이 들려면 멀었구나. 만남이 있으면 이별이 있고 시작이 있으면 끝이 있는 법. 그것이 세상의 이치란다."

잠시 말이 없던 마라가 날카롭게 쏘아붙였다.

— 이 세상의 이치 따위 나랑 상관없지. 난 이 세상과 아무 관계가 없으니까.

토라진 아이처럼 마라의 모습이 순간 사라졌다.

"저, 저 버릇없는 놈."

누군가 혀를 끌끌 찼지만, 노여워하는 기색은 없었다. 그리고 누군가 중얼거렸다.

"미운 정도 정이라고."

늘 쉴 새 없이 잡담이 흘러나오던 지하 동굴이 조용해졌다. 그 침묵이 꽤 오래갔다.

생쥐의 몸으로 들어간 마라가 아드리트의 집으로 갔다. 때마침 아드리트는 저녁을 먹고 있었다. 생쥐가 테이블 위로 올라오자 막 수프를 떠먹던 아드리트가 인상을 찌푸렸다.

―안 가.

"뭐?"
아드리트는 얼른 음식물을 넘기고 숟가락을 내려놓았다.

―너무 멀다. 그리고 왕은 믿을 수 없어. 내 뒤통수치지 않는다고 누가 보장해?

"그건 왕비님께서 약속하셨어."

―아, 못 믿어. 그리고 그놈 잡는 건 왕이 알아서 하겠다고 하지 않았나? 인제 와서 나보고 뭘 하래. 내가 가는 건 못 하니까 다른 걸 도와주겠다고 전해.

"다른 거 뭐?"

―내가 어떻게 알아. 왕국의 그 아니카가 필요한 게 있으면 말하겠지. 아무튼, 난 안 가.

생쥐의 눈에서 붉은 기운이 사라졌다. 아드리트는 언짢은 표정으로 생쥐를 손등으로 쳐 냈다. 바닥에 나동그라진 생쥐는 잠시 어리둥절해하더니 곧바로 구석으로 사라졌다.
"무슨 변덕이야, 도대체. 성도 괴물을 없애는 게 일생의 목표인 것처럼 굴더니만."
당연히 마라가 이 계획에 얼씨구나 나설 줄 알았다. 잔뜩 생색을 내며 왕비님께 무리한 요구를 할까 봐 걱정했던 터라 아드리트는 대체 마라가 무슨 생각인지 이해할 수 없었다.

*　　*　　*

해 질 녘, 약속한 시각이 다 되어 가자 왕들이 성문 앞 회의실 천막에 하나둘 모였다. 어제 실패한 라크 잡기를 다시 시도하기 위해서였다. 마지막으로 암왕이 들어오면서 여섯의 왕이 모두 모이자 라이너가 당장 달려갈 것처럼 몸을 들썩이며 말했다.

"다 왔으니 얼른 갑시다."

소풍 나가는 아이처럼 들떠있는 라이너를 카세르가 못마땅한 눈으로 보았다. 그리고 모두의 의견을 구하듯 다른 왕들을 둘러보면서 말했다.

"오늘은 염왕이 여기 남고 명왕께서 함께 가시지요."

그러자 곧바로 라이너가 거세게 반발했다.

"왜 나보고 남으라는 거냐!"

카세르가 미간을 찌푸리며 말했다.

"몰라서 묻나? 어제 실패가 대체 누구 때문인지 몰라?"

라이너가 멋쩍어하며 헛기침했다.

"내가 몇 번 실수는 했지만……."

아주 잠시 풀이 죽었던 그의 표정은 곧 다시 당당해졌다.

"어쩔 수 없었다. 라크는 보이자마자 때려잡는 게 내 오랜 방식이다 보니."

카세르를 비롯한 세 명의 왕이 힐난의 눈빛으로 라이너를 바라보았다. 그러나 라이너는 그들의 비난이 부당하다는 표정으로 항변했다.

"라크는 나만 잡았나? 사왕, 편왕, 암왕. 다들 사로잡자는 라크를 사냥해 놓고서 나 혼자 한 잘못인 것처럼 왜들 이러시오?"

세 명의 왕을 손가락으로 일일이 가리키며 말하는 모습이 마치 삿대질하는 것 같았다. 세 명의 왕은 라이너의 무례한 행동에도 화내지 않았다. 이미 세 왕은 염왕 라이너가 무척 상식에서 벗어난 자라는 사실을 최근 충분히 체감했다.

그리고 왕들이 아예 대놓고 라이너를 비난하지 못하는 이유는 라이너의 말대로 그들도 실수했기 때문이다.

리차드의 우려가 들어맞았다. 왕들은 라크를 사냥만 해 봤지 사로잡으려 한 적이 없었다. 더구나 활동기에 왕이 라크를 사냥할 때는 속도가 가장 중요했다. 라크를 빨리 사냥할수록 백성들이 다치지 않는다. 즉, 라크를 보자마자 핵을 파괴하는 게 몸에 뱄다.

어제 첫 씨앗을 깨자마자 나타난 라크는 순식간에 소멸당했다. 라이너의 사냥으로.

「앗, 이런. 나도 모르게 손이.」

그때만 해도 다들 이해했다. 그런데 두 번째, 세 번째 나타난 라크까지 라이너가 사냥해 버리자 카세르가 라이너한테 말했다.

「염왕. 지금 서 있는 곳에서 열 보 밖으로 물러나. 이번에도 사냥하면 묶어 버리겠다.」

그리고 네 번째 깬 씨앗에서 나타난 라크는 편왕한테 사냥당했다. 라크가 달려들자 아킬이 자신도 모르게 라크의 핵을 파괴해 버린 것이다.

몸이 본능대로 움직이는 그런 실수는 카세르도 피하지 못했다. 암왕 페레드도 마찬가지였다. 그런데 최대한 자신을 억제하려고 애쓰는 세 명의 왕과 다르게 라이너는 단번에 라크를 사냥해 버리곤 했다.

세 명의 왕이 생각하기에는 라이너만 아니었어도 충분히 성공할 뻔한 순간이 몇 번 있었다.

"난 여기 절대 못 남아. 라크를 잡으러 가는데 내가 빠지다니, 그럴 수는 없지."

카세르는 라이너의 얼굴에 주먹을 날리는 상상을 했다. 진심으로 사람을 때리고 싶다고 생각한 것은 처음이었다.

"염왕이 굳이 가겠다면."

과묵한 페레드가 입을 열자 모두 집중했다.

"내가 남겠습니다. 난 염왕과는 이 작전을 함께 못 하겠습니다."

"서로 주먹질한 정이 있지, 참 너무하시오."

라이너는 마치 배신당한 사람처럼 표정을 구겼다. 그리고 명왕에게 말했다.

"그럼 암왕께서 여기 남고 우리끼리 가면 되겠소."

니콜라스가 떨떠름한 표정으로 어색한 미소를 지었다.

카세르는 평생 앓은 적 없는 편두통이 어떤 증상인지 알 것 같은 기분이 들었다. 갑자기 유진이 보고 싶었다. 그녀의 필체라도 보자는 생각으로 허리춤 주머니에서 주술 노트를 꺼내 펼쳤다. 노트에서 못 보던 문장을 발견한 그의 표정이 변했다.

"라크를 잡는 건 일단 미루어야겠습니다."

카세르가 노트를 다시 주머니 속에 소중히 챙기며 말했다.

"저 주술에 관한 중요한 정보가 들어왔습니다."

노트에는 유진이 엘버한테 들은 성도의 주술 방어벽에 관한 정보와 아드리트를 통해 마라에게 도움을 요청했다는 내용까지 올라와 있었다.

공교롭게도 저 주술의 벽 안으로 라크가 들어갈 수 있는지 궁금해하던 왕들의 호기심과 연결되는 정보였다.

분명히 상제는 성벽 주변에 사람을 심어 두고 왕들이 무엇을 하는지 관찰하고 있을 것이다. 왕들이 라크를 잡아 와서 성벽 근처에 접근하면 틀림없이 상제도 전해 듣게 될 것이다. 성도를 완벽한 요새라고 믿는 상제에게 지금 괜한 정보를 줄 필요는 없었다.

＊　　　＊　　　＊

—마라가 성도로 가지 않겠다면 남은 방법은 하나뿐이야. 라크를 조종하는 주술, 그게 필요해.

—하지만 그 주술을 쓰려면……. 위험합니다, 왕비님. 지금 홀몸도 아니시지 않습니까.

아드리트는 당연히 유진이 주술사로 나서겠다는 의미로 알아듣고 우려의 뜻을 적었다.

—나는 그 주술을 쓸 수 없어. 자격이 안 돼. 왕의 프라즈가 그 주술을 방해한대.

그렇다면 플로라? 아드리트는 떠오르는 의문을 곧바로 노트에 적지 못했다. 이런 막대한 일을 맡기기에 그 아니카는…….

그는 머릿속으로 플로라를 떠올렸다. 처음 이곳에 왔을 때 보였던 적대감은 누그러졌으나 그녀를 두고 믿어도 되는 사람이냐고 누가 묻는다면 그는 단호히 고개를 저을 것이다.

그의 생각을 읽은 것처럼 노트에 글씨가 떠올랐다.

　　—플로라를 성도로 보내는 걸 네가 선뜻 찬성할 수는 없겠지. 일
족의 은신처가 그 괴물에게 발각될지도 모르니까. 내가 플로라를 만
나서 이야기를 해 봐야 할 것 같은데…… 어쩌면 내가 거기로 가야
할지도 모르겠다. 아직 아무것도 결정된 건 없어. 나도 더 생각을 해
봐야겠어. 우선 그 주술에 관해 일족 어르신들께 여쭈어서 실현 가능
한 계획인지 알아봐 주겠니?
　　—예, 왕비님.

아드리트는 심각한 표정으로 노트를 덮었다.
'왕비님께서 여기로 오실지도 모른다고?'
그는 플로라가 성도에 간 후의 불확실성보다 유진이 이 은신처로 오
는 상황이 훨씬 심각하게 다가왔다.
'이 누추한 곳에는 그분이 거처하실 데가 없는데.'
더구나 그가 기억하기로 유진의 산달이 그리 멀지 않았다. 암실 창고
의 이동 주술을 이용해 이곳으로 온다고 쳐도 돌아가는 길은 산달이 가
까운 임부의 몸으로는 감당할 수 없을 것이다. 그렇다면 이 은신처에서
몸을 풀어야 할 텐데…….
아직 벌어지지 않은 일을 상상만 하는 것만으로 아드리트의 표정이
퍼렇게 질렸다. 제대로 된 의사도 약도 없는 이곳에서 왕비님께서 출산
하시다가 자칫 잘못되기라도 하면?
'절대 안 돼.'
그는 벌떡 일어났다. 갚을 엄두도 나지 않는 은혜를 입은 은인께 그런
끔찍한 일이 벌어지도록 두고 볼 수 없었다.

'마라 그놈의 멱살을 내가 끌고서라도!'

다급히 집 밖으로 뛰쳐나온 그는 서둘러 지하 동굴로 가던 길에 멈추어 섰다. 걷다 보니 머릿속이 조금 식었다. 아무리 생각해도 그 제멋대로이고 변덕스러운 마라를 다루는 일은 자신의 능력 범위 밖이었다. 동굴의 어르신들도 못 하는 일 아닌가.

그는 방향을 바꾸어 플로라가 머무는 집으로 갔다. 문을 두드리니까 금방 플로라가 문을 열었다.

"일전에 일족의 어르신들을 뵙고 싶다고 하셨지요. 그분들께서 허락하셨습니다. 지금 가는 길인데 함께 가시겠습니까?"

플로라가 만나고 싶어 한다는 말을 전했더니 어르신들이 승낙하기는 했다. 그러나 아드리트는 좀 더 시간을 두고 신중히 날을 잡으려 했다. 그런데 느긋하게 굴 때가 아니었다. 서둘러서 플로라의 솔직한 속마음을 알아봐야겠다는 생각이 들었다.

플로라는 고개를 끄덕이며 곧바로 아드리트를 따라나섰다. 그녀는 드문드문 보이던 마을의 집이 아예 보이지 않자 두려움에 주변을 두리번거렸다. 이 낯선 곳에 끌려온 첫날 느꼈던 불안이 되살아났다. 자신에게 해코지하려는 건 아닐까, 별생각이 다 들었다.

두 사람은 막다른 길에 이르렀다. 사방을 둘러봐도 길은 없고 높은 돌탑뿐이었다. 플로라는 자신을 이상한 곳으로 데려오더니 아무 말도 없이 돌탑만 만지작거리는 아드리트를 경계심 어린 눈으로 보며 뒷걸음질 쳤다.

벽이라고 생각했던 바위가 슬슬 움직이기 시작했다. 무르를 따라 이곳에 처음 온 그날의 아드리트와 비슷한 표정으로 플로라가 입을 떡 벌렸다.

"저 아래입니다. 어두우니까 조심해서 따라오세요."

그 말만 하고서 아드리트는 열린 바위벽 너머 시커먼 그림자 속으로 들어갔다. 따라오든지 말든지 상관 않겠다는 듯 성큼 가 버리는 그의 뒷모습을 보니까 플로라는 왠지 오기가 났다. 그녀는 숨을 크게 들이켠 후 어둠 속으로 걸음을 옮겼다.

어두운 계단을 내려간 끝에서 바닥에서 뿜어져 나오는 술식의 빛을 발견했을 때 플로라의 눈빛이 흔들렸다. 그녀가 아드리트의 말을 믿을 수밖에 없었던 가장 큰 이유가 바로 이 신술 때문이었다. 신술이 신성한 신의 언어라면 사교의 주구들이 자유자재로 쓴다는 게 전혀 앞뒤가 맞지 않았다.

그리고 방랑족의 은신처에서 지내는 시간이 길어질수록 그녀는 상제의 능력에 의구심을 품게 되었다. 그녀가 아무리 기도하고 불러도 상제는 대답해 주지 않았다. 그녀를 구하러 오지도 않았다.

두 사람이 이동 술식의 위로 올라간 후 곧바로 그들의 모습이 사라졌다. 그리고 그들은 최종 목적지에 도착했다. 플로라는 눈앞에 보이는 광경을 보고 흠칫 놀랐다.

'크다.'

빛을 뿜어내는 술식의 선은 한눈에 다 담기도 어려울 만큼 규모가 컸다. 어두워서 동굴의 끝이 어디인지 잘 보이지 않으나 굉장히 넓다고 짐작할 수 있었다.

그녀는 신술의 크기에 비례하여 담겨 있는 신의 뜻이 심오하다고 배웠다. 성소에서는 이 정도로 거대한 신술은 본 적도 없었다.

'이런 신술을 도대체 얼마나 굉장한 것일까.'

플로라의 눈동자에 담긴 놀라움은 황홀함으로 변했다. 그녀는 신술을 배우는 동안 신술 그 자체에 매료되었다. 배운 대로 하면 기적이 일어나는 현상을 보면서 자신의 손으로 뭔가를 이루는 쾌감을 느꼈다.

"왔느냐."

"예, 어르신."

넋을 놓고 있던 플로라는 낯선 노인의 목소리가 아드리트와 말을 주고받는 것을 듣고 흠칫 놀랐다. 그리고 뒤늦게 여기저기 보이는 사람의 인영을 발견했다. 동굴은 어두우나 술식의 빛 덕분에 어느 정도는 주변이 보였다.

ー뭐야. 말도 없이 데려왔어.

플로라는 머릿속에서 울리는 익숙한 소리를 듣고 반사적으로 미간을 찡그렸다. 그녀는 작은 쥐, 혹은 도마뱀 같은 생물을 찾으며 두리번거렸다.

한쪽에 몸을 수그려 앉아 있던 인영이 일어나더니 플로라에게 불쑥 다가왔다. 그녀는 금발의 청년 모습을 보고 그대로 얼어붙었다. 경악한 표정으로 입 모양만 뻐끔거리다가 주저앉고 말았다.

그럴 리가 없는데도 그녀는 도저히 믿기지 않아서 중얼거렸다.

"……성하?"

마라가 플로라를 내려다보며 비죽 웃었다.

ー그러고 보니 이 모습을 처음 보던가?

상제가 아니다. 저런 짓궂은 표정은 플로라가 기억하는 상제와 전혀 어울리지 않았다. 섬뜩한 붉은 눈도…… 갑자기 플로라는 차가운 물을 뒤집어쓴 것처럼 정신이 확 들었다.

'눈…… 본 적이 없어.'

상제는 항상 눈을 감고 있었으니까. 설마 상제의 눈꺼풀 안쪽에 저런 붉은 눈동자가 숨겨져 있었던 걸까. 신의 휘광에 눈이 멀었다는 말은 다 거짓이었던가.

"이 고약한 놈아! 귀한 아가씨한테 무슨 막돼먹은 행동이냐!"

누군가가 소리치자 마라는 흥, 코웃음 치며 돌아섰다.

"자, 잠깐만."

플로라가 마라를 불러 세웠다. 그녀는 자신을 돌아보는 마라를 유심히 보았다. 어두워서 얼핏 볼 때는 몰랐는데 마라의 모습 뒤로 흐릿하게 뒤가 비추어져 보였다. 마치 유령처럼.

"넌…… 허상인 건가?"

마라가 픽 웃더니 갑자기 모습이 선명해졌다. 이번에는 의심조차 가지 않는 사람 같았다. 다시 흐릿한 상태로 돌아간 마라가 말했다.

─이 상태는 생명력이 너무 소모되거든. 성도의 그놈은 항상 이 모습이지?

플로라가 뻣뻣하게 굳은 고개를 힘겹게 끄덕였다.

─그놈은 같잖은 신의 대리인 노릇 하느라 생명력을 엄청나게 쓸걸.

멍하니 마라를 보던 플로라가 갑자기 벌떡 일어났다. 그리고 마라를 향해 달려갔다. 그녀의 몸은 그대로 마라를 통과해서 지나갔다.

"역시 허상이잖아!"

─당연히 허상이지. 가짜 모습인데. 성도의 그놈도 똑같아.

"아니야. 그분은…… 서신을 쥐고 펜도 들었고……. 내가 여러 번 봤단 말이야."

—나도 할 수 있어. 생명력을 써야 하고 집중해야 하니까 성가셔서 그렇지. 그놈이 방심하고 있을 때 만져 봐. 그냥 손이 통과할걸.

플로라는 망연자실한 표정으로 자신의 두 손을 내려다보았다. 상제를 만져 본 적은 없다. 상제를 만나러 가서는 항상 몇 걸음 간격을 두고 서 있었다. 사제나 기사도 마찬가지였다. 상제의 주변 일정 거리 안에는 누구도 다가가지 않았다. 신의 대리인을 공경하는 마음이라고 당연하게 생각했다.

—더 재밌는 사실 알려 줄까? 그놈이 그 소모하는 생명력을 어떻게 보충하는지 알아?

"마라!"
아드리트가 부르는 소리를 무시하며 마라가 말했다.

—아니카를 잡아먹어. 너 같이 그놈을 신처럼 떠받드는 아니카.

"이놈아. 쯧쯧, 저 말본새하고는."
"표현이 그게 뭐냐. 잡아먹는다니."

—뭘. 내가 틀린 말 했나?

플로라의 눈동자가 크게 흔들렸다. 그 순간 성도궁에서 다른 사제 아니카와 잠깐 마주쳤던 장면이 그녀의 머릿속에 스쳐 지나갔다. 플로라가 첫 아니카 모임을 나가기 전에 이미 사제가 된 아니카인지, 전에 본 적 없는 얼굴이었다.

인사를 건네려 했으나 그 아니카는 플로라와 시선조차 마주치려 하지 않고 곁에 있던 사제들과 서둘러 멀어졌다. 플로라가 부르려고 하니까 주변에 있던 사제들이 만류했다.

「저 아니카 사제님은 침묵 수행 중이십니다.」
「그런 수행을 해야 하나요? 성하께 들은 적이 없는데요.」
「강제는 아닙니다. 하지만 수행 중인 분을 방해해서는 안 되겠지요.」

그 후, 다른 아니카 사제들과 대화는커녕 마주친 적이 없었다. 사제 아니카가 몇 명이나 되는지도 듣지 못했다. 플로라는 성도궁 안에서 아니카 사제들끼리 돈독할 줄 알았던 터라 의아하게 생각했다.

하지만 성소로 들어가서 신술을 배우는 데에 푹 빠져서 곧 잊어버렸다. 성소에 아니카 사제는 플로라뿐이었고 자신만 특별한 선택을 받았다는 사실에 우쭐했다.

생각해 보면 사제가 되기 전, 성도궁에 들어간 아니카 소식을 들은 적이 없었다. 마치 세상에서 그 존재가 지워진 것처럼 누구도 그들에 관해 모른다. 단 한 번도 그 사실에 의문을 품어 본 적이 없었다.

'정말로…… 라크란 말인가? 다들 떠받드는 상제가…… 고작 괴물 따위에게 모두가……?'

공포인가, 절망인가. 명확히 정의할 수 없는 감정이 그녀를 집어삼켰다. 마치 끈적한 늪 깊이 빠져드는 것 같았다. 반쯤 정신이 나간 사람처럼 멍하게 허공을 응시하는 그녀를 보며 아드리트는 혀를 찼다.

'마라 저놈, 정말 도움이 안 되네.'

아드리트는 플로라가 어르신과 대화하는 동안 그녀를 관찰할 계획이었다. 어르신들은 여럿이고 그녀는 혼자이니 아무리 단단히 마음을 먹어도 빈틈을 드러내는 순간이 있을 것이다.

그녀가 어르신들의 이야기를 진심으로 믿는지, 상제에게 알려 줄 정보를 수집하려는 속셈으로 믿는 척만 하는지, 파악할 기회라고 생각했다. 그런데 마라 때문에 다 틀렸다. 아무래도 또다시 그녀는 한동안 혼자 집 안에 틀어박혀 있을 것 같았다.

'왕비님께서 심란해하실 텐데.'

아드리트는 자신이 잘못한 것처럼 죄스러운 마음이 들었다. 그리고 유진이 부탁한 다른 일만큼은 확실히 해결하기 위해 노인들 곁으로 다가갔다.

"어르신. 라크를 조종하는 주술에 관해 여쭐 것이 있습니다."

"그래? 게 앉아라. 이봐들. 이쪽으로 와 봐. 아이가 궁금한 게 있다고 하네."

여기저기 앉아 있거나 누워 있던 노인들이 몸을 일으켜 아드리트의 주변으로 모였다. 그들 틈에 전혀 어울리지 않는 금발의 청년도 끼어들었다. 아드리트는 마라에게 '넌 빠져.'라고 말하고 싶은 마음을 꾹 참고 노인들에게 유진의 질문을 대신 전했다.

풍채가 좋은 노인이 말했다.

"얼마 전에 네가 우리에게 물어봤던 주술이 그거였군. 그 무엇도 들어가지 못하는 방어벽 주술이라니. 참 신기해. 주술은 배워도, 배워도 끝이 없구나."

이 노인은 아드리트가 주술에 관해 물으면 거의 대답을 도맡았다. 이

들 중에서 노인의 식견이 가장 뛰어났다. 주술은 배우는 사람의 이해력에 따라 같은 내용을 접했을 때 받아들이는 수준의 차이가 났다. 그래서 지하 동굴의 노인들 주술 실력은 편차가 있었다.

"오직 라크만이 그 방어벽을 통과할 수 있고 우리에게는 라크를 조종하는 주술이 있으니 계획한 듯이 들어맞는 것도 놀랍다. 마치 보이지 않는 힘이 이끄는 것만 같구나."

"예, 어르신. 저도 그렇게 생각합니다."

"그런데 아이야. 네가 말한 계획이 성공하려면 이 주술이 가진 두 가지 문제점을 해결해야 한다."

＊   ＊   ＊

─마라가 나서지 않겠다고 해요. 그럼 기댈 곳이 플로라밖에 없는데 어떻게 해야 할지 모르겠어요.

유진은 '내가 방랑족의 은신처로 가서 플로라를 만나는 건 어떨까요.'라고 차마 쓰지는 못했다. 그걸 적었다가는 카세르가 다 내팽개치고 당장 왕국으로 돌아올 것 같았다. 그가 절대 무책임한 사람이 아니라고 생각하는데도 그의 행동이 예측되니까 기분이 이상했다. 그만큼 그가 모든 일의 우선순위에 자신을 둔다는 믿음이 오히려 마음을 무겁게 했다.

─라크 조종 주술에 관해서는 더 알아보는 중이에요. 아드리트를 통해 듣는 대로 알려 줄게요.

유진은 노트를 덮으며 한숨을 내쉬었다.

'성도가 봉쇄된 이 상태가 어쩌면 오래갈지도 모르겠어.'

건기가 벌써 반 이상 지나갔다. 이번 건기 안으로 괴물을 처단하고 성도의 혼란을 가능한 한 수습하겠다는 왕들의 계획은 실패할 것인가.

마라와 플로라가 돕지 않는 최악의 경우에는 그 라크 조종 주술을 쓸 사람은 유진뿐이었다. 그런데 지금 그녀는 먼 거리를 이동할 수 없는 몸이었다. 아이를 낳고 거동이 가능할 정도로 몸이 회복된 후라면 모를까. 그 시기는 아무리 짧게 잡아도 최소한 반년 이후다.

유진은 성도에 남은 가족들이 걱정되었다. 하지만 당장 무슨 일이 있을 거라는 생각은 하지 않았다. 아르스 가문의 배경이 당분간은 가족들을 든든히 지킬 테니까.

문제는 방어벽 주술 유지를 위해 제물로 희생될 힘없는 성도민들이었다. 성도 봉쇄가 길어질수록 많은 사람이 죽을 것이다.

그녀는 복잡한 마음을 가라앉힐 겸 펜을 들었다. 종이를 펼치고 쭉 선을 그은 후 선 중간쯤에 '성도'라고 적었다. 그리고 성도를 덮은 반원형을 그렸다.

'이 주술은 보이지 않는 막이라고 했으니까…….'

유진은 성도를 덮은 돔형의 투명한 벽을 상상했다. 그 벽은 말랑말랑해서 주변의 공격을 튕겨 낼 것이다.

'조만간 분명히 상제는 요구 조건을 말할 거야. 나? 아니면 플로라? 혹은 둘 다 데려오라고 하겠지. 그래서 나와 플로라가 성도 앞까지 갔다고 치자.'

유진은 이상한 점을 발견했다.

'그렇다면…… 우리는 어떻게 성도로 들어가지?'

상제가 두 명의 아니카를 들이고자 방어벽 주술을 해제할 리가 없다. 그 틈에 왕이 들어가면 상황 끝이다.

'방어벽 주술은 그대로 둔 채 성도 안으로 들어가는 방법이 있다는 뜻이야.'

유진은 자신이 그린 그림을 뚫어지게 바라보았다. 엘버 생각이 나며 아쉬웠다.

'어르신이 내 꿈에 머문 시간이 더 길었다면 틀림없이 말씀해 주셨을 텐데.'

펜으로 성도 바깥에서 돔형의 방어막 안쪽으로 들어가는 화살표를 그리다가 그녀는 문득 깨달았다.

'아, 혹시……. 이동 주술로?'

*　　*　　*

"첫 번째 문제는 이 주술이 가진 한계다. 이 주술을 이용해서 라크를 조종하려는 목적은 성도의 방어벽을 넘기 위해서라고 했지."

"예, 어르신."

"이 주술은 조종술이라고 하지만, 사실 붙인 이름처럼 그렇게 정교하지 않단다. 라크에게 구체적인 명령을 내리는 게 아니라 주술사가 라크를 불러들이는 주술이지. 즉, 라크에게 어디로 가라, 라고 명령할 수가 없어. 내가 있는 곳으로 오라, 라고는 할 수 있지만."

곰곰이 생각하던 아드리트가 탄식했다.

"주술사가 성도의 방어벽 안으로 들어간 상태에서 라크를 불러야 한다는 거군요."

"그렇지."

"하지만 주술사는 방어벽을 넘을 수 없으니……."

"애초에 쓰려는 목적으로 이 주술을 쓸 수가 없다는 거다."

"······성도의 방어벽이 어떤 형태인가요?"

아드리트가 흠칫 놀라 고개를 돌렸다. 어느새 또렷하게 눈빛이 돌아온 플로라가 근처에 와 있었다. 노인은 플로라가 귀를 기울이고 있다는 사실을 아까부터 눈치챘다. 그는 허허롭게 웃으며 손짓했다.

"가까이 오시게."

플로라는 잠시 망설이다가 노인들 앞으로 다가갔다. 충격에 빠진 상태로 혼란스러워하던 그녀는 신술에 관한 대화 내용을 들었다. 그러자 절망감은 옅어지고 저절로 귀가 솔깃했다.

그녀는 최근 완전히 신술에 빠져 있었다. 새로운 배움이 즐거워서 밤에 잠들 때마다 자는 시간이 아까웠고 다음 날 아침에 눈을 뜨면 설레었다. 이런 기분이 삶의 기쁨이구나, 처음으로 느꼈다.

신실한 신앙심 때문에 사제가 된 것이 아니었다. 분노와 질투가 동기로 작용했다. 그리고 그녀는 상제를 의지하는 만큼 한편으로는 진을 편애하는 상제를 원망했다. 자신과 진, 둘 중 한 명만 선택해야 하는 상황이 온다면 상제는 아마 진을 선택할 거라고 생각했다. 그래서 진실을 알면서 받은 충격이 그녀의 정신을 황폐하게 할 정도는 아니었다.

"무엇이 궁금하시오?"

"라크를 조종한다는 신술은······."

"주술이라오."

"······."

"신술이라는 것은 없소. 이건 주술이요. 사람이 만든, 사람의 기술이지."

플로라가 느릿하게 고개를 끄덕였다.

"주술······."

"우리끼리만 아는 이야기는 듣느라 답답했겠소. 내가 배경 설명을 해주리다."

노인이 현재 성도를 둘러싼 방어막 주술과 그 주술의 특징과 약점, 그리고 라크 조종 주술을 이용하여 방어벽 주술을 파훼할 계획을 논의 중이라고 말했다. 라크 조종 주술의 주술사는 오직 아니카만이 가능하다는 사실까지 밝혔다. 아드리트는 어른 말씀에 끼어들지는 못하고 플로라의 표정을 살피며 안절부절못했다.

플로라는 차분한 태도로 말없이 들었다.

"주술사가 자신이 있는 곳으로 라크를 부르는 주술…… 이 문제만 해결하면 되는 건가요?"

노인이 고개를 저었다.

"가장 큰 문제가 남아 있소. 과연 주술사가 이 주술을 감당할 수 있는가."

"……부작용이 큰가요?"

"부작용이라고 할 수도 있겠군. 이 주술은 주술사의 어두운 감정을 극대화한다오. 가령 평소에 누군가가 눈에 거슬렸다고 합시다. 그 감정이 죽이고 싶다는 충동으로 변하는 거지. 인정하고 싶지 않은 자신의 밑바닥을 마주하게 된다고나 할까. 주술사가 자신의 욕망을 채우려는 목적으로 라크를 이용할 수 있다오. 그래서 이 주술은 위험하고 옛날에 금기의 술로 봉인되었소."

노인이 플로라와 눈을 마주치며 물었다.

"본인의 추악함을 직시할 용기가 있소?"

플로라의 눈동자가 흔들렸다.

노인이 한 말의 의미를 곰곰이 생각하던 플로라가 실소를 흘렸다.

'자신의 밑바닥? 그런 건 셀 수 없이 봤어.'

이 세상에 고작 수십여 명뿐인 아니카. 그런 아니카로 태어났는데도 플로라는 자신이 특별한 존재라는 우월감을 느낀 적이 없었다.

우러러보는 주변의 시선을 받거나 사람들이 경외하는 기사가 자신에게 깍듯하게 예의를 차리면 우쭐해졌다가도 그 기분은 오래가지 못했다.

성도궁의 별채에 가면 아니카들이 잔뜩 있었다. 나이대가 다양하고 사는 모습도 다양했다. 나이가 들면 병이 들고 돈과 명예가 있으면 남보다 편히 살았다. 아니카의 삶도 여느 사람들과 크게 다르지 않았다. 그 무리 속에서 플로라 역시 그냥 수십 명의 아니카 중 한 명에 불과했다.

더구나 태어날 때부터 사사건건 비교가 되는 진의 존재는 도저히 넘을 수 없는 벽이었다. 아니카 중에서 가장 강력한 라미타를 지녔어도 플로라는 자신의 능력을 마음껏 뽐내지 못했다. 진의 심기를 거슬릴까 봐 두려웠고 상제가 진을 편애하는 모습을 보면 '라미타가 별건가.' 하고 자조했다.

열등감으로 허우적대는 자신이, 진의 그림자에서 벗어나지 못하는 자신이, 속으로 진의 불행을 기도하는 자신이 너무 싫어서 항상 자괴감으로 괴로웠다.

더 볼 밑바닥 따위는 없다.

"말씀하신 내용이 모호해요. 자신의 밑바닥을 본다는 게 어떤 의미인가요? 그게 주술사에게 무슨 영향을 미치지요? 미친다거나, 죽게 되나요?"

"이 주술에 관한 고서 내용에 따르면 주술사의 정신이나 신체에 문제가 생기지는 않소. 하지만."

마치 반응을 살피듯 노인이 잠시 말을 멈추었다가 이어서 말했다.

"주술사는 모두 비참하게 죽었다고 기록되어 있소."

아드리트가 슬쩍 시선을 돌려 플로라의 표정을 살폈다.

"……이유도 기록에 있었나요?"

"주술사의 욕망은 악의에 가깝다오. 악은 악으로 돌아오는 법. 그 주술사에게 원한이 생긴 사람들한테 살해당한 게지."

"그렇다면 이번 경우는 예외가 되겠군요. 괴물을 말살하고자 하는 악의는 정의니까요."

노인은 빙긋 웃으며 말했다.

"쉽게 결정할 일이 아니라오. 천천히 더 생각해 보시구려, 아니카 아가씨. 그리고 궁금한 게 있으면 언제든 오시오. 여긴 모두 말동무를 그리워하는 늙은이들뿐이니. 우리는 환영한다오."

플로라는 말없이 노인을 바라보다가 고개를 끄덕였다. 자신을 '아니카 아가씨'라고 부르는데도 그 호칭 속에 특별 대우는 느껴지지 않았다. 손녀뻘 젊은이에게 그저 살아온 이야기를 풀어 놓는다는 느낌이 들었다. 그래서인지 처음 보는 노인들인데도 불편하지 않았다.

노인이 플로라와 함께 돌아서는 아드리트에게 말했다.

"이를 말이 있으니 이따 오너라."

"예, 어르신."

아드리트는 플로라를 집까지 데려다준 후 다시 동굴로 돌아왔다.

플로라와 대화를 나누었던 노인이 말했다.

"이 주술을 꼭 써야 하는 상황이냐. 다른 방법은 없니?"

플로라에게는 차마 말하지 못한 치명적인 문제라도 있는 것일까. 아드리트가 굳은 표정으로 조심스레 말했다.

"현재로서는 성도의 주술을 깨뜨릴 유일한 방법입니다."

─저 녀석에게 그런 말 해서 뭐해. 대답은 뻔한 것을. 저놈은 제 의견 없어. 왕국에 있는 아니카를 믿는 열성 신도거든.

이죽거리는 목소리가 들려왔다. 아드리트는 마라를 노려보며 말했다.

"마라가 저 아니카를 데려온 이유는 그 주술을 쓸 목적이라고 했습니다. 문제가 있는 주술이라면 어르신들께서는 왜 묵인하셨습니까?"

누군가가 불쑥 말했다.

"그래서 지금 따지는 거냐?"

"아닙니다. 숭고한 뜻으로 살아오신 어르신들께서 모순이 되는 말씀을 하실 리 없다고 생각했습니다."

"이놈이 이거. 저 나이의 말솜씨가 아니야."

"띄워 주는 척하며 돌려 치고 있잖아. 배 속에 능구렁이를 품고 있구먼."

노인들이 껄껄 웃으며 말을 주고받았다. 아드리트가 시선을 아래로 떨어뜨렸다.

"마라 저놈은 우리 도움 없이 그 주술을 못 써."

"저놈은 아무것도 모르거든. 그냥 그런 주술이 있다는 것만 알지."

"그럼…… 마라가 아니카를 데려와서 그 주술을 쓰겠다고 했으면 어르신들께서는 돕지 않았을 거라는 말씀인가요?"

"그렇지. 딴에는 그 주술을 이용할 창대한 꿈에 부풀어 있더라만 꿈꾸는 건 자유니까."

―사기꾼 늙은이들아! 너희는 신의가 없어!

마라가 버럭 소리쳤다. 그런데 아드리트는 마라가 진심으로 화내고 있지는 않다고 생각했다. 마치 어느 정도는 예상했다는 듯한 느낌? 그는 노인들과 마라를 함께 볼 때마다 그들의 관계가 명확하게 이해가 가지 않았다. 그런데 오늘따라 더 혼란스러웠다.

풍채가 좋은 노인이 아드리트에게 말했다.

"상황에 따라 다르다. 정말 어쩔 수 없다면 그 주술을 쓰도록 돕겠지."

"어쩔 수 없다는 말씀은……."

"너희들을 지키기 위한 유일한 수단일 때. 그 외에 무엇이 있겠느냐."

아드리트는 순간 뭉클한 감정이 밀려들어 코끝이 찡했다. 오직 후손들을 위하는 어르신들의 희생을 새삼 느꼈다.

"그런데 아이야. 이 주술은 정말 위험한단다. 우리가 아니라, 저 바깥의 사람들이 위험해. 아까 그 아니카도, 너도 사람의 어두운 감정이 얼마나 무서운지 잘 모르는 것 같더구나. 저 아니카의 마음속에 어떤 어둠이 있는지, 그 어둠이 어떤 식으로 변화할지는 본인도 모를 거다. 그러니 네가 그 점을 왕국에 있는 아니카와 저 아니카에게 충분히 설명해 주렴. 그래도 그들이 그 주술을 쓰겠다고 하고 너도 찬성한다면 우리도 너의 뜻에 따르겠다."

"……예, 어르신."

＊　　＊　　＊

"성하. 신술의 힘이 약해지고 있습니다. 새 기도를 올릴 준비를 하겠습니다."

— 그리하세요.

방어벽 주술을 지키고 있는 성소의 사제가 물러간 후 상제는 미간을 찡그렸다.

'벌써?'

사제는 방어벽 주술이 약해지고 있다고 보고하러 왔다. 비유하자면 장작이 다 타들어 가서 모닥불이 곧 꺼질 거라는 뜻이었다. 방어벽 주술을 유지하려면 지속해서 사람의 생명력을 매개로 공급해야 한다는 사실은 이미 알고 있었다. 그런데 예상보다 생명력 소모가 컸다.

'성도가 넓으니 주술을 유지하는 재료가 많이 들어가는군. 성도궁을 중심으로 일부만 벽을 쳐야 했을까? 아니야, 그러면 인간 숫자가 부족하단 말이지.'

상제는 대충 계산해 보았다. 이대로라면 달마다 백 명 이상을 제물로 써야 한다. 죄수를 동원하거나 고아원 혹은 빈민가에서 사람을 끌고 오는 것도 곧 한계에 달할 것이다. 그들이 다 소진되면 새로운 희생자를 찾아야 할 텐데 무연고자나 바닥 계층이 아니라면 저항에 부딪히게 될 것이다.

'미리 장기전 대비를 해야겠어.'

상제는 애초에 긴 시간을 예상하며 성도를 봉쇄했다. 몇 개월 정도로는 왕들이 별 반응을 보이지 않을 거라고 생각했다. 신도를 내보내서 진과 플로라를 데려오라고 말한 것은 요구 조건을 전달하여 왕들의 분열을 꾀하려 했을 뿐이지, 당장 왕들이 그 요구에 따를 거라고 기대해서가 아니었다.

게다가 진은 왕의 아이를 가졌으니 사왕이 제 후계자를 포기할 리가 없었다. 최소한 진이 출산한 이후에나 진을 성도로 보내는 문제를 고민하기 시작할 것이다.

'혹은 플로라만이라도 보내서 협상하려 할 수도 있고.'

상제는 플로라가 하시 왕국에 잡혀 있을 거라고 생각했다.

'나야 급할 건 없지.'

상제가 입술 끝을 올렸다. 어느 정도 시간이 지나야 왕들이 다급해질까. 몇 년? 십 년이면 될까?

십 년이 인간에게는 긴 시간이지만, 상제에게는 그저 찰나일 뿐이었다.

'그들을 제물로 쓸까?'

상제는 주술사로 불리는, 고대 일족의 후손들을 떠올렸다. 그들은 성도에서 천대받는 계층이니 시끄러울 일은 없을 것이다.

'아니야. 엘버가 뭔가 눈치채면 골치 아파. 요 며칠은 조용한 거 보니 제 후손 목이 매달릴까 봐 어지간히 겁을 먹은 게지.'

그런데 또 조용하니까 그것도 신경 쓰였다.

'뭐 하는지 가서 봐야겠어.'

방심할 수 없는 엘버의 존재가 거슬러서 짜증이 났다.

'성도민보다는 왕국 백성들을 제물로 쓰는 게 낫겠지.'

상제는 피데스를 불러서 지시했다.

─피데스. 그대에게 중요한 임무를 내리겠습니다.

"하명하시옵소서, 성하."

─바깥의 적보다 내부의 적이 더 무서운 법입니다. 성도의 질서를 바로잡아야겠습니다. 성도에서 나고 자라지 않는 모든 이들의 명단과 그들의 거처를 확인하세요.

"분부대로 이행하겠습니다."

상제는 나가는 피데스를 흐뭇하게 보았다. 확실히 예전보다 순종하는 태도를 보였다. 하지만 상제가 자신을 등진 피데스의 눈빛을 보았다면 생각을 달리 했을 것이다. 기회를 잡은 자의 결연한 빛이 그의 눈동자에 감돌았다.

'성도궁에서 나갈 명분이 생겼다.'

피데스는 아니카 케이티를 통해 아르스 가문의 전언을 받았다. '나오라'는 암호 같은 단어뿐이었다. 그는 성도궁 밖으로 나오라는 뜻으로 이해했다.

그는 상제의 지시대로 병사들을 데리고 성도 곳곳을 다니며 왕국 출신으로서 현재 성도에 거주하는 자들을 조사했다. 상제의 의심을 사지 않기 위해 한눈팔지 않고 열심히 맡은 일에만 집중했다. 그래서일까. 해 질 무렵까지 아르스 가문의 연락책인 것 같은 사람은 전혀 만나지 못했다.

'내가 보지 못하고 놓친 건가, 아니면 내가 그 전언을 잘못 해석한 건가.'

"이제 곧 해가 질 테니 오늘은 여기까지 하자."

"예, 성기사님."

병사들을 해산시키고 피데스는 무심코 재킷 주머니에 손을 넣었다. 그의 눈빛이 잠깐 흔들렸다가 자연스럽게 손을 다시 뺐다. 그대로 성도궁으로 돌아가서 상제에게 보고를 마치고 자신의 처소로 돌아간 후에야 그는 비로소 주머니 속 종이를 꺼냈다.

'어느 틈에.'

아까 골목길 모퉁이를 돌아서자마자 달려오던 소년과 부딪친 기억이 문득 떠올랐다.

종이를 펼치자 몇 줄의 간략한 문장만 쓰여 있었다. 하지만 그 문장 속에 담긴 내용은 충격적이었다.

—과물이 가짜 껍데기를 쓰고 신을 사칭하여 모두를 농락하고 있
다. 처단을 위해 왕들이 모였다.

앞뒤 내용을 전혀 알 수 없는 이 문장을 읽는 순간, 피데스의 눈앞에
지하 기도실에서 봤던 장면이 떠올랐다. 벽 한쪽에 두드러진 거대한 비
늘. 갑자기 오한이 들었다. 그는 비명이 나올 것만 같아서 이를 악물었
다.

＊　　＊　　＊

유진은 아까부터 수없이 반복해서 읽은 주술 노트에서 겨우 눈을 뗐
다.
'어두운 마음이라고?'
방랑족 노인이 전하는 경고를 그녀만큼 온전히 이해하는 사람은 없을
것이다. 가짜가 라크를 조종하여 이 세상을 파괴하고 멸망으로 몰아가
던 미래를 읽었기 때문이다.
유진은 그 미래에서 가짜가 진짜 유진의 영혼을 불러내는 데 실패했고
어떤 계기로 마라와 만났으며 라크 조종의 주술을 썼다는 것까지는 대충
짐작했다. 그런데 왜 가짜가 악마의 현신으로 낙인찍힐 정도로 닥치는
대로 사람들의 터전과 사람을 공격했는지, 그 동기는 이해하지 못했다.
'증폭된 악의. 세상에 대한 증오.'
늘 진짜 아니카 진이 되기를 간절히 바랐으나 끝내 이루지 못한 절망과
분노가 주술의 발동을 계기로 극한의 악의로 폭발한 것이리라.
'모르겠어.'
가짜 진과 플로라는 전혀 다른 인물이다. 그러니 플로라가 그 주술을

썼을 때 결과를 예측할 수가 없다.

'플로라의 어둠……'

플로라의 마음에 비뚤어진 구석이 있다고 느낀 적은 있으나 이 세상에 그런 감정을 지니지 않은 사람이 과연 얼마나 될까?

유진은 모든 사람을 같은 기준으로 정의할 수 없다고 생각했다. 천성이 악한 사람이 존재한다고 믿는다. 그리고 그만큼 선하게 타고난 사람도 있을 것이다. 상황에 따라 선악 어느 쪽으로 변하는 사람도 있다.

유진이 보기에 플로라는 선도 악도 아니었다. 자기 자신에게 더 관대한 이기적인 인간일 뿐이다. 유진은 자신 역시 그런 보통의 인간이라고 생각했다.

가짜 진처럼 '이 사람은 악하다.'라고 플로라를 판단할 수 있다면 차라리 결정하기 쉬울 것이다. 없는 셈 치고 배제하면 그만이니까.

유진은 다시 노트로 시선을 내렸다. 아드리트는 방랑족 노인의 충고를 플로라에게도 전한 후 플로라의 반응을 알려 주겠다는 말로 마무리했다.

'그래. 플로라의 생각부터 들어 봐야지. 아직 플로라가 이번 일에 나설지, 아닐지도 모르는데 내가 하는 걱정이 무슨 상관이야.'

— 왕비님.

유진은 얼른 펜을 들어 썼다.

— 이야기해 봤니?

— 예. 주술사가 되겠다고 합니다. 그리고 왕비님과 직접 대화하겠다고 해서 지금 곁에 있습니다.

─플로라와 함께 있다고?

아드리트는 테이블 맞은편에 앉아 있는 플로라를 흘끔 보고는 답변을
적었다.

─예, 왕비님. 죄송합니다. 미리 왕비님께 말씀드린 후 왕비님 생
각은 어떠신지 여쭈었어야 했는데.

그는 무거운 한숨을 내쉬었다. 어르신의 경고를 전달하기 위해 플로
라 집의 문을 두드릴 때만 해도 그녀의 답변을 최소한 하루 이상은 기다
려야 할 줄 알았다. 그런데 플로라는 전혀 망설임 없이 주술사가 되겠다
고 했다.

> 「내가 결심만 하면 되는 일인가?」
> 「……의논해 봐야 합니다.」
> 「지하 동굴의 그분들과?」
> 「그분들이 아니라…….」
> 「그럼 누구? 진?」
> 「…….」
> 「진과 연락을 주고받는 수단이 있는 거지? 그래서 성도에서 무슨 일이
> 일어났는지 알고 있는 거잖아. 혹시 여긴 왕국 안 어딘가 아니야? 마라가
> 이 주변은 다 사막뿐이라면서 도망쳐 봤자 사막 한복판에서 죽을 거라고
> 했는데 다 거짓말이었던 거야?」
> 「아닙니다.」

아드리트는 플로라를 납치한 범인은 마라인데 애꿎은 왕비님이 의심을 받을까 봐 주술 노트의 존재를 밝혔다. 그러자 플로라는 코웃음 치며 말했다.

「날 납치한 것보다 더 최악이네. 내 꼴이 어떤지 들으며 즐거워했겠어.」
「납치는 마라가 혼자 한 짓입니다. 그리고 주술 노트는 나중에 제가 어르신들한테 배워서 왕비님께 알려드린 것이고요. 애초에 괴물의 말만 믿고 왕비님을 해하려 한 사람은 본인 아닙니까?」

아드리트는 말하면서 감정이 격해졌다. 점점 언성이 높아지다가 소리를 버럭 질러 놓고 아차 싶었다. 그런데 플로라는 노여운 기색 없이 잠시 조용하더니 말했다.

「진과 이야기하고 싶어. 당장. 내 협조가 필요한 거잖아. 내가 무리한 요구를 한다고는 생각하지 않아.」

도저히 거절할 수가 없었다. 아드리트는 플로라를 자신의 집으로 데려와 주술 노트를 펼치고 유진을 불렀다. 그는 주변머리 없는 자신의 어설픈 대처가 한심했다.

—괜찮아. 오히려 잘 됐어.

유진은 갑자기 플로라와 마주하게 되는 순간이 오자 당황했다. 하지만 방랑족의 은신처로 갈 생각까지 했던 터에 플로라가 스스로 대화하자고 나섰으니 마다할 이유가 없었다.

—아드리트. 네가 수고해 줘야겠다. 노트는 등록자만 사용할 수 있으니까 네가 듣고 그대로 적어 줘. 부탁해.

—예, 왕비님.

유진은 펜을 든 채 망설였다. 어떤 식으로 말문을 열어야 할지 적당한 표현이 떠오르지 않았다. 인사말을 건네는 건 웃기는 것 같고.

그런데 문장이 떠올랐다.

—내가 주술사가 되어도 해결해야 하는 문제가 남아 있어. 이 주술의 한계는 들어서 알고 있지?

본론부터 들어가니까 차라리 편했다. 유진은 픽 웃으며 적었다.

—그 문제의 해결법은 내가 추측한 게 있어.

아드리트를 사이에 두고 주술 노트를 통한 두 사람의 대화가 시작되었다.

—그 방어벽의 형태는 보이지 않는 고무막 같은 거라고 생각하면 돼. 바깥에서 뚫고 들어갈 수는 없지만, 그 막을 물리적으로 건드리지 않는 방법으로 들어갈 수 있을 것 같아.

거기까지 적었을 때 바로 문장이 떠올랐다.

—이동 주술?

유진은 감탄했다. 플로라가 성소로 들어가서 주술을 배웠다더니 이해도가 높은 것 같았다.

—내 생각은 그래. 그 괴물은 목적이 뭐든 아니카가 필요해. 그러니 반드시 너와 나를 성도로 불러들이려 할 거야. 방어벽을 그대로 둔 채 안으로 사람을 들일 방법이 있는 거지.

노트에 떠오르는 문장을 보자마자 플로라는 흠칫했다. '아니카를 잡아먹는다'라는 마라의 말이 떠올랐다.

그녀는 진을 성도로 데려오라는 밀명을 내리며 위대한 신의 뜻이라는 말로 자신을 현혹한 상제를 생각하자 분노와 혐오를 느꼈다. 그 임무를 내심 기쁘게 받아들였던 자신의 비열함을 상기할수록 상제를 향한 증오의 감정이 덩치를 키웠다.

"그 괴물이…… 원하는 게 뭐라고 생각해? 자신의 세계로 돌아가는 것? 정말 그걸 바랄까?"

아드리트가 플로라가 하는 말을 노트에 적었다. 조금 늦게 유진의 답변이 떠올랐다.

—나도 모르겠어. 그런데 그 괴물이 바라는 걸 이루는 과정에 무고한 희생이 클 거라는 건 확실해.

—괴물을 처리한 이후는? 성도에 어마어마한 혼란이 밀어닥칠 거야. 대책은 있는 거야?

—솔직히 말해서 완벽한 설계도는 없어. 하지만 저대로 괴물이 성

도를 인질로 잡고 있도록 내버려 두면 시간이 지날수록 더 감당하지 못하게 될 거야. 나중 일은 나중에 생각할 수밖에. 성도민들을 나 몰라라 하지는 않겠다고 왕들도 약속했으니까, 어떻게든 되겠지. 이렇게 써 놓고 보니 참 대책 없는 낙관론자 같네. 적당한 비관론자가 오래 산다고 하.

쓰다가 길어진 잡설에 당황했는지 문장이 마무리 없이 끊겼다. 플로라는 자신도 모르게 피식 웃고 말았다. 기분이 이상했다. 진과 이런 대화를 나누다니. 결혼하여 성도를 떠나 있는 동안 진에게 무슨 일이 있었던 걸까. 어렴풋이 느꼈던 진의 변화를 이제는 분명히 알겠다. 한편으로는 계속 같은 자리에만 있는 자신과 비교되어 한없이 작아지는 기분이 들었다.

　　—내가 객실에 설치해 둔 이동 주술을 쓸 수만 있다면 성도로 들어갈 수 있어. 그런데 내가 술식을 잘못 그렸는지 작동하지 않았어.
　　—잘못 그린 건 아닐 거야. 마라가 그 술식을 건드렸다고 하더라고.
　　—난 성도 괴물보다 그놈이 더 싫어.

문장에서 분노가 느껴져 유진은 쓴웃음이 나왔다.

　　—그 주술을 방랑족 은신처에서 다시 설치할 수 있어? 재료가 필요하다면 이쪽에서 보낼게.
　　—안 돼. 성도에 있는 도착 술식과 같은 재료를 써서 그렸어. 그래서 다시 술식을 그리면 성도의 술식과 연동하지 않아. 그 주술은

조금 특별해. 한 번 작동한 후에는 저절로 소멸해. 그러니 그 객실에 있는 주술만 딱 한 번 쓸 수 있어. 만약 객실에 있는 술식을 지웠으면 방법이 없어.

'그럼 네가 왕국으로 와야겠구나.'라고 적으려다가 유진은 멈칫했다. 술식을 다시 그릴 수 없다는 말이 진짜인지, 플로라가 방랑족의 은신처에서 빠져나오기 위해 거짓말하는 것인지 알 수 없었다.

필담의 한계를 여실히 느꼈다. 표정을 보고 목소리를 들으면 판단하는 데에 도움이 될 것이다. 하지만 필체마저도 아드리트의 것이니 전혀 가늠할 수 없었다.

— 술식은 손대지 않았어. 마라가 건드렸다는 부분도 내버려 뒀으니까 그건 네가 고치면 돼.

유진은 망설이다가 그냥 터놓고 적었다.

— 정말 상제와 싸울 수 있겠어? 그놈 정체가 괴물이라는 말을 믿는 거야? 솔직히 난 네가 이렇게까지 빠르게 결심할 줄 몰랐어. 네 갈등이 훨씬 더 오래갈 거라고 생각했거든.

문장을 읽으며 플로라는 기분이 묘했다. 진의 직설적인 화법이 낯설었다. 그리고 아까부터 느꼈던 위화감의 정체를 깨달았다.

'진이…… 이런 필체였던가?'

기억을 더듬으며 유심히 보니까 차이점이 더 눈에 띄었다.

'신기하네. 필적은 잘 바뀌는 게 아닌데.'

널 믿어도 되겠냐는 말인데도 플로라는 기분 나쁘지 않았다. 자신이 같은 입장이라도 충분히 의혹이 들 것 같았다. 의심하면서도 이용할 속셈으로 믿는 척한다는 느낌이 없어서 오히려 신뢰가 갔다.

'신뢰……? 내가 진을?'

낯선 곳에 오래 갇혀 있다 보니 마음이 꽤 약해졌나 보다, 생각하며 그녀는 말했다.

"갈등할 이유가 뭐가 있겠어. 내가 믿고 따른 대상은 신의 말씀이지 괴물 따위가 아니야. 너만 성도와 성도민들을 걱정한다고 생각하지 마. 성도는 내가 나고 자란 곳이야. 그곳을 지키기 위해서 내가 보탬이 될 수 있다면 기꺼이 뭐든 할 거야."

유진이 이 계획을 왕들에게 전달하고 그들의 의견도 들어야겠다고 적으며 꽤 긴 필담을 마무리 지었다.

─아드리트, 수고했어. 그런데 네 도움을 앞으로도 더 받아야 할 것 같네.

─왕비님께 도움을 드릴 수 있다면 오히려 기쁨입니다.

유진은 '참, 말을 예쁘게도 하지.'라고 중얼거리며 펜을 놓았다. 그녀는 손을 폈다가 오므리면서 뻑뻑한 손가락 근육을 풀어 주었다.

'플로라와 이렇게 긴 대화를 나눈 건 처음이야.'

아집이 강한 성격 같지 않았다. 잔뜩 각오한 것과 다르게 대화가 무척 순조로워서 놀랐다. 뻐딱하게 말꼬리를 붙들거나 히스테릭한 반응을 드러내는 모습이 유진이 그렸던 플로라의 이미지였다.

'내가 여기서 태어나 자랐으면 플로라와 좋은 친구 관계가 되었을지도 몰라.'

자기 자신도 모르는 속 깊은 곳의 괴물을 불러내게 만드는 사람이 있다. 가짜는 플로라에게 그런 악연이었을지도 모른다.

'기회가 되면…… 나와 가짜는 다른 사람이라고 플로라에게 말해 주고 싶다.'

모든 일이 끝나고 평화를 되찾은 후 그런 기회가 왔으면 좋겠다.

유진은 다시 펜을 들었다. 카세르에게 방금 있었던 일을 전할 차례였다.

왕들이 천막 회의실에 모였다.

"아니카 플로라가 이동 주술을 통해 성도로 들어간다, 그 후에 라크 조종술을 통해 라크를 부른다, 라크들이 성도로 들어가면 우리는 방어벽 주변에 대기하고 있다가 들어갈 수 있는 틈이 생기는 순간을 노린다."

아킬이 지금껏 들은 내용을 쭉 정리한 후 말했다.

"듣는 것만으로도 모든 일이 다 끝난 것만 같군요. 그러나 세상일은 계획한 대로 되지 않습니다. 내가 이 나이까지 살아 보니 그렇더이다."

아킬은 나이 이야기를 하다가 리차드를 보면서 말끝을 흐렸다. 사실 이 자리에서 인생의 경험을 논할 자격 있는 사람은 리차드뿐이었다.

리차드가 빙긋 웃으며 아킬의 말을 거들었다.

"내 생각도 그러합니다. 그러니 우리는 최악의 상황도 대비해야 합니다. 그렇지 않습니까, 사왕."

카세르가 고개를 끄덕였다.

"어디까지나 계획입니다. 아니카 플로라가 성도에 들어간 후 변절할 수도, 들어간 후 예기치 못한 일로 조종 주술을 전혀 쓸 수 없게 될 수도 있습니다. 차라리 예상 범위 내의 변수면 괜찮습니다. 우리가 전혀 예상하지 못한 돌발 상황이 발생한다면, 그리고 나는 이런 돌발 상황의 가능성이 크다고 생각합니다."

"예측할 수 없는 상황이란 어차피 아무리 머리 싸매고 고민해 봤자입니다. 그리고 모든 일이 순조로울 거라고 예상하며 이 자리에 모인 분들은 아무도 없을 테지요."

니콜라스가 왕들을 둘러보며 말했다. 누구도 그의 말에 이의를 제기하지 않았다.

"그런데 난 그것보다도 말입니다. 사왕께서 말씀하신 계획을 당장 며칠 안으로 시작하기는 어렵겠지요."

"그렇습니다."

"이제 건기가 두 달 정도밖에 남지 않았습니다. 아니카 플로라가 그 주술을 익히려면 하루 이틀로는 안 될 것 같습니다."

"좋은 질문을 해 주셨습니다. 여러 왕께서 언제까지나 여기서 기다릴 수 없다는 점이 가장 큰 문제점입니다."

카세르는 유진이 적어 보낸 내용을 읽은 후 한참 고민했다. 시간이 없다는 것. 그 문제를 해결할 방안이 떠오르지 않았다.

여섯의 왕이 괴물 처단을 위해 뜻을 모아 이 자리에 모이기까지 별 어려움이 없었지만, 그건 모든 게 교묘하게 아귀가 맞아떨어진 덕분이었다.

공교롭게도 모든 왕이 각각 다른 이유로 거의 비슷한 시기에 하시 왕국에 모였다. 아니면 각 왕과 서신만 주고받는 데에 몇 개월은 우습게 지나갈 것이다. 서신이 오가는 횟수가 늘어날수록 비밀이 샐 가능성도 크고 상제의 귀에 들어갈 수도 있었다.

상제 처단에 관해 모든 왕의 의견이 쉽게 일치한 것도 운이 좋았다. 누군가 이해관계가 얽혀 반대하거나 혹은 상제가 신의 대리인이라고 신념으로 믿는 왕이 있을 수도 있었다.

그리고 하시 왕국에 왕들이 모였을 때 마침 건기의 초반이라 다음 활동기까지 시간 여유가 넉넉히 있었다. 다들 머릿속으로 시간 계산을 해 보니 건기가 끝나기 전에는 왕국으로 돌아가 활동기를 대비할 수 있을 거라고 생각했기에 두말없이 성도 앞에 모인 것이다.

아킬이 말했다.

"시간에 쫓기는 것보다는 넉넉히 시간 여유를 두고 아예 다음 건기에 다시 모이는 건 어떻겠습니까?"

카세르가 예상한 의견이 나왔다. 다음 건기 시작까지는 약 네댓 달. 그리 아득히 먼 시기는 아니었다. 누구도 그사이 별일이 있을 거라고 생각하지 않을 것이다. 그리고 성도에서 어떤 최악의 일이 벌어지든 왕에게는 자신의 왕국이 우선이었다. 괴물을 처단하는 명분으로 모이기는 했으나 촌각을 다툴 정도로 다급하지는 않았다.

괴물이 성도를 봉쇄한 것은 반대로 생각하면 성도 안에 자신을 가둔 셈이다. 어디에 웅크리고 있는지 아는 괴물을 처리하는 게 뭐가 어려울까.

하지만 카세르는 시간을 끌면 안 된다고 생각했다. 지금 이 전쟁은 흐름을 타고 있다. 이 흐름이 끊기면 어떤 변수가 발생할지 모른다. 그 오랜 세월 동안 인간을 농락한 괴물의 교활함은 상상하기도 어려웠다.

말을 꺼내기 전, 잠깐 생각을 정리하는 사이에 라이너가 불쑥 끼어들어 말했다.

"그런 안일한 마음으로는 저 괴물을 다 잡았다가도 놓치겠소."

아킬이 미간을 찌푸렸다. 그러나 아랑곳하지 않고 라이너는 열을 올리며 입을 열었다.

"다들 저 괴물을 너무 우습게 보는 것 아닙니까? 지난번에 편왕께서 하시 왕국의 전설을 말씀하셨소. 왕국을 덮친 거대한 라크를 처치한 왕은 기력이 쇠해 죽고 말았다고. 저 괴물을 처치한 후 모두가 무사할 거라는 보장이 어딨소? 있는 힘을 다 끌어내도 모자랄 판에 오늘 안 되면 내일 하지, 이런 마음으로는, 으음. 안 되오, 안 돼."

"내 생각도 염왕과 같습니다."

회의 내내 차분하던 암왕 페레드까지 염왕의 의견에 동의했다. 라이너가 말하는 방식은 다소 무례했다. 본래 직설적인 말투인 데다가 목소리가 큰 편이라서 상대방을 비난하는 것처럼 들렸다. 그런데 암왕이 곁에서 말을 거들자 험악해질 뻔한 분위기가 상쇄되었다.

왕들끼리 함께 지내는 시간이 길어지면서 대강 서로를 파악할 수 있게 되었는데, 그중 왕들이 내심 가장 뜻밖이라고 생각하는 사람이 암왕이었다.

암왕 페레드의 악명은 워낙 유명했다. 도박에 미쳐 왕국도 내팽개쳤다는 소문이 자자한 터라 다른 왕들은 그에 대한 선입견이 있었다. 하지만 생각과 다르게 암왕은 진중한 성품에 꼭 필요한 말이 아니면 하지 않고 감정 표현도 거의 없었다.

이제 왕들은 훗날 암왕이 누군가를 때렸다는 소문을 들으면 '그놈이 맞을 짓을 했나 보군.'이라고 생각할 것 같았다. 그런 의미에서 암왕을 도발해 격투를 벌였으며 서로 주먹질한 후에도 전혀 어색해하지 않는 염왕도 확실히 독특했다.

'저놈이 도움이 될 때가 있다니.'

카세르는 새삼스러운 시선으로 라이너를 보았다. 라이너가 강경한 의견을 내세운 덕분에 카세르가 말하는 부담을 한결 덜었다.

"본격적인 작전을 언제 시작할 수 있을지 지금으로서는 확답할 수 없습니다."

카세르가 입을 열자 모두의 시선이 모였다.

"그런데 이번 건기를 넘기기에는 위험 요소가 많습니다. 우리가 이곳에서 물러나면 저 괴물이 성도 안에서 잠자코 있을 거라고 생각하지 않습니다. 틀림없이 정찰병을 내보낼 겁니다. 그리고 아시다시피, 저 괴물은 기사에게 특이한 능력을 부여하는 물질을 만들 수 있습니다. 그 능력으로 무슨 짓까지 할 수 있는지, 우리는 모릅니다. 최면 능력 같은 것으로 왕성에 침투할 수도 있습니다. 그래서 왕의 약점을 쥐려 할 수도 있지요."

니콜라스의 미간이 미세하게 움찔했다. 그는 왕궁에 있을 자신의 어머니를 떠올렸다. 그의 유일한 약점이다. 괴물이 만약 어머니를 데리고 협박한다면 자신은 굴복하고 말 것이다.

"그래서 내가 생각한 방안이 있습니다. 어디까지나 내 의견일 뿐이니 반대 의견이나 의문이 있다면 주저 없이 말씀해 주시기 바랍니다."

＊　　＊　　＊

성벽에 세워 둔 정찰병이 기다리던 소식을 가져왔다. 하지만 상제가 온전히 만족할 만한 내용은 아니었다.

— 왕들이 철수했다…… 하지만 전부는 아니라는 겁니까?

"예, 성하. 왕들이 모이는 천막은 그대로 있고 전사들도 꽤 많이 남아 있습니다."

— 알겠습니다. 잠시도 눈을 떼지 말고 주시하세요. 그리고 뭔가 변화가 있을 때마다 보고하세요.

"예, 성하."

정찰병이 물러간 후 상제는 생각에 잠겼다.

'언제까지 저 앞에서 죽치고 있을 생각이지.'

진과 플로라를 데려오라는 요구 조건을 들고 두 명의 사절을 내보냈을 때 그 요구에 관해 왕들의 의견이 있다면 붉은 깃발을 흔들어 신호를 보내라고 했다. 하지만 깃발이 흔들린 적은 없었다.

진과 플로라를 데려올 생각은 없는 것 같고, 지금쯤이면 성도의 방어벽을 뚫을 방법이 없다고 결론 내렸을 텐데 왜 아직도 성도 앞에서 떠나지 않는지 아무래도 이상했다.

상제는 왕들이 보이지 않으면 즉시 기사들을 각 왕국으로 보내어 정보 수집을 할 작정이었다. 왕들의 움직임에 신경 쓰이는 부분이 많았다. 마라가 어느 정도의 정보를 흘린 것인지, 왕들이 무슨 계획으로 성도 앞에 모인 것인지 알아보려 했다.

'활동기가 될 때까지 기다려야 하나. 서둘러서 일을 그르치는 것보다 좀 더 기다리는 편이 나을지도.'

"성하."

상제는 문 앞에 서 있는 피데스의 기척을 느끼고 대답했다.

─ 들어오세요.

피데스가 들어와 인사를 올린 후 상제의 명에 따라 성도민이 아닌 자들의 명단 작성과 거처 확인 작업이 끝났다고 보고했다.

"혹여 빠진 자가 있을지 모르니 다시 점검해 보겠습니다."

─아닙니다. 그 일은 되었습니다. 그대에게 맡길 다른 일이 있습니다.

상제는 심어 놓은 눈을 통해 피데스가 이번 명단 작업을 무척 성실하게 했다고 전해 들었다. 지금껏 피데스는 어떤 의문도 품지 않았고 특유의 우직함을 그대로 드러냈다. 그래서 이번에는 플로라가 돌아오기로 계획했던 이동 주술 술식을 지키라고 할 생각이었다.

상제가 중요하다고 생각하는 1순위가 방어벽 주술이며 2순위는 성벽 바깥의 정찰이고 지금 맡기려는 일은 그다음 순위이니 제법 중요한 임무에 속했다. 그런데 만약 피데스가 생각지 못한 짓을 저지른다 해도 크게 타격은 없었다. 술식이 망가져도 그 주술을 통해서 플로라가 돌아오지 못할 뿐이다.

하지만 주술에 관해 잘 모르는 피데스는 이전의 방어벽 주술 발동 현장에 있었던 경험으로 아마 그 술식을 무척 중요하다고 생각할 것이다. 그러니 어떻게 대처하는지 보면서 충성심을 확인할 수 있다.

─그대는 이번 임무 수행을 위해 성도궁으로 한동안 돌아오지 못할 겁니다. 어렵지는 않으나 무척 지루한 일입니다. 할 수 있겠습니까?

"성하께서 내리는 명에 따를 뿐입니다. 성심을 다하겠습니다."

─역시 그대는 믿음직스럽군요. 임무를 수행할 장소로 사제가 그대를 안내할 겁니다.

"예, 성하. 하온데 성하. 소인이 부탁받은 일이 있는데 능력껏 도와주겠다고 했던 터라 그 일을 마무리할 수 있도록 허락해 주시옵소서."

― 부탁이요? 내 허락을 받아야 하는 일입니까?

피데스는 잠시 머뭇거리다가 말했다.
"아니카께서 제게 구해 달라는 물건이 있는데……."
상제가 미간을 살짝 찡그렸다. 인내심이 얄팍한 아니카들이 사제를
통해 바깥의 물품을 들여온다는 건 알고 있었다. 사제를 처벌하면 아니
카들도 처벌해야 하니까 지금은 모르는 척하고 있었다. 피데스는 기사
중에서도 예의 바르다고 소문이 난 터라 그런 부탁을 받았다 해도 이상
하지 않았다. 그리고 고지식하게 보고하는 것도 피데스다웠다.

― 성도궁 안에서는 검박한 생활이 규칙이거늘.

상제가 혀를 차자 피데스가 제 잘못인 것처럼 고개를 더 숙였다.

― 그대가 이미 약속했다 하니 어쩔 수 없지요. 그러나 성도궁에서
나간 후 임무 수행 중에는 그 누구와도 사사로운 연락은 안 됩니다.

"명심하겠습니다."
피데스는 알현실을 나와 곧바로 아니카들이 머무는 별관으로 갔다.
그는 사제를 통해 아니카 앤을 불렀다. 상제가 주시하고 있을지도 모르
니까 케이티를 직접 부르기는 조심스러웠다. 오래전에 인연이 끊어졌다
지만 어쨌든 그녀는 사왕의 어머니였다.
"늘 두던 그곳에 두었습니다."

피데스의 말을 듣고 앤이 고개를 끄덕였다. 그녀가 케이티에게 전해 줄 것이다. 피데스는 성도궁을 나서기 전에 케이티와 자신만 아는 비밀 장소에 쪽지를 넣었다.

―한동안 저는 성도궁에 없을 겁니다. 혹시 제가 없는 동안 사제들이 지하의 기도실로 가자고 하면 무슨 수를 써서든 빠지세요.

그는 성도궁을 나와서 곧바로 화장품 가게에 들렀다. 앤의 부탁을 받은 것처럼 여러 가지 화장품을 성도궁으로 들여보낸 후 임무를 맡을 장소로 향했다.

사제가 그를 안내한 장소는 성도의 외곽 지역이었다. 그런데 아무리 외곽이라지만 '성도에 이런 데가 있었나?'라는 생각이 들 정도로 인적이 없었다.

'여긴…… 마치 감옥 같군.'

피데스는 높이 솟은 담벼락 위 촘촘한 창살을 보며 중얼거렸다. 그리고 녹슨 철문을 열고 안으로 들어가자 보이는 풍경은 예상과 전혀 달랐다. 중앙의 단층 건물까지 탁 트여 있고 바닥에는 작은 자갈이 잔뜩 깔려 있었다.

그는 사제에게 물었다.

"저 안으로 들어가야 합니까?"

"아닙니다. 저 안으로는 누구도 들어갈 수 없습니다. 이쪽으로 오십시오."

사제를 따라 건물을 지나치면서 그의 발밑에서는 끊임없이 자갈이 부딪치는 소리가 났다. 그는 자갈이 발걸음을 감지하는 용도라고 눈치챘다.

'정말 감옥인가? 대체 누구를 가두어 두었길래.'

*　　*　　*

카세르는 왕들에게 자신의 계획을 말했다.

"언제 작전이 시작된다고 명확한 시기는 지금은 알 수 없습니다. 하지만 이번 건기가 끝나기 전에는 반드시 시작하려 합니다. 다만, 그 시기가 건기가 거의 끝날 무렵이 될 수도 있습니다. 일단 왕들께서는 왕국으로 돌아가시어 최대한 활동기를 대비해 주십시오. 나는 이곳에 남겠습니다."

급히 성도를 봉쇄하느라 현재 상제는 정보가 부족한 상태다. 왕들이 철수하면 곧바로 정보부터 수집하려 할 것이다. 상제가 약점을 극복하지 못하도록 누군가는 성도를 감시해야 한다. 그래서 카세르가 그 역할을 자청했다.

다행히 왕들에게는 주술 노트라는 요긴한 물건이 있었다. 플로라가 주술을 익힐 때까지 얼마나 시간이 걸리는지, 그녀가 언제 하시 왕국으로 와서 이동 주술을 통해 성도로 갈 수 있을지, 새로운 정보를 빠르게 공유할 수 있다.

만약 플로라가 주술을 배우는 데 최소한 두 달 이상이 걸린다면 모든 작전은 다음 건기로 미룰 수밖에 없을 것이다. 하지만 카세르는 다소 준비가 부족하더라도 이번 건기 안으로 모든 일을 끝내겠다는 의지가 확고했다.

단지 이번 기회를 놓치고 싶지 않아서만은 아니었다. 저 괴물의 요구 조건에 자신의 아내, 유진이 걸려 있다. 괴물의 처단은 그녀를 지키는 가장 확실한 방법이었다.

괴물은 무섭지 않으나 내부의 분열이 두려웠다. 당장은 모든 왕의 의견이 같지만, 시간이 지나면 뭐든 변하기 마련이다. 상제의 간교한 수작에 말려든 누군가가 변심할 가능성이 있었다.

지금은 유진이 임신 중이므로 그가 아내를 감싸도 트집 잡지 못한다. 왕에게 후계자라는 명분은 절대적이니까. 하지만 출산 후에는? '넌 이미 후계자를 얻었으니 된 거 아니냐.'라고 공격할지도 모른다.

"그러면 사왕께서는 이번 건기가 최소 며칠이 남을 때까지를 한계선으로 잡고 있습니까?"

리차드의 물음에 카세르가 답했다.

"닷새입니다."

"닷새…… 최대 이틀 안으로 괴물을 처리한다는 계산 하에 활동기가 시작되기 전까지 왕들이 왕성에 도착하면…… 아슬아슬하지만, 얼추 가능하겠습니다. 하지만 그건 사왕을 제외한 다른 왕들만 해당합니다. 사왕께서는 아무리 서둘러도 이곳에서 하시 왕국까지 사나흘 안으로는 절대 갈 수 없을 겁니다."

"예, 그렇습니다."

"생각해 둔 방법이라도 있습니까?"

"없습니다."

최악의 경우, 하시 왕국은 왕의 부재중에 활동기를 맞이하게 된다. 그래서 카세르는 무척 치열하게 고민했다. 그는 활동기에 자리를 비운 적이 없었다. 그가 없으면 예상보다 많든 적든 예년보다 희생자가 늘어날 것이다.

그는 아내와 백성, 둘 중 하나를 택하라는 시험에 든 기분이 들었다. 그리고 자신은 아내를 택했다. 괴로운 결정이었고 아직 아무 일이 일어나지 않았는데도 왕의 책무를 내버린 듯한 죄책감이 들었다.

그는 자신의 결연한 뜻을 왕들에게 전하기 위해서 굳이 시간을 빠듯하게 잡았다. 다소 무리한 계획을 추진하는 제안자가 자신의 희생을 담보로 한다면 딴 목소리를 내기 어려울 거라는 계산속이었다.

"다른 의견이 있으십니까?"

다섯의 왕은 침묵으로써 찬성했다. 그리고 왕들은 빠르게 채비를 마치고 자신의 왕국으로 떠났다.

활동기를 대비하고자 하는 목적 외에 이번 작전을 위해 왕이 직접 챙겨야 하는 준비물이 있었다.

지금은 건기이므로 라크가 없다. 조종 주술을 쓰려면 인위적으로 씨앗을 깨뜨려 라크를 불러내야 한다. 그런데 방어벽 주술을 뚫기 위해서 정확히 몇 마리의 라크가 필요한지 모른다. 실패하지 않으려면 가능한 한 많은 수를 동원해야 할 것이다.

그리고 방어벽을 뚫고 성도로 들어간다는 목적만 달성하면 재빠르게 라크를 해치워야 한다. 그 주술이 인간에게 공격적인 라크의 본능까지 억누르지는 않기 때문이다. 등급이 낮은 라크일수록 빠른 사냥이 수월하고 성도의 피해를 최소화할 수 있을 것이다.

그래서 각국의 왕은 자국의 씨앗 저장소에서 가장 등급이 낮은 씨앗을 모아서 가져오기로 했다.

"두 명씩 여러 개의 조를 짜서 구역을 정해 정찰하라. 성도에서 누가 나온다면 절대 놓쳐서는 안 된다."

"예, 전하."

명을 받은 전사가 물러간 후 카세르는 주술 노트를 펼쳤다. 두 권의 노트에 새로운 내용이 없음을 확인하고 그는 생각에 잠겼다. 리차드가 남긴 말이 떠올랐다.

「처음 계획대로 이곳에 도착하자마자 성도로 진격할 수 있었다면 우리는 괴물 사냥에 몰두하느라 주변을 보지 못했을지도 모릅니다. 오히려 나는 계획이 어긋난 덕분에 생각할 시간을 얻었습니다. 괴물의 사냥은 나보다 젊고 능력이 출중한 여러 왕께서 계시니 믿고 맡기겠습니다. 나는 그 후의 일을 대비하도록 하지요. 성도에 많은 사상자가 생길 때를 대비하여 최대 동원할 수 있는 의사와 약재를 준비하겠습니다.」

리차드의 말을 듣고 왕들이 서로를 마주 보았다. 그리고 니콜라스가 말했다.

「나는 사실 내 어머니 병을 치료해 준 은인을 돕고 싶었습니다. 그분은 괴물의 약점이기도 합니다. 다들 괜찮으시다면 난 그분을 구하러 가겠습니다.」

페레드는 괴물 처리 후 찾아올 혼란을 수습하겠다고 말했다.

「성도로 들어가면 수하들을 찾아가서 내가 그놈 약점을 찾으려고 조사한 자료부터 챙기겠습니다. 약간만 손보면 누구도 괴물을 두둔하지 못하게 여론전을 주도할 수 있습니다. 괴물 따위가 소멸한 뒤에도 이름이 남는 꼴은 못 봅니다. 내가 원하는 건 그놈의 완벽한 소멸이니까요.」

아킬은 잠시 고민하더니 씩 웃으며 말했다.

「그럼 난 그 괴물의 비열한 앞잡이들을 싹 처리해야겠군요. 내가 원하던 진정한 사냥입니다.」

자연스레 왕들이 자신의 역할을 정리했다. 모두 리차드 덕분이었다. 큰 목소리를 내지 않으면서도 상황을 좋은 방향으로 이끌었다.

'지혜로운 분이야.'

나서지 않는 듯 은근히 자신의 의견을 지지해 주던 도왕이 고마웠다.

"사왕!"

천막의 닫힌 문을 휙 걷으며 라이너가 들어왔다. 카세르는 예의 없이 난입한 불청객을 지그시 응시했다. 모든 왕은 자신의 왕국으로 떠났다. 염왕만 제외하고.

「어차피 다시 여기로 올 걸, 뭘 굳이 갈 필요 있소. 원래 내가 사사건건 챙기는 편은 아니라서. 다들 알아서 잘할 거요. 내 몫까지 여러 왕께서 씨앗을 넉넉히 챙겨 와 주시오.」

왕국을 방치한다는 소문이 도는 암왕까지 갔는데 라이너는 전사 몇 명만 보내고 말았다. 카세르는 확실히 소문이란 믿을 게 못 된다고 생각했다. 염왕은 하는 짓에 비해 소문이 관대했다.

"씨앗 여유분 좀 있나? 환수 먹이."

"얼마나?"

"다른 왕들이 남은 거 주고 갔잖아. 그러니까 줄 수 있을 만큼 줘."

카세르는 작은 한숨을 내쉬고는 발치에 내려 둔 나무함을 탁자로 올렸다. 나무함 속에 왕들이 주고 간 씨앗 주머니들이 있었다. 그중 대충 하나를 집어 라이너에게 던졌다. 라이너가 즉시 주머니를 열어 확인했다.

"흠. 이건 별로 안 되는데."

"먹이 양으로는 충분해."

"내 크라크는 먹보라고. 더 줘."

카세르가 주머니 하나를 더 던졌다. 그는 문득 의혹이 들었다.

"염왕. 정말 먹이로 쓰려는 거야?"

라이너는 대답 없이 재빨리 천막에서 나가 버렸다.

"염왕!"

카세르는 벌떡 일어났다가 그냥 다시 앉았다. 왠지 피곤했다. 왕국에서는 모두가 왕인 그의 명에 복종했다. 통제가 안 되고 제멋대로인 염왕은 어떻게 다루어야 할지 알 수 없는 골칫덩이였다.

그는 습관적으로 주술 노트를 펼쳤다가 유진이 쓴 새로운 문장을 발견했다.

—염왕도 그곳에 남으셨다니, 당신 혼자 있지 않아서 다행이에요.

"⋯⋯차라리 혼자가 낫다고."

그는 음울하게 중얼거렸다.

며칠 후, 유진은 그가 기다리던 소식을 전했다.

—방랑족 어른들이 플로라의 주술 기본 지식이나 습득력 등을 파악해 보니까 최소 한 달에서 아무리 늦어져도 열흘 더. 그 시간이면 플로라가 조종 주술을 완전히 익힐 수 있을 거라고 하셨대요. 그리고 플로라가 방랑족 은신처에서 왕국까지 오는 방법으로는 이동 주술밖에 없어요. 그 먼 거리를 오는 시간도 시간이거니와 험한 사막 여행을 플로라가 견딜 수 있을 것 같지가 않거든요.

앞으로 사십 일이면 활동기가 시작될 때까지 보름 이상 여유가 있었다. 카세르가 잡은 닷새보다는 훨씬 넉넉하니까 좋은 소식이었다. 그 정도면 카세르가 활동기에 맞추어 왕국으로 돌아갈 시간도 충분했다.

　—이동 주술은 그 암실 창고를 이용하려고?
　—아뇨. 그건 너무 큰 주술이라 건드리기 어렵고 돌문 바깥 사막에 술식을 새로 설치하려고 해요. 어느 정도 이동 술식에 대한 개념은 잡혔고 아드리트도 도와주겠다고 했어요. 그런데 아무리 성문 바깥이라도 바로 수도 근처이니 이동 주술 설치인데…… 당신 의견은 어때요?
　—당신 말대로 아니카 플로라에게 사막 여행은 현실적으로 무리야. 시간도 너무 걸려. 이동 주술을 설치하는 방법이 가장 좋겠어.

카세르는 갑자기 대화가 뚝 끊긴 노트를 바라보았다. 꽤 긴 간격을 둔 후 문장이 올라왔다.

　—내가 이동 주술을 성공할 수 있을까요? 플로라를 믿어도 되는 걸까요? 내가 경솔하게 판단한 거면 어떡하지요?

카세르는 그녀가 눈앞에 있다면 꽉 끌어안고 싶다고 생각했다.
'곧 칠 개월인가.'
마지막으로 봤을 때보다 그녀의 배가 더 나왔을 것이다. 편히 쉬기만 해도 힘든 시기인데 혼자 왕성을 지키며 이것저것 신경 쓰느라 얼마나 종종거리고 있을지 안쓰러웠다.
'아니카 플로라…… 믿기는 어렵지.'

하지만 지금은 절대 멈추지 말고 몰아치듯이 진행해야 한다고 생각하므로 다른 방법이 없다.

'최악이라 봤자 아니카 플로라가 상제 손아귀에 들어가는 것뿐. 일단 방어벽만 뚫으면 돼.'

그는 자신의 왼손을 보면서 주먹을 쥐었다. 그의 눈이 살짝 가늘어지면서 동시에 그의 팔 위로 푸른 뱀이 모습을 드러냈다. 살아 있는 생명체처럼 생생한 비늘이 도드라진 뱀의 몸뚱이가 그의 팔을 칭칭 감았다.

예전의 그는 자신의 몸이 프라즈라는 괴물을 가두어 둔다고 생각했다. 날뛰지 못하게 최대한 붙잡고 있을 뿐이라고. 그런데 이제는 프라즈를 완전히 지배한다고 느꼈다. 성도의 그 괴물이 얼마나 무시무시한 놈이든, 전혀 두렵지 않았다.

　　—괜찮아. 뒷일은 내가 알아서 할게.

유진은 문장을 적어 놓고 그에게 괜히 우는소리를 했다고 후회하고 있었다. 그런데 노트에 떠오른 문장을 보자마자 눈물이 핑 돌았다. 그녀는 웃으며 눈에 맺힌 눈물을 닦았다.

'그래. 난 아무 걱정하지 말자. 이 사람은 믿어도 돼. ……보고 싶다. 당신이 보고 싶어요, 카세르.'

그녀는 투정 부리는 말을 쓰기 전에 얼른 펜을 내려놓았다. 오늘 밤에는 아주 편안하게 잘 수 있을 것 같았다.

*　　*　　*

　　—너도 똑같아.

— 괴물과 한통속.

— 죽어 가는 우리를 지켜보기만 했지.

'아니야!'

플로라는 제 귀를 막고 있는 힘껏 소리쳤다. 하지만 소리는 밖으로 터져 나오지 않고 목 안으로 잠겼다.

— 살인자.

— 살인자.

'나도 피해자야! 나도 괴물에게 속았다고. 나는, 나는 그냥 신의 뜻이라고 믿었어!'

— 거짓말.

— 마음 한구석에서는 의심했으면서.

— 이런 게 정말 신의 뜻일까, 생각했지.

— 넌 모르는 척 네가 편할 대로 생각한 거야.

— 비밀은 없지. 모두가 알게 될 거야.

— 모두가 네 추악함을 알게 될 거야.

'아니야! 나도 어쩔 수 없었어! 내 잘못이 아니라고!'

플로라는 헉, 비명을 지르며 눈을 떴다. 그녀는 숨을 몰아쉬며 주변을 황급히 둘러보았다. 틈 사이로 빛이 새어 들어오는 통나무집 내부의 짚이 깔린 침대 위. 낯설지만 익숙한 풍경이다. 그녀는 부스스 일어나 두 팔로 온몸을 감싸 안았다. 몸이 가늘게 떨렸다.

'내 잘못이…… 아니라고.'

성소에 들어간 지 얼마 안 되어서 주술이 실패하며 폭발을 일으킨 현장을 본 적 있었다. 몇 명은 즉사했고 피가 사방에 튀었던 참혹한 장면이었다.

'신술이라고 했어. 다들 나한테 그게 신술이라고 했잖아.'

사제들은 위대한 신의 말씀을 해석하기 위해 죽었으니 숭고한 죽음이라고 했다. 플로라는 그때의 충격을 잊으려 애썼다. 신술을 익혀야 라미타를 얻을 수 있으니까. 상제가 그렇게 말했으니까.

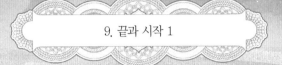

9. 끝과 시작 1

플로라는 며칠 전, 지하 동굴에서 마라와 나눈 대화를 떠올렸다.

그녀는 신을 사칭할 정도로 교활하며 나이를 셈하기 어려울 만큼 오래 살아서 강력해진 괴물을 고작 여섯 명의 왕이 해치울 수 있을지 의심스러웠다. 그녀가 봤던 왕들은 머리카락과 눈동자 색만 다르지 그저 사람이었다. 아니카인 자신도 그저 사람인 것처럼.

그녀는 직접적으로 그 의문을 드러내지 않고 마라에게 돌려 물었다.

「왕들이 상제를 처리하지 못하면 어떻게 돼?」

마라는 고민할 가치도 없는 질문이라는 듯 딱 잘라 말했다.

「그럴 일은 없어.」

「어떻게 장담해?」

「왕이 라크 사냥하는 거 못 봤냐?」

「……본 적 없어.」

그녀는 왕이 라크를 사냥한다는 의미를 책 속 지식으로만 이해했다. 라크를 사냥하는 장면은커녕 라크조차도 본 적이 없었다. 마라가 자신을 보며 한심하다는 듯 혀를 찰 때는 속이 뒤집혔지만, 꾹 참았다.

「라크는 핵이 파괴되면 소멸해. 그리고 왕은 그 핵을 볼 수 있는 능력이 있지. 아무리 강하고 덩치가 커도 왕의 프라즈가 핵만 파괴하면 끝이야.」

「그럼 네 핵도 왕의 눈에 보이겠네.」

「그야 당연…… 재수 없는 소리 하지 마!」

'성도의 괴물은 왕들이 처리할 거야.'

자신이 들은 대로 그동안 상제가 보여 준 모든 기적이 그저 주술을 이용한 눈속임에 불과한 것이었다면, 왕이 두려워서 제 본신을 드러내지 못하고 주술을 통해 가짜 모습으로 사람인 척한 거라면…… 아무리 교활해도 왕을 이길 수 없는 라크일 뿐이다.

대세는 이미 한쪽으로 기울었다고 결론을 내린 이튿날부터 플로라는 악몽에 시달렸다.

괴물이 왕들의 손에 최후를 맞이한 후 상제를 믿고 따르던 자들은 어떻게 될까. 상제의 명을 핑계 삼아 제 욕심을 채운 자가 아닌, 신의 말씀인 줄 알고 순수히 복종한 사제는, 기사는, 신도들은?

왕들이 그들의 처분까지 나설 것 같지는 않았다. 왕들에게는 보살펴야 하는 자신의 왕국이 있다. 성도의 일에 끝까지 매여 있을 수 없다.

성도는 얼마간 혼란스럽겠지만, 틀림없이 그 혼란을 수습하는 자가 등장할 것이다. 플로라는 성도의 명문가들이 그 역할을 맡을 가능성이 크다고 생각했다. 혼란이 어느 정도 수습된 뒤 과거 정리가 시작될 것이다.

'아무도 내가 뭘 했는지 몰라.'

불안하게 흔들리던 플로라의 눈동자가 허공 어딘가를 응시하며 고정되었다.

'그 괴물만 처리하면 돼.'

그 괴물의 비열한 속임수에 흔들렸을 뿐이다. 전부 그놈 탓이다. 그놈만 사라지면…… 아니, 그날 성소에 있었던 사제들까지 모두 사라져야 완벽하겠지.

"아니카 플로라."

바깥에서 문을 두드리며 부르는 소리를 듣고 플로라는 화들짝 놀랐다.

"아침은 여기 두고 가겠습니다."

잠시 후 플로라가 문을 열었다. 문 앞에 식사 쟁반이 놓여 있고 아무도 없었다. 그녀는 쟁반을 들고 들어갔다. 얼른 아침을 먹고 지하 동굴로 내려가서 주술을 배울 생각을 하면 마음이 급했다.

'오늘부터는 저녁을 먹은 후에도 가야겠어.'

지하 동굴의 노인들은 주술에 관해서는 현자들이었다. 그들한테 배울 수 있는 이번 기회를 잘 활용하고 싶었다. 그리고 ……몸이 피곤하면 푹 잠들어서 악몽을 꾸지 않을지도 모른다.

         ＊   ＊   ＊

유진은 플로라가 타고 올 이동 주술 준비를 시작했다. 이동 주술은 상급의 주술이며 이동 거리가 멀수록 술식이 복잡해졌다.

암실의 주술과 플로라가 남긴 주술까지, 완전한 견본을 참고한 덕분에 유진은 이동 주술만큼은 높은 수준으로 습득했다. 그런데 주술을 발동하기 위한 에너지인 매개를 확보하는 일이 걸림돌이 되었다.

아무리 구하기 힘들거나 값비싼 재료라도 유진은 재물을 동원하여 마련할 수 있다. 그러나 방랑족 사정은 여의치 않았다.

아드리트가 그 문제를 해결할 방법을 알아내어 유진에게 전달했다.

—거점 형태의 주술이라고?

—예. 어르신께서 말씀하시길, 출발지와 도착지, 양측의 술식을 다른 형태로 만드는 방법이 있다고 하셨습니다. 출발지 술식은 단순한 형태인데 도착지 술식은 훨씬 복잡하고 규모도 큽니다. 출발지 술식은 한 번 사용하면 망가지고 도착지 술식은 무척 견고합니다. 출발지 술식을 발동할 때 필요한 매개는 도착지 술식에서 빌려 쓰게 됩니다. 이런 형태 주술은 한 군데의 거점으로 여러 사람이 다양한 장소에서 이동할 때 사용한다고 하셨습니다.

'아…… 도착지 술식은 중앙역 같은 거라고 생각하면 되는 건가? 그 중앙역으로 수많은 지선이 모이는 거고.'

—무슨 뜻인지 알겠어. 주술 설치에 필요한 매개는 다 내가 준비해야겠구나. 그건 문제없어. 그 외에는?

―도착지의 술식은 주술이 발동할 때 주변의 방해를 받으면 안 된다고 합니다. 빗물이나 바람에 날려 온 모래도 영향을 미친다고 합니다.

'벽과 지붕이 있는 역을 지어야 하는구나.'

―알았어. 내가 다 준비할게. 이 거점 주술로 하겠다고 네가 어르신들께 말씀드려.
―예, 왕비님.

유진의 지시에 따라 돌문 바깥의 사막에서 공사가 시작되었다. 바닥의 흙을 단단히 다진 후 넓고 판판한 돌을 깔고 벽을 세웠다.

이 공사는 많은 사람의 관심을 끌었다. 지금껏 사막에 견고한 건물을 세운 적이 없었다. 활동기가 되면 몰려드는 라크 때문에 무너질 것이 뻔하기 때문이다.

"사막에 뭔가를 짓고 있다며?"

유진은 차를 마시다가 시선을 들었다. 다나가 멋쩍게 웃으며 말했다.

"내가 국정에 관여하려는 건 아니지만…… 다들 굉장히 궁금해하더구나."

성도와 멀리 떨어진 하시 왕국의 수도까지는 아직 성도 봉쇄와 성전의 소식이 전해지지 않았다. 알음알음 퍼지기는 했으나 심각하게 생각하는 분위기가 아니었다.

오히려 곧 태어날 왕국의 후계자를 기대하며 분위기가 잔뜩 들떠 있었다. 예년보다 모임, 연회나 티파티, 무도회 등이 열리는 횟수가 부쩍 늘었다. 그리고 그 모든 모임의 초대장은 제일 먼저 왕성으로 보냈다. 유진이 아니라, 다나의 앞으로.

요즘 다나는 오전에 외출하여 늦게 왕성으로 돌아오는 날이 많았다. 유진은 어머니가 성도의 가족을 걱정하며 혼자 속을 끓이는 것보다 바쁘게 보내는 편이 낫다고 생각했다.

유진이 웃으며 말했다.

"제게 물어보라고, 엄마한테 그래요?"

"말도 마라. 어찌나 성가시게 하는지. 한두 사람이 아니야."

유진은 기분이 묘했다. 그 정도로 관심이 많은 줄은 몰랐다. 아무도 묻는 사람이 없었다. 그만큼 자신을 어려워한다는 뜻일 것이다. 혹은 심기를 건드리지 않으려고 무척 조심하는 것일 수도 있다.

어렴풋이 전과 다른 주변의 태도를 느꼈다. 임신 사실이 알려진 후부터다. 윗사람에 대한 예의와 복종을 넘어 신성시한다고나 할까. 맹목적인 신도들이 떠받드는 성녀가 된 기분이 이와 비슷할 것 같았다.

"자세한 말씀은 드릴 수 없어요. 그런데 엄마. 이번 건기가 끝나기 전에는 우리 가족들 소식을 들을 수 있을 거예요. 그 준비를 위해 필요한 건물이에요."

다나의 눈빛이 흔들리더니 덥석 유진의 손을 잡았다.

"그러니?"

"네. 그러니까 아무 걱정하지 마세요."

다나가 미소 지으며 고개를 끄덕였다. 유진은 잠깐 사이에 눈동자가 촉촉해진 어머니를 보면서 '마음고생이 크셨구나.'라고 짐작했다. 그리고 어머니께 걱정하지 말라고, 자신 있게 말할 수 있어서 뿌듯했다.

건물의 완공까지 순조로웠다. 사막의 돌풍은 워낙 흔한 현상이어서 걱정했는데, 역을 다 지을 때까지 순풍만 불었다. 그런데 유진이 예상하지 못한 복병이 등장했다.

술식은 유진이 직접 그려야 한다. 즉, 그녀가 왕성에서 나와서 돌문 바깥의 사막으로 나가야 한다는 뜻이었다. 유진의 외출 준비 소식을 듣고 달려온 마리안이 설명을 듣더니 필사적으로 반대했다.

"왕비님. 왕성을 나가신다고만 해도 걱정스러운데, 사막이요?"

유진은 눈물까지 글썽이며 매달리는 마리안을 매몰차게 떼어 낼 수가 없었다. 그녀는 결국 카세르에게 도움을 청했다. 마리안에게 주술 노트에 관해 설명한 후 카세르가 전하는 말을 적은 주술 노트를 보여 주었다.

　　─마리안. 왕비를 믿어. 아무 일도 없을 거야. 유진…… 왕비가
　괜찮을 거라고 내가 보장할 테니까.

마리안은 한참을 침묵하더니 말했다.

"전하께서 나서지 말라 하시니 제가 어쩌겠습니까. 한데 왕비님. 저는 전하가 원망스럽습니다. 이 중요한 시기에 왕비님 곁에 아니 계시고 이토록 오래 자리를 비우시다니요. 어릴 때는 참이 손이 안 간다고 생각했던 분이 다 장성하신 후에 제 속을 이렇게 태우실 줄은 몰랐습니다."

마리안이 물러간 후 유진은 쓴웃음을 지었다. 아무래도 마리안이 카세르한테 단단히 화가 난 것 같다.

'당신이 돌아온 후에 마리안 속을 풀어 줘야겠네요.'

유진은 일단 상황 설명은 생략하고 노트에 적었다.

　　─고마워요, 카세르. 마리안이 이해해 줬어요.

이튿날부터 유진은 아침 일찍 사막으로 나가서 한낮의 햇볕이 뜨거워지기 전에 돌아왔다. 크고 복잡한 술식이라서 하루 이틀로는 다 그릴 수 없었다.

막히는 부분이 있으면 아드리트를 통해 방랑족의 어르신들에게 답을 구하고 중간중간 플로라의 근황도 전해 들었다. 플로라는 먹고 자는 시간도 미룰 정도로 주술 공부에 푹 빠져 있다고 했다.

유진은 예측보다 플로라가 조종 주술을 익히는 시간을 단축할 수 있을지도 모른다고 기대했다. 그러나 플로라가 생각지도 못한 고집을 부렸다.

—난 이곳에서 사십 일 동안은 주술을 배우고 싶어. 어차피 아드리트가 최대 기간이라고 했다는 사십 일을 염두에 두고 계획을 세웠겠지?

'지금 얼마나 심각한 상황인데 네 주술을 배우는 게 중요해?'
유진은 속으로만 소리치고 노트에 적지는 못 했다. 플로라의 자발적인 협조가 해결의 열쇠이므로 거슬리는 소리를 해서 그녀가 엇나가면 모든 일이 수포가 될 것이다. 유진이 입술을 앙다물며 펜을 들었다.

—네 뜻이 정 그렇다면 일단은 알겠어. 다른 왕들께도 알리고 의견을 들어 볼게.

결국, 플로라가 바라는 대로 아드리트가 말했던 사십 일의 마지노선 마지막 날이 작전 일로 결정되었다.
유진이 얻는 새로운 정보는 날마다 주술 노트를 통해 갱신되고 카세르는 그 내용을 즉시 왕들과 공유했다. 각자의 자리에서 자신의 역할에 충실하며 하루하루 날짜가 지나갔다.

작전 일을 열흘 앞두고 사건이 발생했다. 성도궁에서 기사가 나왔다. 몰래 빠져나온 게 아니라 정식 사절로서 상제의 전언을 들고 왕을 찾아왔다. 그런데 그 기사는 오직 염왕과의 독대를 요청했다.

기사는 상제의 은밀한 제안을 염왕에게 전했다. 이번 성전에서 선봉을 서 달라면서, 그 대신 아직 미혼인 라이너에게 아니카를 보내 주고 이후 염왕의 왕국은 왕의 자손들이 항상 아니카 왕비를 얻을 수 있을 거라고 했단다.

유진은 노트를 읽으며 짜증이 확 치밀었다. 염왕을 포섭하려는 그 괴물의 수작질은 뻔하면서도 달콤한 제안이었다.

―그래서요?
―기사를 죽이겠다고 길길이 날뛰는 염왕을 말리느라 고생했어. 지금 기사를 죽이면 괜한 빌미만 생기니까.

유진은 풋, 웃음을 터뜨리며 적었다.

―그 기사는 그럼 무사해요?
―무사…… 염왕한테 죽지는 않았지만 죽을 만큼 얻어맞아서…… 일단은 가둬 놨어.

물론 이 사건도 모든 왕이 공유했다.

―역시 그놈에게는 시간을 주면 안 되겠습니다. 간교한 괴물이에

요. 리차드.

　—반드시 이번 건기 안으로 처단해야 합니다. 니콜라스.

　— 왕국의 탄탄한 미래를 보장받았군요. 부럽습니다, 염왕. 아킬.

　—실망입니다, 염왕. 페레드.

　—그 새끼 목은 내가 딸 테니까 아무도 나서지 마쇼!

카세르는 펜을 내려놓고 그냥 노트를 덮었다.

*　　*　　*

유진은 아침에 눈을 뜨자마자 중얼거렸다.

'오늘.'

그녀는 배를 어루만지며 아이에게 타일렀다.

'오늘은 아주 중요한 날이야. 그러니 오늘만큼은 얌전히 있자, 알았지?'

태동이 시작된 이래로 아이의 움직임은 항상 어제보다 오늘이 더 강했다. 마치 배 속에서 자신이 하루가 다르게 자라고 있다는 사실을 자랑하는 것처럼 점점 활발하게 놀았다. 당연히 배가 불러올수록 아이가 커지고 힘도 세졌다. 그만큼 태동이 버거워졌다.

손을 얹은 배에서 아무런 진동도 느껴지지 않았다. 평소에는 그녀가 잠에서 깨어나면 이제 놀아도 되냐고 말하듯 아이가 움직이기 시작했다. 유진이 미소 지으며 배를 쓰다듬었다.

'그래. 착하다.'

남들이 들으면 임부의 착각이라고 말할지 모르겠지만, 유진은 종종 배 속 아이와 마음이 통한다는 느낌이 들었다. 그런데 자신이 과민한 건 아닐 것이다. 엄마의 라미타와 아이의 프라즈가 동조하니까 충분히 가능성이 있었다.

'이거야말로 아니카가 지닌 가장 특별한 능력일 거야.'

어머니와 아이가 공유하는 이 신비로운 유대감을 지금껏 괴물의 수작 때문에 아니카들이 누리지 못했다니, 참 안타깝다.

'이제는 달라져야겠지.'

유진은 아침 단장을 위해 시녀를 불렀다. 세수하고 옷을 갈아입고 아침을 먹는, 일상의 과정이 오늘따라 무척 길고 번거롭게 느껴졌다. 식사를 마치자마자 유진은 집무실로 들어가서 두 권의 노트를 펼쳤다. 먼저 아드리트에게 말을 걸었다.

—오늘 정오. 변동 사항은 없지?

금방 답변이 올라왔다.

—예, 왕비님. 저희 쪽 준비는 다 되었습니다.
—그래. 수고 많았어. 이따 정오가 되기 전에 다시 연락할게. 혹시 그사이에 무슨 일이 있으면 아무리 사소한 거라도 알려 줘.
—예, 왕비님.

정확히 정오에 방랑족의 은신처에서 왕국으로 이동하는 주술을 발동할 것이다. 그리고 그 주술을 통해 플로라가 올 예정이다.

출발지의 술식은 플로라가 사용한 뒤 소멸하지만, 재설치는 비교적 간단했다. 마음만 먹으면 얼마든지 새로 술식을 그려서 왕국으로 올 수 있었다.

유진은 카세르와 의논하여 플로라가 사용한 후에도 사막의 역을 바로 없애지 않고 당분간은 두기로 했다. 자신의 첫 주술이고 공들여 설치했으니 아까운 마음이 들었다. 아드리트가 급히 왕국에 올 일이 있다면 요긴하게 쓸 수도 있다.

그녀는 다른 노트로 시선을 돌렸다. 늘 그렇듯 카세르가 보낸 아침 인사가 올라와 있었다. 그녀 역시 인사말을 적은 후 곧바로 본론으로 들어갔다.

　　─예정대로 정오에 플로라가 올 거예요. 성도 분위기는 어때요?
　　─평소와 다르지 않아.
　　─다른 분들은요?
　　─어젯밤에 왕 모두가 이동 중이라고 했으니 정오 무렵에는 완충 지역에 다들 도착할 것 같아. 당신은 아니카 플로라가 도착하면 조심해. 절대 단둘이 있지 말고 적당한 간격 유지하고.
　　─그럴게요. 조심할 테니까 걱정하지 마요.

노트에서 시선을 떼면서 유진은 한숨을 내쉬었다. 플로라를 생각하면 마음이 복잡했다. 아드리트는 플로라가 무섭게 집중하며 열성적으로 주술을 배우고 있다고 했다. 오히려 그 모습이 마음에 걸렸다.

자신이 플로라였다면 그토록 빠르게 마음을 정리하지 못할 것 같았다. 가치관과 신념, 모든 게 다 무너지는데 순순히 받아들이는 사람이 과연 얼마나 있을까. 플로라가 진심으로 결심을 굳혔다면 무척 강한 마음의 소유자다.

'플로라. 현명한 판단을 해 줘. 네가 정말 성도의 평화를 바란다면.'

      *   *   *

엘버는 천천히 눈을 떴다. 그녀는 고개를 들어 허공을 응시했다. 마치 무언가 보이는 것처럼.

'이상하구나.'

뭐라고 설명할 수 없는 기이한 느낌이었다. 오감과 인간이 감지할 수 없는 미지의 감각이 뒤섞여 그녀를 옥죄었다.

'변화가 다가오고 있다.'

그녀는 이따금, 묘한 예감을 느끼곤 했다. 타고난 능력이었고 나이가 들수록 더 선명해졌다. 마치 이 세상 자체가 그녀에게 신호를 보내 주는 것 같았다. 그때마다 그녀는 '지금이구나'라고 판단하여 미래를 보는 주술을 발동했다.

오늘은 이전에 느꼈던 예감과 어딘가 달랐다. 훨씬 더 강렬한데 이상하게도 마음은 편했다. 전에는 때를 놓치지 않으려고 초조해하며 주술을 준비했다. 그런데 지금 그녀의 마음은 거울처럼 매끄럽고 잔잔한 수면과 비슷했다. 어떤 풍파도 자신을 흔들지 못할 거라고 확신했다.

그녀는 언제부턴가 자신의 변화를 느꼈다. 이유는 짐작 가는 데가 있었다. 진한테 금기의 술식 조각을 받아서 사유를 시작한 후부터였다. 새로운 깨달음이 그녀를 가두었던 한계를 깨뜨렸다.

그녀의 무의식 속 세계가 점점 넓어지기 시작했다. 작은 정원 같던 그녀의 세상은 끝이 보이지 않는 숲으로 확장되었다.

드넓은 숲을 거니는 동안 번뇌가 사라졌다. 고통도, 행복도 없었다. 생과 사의 구별, 그 의미를 잃었다. 이대로 계속 가다 보면 자신의 존재가 이 세상과 완벽하게 동화할 것 같았다.

그런데 무언가가 그녀를 붙들었다. 그것은 이 세상에 남은 한 줌의 미련 같은 것이었다. 반드시 그녀가 해결해야 하는 문제이기도 했다. 그런데 정확히 그게 무엇인지 알 듯 말 듯 했다.

엘버는 다시 눈을 감았다. 조금만 더 손을 뻗으면 닿을 수 있을 것 같았다.

*　　　*　　　*

정오가 되기 전에 유진은 왕성을 나섰다. 오늘은 아침에 돌문을 열지 말도록 지시했다. 만약 어제 해가 지기 전에 수도로 들어오지 못한 자들이 있다면 성벽에 거는 줄사다리를 통해서 들어올 수는 있으나 오늘은 누구도 사막으로 나갈 수 없었다.

전사들을 태운 마차가 겹겹이 호위하는 왕실의 마차는 막힘없이 대로를 달려갔다. 지나가던 자들은 크게 관심을 보이지 않았다. 유진이 술식을 그리기 위해 외출이 잦았던 터라 근래 자주 보는 풍경이었다.

왕실 마차 일행이 도착하자 돌문이 열리고 그들이 나가자마자 다시 굳게 닫혔다.

술식을 보호하는 역은 사막과 수도의 경계인 성벽으로부터 멀지 않은 곳에 직육면체 형태의 건물로 지었다. 주술이 발동할 때 외부 간섭을 차단하기 위해 창을 내지 않고 한쪽 벽에 문만 달려 있었다. 역 주변은 전사들이 번을 정하여 밤낮으로 지켰다.

마차 무리가 역 근처에 멈추어 섰다. 가장 먼저 내린 일꾼들이 천막을 설치했다. 간이 천막이 완성된 후 유진이 마차에서 내려 천막으로 들어갔다.

그녀는 주술 노트를 펴고 크게 심호흡했다. 이제 거의 정오가 다 되었다.

―이쪽은 준비가 다 되었어.

　―예. 저희도 이제 시작하려 합니다.

　유진은 노트에서 눈을 떼지 않았다. 성도에서 탈출하던 날도 오늘보다는 덜 긴장했던 것 같았다. 시간이 어찌나 더디 흐르는지 이젠 시간이 그냥 멈춘 것 같은 기분이 들었다.

　―이동 주술을 시작합니다.

　유진의 눈동자가 흔들렸다. 그녀는 숨을 죽이고 그다음 문장을 기다렸다.

　―출발했습니다.

　유진이 참았던 숨을 내쉬었다. 그녀는 시선을 들어 천막 너머에 있을 역을 바라보았다. 주술이 제대로 성공했다면 저 역 안에 지금 플로라와 와 있을 것이다.

　"스벤 경."

　천막 입구 쪽에 서 있던 스벤이 유진과 눈이 마주치자 고개를 숙였다. 미리 이야기해 두어서 유진이 다시 설명할 필요는 없었다. 스벤이 천막 밖으로 나가더니 잠시 후 몇 명의 전사를 더 데리고 들어와 유진의 주변을 에워싸듯 자리를 잡고 섰다.

　스벤이 잠깐 나갔을 때 천막 밖의 다른 전사들에게 지시했을 것이다. 그들은 역의 문을 열고 들어가서 플로라를 데리고 나올 것이다.

　"왕비님."

바깥에서 전사의 목소리가 들렸다. 유진을 호위하던 전사 중 한 명이 천막의 입구를 걷어 올렸다. 두 명의 전사와 함께 플로라가 안으로 들어왔다. 유진은 자신도 모르게 자리에서 벌떡 일어났다.

유진과 플로라는 서로를 마주 보며 잠시 말없이 서 있었다. 기묘한 어색함이 두 사람이 사이에 맴돌았다.

플로라가 산달이 가까워 보이는 유진의 배를 보고 놀란 표정을 지었다. 마지막으로 봤을 때는 눈대중으로는 임신을 알아차리기 어려운 정도였는데 어느새.

"……곧 태어나니?"

"응? 아니. 아직 꽤 남았어. 내가 배가 많이 나온 편이래."

플로라는 자신이 무슨 짓을 하려 했는지 갑자기 실감이 났다. 상제의 명이니까, 그것이 정의라고 믿어서 그랬다지만, 그게 전부는 아니었다. 진을 미워하는 마음도 어느 정도 작용했다.

그날 진을 성도로 납치했으면 저 아이가 무사하지 못했을 것 같다. 그 상황을 가정하자 상상만으로도 몸서리쳐졌다.

때때로 그녀는 자신이 참 형편없는 인간이라고 자괴감을 느꼈다. 그래도 아무 죄 없는 아이에게 끔찍한 짓을 할 만큼 바닥은 아니었다.

"아이가 다치기를 바란 적은 없어. 늦은 변명이지만."

유진은 플로라를 잠시 보다가 고개를 끄덕였다. 마지막으로 플로라를 봤을 때와 인상이 달랐다. 그때는 악이 똘똘 뭉친 사람 같았다면 지금의 플로라는 한결 편안해 보였다.

"계획한 오후까지는 시간이 남았어. 그때까지 휴식이나 식사, 원하는 게 있으면 말해."

플로라는 정오에 하시 왕국으로 온 후 오후에는 객실의 술식을 통해 성도로 갈 계획이었다. 그런데 오후의 언제라고 딱 정하지 않았다. 이런 저런 변수가 생길 수 있으니 넉넉히 시간 여유를 두었다.

플로라가 고개를 저으며 말했다.

"난 그 객실로 가서 술식을 고치고 곧바로 가려고 해. 미적거리면 괜히 생각만 많아질 것 같아서."

"플로라. 혹시 내키지 않는다면 솔직히 말해 줘. 이 주술은 꽤 위험할 수도 있어. 방랑족 어르신들의 경고를 너도 들었지?"

"지금 와서 바뀔 생각이었다면 여기 오지도 않았어."

플로라의 표정과 말투는 단호했다. 마치 자신이 반드시 해야 한다고 말하는 것 같았다.

"……그래. 준비해 둔 마차를 타면 그곳까지 데려다줄 거야. 그런데 네가 그 술식을 통해 이동하는 모습을 지켜볼 자도 함께 가야 해. 이미 네게 말했고 너도 승낙한 일이야."

"알고 있어."

유진이 플로라와 함께 들어온 두 명의 전사에게 살짝 고개를 끄덕여 지시를 내렸다. 이미 지시 사항을 숙지하고 있는 기사들은 신호만으로 알아듣고 고개를 숙였다. 유진은 플로라가 나간 후 두 권의 주술 노트를 펼쳤다. 노트 주인들이 궁금해하며 기다리고 있을 것이다.

— 무사 도착.

간단히만 적은 후 노트를 챙겼다. 더 자세한 이야기는 왕성으로 돌아가서 할 생각이었다.

플로라는 마차에 올라타며 작은 한숨을 내쉬었다. 어떤 얼굴로 진을 마주해야 할지 고민했는데 뜻밖에도 부드럽게 지나갔다. 확실히 진은 변했다. 예전의 진이라면 속을 헤집는 말을 던졌을 것이다.

마차가 출발했다. 그녀는 차창을 가린 커튼을 살짝 열었다가 다시 닫았다.

'내가 해야 해.'

마음이 흔들린 적도 꽤 있었다. 방랑족 노인들의 경고가 신경 쓰이고 한 번도 본 적 없는 라크들을 불러 모아야 한다는 게 끔찍했다. 그런데 자신이 거절하면 나중에 진이 하게 될 거라는 마라의 말을 듣고 망설임이 사라졌다.

주술사의 역할은 이번 작전의 핵심이다. 성도의 괴물 처치에 크게 기여했다고 누구나 인정할 것이다. 과거의 실수 정도는 그 공이 덮어 줄 테니까 이 기회를 놓치면 안 된다.

*　　*　　*

사제들이 문을 열고 들어왔다. 삼삼오오 모여서 이야기를 나누던 아니카들이 입을 다물고 시선을 돌렸다. 소음이 완전히 잦아들자 맨 앞의 사제가 말했다.

"오늘도 지하 기도실에 가실 수 있는 아니카는 세 분입니다. 누가 가시겠습니까? 말씀드렸다시피 아직 다녀오지 않은 분에게 우선권이 있습니다."

아니카 중 한 명이 나섰다.

"오늘은 내 차례예요."

멀찍이 케이티가 그 광경을 바라보았다.

'지하 기도실…….'

비밀 장소에 피데스가 남긴 쪽지를 읽었을 때만 해도 그가 무슨 뜻으로 한 말인지 알지 못했다. 그런데 열흘 전, 사제들이 찾아와 지하 기도실을 언급했다. 기도실에 다녀오는 아니카에게는 외출이 허락된다는 말을 듣고 쭈뼛 소름이 돋았다.

비록 반나절뿐이고 기사를 동행해야 한다지만, 성도궁에 오래 갇혀 지낸 아니카들에게 외출증은 무척 구미 당기는 제안이었다.

케이티는 아니카들에게 경고하고 싶었다. 하지만 정확히 뭘 조심하라고 해야 하는지 알 수 없으니 괜한 말을 했다가 상제가 눈여겨볼까 봐 두려웠다. 외출증을 얻고 싶어 하는 아니카 앤을 조용히 말리기만 했다.

기도실에 다녀온 아니카는 다른 아니카들이 에워싸고 질문을 퍼붓자 대수롭지 않다는 듯 말했다.

「그냥 기도만 올리고 왔어요. 어두운 기도실 분위기가 좀 음침한 거 외에는, 별것 없었어요.」

그리고 그 아니카는 반나절 외출은 하고 돌아왔다. 들어오는 길에 달콤한 간식거리와 화장품 등을 잔뜩 사 와서 다른 아니카들의 부러움을 샀다. 그 후 아니카들은 너도나도 기도실에 가려 했다.

그런데 아니카들을 유심히 관찰하던 케이티는 심상치 않은 변화를 발견했다. 기도실에 다녀온 아니카는 다들 무척 피곤해 보였다. 그리고 이튿날 아침, 어김없이 늦잠을 잤다. 평소 늦잠 자는 습관이 없던 아니카도 한낮이 되어 일어났다.

열흘이 지나자 눈치 빠른 아니카 몇 명은 뭔가 꺼림칙하다고 생각했다. 서서히 분위기는 미묘하게 둘로 나뉘었다. 여전히 기도실에 가서 외출증을 받으려는 아니카와 나서지 않으려는 아니카로.

케이티는 기도실에 가겠다는 아니카가 아무도 없는 날이 오면 사제들이 어떻게 반응할지 궁금했다.

'강제로 끌고 갈까?'

아니카 앤에게 말했더니 앤은 '에이, 설마 그러겠어요.'라고 말했다. 하지만 케이티는 충분히 가능하다고 생각했다.

"한 분 더, 누가 가시겠습니까?"

두 명의 아니카가 나섰고 마지막 한 자리를 두고 사제가 물었다.

"내가 가고 싶어요."

사제가 번쩍 손을 든 아니카를 보며 곤란한 표정을 지었다. 가능하면 성년이 지난 아니카만 지하 기도실로 데려가라고 지시를 받았다. 그런데 가겠다고 나선 아니카 헤더는 이제 열여덟 살이었다.

"아니카 헤더. 전에 말씀드렸다시피……."

"안 되는 이유가 뭔데요?"

"아직 아니카 헤더의 기운이 불안정합니다. 이 기도는 본래 기운이 정결한 아니카 사제들만이 참여할 수 있었습니다."

아니카가 자각몽을 꾸는 시기는 평균 열두세 살 정도. 그런데 라미타가 안정적으로 자리 잡는 시기는 보통 성년 무렵으로 보았다. 어릴 때는 자각몽을 꾸는 주기가 들쭉날쭉하다가 성년 이후에 비로소 정확한 주기마다 자각몽을 꾸었다.

"그럼 다른 방법으로 외출증을 얻을 수 있게 해 주던지요. 벌써 한 달이 넘도록 이 성도궁에서 지내고 있다고요. 나도 나가서 가족들을 만나고 싶어요. 아니면 성하를 뵙고 직접 말씀드리게 해 줘요."

"음…… 정 그러시다면 기운의 안정을 돕는 약이 있습니다만……."

사제가 끝까지 거절하지 않고 이상한 말을 하자 케이티는 가슴이 덜컹했다. 아직 성년도 되지 않은 어린 아니카에게 무슨 일이 생길지도 모르는데 모른 척할 수는 없었다.

"내가 가겠어요."

케이티가 나서자 사제가 안도하며 재빨리 자리를 정리했다.

"그런데 난 외출이 필요하지 않으니 내 외출증은 아니카 헤더에게 줘요. 그래도 괜찮지요?"

"아, 예. 그렇게 조치하겠습니다."

자리를 가로챘다고 생각했는지 케이티를 원망스럽게 보던 헤더가 그 말을 듣고 어쩔 줄 몰라 했다. 헤더가 케이트 뒤를 얼른 쫓아 나가며 불렀다. 케이티가 돌아보자 헤더가 허리를 숙였다.

"감사합니다. 아니카 케이티."

케이티가 빙긋 웃으며 가볍게 헤더의 어깨를 두드렸다. 헤더는 멀어지는 케이티의 뒷모습을 벅찬 표정으로 바라보았다.

아니카는 어릴 때부터 혼자 서는 법을 알아야 했다. 사람들은 아니카를 특별한 존재라고 우러르고 아니카끼리는 나이의 적고 많음에 상관없이 서로를 동등하게 대했다. 아무리 어려도 어리광은 통하지 않았다. 어리다고 특별한 배려를 받지도 않았다. 헤더는 처음 받는 어른의 도움이 감격스러웠다.

케이티를 포함한 세 명의 아니카가 사제와 함께 기도실로 가고 얼마 후, 사제가 와서 헤더에게 외출해도 좋다고 말했다.

"아니카 케이티께서 오늘 안으로 외출할 수 있도록 처리해 달라고 하셨습니다. 호위할 기사가 곧 올 테니 준비해 주십시오."

헤더가 활짝 웃으며 말했다.

"알았어요. 고마워요."

헤더는 나가기 전에 아니카 앤에게 물어서 케이티의 집 주소를 알아 두었다. 케이티의 가족에게 그녀의 소식을 전하는 것이 그나마 지금 자신이 할 수 있는 보답이라고 생각했다.

'아무래도 이상해.'

상제는 붉은 눈을 가늘게 뜨고 골똘히 생각에 잠겼다. 그리고 픽 웃었다.

'인간 노릇을 오래 했더니 인간의 능력이라도 생긴 건가. 나쁜 예감이 드는군.'

열흘 전, 염왕을 설득해 보려고 방어벽 바깥으로 기사를 보냈다. 사왕은 어차피 안 될 테니까 제쳐 두고 염왕하고는 말이 통할 줄 알았다. 아직 미혼이니 아니카 왕비를 준다고 하면 단순한 성품의 염왕이 흔들릴 거라고 생각했다.

그런데 밀사로 보낸 기사에게 뭔가 안 좋은 일이 생겼다. 죽지는 않았으나 죽기 직전까지 고통을 겪은 감각을 전달받았다. 그리고 성벽 위에 세워 둔 정찰병은 밖으로 나간 기사로부터 약속한 신호를 받지 못했다고 보고했다. 염왕과의 교섭이 실패한 게 틀림없었다.

상제는 그때부터 판을 뒤집을 계획을 세우기 시작했다. 과감히 이 성도를 버리기로.

'그래. 성도에 얽매일 필요가 없지. 일이 자꾸 어긋나는 걸 보면 여기 계속 있어 봤자 내게 좋을 게 없어.'

고목을 봤다는 엘버의 미래를 들었을 때부터 찜찜했던 기분이 결단을 내리고 나니까 가벼워졌다. 진과 플로라를 포기하려니 속이 쓰리지만, 원하는 걸 모두 쥐려다가 다 놓칠 수가 있다.

다만, 엘버가 신경에 거슬렸다. 하지만 주술을 깨면 그녀는 어차피 곧 죽을 것이다. 그 지하 감옥에서 시체로 발견되거나 다 썩어 뼈만 남을 때까지 누구도 찾지 못할지도 모른다.

상제는 성도에 있는 모든 아니카들한테 가능한 만큼 기운을 흡수하여 생명력을 채운 후 직접 마라를 찾아 나서겠다는 새로운 계획을 세웠다.

'그놈이 날 뛰어넘기 전에 잡아먹어야 해.'

지금쯤이면 그놈은 그 옛날보다 훨씬 강해졌을 터. 그놈만 잡아먹으면 자신의 생명력은 강대해질 것이다. 원래의 세계로 돌아가는 문을 열면 좋고, 열지 못해도 모든 것을 원점에서 다시 시작하기에 충분한 생명력을 얻을 수 있다.

'새로운 엘버를 찾아서 또 시작하려면 지루하기는 해도 해 봤던 일이니 전보다는 수월하겠지.'

마음먹었으면 실행은 빠를수록 좋다. 상제는 활동기가 시작하는 날, 성도를 떠나자고 결정했다.

'성도궁을 무너뜨린 후 혼란스러운 틈에 성도에서 빠져나가면 돼.'

남아 있는 사제들이 방어벽 주술을 얼마나 유지할 수 있을지는 모른다. 오래 끌면 좋고, 금방 주술이 깨져도 상관없다. 주술이 깨지면 더는 환수의 영역이 아니게 된 성도로 라크가 침범할 것이다.

성도는 인구 밀도가 높으니 라크들은 인간 냄새에 홀려 몰려들 터. 그 난리 통을 수습하는 것만으로도 왕들은 정신이 없을 것이다.

'음?'

상제가 눈을 감으며 음미하는 표정으로 미소 지었다.

'기도 시간이군.'

몸 안으로 흘러들어 오는 달콤한 기운이 느껴졌다. 하지만 만족스럽지는 않았다. 한 번에 세 명이나 동원하는데도 오랜 세뇌와 훈련으로 단련된 아니카 사제 한 명이 불어넣는 기운만도 못했다.

내일부터는 다섯 명으로 할까 생각하던 상제가 미간을 찌푸렸다.

'오늘은 평소보다 훨씬 적어. 두 명만 들어왔나?'

상제는 사제를 불렀다.

피데스는 자신의 그림자 길이로 시간을 계산했다.

'거의 정오가 되었나.'

답답한 마음에 한숨을 내쉬었다. 온종일 하는 일이라고는 시간의 흐름을 확인하는 것뿐이었다. 그가 상제의 명으로 맡은 이번 임무는 어렵지 않았다. 바닥에 그려진 기이한 문양을 누구도 손대지 못하도록 지키고 서 있다가 뭔가 사소한 변화라도 생기면 즉시 보고하면 되었다.

처음 문양을 봤을 때는 범상치 않은 것이라고 짐작했다. 성도의 방어벽 신술을 발동할 때 봤던 문양보다 크기는 훨씬 작은데 생김새는 거의 비슷했다. 이것이 위치한 장소가 비밀스럽고 지키는 자들이 자신 외에도 사제들이 여럿인 것으로 봐서는 상제가 꽤 중요하게 여기는 것 같았다. 그래서 처음에는 눈을 부릅뜨고 주변의 모든 것을 눈에 담고 기억하려 했다.

그러나 한 달이 훌쩍 넘도록 문양은 아무 변화가 없었다. 창살벽으로 둘러싸인 외진 곳까지 침입하는 자도 없었다.

지루함은 견딜 수 있지만, 그는 점점 초조해졌다. 혹시 상제가 자신을 의심해서 무엇도 보고 들을 수 없는 곳으로 보낸 건 아닐까. 사실 이 문양은 아무것도 아닌데 눈속임으로 중요한 척하는 건 아닐까.

'이곳을 나가야 하나.'

그는 시선을 돌려 주변을 보았다. 신술 문양을 둘러싼 형태로 일정 간격을 두고 사제들이 서 있었다. 더 멀찍이는 병사들도 있었다.

'눈속임은 아닌 것 같은데…….'

그런 것치고는 이곳의 경비는 무척 삼엄했다. 더구나 사제들은 돌아가면서 거의 두어 시간에 한 명씩 자리를 비웠다. 이곳 상황을 보고하러 성도궁으로 가는 것 같았다.

'대체 이게 뭐길래.'

성도를 지킨다는 그 신술처럼 사람이 죽는 장면을 보지 않는 것만은 무척 다행이었다. 아마 그런 일을 또 눈앞에서 봤으면 견딜 수 없었을 것이다.

우두커니 바닥의 문양을 내려다보던 피데스가 흠칫 놀랐다. 문양에서 희미하게 빛이 뿜어져 나왔다. 시선을 드니까 사제들도 봤는지 허둥지둥 움직였다.

그는 다시 문양을 보면서 검을 쥐었다. 아까보다 빛이 더 강해져서 점점 똑바로 보기가 힘들었다. 갑자기 강렬한 광선이 뿜어져 나왔다. 자신도 모르게 질끈 눈을 감았다가 뜬 그는 흠칫 놀랐다. 문양의 정중앙에 로브를 입고 후드를 깊이 쓴 사람이 서 있었다.

"누구냐."

후드를 벗는 사람 얼굴을 확인하자마자 그의 빈틈없던 방어 자세는 힘없이 풀어졌다. 그는 멍하게 중얼거렸다.

"아니카 플로라⋯⋯?"

플로라가 피데스를 보고 눈살을 찌푸렸다. 왜 여기 있느냐고, 묻기도 전에 사제들이 그녀의 주변으로 몰려들었다.

"아니카 플로라!"

"돌아오셨군요!"

*   *   *

플로라와 호텔 객실까지 동행한 전사는 플로라가 주술을 통해 모습이 사라지는 모습을 본 후 즉시 호텔 옥상으로 올라가서 신호탄을 터뜨렸다.

하늘에서 푸른색 신호탄이 터졌다. 지나가던 사람들은 걷기에 터지는 신호탄을 보면서 웅성거렸다. 그런데 '이제 괜찮다'라는 뜻을 담은 푸른색이라서 그런지 별 소란은 없었다.

왕성에서 신호를 받은 자가 유진에게 달려가 고했다. 푸른색 신호탄은 플로라의 이동 주술이 성공했다는 뜻이었다.

유진은 곧바로 주술 노트에 적었다.

―플로라가 성도로 갔어요.

카세르는 유진이 보낸 전언을 확인하자마자 다른 왕들에게 알렸다.

―시작합니다. 카세르.

왕들은 각자의 자리에서 주술 노트를 정오가 되기 한참 전부터 보고 있었다. 카세르의 문장이 떠오르자마자, 모두의 표정에 긴장이 감돌았다.

오늘 아침까지 성도 근처에 있던 라이너는 자신의 군대가 기다리고 있는 국경 쪽으로 움직였다. 그래서 현재 성도 앞에서 진을 치고 있는 사왕을 제외한 다섯 명의 왕이 각자 본인의 왕국 국경으로부터 멀지 않은 완충 지역에서 기다리고 있었다.

아킬은 숨을 한 번 몰아쉰 후 벌떡 일어나 천막 밖으로 나갔다. 왕의 등장은 신호가 되어 대기하고 있던 전사와 병사들이 자세를 바로잡았다.

아킬은 자신의 군대를 천천히 눈으로 훑었다. 열을 지키며 서 있는 줄의 끝이 한눈에 들어오지 않았다. 이 자리에 모여 있는 군대의 숫자는 삼만이 넘었다. 만일을 대비할 만큼의 군사는 왕국 곳곳에 빈틈없이 배치한 후 단기간에 끌어모을 수 있는 정예병을 모두 데려왔다.

괴물을 처단하기 위해서 라크를 성도로 들여보낼 수밖에 없다지만, 성도민들에게는 날벼락일 것이다. 평생 라크를 본 적도 없는 그들은 맞서 싸우기는커녕 저항도 하지 못할 터. 그래서 최대한 피해 없이 라크를 사냥하고 성도민들을 보호하기 위해 군대를 데려왔다.

아킬뿐만이 아니라 다른 왕들도 마찬가지였다. 그러니 여섯 왕국에서 모두 동원한 군대를 합하면 이십만에 가까웠다.

'이번이 유일한 기회다. 반드시 놈을 해치워야 해.'

아킬은 이번 건기 안으로 괴물을 처단해야 한다는 사왕의 의견이 옳았다고 인정했다.

왕들은 손해를 감수하며 군대와 물자를 동원했다. 사실 왕은 자신의 왕국이 우선이므로 이해득실을 따져 성도민의 희생을 아예 모른 척할 수도 있었다. 모든 왕이 사심 없이 한 마음으로 역량을 집중한 이번 같은 전쟁은 두 번 다시 없을지도 모른다.

'놈. 진정 신이 계신다면 오늘이 네 마지막 날이 될 거다.'

그는 대기한 전사들을 보며 한쪽 손을 들어 올렸다.

왕의 천막으로부터 멀지 않은 곳에 작은 집 한 채 규모의 철창 우리가 있었다. 이 튼튼한 우리를 단기간에 만들기 위해 왕국의 솜씨 좋은 대장장이들을 총동원했다. 전사가 핏물이 든 통을 들고 우리로 다가갔다.

다른 왕들도 저것과 비슷한 우리를 준비했을 것이다. 씨앗을 깨뜨려 나타난 라크를 가두어 두기 위한 곳이었다. 왕들은 라크를 잡으려다가 번번이 실패한 경험을 교훈 삼아 가두어 두는 편이 쉽겠다고 의견을 모았다.

플로라가 성도로 들어간 직후부터 작전이 시작된다. 이동 주술이 발동한 후 꼬박 이틀. 왕들은 그때까지만 기다리기로 했다. 그녀가 이틀 안으로 조종 주술을 발동하지 않으면 이번 작전은 실패다.

플로라가 언제 주술을 시작할지 정확한 시각은 미리 정하지 않았다. 봉쇄된 성도의 상황이 어떤지 알 수 없기 때문이다. 그런데 그녀와 연락을 전혀 주고받을 수 없는 상태에서, 주술이 발동하는 순간을 바깥에서는 정확히 알아차려야 한다. 그래서 그 주술에 반응할 실험체 라크를 준비하려는 것이다.

우리의 안쪽에 판판한 돌을 두고 그 위에 붉은 씨앗을 올려놓았다. 전사가 우리 틈 사이로 팔을 넣어 씨앗 위에 핏물을 부은 후 얼른 물러났다. 주변의 전사와 병사들은 애써 내색하지 않는 척했지만 결국, 호기심 가득한 표정으로 핏물에 반응하는 씨앗을 구경했다.

잠시 후 거미 형태의 라크가 깨어났다. 여덟 개의 두툼한 다리에 수북하게 털이 돋아 있고 앞머리 부분에는 수십 개의 붉은 눈알이 번뜩였다. 라크는 즉시 인간들을 향해 달려들었다. 우리 주변의 전사들은 자신도 모르게 움찔했다. 쿵, 요란한 소리를 내며 라크는 철창에 부딪혔다.

우리의 철창은 사람의 팔이 겨우 들어갈 정도로 간격이 좁았다. 덩치가 사람 두 배에 달하는 거대한 거미는 그 틈새로 빠져나오지 못하고 온몸을 던져 부딪칠 뿐이었다.

라크는 한참 날뛰더니 탐색하듯 우리 안을 돌아다니다가 다시 철창을 부수려고 시도했다. 자신의 힘으로 우리를 부수지 못한다는 판단을 못하는 듯했다. 그야말로 지능이 없이 공격 본능만 있는 괴물이었다.

아킬은 자신의 환수와 우리 속 라크를 번갈아 보았다.

'저런 놈이 언젠가 이런 환수가 될 수도 있다고?'

그 과정이 도통 상상이 되지 않았다.

"전하. 준비되었습니다."

전사가 다가와 보고했다.

"시작하라."

병사들이 가는 나무를 엮은 널따란 발을 바닥에 깔기 시작했다. 그리고 다른 병사가 기름병을 가져와 그 발 위에 부었다. 기름은 틈새로 다 빠져나가고 발 위에는 붉은 씨앗만 남았다.

아킬은 델러노의 모든 씨앗 저장소를 뒤져서 가장 등급이 낮은 씨앗을 천 개가량 가져왔다. 우선 그중 반만 기름통에서 꺼내고 주변에는 씨앗을 깨뜨릴 전사들을 배치했다. 조종 주술이 발동되면 즉시 씨앗을 깨뜨릴 계획이다. 계획대로 진행된다면 주술에 걸린 라크들은 이곳에 모인 군사들을 공격하는 게 아니라 성도로 달려갈 것이다.

아킬은 요란한 소리를 내며 철창에 덤벼드는 거미 라크를 응시하며 말했다.

"특이한 반응을 보이면 즉시 알려라."

"예, 전하."

아킬은 천막으로 들어갔다. 노트를 펼치니 왕들의 대화가 올라와 있었다.

ㅡ뭐가 나왔습니까? 이쪽은 뱀이요. 라이너.

아킬이 픽 웃었다. 어쩐 일로 이름을 다 적었을까. 이제 왕들의 필체가 눈에 익어서 이름이 없어도 누가 쓴 건지 알 수 있었다. 그런데 염왕만은 필체가 눈에 익기 전부터 구별했다. 끝에 이름이 없으면 무조건 염왕이었다.

─멧돼지가 나왔군요. 우리 안에서 아주 난리입니다. 리차드.

─흰개미입니다. 니콜라스.

아킬이 밑에 적었다.

─거미입니다. 아킬.

─거미? 어떤 거미요? 다리가 길고 몸통이 작은?

─짧은 다리에 털이 나 있고 독거미 같소. 아킬.

─독거미 라크는 아직 본 적이 없소. 구경을 가…… 는 건 안 되
겠지. 안타깝군. 근데 낮은 등급이니 사냥할 재미는 없겠소. 우리 안
에 있는 라크를 보고 있으니 손이 근질거리는데 다들 안 그렇습니
까?

─우리 안에서 씩씩대는 걸 보는 재미도 괜찮습니다. 리차드.

─동물형이면 모를까 곤충형은 그다지…… 사냥이 내키지 않는
군요. 니콜라스.

─이쪽도 뱀입니다. 페레드.

─뱀? 크기가 얼마나 되오? 내 거보다 큰가?

주술 노트를 읽으며 카세르가 헛웃음을 흘렸다. 전혀 긴장감 없는 대
화가 이어지고 있었다.

염왕의 한결같은 가벼움은 이쯤이면 개성으로 인정해 줘야 할 것 같
다. 이제 카세르는 라이너가 어떤 희한한 짓을 해도 별로 화가 나지 않았
고 다른 왕들도 마찬가지인 것 같았다.

피데스는 플로라를 반기는 사제들을 보며 미묘한 배신감이 들었다. 누구도 피데스에게 플로라를 기다리고 있다고 말해 주지 않았다.

원래 사제와 기사 사이에는 보이지 않는 계급이 있었다. 기사는 자신들이 진정한 신의 검이라는 우월감에 차 있어서 사제는 잡일꾼 취급하며 무시했다.

그 계급이 상제가 성전을 공표한 이후부터 흔들렸다. 상제는 사제에게 높은 지위와 권한을 약속했고 사제들은 자기들끼리 더 똘똘 뭉치기 시작했다. 최근, 피데스는 그 변화를 직접적으로 느끼고 있었다. 전에는 그에게 살갑게 굴었던 사제들이 거리를 두는 태도를 보였다.

'어쩐지 아니카 플로라가 보이지 않더니만…….'

사제들 반응으로 짐작하건대 플로라는 오랜만에 돌아온 것 같았다.

'성도를 봉쇄하기 전에 나갔겠군. 어디를 다녀온 걸까. 저 신술을 통하면 성도 밖으로 나갔다가 들어올 수 있는 건가.'

그는 바닥의 문양을 보다가 흠칫 놀랐다. 문양이 점점 흐려지고 있었다. 곧 거의 알아볼 수 없을 정도로 사라졌다.

'신술…… 대체 저걸 어디에 알아봐야 하지?'

전혀 단서가 없으니 막막했다. 그는 플로라 앞으로 성큼성큼 다가갔다. 그리고 표정 없이 건조한 태도로 말했다.

"기다리고 있었습니다. 아니카 플로라. 성하께서 기다리고 계십니다."

그는 사제들을 돌아보며 말했다.

"즉시 아니카 플로라를 모시고 성도로 가겠습니다. 성하께서는 조용히 움직이기를 바라셨습니다. 눈에 띄지 않도록 작은 마차 한 대를 준비해 주십시오. 그리고 이곳의 정리를 부탁합니다."

사제들이 서로 시선을 교환했다. 그들은 플로라가 오면 즉시 성도궁으로 데려오라는 지시를 받았는데 피데스가 이곳으로 오기 전이었다. 그래서 피데스가 따로 명을 받았나 보다, 라고 생각했다.

"예, 성기사님."

'성기사님?'

플로라는 피데스를 부르는 호칭을 듣고 머릿속이 복잡해졌다. 피데스 앞에서 방심하면 안 되겠다고 생각하며 주변을 보며 물었다.

"여긴 어디죠?"

그녀가 성도를 떠나기 전에 도착지 술식을 어디에 설치할지는 듣지 못했다. 막연히 성도궁 안일 거라고 생각한 터라 낯선 장소가 당혹스러웠다. 사제가 대답했다.

"신술이 방해받지 않도록 준비된 장소입니다. 성도궁까지는 마차를 타고 이동하셔야 합니다."

잠시 후 자리를 비웠던 사제들이 돌아와 마차가 준비되었다고 말했다. 플로라는 사람들과 걸어가면서 지나치는 건물을 보며 말했다. 그 건물 앞에도 사람이 서 있었다.

"저긴 무엇에 쓰는 건물이에요? 안에 누가 있나요?"

"저희도 모릅니다. 아니카 플로라. 누구도 들어가서는 안 된다는 지시만 받았습니다."

사제의 대답을 듣고 감옥 같다고 생각한 순간 플로라의 머릿속으로 스쳐 지나가는 기억이 있었다. 지하 동굴에서 방랑족의 노인들한테 주술을 배우며 그들과 나눈 대화 내용이 떠올랐다.

「성도에도 어르신들 같은 주술사가 있다는 말씀이에요?」

「그렇지. 마라 저놈처럼 성도의 그놈도 주술을 이용하려면 반드시 주술사의 도움이 필요하거든.」

「누군지는 아세요?」

「알 리가 있나. 그런데 우리처럼 여럿이 아니라 한 명이라고 해. 정말 대
단한 주술사야. 우리는 발끝에도 못 미칠걸.」

'저기구나.'

상제가 자신의 주술사를 가두어 둔 장소가 틀림없다.

'만나고 싶다.'

사십 일이 넘도록 밤잠을 아끼며 배웠는데도 지하 동굴 노인들의 지
식을 겨우 일부만 담을 수 있었다.

주술은 무척 매력적인 학문이었고 그녀는 장차 주술이 세상을 지배하
게 될 거라고 확신했다. 그러니 선점하는 자가 우위에 설 수 있을 것이
다.

그녀는 상제 처단 후 다시 방랑족의 은신처로 가서 주술을 배울 생각
도 했다. 그런데 그 노인들은 비교도 할 수 없는 고위 주술사라니. 얼마
나 대단한 능력자일까. 가슴이 두근거렸다.

묵묵히 걸어가는 사람들의 발밑에서 자갈 부딪치는 소리만 들렸다.
사제들이 문 바깥의 사람과 암구호를 몇 번 주고받은 후 굳게 닫힌 철문
이 열렸다. 바로 보이는 곳에 말 한 마리가 끄는, 두 사람이 겨우 탈 만큼
작은 마차가 기다리고 있었다.

함께 나온 여사제가 말했다.

"아무래도 저도 아니카 플로라를 모시고 함께 가야겠습니다. 성하께
보고드릴 내용도 있습니다. 마차를 좀 더 큰 것으로 가져오겠습니다."

피데스는 지체했다가 사제들이 더 따라가겠다고 나설까 봐 얼른 말했
다.

"이 마차가 적당합니다. 사제님이 마차 안에 타세요. 아니카 플로라. 불편해도 잠시만 견디어 주십시오."

"아, 아니, 그럴 수는."

"난 괜찮아요."

플로라가 흔쾌히 승낙했다. 방랑족의 은신처 생활도 견뎠는데 마차 안의 비좁음은 별문제가 아니었다.

마차 안에 플로라와 여사제 두 명이 타고 피데스가 마부석에 앉았다. 곧 출발한 마차는 얼마 가지 않아서 멈추었다. 마차 바깥에서 피데스의 목소리가 들렸다.

"사제님. 마차에 문제가 생겼습니다. 조금만 도와주시겠습니까?"

곧바로 사제가 마차에서 내렸다. 내리고 나서 잠시 후, 다시 사제가 타지 않았는데도 마차가 출발했다. 플로라는 이상한 기분이 들어 마부석 쪽 마차 벽을 두드렸다. 하지만 마차는 계속 달릴 뿐이었다.

*　　*　　*

─오늘 기도실에 세 명의 아니카가 내려간 것이 확실합니까?

"예, 성하. 제가 직접 보았습니다."

세 명의 이름을 물어보려던 상제가 미간을 찌푸렸다. 피데스가 움직이는 기척을 느꼈다.

─알겠습니다. 나가 보세요.

상제는 일단 사제를 내보내고 정신을 집중했다. 피데스에게는 다른 기사보다 더 짧은 주기로 씨앗을 주었다. 그래서 그의 기척을 누구보다 선명하게 감지할 수 있었다.

피데스는 한 달이 넘도록 비밀 감옥에서 꼼짝하지 않았다. 수시로 와서 보고하는 사제들이 피데스가 성실하게 임무를 수행 중이라고 말했다. 이제는 그를 어느 정도 믿을 만하다고 생각하던 참이었다.

'이동 술식에 문제가 생겼나?'

만약 보고할 목적이라면 성도궁으로 와야 할 텐데 피데스가 움직이는 방향은 오히려 성도궁에서 멀어지고 있었다. 상제는 사제를 불러 지시했다.

—즉시 비밀 성소로 가서 무슨 일이 있는지 알아보세요. 서둘러야 합니다.

사제가 급히 성도궁을 나설 무렵 플로라는 마차 내부를 둘러보며 탈출 방법을 찾고 있었다. 마차 벽을 아무리 두드려도 반응이 없자 겁이 덜컥 났다.

사제들이 주로 쓰는 이 작은 마차는 벽에 창을 낼 구조가 안 되어 마차 안이 어둡지 않도록 천장에 열리지 않는 창만 달려 있었다. 문을 열려고 손잡이를 돌렸으나 마차 문은 꼼짝하지 않았다.

'피데스 경이 왜…… 저 마부석에 앉은 사람이 피데스 경이 맞기는 한가? 혹시 악마의 주구들한테 내가 속은 건가? 성하께서는 이미 다 알고 계신 것 아닐까? 신의 뜻을 저버린 나를 벌하시려는 걸까?'

온갖 생각이 머릿속을 어지럽혔다. 두 손을 모아 쥐고 '어떡하지, 어떡하지.'라고 중얼거리던 그녀는 마차의 속도가 줄자 고개를 들었다. 이내 마차가 완전히 멈추어 섰다. 그녀는 조심스레 마차 벽을 두드렸다.

"피데스 경."

아무런 대답이 없었다. 그녀는 더 세게 마차를 두드리며 소리쳤다.

"피데스 경! 거기 없어요?"

마부석에 앉은 채 피데스는 두 손에 얼굴을 묻고 깊은 한숨을 내쉬었다. 등 뒤에서 쾅쾅 마차 벽을 두드리는 소리와 플로라의 목소리가 들려오는데도 그는 꼼짝하지 않고 있었다.

외부와 연락이 차단된 외진 감옥 안에서 도돌이표 같은 하루하루를 보내는 동안 그의 절망은 깊어져만 갔다. 성도 바깥에 왕들이 모여 있다는 소식을 들은 후, 한 달이 훌쩍 넘도록 아무 일도 벌어지지 않았다. 성도를 감싼 방어벽을 왕들도 어찌하지 못한다는 결론이 나왔다.

자신이 이 상황에서 뭘 해야 하는지, 뭘 할 수 있을지 고민하던 중에 플로라가 나타났다.

그의 마음속에는 복잡한 감정이 켜켜이 쌓여 있었다. 두려움, 분노, 배신감, 어떤 단어로도 명확히 정의할 수 없었다. 사제들의 환대를 받는 플로라를 보면서 응집된 감정이 꿈틀거렸다.

상제가 많은 인원을 동원하여 신술을 지킨 이유가 플로라를 기다리기 위해서라면, 플로라의 존재가 그만큼 상제에게 중요하고 도움이 된다는 뜻이었다. 상제에게 힘을 보태 줄 존재를 상제 곁으로 보내면 안 된다는 생각에 충동적으로 플로라를 빼돌렸다.

그러나 경솔한 행동에는 대가가 따른다. 자신이 어처구니없는 짓을 저질렀다는 사실을 깨달았을 때 이미 늦었다. 상제의 추적을 벗어날 수 없는 자신은 어디에도 숨을 곳이 없었다.

'지금 내가 할 수 있는 일.'

피데스는 어둡게 침잠한 눈으로 뒤를 돌아보았다.

"거기 누구 없어요! 아무도 없나요! 도와주세요!"

쾅! 바깥에서 마차를 치는 소리를 듣고 고함을 지르던 플로라는 놀라서 입을 다물었다.

"소리쳐도 들을 사람이 없습니다. 기운 빼지 마세요."

바깥에서 목소리가 들렸다. 귀에 익은 소리였지만, 플로라는 혹시나 해서 확인했다.

"피데스 경? 피데스 경이 맞아요?"

"그렇습니다."

"지금 뭐 하는 거예요? 여긴 어디예요?"

피데스가 시선을 돌려 경사가 가파른 오르막길을 응시했다. 이곳은 성도 안의 유일한 돌산으로 올라가는 뒷길이었다. 평소에도 거의 오가는 사람이 없는 곳이었다. 요즘처럼 거리에 나다니는 사람조차 통제하는 분위기에서는 이 근처에 누가 올 리가 없었다.

"길게 이야기할 시간이 없군요. 상제가 금방 날 찾아낼 테니까요. 아니카 플로라, 당신은. 성도궁으로 가면 안 됩니다. 하지만 어차피 어떤 말을 해도 당신은 들으려 하지 않겠지요."

플로라는 가라앉은 피데스의 목소리에서 심상치 않은 느낌을 받았다. 그래서 가능한 한 문과 멀리 떨어져 벽에 바짝 등을 붙였다.

잠시 후 문이 열렸다. 해를 등진 방향으로 문 앞에 서 있는 피데스의 모습이 역광에 그림자가 져서 어쩐지 섬뜩했다. 마차 안이 워낙 좁으니 그가 살짝만 상체를 굽혀 팔을 뻗으면 곧바로 자신의 몸에 닿을 것 같았다.

"날 해치면 왕들이 경을 가만두지 않을 거예요!"

플로라가 소리쳤다. 그녀가 상제가 아닌, 왕을 방패로 내세운 것은 본능적인 판단이었다. 만약 피데스가 상제에게 충성한다면 적 앞에서 배신을 자백한 꼴이었다.

그런데 그녀는 피데스가 성기사님이라고 불릴 때부터 뭔가 이상하다고 생각했다. 그녀가 아는 피데스는 신실한 기사이지, 공을 탐하는 자가 아니었다. 그는 답답할 정도로 자기 자신을 내세울 줄 모르고 욕심부릴 줄도 몰랐다.

마차에서 플로라를 끌어내리던 피데스가 멈칫했다. 만약 플로라가 상제를 뒷배로 언급했다면 그는 망설이지 않았을 것이다.

"……왕이라고 했습니까?"

"성도 바깥에 왕들이 와 있어요. 금방 들이닥칠 거라고요."

"아직도 말입니까?"

"당연…… 알고 있었어요?"

"그 소식을 한참 전에 들었습니다. 하지만 바깥 사정을 알 방법이 없어서……."

피데스는 이제 활동기가 머지않았으니 왕들이 끝내 성도에 들어올 방법을 찾지 못하고 철수했을 거라고 생각했다.

플로라는 미심쩍은 시선으로 그를 훑어보며 말했다.

"경은 뭐예요? 어느 쪽이에요? 성기사님이라면서, 상제를 배신하는 거예요?"

피데스가 냉소를 지었다.

"상제요? 그런 건 없습니다."

플로라는 피데스의 눈동자에 순간의 분노와 경멸이 스쳐 지나가는 것을 보았다.

"우리 서로 오해를 풀어야 할 것 같네요. 무슨 일이 있었어요?"

"그건…… 한가하게 대화할 시간이 없습니다. 말했지만, 상제는 저를 추적할 수 있습니다. 아마 지금쯤 제가 그 감옥에서 나온 것을 이상하게 생각해서 사람을 보냈을 겁니다."

"그럼 지금이라도 어서 성도궁으로 가요. 아, 그 사제. 사제는 어떻게 했어요? 죽였어요?"

피데스는 고개를 저었다. 차마 죽일 수는 없었다. 기절시켜서 눈에 안 띄는 수풀 속에 눕혀 두기만 했다.

"죽이지는 않았다니 그나마 수습할 수 있겠네요. 내가 어떻게든 변명거리를 만들어 볼게요. 성도궁으로 가요. 자세한 이야기는 나중에 하고요."

"성도궁으로는 가실 수 없습니다."

피데스는 여전히 플로라가 의심스러웠다. 플로라가 성도궁으로 들어간 후에는 자신이 손쓸 방법이 아예 사라진다. 그녀가 상제의 손아귀에 들어가면 무슨 일이 벌어질지 예측할 수가 없었다. 지금보다 상황이 나빠지면 그보다 더 최악은 없다.

"그럼 어쩌라고요?"

"……."

"무슨 생각으로 여기에 온 거예요?"

플로라는 묵묵부답의 피데스를 노려보았다. 이렇게 대책 없는 사람인 줄 몰랐다. 성도로 돌아온 후 다양한 상황에 대처하기 위해 머리가 지끈거리도록 시나리오를 짰다. 설마 이런 일은 생각도 못 했다.

'아니지. 굳이 성도궁으로 갈 필요는 없잖아.'

원래 플로라는 상제를 만나서 적당한 거짓말로 그동안 무슨 일이 있었는지 꾸며 말하고 어떤 핑계를 대서든 혼자 있는 장소와 시간을 확보하려고 했다.

이동 주술을 통해 성도로 돌아가면 분명히 사제나 기사가 기다리고 있을 것이다. 자신의 능력으로는 그들을 뿌리치고 도망칠 수 없다. 그런데 생각지 못하게 자유의 몸이 되었다. 바로 지금.

"피데스 경. 우리 집으로 가요."

서둘러 주술을 발동해야겠다고 마음을 굳혔다.

"내가 왕들이 성도로 들어오게 할 방법을 알아요. 그러니까 일단 가자고요. 경한테 다른 뾰족한 수가 없다면 말이죠."

약간의 시간이 흘렀다. 플로라는 마차 문을 닫으려는 피데스를 불렀다. 그와 눈이 마주치자 물었다.

"날…… 죽일 생각이었어요?"

피데스는 대답 없이 플로라를 바라보다가 그대로 마차 문을 닫았다. 잠시 후 마차가 움직이기 시작했다. 플로라는 한기가 드는 자신의 몸을 두 팔로 감싸 안았다. 그녀는 처음으로 피데스가 무서운 사람이라는 생각이 들었다.

마차가 광장으로 들어선 후 몇 차례의 검문을 받았다. 현재 성도 곳곳에는 기사와 병사들이 거리의 사람들을 수시로 잡아서 통행증을 소지한, 허가받은 외출인지 확인했다.

성기사라는 피데스의 직위 덕분에 병사의 검문은 쉽게 떨쳐 냈다. 하지만 피데스를 아니꼽게 보는 기사는 어려운 관문이었다.

마차에 탄 사람이 플로라가 아니었다면 빠져나가기 어려웠을 것이다. 기사는 모두 플로라의 얼굴을 알고 있고 사제이며 상제의 총애를 받는 그녀의 심기를 거스르지 않으려 했다.

마차는 무사히 플로라의 집 앞에 도착했다. 그녀가 문을 열고 집으로 들어가자 마침 점심을 먹고 있던 가족들이 일시에 동작을 멈추었다. 다들 휘둥그레진 눈으로 플로라를 쳐다보았다.

"플로라?"

플로라가 사제가 된다며 성도궁에 들어간 이후, 누구도 그녀를 보지 못했으니 가족들과의 재회는 무척 오랜만이었다.

플로라는 벌떡 일어나 자신에게 다가오는 어머니를 본척만척하며 빠르게 옆으로 스쳐 지나갔다. 바로 뒤에서 플로라를 따라가는 피데스가 오히려 무안한 표정으로 시선을 돌렸다. 그녀는 2층에 있는 자신의 방으로 향하는 계단을 올라가며 아래쪽에 소리쳤다.

"잘 거니까 시끄럽게 하지 마요."

그녀의 한마디로 충분했다. 가족 누구도 플로라를 따라오지 않았다.

플로라는 자신의 침실 문 앞에서 피데스에게 말했다.

"경은 이 앞을 지켜요. 최소한 한 시간은 누구도 안으로 들어오게 하면 안 돼요."

"알겠습니다. 아니카 플로라. 왕들이 성도로 들어오게 하는 방법이란 것이 혹시 신술입니까?"

"주술이에요. 신술이란 것은 없죠."

방랑족 노인들이 했던 말을 이제 자신이 그대로 읊는 상황이 우스워서 그녀는 말하다가 픽 웃었다.

"설명할 시간 없어요. 명심해요. 절대 누구도 안 돼요. 능력껏 막아요."

플로라는 침실로 들어가자마자 문을 굳게 잠그고 그것으로도 불안해서 화장대를 끌어다가 문 앞을 막았다. 바깥에서 문을 열려고 작정하면 큰 도움은 안 되겠지만, 그래도 조금 안심이 되었다.

그녀는 바닥에 깔린 양탄자를 전부 걷어 냈다. 단 한 번의 실수도 안 된다. 그녀는 양탄자를 밀어내는 동안 속으로 계속 중얼거렸다.

'넌 할 수 있어. 기억하고 있잖아. 얼마나 여러 번 술식을 그려 봤니.'

그녀가 술식을 그리기 시작하고 얼마 지나지 않아서 문 바깥에서 실랑이하는 목소리가 들렸다.

"아니카 플로라는 지금 휴식 중이십니다. 절대 방해하지 말라고 하셨습니다."

"성하께서 즉시 아니카 플로라를 모셔 오라고 하셨습니다."

상제가 피데스를 추적할 수 있다더니, 그새 뒤를 밟아 두 사람을 찾아냈다. 마차가 여러 번 검문에 걸리는 바람에 지체한 시간이 꽤 되었다. 조금만 늦었으면 그대로 성도궁에 끌려갈 뻔했다.

플로라는 고개를 흔들어 잠시 흐트러진 집중력을 끌어모았다. 피데스가 잘 막기를 기대할 뿐이었다.

*　　*　　*

엘버는 주변을 둘러보았다. 끝없이 펼쳐지는 푸른색 하늘 위에 그녀는 둥둥 떠 있었다. 얼마나 오랫동안 눈에 담지 못한 풍경이던가. 그녀는 벅차오르는 감격과 가슴이 미어지는 슬픔을 동시에 느꼈다.

'나는 꿈을 꾸는 것인가, 이미 죽은 것인가.'

그녀는 자신의 육체에서 영혼이 분리되었다고 느꼈다. 육신의 무게를 벗은 가뿐함에서 느껴지는 이 희열이란. 어떤 쾌락과도 견줄 수 없는 황홀함이었다.

그녀는 위를 올려다보았다. 새하얀 빛이 눈 부셔서 제대로 볼 수가 없었다. 저 위로 올라가면 숙명적인 모든 고통이 사라질 것만 같았다.

그녀는 망설이다가 시선을 아래로 내렸다. 까마득한 저 아래에 희미하게 뭔가가 보였다. 자신을 부르는 소리가 들리는 것 같기도 했다.

저기로 가야 하는구나. 그 생각을 하자마자 빠른 속도로 추락하기 시작했다. 하늘은 멀어지고 지상이 가까워졌다.

아득히 먼 위에서는 먼지처럼 보였던 그것의 형체가 점점 뚜렷해졌다. 다닥다닥 붙어 있는 수많은 건물과 그들을 보호하듯 바깥쪽으로 성벽이 빙 두르고 있는 도시의 모습이었다.

'아아……'

그녀는 처음 보는 저 도시의 정체를 알아차렸다. 그녀의 육체가 붙들려 있는 곳. 성도다.

도시로 더 가까이 다가갔을 때 그녀는 성도를 덮고 있는 반구형의 막을 발견했다. 잠시 그 모습을 바라보다가 시선을 돌렸다. 저 멀리 성도를 에워싸고 있는 군대가 보였다. 성도를 중심으로 대략 다섯 방향으로 나뉘어서 모인 군대는 당장이라도 성도를 점령하러 달려올 것 같았다.

「그 괴물의 정체는 백일하에 드러났어요. 여섯의 왕이 연합하여 괴물을 처치하려고 성도 앞에 모였는데 보이지 않는 벽을 뚫지 못해서 성도에 들어가지 못하고 있어요.」

'저들이 진이 말한 왕들의 군대로구나.'

엘버는 다시 성도를 감싼 방어벽으로 시선을 돌렸다. 그녀는 유심히 형태를 관찰하여 구조를 파악했다. 그저 보고 있는 것만으로 그녀의 머릿속에서 주술이 낱낱이 분해되었다가 재구성했다. 생각의 폭을 넓히는 과정에서 어떤 벽이나 한계도 느끼지 않았다. 마치 그 주술을 이미 오래전 체득한 것처럼 온전히 그녀의 지식이 되었다.

'이제 알겠다. 이 세상의 것을 모두 막는 벽의 원리가 이런 것이었어.'

그녀는 자신이 파악한 주술의 구조를 가상의 형태로 상상하여 그 앞에 거울을 세웠다. 그러면 그 거울 너머로 비치는 거울 속 대상은 원형과 같으면서도 정반대가 된다.

새로운 주술이 만들어졌다. 이 주술은 이 세상의 것이 아닌 것을 모두 막는 벽을 만들 것이다. 오직 라크만이 통과할 수 없는 벽이다.

그때 성도 안쪽에서 강렬한 힘의 파동이 발생했다. 주술이 발동되었다. 아주 강력한 주술이다.

주술에 반응한 그녀의 육체가 깨어나면서 떠나 있는 의식을 불렀다. 엘버는 순식간에 성도로 빨려 들어갔다. 그녀가 다시 눈을 떴을 때는 어두컴컴한 지하 감옥 안이었다.

'그래. 내게는 아직 할 일이 남아 있어. 내 잘못된 판단으로 시작된 비극의 끝을 내 눈으로 확인해야 한다.'

허공을 응시하는 그녀의 눈동자에서 금빛 광채가 흘러나왔다. 그녀는 고개를 아래로 숙이며 바닥의 술식에 두 손을 붙였다.

그녀는 조금 전 자신이 본 광경을 떠올렸다. 기다리고 있는 왕들의 군대와 성도 내부에서 발동된 주술. 분명히 진이 말한 라크 조종 주술일 것이다. 계획대로 일이 진행 중이다. 그렇다면 이제 놈의 최후가 머지않았다.

'교활한 네놈이라면 낌새를 느끼자마자 줄행랑치려 하겠지. 못 간다, 이놈.'

괴물의 의지에 반하여 봉인한 주술을 억지로 유지하는 것에는 한계가 있지만, 조금은 시간을 끌 자신이 있었다.

*   *   *

—내 뱀은 굵기가 사람 몸통만 하오.

페레드가 '뱀의 굵기가 사람 허벅지만 하다'라고 하자 라이너가 곧바로 자랑 글을 올렸다.

리차드는 주술 노트를 읽으며 혼잣말로 '그럴 리가 있나.'라고 중얼거렸다. 아니나 다를까, 페레드가 곧바로 반박했다.

—등급이 낮은 붉은 씨앗이 깨졌으면 그만한 크기의 라크가 나
올 리가 없을 텐데. 페레드.
—아무렴 내가 그런 거짓말을 하겠소.
—염왕. 설마 약속을 어기고 높은 등급의 씨앗을 깬 건 아니겠지.
카세르.
—사왕. 나를 신의 없는 자로 몰아가지 마라.

리차드는 주술 노트를 읽는 내내 입가에서 미소가 사라지지 않았다.
항상 그를 받드는 주변의 경직된 반응만 접하다가 동등한 입장의 왕들
끼리 나누는 소소한 대화는 구경만 해도 즐거웠다.

결전을 코앞에 둔 상황에 어울리지 않는 잡담이 노트를 계속 채우고
있었지만, 리차드는 이런 여유로움이 오히려 좋았다. 왕이 여섯이나 모
여서 그런 괴물 따위와 싸우기 전에 긴장한다면 수치스러울 것이다.

'진즉 왕끼리 교류했으면 좋았을 텐데.'

리차드는 이후에도 이 주술 노트를 통해 왕들과의 교류가 계속되기를
바랐다.

꼭 중요한 이야기를 나눌 필요는 없다. 왕도 가끔은 투덜거리고 싶거
나 자신과 비슷한 고충을 느끼는 사람의 생각이 궁금할 때가 있을 것이
다. 누군가 답을 주기를 바라서가 아니라 그냥 툭 털어놓는 것만으로도
위안이 될 수 있다.

왕도 사람이니까.

—염왕께서 거짓을 말한 게 아니라면 기준이 올바른지를 논해야

겠습니다. 사람 몸통은 전사의 몸통을 기준으로 합니까? 어린애 몸
통이라거나, 그런 건 아니겠지요? 아킬.

한참이 지나도록 노트에 아무런 문장도 떠오르지 않았다. 리차드가
터지는 웃음을 참지 못하고 소리 내어 웃었다.
"전하!"
천막 바깥에서 들려오는 다급한 목소리에 리차드는 얼굴에서 웃음을
지웠다. 허락을 받고 들어온 전사가 굳은 표정으로 고했다.
"우리 속 라크의 반응이 달라졌습니다."
"음?"
리차드는 속으로 '설마 벌써?'라고 중얼거리며 서둘러 천막 밖으로 나
갔다. 과연 전사의 말대로 멧돼지 라크의 움직임이 아까와 달랐다. 우리
안을 뛰어다니며 마구 들이받던 녀석이 우리의 한쪽 구석에 딱 붙은 채
버둥거리고 있었다. 그리고 그 방향에는 성도가 있었다.
리차드가 다시 천막으로 뛸 듯이 걸어 들어가 주술 노트를 확인했다.
역시 다른 왕들도 같은 현상을 보고 있었다.

　　—라크가 성도를 바라보는 방향의 철창을 쉴 새 없이 들이받고
있습니다. 니콜라스.
　　—이쪽도 변화가 있습니다. 페레드.
　　—주술이 발동된 것 같습니다. 여러 왕께서는 씨앗을 깨뜨려 주
십시오. 카세르.

'시작이구나!'
이틀은 기다릴 생각을 했던 만큼, 아무리 빨라도 오늘 해가 진 이후가

될 줄 알았다. 내내 억눌렀던 괴물을 향한 분노가 울화처럼 북받치며 심장이 맹렬하게 뛰기 시작했다. 리차드는 바깥을 향해 소리치며 나갔다.

"씨앗을 깨라!"

씨앗을 걸러 둔 바구니 곁에 서 있는 전사들의 줄이 끝이 보이지 않을 만큼 길었다. 그들은 왕명을 듣자마자 곧바로 들고 있던 물통을 바구니로 기울였다.

여기저기에서 순식간에 라크들이 깨어났다. 가지각색의 짐승이나 벌레의 형태를 하되 그 크기는 사람의 덩치를 훌쩍 넘는 붉은 눈의 괴물들이 제 옆에 서 있는 사람은 아랑곳하지 않고 홀린 것처럼 성도를 향해 달려갔다.

처음에는 무기를 쥐고 바짝 긴장해 있던 군사들은 빠르게 멀어지는 라크를 보면서 얼떨떨한 표정으로 힘을 풀었다. 라크의 공격이 없을 거라는 말을 사전에 들었으나 아무리 왕께서 하신 말씀이라도 완전히 믿기 어려웠다.

"뭣들 하고 있느냐! 라크의 뒤를 쫓아라!"

리차드가 명령했다. 몇 명의 전사가 선두에 서서 달려갔다. 그 뒤를 따라 군사들이 쩌렁쩌렁한 함성을 내지르며 우르르 성도로 진격했다.

"전하!"

다급히 부르는 소리를 듣고 리차드는 고개를 돌렸다. 자신의 바로 코앞까지 다가온 라크를 발견하고 가까스로 몸을 피할 수 있었다. 크게 휘청이는 그를 달려온 전사가 부축했다.

"전하. 괜찮으십니까?"

"괜찮다."

리차드는 벌써 저만치 달려가는 라크를 보며 눈살을 찌푸렸다. 왜 자신의 등 뒤에서 나타난단 말인가. 라크가 방해물 없이 곧바로 성도로 달려가도록 씨앗은 가장 앞에 배치했다.

그는 병사들의 함성 속에 섞인 비명을 들었다. 소리를 좇아 뒤를 돌아보았다가 그의 눈이 휘둥그레졌다. 뒤쪽에서 나타난 라크한테 들이받힌 병사가 공중에 붕 떠올라 바닥에 처박혔다.

출몰한 라크는 한두 마리가 아니었다. 사람을 좇아가서 공격하지는 않아도 저돌적으로 돌진하는 라크를 미처 피하지 못하여 충돌하는 병사들이 속출했다.

"전하."

할 말이 있는 표정으로 다가온 전사에게 리차드가 물었다.

"이게 무슨 일이냐?"

전사가 파리하게 질린 표정으로 대답했다.

"씨앗이 저절로 깨지고 있습니다. 저희가 가져온 씨앗이 아닙니다. 온 사방에서 라크 씨앗이 깨어납니다. 마치 활동기 같습니다."

"뭣이?"

＊　　　＊　　　＊

카세르는 씨앗을 깨라고 노트에 적은 후 몇 명의 전사들을 불러 지시했다.

"너희는 성도로 들어가면 아르스 저택으로 가라. 성도의 모든 소란이 가라앉을 때까지 그곳을 지켜라."

"예, 전하."

그들을 내보내고 성도의 지리에 숙달한 전사들을 따로 또 불렀다. 카세르는 그들에게 모친의 집과 상점이 있는 주소를 알려 주며 말했다.

"너희는 성도로 들어가자마자 이곳에 사는 사람들을 보호해라."

현재 모든 아니카는 성도궁에 모여 있다. 유진이 꿈속에서 엘버를 만났을 때 들었다.

엘버가 전한 성도 상황의 정보는 성도궁에서 아니카들을 데려갔으며 성도궁이 주도하여 성도 전체를 통제하는 분위기라는 정도뿐이었다. 주술 이야기에 집중하느라, 더구나 중간에 꿈이 끊기는 바람에 더 자세한 이야기를 나눌 틈이 없었다.

그래도 성도가 완전히 봉쇄된 상황에서 그 정보는 가뭄의 단비 같았다.

카세르는 성도로 라크들이 들어가는 작전을 짜는 동안 동생 얼굴이 떠올랐다. 모친이 동생 곁에 없으니 보통 사람에 불과한 에이든은 라크 앞에서 속수무책일 것이다. 이미 한 번 잃어버렸던 동생이다. 먼발치에서 보기만 하고 말 한 마디 나누지 못한 동생을 또 잃을 수는 없었다.

"너희가 호위해야 하는 사람은 성년 나이의 남자다. 이름은 에이든. 만약 이곳에 사는 사람 모두를 보호하지 못할 상황이라면 우선으로 지켜야 하는 사람은 에이든뿐이다. 만약 이 주소에 에이든이 없으면 토레드 학술원으로 가 봐라. 주변이 안전하다고 판단할 때까지 에이든 곁을 떠나지 마라."

"예, 전하."

명을 받은 전사들이 물러가고 카세르는 테이블 옆에 세워 둔 검을 집어 들었다. 다른 왕도 이런 검을 한 자루씩 갖고 있을 것이다. 왕의 프라즈를 견디는 특수한 보검이다.

'한 시간? 그보다는 빠르게 오겠군.'

그는 왕들이 풀어놓는 라크가 이곳까지 도달하는 시간을 계산했다. 무척 지루한 기다림이 될 것 같았다. 다시 주술 노트를 펼쳤다가 생각지 못한 내용을 발견하고 그의 눈빛이 흔들렸다.

—이게 무슨 일이요? 사방팔방에서 라크가 솟아나고 있소.

—씨앗이 저절로 깨지고 있습니다. 리차드.

—여기도 마찬가지입니다. 일단 예정대로 움직이겠습니다. 페레드.

—그 주술이 아무래도 잠자는 라크까지 깨어나게 하는 것 같습니다. 니콜라스.

—놈들이 성도로 달려가는 건 마찬가지입니다만, 이래서는 우리 계산보다 훨씬 많은 숫자의 라크가 성도로 들어가겠습니다. 아킬.

주술은 발동했고 라크는 성도로 달리기 시작했다. 이 작전은 시작하면 끝까지 갈 수밖에 없다. 그래서 유진은 현재 성도의 상황을 간략히 설명한 주술 노트를 읽고 무척 당황했다.

왜 이런 일이 벌어졌는지를 아드리트를 통해 방랑족의 어르신들께 여쭈어서 답을 얻은 후 카세르에게 알려 주고 그는 왕들과 정보를 공유하는, 그런 한가로운 상황이 아니다. 라크의 뒤를 따라 왕국의 군대가 진격하고 있을 것이며 이후 왕들이 주술 노트를 펼쳐 볼 여유는 없을 것이다. 유진은 노트에 짧게 적었다.

—조심해요, 카세르.

할 말이 너무 많아서, 오히려 다 적을 수가 없었다. 혹시 그의 집중력을 흩뜨릴까 봐 유진은 걱정의 말을 길게 늘어놓고 싶은 충동을 꾹 참았다. 그리고 아드리트에게 성도의 상황을 알렸다. 아드리트 역시 줄곧 노트에서 눈을 떼지 않았는지 금방 대답했다.

―서둘러 어르신들께 여쭈어보겠습니다.

얼마 후 아드리트가 일족 어르신들과 나눈 대화 내용을 노트에 적었다.

―어르신들도 왕비님께서 말씀하신 상황을 모르겠다고 하셨습니다. 그분들은 고서에 기록된 주술 그대로를 아니카 플로라에게 가르쳤고 조금의 변형도 하지 않았다고 하셨습니다.

라크를 조종하는 그 금기의 주술은 몇 가지 한계가 있었다.

첫째는 대상의 한계. 일정 등급 이하의 라크만 부를 수 있다. 높은 등급이나 환수에게는 영향을 미치지 않는다.

둘째는 기간의 한계. 라크만 부르는 주술이기에 씨앗을 깨뜨리는 효과는 없다. 그러니 일부러 씨앗을 깨뜨리지 않는다면 활동기에만 쓸 수 있다.

셋째는 범위의 한계. 일정 거리의 범위 안에서만 라크를 유혹하는 효과가 있다. 그 범위는 대략 성도궁을 중심으로 완충 지역과 국경을 접한 왕국의 영토 일부분까지 포함하는 정도였다.

그런데 현재 성도의 상황을 보면 플로라가 발동한 주술은 기간의 한계를 깨뜨렸다.

―그래. 알았어. 혹시 어르신들이 기억나는 게 있다고 하시면 즉시 알려 줘.

―예, 왕비님.

유진은 노트를 덮고 일어나서 집무실 안을 서성거리며 자신이 읽었던 미래의 기억을 되짚어 보았다. 조종 주술의 한계는 처음부터 대충 알고 있었다. 아드리트가 조종 주술에 관해 어르신들한테 듣고 나서 노트에 적었을 때 그녀는 쭉 읽으며 자신이 아는 내용과 거의 일치한다고 생각했다.

그녀가 읽은 미래에서 가짜 진이 라크를 조종할 때 왕의 환수는 영향을 받지 않았다. 진이 라크를 조종하여 여러 왕국을 공격하는 시기는 활동기뿐이었고, 그래서 사람들은 건기에 전열을 다듬으며 숨을 고를 수 있었다.

'왜지? 왜 다르지? 진은 씨앗을 깨뜨리지 못했는데.'

가짜가 건기에도 라크를 조종한 적은 있다. 그런데 그 라크는 씨앗에 핏물을 부어서 불러냈다. 즉, 조종 주술 자체로는 라크를 깨우지 못한다는 의미였다.

'차이점. 가짜와 플로라의 차이점. 아!'

그녀는 탄식하며 걸음을 멈추었다.

'라미타.'

가짜에게는 라미타가 없었다.

'라미타가 이 주술의 효과를 강화하는 건가?'

이 주술의 매개는 주술사의 피 한 방울, 그리고 그릇은 주술사 자신이다. 그러니 주술사가 이 주술 그 자체였다.

'이 주술이 봉인되기 전에 아니카가 주술사였던 적이 없었던 거야. 그러니 어르신들이 아는 주술의 효과는 사라진 고대 일족이 주술사였을 때가 기준인 거지.'

아니카가 주술사가 되자 주술의 효과가 훨씬 강력해졌다. 씨앗을 깨뜨릴 정도라니. 그렇다면 이 주술의 한계를 다시 정의해야 할 것이다. 훨씬 강력한 라크가 이 주술에 유혹당하거나 영향력 범위가 더 넓어질지도 모른다.

유진은 즉시 보좌관을 불렀다.

"자네는 대장군에게 가서 다시 돌문을 닫고 사막으로 나간 자는 모두 들어오도록 조치하라고 전하게."

어제 해진 후부터 내내 닫혀 있던 돌문은 유진이 플로라를 맞이하러 사막으로 나갔다가 왕성으로 돌아온 후부터 열기로 했다. 플로라가 성도로 갔다는 푸른색 신호탄이 터진 후, 호텔 근방의 거리를 통제하던 병사들도 지금쯤이면 전부 철수했을 것이다. 그러니 지금 수도는 사람들이 한창 활동할 시간이었다.

성도에서 하시 왕국의 수도까지는 무척 먼 거리이니 원래는 주술의 효과가 이곳까지 미칠 리가 없다. 하지만 변수가 발생했다.

'조심해서 나쁠 건 없지.'

유진의 지시를 받은 보좌관이 물러가고 얼마 후 대장군이 알현을 청했다.

"왕비님. 명하신 대로 돌문을 닫고 사막으로 나간 자들을 불러들이고 있습니다. 한데 혹시 우려하실 만한 소식이라도 들으셨습니까?"

괴물을 처단하기 위한 왕들의 연합과 현재 성도에서 벌어지고 있는 전쟁에 관해 일부 관료들은 알고 있었다. 카세르가 떠나기 전에 자신이 없는 동안 왕비를 보좌할 핵심 관료를 불러 모아 비밀회의를 열었다. 대장군 레스터는 당연히 그 회의에 참석했다.

유진은 레스터가 '전하께 무슨 일이 있습니까?'라고 차마 묻지 못하고 돌려 말하는 뜻을 알아들었다.

"아직은 모든 일이 계획대로 진행 중이에요. 돌문을 닫으라고 한 것은 내 노파심이에요. 그런데 성도와의 거리가 아무리 멀어도 대장군께서도 알다시피 예측이 어려운 전쟁이잖아요. 그러니 조심하는 게 좋겠어요."

유진은 여전히 굳은 표정의 레스터에게 덧붙여 말했다.

"무슨 일이 생기면 가장 먼저 대장군께 알릴 거예요. 절대 나 혼자 알고 있지 않을 테니까 그 점은 염려하지 마세요."

레스터가 조금은 편해진 표정으로 고개를 숙였다.

"안 그래도 보좌관을 다시 보내려 했는데 오신 김에 말씀드리지요. 수도를 통제해 주세요."

레스터가 놀란 눈으로 유진을 바라보았다. 그는 만약 활동기가 시작한 후에도 왕께서 귀환하지 않을 경우를 대비한 준비는 하고 있었다. 사전에 왕께 지시받은 일이기도 했다. 그런데 아직 건기가 넉넉히 남았다.

"통제라 하오시면, 어느 정도를 말씀하십니까?"

아까 보좌관을 대장군에게 보내 놓고 유진은 불현듯 좋지 않은 예감이 들었다. 너무 과한 건 아닐까 고민도 했으나 자신의 감을 믿어 보기로 했다.

카세르라면 예감이 좋지 않다는 자신의 말을 수긍할 텐데 대장군에게 그런 말을 했다가는 황당해할 것 같았다. 그래서 유진은 이유는 말하지 않고 그냥 지시했다.

"오늘 하루는 모두 외출을 삼가고 상점도 모두 닫으라고 하세요. 활동기에 준하는 통제를 해야 합니다."

"분부대로 하겠습니다."

레스터는 두말하지 않고 물러갔다.

＊　　＊　　＊

성벽 위에서 성도 바깥 상황을 수시로 정찰하던 병사들이 평소와 다른 움직임을 발견했다. 그들은 즉시 상제에게 고하러 갔다.

―천막을 전부 거두고 있다고요?

"예, 성하. 왕의 천막도 거두기 시작하는 모습을 보는 즉시 고하러 왔습니다."

―수고했습니다. 이후에도 변화가 있으면 수시로 와서 보고하세요.

"예, 성하."
'드디어 철수하려나 보군. 하긴, 이제 활동기가 머지않았으니.'
끈질기게 버티던 사왕이 드디어 짐을 싸는구나, 생각하니까 상제는 피식 웃음이 나왔다. 역시 왕은 왕국을 버릴 수 없다. 활동기 전에 왕성에 들어가려면 지금쯤 출발해야 할 것이다.
병사가 나가고 나서 얼마 후 들어온 기사는 조금 나아진 상제의 기분을 바닥으로 끌어 내렸다. 늘 온화한 표정의 상제가 이맛살을 찌푸리며 언성을 높였다.

―아니카 플로라를 데려오지 못했다는 말을 내가 몇 번을 들어야 하는 겁니까?

기사가 굳은 표정으로 깊이 고개를 숙였다.
"송구합니다. 성하."

―아까 분명히 말했습니다. 반드시 아니카 플로라를 데려오라고!

피데스의 움직임이 이상하여 감옥으로 사제를 보냈던 사제가 돌아와 플로라의 귀환 소식을 알렸다. 그런데 피데스가 플로라를 데려갔다는 말을 듣고 일이 뭔가 잘못되었다고 느꼈다. 즉시 기사들을 풀었다.

피데스, 이놈을 가만두지 않겠다고 이를 북북 가는 동안 상제는 피데스가 성도 바깥쪽이 아닌, 오히려 도심지로 이동하는 움직임을 느끼고 흥분을 가라앉혔다. 무슨 사정이 있을지도 모른다는 생각이 들었다. 무려 피데스이지 않은가.

피데스와 플로라를 찾아냈다고 보고하러 온 기사는 그들이 플로라의 집에 있으며 데려오지는 못했다고 보고했다. 플로라가 낮잠 중인데 피데스가 방해하면 안 된다면서 문 앞을 지키고 서 있다고 했다. 상제는 어이가 없었다. 그래서 다시 명했다. 플로라를 깨워서라도 데려오라고.

그런데 기사는 다시 또 빈손으로 돌아왔다. 이제 상제는 짜증이 치밀었다.

―내 지시를 허술히 여긴 겁니까?

"아닙니다. 성하, 어찌 감히."

―왜 이번에도 데려오지 못했는지 말해 보세요.

기사가 머뭇거리다가 대답했다.

"피데스 그자가 아니카 플로라의 낮잠이 그리 길지는 않을 테니까 기다리라며……. 아니카 플로라를 깨울 거면 뒷일은 책임지라고 했습니다."

상제가 헛웃음을 터뜨렸다. 기사들이 플로라의 눈치를 보느라 알아서 기었다는 말이었다. 자신이 그만큼 플로라에게 힘을 실어 주었으니 비겁한 인간의 속성을 나무라서야 무슨 소용이겠는가.

— 문을 부숴서라도 데려오세요. 이번에는 어떤 핑계도 안 됩니다. 피데스가 정 방해가 된다면 무력으로 제압해도 좋습니다. 그 과정에 불상사가 있어도 책임을 묻지 않겠습니다.

"분부 받들겠습니다. 성하."

기사가 든든한 우군을 얻은 표정으로 힘차게 대답하며 물러갔다. 기사가 나가며 문이 닫힌 뒤에서 상제는 혀를 찼다. 제대로 쓸 만한 놈이 없다.

'플로라……. 당장 성도궁으로 들어와서 보고해야 마땅하거늘. 낮잠이라고?'

아니카 진이라면 워낙 오만방자하니 그럴 수도 있다. 하지만 이건 플로라답지 않았다. 아무래도 이상하여 상제는 기사를 추가로 더 플로라의 집으로 보냈다. 반드시 플로라를 데려오라고 단단히 일렀다.

*　　*　　*

다섯 왕 모두가 성도로 출발했다. 카세르는 주술 노트에 올라온 마지막 전언을 확인한 후 그 역시 몰려오는 라크를 맞을 준비를 시작했다. 진로를 방해할 모든 천막을 거두고 병사들을 성도의 정남향 쪽에 모았다.

성도 주변을 지키고 있던 하시 왕국의 전사와 병사의 숫자는 삼천 명남짓이었다. 초반에 데려온 인원보다 갑자기 늘어나면 상제가 경계할 것이다. 그래서 나머지는 후발대로 이동하여 도왕의 군대와 함께 기다리게 했다. 지금 한창 달려오는 중일 것이다.

카세르는 주변의 전사들에게 말했다.

"너희는 가서 다시 한 번 모두 명심하라고 전해라. 라크는 선제공격하지 말 것. 라크가 성도로 들어가면 모두 동시에 성도로 들어가려고 계속 시도할 것."

"예, 전하."

전사들이 한 무리씩 모여 있는 병사들에게 말을 전하러 뿔뿔이 흩어졌다. 다시 전사들이 돌아오고 얼마 후 카세르가 한쪽으로 시선을 돌린 채 계속 바라보았다. 그의 몸 안에서 프라즈가 꿈틀대기 시작했다. 다가오는 라크의 기척이 느껴졌다.

저 멀리 점처럼 움직이는 것들이 보였다. 전사도 곧 발견했다.

"전하."

전사가 긴장된 표정으로 검에 쥔 손에 힘을 주었다.

"그래."

카세르는 그 점이 주먹만큼 커질 때까지 보고 있었다. 이제 거의 다 왔다. 그는 발치에 둔 기름통을 들어 바닥에 기름을 쏟아 냈다. 그 기름통에는 유진이 성도에서 빼돌린 상제의 씨앗이 들어 있었다.

그는 기름으로 질척해진 땅 위에서 씨앗을 집어 들었다. 이 씨앗의 정확한 효능은 알지 못했다. 왕이 먹으면 그놈의 약점을 알게 된다는 말의 뜻을 이해할 수 없었다. 라크의 약점은 핵뿐인데 다른 약점이 더 있다는 걸까. 결정적인 도움이 될지도 모르니 작은 원통에 옮겨 담아 품에 넣었다.

주먹 크기로 보이던 라크는 어느새 사람 크기만 해졌다. 덩치 큰 괴물들이 달려오는 소리로 땅이 울렸다.

상제가 흠칫 놀라서 눈을 떴다. 붉은 눈이 허공을 응시했다.

'성도 바깥에 내 씨앗이?'

씨앗을 섭취한 기사 전원은 모두 성도 안에 있다. 별채에 비치해 둔 씨앗도 이미 한참 전에 전부 회수했다. 그러니 성도의 바깥에서 갑자기 나타난 씨앗 기운의 흔적이 당혹스러웠다.

'지금 성도 바깥에는 사왕이 있지…….'

상제는 곰곰이 생각하다가 곧 기억해 냈다. 몇 개월 전, 씨앗이 한 개 도난당한 후 끝내 찾아내지 못한 적이 있었다.

그 당시 검문을 강화하고 기름을 유통하는 상인 전부를 샅샅이 뒤졌는데도 성과가 없었다. 그 후 사라진 씨앗의 기운을 다시 느끼지 못했고, 다른 신경 쓸 일이 많아 잊고 있었다.

이제야 앞뒤 사정을 알았다.

'진. 네가 빼돌렸구나.'

상제의 표정이 사납게 일그러졌다.

'요망한 것. 내가 제 사정을 얼마나 봐주었는데 이런 식으로 등 뒤에서 비수를 꽂아?'

상제는 배신감으로 노여워하다가 곧 초조해졌다. 왕의 손에 씨앗이 들어갔다니. 끔찍한 상황이었다.

씨앗을 사람 손이 쉽게 타는 곳에 두는 게 아니었다. 오래전에는 훨씬 까다롭게 관리했으나 오랜 세월 별채에 두었어도 큰 사고가 없다 보니까 방심했다.

아니카 외에는 기사와 사제만 출입하는 별채에서 그 씨앗을 함부로 손대는 자는 거의 없었다. 가끔 호기심으로 벌어지는 도난 사건은 금방 해결되었다. 하지만 인제 와서 후회해 봤자 소용없었다.

'왜지? 진이 대체 뭘 알고서 씨앗을 가져갔을까.'

그때 이미 그 씨앗이 어떤 물건인지 알고 있었던 걸까. 그렇다면 짐작이 가는 정보 제공자는 마라뿐이었다. 즉, 진이 성도로 오기 전부터 이미 마라와 긴밀한 관계였다는 뜻이 된다.

'진을 사왕과 결혼시키는 게 아니었어.'

생각해 보니 모든 일이 그때부터 어긋나기 시작한 것 같다.

'사왕이 씨앗을 갖고 있다면 그걸로 뭘 할 셈일까. 어디까지 알고 있는 건가.'

상제는 성도를 버리고 도망치려던 계획을 철회해야 하는가, 고민했다. 성도 안에서 버티며 시간이 흐르기를 기다리는 편이 나을지도 모른다. 어차피 왕들은 성도로 들어오지 못할 테니까.

"성하!"

바깥에서 고함을 지르는 소리를 듣고 상제가 흠칫 놀라 얼른 눈을 감았다. 들어오라는 허락이 없었는데도 기사가 알현실 문을 벌컥 열며 달려 들어왔다.

－무슨 소란입니까?

"성하. 성도로 라크들이 몰려오고 있습니다."

성벽 위에서 성도 바깥 정찰의 임무 수행 중이었던 기사는 멀리서 뭔가가 성도로 오고 있기에 처음엔 야생 짐승 무리인 줄 알았다. 라크가 나타나지 않는 완충 지역에는 다양한 초식 동물들이 살았다. 그래서 가끔은 물소 떼가 대이동 하는 모습이나 야생마 무리를 목격하곤 했다.

대수롭지 않게 생각하다가 짐승 무리가 점점 성도와 가까워지자 이상하다는 생각이 들었다. 아직 형태가 제대로 보이지 않는데도 그 수가 지나치게 많았다.

그때부터 기사는 시선을 돌리지 않았다. 점점 다가오는 짐승들의 모습을 얼추 알아볼 수 있게 되었을 때 옆에서 누군가가 '오, 신이시여.'라고 중얼거리는 소리를 들었다. 기사의 심정도 딱 그러했다.

물소 떼도, 야생마도 아니었다. 그보다 훨씬 거대한 짐승 혹은 벌레. 자연 상태에서는 발생할 수 없는 붉은 눈의 괴물들이 새카맣게 한 무리가 되어 몰려오고 있었다. 성도에서 태어나 자란 기사는 아직 한 번도 라크의 실물을 본 적 없었으나 보자마자 알 수 있었다. 그대로 몸을 돌려서 성벽 아래로 뛰어내려 성도궁으로 달렸다.

창백하게 질린 기사의 설명을 듣는 동안 상제는 미간을 찌푸렸다.

—라크라고요? 눈으로 보일 정도라면 완충 지역에 라크가 나타났다는 겁니까? 더구나 아직 건기인데?

"예, 성하. 틀림없이 제 눈으로, 저만 본 것이 아닙니다! 그 숫자를 헤아릴 수가 없었습니다."

상제는 내심, 이 자가 졸다가 개꿈이라도 꾸었나 의심이 들었다. 절대 벌어질 수 없는 일이었다. 라크는 철저한 약육강식이다. 이 세상에서 가장 강력한 라크인 자신의 영역으로 그놈들이 들어올 리가 없었다. 포식자 입에 제 몸뚱이를 바치는 꼴이니까.

"성하!"

또 다른 자가 달려 들어왔다.

"성하. 라크가 나타났습니다. 성도로 몰려오고 있습니다!"

뒤이어 기사와 병사들이 들이닥쳤다. 모두 성벽 위에서 정찰하던 자들이었다. 성도를 에워싼 성벽 곳곳에서 정찰하던 자들이 자신이 서 있는 위치에서 라크를 발견하고 달려온 것이다. 즉, 사방에서 성도를 포위하는 형태로 라크가 몰려오고 있다는 뜻이었다.

처음에는 말하는 순서를 지키는가 싶더니 곧 서로 앞다투어 입을 열자 목소리가 뒤섞여 소란스러워졌다.

—진정하세요.

소음이 일시에 가라앉았다. 상제는 도무지 이해할 수 없는 상황이라고 생각했지만, 모두 한입으로 같은 말을 하니 의심할 여지가 없었다.

—모두 이곳이 어디인지 잊었습니까? 성도입니다. 안전한 신의 요새가 그대들을 지킬 겁니다.

그제야 모두 고개를 끄덕이며 안도했다. 그리고 호들갑스럽게 소란을 일으킨 자신들의 행동을 부끄러워했다. 누군가가 말했다.

"성하. 마의 세력이 세상을 혼란스럽게 한다는 의미가 이런 것이었습니까."

여기저기에서 탄성을 질렀다.

"아아. 신탁이 실현되고 있군요. 성하께서 안 계셨다면 이 성도는 악마들에게 완전히 잠식되었을 겁니다."

"상상만으로도 아찔합니다."

상제는 수긍하는 것처럼 아무 말도 하지 않았다. 그런데 속으로는 몹시 당혹스러웠다. 성전이라니. 악의 준동이라니. 성도를 봉쇄하기 위해 꾸며 낸 이야기다. 이 세상에는 신도, 악마도 없다. 그런 게 진짜 존재한다면 자신이 여태 상제 자리를 지켰을 리가 없다.

'무슨 일인지 알아보기 전에 일단 이것들을 내보내야겠군. 번잡스럽

기만 한 쓸모없는 것들.'

　—다들 자신의 자리로 돌아가서 성도의 바깥 상황을 살피고 수시로
보고하세요.

"예, 성하."
완전히 안정을 찾은 사람들이 입을 모아 대답했다.
"성하!"
또다시 바깥에서 들려오는 고함을 듣고 상제는 미간을 일그러뜨렸다.
도대체 몇 번이나 같은 상황을 반복해야 하는 건가. 그런데 안으로 들어
온 자의 안색은 지금까지 중에 가장 심각했다. 곧 숨이 넘어갈 병자처럼
꺼멓게 죽은 낯으로 온몸을 떨었다.
"서, 성하. 큰일 났습니다. 라크, 라크가……."

　—라크가 완충 지역에 나타났다는 이야기는 들었습니다.

"아니요, 아닙니다. 성하. 라크가 성벽을 넘어 성도로 들어오고 있습
니다!"

＊　　＊　　＊

　라크의 뒤를 바짝 쫓은 군사 대부분은 성벽 앞에 이르러서는 라크가
눈앞에서 점점 멀어지는 모습을 봐야만 했다. 달리는 속도가 전혀 줄지
않는 라크들과 다르게 군사들은 방어벽에 가로막혔다. 아무리 애를 써
도 성벽은 가까워지지 않았다.

멀리서 주둔만 하던 군사들은 이런 현상을 처음 겪었다. 사전에 설명을 들었어도 직접 겪으니 뭔가에 홀린 것만 같았다. 무조건 돌진만 하는 자들, 멈추어 서서 주변을 둘러보는 자들, 천천히 걸으면서 성벽과의 거리를 좁혀 보려고 시도하는 자들 등 수많은 병사가 우왕좌왕했다.

일부 전사는 라크의 몸통에 밧줄을 걸어 따라 들어가려는 꾀를 부렸다가 방어벽의 경계에 이르자 반발력 때문에 튕겨 나가기도 했다.

그런데 라크들이 성도로 들어간 후 견고하던 방어벽에 잠깐씩 틈이 생겼다. 그 틈을 비집고 들어가는 자들이 하나둘 나타났다.

여섯의 왕 중에서 명왕 니콜라스가 가장 먼저 성벽을 넘었다. 그는 성벽이 가까워진다고 느끼자마자 프라즈의 힘으로 단번에 성벽을 뛰어넘었다.

'드디어 들어왔어.'

기분이 짜릿했다. 그는 자신의 양쪽 팔에 찰싹 붙어 있는 두 마리 귀염둥이를 쓰다듬으며 미소 지었다.

그런데 주변에 그를 보좌할 전사들은 한 명도 보이지 않았다. 아직 누구도 방어벽의 틈을 찾지 못한 것이다. 하지만 그는 아랑곳하지 않고 홀로 달리기 시작했다.

그는 자신이 어디로 가야 하는지 정확히 알고 있었다. 가 본 적은 없어도 눈 감고 찾아갈 수 있을 정도로 길을 완전히 외워 두었다.

은인을 구하기 위해 그는 상제의 비밀 감옥으로 달려갔다.

'여기구나.'

그는 창살이 박힌 높은 담장을 올려다보았다. 지금 성도의 광장 부근은 난리 통인 것과 비교해 이 주변은 숨 막히도록 조용했다.

"너희는 근처에 숨어 있어."

환수는 바깥에서 기다리게 하고 그는 담장의 높이를 가늠했다. 자세를 낮추는 그의 눈에서 은색의 프라즈가 흘러나왔다. 땅을 가볍게 박차는 것만으로 그는 날듯이 담을 뛰어넘었다.

플로라가 돌아오고 나서 술식을 지키던 사제들은 모두 성도궁으로 돌아갔다. 그래서 평소처럼 건물 안을 지키는 경비들만 남았다. 니콜라스는 그런 사정을 알지 못했지만, 공교롭게도 다녀온 전사한테 들었던 이곳의 경비 상태와 일치했다.

바닥에 깔린 자갈은 아무런 문제가 되지 않았다. 물 위로도 달려갈 수 있는 왕이 자갈을 건드리지 않고 움직이는 것쯤은 쉬웠다.

예전에 니콜라스의 전사가 이 감옥을 방문했을 때 무엔 가문에서 알려 준 방법 덕분에 들키지 않고 지하로 내려갈 수 있었다. 그 방법대로 니콜라스는 경비의 눈을 속이고 지하 입구로 들어갈 수 있었다.

그는 어둠 속에서 긴 계단을 밟으며 내려가는 동안 절로 안타까운 기분이 들었다. 은인께서 그 아득한 세월을, 이 어두운 감옥에 갇혀 있었다니.

마침내 가장 아래층에 도착했다. 그는 감옥의 복도를 따라 걷다가 문틈으로 빛이 새어 나오는 방을 발견했다.

그는 문에 손을 대고 살짝 힘을 주었다. 전사의 말대로 문은 잠겨 있지 않았다. 열리는 문틈 사이로 안쪽이 보이기 시작했다. 바닥을 가득 메운 빛의 문양 위에 누군가 앉아 있었다.

"누구냐."

니콜라스는 흠칫 놀랐다. 뭐라고 설명할 수 없는 미지의 힘에 사로잡히는 느낌이었다. 나지막한 한 마디 음성이 그의 영혼 속으로 파고드는 것 같았다.

그는 돌아가신 부왕 이외의 누군가를 상대로 처음 경외심을 느꼈다. 저절로 무릎을 굽혀 앉게 되었다.

"어르신께 인사드립니다. 플레크에서 온 니콜라스입니다."

　　　　*　　　*　　　*

　"성하께서 당장 아니카 플로라를 데려오라고 하셨소. 비키시오, 피데스 경."

　침실 문을 지키는 피데스를 일곱 명의 기사가 에워쌌다. 워낙 머릿수의 차이가 크니 기사들은 얼마든지 피데스를 힘으로 제압할 수 있었다. 그런데도 누구도 앞장서지 않았다. 속으로는 은근히 서로가 먼저 나서기를 바랐다.

　"말하지 않았소. 아니카 플로라는 어차피 성도궁으로 가실 거요. 다만, 잠시 쉬고 싶다고 하셨소. 기왕 기다렸으니 조금만 더 기다리시오."

　피데스는 조금도 굽히지 않고 강경한 태도를 유지했다.

　"아니카 플로라가 그동안 모습을 보이지 않았던 이유는 상제 성하의 명으로 중요한 임무를 수행하느라 성도를 떠나 있었기 때문이오. 요즘 그 누가 성도를 자유롭게 드나들 수 있겠소? 내 진심으로 충고하건대, 아니카 플로라의 심기는 건드리지 않는 게 좋을 거요."

　상제의 명을 들먹이는데도 워낙 피데스가 당당하니 기사들은 찜찜한 표정으로 서로 시선을 교환했다.

　"얼마나 더 기다리라는 거요?"

　"아침 기도문을 외울 시간이면 되오."

　그 정도라면. 기사들이 고개를 끄덕였다.

　'이제 거의 한 시간이 다 되었는데.'

　피데스의 속마음은 초조했다. 더는 버티지 못할 것 같았다.

　그때 바깥에서 들려오는 비명을 듣고 모두의 시선이 일제히 외벽 창문 쪽으로 돌아갔다. 심드렁하던 기사들은 비명이 그치질 않고 더 커지며 한두 사람이 아닌, 여러 명이 아우성치는 소리로 변하자 의아해했다.

기사 중 한 명이 무슨 일인지 보러 창문으로 다가갔다. 창문 밖으로 고개를 쭉 뺀 기사가 기이한 소리를 내지르며 뒷걸음질 쳤다.

"어, 어어!"

기사는 말도 제대로 잇지 못하고 바깥쪽을 손가락질했다. 기사가 한명 더 창가로 가서 바깥을 내다보더니 이번에는 그 자리에 주저앉았다. 이제는 다른 기사들도 우르르 창가로 달려갔다.

"헉! 저게 뭐야?"

"으아아아!"

기사 한 명이 뒷걸음질 치다가 넘어지더니 바닥을 기었다. 피테스가 불안한 표정으로 그 모습을 보다가 문이 열리는 소리를 듣고 흠칫 놀라 뒤를 돌아보았다.

〈다음 권에서 계속〉